아르세니예프의 생애

나남
nanam

한국학술진흥재단 학술명저번역총서
서양편 239

아르세니예프의 생애

2008년 7월 31일 발행
2008년 7월 31일 1쇄

지은이_ 이반 알렉세예비치 부닌
옮긴이_ 이항재
발행자_ 趙相浩
발행처_ (주) 나남
주소_ 413-756 경기도 파주시 교하읍
      출판도시 518-4
전화_ (031) 955-4600 (代)
FAX_ (031) 955-4555
등록_ 제 1-71호(79.5.12)
홈페이지_ http://www.nanam.net
전자우편_ post@nanam.net
인쇄인_ 유성근 (삼화인쇄주식회사)

ISBN 978-89-300-8330-0
ISBN 978-89-300-8215-0 (세트)
책값은 뒤표지에 있습니다.

'한국학술진흥재단 학술명저번역총서'는 우리 시대 기초학문의 부흥을 위해
한국학술진흥재단과 (주)나남이 공동으로 펼치는 서양명저 번역간행사업입니다.

아르세니예프의 생애

이반 알렉세예비치 부닌 지음 | 이항재 옮김

ЖИЗНЬ АРСЕНЬЕВА
(Zhizni Arsenieva)

ИВАН АЛЕКСЕЕВИЧ БУНИН
(Ivan Alekseevich Bunin)

МОСКВА 1988
ХУДОЖЕСТВЕННАЯ ЛИТЕРАТУРА
(Khudozhestvennaya Literatura)

이반 부닌. 모스크바. 1920년.

① ②
② ③

① 알렉세이 니콜라예비치 부닌,
   이반 부닌의 아버지.

② 류드밀라 알렉산드로브나 부니나,
   이반 부닌의 어머니.

③ 이반 부닌이 태어난 집, 보로네슈.

① 유리 알렉세예비치 부닌,
   이반 부닌의 형.

② 마리야 알렉세예브나 부니나,
   이반 부닌의 여동생.

③ 부닌 가문의 문장(紋章).

① 안나 차크니, 이반 부닌의 첫 번째 아내. 1898년.

② 이반 부닌과 베라 부니나. 사진에 "1907년 봄, 첫 번째 시리아, 팔레스타인 여행" 이라고 씌어있다.

③ 이반 부닌과 바르바라 파셴코.

① 베라 니콜라예브나 부니나, 이반 부닌의 두 번째 아내, 1907년.

② 피아노를 치고 있는 베라 니콜라예브나 부니나, 1907년.

①
②

① G. 쿠즈네초바,
  부닌의 애인, 파리, 1934년.

② G. 쿠즈네초바, 이반 부닌,
  베라 부니나, 1937년 8월.

①
―
②

① 1939년에서 1945년까지 부닌이 살았던 그라스의 빌라 '자네트'.

② 이반 부닌의 개인 물건들.

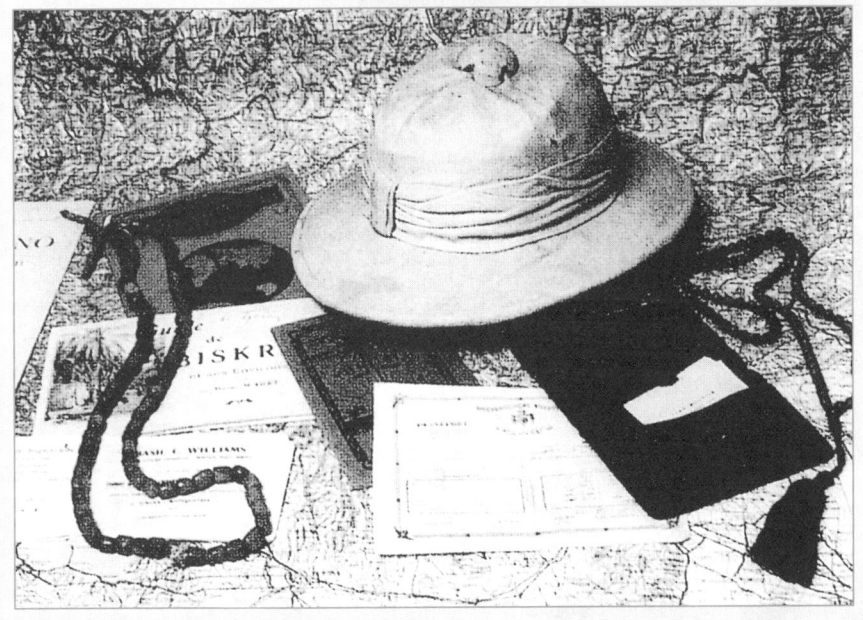

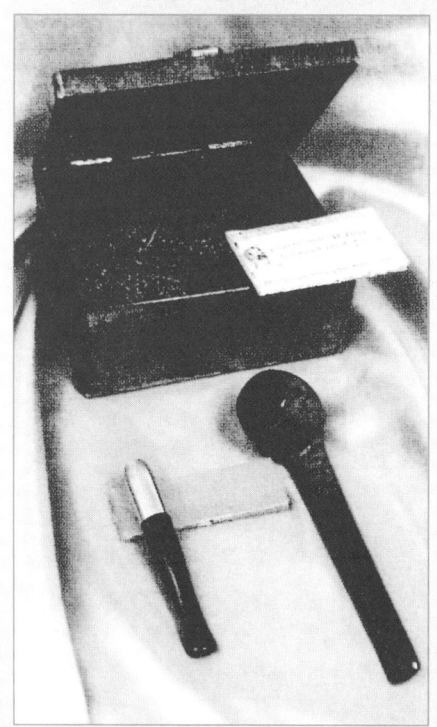

①
②

① 문학-음악 모임 '수요일'회원들.
왼쪽에서 오른쪽으로 안드레예프,
샬랴핀, 부닌, 텔레쇼프, 치리코프,
스키탈레츠와 고리키가 서 있다.

② 담배, 궐련, 파이프 등이 들어있는
부닌의 양철함. 부닌 문학기념박물관
소장. 오룔.

① ②
③

① 이반 부닌,
   파리, 1920년 7월.

② 이반 부닌, 1930년대.

③ L.박스트가 그린 이반
   부닌의 초상화, 1921년.

① ② ③

① 파리의 서재에서 사용했던 부닌의 책상과 안락의자.

② 스웨덴의 왕 구스타프 5세가 부닌에게 노벨문학상 증서와 금메달을 수여하고 있다. 스톡홀름, 1933년.

③ 이반 부닌(유명한 서명임).

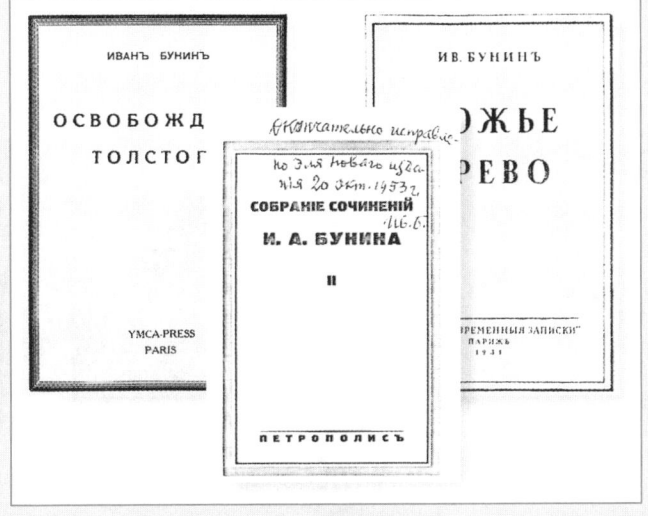

① 부닌의 아내 베라 부니나가 A. 바보레코에게 선물한 《아르세니예프의 생애》 초판본과 그녀의 친필 헌정사.

② 망명중에 출판한 이반 부닌의 책들.

① ②

① 이반 부닌, 파리, 1948.

② 파리근교 생-제네비예브-드-부아 공동묘지에 있는 부닌의 묘.

옮긴이
· · ·
머리말

"나는 아무것도 아닌 것에 대한 책을 쓰고 싶다. 이 책 속에 나의 영혼을 토로하고 나의 삶을 이야기하고, 이 세상에서 보고 느끼고 생각하고 사랑하고 미워한 것을 쓰고 싶다."(1921년 11월, 이반 부닌의 일기)

이반 부닌(1870~1953)이 이국땅에서 자신의 삶과 문학을 총결산하면서 쓰고 싶었던 '아무것도 아닌 것에 대한 책', 그가 이 세상에서 '보고 느끼고 생각하고 사랑하고 미워한 것'을 쓴 책이 바로《아르세니예프의 생애》(1927~1929, 1932~1933)이다. 이 책으로 부닌은 1933년에 러시아 작가 중 최초로 노벨문학상을 수상하게 된다. 부닌의 '예술적 전기', '인생의 책'으로 불리는 이 책에는 주인공-화자인 알렉세이 아르세니예프(혹은 작가 이반 부닌)의 탄생에서부터 스무 살까지의(실제로 일평생의) 영혼의 토로와 삶이 기록되어 있다. 물론 아르세니예프의 삶과 경험에는 부닌의 자전적 요소가 많이 반영되어 있지만, 이 책은 일반적인 전기나 성장소설과는 전혀 다르다. 여기에는 어떤 중요한 사건도 일관된 스토리도 구성도 없다. 다만 빛과 공기에 대해 예민한 감각을 지닌 아르세니예프의 주변 세계에 대한 기억과 인상만이 있을 뿐이다. 무의식 속에 실존하며 시공을 초월하여 존재하는 그의 기억이 끊임없이 말을 하고, 이 기억 속의 삶이야말로 그의 진실하고 영원한 삶이다.

그의 기억의 중심에는 여행(방랑)과 자유, 사랑과 죽음이 있다. 특히 순간적이고 우연적인 사랑과 죽음은 시종일관 유기적으로 결합되어 나타난다. 나쟈, 안헨, 톤카, 니쿨리나, 비비코바, 카자크 처녀, 아빌로바, 리카에 대한 온갖 문양의 사랑, 퇴락한 시골지주의 쓸쓸한 저택과 성원, 중부 러시아의 끝없는 평원, 아득한 지평선, 초원, 저녁놀, 창공, 밤기차, 기차역, 어둠, 눈, 초가집, 남부의 햇빛, 오래된 도시들에 대한 끌림과 사랑. 센카, 나쟈, 할머니, 피사레프, 니콜라이 대공, 리카의 죽음…. 부닌은 사랑(곧 삶)과 죽음이라는 문제를 통해 존재의 시작과 끝을 집요하게 탐구하면서, 인간은 죽음을 통해 비로소 존재 혹은 실존의 억압과 피구속성에서 영원히 벗어날 수 있다는 사유에까지 이르고 있다.

주로 중부러시아에서 소러시아(우크라이나), 잠시 페테르부르크와 모스크바, 그리고 프랑스의 '해변의 알프스'까지 아르세니예프와 함께하는 끝없는 (기억 속의) 기차여행과 마차여행은 우리들에게 전혀 새롭고 환상적인 경험이다. 여행중에 만나는 대상, 풍경, 사람들에 대한 아르세니예프의 섬세한 관찰과 묘사, 러시아의 현재와 과거를 넘나드는 고통스럽고 달콤한 기억과 인상의 기록은 한 작가가 탄생하는 복잡한 과정을 생생하게 보여준다. 이런 의미에서 이 책은 부닌 자신의 '삶에 대한 회상'이라기보다는 인간의 보편적인 '삶에 대한 책'이고, 동시대의 삶과 현실, 그리고 역사에 대한 부닌의 '철학-종교-심미적 명상'이자 에세이라고 말할 수 있다.

2003년에 한국학술진흥재단 명저번역 지원을 받아 2006년 초에 끝낸 번역이 마침내 빛을 보게 된다니 감회가 새롭다. 〈사랑의 문법〉, 〈안토노프의 사과〉 같은 부닌의 단편을 재미있게 읽고, 겁 없이 뛰어든 이 책의 번역은 만만치 않았다. 중부 러시아의 자연에 대한 감각적이고 인상적이며 시적인 묘사를 우리말로 옮기기가 특히나 힘들었다. 그러나 이 책을 우리말로 옮기는 과정은 아르세니예프와 함께 여행하면서 삶, 사랑, 죽음, 기억, 여행, 자유, 시간, 공간, 자연, 역사 등을 깊이 사유하는 고통스럽고도 행복한 시간이었다. 이 책을 옮기면서 내가 느꼈던 그 고통과 행복을 가능하면 많은 독자들과 나누고 싶다.

번역 대본으로는 1988년 러시아의 '예술문학출판사'에 나온 6권짜리 선집 중 제5권을 사용했으며, 이 책의 편주와, A. 바보레코가 쓴 부닌의 전기, 문학백과사전을 주로 참조하여 역주를 달았음을 밝혀 둔다.

2008년 5월 12일
이 항 재

아르세니예프의 생애

차 례

- 옮긴이 머리말 17

1권 ·· 기억, 존재의 시원_ 23

2권 ·· 인식, 삶과 죽음_ 97

3권 ·· 뮤즈, 환희와 절망_ 173

4권 ·· 여행, 자유와 만남_ 231

5권 ·· 리카, 사랑의 심리학_ 299

- 옮긴이 해제 447
- 부닌 연보 459
- 약력 463

1권
기억, 존재의 시원

'아직 썩어지지 않은 사실과 행위는 어둠에 덮여 망각의 무덤 속으로 들어가고, 썩어진 것은 마치 생명체와 같다. … '1)

나는 반세기 전에 중부 러시아의 시골에 있는 아버지의 영지에서 태어났다. 2)

우리에겐 자신의 시작과 끝에 대한 감각이 없다. 사람들이 내가 정확히 언제 태어났는지 말해준 것은 매우 유감이다. 사람들이 내게 말해주지 않았더라면 나는 지금 내 나이를 몰랐을 테고 — 더구나 나는 아직도 나이의 무게를 전혀 느끼지 못하고 있다 — 따라서 10년이나 20년쯤 지나서 아마도 내가 죽게 되리라는 생각에서 벗어날 수 있었을 것이다. 만일 내가 무인도에서 태어나 살았다면 나는 죽음의 존재를 상상도 못했을 것이다. '그럼 행복했을 텐데!' 나는 이렇게 덧붙여 말하고 싶다. 그러나 누가 알겠는가? 아마 엄청 불행했을지도 모른다. 그리고 내가 죽음을 상상도 하지 못했을 거라는 게 정말일까? 우리는 죽음에 대한 감각을 갖고 태어나는 것은 아닐까? 만약 그렇지

---

1) 부닌은 18세기 북러시아의 전도자 이반 필립포프의 《답변 속 소사》의 처음 몇 줄을 약간 변형하여 인용하고 있다.
2) 소설의 주인공 아르세니예프를 창조한 이반 알렉세예비치 부닌(1870~1953)은 1870년 10월 10일(구력)에 중부 러시아의 보로네슈 시(市)에서 태어났다. 가족이 아버지의 영지인 부트이르키로 이사한 1874년까지 부닌은 시골에서만 계속 살지는 않았다.

않다면, 만약 내가 죽음을 상상도 하지 못했다면, 내가 인생을 사랑하고, 사랑해왔던 만큼 이렇게 인생을 사랑할 수 있을까?

나는 아르세니예프 가문과 뿌리에 대해서는 거의 아무것도 모른다. 대체로 우리가 안다는 것은 무엇인가! 나는 문장서(紋章書)를 통해 우리 가문이 '시간의 어둠 속에서 그 뿌리를 잃어버린 가문들 중의 하나'라는 사실을 알고 있을 뿐이다. 그리고 우리 가문이 '몰락했지만 고귀하고', 내가 혈통도 문벌도 없는 사람들에 속하지 않는다는 사실을 자랑스러워하고 기뻐하면서 가문의 고귀함을 평생 느끼며 살았다는 걸 알고 있다.3) 성령강림제(聖靈降臨祭)가 되면 교회는 오래 전에 죽은 모든 사람들을 추모하는 예배에 우리를 초대하곤 한다. 이 날 교회는 심오한 의미로 가득 찬 아름다운 기도를 올린다.

"오, 주여, 당신의 모든 종들을 당신의 궁정과 아브라함의 품안에서 살게 하옵소서. 아담에서부터 오늘날까지 당신에게 순결한 마음으로 봉사한 우리 아버지들과 형제들, 친구들과 친척들 모두를 당신의 궁정과 아브라함의 품안에서 살게 하옵소서!"

여기에서 봉사란 말이 언급된 것은 정말 우연일까? 옛날에 주님께 봉사했던 '우리 아버지들과 형제들, 우리 친구들과 친척들'과 우리와의 관계와 교섭을 느끼는 것이 어찌 기쁨이 아니겠는가? 우리의 아주 먼 조상들은 '모든 생명의 아버지의 길, 그 순수하고 중단없는 길'에 대한 가르침을 믿었다. 그 길은 불멸의 중단없는 생명을 통해 죽은 부모들로부터 그들의 죽은 자식들로 이어진다. 그들은 이 '길'이 더럽혀지지 않고 끊이지 않도록 혈통과 종족의 순수성과 영속성을 지키는

---

3) 아르세니예프처럼 부닌은 매우 오래된 가문 출신이었다. 부닌의 조상들 중 몇몇은 15세기부터 러시아 차르 밑에서 일을 했다. 그의 조상들 중에는 19세기 초 러시아 시인인 바실리 주코프스키(1783~1852)와 안나 부니나(1774~1829)가 있다.

것이 아그니⁴⁾의 유언이라고 믿었다. 또한 그들은 매번 태어날 때마다 태어나는 아이들의 피가 더욱더 순수해져야만 하고, 그들의 친족 관계와 존재하는 모든 것들의 유일한 아버지인 그 분과의 밀접한 관계가 더욱 강화되어야 한다고 믿었다.

나의 조상들 중에는 아마 나쁜 사람들도 적지 않았을 것이다. 그러나 그들은 모든 면에서 귀족다우려면 대대손손 서로가 자신의 혈통을 기억하고 지키라고 당부했다. 이따금 내가 우리 집 문장(紋章)을 바라보며 느끼는 감정을 어떻게 전달할 수 있을까? 기사의 투구, 갑옷, 타조 깃털이 꽂힌 헬멧. 그 아래의 방패. 하늘색 배경의 문장 중앙에는 충성과 영원의 상징인 보석반지가 있고, 십자모양의 손잡이가 달린 세 자루의 장검(長劍) 칼날이 위쪽과 아래쪽에서 보석반지를 향해 맞붙어있다.

내게 조국을 대신해주었던 나라에는 내게 피난처를 제공했던 도시 같은 도시들이 많다. 그 도시들은 한때 유명했지만 지금은 퇴락하고 가난해져서 평범한 일상을 살아가고 있다. 그러나 십자군 병사들 시대의 잿빛 탑, 아주 오래 전부터 성스러운 보초 조각상의 보호를 받고 있는 값비싼 현관이 달린 많은 교회들, 하늘에 걸린 십자가 위의 수탉, 천상의 도시로 오라고 부르는 주님의 고귀한 사자(使者)가 항상, 그리고 어떤 이유를 가지고 이런 도시들의 평범한 일상을 지배하고 있다.

---

4) 인도와 실론(현재 스리랑카 공화국)의 베다교에서 믿는 불의 신. 부넌은 1911년에 실론을 여행했고, 그 후 불교와 힌두교에 관심을 갖고 그 의식(儀式)을 연구하기도 했다.

2

　나의 최초의 기억은 뭔가 하찮고 당혹스러움을 불러일으킨다. 나는 늦여름의 태양이 비쳐드는 큰 방과 남향 창문을 통해 보이는 비탈진 언덕에 쏟아지던 메마른 광채를 기억한다…. 겨우 이것뿐이고, 단지 한순간이다! 왜 바로 이 날 이 시간에, 바로 이 순간에 아주 사소한 이유로 내 생애 처음으로 의식이 아주 선명하게 확 타올라서 나의 기억이 작동할 수 있었을까? 왜 이 순간 이후에 즉시 나의 의식은 다시 오랫동안 꺼져버렸을까?
　나는 나의 유년시절을 슬프게 기억하곤 한다. 모든 유년시절은 슬픈 것이다. 아직 인생을 완전히 각성하지 못하고, 모든 사람과 모든 사물에 아직 낯설고 소심하고 사랑스런 한 영혼이 인생을 꿈꾸는 이 조용한 세계는 가난하다. 행복한 황금시절! 아니다, 유년은 불행하고 병적으로 예민하고 가련한 시절이다.
　아마 나의 유년시절은 몇몇 개인적 조건 때문에 슬펐는지도 모른다. 실제로 나는 아주 인적이 드문 벽지에서 자랐다. 텅 빈 들판, 그 한가운데 외롭게 자리한 저택…. 겨울에는 끝없이 눈바다가 펼쳐지고, 여름엔 곡물과 풀과 꽃바다…. 이 들판의 영원한 고요와 수수께끼 같은 침묵…. 그러나 마멋[5]과 종달새가 이 고요한 벽지에서 슬퍼할까? 아니다, 그것들은 아무것도 묻지 않고, 어떤 것에도 놀라지 않고, 인간의 영혼을 둘러싼 세계에서 인간이 항상 느끼는 숨은 감정을 느끼지 못한다. 또 공간의 외침과 시간의 질주도 알지 못한다. 나는 이미 그 당시에 이 모든 것을 알고 있었다. 하늘의 심연과 들판의 저 먼 곳은 마치 그것들과는 별개로 존재하는 다른 뭔가에 대해 내게 말

---
[5] 설치류(齧齒類)의 하나.

해주었고, 내게 부족한 것에 대한 꿈과 그리움을 불러일으켰으며, 내가 모르는 누군가와 뭔가에 대해 알 수 없는 사랑과 다정스러움으로 날 감동시켰다. …

이 시절에 사람들은 어디에 있었나? 우리의 영지(領地)는 카멘카 마을로 불렸다.[6] 돈강 맞은편의 땅이 주요한 영지였는데, 아버지는 종종 오랫동안 그리로 가 계시곤 했다. 마을의 농장은 크지 않았고 하인들도 적었다. 그러나 여전히 사람들이 있었고, 생활도 여전히 흘러가고 있었다…. 개, 말, 양, 암소, 일꾼들이 있었고 마부, 이장, 여자 요리사들, 여자 가축지기들, 유모들, 어머니와 아버지, 중학생 형들, 아직 요람 속에 여동생 올랴[7]가 있었다…. 왜 내 기억 속에는 완전한 고독의 순간만이 남아있을까? 이제 여름날이 저물고 있다. 태양은 이미 집 너머, 정원 너머에 있다. 그늘 속에 잠긴 텅 빈 넓은 마당. 세상에서 완전히, 완전히 혼자인 나는 마당의 차가운 초록색 풀 위에 누워서 누군가의 멋지고 사랑스런 눈과 아버지의 품속을 바라보듯이 깊이를 알 수 없는 푸른 하늘을 바라본다. 하늘 높이 떠다니는 하얀 구름이 점점 동그랗게 변하더니 천천히 모습을 바꿔 우묵하게 들어간 푸르른 심연 속으로 녹아들어간다. 아, 얼마나 고통스런 아름다움인가! 저 구름 위에 앉아 무시무시한 고공을, 하늘 아래 활짝 트인 공간을, 하늘나라 어딘가에서 사는 하느님과 흰 날개를 단 천사와 나란히 구름을 타고 다녀봤으면!

지금 나는 집 밖의 들판에 있다. 낮은 태양만이 더욱 빛날 뿐 저녁

---

[6] 부닌 집안의 영지인 부트이르키는 모스크바에서 남쪽으로 약 260마일 떨어진 오룔현의 옐레츠에 있다. 이곳은 러시아의 전통적인 곡창지대로 이른바 흑토(黑土)지역의 한가운데이다. 1870년대에 부닌의 가족은 다른 많은 귀족 가문들처럼 아주 가난하게 살았다.

[7] 올랴의 원형(原型)은 부닌의 여동생인 마리야 알렉세예브나이다.

은 변함없어 보인다. 나는 여전히 이 세상에서 혼자다. 어디에다 눈길을 줘도 내 주변엔 이삭이 많은 호밀과 귀리들이 널려 있다. 그것들 속에, 비스듬한 줄기들이 뒤엉긴 빽빽한 덤불 속에 메추라기들의 은밀한 삶이 있다. 지금 메추라기들은 여전히 잠잠하고, 게다가 모든 것이 조용하다. 이삭 속에서 길을 잃은 황갈색의 곡물 딱정벌레가 단지 이따금씩 윙윙거리고 붕붕대기 시작한다. 나는 딱정벌레를 이삭에서 떼어내어 놀라움을 느끼며 열심히 관찰한다. 이 황갈색의 딱정벌레는 도대체 무엇이고 누구인가? 이 딱정벌레는 어디에서 살고, 어디로 왜 날아가는 걸까, 또 무엇을 생각하고 느낄까? 딱정벌레는 화를 내고 진지하다. 딱정벌레는 손가락 사이에서 요란을 떨며 강한 겉날개로 바스락거린다. 겉날개 밑으로 아주 얇은 황색의 뭔가가 드러나 있다. 갑자기 겉날개의 작은 보호막이 갈라지고 열린다. 그러면 황색의 뭔가도 열린다. 이깃은 참으로 아름답다! 딱정벌레는 이미 즐겁고 편안하게 붕붕대며 공중으로 솟아올라 영원히 내게서 떠나 하늘 속으로 사라진다. 딱정벌레는 새로운 감정으로 날 충만케 하고 내 마음 속에 이별의 슬픔을 남긴다⋯.

   그렇지 않으면 나는 집안에 있는 나, 다시 여름날 저녁, 다시 고독 속에 잠겨있는 나 자신을 본다. 태양은 고요한 정원 너머로 사라졌고, 온종일 즐겁게 햇빛을 비추던 텅 빈 홀과 텅 빈 객실을 떠나버렸다. 지금은 마지막 햇살만이 쪽나무를 붙여 깐 마루 모퉁이를, 오래된 식탁의 긴 다리 사이를 홀로 붉게 물들이고 있다. 아, 마지막 햇살의 고요하고 슬픈 아름다움은 얼마나 고통스러운가!

   이미 창문 너머로 신비한 밤의 어둠이 드리워진 늦은 저녁에, 나는 어두운 침실에 있는 작은 어린이용 침대에 누워있었고, 하늘 높은 곳에서 어떤 고요한 별 하나가 창문을 통해 계속 날 바라보았다⋯. 그 별은 내게서 뭘 원했을까? 그 별은 말없이 내게 뭐라 말했을까, 어디로 날 불렀을까, 또 나에게 뭘 생각나게 했을까?

유년시절은 나를 조금씩 생활과 연결시켜주기 시작했다. 벌써 몇몇 사람들, 영지생활의 몇몇 장면들, 몇몇 사건들이 내 기억 속에 떠오른다….

내 생애 최초의 여행이 이 사건들 중에서 첫째 자리를 차지한다. 이 최초의 여행은 그 후 모든 여행 중에서 가장 멀고 가장 이상한 여행이다. 아버지와 엄마는 '시내'라고 불렸던 금지지역으로 가면서 날 데리고 갔다. 거기서 나는 실현되는 꿈의 달콤함을 처음으로 맛보았고, 동시에 왠지 꿈은 이루어지지 않을 수도 있다는 공포를 경험했다. 햇빛이 비치는 양지 바른 마당에 서서 아침에 마차차고에서 꺼내 온 타란타스[8]를 바라보며 마침내 언제 말에 마구가 채워질까, 언제 출발준비가 모두 끝날까 하고 내가 얼마나 애태웠는지 지금까지도 기억한다. 내 기억으로 우리는 아주 오랫동안 마차를 타고 갔다. 들판, 계곡, 샛길, 십자로에는 끝이 없었고, 도중에 이런 일이 있었다. 어떤 계곡에 ― 저녁 무렵이었는데 아주 황량한 장소였다 ― 암녹색의 곱슬곱슬한 참나무 관목이 빽빽하게 자라고 있었다. 계곡 맞은편 비탈에서 관목 숲을 헤치고 허리춤에 도끼를 찬 '강도'가 지나갔다. 내가 그때까지 보았던 농부들은 물론이고 그 후 평생 동안 보아왔던 농부들 중에서 아마도 가장 신비하고 무서운 농부였을 것이다.

우리가 어떻게 시내로 들어왔는지 나는 기억하지 못한다. 그 대신

---

8) 러시아 특유의 포장 여행마차.

나는 시내의 아침을 생생히 기억한다! 나는 지금껏 한 번도 본 적이 없는 거대한 집들로 이루어진 좁은 계곡의 절벽 위에 매달려 있었고, 햇빛, 유리, 게시판 때문에 눈이 부셔서 눈을 뜰 수가 없었다. 내 머리 위로, 온세상에 어떤 놀랍고 혼란스런 음악이 울려퍼졌다. 로마의 베드로 사원도 꿈꾸지 못했을 위엄과 화려함을 지닌 채 모든 것보다 우뚝 솟은 대천사 미하일 교회 종탑의 낭랑한 종소리. 그 교회가 너무나 크고 웅장해서 나는 그 후 케오프스[9]의 피라미드를 보고도 결코 놀라지 않았다.

시내에서 본 것들 중에서 가장 놀라운 것은 구두약이었다. 나는 지상에서 많은 것들을 보았지만 어떤 물건들에서도 시내의 시장에서 구두약통을 손에 들고 느꼈던 그 큰 환희와 기쁨을 평생 결코 경험하지 못했다! 이 둥근 통은 평범한 인피(靭皮)로 만들어진 것이었다. 그저 평범한 인피였지만, 비할 데 없이 울퉁한 예술적 솜씨로 이 구두약통은 만들어졌다! 구두약도 좋은 것이었다! 희미한 광택에 기분 좋은 알코올 냄새가 나는 검고 딱딱한 구두약이었다!

구두약 말고 두 가지의 큰 기쁨이 더 있었다. 나는 목 부분에 붉은 양가죽 테를 두른 부츠를 선물로 받았는데, 마부가 이 부츠에 대해 "정말 산뜻한 부츠야!"라고 평생 잊을 수 없는 말을 했다. 또 하나는 손잡이에 호각이 달린 가죽 채찍을 받았다…. 나는 참으로 행복하고 달콤한 기분을 느끼며 이 양가죽과 탄력 있고 유연한 가죽채찍을 만져보곤 했다! 집에 있는 작은 침대에 누운 나는 침대 옆에 새 부츠가 있고 베개 밑에 채찍이 숨겨져 있다는 생각에 너무나 행복해서 진짜 죽을 것만 같았다. 하늘 높은 곳에서 성스러운 별 하나가 침실 창문을 들여다보며 '바로 지금 모든 것이 좋아. 세상에 이보다 더 좋은 것

---

[9] 기자의 대 피라미드를 건설한 이집트 제4왕조의 왕(2613?~2494? B.C.).

은 없고, 필요하지도 않아!'하고 말하는 듯했다.

내게 지상에서의 삶의 기쁨을 처음으로 열어 보여준 이 여행은 또 하나의 깊은 인상을 남겼다. 나는 돌아오는 길에 그것을 경험했다. 우리는 해지기 전에 시내에서 출발하여 길고 넓은 거리를 지나갔다. 이 거리는 호텔과 대천사 미하일 교회가 있던 거리에 비해 이미 초라하게 보였다. 우리는 널찍한 광장도 지나갔다. 저 멀리 낯익은 세계가—들판, 시골의 단순함과 자유로움—다시 우리 앞에 나타났다. 우리가 갈 길은 곧장 서쪽, 즉 해가 지는 방향이었다.

여기에서 나는 불현듯 태양과 들판을 바라보고 있는 또 한 사람이 있음을 알았다. 시내에서 출발할 때 이상할 정도로 크고 음산한 노란 집이 우뚝 솟아있는 것을 보았는데 이 집은 그때까지 내가 본 어떤 집과도 전혀 달랐다. 그 집에는 커다란 창문이 많았고, 창문마다 철제 살창이 있었다. 집은 높은 돌담장으로 둘러싸여 있었고, 담장의 커다란 문은 꽉 잠겨 있었다. 이 창문들 중 한 창문의 철제 살창 너머에 누렇게 뜬 얼굴을 한 남자가 회색 나사(羅紗)로 만든 재킷에 챙 없는 회색 나사 모자를 쓴 채 서 있었다. 이 남자의 얼굴에는 내가 태어나서 한 번도 본 적 없는 아주 복잡하고 고통스러운 뭔가가 어려 있었는데, 깊은 우수와 슬픔과 맹목적인 순종 그리고 열정적이고 음울한 꿈이 뒤섞여 있었다…. 당연히 부모님은 이 집이 어떤 집이고, 남자가 누군지 내게 설명했다. 나는 부모님의 이야기를 듣고 세상에는 죄수, 유형수, 도적, 살인자라고 불리는 특별한 종류의 사람들이 존재한다는 걸 알게 되었다. 그러나 우리 자신의 짧은 인생에서 우리가 얻는 지식은 너무나 빈약하다. 우리가 가지고 태어나는 지식은 이와는 다르고 무한하며 보다 풍요로운 것이다. 살창과 이 남자의 얼굴이 내 마음 속에 불러일으킨 감정에 비해 부모님의 설명은 너무나 간략했다. 나는 나 자신의 지식을 빌려 이 남자의 특이하고 무시무시한 영혼을 스스로 느끼고 가늠해 보았다. 허리춤에 도끼를 차고 계곡의 떡갈나무 관목들을 헤치며 몰래 지나가는 농부는 무서웠다. 그 자는 강도였고, 나는 그 자가 강도라는 걸 한 순간도 의심하지 않았다. 그 자는 아주 무서웠지만 옛날이야기에 등장하는 인물처럼 매력적이었다. 이 죄수도, 이 살창도 ….

4

지상에서 처음 몇 해에 대한 그 후의 내 기억은 역시나 빈약하고 우연적이고 뒤죽박죽이지만 더 평범하고 명확하다. 되풀이해 말하건대, 우리는 무엇을 알고, 무엇을 기억한단 말인가. 때때로 우리는 어제조차도 간신히 기억하지 않는가!

내 유년의 영혼은 새로운 거처에 익숙해지기 시작하고, 그곳에서 즐겁고 매력적인 것을 많이 발견하고 이제 고통 없이 자연의 아름다움을 보기 시작한다. 그리고 사람들을 알아보고 사람들에 대해 다양하고, 다소 의식적인 감정을 경험하게 된다.

내게 세계는 여전히 영지, 집, 가장 가까운 사람들로 한정되어 있다. 이제 나는 아버지와 아버지라는 친근한 존재를 알아보고 느낄 뿐만 아니라 강하고 활달하고 무사태평하고 성미가 급하지만 대개 아주 쉽게 화를 풀고 관대한 아버지를 유심히 바라보았다. [10] 아버지는 사악하고 원한이 깊은 사람들을 혐오했다. 나는 아버지에 대해 흥미를

---

[10] 부닌의 아버지 알렉세이 니콜라예비치 부닌은 1824년에 태어나 1906년에 사망했다. 《아르세니예프의 생애》에서 아르세니예프 아버지의 초상은 부닌의 아버지의 실제 인생과 성격과 아주 비슷하게 그려지고 있다.

느끼기 시작했고 이미 아버지에 대해 여러 가지를 알게 되었다.

예컨대 아버지는 전혀 아무 일도 하고 있지 않았다. 실제로 아버지는 행복한 축제와 같은 분위기 속에서 나날을 보내고 있었는데, 이런 일은 시골 귀족뿐만 아니라 일반적으로 러시아인의 생활에서 아주 흔했다. 아버지는 항상 식사 전에 아주 활기를 띠었고 식사하면서 즐거워했다. 아버지는 식사 후의 단잠에서 깨어나면 활짝 열린 창가에 앉아서 멋지게 쉬쉬 소리를 내며 황홀하게 코를 찌르는, 약간 시큼한 소다수를 마시길 좋아했다. 그러다가 아버지는 갑자기 날 붙잡아서 무릎 위에 앉히고 꼭 껴안고 입맞춤을 하다가 갑자기 무릎에서 날 내려놓았다. 아버지는 오랫동안 지속되는 건 어떤 것도 좋아하지 않았다…. 나는 이미 아버지에게 호감뿐만 아니라 때때로 기분 좋은 다정함도 느꼈다. 아버지는 이미 내 맘에 들었다. 아버지의 강인한 외모와 솔직하고 변덕스런 성격도 이미 형성되어가던 내 취향에 맞았다. 무엇보다 내 맘에 든 것은 아버지가 이전에 세바스토폴 전쟁[11]에 참전했고, 지금은 사냥꾼이자 훌륭한 사수라는 점이었다. 아버지는 공중에 던진 20코페이카[12]짜리 동전을 맞힐 수 있었다. 아버지는 기타를 정말 잘 쳤는데, 필요할 때는 행복했던 할아버지 시대의 옛 노래를 아주 능숙하고 멋지게 쳤다.

마침내 나는 우리들의 유모도 알아보았다. 다시 말해 나는 집안에서 유모의 존재와 어린아이에 대한 유모의 특별한 친밀감을 알아챘다. 유모는 몸집이 크지만 늘씬하고 위엄 있는 여자였다. 그녀는 항상 자신을 하녀라고 불렀지만 실제로는 우리 가족의 일원으로 엄마와 자주 언쟁을 벌이곤 했다. 두 사람의 언쟁은 서로의 사랑을 위해, 울

---

11) 크림의 항구도시. 크림전쟁(1854~1855) 동안에 격렬한 전투와 영웅적인 방어로 유명하다.
12) 러시아의 화폐단위. 1루블은 100코페이카.

고 화해하기 위해 꼭 필요한 것이었다. 나와 나이 차이가 아주 많았던 형들은 그때 이미 자신들의 인생을 살고 있었고, 방학 때만 집에 오곤 했다. 그러나 내게는 두 명의 누이동생이 있었다. 마침내 나는 누이들을 다르게 인식했지만, 하나같이 자신의 존재와 가깝게 연결시켰다. 나는 그때까지 요람을 차지하고 있던, 잘 웃고 눈이 푸른 나쟈를 부드럽게 사랑했다. 나는 어느새 모든 장난과 오락, 기쁨과 슬픔, 때때로 가장 은밀한 나의 꿈과 생각을 까만 눈의 올랴와 공유하기 시작했다. 올랴는 아버지처럼 쉽게 화를 내는 성급한 소녀였지만 매우 상냥하고 다감했는데, 곧 나의 신실한 친구가 되었다. 엄마에 대해 말하자면, 물론 나는 누구보다도 먼저 엄마를 인식했다. 내게 엄마는 다른 모든 사람들 중에서 아주 특별한 존재였고, 나 자신과 분리될 수 없는 존재였다. 아마도 나는 나 자신을 인식하는 순간부터 엄마를 인식하고 느꼈던 것 같다…. 13)

내 인생에서 가장 고통스러운 사랑은 엄마와 관련되어 있다. 우리가 사랑하는 모든 것과 모든 사람은 우리의 고통이다. 우리는 사랑하는 사람을 잃을까봐 늘 두려워한다! 나는 유년시절부터 내게 생명을 주고 고통으로 내 영혼을 감동케 한 엄마에 대한 변치 않는 사랑이라는 커다란 부담을 갖고 있었다. 더구나 사랑 그 자체였던 엄마는 사랑으로 내게 감동을 안겨주었다. 엄마에게는 슬픔이 육화되어 있었다. 나는 엄마의 두 눈에서 어린애 같은 눈물을 아주 많이 보았고, 엄마의 입을 통해서 슬픈 노래를 참으로 많이 들었다!

온세상으로부터 영원히 잊힌 외로운 엄마는 먼 고향땅에 편안히 잠들어 있지만 엄마의 소중한 이름은 영원히 축복받을 것이다. 엄마의 눈 없는 두개골과 잿빛 뼈들이 지금 고향땅 어딘가에, 인적이 드문

---

13) 이반 부닌의 어머니 류드밀라 알렉산드로브나 추바로바는 1835년에 태어나 1910년에 사망했다.

러시아 도시의 공동묘지 숲 어딘가 이름 없는 묘지 밑바닥에 묻혀 있다는 것이 정말일까? 두 손으로 날 안아서 흔들어 주곤 했던 엄마가 정말로 그곳에 묻혀 있을까?

"나의 길은 당신의 길 위에 있고, 나의 생각도 당신의 생각 위에 있습니다."

내 유년의 고독은 점점 그렇게 지나갔다. 나는 지금도 기억한다. 어느 가을밤에 나는 왠지 모르게 잠에서 깨어나 방안에 스민 가볍고 신비한 어스름을 보았다. 커튼을 치지 않은 커다란 창문을 통해 나는 저택의 텅 빈 마당 위에 높이 떠 있는 창백하고 슬픈 가을 달을 보았다. 가을 달은 너무나 슬프고, 슬픔과 고독으로 인한 천상의 매혹으로 가득 차 있어서 내 가슴은 형용할 수 없이 달콤하고 슬픈 감정으로 짓눌렸다. 그 감정은 마치 창백한 가을 달이 느낀 감정과 꼭 같아 보였다. 그러나 나는 세상에서 혼자가 아니며, 아버지의 서재에서 잠을 자고 있다는 걸 이미 알고 있었고 기억했다. 나는 울음을 터뜨렸고 아버지를 불러서 깨웠다…. 이렇게 사람들은 점점 내 인생으로 들어와서 내 인생에서 떼어낼 수 없는 한 부분이 되었다.

나는 이미 이 세상에는 여름 이외에 단지 가끔씩만 집 밖으로 나올 수 있는 가을, 겨울, 봄이 있다는 걸 알았다. 그러나 처음에 나는 그것들을 기억하지 못했다. 어린아이의 마음속에는 무엇보다 분명하고 밝은 것이 남는 법이다. 그래서 지금도 이 가을밤을 제외하면 겨우 두세 개의 어두운 장면만이 기억난다. 그건 이 장면들이 유달랐기 때문이다.
 창문 너머로 무섭고 매혹적인 눈보라가 치는 어느 겨울 저녁이었다. 무서웠던 건 '40인 순교자들의 날' 전야에도14) 이렇게 눈보라가 쳤다고 모두가 말했기 때문이고, 매혹적이었던 건 눈보라가 더 세게 벽을 때리면 때릴수록 벽이 보호해주는 따뜻함과 아늑함 속에서 더 유쾌함을 느꼈기 때문이다. 그리고 어느 겨울날 아침에 정말로 놀라운 일이 일어났다. 잠에서 깨어났을 때 우리들은 집안에서 이상한 어스름을 보았고, 집보다도 더 높이 솟은, 믿을 수 없을 정도로 거대한 하얀 뭔가가 마당에서부터 그림자를 드리우고 있는 걸 보았다. 우리는 이것이 밤새 우리들을 가두었던 눈이라는 걸 알았다. 일꾼들이 이 눈을 치우는 데 꼬박 하루가 걸렸다. 마지막으로, 음산한 4월의 어느 날, 허름한 프록코트만을 걸친 남자가 갑자기 우리 집 마당에 나타났다. 내서운 바람에 떼밀린 불행하고 다리가 굽은 이 남자는 프록코트를 흩날리며 잔뜩 허리를 구부리고 있었고, 한 손으론 어쩐지 애처롭게 머리에 쓴 모자를 움켜쥐고 다른 한 손으론 프록코트를 가슴 위로 끌어당기고 있었다…. 그러나 다시 말하건대, 대체로 나의 초기 유년시절은 단지 여름날들 속에서만 나타난다. 나는 여름날의 기쁨을 거의 언제나 처음엔 올랴와 나누었고, 그 다음엔 브이셀키에서 온 농부의 아이들과 나누었다. 브이셀키는 우리 집에서 1베르스타15) 떨어진 프로발 너머에 있는 마을로 거기엔 농가 몇 채가 있었다.
 이 기쁨은 내가 구두약이나 채찍에서 경험했던 기쁨만큼이나 아주 빈약한 것이었다. (인간의 모든 기쁨은 빈약한 것이다. 우리들 속에는 때때로 자신에 대한 쓰라린 연민을 불어넣는 누군가가 있다.) 나는 어디

---
14) '40인 순교자들의 날'은 러시아의 교회 달력(그레고리력〔曆〕)에 따르면 3월 22일이다. 19세기에 그레고리 달력은 서방의 율리우스력보다 12일 늦다.
15) 미터법 시행 전 러시아의 거리 단위로 1베르스타는 1.067킬로미터.

에서 태어났고, 어디에서 성장했으며 무엇을 보았는가? 산도 강도 호수도 숲도 없다. 단지 골짜기에 덤불이 있고, 여기저기에 작은 숲이 있고, 아주 드물게 숲과 비슷한 자카즈와 두브로프카가 있다. 온통 들판이고 끝없이 펼쳐진 대양 같은 곡물 밭이다. 여기는 수만 마리의 가축 떼가 방목되는 남부도 아니고 초원도 아니다. 또 한 시간씩이나 주변의 백색, 깨끗함, 수많은 사람들, 풍요로움에 감탄하며 말을 타고 가야 하는 카자크 마을도 아니다. 여기는 들판이 굽이치는 삼림지대와 초원지대의 경계이고, 작은 계곡과 산비탈, 무엇보다 돌이 많고 깊지 않은 초원이다. 여기에 작은 마을들이 있다. 짚신을 신고 다니는 이 마을사람들은 검소하고 원시적일 정도로 단순하며 버드나무 가지와 볏짚에 친숙하다. 나는 바로 이런 곳에서 자랐고, 이 외지지만 아름다운 땅에서 긴 여름 동안에 세계와 생활을 알아가고 있다.

나는 무더운 한낮과 푸른 하늘에 떠도는 흰 구름을 본다. 때론 따스한 바람이 불고, 때론 태양의 열기와 뜨겁게 달구어진 곡물들과 풀의 향기가 스민 뜨거운 바람이 분다. 우리 집의 오래된 곡물창고—너무 낡아서 두꺼운 초가지붕이 잿빛을 띠고 돌처럼 딱딱하게 보이며, 통나무로 만든 벽은 회청색을 띠고 있다—너머에는 찌는 듯한 무더위가 맹위를 떨치고 흐릿한 은빛을 띤 찬란한 햇빛이 반짝이며, 끝이 보이지 않는 호밀 물결이 산비탈을 따라 끝없이 일렁인다. 호밀 물결은 자신의 빽빽함과 용맹스러움을 스스로 즐거워하면서 반들거리며 넘실대고, 그 물결 위로 구름 그림자가 스쳐 지나간다….

곱슬곱슬한 풀로 무성하게 뒤덮인 우리 집 마당 한가운데에 오래된 돌구유가 있었다. 그 돌구유 밑에서 숨바꼭질을 할 수 있었고, 신발을 벗고 하얀 맨발로(나 자신도 하얀 맨발이 마음에 들었다) 곱슬곱슬한 녹색 풀밭 위를 달릴 수도 있었다. 구유 표면은 햇볕으로 뜨거웠고, 바닥 면은 서늘했다. 곡물창고 옆에는 사리풀 덤불이 있었다. 한번은 나와 올랴가 이 사리풀을 너무 많이 먹은 탓에 갓 짜낸 우유를 먹고 치료를 받아야 했다. 우리들 머릿속에서 아주 이상하게 윙윙 소리가 났고, 마음과 몸에서 욕망이 생겨났을 뿐만 아니라 공중으로 솟아올라 원하는 곳으로 날 수 있다는 느낌이 들었다…. 곡물창고 옆에서 우리는 비로드처럼 검고 큰, 황금빛 땅벌 집을 수없이 발견했다. 사납게 윙윙거리는 둔탁한 소리가 나는 걸로 보아 우리는 땅 밑에도 땅벌들이 있을 거라고 짐작했다. 채소밭에서, 곡물창고 주변에서, 탈곡장에서, 하인들이 사는 농가 뒤쪽에서 우리는 얼마나 많은 식용 뿌리와 온갖 종류의 달짝지근한 줄기와 곡물들을 발견했던가! 이런 곡물과 풀은 하인들이 사는 농가의 뒷벽에 바싹 달라붙어 있었다.

하인들이 사는 농가 뒤쪽과 외양간 아래쪽에는 거대한 우엉과 키가 큰 쐐기풀이 자라고 있었는데, '광대수염' 쐐기풀도 있었고 바늘 쐐기풀도 있었다. 가시가 많은 작은 꽃부리가 달린, 화려하고 검붉은 엉겅퀴와 독사 풀이라 불리는 희푸른 풀도 있었다. 이 모든 것들은 제각기 특이한 모양, 색깔, 향기, 맛을 갖고 있었다. 우리들이 마지막으로 찾아낸 어린 목동은 유난히 재밌었다. 그가 걸친 대마(大麻)로 만든 허름한 셔츠와 짧은 바지는 온통 구멍이 숭숭 뚫려 있었다. 그의 발, 손, 얼굴은 건조하고 햇볕에 타서 살갗이 벗겨져 있었다. 그는 항상 시큼한 호밀 껍질이나 우엉이나 입술에 상처를 내는 독사 풀을 씹어댔기 때문에 입술이 짓물러 있었고, 날카로운 두 눈을 도둑처럼 이리저리 굴려댔다. 그는 우리와 사귀고, 우리를 부추겨서 뭔지 모를 것을 먹도록 하는 것이 모두 범죄행위라는 걸 잘 알고 있었다. 그러나 이렇게 못된 짓을 저지르며 쌓은 우정은 얼마나 달콤했던가! 그가 끊임없이 주위를 둘러보며 은밀하고 단속적으로 우리에게 얘기해주곤 했던 모든 것은 얼마나 유혹적이었던가! 게다가 그는 긴 채찍으로 총을 쏘듯이 아주 멋지게 땅땅 소리를 냈다. 우리가 긴 채찍 끝으로 귀에 심한 상처를 내면서 채찍으로 땅땅 소리를 내려고 했을 때 그는 악마처럼 낄낄 웃어댔다 ….

그러나 지상의 온갖 풍성한 먹을거리는 외양간과 마구간 사이에 있는 채소밭에 있었다. 목동을 흉내내 짭짜름한 흑빵 껍질을 모을 수 있었고, 끝에 알맹이 모양의 회색 뿌리혹이 달린 길고 푸른 화살 모양의 양파, 붉은 무, 흰 무, 꺼칠꺼칠하고 부스럼투성이의 작은 오이를 먹을 수 있었다. 부서지기 쉬운 이랑 위에 끝없이 뻗은 오이 덩굴 아래를 더듬어서 오이를 찾는 일은 매우 즐거웠다 …. 왜 우리는 이런 짓을 했던가? 정말로 우리는 배가 고팠던 걸까? 물론 아니다. 우리는 이런 것들을 먹으면서 스스로 의식하지는 못했지만 땅과 세계를 구성하고 있는 감각적이고 물질적인 모든 것과 교섭하고 있었던 것이다.

나는 지금도 기억하고 있는데, 태양은 풀과 마당에 있던 돌구유를 더욱더 뜨겁게 달구었고, 대기는 더욱 무거워지고 흐릿해졌다. 구름이 더 천천히 더 빽빽이 모여들었고, 마침내 날카로운 검붉은 빛으로 살짝 덮이더니 저 깊고 쟁쟁한 창공 어딘가에서 우르릉거리는 소리가 낭랑하게 울려퍼지고 힘찬 천둥소리를 내며 포효하기 시작했다. 천둥소리는 점점 더 묵직하고 위엄 있고 웅장해졌다. … 아! 나는 세계의 신성한 웅장함을 얼마나 강하게 느꼈던가! 그리고 이렇게 완전하고 강력한 물성(物性)으로 세계를 창조하고 이 세계를 지배하는 신의 성스러운 웅장함을 얼마나 강하게 느꼈던가! 잠시 후 어둠이 깔리며 불빛이 보였고, 폭풍이 몰아치더니 쨍쨍 소리를 내는 우박이 섞인 엄청난 폭우가 쏟아졌다. 사방의 모든 것들이 미친 듯이 날뛰고 뒤흔들리며 사라지는 것 같았다. 우리 집의 창문은 모두 닫히고 커튼이 내려졌으며, 오래된 은장식이 붙은 검은 성상(聖像) 앞에 '수난 주간'16)에 켜는 양초가 켜졌다. 사람들이 성호를 그으며 되뇌었다.

"만군의 주는 거룩하고 거룩하며 거룩하도다!"

잠시 후 모든 것이 잠잠해지고 고요해졌을 때, 습기가 흠뻑 스민 대지의 말할 수 없이 유쾌하고 신선한, 축축한 공기를 가슴 가득히 들이마시면 정말로 마음이 가벼워지기 시작했다. 이때 집안의 창문들이 활짝 열렸다. 아버지는 서재의 창가에 앉아서 아직도 태양을 가린 채 채소밭 너머 동쪽에 시커먼 벽처럼 서 있는 먹구름을 바라보면서 너 큰 무를 뽑아서 가저오라고 날 채소밭으로 보냈다! 내가 물에 젖은 잡초를 헤치며 채소밭으로 잽싸게 달려가 무를 뽑아서 검푸른 진흙이 잔뜩 묻어있는 무 꼬랑지를 탐욕스럽게 깨물던 그 순간, 그때 같은 순간은 내 인생에서 드물었다….

그 후 우리는 점점 대담해져서 가축우리, 마구간, 마차차고, 탈곡장, 프로발,17) 브이셀키18)를 알게 되었다. 세상은 우리 앞에서 점점 더 넓어졌다. 그러나 무엇보다 우리의 관심을 끈 것은 사람들이나 인간생활이 아니라 식물과 동물들의 생활이었다. 우리가 가장 좋아했던 장소는 사람들이 없는 곳이었고, 우리가 가장 좋아했던 시간은 사람들이 잠을 자는, 정오가 지난 오후 시간이었다. 정원은 즐겁고 푸르렀지만 우리는 이미 정원을 잘 알고 있었다. 정원에서 우리의 관심

---

16) 부활절의 전주(前週).
17) '골짜기'를 뜻하는 일반명사가 지역명칭으로 고유명사화된 것.
18) '이주민 촌'을 뜻하는 일반명사가 고유명사화된 것.

을 끈 것은 울창한 숲과 새집(특히 잔 나뭇가지로 만들어진, 부드럽고 따스한 뭔가가 깔려있는 조그만 컵 같은 새집 속에 알록달록한 뭔가가 앉아서 예리한 검은 알갱이 같은 눈으로 바라보고 있을 때), 그리고 산딸기 숲뿐이었다. 이 산딸기 숲에서 나는 산딸기는 식사 후에 우리가 우유와 설탕을 쳐서 먹었던 산딸기와는 비교할 수 없을 만큼 훨씬 더 맛이 있었다. 그리고 가축우리, 마구간, 마차차고, 탈곡장의 곡창, 프로발….

어디나 그 나름의 매력이 있었다!

가축우리는 하루 종일 텅 비어 있었다. 우리가 미약한 힘을 다해 가축우리 문을 열었을 때 문은 느릿하고 거칠게 삐걱거렸다. 똥거름과 돼지우리 냄새가 시큼하게 코를 찔렀지만 그 냄새에는 물리칠 수 없는 묘한 매력이 있었다.

마구간에서는 말들이 그 나름의 생활을 하면서 선 채로 건초와 귀리를 쩝쩝 소리를 내며 씹어댔다. 말들은 언제 어떻게 잠을 잘까? 마부는 말들도 이따금 누워서 잠을 잔다고 말했다. 그러나 말들이 고통스럽고 어색하게 누워있는 모습을 상상하기가 어려웠고, 그 생각은 왠지 불쾌하기조차 했다. 말은 분명히 가장 깊은 밤 시간에 누웠을 것이다. 보통 말들은 외양간 한편에 서서 귀리가 하얀 액이 될 때까지 하루 종일 자근자근 씹어댔고, 부드러운 입술로 건초를 끊임없이 잡아당기며 긁어모았다. 말들은 모두 멋지고 튼튼했으며 반들거리는 엉덩이(이 엉덩이를 만지는 일은 아주 즐거웠다), 땅까지 늘어진 뻣뻣한 꼬리, 섬세한 갈기, 커다란 연보랏빛 눈을 가지고 있었다. 말들은 때때로 무섭고 이상하게 곁눈질을 하곤 했다. 이럴 때는 마부가 우리에게 들려준 무서운 얘기가 떠오르곤 했다. 말들은 제각기 일 년에 한 번 자기만의 특별한 날, 즉 성(聖) 플로르와 라브르의 날[19]을 갖고 있다는 것이다. 이 날 말은 자기를 노예로 만든 인간에게 복수하고, 항상 마구(馬具)를 차야만 하고 이 세상에서 단지 짐을 운반하고 달려야만 하는 이상한 임무를 수행해야 하는 자신의 삶에 대해 복수하기 위해 인간을 살해하려고 한다는 것이다···. 여기에서도 거름 냄새가 독하게 났지만, 가축우리에서 나는 냄새와는 전혀 달랐다. 왜냐하면 이곳의 거름은 전혀 다르기도 하고, 이 거름 냄새가 말 냄새, 마구 냄새, 썩은 건초 냄새 그리고 마구간 특유의 냄새와 뒤섞였기 때문이었다.

마차차고에는 경주용 마차, 타란타스, 할아버지의 고풍스런 상자 모양의 썰매가 있었다. 이 모든 것들은 긴 여행에 대한 꿈과 관련 있었다. 타란타스의 뒷부분에는 아주 재미있고 비밀스런 여행용 상자가 달려 있었다. 오래되고 꼴사나운 상자 모양의 썰매는 할아버지가 이 세상에 남긴 뭔가 비밀스런 것이 묻어있다는 걸로 관심을 끌었는데, 요즘 썰매와는 전혀 달랐다. 제비들은 헛간에서 푸르른 창공으로 날아올랐다가 다시 창공에서 헛간 문과 지붕 밑으로 날아들면서 검은 화살처럼 계속 이리저리 날아다녔다. 제비들은 헛간 문과 지붕 밑에 석회가 섞인 조그만 둥지를 지었는데, 둥지의 단단함과 불룩한 모습, 석회를 붙인 솜씨가 너무나 멋졌다. 지금도 종종 이런 생각이 든다.

"이제 죽으면 더 이상 하늘도 나무도 새도 그동안 익숙해졌던 많은 것들도 보지 못하리라. 익숙한 것들과 헤어진다는 건 너무나 슬플 거

---

[19] 성 플로르와 라브르의 날은 러시아력에 따르면 8월 31일이다.

야!"

제비들과 헤어지는 일은 특히나 슬플 것이다. 제비들은 얼마나 귀엽고 사랑스럽고 순결하고 아름다운가! 또 얼마나 우아한가! 번개처럼 빠르게 비상하는 이 '귀여운 제비들'은 분홍빛 하얀 가슴과 검푸른 머리와 역시 검푸르고 뾰족하고 긴, 열십자로 접은 날개를 갖고 있는데, 늘 행복하게 재잘댄다! 헛간 문은 항상 열려 있었다. 그 어떤 것도 우리가 원할 때 그곳에 들르는 것을 방해하지 않았고, 몇 시간씩 재잘대는 제비를 뒤쫓아 다니고 제비들 중에서 어떤 제비를 잡는 공상에 잠기는 것을 방해하지 않았다. 또 우리가 경(輕)사륜마차에 올라타거나 타란타스와 상자 모양의 썰매에 기어올라 펄쩍펄쩍 뛰어오르며 어디론가 멀리 멀리 가는 것을 방해하지 않았다···.

왜 인간은 유년시절부터 먼 곳, 탁 트인 넓은 공간, 깊은 곳, 높은 곳, 미지의 것, 위험한 것에 마음이 끌리는 걸까? 왜 인간은 삶을 흔들어 놓을 수 있고, 뭔가 혹은 누군가를 위해 삶을 잃을 수도 있는 것에 마음이 끌리는 걸까? 우리의 운명이 '신이 주신 것', 즉 땅과 생명에만 제한된다면 이런 일이 가능할까? 분명히 신은 우리에게 훨씬 더 많은 것을 주었다. 유년시절에 읽고 들은 옛이야기를 떠올리다보면, 나는 지금도 알려지지 않은 것과 이상한 것에 대한 얘기가 가장 매혹적이었음을 느낀다. '어떤 왕국에, 저 머나 먼 미지의 나라에 ··· 산 너머, 계곡 너머, 푸른 바다 너머에 ··· 지혜로운 바실리사 공주가 살았는데 ··· '.[20]

곡물창고는 거대한 잿빛 짚단, 음산한 공허, 널찍함, 내부의 어스름 때문에 매혹적이고 무서웠다. 문 밑으로 숨어서 거기로 기어 들어가면 바람이 그 안을 뒤지며 사각거리는 소리를 들을 수 있다. 곡물

---

[20] 지혜로운 바실리사는 러시아 옛이야기에 등장하는 여주인공이다.

창고 한쪽 구석에는 먼지가 뽀얗게 앉은 성상화 액자가 걸려 있었다. 그러나 성상화가 걸려있어도 악마가 밤마다 그곳으로 날아든다고 사람들은 말했다. 악마와 악마를 위협하는 성상화의 결합은 특히나 무서운 생각을 불러일으켜라. 프로발은 더 멀리 떨어진 곳에, 그러니까 곡물창고 너머, 탈곡장 너머, 무너진 곡물건조장 너머에 있었다. 프로발은 별로 크지는 않지만 매우 깊은 골짜기였다. 그곳엔 깎아지른 듯한 경사면과 유명한 '계곡'이 있고, 그 바닥에는 키가 큰 잡초들이 무성하게 자라고 있었다. 내게 프로발은 세상의 모든 외진 장소 중에서도 가장 외진 장소였다. 그곳은 참으로 축복받은 황량한 장소였다! 나는 이 계곡에서 누군가를 사랑하고 누군가를 연민하면서 평생 앉아있을 수 있을 것만 같았다. 계곡의 경사면에는 꽃 모양과 꽃 이름으로 보아 정말로 매혹적인 꽃이 무성하게 자란 키가 큰 풀들 사이에 피어 있었다. 그것은 끈적기리는 갈색 줄기를 가진 진홍빛 성모(聖母)의 꽃이었다! 그리고 검은 방울새의 짧은 노래가 잡초 속에서 너무나 슬프고 사랑스럽게 울려퍼졌다! 튜-튜-튜-튜-유 …

8

그 후 나의 유년생활은 점점 더 다양해졌다. 나는 영지(領地)생활을 더 많이 알게 되었고, 더 자주 브이셀키로 달려가곤 했으며, 이미 로쥐제스트보와 노보셀키나 바투리노에 있는 할머니 집에도 갔다 왔다….

영지에 해가 뜨고 정원에서 새가 재잘거리기 시작하면 아버지는 잠에서 깨어난다. 모두가 자기와 함께 깨어나야만 한다고 확신하는 아버지는 큰 소리로 기침을 하며 '사모바르!'21) 하고 소리친다. 우리도 잠에서 깨어나 맑은 아침을 기뻐하면서 — 다시 말하지만 나는 여전히 다른 사람들을 알아보길 원하지 않고 그들을 알아볼 수도 없다 — 초조한 마음으로 벚나무 밭으로 서둘러 달려가 새들이 쪼아먹고 햇볕에 잘 익은, 우리들이 좋아하는 버찌를 딴다. 가축우리에서는 아침마다 이 시간에 문이 새롭게 삐걱거린다. 문 쪽에서 사람들은 큰 소리를 치고 비명을 지르며 철썩철썩 채찍질하면서 젖소, 돼지, 곱슬곱슬한 잿빛 털에 살이 찐 흥분한 양떼를 물기가 많은 아침 사료 쪽으로 내몰고, 말들에게 물을 먹이려고 들판에 있는 연못으로 말들을 몰고 간다. 한꺼번에 힘차게 나아가는 말떼의 발굽소리 때문에 땅이 울린다. 한편 하인들이 사는 농가와 하얀 부엌의 페치카에서는 이미 오렌지색 불꽃이 타오르고 부엌데기들이 음식을 만들기 시작한다. 개들은 음식 만드는 일을 바라보고 냄새를 맡으려고 창밑 문턱으로 기어들어와 종종 날카로운 비명소리를 지르며 옆으로 뛰어오른다….

 차를 마신 후에 아버지는 이따금 날 경기용 마차에 태워서 들녘으로 데리고 나간다. 들녘에서는 계절에 따라 농부들이 밭을 갈고 있다. 맨발에 모자도 쓰지 않은 농부들이 몸을 흔들면서 부드러운 밭고랑에 발을 헛디디며 긴장한 말에 자기 몸과 육중하게 삐걱이는 쟁기를 잘 맞추면서 걸어가고 있다. 쟁기의 대목(台木)이 잿빛 지층을 갈아엎는다. 수많은 처녀들은 수수를 뽑거나 감자를 캔다. 그들의 화려한 의상과 민첩한 동작을 보고, 깔깔대는 소리와 노래 소리를 들으면 기분이 좋아진다. 땀으로 거무스름해진 등짝에 셔츠 깃의 단추를 풀고 머리를 작은 가죽 띠로 묶은 풀 베는 사람들이 휘파람을 불고 몸을 흔들며, 두 다리를 양쪽으로 벌리고 엉거주춤 앉아서 폭염 밑에서

---

21) 안에 숯불을 넣어 물을 끓이는, 러시아 특유의 차 주전자.

건초를 베고 있고, 햇빛에 달구어진 노란 호밀 벽을 쓰러트리고 있다. 건초를 베는 사람들 뒤에서 옷자락을 허리춤에 끼워 넣은 아낙들이 갈퀴질을 하고 있고, 몸을 구부정하게 구부리고 머리를 숙인 채 햇볕에 달구어진 황금빛 호밀 짚 냄새가 나는, 살을 찌르고 머리가 큰 호밀 단과 씨름하면서 호밀 단을 무릎으로 눌러 단단히 잡아매고 있다…. 날카롭게 벼리어진 큰 낫의 소리는 말할 수 없을 만큼 매혹적이다. 모래로 거칠어진 물에 젖은 삽 모양의 작은 조각이 큰 낫의 빛나는 칼날을 따라 때론 한쪽에서 때론 다른 쪽에서 묘하게 빛난다! 항상 사람들의 기분을 좋게 만드는 풀 베는 사람이 있다. 그는 하마터면 어떻게 멀쩡한 메추라기 둥지를 베어버릴 뻔했는지, 어떻게 메추라기를 거의 다 잡았다 놓쳤는지, 어떻게 뱀을 반 토막 냈는지 얘기해준다. 나는 이미 아낙에 대한 이야기도 알고 있다. 이따금 달이 뜨는 밤에—낮에는 너무 건조해서 낟알이 떨어진다—이 아낙들은 호밀 단을 묶는다. 나는 지금도 이 밤일의 시적인 매력을 느낀다….

   그런 날들을 내가 많이 기억하고 있는가? 물론 아주, 아주 적다. 지금 내가 떠올리고 있는 아침은 내 기억 속에 명멸하는 단편적인, 다양한 시간의 그림들로 구성된 것이다. 나는 이런 정오를 기억한다. 작열하는 태양, 식당에서 나는 자극적인 냄새, 들녘에서 돌아오는 모든 사람들이 느끼는, 이미 준비된 점심에 대한 즐거운 예감. 아버지도, 땀투성이의 말을 타고 빠르게 뒤뚱거리며 오고 있는, 햇볕에 얼굴이 그을리고 곱슬곱슬한 붉은 턱수염을 기른 집사도, 사람들과 함께 풀을 베고 밭둑에서 벤 꽃과 풀(풀 위에는 반짝반짝 빛나는 큰 칼들이 놓여있다)을 가득 실은 마차를 타고 마당으로 들어오는 일꾼들도, 연못에서 물로 씻겨 거울처럼 반짝이고 까만 꼬리와 갈기에서 물이 뚝뚝 떨어지는 말들을 몰고 오는 사람들도 이미 준비된 점심에 대해 즐겁게 예감한다….

어느 날 바로 이런 정오에 나는, 마차를 타고 꽃과 풀 위에 앉아서 노보셀키 출신의 농부의 딸 사쉬카와 함께 들녘에서 돌아오는 니콜라이 형을 보았다. 나는 이미 하인들로부터 그들에 대해 무슨 소리를 들었는데, 뭔가 이해할 수는 없었지만 왠지 내 가슴에 새겨져 있었다. 지금 마차를 타고 오는 두 사람을 보자마자 나는 남 몰래 황홀해하며 그들의 아름다움과 젊음과 행복을 느꼈다. 갸름한 얼굴에 마르고 키가 큰, 아직 완전히 소녀티를 벗지 못한 그녀는 형을 외면한 채 마차에서 맨발을 늘어뜨리고 속눈썹을 내리깔고 손에 단지를 들고 있었다. 형은 테가 없는 하얀 모자를 쓰고 얇은 마포로 만든, 앞가슴이 비스듬히 트인 셔츠를 입고 있었는데 깃의 단추가 풀어져 있었다. 햇볕에 그을린 말쑥한 젊은 형은 고삐를 잡고, 빛나는 눈으로 그녀를 바라보며 유쾌하고 사랑스런 미소를 띠면서 그녀에게 뭐라고 말하고 있었다….

오전 예배에 참석하러 로쥐제스트보로 여행한 것이 기억난다.

이곳은 모든 것이 특별한 축제분위기이다. 노란 비단셔츠와 면비로드로 만든 소매 없는 웃옷을 입은 마부는 세 마리의 말이 끄는 타란타스의 마부석에 앉아있다. 깨끗이 면도를 하고 도시 사람처럼 차려 입은 아버지는 붉은 테가 있는 귀족 모자를 쓰고 있다. 모자 밑으로는 관자놀이에서 눈썹까지 옛날식으로 땋아 늘인, 아직도 촉촉한 검은 머리칼이 보인다. 어머니는 주름장식이 많이 달린 붉고 가벼운 드레스를 입고 있다. 머리칼에 포마드를 잔뜩 바른 나는 비단셔츠를 입고 몸과 마음으로 축제의 긴장감을 느낀다 ….
 들판은 벌써 답답하고 무덥다. 움직이지 않는 키가 큰 곡물들 사이로 난 길은 비좁고 먼지로 덮여 있다. 마부는 거만하게 농부와 아낙들 옆을 지나간다. 농부와 아낙들도 예쁜 옷을 입고 축일을 맞이하러 간다. 이 마을에서 나는, 아주 가파른 돌산의 비탈과 새롭고 풍요로운 인상 때문에 심장이 얼어붙는 듯한 기쁨을 느낀다. 마을에 사는 농부들의 농가는 모두 크고 넉넉하며, 탈곡장에는 오래된 떡갈나무와 양봉장이 있다. 이곳에 사는, 상냥하지만 독립적인 집주인들은 키가 크고 몸집이 단단한 소지주들이다. 언덕 아래, 까악까악 울고 있는 갈가마귀들이 앉아있는 키 큰 버드나무 가지 그늘 아래로 버드나무 냄새와 버드나무들이 자라고 있는 낮은 지대의 습한 냄새를 서늘하게 풍기며 깊고 검은 강이 굽이쳐 흐르고 있다. 맑은 물살에 잠긴 놀다리를 선너 위로 오르면 맞은편 언덕, 교회 잎 빈디에 화려하게 옷을 차려 입은 사람들이 있다. 처녀들, 아낙들, 깨끗한 긴 상의에 원뿔 모양의 모자를 쓴, 등이 굽고 노쇠한 노인들.
 교회 안은 비좁고, 이 비좁은 공간과 타오르는 촛불과 교회의 둥근 지붕으로 쏟아지는 햇볕 때문에 따스하고 향긋한 열기가 넘친다. 그리고 비밀스런 자긍심이 있다. 우리들은 맨 앞에서 아주 멋지고 능숙하고 단정하게 기도를 한다. 예배가 끝난 뒤에 신부는 맨 먼저 입맞춤을 하도록 구리 냄새가 나는 십자가를 우리에게 건네고 아첨하듯이 허리를 굽힌다. 예배가 끝난 뒤에 우리는 다닐로라는 노인의 마당에서 휴식을 취하며 따끈한 구운 과자와 나무 대접에 있는 꿀을 곁들여 차를 마셨다. 하얀 곱슬머리를 한 상냥한 도깨비 같은 다닐로의 갈색 목은 금이 간 코르크와 비슷하다. 한 번은 다닐로가 구부러지지 않는 까만 손가락으로 꿀이 녹아 흐르는 호박 벌집 조각을 직접 집어서 내 입에 넣어준 것이 — 나는 모욕을 느꼈다! — 평생 내 기억에 남았다….

　나는 우리가 가난해졌고, 아버지가 크림전쟁중에 '많은 돈을 탕진했으며', 탐보프에 살 때는 도박으로 많은 돈을 날렸다는 걸 이미 알고 있었다. 그러나 아버지는 너무나 무사태평했고, 괜히 스스로를 놀라게 하려고 애쓰면서 우리의 마지막 재산이 곧 '경매에 붙여질 거라고' 종종 말하곤 했다. 나는 돈강 너머의 영지가 이미 '경매로 넘어가' 더 이상 우리 것이 아니라는 걸 알았다. 그러나 나는 그 당시부터 만족과 행복을 느끼고 있었다. 나는 우리 집의 즐거운 식사시간, 기름기가 흐르는 진수성찬, 녹음, 눈부신 빛, 활짝 열린 창문 너머의 그림자, 많은 수의 하인들, 열린 문을 통해 집안으로 기어 들어오는 숱한 사냥개들, 수많은 파리들과 근사한 나비들을 기억한다…. 점심식사 후 오랫동안 저택 전체가 말할 수 없이 달콤한 잠에 빠졌던 것을 기억한다. 그리고 이미 날 데리고 다니기 시작한 형들과의 저녁 산책과 형들의 젊은이다운 열광적인 대화를 기억한다…. 나는 어떤 아름다운 달밤을 기억한다. 달 아래 남쪽 지평선은 형용할 수 없을 만큼 아름답고, 경쾌하고 밝았으며, 달이 뜬 드높은 창공에는 보기 드문 감청색 별들이 아름답게 반짝였다. 형들은 이 모든 것이 우리가 알지 못하는, 아마도 아름다운 행복한 세계이며, 언젠가 우리도 그 세계로 가게 될 것이라고 말했다. 이런 밤이면 아버지는 집에서 잠을 자지 않고 창밑의 짐마차나 마당에서 잠을 잤다. 짐마차 위에 건초가 깔리고, 건초 위에 이부자리가 깔렸다. 아버지는 유리창에 황금빛으로 반짝이며 자신에게 쏟아지는 달빛을 받으며 따스하게 잠을 잘 수 있는 것 같았다. 이렇게 잠잘 수 있고, 잠자면서 밤새 달빛과 시골 밤과 낯익은 주변의 들판과 낯익은 저택의 평화와 아름다움을 느끼는 것이 최상의 행복이란 생각이 들었다….

　단 하나의 사건, 끔직한 대사건이 이 행복한 시절을 우울하게 만들었다. 어느 날 저녁, 들녘에서 농사용 말을 몰고 온 목동들이 저택의 마당으로 뛰어 들어왔다. 그들은 말을 타고 전속력으로 달리던 셴카가 말과 함께 프로발로, 프로발의 밑바닥으로, 진흙 구덩이와 비슷한 게 있다고들 하는 그 무서운 풀숲으로 떨어졌다고 소리쳤다. 일꾼들, 형들, 아버지 — 모두가 셴카를 구하고 프로발의 밑바닥에서 끌어내기 위해 그곳으로 쏜살같이 달려갔다. 집안은 공포와 기대감으로 얼어붙었다. 셴카를 구할 수 있을까? 그러나 해가 지고 어두워지더니 이윽고 어둠이 깔렸다. 그러나 여전히 '그곳'으로부터는 아무런 소식도 없었다. 사람들이 돌아왔을 때, 모든 것이 더욱더 무겁게 가라앉았다. 셴카도 말도 모두 죽었다…. "즉시 경찰서에 알리고, 사람을 보내 '시신'을 지켜야만 해" — 나는 지금도 이 무시무시한 말을 기억하고 있다…. 내게 전혀 새로웠던 이 단어가 왜 그렇게 무시무시하게 들렸을까? 그건 내가 이미 예전에 이 단어를 알고 있었기 때문이 아닐까?

10

사람들이 똑같이 죽음에 예민한 것은 아니다. 평생 죽음을 생각하면서 유년시절부터 죽음에 대한 예민한 감각을 지닌 사람들이(무엇보다 종종 삶에 대한 아주 예민한 감각 때문에) 있다. 아바쿰 사제장[22]은 유년시절에 대해 얘기하면서 이렇게 말하고 있다.

"한 번은 이웃사람의 집에서 죽은 가축을 보았다. 그날 밤에 나는 자리에서 일어나 성상 앞에서 죽음을 생각하며 내 영혼에 대해 오랫동안 흐느껴 울었다. 나도 죽어야만 할 운명이었기 때문이다…."

나도 이런 부류의 사람들에 속한다.

나는 유년시절부터 유별난 감수성을 가지고 세상에 존재하는 어둡고 악한 힘들과 이런 힘들과 어느 정도 관련된 '죽은 사람들'에 대한 이야기에 귀를 기울였다. 나는 사람들이 '죽은' 아이와 '죽은' 삼촌에 대해 말하고, '죽은 사람들'이 저 세상 어딘가에 있다고 말하는 걸 들었다. 이런 얘기를 들으면서 나는 불쾌하고 이해할 수 없는 인상을 받았고, 어두운 방, 다락방, 괴괴한 밤 시간, 악마와 유령들에 대한 두려움을 느꼈다. 달리 말해 밤마다 살아나서 떠돌아다니는 '죽은 사람들'에 대한 두려움을 느꼈다.

나는 언제 어떻게 신에 대한 믿음과 개념 그리고 신에 대한 느낌을 갖게 되었는가? 죽음에 대한 개념과 함께 그것을 갖게 되었다고 생각한다. 아이, 죽음은 어쩐 일인지 신과 성상 앞의 등잔, 엄마의 침실

---

[22] 아바쿰 페트로비치(1620 혹은 1621~1682). 러시아 분리파교의 수장(首將)으로 《아바쿰 사제장의 생애》를 썼다. 아바쿰 사제장은 니콘 주교의 종교개혁에 반대하고, 자신의 확고한 비공식적 신념을 민중 속에 전파시켰다는 이유로 표도르 알렉세예비치 황제에 의해 푸스토제르 섬에서 화형당했다.

에 있던 은과 금장식이 붙은 검은 성상과 연관되어 있다. 불멸(不滅)도 물론 신과 연관되어 있다. 신은 하늘 속에, 이해할 수 없는 높이와 힘 속에, 우리 머리 위, 지상에서 끝없이 멀리 떨어진, 알 수 없는 푸르른 하늘 속에 있다. 이런 생각은 내 인생의 초창기부터 내 마음 속에 자리했고, 이런 생각과 함께 죽음에도 불구하고 우리들 모두의 마음 속 어딘가에 영혼이 있고 이 영혼은 영원히 죽지 않는다는 생각도 내 마음 속에 자리했다. 그러나 여전히 죽음은 죽음으로 남았다. 나는 땅 위의 모든 것은 죽을 수밖에 없다는 것을, 대체로 그렇게 빨리는 아니지만 특별히 어느 때나, 특히 사순절(四旬節) 전야에 죽을 수 있다는 것을 이미 알았고, 이따금 두렵게 느끼기까지 했다. 사순절 전야의 늦은 저녁에 우리 집에서는 모두들 갑자기 온순해지고 서로에게 용서를 구하면서 허리를 굽혀 공손히 인사하곤 했다.[23] 마치 오늘 밤이 진실로 지상에서의 마지막 밤이라고 생각하고 걱정하면서 마치 모두가 서로 헤어지기라도 하는 것 같았다. 나는 이 운명적인 밤에 최후의 심판, 무시무시한 '그리스도의 재림', 무엇보다도 나쁜 '사자(死者)들의 부활'이 일어날 수도 있다는 무거운 마음으로 항상 잠자리에 들곤 했다. 그리고 6주 동안 삶과 삶의 모든 기쁨을 거부하는 사순절이 시작된다. 사순절에는 구세주(救世主) 자신이 죽은 사순절 제 5주인 수난주간도 있다….

 수난주간에는, 축제일 전의 부산함 속에서도 우리 모두는 슬픔을 느끼고 특별히 정진하며 금식을 했다. 심지어 아버지까지도 슬퍼하고 절제하려고 괜한 노력을 했다. 그리고 금요일에는 로쥐제스트보 교회의 제단 앞에 베로니카의 손수건[24]이라고 불리는 천 조각이 놓

---

23) 대금식일 전의 마지막 일요일은 '용서의 날' 혹은 '속죄의 날'로 불렸다.
24) 형장으로 끌려가는 예수의 얼굴을 성녀 베로니카가 닦으니 예수의 얼굴이 남았다는 천. 이 천은 교회의 부활절 예배에서 사용된다.

인다는 걸 나는 이미 알고 있었다. 그 당시 이 천 조각을 아직 한 번도 본 적이 없는 내게 엄마와 유모는 그리스도의 관과 비슷한 것이라고 아주 무섭게 묘사했다. 성 토요일[25] 저녁 무렵에 우리 집은 안과 밖으로 은혜롭고 행복한 극도의 정결함으로 빛났고, 경건함 속에서 그리스도의 대(大) 축제일을 조용히 기다렸다. 토요일에서 일요일로 넘어가는 밤에 세상에는 놀라운 변화가 일어났고, 그리스도는 죽음을 물리치고 죽음에 대해 승리를 거두었다. 사람들은 우리를 새벽 예배에 데리고 가지 않았지만, 우리는 은혜로운 변화를 느끼며 잠에서 깨어났기 때문에 우리 마음에는 더 이상 어떤 슬픔도 자리할 곳이 없어 보였다.

그러나 슬픔은 부활절 날에도 있었다. 저녁에는 조용한 장밋빛 봄날의 들판에서 아득하지만 점점 가까이 노랫소리가 반복적으로 들려왔다.

"그리스도가 죽은 자들 가운데서 부활했도다."

잠시 후에 '그리스도를 모신 사람들'이 나타났다. 모자를 쓰지 않고 하얀 띠를 맨 젊은 농부들이 거대한 십자가를 높이 들어 올려서 날랐고, 하얀 숄을 두른 처녀들은 깨끗한 수건에 싼 교회 성상(聖像)을 나르고 있었다. 모두가 승리의 노래를 부르며 마당으로 걸어 들어왔고, 마침내 자랑스럽게 일을 완수했다는 느낌으로 흥분하고 기뻐하면서 현관 계단에 도착해서 조용해졌다. 그러고 나서 그들은 평등한 형제처럼 부드럽고 따스하고 아주 기분 좋고 싱싱한 입술로 우리 모두와 입맞춤을 했고, 십자가와 성상을 집안 홀로 가지고 들어왔다. 홀의 상석(上席)[26]에는 성상 앞의 현수등(懸垂燈)이 봄날 저녁놀의 엷은 어스름 속에서 반짝이고 있었다. 현수등 아래로 옮겨 논 탁자에

---

25) 부활 전 전주의 토요일.
26) 입구에서 맞은편 오른쪽 성상을 모신 곳.

아름다운 새 식탁보가 덮여 있었고, 사람들은 그 위에 성상을 올려놓고 십자가를 호밀 속에 알맞게 꽂아 놓았다. 이 모든 것은 얼마나 아름다웠던가! 그러나 아아, 이것들은 조금 슬프고 무섭기도 했다. 모든 것이 좋고 평온했다. 성상 앞의 등잔은 봄날의 푸르스름한 어스름 속에서 아주 부드럽고 평화롭게 타올랐다. 그러나 이 모든 것 속에는 뭔가 교회적이고 신성한 것이 있었는데, 다시 죽음과 슬픔의 감정과 결합되어 있었다.

나는 엄마가 이 상석에서 황홀한 슬픔에 잠겨 기도하는 것을 여러 번 보았다. 엄마는 홀에 혼자 남아 성상 앞의 현수등과 십자가와 성상 앞에 무릎을 꿇고 앉아서 기도했다…. 엄마는 뭘 슬퍼했던 것일까? 엄마는 대체로 평생 동안, 심지어 슬퍼할 만한 이유가 없어 보일 때에도 뭘 그리도 슬퍼했던 걸까? 엄마는 밤마다 몇 시간씩 기도를 올렸고, 이따금 아주 아름다운 여름날에 창기에 앉아 들판을 바라보며 눈물을 흘리곤 했다. 그건 엄마의 영혼이 모든 것과 모든 사람들, 특히 엄마의 가까운 혈육인 우리들에 대한 사랑으로 가득했기 때문이다. 그리고 모든 것은 흘러가고, 영원히 돌이킬 수 없이 흘러가고 세상에는 이별, 병, 슬픔, 실현 불가능한 꿈과 희망들, 말로 표현할 수도, 표현될 수도 없는 감정들 그리고 죽음이 존재하기 때문이다….

내게 죽음에 대해 알게 한 사람은 센카가 아니었다. 나는 센카가 죽기 전에도 어느 정도 죽음을 느끼고 있었다. 그러나 내가 인생에서 처음으로 진실하게 죽음을 느끼고, 죽음의 실제성과 마침내 우리에게도 죽음이 영향을 미칠 수 있다고 느끼게 된 것은 센카 덕분이었다. 나는 그때 처음으로 먹구름이 태양을 뒤덮듯이 이따금 죽음이 세상에 드리우고, 갑자기 우리의 모든 '행동과 실재'의 가치를 떨어트리며 이것들에 대한 우리의 관심과 이것들이 존재하는 합법성과 의미를 우리에게서 앗아가면서 모든 것을 슬픔과 권태로 덮어버린다는 것을 깨달았다. 그 잊을 수 없는 저녁에 죽음은 탈곡장 너머에서, 곡물 건조창 너머에서, 프로발 쪽에서 일어났다. 그 후 아주 오랫동안 나는 수상스럽고 고통스러운 뭔가가, 심지어 추악한 뭔가가 마치 그쪽에 존재하고 있는 것처럼 느꼈다. 내가 무슨 생각을 하고 무엇을 보든지 간에, 내 마음 속의 모든 것은 센카와 이런 무익한 질문들 — 말에 깔려 죽은 후에 센카에게 무슨 일이 일어났을까? 그는 지금 어떤 상태일까? 왜 그는 바로 그날 저녁에 죽었을까 — 과 관련되어 있었다.

11

하루하루가 모여 한 주가 되고 한 달이 되었고, 가을이 여름을, 겨울이 가을을, 봄이 겨울을 대신했다…. 그러나 내가 이것들에 대해 무슨 말을 할 수 있는가? 나는 단지 전체적인 것만을, 즉 이 시기에 내가 알게 모르게 의식적인 삶으로 접어들었다는 것만을 말할 수 있다.

나는 기억한다. 한 번은 엄마의 침실로 뛰어 들어가다가, 갑자기 문 맞은편에 걸려 있는 호두나무로 만든 타원형의 틀 속에 끼워진 조그만 거울에 비친 내 모습을 보았다. 그 순간 나는 그 자리에 굳어버렸다. 앞가슴이 비스듬히 트인 갈색 루바쉬카[27]에 반들반들한 모직으로 만든 검은색 넓은 바지와 다 해졌지만 염소가죽으로 만든 편안한 장화를 신은, 아주 키가 크고 늘씬한 마른 소년이 놀란 모습으로, 심지어 약간 공포를 느끼면서 날 바라보고 있었기 때문이다. 물론 나는 이전에도 거울 속에 비친 내 모습을 여러 번 보았지만 거울 속의

---

27) 러시아식 상의(셔츠).

내 모습을 기억하지는 못했고, 그 모습에 주의를 기울이지도 않았다. 그런데 지금 왜 거울 속의 내 모습에 주목한 것일까?

　분명한 것은, 어느 때부터인가, 아마도 흔히 그렇듯이, 여름 동안에 내게 일어난 변화에 내가 놀라고 살짝 두려움까지 느꼈기 때문이다. 결국 나는 그 변화를 갑자기 발견했던 것이다. 언제, 어느 계절에 이런 변화가 일어났고, 그때 내가 몇 살이었는지 나는 정확히 기억하지 못한다. 내 기억에, 거울에 비친, 소년의 얼굴이 창백했던 것으로 보아 이 변화는 가을에 일어났다고 생각한다. 가을에는 햇볕에 그을린 자국이 없어지고 탈색되기 때문이다. 그때 내 나이는 아마 일곱 살 정도였을 것이다. 나는 늘씬한 몸매, 햇볕에 붉게 탈색된 머리칼, 생기발랄한 표정을 한 소년이 맘에 들었고, 약간 놀라서 감탄했다는 것만을 더 정확하게 알고 있다. 무엇 때문일까? 분명한 것은 내가 갑자기 낯선 사람처럼 자신의 매력을 — 이미 상당히 큰 키, 늘씬함, 생기발랄하고 지적인 표정 — 알아챘기 때문이다. 이런 발견 속에는 왠지 모르지만 뭔가 슬픈 것이 있었다. 한 마디로 말해 나는 갑자기 내가 어린아이가 아니라는 걸 알게 되었고, 내 인생에서 어떤 변화, 아마도 더 나쁜 쪽으로의 변화가 시작되었다는 것을 어렴풋이 느꼈다 ….

　실제로도 그랬다. 그저 행복하기만 했던 시간들에 대한 기억은 대략 이때부터 끝났다. 물론 행복했던 시간들에 대한 기억이 그 자체로 적은 것은 아니었다. 그리고 이것은 내가 지상에서 습득했던 전혀 새롭고 실제로도 간단치 않은 몇몇 인식들, 생각들, 느낌들과도 일치했다. 그 후 나는 곧 내 인생에 등장한, 그 나름으로 훌륭한 어떤 사람을 알게 되었다. 나는 이 사람과 함께 공부를 시작했다. 나는 처음으로 중병을 앓았다. 그리고 새로운 죽음, 냐쟈의 죽음[28]과 그 후 할머니의 죽음을 겪었다 ….

12

 싸늘하고 음산한 어느 봄날에 갑자기 우리 집 마당에 프록코트를 입고 나타났던 한 남자가 다시 우리 집에 나타났다. 정확히 언제인지는 기억하지 못하지만 그 남자는 우리 집에 나타났다. 이 남자는 정말로 불행했지만 아주 특이한 사람이었다. 다시 말해 이 사람은 불행할 뿐만 아니라 자신의 의지로 불행을 창조했고, 마치 즐기기라도 하듯이 그 불행을 겪어냈다. 한 마디로 말해, 이 사람은 이후 내가 성년이 되어서야 자연스레 이해하게 되었던 끔찍한 부류의 러시아인에 속했다. 그의 이름은 바스카코프였다.[29]

 부유한 명문집안 출신인 그는 명민하고 재능 있는 사람이었다. 그러므로 그는 다른 사람들보다 더 잘 살 수는 없더라도 최소한 남만큼은 잘 살 수가 있었다. 비쩍 마른 그는 새우등에 매부리코이고 안색이 검었는데, '꼭 악마' 같다고 사람들이 말하는 데는 다 이유가 있었다.

 그의 성격은 광폭했다. 그가 아직 중학생이었을 때, 그의 아버지와 언쟁을 벌인 후 저주를 퍼붓고 집에서 뛰쳐나갔다. 그 후 아버지가 사망하자 유산분배 때 그는 형에게 미칠 듯이 화를 내며 유산 분배증서를 갈기갈기 찢어버렸고, '언제 어떻게 이런 증서가 만들어졌는지 모르지만' 자기는 어떤 분배도 원하지 않고 자기 몫으로는 한 푼도 받지 않겠다고 소리치면서 형의 얼굴에 침을 뱉은 다음, 자기 집

---

28) 부닌은 제 17장에서 냐쟈의 죽음, 즉 자기 여동생 사샤의 죽음에 대해 쓰고 있다.
29) 바스카코프의 원형은 부닌의 가정교사 N. O. 로마쉬코프이다. 로마쉬코프는 부닌에게 커다란 영향을 주었다.

문을 세차게 박차고 영원히 나와 버렸다. 이때부터 그의 방랑생활이 시작되었다. 그는 한 장소나 한 집에서 단 몇 달도 살 수가 없었다. 처음에 그는 우리 집에서도 적응하지 못했다. 그가 우리 집에 처음 나타난 직후에 아버지와 그는 하마터면 단검으로 서로에게 상처를 입힐 뻔했다. 그러나 그가 우리 집에 두 번째로 나타났을 때 기적이 일어났다. 얼마 후에 바스카코프는 우리 집에 영원히 머무르겠다고 선언했다. 그는 내가 중학교에 입학할 때까지 만 3년을 우리 집에서 살았다. 그는 대체로 경멸감과 증오심을 가지고 사람들을 대했지만, 우리 모두를, 특히 날 열렬히 사랑한다고 고백하기까지 했다. 그는 나의 양육자이자 가정교사가 되었다. 얼마 후에 나는 그를 열렬히 좋아하게 되었는데, 이것은 내가 그와의 친밀한 관계에서 경험한 아주 복잡하고 강렬한 감정의 원천이었다.

아버지와 엄마뿐민 아니라 할아비지외 증조할아버지, 러시아의 교양계층을 형성했던 아주 독특한 사람들로부터 물려받은 나의 풍부한 감수성은 타고난 것이었다. 바스카코프는 내 감수성의 발전에 크게 기여했다. 일반적 의미의 양육자와 가정교사로서 그는 아무 쓸모가 없었다. 그는 다른 책들과 함께 우연히 우리 집에 있던 《돈 키호테》의 러시아 번역본을 통해 나에게 읽기와 쓰기를 아주 빨리 가르쳤다. 더 무엇을 가르쳐야 할지 그는 알지 못했고, 전혀 알려고 하지도 않았다. 그런데 그는 항상 존경스럽고 섬세하게 엄마를 대했고, 보통 프랑스어로 말했다. 엄마는 내게 프랑스어로 읽기를 가르치라고 그에게 충고했다. 그는 재빨리, 그것도 아주 기쁜 마음으로 내게 프랑스어로 읽기를 가르쳤지만 다시 더 이상은 가르쳐 주지 않았다. 그는 내가 중학교 1학년에 입학하기 위해 읽어야만 하는 몇 권의 교과서를 읍내에 주문했고, 그저 그 교과서만을 암기하도록 했다.

그가 내게 준 막대한 영향은 전혀 다른 분야에서 나타났다. 대체로 그는 아주 폐쇄적이고 거칠게 생활했다. 이따금 그는 이상할 정도로 유쾌하고 다정하고 친절하고 말이 많고 재치가 있었으며, 심지어 명민하고 지칠 줄 모르는 훌륭한 이야기꾼이기도 했다. 그러나 그는 대체로 신랄하고 말이 없었으며, 늘 뭔가를 생각하고 독살스럽게 웃으면서 악의를 품고 중얼거렸다. 그리고 그는 비쩍 마르고 구부러진 다리로 재빨리 몸을 흔들어대면서 집안과 마당을 한없이 빠르게 걸어다녔다. 이런 때에 그는 자기에게 말을 걸려는 모든 시도를 단호하고 신경질적으로 예의를 갖추며 가로막거나 그냥 무례하게 끊어버렸다. 그러나 이런 때에도 그는 나를 보면 완전히 돌변했다. 그는 즉시 날 향해 급히 다가와 내 어깨를 껴안고 들판이나 정원으로 데리고 가서, 나와 함께 외진 곳에 앉아서 뭔가 이야기를 하고 뭔가를 큰소리로 읽어주면서 내 마음 속에 아주 모순적인 감정과 관념을 불러일으키곤 했다.

다시 말하건대, 그는 다양한 표정과 몸짓과 목소리의 재빠른 변화를 통해 모든 것을 묘사하면서 아주 멋지게 이야기했다. 그가 책을 읽을 때는 그의 책 읽는 소리에 정신이 팔려 귀를 기울일 수밖에 없었다. 그는 항상 습관대로 왼쪽 눈을 가늘게 뜨고 눈에서 책을 멀리 하고 읽었다. 그가 내 마음 속에 불러일으킨 상반된 감정과 관념은, 내 나이를 전혀 고려하지 않고 그가 선택한 이야기들이 무엇보다 그 자신이 경험한 것들 중에서 가장 괴롭고 자극적인 것으로 인간의 비열함과 잔혹성을 보여주는 것이었기 때문이다. 인간 영혼의 아름답고 고상한 정열에 관한, 영웅적이고 숭고한 뭔가에 대해 그가 읽고 있는 동안에 나는 귀를 기울이며 때론 사람들에 대한 증오 때문에, 때론 사람들 때문에 엄청나게 고통을 당한 그 자신에 대한 참을 수 없는 연민으로 속이 타올랐고, 때론 즐거운 흥분 때문에 심신이 마비되고 숨이 넘어갈 것만 같았다. 그의 두 눈은 왕새우 눈 같았다. 근시에다 항상 충혈되어 있었고 이글이글 타오르는 갈색 눈이었다. 그의 긴장된 표정은 사람들을 깜짝 놀라게 했다. 그가 이리저리 걸어다닐 때, 아니 더 정확히 말해 이리저리 뛰어다닐 때 그의 희끗희끗한 마른 머리칼과 늘 입고 다니는 구식 프록코트의 앞깃이 항상 펄럭거렸다.

그는 '그 누구에게도 부담이 되고 싶지 않다'는 강박증을 가지고 있었다. 당담배만을30) 끊임없이 피워댔고, 여름에는 곡물창고에서, 겨울에는 하인들이 없어서 오랫동안 비워둔 하인방에서 잠을 잤다. 음식에 관한 한, 사람들이 꼭 먹어야만 한다는 것은 완전한 선입관에 지나지 않는다고 그는 굳게 믿는 것 같았다. 식탁에서 그는 보드카와 식초를 친 겨자에만 관심이 있었다. 정말로 모든 사람들은 그가 그저 살아있는 것에 놀라워했다….

그는 사기 인생에서 일어났던 '깡패들'과의 격렬한 충돌에 대해, 자신이 한때 공부했던 모스크바에 대해, 그리고 한동안 헤매고 다녔던 볼가 강 너머 곰들이 사는 울창한 숲에 대해 내게 이야기했다. 그는 나와 함께《돈 키호테》,〈세계의 여행자〉라는 잡지,《땅과 사람들》이라는 제목의 책,《로빈슨 크루소》를 읽었다…. 그가 수채화를 그릴 때면, 나는 화가가 되는 강렬한 꿈에 사로잡혔다. 나는 물감이 든 상자만 봐도 온몸을 떨었고, 아침부터 저녁까지 종이에 물감을 덕지덕지 쳐 발랐으며, 연보랏빛으로 변하는 신기한 푸른 하늘을 쳐다보며 몇 시간씩 서 있곤 했다. 태양을 마주하고 있는 무더운 한낮에 푸르른 하늘이 마치 이 푸르름 속에 파묻힌 듯한 나무들의 우죽 사이로 희미하게 비쳐 보였다. 내 마음은 땅과 하늘 색깔이 주는 진실로 신성한 뜻과 의미에 대한 심오한 느낌으로 영원히 충만되었다. 인생이

---

30) 가지과의 풀인 당담배를 썰어 만든 싸구려 담배.

내게 준 것들을 결산하면서 나는 이것이 가장 중요한 결과들 중의 하나라고 생각한다. 나뭇가지와 잎사귀들 사이로 비쳐 보이던 이 연보랏빛 푸르름을 나는 죽어가면서도 기억할 것이다….

13

아버지 서재의 벽에는 사냥용 단검이 걸려 있었다. 나는 아버지가 이따금 칼집에서 단검의 하얀 칼날을 꺼내어 그걸 아시아식 짧은 실내옷 앞깃에 문지르는 걸 보았다. 나는 매끈하고 차갑고 날카로운 강철을 만져만 보고도 너무나 달콤한 환희에 사로잡혔다! 나는 칼날에 입을 맞추고 싶었고, 그 칼날을 내 심장에 꼭 누르고 싶었다. 그리고 뭔가를 찔러서 단검 자루까지 꽂아 넣고 싶었다. 아버지의 면도기도 강철이었고 날카로웠지만 나는 면도기에는 마음을 두지 않았다. 지금도 나는 온갖 종류의 강철 무기를 보면 흥분된다. 나의 이런 감정은 어디에서 생겨났을까?

유년시절에 나는 착하고 상냥했다. 그러나 언젠가 한 번은 진짜로 즐거워하면서 한쪽 날개가 부러진 어린 갈가마귀를 칼로 베어 죽였다. 지금도 기억하는데 마당은 텅 비어 있었고, 집안은 왠지 썰렁하고 조용했다. 이때 갑자기 나는 축 처진 날개를 편 채 몸을 옆으로 하고 거북하게 어딘가로 급히 가고 있는 아주 까만 큰 새를 보았다. 이 새는 곡물창고를 향해 풀밭을 깡충깡충 뛰어가고 있었다. 나는 서재로 냅다 달려가 단검을 들고 창문으로 펄쩍 뛰어내렸다…. 내가 갈가마귀를 따라잡았을 때, 갈가마귀는 갑자기 죽은 듯이 꼼짝도 하지 않았다. 갈가마귀는 공포를 느끼며 눈을 맹렬하게 번득이면서 몸을 옆으로 젖히고 땅에 착 달라붙은 다음, 커다랗게 벌린 부리를 들어올리고 이를 갈면서 증오심으로 식식거렸다. 갈가마귀는 목숨을 걸고 나와 싸울 결심을 한 듯했다…. 그때 난생 처음으로 저지른 살해는 나에겐 완전한 사건이었다. 이 사건 후 며칠 동안 나는 기분이 언짢은 채로 돌아다녔다. 나는 내 영혼의 크나큰 고통을 위해 나의 추한 대죄를 용서해달라고 신뿐만 아니라 온 세상에 몰래 기도했다. 그러나 그럼에도 불구하고 나는 나에게 필사적으로 대항하고 내 손을 쪼아 피를 냈던 이 불행한 갈가마귀를 칼로 베어 죽였다. 나는 갈가마귀를 칼로 베어 죽이면서 엄청난 만족을 느꼈다.

나는 여러 번 바스카코프와 함께 다락방으로 기어 올라갔다. 전해 내려오는 얘기에 의하면, 다락방에는 할아버지와 증조할아버지의 군도(軍刀) 같은 것이 굴러다니고 있었다! 우리는 어스름 속에서 허리를 굽히고 아주 가파른 계단을 따라 다락방으로 기어 올라샀다. 우리는 들보와 도리,[31] 재와 쓰레기 더미를 지나 앞으로 나아갔다. 그곳은 다락방답게 따스하고 답답했으며, 찬 연기와 재와 페치카 냄새가 났다. 세상에는 하늘과 태양과 공간이 있는데, 여기에는 어스름과 질식할 것 같고 졸린 듯한 뭔가가 있었다. 들판에서 불어오는 바람이 제멋대로 우리 옆의 지붕에서 요란스럽게 소리를 냈지만, 이곳에서는 바람소리가 잦아들면서 마법에 걸린 듯이 불길한 바람으로 변했다…. 어스름이 다소 걷히자 우리는 지붕창에서 비치는 빛을 이용하여 벽돌로 만든 연도(煙道)의 수평부와 연통(煙筒)의 목 부분을 따라 빙 돌았다. 우리는 계속해서 이리저리 돌아다니며 들보 아래와 위에 비스듬히 누워있는 서까래 밑을 들여다보았고, 장소와 빛에 따라 때론 회색으로, 때론 보랏빛으로 보이는 재를 파헤치기도 했다…. 만

---

[31] 들보와 직각으로 기둥과 기둥을 건너서 위에 얹는 나무. 서까래를 받치는 구실을 함.

약 우리가 이 환상적인 군도를 찾아냈다면! 만일 그랬다면 나는 행복해서 숨이 막혀 죽었을 것이다! 그러나 군도가 내게 무슨 소용이 있단 말인가? 군도를 향한 나의 열정적이고 무의미한 사랑은 어디에서 연유한 것일까?

그러나 세상의 모든 것은 다 무의미했고, 왜 존재하는지도 모르고 존재했다. 나는 이미 이것을 느끼고 있었다.

공연한 탐색에 지쳐서 우리는 쉬곤 했다. 나와 함께 탐색을 한 이 이상한 사람, 왠지 자신의 인생을 완전히 망쳐버리고 세상을 떠돌며 괜히 인생을 허비한 사람, 나의 무익한 꿈과 열정을 이해한 유일한 이 사람은 도리 위에 앉아서 시가를 둘둘 말았고, 자기 생각에 푹 빠져서 화를 내며 뭐라고 웅얼거렸다. 나는 서서 지붕창을 바라보았다. 이제 다락방은 거의 완전히 밝아졌다. 특히 창 주변이 밝았다. 다락방의 바람소리도 그다지 불길하게 느껴지지 않았다. 그러나 여기에서 우리는 우리 나름대로 존재했고, 저택도 그 나름대로 존재했다. 나는 마치 낯선 사람처럼 저택과 평화롭게 흘러가는 저택의 생활을 상상해 보았다.

내 발 밑 바로 아래, 햇빛이 비치는 정원에 서 있는 나무들의 회청색과 암녹색 우죽이 다양한 모습으로 둥글게 보였다. 위쪽에서 이 우죽을 바라보니 너무나 이상했다. 참새들이 활기차게 짹짹대며 우죽에 흩어져 앉아있었다. 안쪽으로 그늘이 진 우죽의 위쪽은 태양 아래에서 유리처럼 반짝였다. 나는 우죽을 바라보며 생각했다. 이것은 무엇을 위해 존재하는가? 아마 이것은 아주 멋지게 보이기 위해서만 존재할 것이다.

정원 너머에, 그리고 정원에 인접한 들판 너머 바로 지평선 위에 바투리노가 먼 숲처럼 푸른빛을 띠고 있었다. 엄마의 엄마인 할머니는 왠지 모르게 바투리노의 구식 저택에서, 아주 높은 지붕에 색유리가 끼워진 집에서 벌써 80년을 살고 있었다. 왼쪽으로는 모든 것들이 태양의 열기 속에서 빛나고 있었다.

초원 너머에는 노보셀키가 있었다. 다시 말해 버드나무, 채소밭, 가난한 농부들의 곡식창고, 긴 거리를 따라 죽 늘어선 초라한 농가들이 있었다. 왜 그곳에 암탉, 송아지, 개, 물을 운반하는 마차, 헛간, 배가 불룩한 아이들, 이가 많은 아낙들, 아름다운 처녀들, 털이 많은 따분한 농부들이 존재하는가? 왜 니콜라이 형[32]은 거의 매일 사쉬카를 만나러 그곳으로 갔을까? 사쉬카의 귀엽고 소박한 얼굴, 목둘레를 둥글게 깊이 파낸 멋진 하얀 옥양목 셔츠, 늘씬한 몸매와 맨발을 보는 것이 형에게는 왠지 즐거웠기 때문이다…. 나도 목둘레를 둥글게 깊이 파낸 것이 맘에 들었는데, 이것은 내게 고통스런 감정을 불러일으켰다. 나는 그 감정을 가지고 뭔가를 하고 싶었지만 무엇을, 왜 해야 하는지는 이해할 수 없었다.

그렇다, 그 시절, 다락방에 숨겨진 군도는 무엇보다 내 마음을 사로잡았다. 그러나 나는 사쉬카도 떠올리곤 했다. 한 번은 그녀가 저택에 와서 현관 계단 옆에 머리를 떨구고 서서 엄마에게 뭐라고 소심하게 말하고 있었다. 갑자기 나는 그런 그녀에 대해 아주 달콤하고 고통스런 감정을 느꼈다. 인간의 모든 감정들 중에서 가장 이해할 수 없는 감정이 내게 처음으로 섬광처럼 나타난 순간이었다.

---

[32] 니콜라이의 형상에는 부닌의 친형 예브게니 알렉세예비치의 몇몇 특징이 나타나 있다.

14

 내가 읽기를 배우는 데 사용했던《돈 키호테》, 이 책의 삽화, 기사(騎士) 시대에 관한 바스카코프의 이야기는 나의 넋을 완전히 빼앗아버렸다. 성, 톱니 모양의 벽과 탑들, 들어올리는 다리,[33] 갑옷, 투구의 얼굴덮개, 칼, 화승총으로 무장한 병사, 전투와 마상(馬上) 시합 등이 내 머리에서 떠나지 않았다. 기사로 헌신할 것을 꿈꾸면서, 머리칼을 풀어 젖히고 무릎을 꿇고 있는 젊은이의 어깨를 마치 최초의 성찬식처럼 초승달 모양의 긴 칼로 치명적으로 내리치는 것을 꿈꾸면서 나는 등골이 오싹해졌다. 알렉세이 톨스토이의 편지에는 이런 구절이 있다.
 "바르트부르그는 얼마나 멋진 곳인가! 거기에는 12세기의 기구들도 있습니다. 당신의 심장이 아시아적인 세계에서 두근거리는 것처럼 내 심장은 기사들의 세계에서 두근거리기 시작했습니다. 나는 예전에 내가 이 세계에 속해 있었다는 걸 알고 있습니다."[34]
 나도 예전에 이 기사들의 세계에 속했다고 생각한다. 나는 한평생 유럽에서 가장 유명한 성들을 많이 방문했다. 이런 성들을 찾아 돌아다니면서 나는 여러 번 깜짝 놀랐다. 브이셀키의 다른 아이들과 별로 다를 바 없던 어린아이인 내가, 책 속의 삽화를 보고 싸구려 담담배를 피우는 정신나간 방랑자들의 얘기만을 들었던 내가 어떻게 이 성들의 옛날 생활을 그처럼 확실하게 느끼고 정확하게 상상할 수 있었

---

[33] 성 둘레의 해자(垓字)에 걸친 들어올리는 다리를 말한다.
[34] 알렉세이 콘스탄티노비치 톨스토이(1817~1875)는 역사 소설가이자 극작가이다. 《이반 뇌제의 죽음》(1866), 《표도르 황제》(1868), 《보리스 황제》(1870)가 유명하다. 이 인용문은 1867년 9월 37일, 알렉세이 톨스토이가 S. A. 톨스타야에게 보낸 편지의 일부분이다.

을까? 그렇다. 언젠가 나는 이 세계에 속해 있었던 것이다. 심지어 나는 열렬한 가톨릭 신자였다. 지금까지도 나는 아크로폴리스도, 바알베크도,35) 테베도,36) 페스툼도,37) 성 소피야도, 러시아 크레믈린 안의 오래된 교회들도 고딕식 성당들과 비교될 수 없다고 생각한다. 비록 비텝스크의 평범한 가톨릭 성당이었지만, 내가 (청년시절에) 처음으로 그 가톨릭 성당에 들어갔을 때, 나는 오르간 소리에 너무나 큰 감동을 받았다! 당시 나는 위협적이고 이를 가는 듯한, 우렛소리처럼 우렁차게 울려퍼지는 이 오르간 소리보다 더 멋진 소리는 이 지상에 없을 거라고 생각했다. 이 오르간 소리 사이사이에, 그리고 오르간 소리를 거스르면서 환희에 찬 천사들의 목소리가 활짝 열린 하늘에서 울려퍼졌다.

바다, 프리깃함, 로빈슨 크루소, 대양과 열대의 세계가 돈 키호테와 기사들의 성(城)을 뒤이었다. 나는 이전에 이 세계에도 속했던 것이 분명하다. 《로빈슨 크루소》와 《세계의 여행자》 속의 삽화들은 넓은 공간으로 표시된 남쪽 바다와 점으로 표시된 폴로네시아 섬들이 있는 커다란 노란색 세계지도와 함께 평생 내 마음을 사로잡았다. 좁고 긴 통나무배, 활과 창을 든 벌거벗은 사람들, 야자나무 숲, 커다란 잎사귀, 커다란 잎사귀 밑의 원시적인 오두막 — 나는 이 모든 것들을 아주 낯익고 친근하게 느꼈다. 마치 내가 이 오두막을 방금 떠났고, 바로 어제 졸음이 밀려오는 오후 시간에 천국 같은 고요 속에서 이 오두막 주변에 앉아있었던 것처럼 느꼈다. 나는 이 삽화들을

---

35) 바알베크는 2, 3세기경 고대그리스의 영향을 받은 시리아의 문화를 볼 수 있는 유적지로, 현재는 레바논에 있다.
36) 옛 그리스의 도시 국가.
37) 이탈리아 남부에 위치한 페스툼에는 기원 전 5, 6세기경의 그리스의 사원 세 개가 있다.

보면서 너무나 달콤하고 선명한 환상과 고향에 대한 진실한 그리움을 경험했다! 피에르 로티는 자신의 어린 시절에 '식민지'라는 단어가 함의했던, '마음을 두근거리게 하는 불가사의한' 의미에 대해 얘기하고 있다. 그는 이렇게 말하고 있다.

"나의 작은 앙투아네트는 식민지에서 가져온 많은 물건들을 — 새장 속 온갖 색깔의 새, 앵무새, 조개와 곤충 컬렉션 — 가지고 있었다. 나는 앙투아네트 엄마의 경대(鏡臺) 위에서 향기로운 알곡으로 만든 멋진 목걸이를 보았다. 이따금 우리가 올라갔던 다락방에는 짐승들의 가죽, 이상한 자루와 상자들이 있었는데, 이런 자루와 상자들에 적힌, 서인도 제도(諸島)에 있는 여러 도시들의 주소를 여전히 읽을 수가 있었다…."[38]

그런데 카멘카에도 이와 비슷한 것이 있을 수 있을까?
《지구와 사람들》에는 컬러 삽화가 있었다. 나는 특별히 두 개의 삽화를 기억한다. 하나는 대추야자나무, 낙타, 이집트의 피라미드를 그린 것이고, 다른 하나는 가늘고 매우 키가 큰 야자와 비스듬히 경사진 긴 목에 반점이 있는 기린을 그린 것이다. 기린은 온순한 사팔뜨기 눈이 박힌 작은 머리를 앞으로 쭉 뻗고, 침 같이 가는 혀를 깃털이 많은 머리 꼭대기 쪽으로 내밀고 있었다. 온 몸을 웅크려서 작은 덩어리 같은, 갈기가 긴 사자가 기린의 목을 향해 똑바로 공중으로 튀어 오르고 있었다. 낙타, 대추야자나무, 피라미드, 야자 아래 기린 — 이 모든 것들은 눈에 잘 띄는 두 가지 색, 즉 유난히 반짝이고 짙고 고른 푸르른 하늘과 밝고 노란 모래를 배경으로 하고 있었

---

[38] 피에르 로티(1850~1923) : 프랑스 작가로 본명은 쥴리앙 비오이다. 로티는 19세기 말~20세기 초에 인기 있었던 작가였다. 부닌은 로티의 소설 《어떤 아이의 이야기》(1890)를 직접 인용하고 있다. 인용문은 역자가 프랑스어에서 우리말로 옮긴 것이다.

다. 아! 나는 아주 건조한 폭염과 빛나는 태양만을 보았을 뿐만 아니라 푸르른 하늘과 노란 모래를 바라보며 정말로 에덴동산의 행복감에 숨이 막힐 것만 같은 기분을 온 몸으로 느꼈다! 나는 탐보프 들판에서, 탐보프 하늘 아래에서 내가 언젠가, 기억할 수 없는 이전의 삶 속에서 내가 직접 보면서 더불어 생활했던 모든 것들, 그리고 후에 이집트와 누비아[39]와 열대지방에서 보았던 모든 것들을 정말로 생생하게 떠올리면서 나는 이렇게 혼잣말을 할 수밖에 없었다.

"그래, 그래, 이 모든 것들은 내가 30년 전에 처음 '기억했던 것'과 꼭 같아!"

15

푸쉬킨은 〈루슬란과 류드밀라〉[40]에 부친 멋진 프롤로그로 날 깜짝 놀라게 했다.

바닷물이 휘어 들어간 곳에 푸르른 떡갈나무,
이 떡갈나무 위의 황금 쇠사슬….

몇몇 훌륭한, 심지어 아름답고 더없이 아름다운 시행도 있지만 얼마나 보잘것없어 보이는 시인가! 그러나 이 시행들은 평생 동안 내 삶에 스며들었고, 내가 이 지상에서 경험한 최고의 기쁨 중 하나가

---

[39] 이집트 나일강 유역의 고대 왕국.
[40] 아르세니예프는 이 소설에서 푸쉬킨의 시를 종종 자유롭게 인용하고 있다. 〈루슬란과 류드밀라〉(1820)는 운문으로 쓰여진 동화풍의 서사시로 오늘날에도 남녀노소의 사랑을 받고 있다.

되었다. 결코 어디에도 존재하지 않는, 바닷물이 휘어 들어간 어떤 곳, 아무 이유 없이 이곳에 나타나서 왠지 모르게 쇠사슬로 떡갈나무에 묶여있는 "유식한" 고양이, 레쉬,[41] 루살카,[42] "신비한 오솔길 위에 기괴한 짐승들의 발자국" — 정말 말도 안 되는 헛소리 같다. 그러나 분명 중요한 것은 합리적이고 진실한 뭔가가 아니라 말도 안 되는 헛소리, 황당무계하고 있을 수 없는 뭔가에 있다. 비이성적이고 술 취한 누군가가, 술 취하는 일에 "정통한" 누군가가 시인 자신에게 마법을 걸었다는 데에 이 시의 힘이 있다. 끊임없이 원을 그리며 움직이게 하는 마법 자체도("낮에도 밤에도 유식한 고양이는 항상 쇠사슬을 따라 빙빙 돌아다닌다") 아주 별나다. 그리고 "불가사의한" 오솔길도, "보이지 않는 짐승들의 발자국도" — 짐승들이 아니라 발자국뿐이다! — 정말로 별나다. 또 동이 틀 때가 아니라 "동이 틀 무렵에"다. 프롤로그의 단순성, 정확성, 생생함도(바닷물이 휘어 들어간 곳, 푸르른 떡갈나무, 황금 쇠사슬) 훌륭하다. 그리고 꿈, 환영(幻影), 다양함, 혼란스러움, 바닷물이 휘어 들어가고 온통 마법에 걸린 곳에 밀림이 우거진, 갈 수 없는 북쪽 나라의 구름과 이른 아침의 안개 비슷한 뭔가가 떠다니며 변화하고 있다.

> 그곳의 숲과 골짜기는 환영들로 가득차고,
> 동이 틀 무렵엔 텅 빈 바닷가 모래밭에
> 파도가 밀려온다.
> 서른 명의 멋진 기사들이 맑은 파도 속에서
> 차례로 걸어 나오고,
> 그들과 함께 용왕이 …

---

41) 고대 슬라브인들의 민간신앙과 민화 속에 등장하는 숲의 요정, 도깨비.
42) 고대 슬라브인들의 민간신앙과 민화 속에 등장하는 물의 요정.

고골의 〈옛 세계의 지주들〉과 〈무시무시한 복수〉[43]는 나에게 이상한 인상을 불러일으켰다. 거기엔 정말로 잊을 수 없는 구절들이 있다! 그 구절들은 어린 시절부터 내 안에 돌이킬 수 없이 들어와서 내 인생의 가장 중요한 것이 되었고, 오늘날까지도 내 귀에 경이롭게 울리고 있다. 고골이 표현한 대로 그 구절들은 내 "인생의 일부분"이 되었다. 이 "노래하는 문들", 정원에 "사치스럽게" 소리를 내는 이 "아름다운" 여름비, 정원 너머 "오래된 나뭇가지들이 무성한 개암나무 수풀로 덮여있는 숲에 사는 야생고양이들은 마치 비둘기의 털북숭이 앞발과 비슷했다…." 그리고 〈무시무시한 복수〉!

"키예프의 한 변방이 소란스럽고 요란하다. 카자크 일등대위 고로베츠가 아들의 결혼을 축하하고 있다. 많은 사람들이 결혼식 하객으로 카자크 일등대위 집에 몰려왔다…."

"카자크 일등대위의 의형제인 다닐로 부룰마쉬도 젊은 아내 카테리나와 한 살 된 아들을 데리고 저 건너 드네프르강에서 왔다. 하객들은 카테리나의 하얀 얼굴과 독일 빌로드처럼 까만 눈썹과 은빛 발굽의 부츠를 보고 깜짝 놀랐지만 그녀의 늙은 아버지가 그녀와 함께 오지 않은 것을 보고 더욱더 놀랐다…."

그리고 계속된다.

"빛이 온 세상을 고요하게 비춘다. 달이 산 너머에서 떠올랐다. 달빛은 마치 눈처럼 흰 다마스커스[44] 속옷감과 머슬린으로 드네프르강의 가파른 강 언덕을 덮은 듯했고, 그림자는 소나무 숲으로 더 멀리 사라졌다…. 드네프르강 한가운데에 떡갈나무 하나가 떠다녔다. 두

---

[43] 〈옛세계의 지주들〉과 〈무시무시한 복수〉는 니콜라이 바실례비치 고골(1809~1852)의 《지칸카 부근 마을의 야화》(1831~1832)와 《미르고로드》(1835)에 각각 수록된 단편으로 우크라이나를 배경으로 하고 있다.

[44] 시리아의 수도.

명의 젊은이가 몸을 앞으로 굽히고 앉아있다. 그들은 검은 카자크 모자를 삐뚜름하게 쓰고 있다. 노 밑에서는 물보라가 마치 불꽃처럼 사방으로 튀긴다….”

지금 카테리나는 자신의 두 팔에 안겨 잠자고 있는 아기의 얼굴을 손수건으로 닦아주면서 남편과 조용히 얘기하고 있다.

“손수건에는 붉은 비단실로 잎사귀와 열매가 수놓아져 있다. (내가 평생 동안 보고 기억하고 사랑한, 바로 그런 잎사귀와 열매들이다.) 그녀는 말없이 두 눈을 내리 뜨고 잠에 취한 강물을 바라본다. 바람에 잔물결이 일렁였고, 드녜프르강 전체가 한밤중 늑대의 털처럼 은빛으로 빛났다….”

나는 다시 한번 깜짝 놀란다. 어떻게 나는 그때 카멘카에서 이 모든 장면을 아주 놀랄 정도로 정확하게 떠올릴 수 있었을까! 내 어린 영혼은 무엇이 좋고 나쁜지, 무엇이 더 좋고 더 나쁜지, 어린 영혼에 무엇이 필요하고 불필요한지를 그때 벌써 어떻게 분별하고 짐작했을까! 나는 어떤 것에는 냉담하고 잘 잊어버렸지만, 다른 어떤 것들은 감격과 열정을 가지고 포착하여 영원히 기억하고 간직했다. 이때 나는 종종 놀랍도록 확실한 감각과 미각을 가지고 행동했다.

“모두들 밖으로 걸어나갔다. 산 너머로 초가지붕이 보였다. 그것은 다닐로의 할아버지 집이었다. 집 너머에 또 산이 있고, 거기엔 들판이 있다. 이 들판에서 100 베르스타를 걸어간다고 해도 카자크인은 한 사람도 볼 수 없다….”

그렇다, 내게 필요한 것은 바로 이런 것이었다!

“지주 다닐로의 집은 두 개의 산 사이에, 드녜프르강 쪽으로 내려가는 좁은 계곡에 자리하고 있다. 그리 높지 않은 그의 집은 평범한 카자크인의 오두막처럼 보였다. 집에는 밝고 깨끗한 방 하나만 있을 뿐이다…. 벽 주위를 따라 위쪽에 참나무로 만든 선반이 있다. 선반에는 식사용 대접과 식기들이 가득 놓여 있다. 식기들 사이에 은으로 만든 큰 컵과 금테를 두른 술잔이 있는데, 선물로 받았거나 전쟁에서 노획한 것들이다. 그 아래쪽으로 값비싼 격철총, 군도, 화승총, 창들이 걸려 있다…. 벽 밑에는 매끈하게 깎아 만든 참나무 벤치가 있다. 참나무 벤치 옆, 페치카에 붙은 침상 앞에는 천장에 고정시킨 링에 페인 노끈에 요람이 걸려 있다. 방바닥은 온통 매끈하게 밟아 다져졌고 진흙으로 발라져 있다. 벤치에서 다닐로가 아내와 함께 잠을 자고, 페치카에 붙은 침상에서는 늙은 하녀가 자고 있다. 요람 속에서는 어린애가 놀면서 잠을 자고, 방바닥에서는 젊은 하인들이 일렬로 누워 자고 있다…."

그 무엇과도 비교할 수 없이 훌륭한 부분은 에필로그이다.

"세미그라드의 공후인 지주 스테판을 위해 두 명의 카자크인 이반과 페트로가 살고 있었나…."

〈무시무시한 복수〉는 모든 영혼에 깃들어 영원히 살게 될 고상한 감정을 내 마음 속에 불러일으켰다. 이것은 가장 성스러운 합법적 복수의 감정이고, 악과 극도의 무자비함에 대한 선의 최종 승리를 위한 가장 성스러운 필연성의 감정이다. 때가 되면 악은 그 무자비함에 대해 벌을 받게 된다. 이 감정은 신을 향한 분명한 갈망이자 신에 대한 믿음이다. 신이 승리하고 신의 정의로운 심판이 이루어지는 순간에 이 감정은 인간을 달콤한 공포에 빠지게 하고 전율케 한다. 이 감정은 마치 남의 재난을 기뻐하는 것 같은 환희의 폭풍으로 마감되는데, 실제로 이것은 신과 가까운 사람에 대한 우리들의 지고한 사랑의 폭발인 것이다….

16

 나의 소년시절은 이렇게 시작되었다. 그때 나는 매우 긴장해서 생활했는데, 나를 둘러싼 실제의 삶이 아니라 나를 위해 변형된 삶, 무엇보다 가상의 삶을 살았다.
 실제의 생활은 빈약했다.
 다시 말하건대, 나는 유럽인이 상상조차 할 수 없는 탁 트인 들판에서 태어나 자랐다. 장애물도 경계선도 없는 드넓은 공간이 날 둘러싸고 있었다. 실제로 우리의 영지는 어디에서 끝나고, 우리의 영지와 연결된 이 끝없는 들판은 어디에서 시작되었을까? 그러나 그때 나는 그저 들판과 하늘만을 보았다.
 식민지! 나는 로쥐제스트보에 있는 '식민지' 상점만을 알고 있었다. 나에게 '식민지적인' 모든 것은 부활제를 위한 응유(凝乳) 과자에 넣어 맛을 내는 계피와 반짝반짝 빛나는 까만 콩깍지 속에 있었다. 나는 로쥐제스트보 시장에서 콩깍지의 달콤하고 느끼한 맛을 알았다. 그리고 내게 '식민지적인' 것은 가는 철사망 속에 든 병에 붙은 상표들(셰리, 마데이라)[45] 속에 있었다. 나는 가는 철사망을 이리저리 잡아당기면서 가지고 놀았다. 아버지가 다시 더욱더 자주 술을 마시기 시작했기 때문에 철사망 속에 든 병들은 우리 집에서 더욱더 많이 보이기 시작했다. 나는 로쥐제스트보의 교회에서 아주 화려한 것을 보았다. 흑빵, 풀, 시골길, 타르냄새가 나는 짐마차, 페치카에 굴뚝이 없는 농가, 짚신, 대마(大麻)로 만든 셔츠에 익숙해진 눈과 고요함, 종달새 노래, 병아리들이 삐악거리는 소리, 암탉의 우는 소리에 익숙해진

---

45) 셰리는 스페인산 백포도주이고, 마데이라는 아프리카 마데이라섬이 원산지인 포도주이다.

귀에 뭉게뭉게 피어오른 라일락 빛 구름과 파도치듯이 펄럭이는 옷 위로 손바닥을 뻗친, 무시무시한 백발의 신이 그려진 높은 원형 지붕, 황금빛 성상으로 장식된 휘장, 황금 액자 속의 성상, 부활절을 기념하는 성상 앞에 비스듬히 무더기로 꽂혀서 황금빛 모닥불처럼 뜨겁게 활활 타오르며 서로를 녹이고 있는 가는 양초들, 견습사제와 교회지기가 가락이 맞지 않게 큰소리로 부르는 찬송가, 신부와 견습사제의 제복(祭服), 장엄하고 이해할 수 없는 말로 환호하고 낭송하는 소리, 경배와 분향, 교묘하게 위쪽으로 솟아오르며 은제고리를 짤랑짤랑 울리는 향로에서 짙게 피어오르는 자극적인 향 연기 ― 이 모든 것들은 위풍당당하고 화려하게 보였고 장엄하게 내 영혼을 매혹했다….

 게다가 나는 아주 가난한 귀족의 환경에서 성장했다. 온갖 형태의 자멸(自滅)을 향한 러시아인들의 열정을 잘 모르는 유럽인은 결코 이 가난을 이해할 수 없다. 귀족들만이 이 열정을 갖고 있는 것은 아니다. 실제로 드넓은 공간에 유럽의 농민이 꿈도 꾸지 못할 많은 부를 소유했던 러시아 농민은 왜 그처럼 가난한 생활을 했던가? 러시아 농부는 정부가 자신을 위해 이웃 지주로부터 쓸데없는 땅을 한 뼘도 빼앗으려 하지 않는다는 사실만으로 자신의 게으름과 무기력과 몽상과 온갖 무질서를 합리화했다. 안 그래도 러시아의 지주는 매년 점점 더 가난해지고 있었다. 왜 탐욕스러운 상인은 자신의 탐욕을 저주하고 술에 취해 쓰라린 눈물을 흘리며 자신의 죄업을 비통해 하면서 엄청나게 소비를 해대고 끊임없이 자신의 탐욕을 중단하곤 했을까? 왜 상인은 자발적으로 욥, 방랑자, 떠돌이, 바보성자가 되고자 하는 열렬한 꿈을 꾸며 자신의 탐욕을 중단하곤 했을까? 그리고 마술처럼 단기간에 우리 눈앞에서 파멸한 러시아에서는 왜 그런 일이 일어났을까?

 나는 친척들과 가까운 사람들 중에서 엄마만을 이해할 수 있었다. 엄마는 눈물을 흘리며 슬퍼하고, 금식과 기도를 했으며, 현실로부터 벗어나기를 갈망했다. 엄마의 영혼은 항상 높은 긴장 속에 있었다. 엄마는 하늘나라가 이 세상에 속하지 않는다고 생각했고, 사랑스럽고 짧고 슬픈 지상의 생활은 영원하고 행복한 또 다른 생활을 위한 준비일 뿐이라고 믿었다. 다른 모든 사람들, 즉 우리의 방탕한 이웃들, 친척들, 아버지, 바스카코프는 어땠는가? 나는 이미 바스카코프가 어떤 인생을 살았는지 얘기했다. 활기차고 강하고 고상하고 관대했지만, 천상의 새처럼 무사태평했던 아버지는 자신과 자신의 행복을 어떻게 감당했던가? 아르세니예프 가문의 이전의 영광과 지난 세월 아르세니예프 가문의 부의 빈약한 찌꺼기의 상속자들인 젊은 우리들은 어땠는가? 니콜라이 형은 사쉬카와 한가한 시골생활의 매력을 위해 중학교를 그만두었다. 게오르기 형은 항상 라브로프와 체르니셰프스키를 읽으면서 방학을 보냈다.46) 내가 어떤 소질을 지니고 성장했는지 다음의 내용으로 판단할 수 있다. 한 번은 니콜라이가 나의 미래를 그리면서 농담조로 말했다.

"물론 우리는 이미 완전히 파산했어. 너는 나이가 들면 어딘가에 취직을 해서 일하고, 결혼해서 아이를 갖게 되겠지. 또 조금씩 저축해서 집을 살 거야."

갑자기 나는 그런 미래의 온갖 공포와 비속함을 너무나 생생하게 느끼고 울음을 터뜨렸다 ….

---

46) 표트르 라브로프(1823~1900): 러시아 인민주의의 대표적인 이론가. 그의 주요 저작인 《역사 서한》은 프루동, 콩트, 스펜서 등의 이론에 기초하고 있다. 그의 이론의 영향을 받은 1870~1880년대 러시아의 많은 교양인들은 농부들에게 진 부채를 갚기 위해 '민중 속으로' 들어갔다.
니콜라이 가브릴로비치 체르니셰프스키(1828~1889): 러시아의 문학비평가, 미학자, 급진적 사회운동 이론가. 러시아 사회의 급진적 변화의 청사진을 제공한, 그의 유토피아 소설 《무엇을 할 것인가?》(1863)는 러시아 급진적 사회운동가들의 바이블이 되었다.

17

　우리가 카멘카에서 살았던 마지막 해에 나는 처음으로 중병을 앓았다. 다시 말해 나는 처음으로 사람들이 그저 중병이라고 불렀던 그 놀라운 것을 알게 되었다. 실제로 그것은 저승세계의 어떤 경계로의 여행과도 같았다. 나는 늦가을에 병이 났다. 내게 무슨 일이 일어났던가? 나는 정신적이고 육체적인 힘이 갑자기 약해졌고, 그 순간에 인간의 시각, 미각, 청각, 후각, 촉각에 일어난 놀라운 변화를 경험했다. 나는 삶에 대한 의욕을 갑자기 상실했다. 다시 말해 나는 움직이고 싶지도 마시고 싶지도 않았고, 먹고 싶지도 않았고, 기뻐하고 싶지도 않았고, 슬퍼하고 싶지도 않았고, 내게 가장 소중한 사람을 포함하여 그 누구도 사랑하고 싶지도 않았다. 그 뒤 마치 존재하지 않는 듯한 여러 낮과 밤이 찾아왔다. 이 비존재의 상태는 종종 그 속에 세상의 모든 물질적 조잡함을 뭉쳐놓은 듯한, 흉물스럽고 이해할 수 없이 복잡한 꿈과 환상에 의해 이따금 중단될 뿐이었다. 물질적 조잡함은 그 자신과 격렬하게 싸우면서 와해되고, 뜨겁고 활활 타오르는 것들(의심할 나위 없이, 인간이 지옥의 고통을 이해하는 데 도움이 되었던) 사이에서 사라지게 된다.
　아, 나는 가끔 내가 의식을 되찾았던 순간을 지금도 잘 기억하고 있다. 그 순간에 나는 거대한 환영의 모습을 한 엄마를 보았고, 때론 침실 대신에 어둡고 음울한 헛간을 보았다. 이 헛간의 침대 머리맡 뒤쪽 바닥에 놓인 촛불의 빛나는 불빛 속에서 수천의 혐오스런 모습들, 얼굴들, 짐승들, 식물들이 빠르게 움직이며 흔들리고 있었다! 지옥으로 내려갔다가 지상으로, 즉 단순하고 소중하고 낯익은 인간 세계로 돌아온 후에 내 영혼은 오랫동안 천상의 명료함과 고요함과 감동으로 가득 찼다! 나는 이 순간에 왠지 모르게 특별한 기쁨을 느끼며 흑빵을 먹었다. 시골사람들의 소박함 덕분에 내가 먹을 수 있었던 흑빵 냄새만 맡고도 나는 감격하곤 했다.

그 다음에 나쟈[47]가 죽었다. 내가 병이 난 후 두 달쯤 지나서, 즉 크리스마스 주간이 지난 뒤였다. 이 크리스마스 주간은 즐겁게 지나갔다. 아버지는 술을 마셨고, 우리 집은 매일 아침부터 밤까지 술로 넘쳐났고 손님들로 가득했다…. 엄마는 행복해 했다. 방학을 맞은 게오르기 형이 집에 와서 온 가족이 함께 모였을 때 엄마는 항상 가장 즐거워했다. 게오르기 형은 크리스마스 주간에 집에 와 있었다. 이렇게 흥겹고 마구 법석대는 와중에 갑자기 나쟈가 병이 났다. 병이 나기 전에 나쟈는 튼튼한 작은 발을 쿵쿵대며 온 집안을 휩쓸고 다녔고, 그 푸른 눈과 웃음과 큰 소리로 모든 사람들의 탄성을 자아냈다. 축제일은 끝났고, 손님들은 사방으로 흩어져 돌아갔다. 형도 떠났다.

나쟈는 여전히 의식 없이 누워있었고 열이 났다. 어린이 방안은 모든 것이 똑 같았다. 창문에 커튼이 쳐져서 어둑했으며 성상 앞에서 등불이 타오르고 있었다…. 왜 신은 온가족의 기쁨인 나쟈를 선택했을까? 집안사람들은 모두 의기소침하고 침울했다. 그러나 집안을 억누르는 이러한 무거운 분위기가 어느 늦은 저녁에 유모의 외침소리로 갑자기 절정에 다다를 줄은 아무도 예상하지 못했다. 유모는 갑자기 식당으로 난 문을 활짝 열어젖히면서 '나쟈가 죽어간다'는 무서운 소식을 전했다. 나는 어느 늦겨울 저녁, 깜깜하고 황량한 눈 덮인 벌판의 외딴 저택에서 처음으로 '죽어간다'는 무서운 말을 들었다! 그 후, 한동안 집안 전체를 사로잡았던 무서운 혼란이 가라앉은 밤에, 나는

---

[47] 나쟈의 모델은 부닌의 여동생 알렉산드라이다.

성상 앞 현수등의 음산한 불빛을 받으면서 홀에 있는 테이블 위에 꼼짝 않고 누워있는 화려한 모습의 인형을 보았다. 그 인형은 아무런 표정도 없는 백짓장 같은 작은 얼굴에 엉성하게 감겨진 검은 속눈썹을 하고 있었다…. 내 평생에 이보다 더 환상적인 밤은 없었다.

그리고 봄에 할머니가 돌아가셨다. 화창한 5월의 날들이 계속되었다. 몸이 마르고 창백한 엄마가 검은 드레스를 입고 활짝 열린 창가에 앉아있었다. 창고 뒤에서 말을 탄 어떤 낯선 농부가 갑자기 뛰쳐나왔다. 이 농부는 엄마에게 뭐라고 즐겁게 소리쳤다. 엄마는 두 눈을 크게 뜨고, 경쾌하고 즐거운 듯한 탄성을 지르며 손바닥으로 창턱을 두드렸다…. 다시 저택의 생활이 예기치 않게 갑자기 흐트러졌다. 사방에서 다시 유별난 소동이 일기 시작했다. 아아, 이것은 이미 내게 익숙한 소동이었다. 일꾼들은 말에게 마구를 채우러 달려갔고, 엄마와 아버지는 옷을 차려입었다…. 다행히도 아버지와 엄마는 우리 아이들을 데리고 가지 않았다….

18

 내가 직접 눈으로 본 첫 번째 죽음인 나쟈의 죽음은 내게서 삶의 느낌, 즉 내가 이제 막 알게 된 삶의 느낌을 앗아가 버렸다. 나는 내가 죽을 운명이라는 것, 나쟈에게 일어난 이상하고 무서운 일이 어느 순간에 내게도 일어날 수 있다는 것, 지상의 모든 생명체와 육체적이고 물질적인 것은 반드시 사멸하고 부패하여 집 밖으로 실려 나갈 때까지 나쟈의 입술을 뒤덮었던 연보랏빛 흑색으로 변한다는 것을 이해했다. 두려움에 젖은 나의 영혼, 마치 뭔가에 의해 심하게 창피당한 듯하고 모욕당한 나의 영혼은 도움과 구원을 받기 위해 신을 찾았다. 곧 나의 모든 생각과 감정은 하나로 옮겨갔다. 그것은 신을 향한 비밀스러운 기도와 나를 용서하고 전 세계와 내 머리 위에 드리워진 죽음의 그림자로부터 벗어날 수 있는 길을 내게 알려 달라는 끊임없는 무언의 간청이었다. 엄마는 밤낮으로 열렬히 기도했다. 유모는 내게 똑같은 피난처를 가리켜 주었다.
 "도련님, 더 열심히 신께 기도해야만 해유. 성자들이 얼마나 열심히 기도하고 밥을 굶고, 고통을 당했는데유! 나쟈를 생각하고 우는 것은 죄유. 나쟈를 위해 기뻐해야만 해유."
 유모는 눈물을 흘리며 말했다.
 "나쟈는 지금 천국에 천사들과 함께 있어유…."
 이제 나는 또 다른 세계, 새롭고 놀라운 세계로 들어갔다. 나는 성자들과 순교자들의 가난한 삶의 기록을 탐욕스럽게 끝없이 읽어댔다. 구두를 만들 재료를 사러 시내를 종종 오갔던, 브이셀키 출신의 제화공 파벨이 시내에서 이런 책을 내게 사다주었다. 파벨의 오두막에서는 가죽과 시큼한 접착제 냄새뿐만 아니라 습한 곰팡이 냄새가 났다.

내 마음 속에서 이 곰팡이 냄새는 굵은 글자로 인쇄된 얇은 책자와 이렇게 영원히 연결되었다. 나는 병적인 감동을 느끼며 이 얇은 책자를 읽고 또 읽었다. 심지어 이 곰팡이 냄새는 내게 항상 소중한 것이 되었고, 그 이상한 겨울을 생생히 생각나게 한다.

최초의 기독교인들의 수난, 경기장 같은 곳에서 야수들에 의해 갈기갈기 찢긴 소녀들, 무자비한 부모의 손에 참수당한 신의 백합처럼 순수하고 아름다운 공주들, 이집트의 마리야가 땅까지 닿는 치렁치렁한 머리칼로만 자신의 알몸을 가린 채 세상에서의 음란한 행위에 대해 기도하며 속죄했던 요르단의 뜨거운 사막, 밤마다 온갖 공포와 유혹과 악마들의 폭언으로 가득 찬 지하의 어둠 속에서 눈물을 흘리고 항상 기도하기 위해 스스로를 생매장한 수많은 수난자들이 누워있는 키예프의 동굴[48]에 대해 나는 반미치광이처럼 열광하면서 고통스러운 꿈을 꾸었다…. 나는 이런 상념과 형상들만을 마음속으로 생각하고 살면서 집안생활과는 동떨어져 있었고, 고통스런 기쁨, 열렬한 고통, 자기소모, 자학에 빠져들면서 환상적인 성스러운 세계 속에 갇혀버렸다. 그리고 언젠가 순교자의 한 사람으로 인정되기를 열렬히 바랐고, 텅 빈 방에서 몰래 무릎 꿇고 몇 시간 동안 앉아 있곤 했다. 나는 토막 끈으로 거친 모직셔츠 같은 것을 내 몸에 묶어보기도 하고, 오로지 물만 마시고 흑빵만 먹었다….

이런 생활은 겨울 내내 계속되었다. 봄이 돼서야 이런 생활은 조금씩 약화되기 시작했는데, 왠지 저절로 그렇게 되었다. 맑은 날이 시작되었고, 이중 창유리가 따스해지기 시작했다. 이중 창유리 사이

---

[48] 키예프 동굴 수도원은 러시아에서 가장 유명한 수도원이다. 11세기에 건립된 이 수도원은 넓은 지하묘지(카타콤) 시스템 때문에 이런 명칭을 얻었다. 이 지하묘지에서 많은 수도사들이 살면서 기도를 했다. 여기에서 살았던 유명한 수도사들의 생애가 이른바 《성자전》(파테리콘)에 기록되어 있다.

로 활기를 찾은 파리가 기어 다녔다. '머리를 땅에 대고' 기도하고 무릎 꿇고 절하는 중에도 이런 것들에 관심을 두지 않을 수 없었다. 이미 이런 행동을 통해 이전의 충만하고 진실한 기도의 환희를 느끼지 못했다. 4월이 되었다. 유난히 맑은 어느 날, 햇볕에 반짝이는 겨울 창틀이 우지직 소리를 내며 뜯겨졌다. 집 전체가 활기와 무질서로 가득했고, 사방에 마른 접착제와 삼 찌꺼기로 먼지가 자욱했다. 그 다음에 여름 창문이 신선하고 새로운 젊은 생명을 향해 자유롭게 활짝 열려졌다. 방안에서 신선하고 부드러운 들녘의 공기냄새와 부드럽고 습한 흙냄새가 풍겼다. 이미 오래전에 날아온 갈가마귀들의 위엄 있고 애련한 울음소리가 들렸다…. 저녁마다 봄날의 푸른 구름이 고요하게 서서히 사라지는 진홍빛 서쪽 하늘에 기묘하게 쌓이곤 했다. 따스한 단비를 약속하면서 점점 짙게 깔리는 봄의 어둠 속, 들판의 연못에서는 개구리들이 나른하고 꿈꾸는 듯한 편안한 목소리로 울기 시작했다…. 그리고 다시, 항상 우리들을 기만하는 대지가 어머니 같은 자신의 품속으로 부드럽고 집요하게 나를 또다시 끌어당겼다….

❄19❄

그 해 8월에 나는 이미 테두리에 은배지가 달린 푸른색 챙 모자를 쓰고 다녔다. 알료샤[49]는 더 이상 존재하지 않았고, 이제 남자중학교[50] 1학년 학생인 아르세니예프 알렉세이가 있었다.

---

49) 알료샤는 알렉세이의 애칭.
50) 부친은 옐레츠의 남자중학교(김나지야)에서 4년여 동안 공부했다. 이른바

여름 무렵엔 겨울에 내가 겪었던 육체의 병과 영혼의 병은 흔적도 없이 사라진 것처럼 보였다. 나는 편안하고 즐거웠다. 이런 기분은 그 해 여름 내내 지속된 건조하고 화창한 날씨와 우리 집을 지배했던 밝은 분위기와 아주 잘 어울렸다. 나쟈는 이미 ― 심지어 엄마와 유모에게도 ― 단지 아름다운 추억이 되었고, 영원한 천상의 집 어디에선가 살면서 즐거워하는 어린 천사의 모습으로 변했다. 엄마와 유모는 여전히 나쟈를 그리워하고 종종 나쟈에 대해 말했지만 이전과는 달랐고, 심지어 웃음을 띠기까지 했다. 그들은 이따금 울기도 했지만 이전 같지는 않았다. 할머니에 관해 말하자면 할머니는 완전히 잊혀졌다. 실제로 할머니의 죽음은 우리 집 분위기가 밝아진 여러 이유들 중의 하나였다. 첫째, 이제 바투리노가 우리 것이 되어서, 우리 집 살림살이가 매우 좋아졌다. 둘째, 가을에 우리는 바투리노로 이사할 예정이었다. 사람들이 항상 환경의 변화를 좋아하듯이, 뭔가 좋은 것에 대한 기대와 아주 오래 전의 유목시절에 대한 무의식적인 추억과 연관된, 가을에 있을 이사는 은근히 우리 모두를 즐겁게 만들었다.

엄마의 얘기에 의하면, 나는 바투리노에서 있었던 장면을 생생하게 그려냈다. 그때 엄마와 아버지는 마차를 타고 아주 급하게 바투리노로 갔다. 5월의 어느 날, 오래된 부속건물들로 둘러싸인 아늑한 마당, 현관 계단 양쪽에 나무기둥이 서 있는 오래된 집, 홀 유리창에

'실용학교들'(real'nye uchilishcha)과는 달리 김나지야는 19세기식 자유교육을 시키는 학교였다. 러시아 최초의 김나지야는 1726년에 건립되었다. 아르세니예프가 김나지야에 다니던 시절에는 보수적인 학칙이 도입되어(1871년) 라틴어와 그리스어 교육이 특히 중시되었다. 김나지야는 8학년의 학제였고, 소년들은 보통 열 살에 김나지야에 입학했다. 1880년대 초에 러시아에는 5만 5천 명의 김나지야 학생들이 있었다. 여자중학교(김나지야)는 1862년에야 도입되었지만, 1890년대 초에는 똑같은 수의 남녀 김나지야가 있었다. 김나지야를 졸업하면 자동으로 대학교에 진학할 수 있는 자격이 부여되었고, 관료직이나 사무직에 임용될 수 있었다.

끼워진 검푸른 진홍빛 적자색의 상단 유리, 그리고 창문 아래, 성상을 모신 벽 쪽에 비스듬히 기대어 맞붙여 놓은 두 개의 테이블—테이블 위의 시트 아래에는 건초가 깔려 있다—위에 톱니모양의 하얀 부인모를 쓴 창백한 노파가 힘줄이 훤히 비치는 두 손을 가슴에 얹은 채 누워 있다. 노파의 머리맡에는 늙고 정결한 '여자수도승'이 서 있다. 그녀는 긴 속눈썹을 들어올리지 않으면서, 훈시하는 듯한 높고 이상한 목소리로 단조롭게 성경을 읽고 있다. 아버지는 반감 어린 비웃음을 띠고 그 목소리를 '거룩하다'고 불렀다…. '거룩하다'는 이 단어가 종종 내 마음 속에 떠올랐다. 나는 이 단어에서 무섭고 매혹적인 것을 느꼈지만, 동시에 이 단어에 내포된 기분 나쁜 의미를 막연히 느꼈다. 내가 마음속에 그린 모든 장면도 불쾌했다. 그러나 단지 불쾌했을 뿐, 그 이상은 아니었다. 그리고 이런 불유쾌함은 비록 죄스럽기는 하지만 끊임없이 머릿속에 떠오른 다음과 같은 유쾌한 생각으로 충분히 상쇄되었다.

'이제 할머니의 아름다운 저택이 우리 것이 되었고, 이미 2학년이 된 나는 방학을 맞아 처음으로 그곳에 가게 될 것이고, 아버지는 할머니의 말들 중에서 승마용 암말을 골라서 내게 선물할 것이다. 이 암말은 날 좋아하게 될 테고, 내가 휘파람을 불기만 하면 어디서든 내게로 달려올 것이다.'

그 여름에 나는 엄마, 올랴, 바스카코프 그리고 고향의 모든 것들과의 이별에 대한 예감으로 종종 놀라곤 했다. 나는 전혀 생소한 도시 사람들 사이에서의 외롭고 낯선 생활, 제복차림의 엄격하고 무자비한 선생님들이 있는 이른바 중학교라 불리는 것을 앞두고 두려움에 휩싸이곤 했다. 엄마와 바스카코프를 보면 나는 줄곧 마음이 조여들었다. 그들도 역시 나를 보고 마음을 졸였을 것이다. 그러나 그 즉시 나는 "이 모든 것들은 당장 닥쳐오는 것은 아니야!"라고 기뻐하면서 혼잣말을 했고, 즐거운 마음으로 나의 미래 속에 또한 숨어있을 매력적인 것들에 관심을 돌렸다. 나는 중학생이 되어 교복을 입고 시내를 돌아다닐 것이다. 내게 동료들이 생길 거고, 나는 그들 중에서 믿음직한 친구를 고를 것이다…. 누구보다도 게오르기 형이 이 새로운 생활의 모습으로 나를 격려하고 현혹했다. 내게 형은 아주 특별한 존재였다. 당시 형은 늘씬하고 신선한 젊음, 맑고 훤칠한 이마, 빛나는 눈, 두 뺨에 물든 흐릿한 홍조로 몹시 아름다웠다. 형은 평범한 사람이 아니라 제국(帝國)의 모스크바 대학교 학생이었고, 앞으로 내가 들어가게 될 그 중학교를 금메달을 받고 졸업했다.[51]

마침내 8월 말에 나는 시험을 치러 가게 되었다. 현관 아래에서 타란타스의 소음이 들리자 엄마, 유모, 바스카코프의 표정이 변했다. 올랴는 울음을 터뜨렸고, 아버지와 형들은 어색한 미소를 지으며 서로를 바라보았다.

"자, 잠시 앉자꾸나."

아버지가 단호하게 말했다.[52] 우리 모두는 머뭇거리며 자리에 앉았다.

"그래, 하느님이 너랑 함께 할 거다."

잠시 후에 아버지는 더 단호한 목소리로 말했다. 그 즉시 모두가 성호를 긋기 시작했고 자리에서 일어섰다. 두려움 때문에 두 다리에 힘이 쭉 빠졌다. 내가 너무나 열심히 급하게 성호를 긋자 엄마가 눈물을 흘리며 내게 달려와 입맞춤하고 성호를 그었다. 그러나 나는 이미 정신을 차렸다. 엄마가 울면서 내게 입맞춤하고 성호를 그을 때

---

51) 당시 졸업식에서 졸업생을 대표하여 고별사를 읽는 학생이 금메달을 받았다. 부닌의 큰형 유리 알렉세예비치는 엘레츠가 아니라 보로네슈에서 중학교를 다녔다. 1881년에 그는 인민주의 운동에 참여한 이유로 모스크바 대학교 수학과에서 퇴학당했고, 그 후 하리코프 대학교를 졸업했다.
52) 장거리 여행을 떠날 때 이별식에 참석한 모든 이들을 위해 잠시 침묵하는 건 러시아인들의 풍습이다.

나는 이미 이렇게 생각하고 있었다.

'아마, 하나님 덕분에 나는 시험에 떨어질지도 몰라….'

아아, 그러나 나는 시험에 떨어지지 않았다. 3년 동안이나 나는 이 멋진 날을 위해 준비를 해 왔다. 시험관들은 단지 55에 30을 곱하면 답이 얼마이고, 아말렉 족은 누구였으며, '눈은 하얗지만 맛있지는 않다'를 '분명하고 아름답게' 쓰도록 했고, '동쪽은 장밋빛 노을로 뒤덮였다'[53]를 암송하도록 했다. 시험관들은 내가 끝까지 암송하도록 하지도 않았다. '부드러운 풀밭'에서 가축들이 잠에서 깨어나는 곳에 이르렀을 때, 그들은 내가 암송하는 걸 중지하게 했다. 아마 한 교사(크게 벌린 콧구멍과 붉은 머리칼에 금테 안경을 쓴 남자)가 가축이 깨어나는 부분을 아주 잘 알고 있는 듯했다. 그는 서둘러 말했다.

"음, 훌륭해. 됐네, 됐어. 자네가 이 시를 알고 있다는 걸 알겠어…."

그렇다, 내 형 말이 옳았다. 실제로 '특별히 잘못된 것'이 없었다. 내가 예상했던 것보다 모든 게 훨씬 수월하게 지나갔고, 뜻밖에도 빠르고 쉽게, 별 다른 일 없이 끝났다. 나는 이렇게 내 삶에서 참으로 중요한 선을 넘어섰던 것이다!

나의 그 유명한 첫 번째 여행 이후로 한 번도 가보지 못했던, 시내로 가는 환상적인 도로와 이전에 그렇게도 매혹적이었던 시내—이 모든 것들은 이전과는 전혀 달랐고, 아무것도 내 마음을 사로잡지 못했다. 미하일 대천사 교회 근방의 호텔은 아주 볼품이 없었다. 높은 담장 너머, 포장된 넓은 안마당 끝에 3층짜리 중학교 건물이 있었다. 나는 생전 이렇게 크고 깨끗하고 소리가 울리는 건물에 한 번도 들어가 본 적이 없었지만, 이 학교 건물이 낯설지가 않았다. 금단추가 달린 프록코트를 입은 교사들도 놀랍거나 그다지 무섭지 않았다. 어떤

---

[53] 푸쉬킨이 쓴 대중적인 전원시 〈벚나무〉의 첫 줄.

교사들은 불타는 듯한 붉은 머리칼을 하고 있었고, 어떤 교사들은 타르처럼 검은 머리칼을 하고 있었지만 하나 같이 몸집이 컸다. 심지어 하이에나를 닮은 교장도 몸집이 컸다.

시험이 끝난 직후에 나와 아버지는 나의 입학이 허락되었고, 9월 1일까지 방학이라는 말을 들었다. 아버지는 어깨에서 커다란 짐을 벗어던진 듯했다. 아버지는 내 지식을 테스트하던 교무실에 앉아있는 게 아주 따분했던 것이다. 나는 더욱더 따분했다. 모든 것이 우수한 것으로 판명되었다. 나는 시험에 합격했고,[54] 앞으로 3주일이 자유시간이었다! 태어나서부터 지금 이 순간까지 완전하게 자유를 누리다가 노예처럼 부자유스럽게 되어 갑자기 단지 3주간의 자유를 얻은 나는 공포를 느꼈어야만 했을 것이다. 그러나 나는 '고맙게도 3주간이나 자유다!'라는 느낌뿐이었다. 마치 이 3주간이 영원히 지속될 것만 같았다.

"자, 이제 서둘러 재단사에게 가자. 그리고 밥을 먹자!"

학교에서 나오면서 아버지는 즐겁게 말했다. 우리는 작은 체구에 다리가 짧은 어떤 사람에게 잠시 들렀다. 마치 약간 모욕당한 듯이 말끝마다 질질 끌고, 묻는 듯한 빠른 말과 내 치수를 재는 능숙한 솜씨에 나는 깜짝 놀랐다. 그 뒤 우리는 '모자가게'에 들렀다. 도시의 태양으로 뜨거워진 유리창엔 먼지가 뽀얗게 쌓여 있었다. 사방에 아무렇게나 내던져진 수많은 모자상자 때문에 실내는 답답하고 비좁았다. 주인은 고통스러울 정도로 오랫동안 그 속을 뒤적이더니 이해할 수 없는 말[55]로 다른 방의 어떤 여자에게 화를 내며 소리쳤다. 그녀는 역겨울 정도로 희고 피로한 얼굴을 하고 있었다. 이 남자도 유태

---

54) 부닌은 1881년 8월에 엘레츠 중학교 입학시험에 합격했다.
55) 유태인으로 추정되는 이 가게 주인은 이디시어(독일어·히브리어 등의 혼성 언어)를 사용하고 있다.

인이었지만 전혀 다른 부류의 유태인이었다. 옆 머리칼을 큼직하게 늘어뜨리고 검은 류스트린[56])으로 만든 긴 프록코트에 류스트린으로 만든 모자를 뒤로 젖혀 쓴 노인은 몸집이 크고 가슴과 겨드랑이 부위가 통통했다. 음울하고 불만스러워 보이는 노인은 바로 눈 밑에서 자라는 숲처럼 검고 무성한 턱수염을 하고 있었다. 전체적으로 노인은 무섭기까지 하고 비애에 잠긴 듯한 사람이었다. 마침내 그는 아주 훌륭한 푸른 챙 모자를 내게 골라주었다. 모자 테두리에 두 개의 은빛 잔가지가 하얗게 반짝였다. 이 모자를 쓰고 나는 집으로 돌아왔다. 모두가 즐거워했고, 심지어 엄마는 아주 이해할 수 없을 만큼 기뻐했다. 그건 아버지가 아주 정당하게 이렇게 말했기 때문이다.

"도대체 이 아이에게 아말렉 족이 왜 필요한 거야?"

20

언젠가 8월 말쯤에 아버지는 목이 긴 부츠를 신고, 탄띠를 맨 벨트로 허리를 졸라매고, 사냥감 자루를 어깨에 걸치고는 벽에서 쌍발 총을 집어 들고 나를 소리쳐 불렀다. 그러고 나서 아버지는 애지중지하는 멋진 갈색 개 잘마를 불렀다. 그리고 우리는 그루터기가 남아 있는 밭을 가로질러 연못 쪽으로 난 길을 따라 걸어갔다.

아버지는 챙이 달린 하얀 모자에 알록달록한 셔츠만을 걸치고 있었다. 날씨가 무덥고 건조했지만, 나는 중학교 모자를 쓰고 있었다. 키가 크고 힘이 센 아버지는 어깨 너머로 담배연기를 내뿜고, 노란 그

---

56) 광택 있고 반들반들한 모직.

루터기를 사각사각 밟으면서 성큼성큼 앞으로 걸어갔다. 나는 사냥 규칙에 따라 오른쪽을 유지하면서 급히 뒤쫓아 갔다. 사냥규칙을 지키는 것은 내게 큰 기쁨을 주었다. 아버지는 유쾌하게 휘파람을 불어댔다. 잘마는 몹시 급한 성질을 억누르고 종종 단단한 꼬리를 살짝 감고 흔들면서, 청각과 시각과 촉각에 온통 신경을 집중하면서 재빠른 갈지자걸음으로 우리 앞에서 걸어갔다. 들판은 이미 텅 비고 황량했지만 아직도 여름처럼 환하고 밝았다. 때론 뜨거운 미풍이 잦아들었고—그때 태양이 다시 이글거렸고, 메뚜기들은 뜨겁게 쉭쉭 소리를 내며 작은 시계처럼 째깍거리고 딱딱 때리는 소리가 들렸다—때론 부드럽고 건조한 폭염을 실은 바람이 불다가 점점 강해져 우리 옆을 쏜살같이 날아가서 일하는 동안에 잘 다져진 길을 따라 갑자기 장난치듯이 먼지 구름을 일으켜서 나사못이나 깔때기처럼 구름을 둘둘 말아서 샘싸게 앞으로 닐아깄다. 우리는 꾸준히 삐르게 달리면서 어느새 더 멀리 우리를 데려가는 잘마를 예의주시했다. 이따금 잘마는 갑자기 우뚝 멈춰 서서, 온몸을 앞으로 쭉 펴고 오른쪽 앞발을 들어올린 채 자기 앞에 있는, 우리 눈에는 보이지 않는 뭔가를 뚫어져라 쳐다보았다. 아버지가 '잡아!'하고 나직한 목소리로 말했다. 잘마가 보이지 않는 물체를 향해 돌진했다. 그 순간 잘마의 발아래에서 '푸르르!' 소리를 내며 꼬랑지가 짧은 살찐 메추리가 무겁고 둔하게 뛰어나왔고, 메추리는 다섯 걸음도 날아가지 못하고 총에 맞아 다시 그루터기가 남아있는 밭에 쿵 떨어졌다. 나는 달려가서 메추리를 집어 들어 아버지의 사냥감 자루에 넣었다….

이렇게 우리는 호밀밭을, 그 다음에는 감자밭을 가로질렀고, 점토질의 연못을 지나갔다. 길게 늘어진 연못의 수면이 우리의 오른쪽에서, 가축들이 짓밟아 놓은 산비탈 분지에서 뜨겁고 지루하게 빛나고 있었다. 산비탈 여기저기, 탁 트인 높은 자리에는 갈가마귀들이 몸둘 데 없이 생각에 잠겨 앉아있었다. 아버지는 갈가마귀들을 바라보고, 갈가마귀들이 벌써 가을을 맞이하여 어디로 날아갈 것인가 의논하기 위해 모여들기 시작했다고 말했다. 그 순간 나는 지나가는 여름과의 이별뿐만 아니라 이 들판과 황량하고 사랑스런 이 벽지에서 내게 소중하고 친근했던 모든 것들과 곧 이별해야 한다는 생각에 사로잡혔다. 이 벽지 말고 나는 세상에서 아직 아무것도 보지 못했다. 이 조용한 거처에서 세상의 그 어떤 사람도 알지 못하고 그 누구에게도 필요 없는 나의 유년과 어린 시절이 평화롭고 외롭게 꽃피웠던 것이다….

잠시 후 우리는 왼쪽으로 방향을 틀어서 써레질을 한 끝없이 펼쳐진 흑토(黑土) 경작지의 경계를 따라 자카즈 쪽을 향해 걸어갔다. 이것은 아직 우리의 밭이었다. 메마른 흑토의 마른 흙덩어리 위에서 밤색 수말 하나가 까마귀의 관심을 끌고 있었다. 나는 이 수말이 아직 비단처럼 곱슬곱슬한 순무 모양의 꼬리를 한 젖먹이 망아지였을 때 선물로 받았다. 그런데 지금은 내게 묻지도 않고, 내 허락도 없이 뻔뻔스럽게 수말에게 일을 시키고 있는 것이다. 뜨거운 바람이 불었고, 경작지 위에서 8월의 태양이 마치 여름의 태양처럼 빛나고 있었다. 그러나 이 태양은 이미 쓸모가 없었다. 이미 아주 껑충하게 자란 수말은— 그러나 아직은 어쩐지 이상하고 소년처럼 껑충했다 — 밧줄로 연결된 써레를 끌면서 온순하게 경작지를 걸어가고 있었다. 비스듬하고 뾰족한 쇠붙이로 땅을 가르면서 써레의 살창이 수말의 뒤에서 흔들거리며 위로 튀어올랐다. 짚신을 신은 소년이 밧줄로 만든 고삐를 두 손으로 어색하게 잡고 절뚝거리며 걸어갔다. 나는 오랫동안 이런 광경을 바라보며, 다시 알 수 없는 슬픔을 느꼈다….

자카즈는 꽤 큰 관목 숲으로 반(半)미치광이 지주의 소유였다. 그는 모든 세상에 적의를 품고 마치 요새 속에서처럼 로쥐제스트보 부근의 저택에 홀로 칩거하고 있었는데, 사나운 개들이 이 저택을 지키고 있었다. 그는 로쥐제스트보와 노보셀키 출신의 농부들과 끝없이 소송을 벌였고, 품삯에 대해 그들과 한 번도 합의하지 않았다. 그 결과 종종 베지 않은 채 내버려진 모든 곡물들이 늦가을까지 들판에서 썩었고, 수천 개의 낟가리들이 눈 밑에서 썩어 없어졌다. 지금도 그랬다. 우리는 가축들이 짓밟아 뭉갠, 베지 않은 노란 귀리 밭을 따라 자카즈 쪽으로 걸어갔다. 이때 잘마가 메추리 몇 마리를 다시 들어올렸다. 나는 다시 뛰어가서 메추리를 집어들어 사냥감 자루에 담았고, 우리들은 다시 앞으로 걸어갔다. 수수알이 촘촘히 박힌, 땅을 향해 축 늘어진 갈색 수수이삭들이 태양 아래에서 비단처럼 반짝이고 있었다. 우리들은 수수밭을 따라 자카즈를 빙 돌아 걸었다. 우리들의 발밑에서 수수알들이 유리구슬처럼 유난히 바삭거리고 낭랑하게 소리를 냈다. 얼굴이 벌게진 아버지는 칼라의 단추를 풀어 젖혔다.

"엄청 덥구나. 몹시 목이 탄다. 자카즈의 연못으로 가자."

아버지가 말했다. 들판과 숲 가장자리를 가르는 도랑을 건너서, 우리는 숲을 따라 맑고 경쾌한, 이미 여기저기에서 노랗게 물들고 있는, 흥겹고 매혹적인 8월의 왕국 안으로 걸어 들어갔다.

이미 새들은 별로 없었다. 티티새들만 무리를 지어 짐짓 성난 듯이 쇳소리를 내고 만족스럽게 지저귀면서 이리저리 날아다녔다. 숲속은 텅 비었고 휑했다. 성긴 숲은 밝아서 멀리까지 보였다. 우리는 오래된 자작나무 아래를 걷다가 가지가 많은 커다란 떡갈나무들이 제멋대로 서 있는 넓은 숲속 빈터를 가로 질러갔다. 떡갈나무의 성긴 잎들은 바싹 말랐고 이미 여름 떡갈나무들처럼 그렇게 검게 보이지 않았다. 우리는 미끄러운 마른 풀을 밟고 마른 향내를 들이마시며 떡갈나무의 알록달록한 그늘 속을 걸었고, 탁 트인 숲속 빈터가 뜨겁게 빛나는 앞쪽을 쳐다보았다. 그 너머에서 작은 어린 단풍나무 덤불숲이

카나리아처럼 노랗게 빛나며 흔들리고 있었다.

  우리가 이 빈터를 지나 연못으로 난 오솔길로 접어들었을 때, 불그스레한 황금빛 도요새 한 마리가 갑자기 요란한 소리를 내고 바로 우리 발 밑에 있는 물갈퀴 모양의 어린 개암나무에서 날아올랐다. 아버지는 약속시간보다 일찍 온 손님을 보고 깜짝 놀란 것처럼 당혹스러워 했다. 물론 아버지는 순간적으로 총을 쏘았지만 빗나갔다. 이런 시기에 도요새가 나타난 것에 깜짝 놀라고 도요새를 명중시키지 못한 것에 대해 화를 내고 나서, 아버지는 연못으로 다가가 그 자리에 총을 놓고 웅크리고 앉아서 손바닥을 오므려 물을 떠 마시기 시작했다. 잠시 후, 만족스럽게 숨을 크게 내쉬고 소매로 입술을 닦으면서 아버지는 연못가에 누워 담배를 피우기 시작했다. 연못의 물은 깨끗하고 투명하고 특이하다. 새들과 짐승들 말고 아무도 찾아오지 않는 이렇게 외진 숲속에 있는 연못의 물은 대체로 그야말로 특별한 것이다. 매혹적인 하늘을 닮은, 바닥이 보이지 않는 투명한 물속에 주변의 자작나무와 떡갈나무들의 우죽이 고요하게 비쳐 잠겨 있었다. 들판에서 불어오는 바람이 자작나무와 떡갈나무 사이로 살랑이며 사각거렸다. 살랑대는 바람소리 아래서 팔베개하고 누워 있던 아버지는 선잠이 들어버렸다. 잘마도 연못의 물을 실컷 마시고 나서 연못으로 풍덩 빠져 수면 위로 머리를 조심스럽게 내놓고 잠시 헤엄을 쳤다. 잘마의 귀는 우엉처럼 축 늘어져 있다. 잘마는 깊은 연못에 깜짝 놀란 것처럼 갑자기 되돌아와서 재빨리 연못가로 펄쩍 뛰어올라와 물방울이 우리에게 튀길 정도로 진저리를 쳤다. 이제 잘마는 붉고 긴 혀를 쑥 내밀고 아버지 옆에 앉아서 의심스런 눈초리로 날 쳐다보더니 다시 초조하게 사방을 둘러보았다…. 나는 자리에서 일어나 거닐면서, 귀리밭을 따라 우리가 숲으로 왔던 방향으로 나무들 사이를 정처 없이 돌아다녔다….

21

 숲 가장자리와 나무줄기들 너머에서, 그리고 나뭇잎 차양 아래로 탁 트인 들판이 노랗고 건조하게 빛나고 있었다. 그 쪽으로부터 마지막 여름날의 온기와 빛과 행복이 피어오르고 있었다. 내 오른쪽에 있는 나무들 너머로 어디에서 나타났는지 모를 커다란 흰 구름이 피어올라 푸르른 하늘에서 기묘하고 이상하게 둥글어져 천천히 떠다니면서 모습이 바뀌었다. 몇 걸음 걸어가다가 나도, 마치 내 주변에서 산책이라도 하듯이 흩어져있는 밝고 환한 나무들 사이의 미끈미끈한 풀 위에, 유제화서(葇荑花序)가 달린 약간 회색을 띤 작은 잎과 두 개의 하얀 줄기를 한 자매처럼 서로 붙어버린 두 그루의 자작나무가 만드는 엷은 그늘 속에 누웠다. 나는 머리 밑에 한 손을 괴고 때론 나무줄기 너머로 노랗게 빛나는 들판을 바라보았고 때론 하얀 구름을 바라보았다. 들판에서 건조한 열기가 부드럽게 풍겨 왔고, 밝은 숲이 떨면서 잔물결을 일으켰다. 마치 어딘가로 달려가는 것처럼 졸음을 재촉하는 소리가 들려왔다. 이따금 이 소리는 점점 커지고 강해졌는데, 이럴 때면 망사(網絲) 모양의 그늘이 알록달록해지면서 움직였고, 햇빛의 반점들이 땅과 나무에서 환하게 타올라 반짝거렸다. 그러면 나뭇가지들이 밑으로 구부러지고 밝게 열리면서 하늘을 보여주었다….

 만약 이것이 그저 생각이었다면 나는 무엇을 생각했던 것일까? 물론 나는 중학교와 중학교에서 만난, 교사라고 불리는 놀라운 사람들에 대해 생각했다. 그들은 특별한 종류의 사람들이었는데, 그들의 임무는 학생들을 가르치고 학생들에게 끊임없이 공포를 불어넣는 것이었다. 나는 알 수 없는 공포에 사로잡혔다. 왜 날 교사들의 노예로 데려왔을까, 왜 날 고향집과 카멘카와 이 숲과 떼어놓았을까…. 나는 경작지에서 보았던 써레질하던 수말에 대해 생각했다. 나는 어렴풋이 이런 생각을 했다.

'그렇다, 세상의 모든 것은 이렇게 기만적인 것이다. 난 수말이 내 것이라고 생각했는데, 그들은 내게 묻지도 않고 마치 자기들 재산인 양 수말을 빼앗아갔어…. 그래, 한때는 다른 망아지들처럼 벌벌 떨고 겁이 많은, 가는 다리를 가진 쥐색 망아지였지. 그러나 맑고 검은 자두 같은 눈을 가진, 명랑하고 믿음직한 망아지였어. 망아지를 볼 때마다 망아지는 항상 기쁨을 억누르며 부드럽게 울어댔고, 어미에게만 꼭 달라붙었지…. 다른 때는 완전히 자유롭고 무사태평했지. 행복했던 어느 날에 나는 이 망아지를 선물로 받았고, 나는 항상 망아지를 내 마음대로 할 수 있었어. 나는 잠시 망아지를 기르며 기뻐했고, 망아지에 대해, 망아지와 나의 미래에 대해, 선물로 받은 이 망아지와 나 사이에 앞으로 형성될, 그리고 이미 형성된 친근함에 대해 꿈꾸었지. 그 후 나는 조금씩 망아지에 대해 잊어버리기 시작했어. 그러니 다른 사람들이 이 망아지의 주인이 나라는 사실을 잊어버렸다고 해서 놀랄 일도 아니지. 결국 나는 망아지에 대해 완전히 잊어버렸어. 이렇게 나는 바스카코프도 올랴도 잊어버릴 테고, 심지어 내가 지금 몹시 사랑하고 있고, 커다란 행복을 느끼며 사냥을 같이 하고 있는 아버지도 잊어버릴 테고, 내게 낯익고 소중한 골목들이 있는 카멘카도 잊어버릴 거야…. 그리고 2년이 지났어. 마치 그들이 결코 거기에 존재하지 않았던 것처럼! 이 어리석고 무사태평한 망아지는 지금 어디에 있는 것일까? 세 살짜리 수말이 있는데, 이 수말이 갖고 있던 이전의 의지와 자유는 어디에 있는 것일까? 지금 이 수말은 멍에를 쓰고 경작지를 걸어다니며 써레를 끌고 있어…. 망아지에게 일어난 일이 내게도 똑같이 일어나지 않았는가?'

도대체 아말렉 족이 내게 왜 필요하단 말인가? 나는 계속해서 공포를 느끼며 놀랐다. 그러나 내가 뭘 할 수 있는가? 자작나무들 너머로 구름이 자신의 모양을 계속 바꾸면서 하얗게 빛났다…. 구름은 변하지 않을 수 없는 걸까? 밝은 숲이 잔물결을 일으키며 흔들거렸고, 사각사각 졸음을 자아내는 듯한 소리를 내면서 어딘가로 달려갔다…. 어디로, 왜 가는 걸까? 저 숲을 멈출 수는 없을까? 나는 두 눈을 감고 '모든 것은 꿈이고, 알 수 없는 꿈'이라고 어렴풋이 느꼈다. 저 먼 들판 너머 어딘가에 있을, 내가 가야만 하는 도시도, 그 도시에서의 나의 미래도, 카멘카에서의 나의 과거도 그리고 이미 저녁으로 기울어 가는 이 맑은 늦여름의 하루도, 나 자신도, 나의 생각도, 꿈도, 감정도—이 모든 것이 꿈인 것이다! 슬프고 고통스러운 꿈인가? 아니다, 그럼에도 불구하고 이것은 행복하고 유쾌한 꿈이다….

그리고 마치 이런 생각을 확인이라도 해주듯이, 갑자기 내 등 뒤에서 숲 전체를 강타하는 거대한 총소리가 우레 소리처럼 숲에 울려퍼졌다. 총소리에 이어서 하늘로 날아오르는 거대한 무리의 티티새들이 내는 유난히 맹렬한 비명소리와 울음소리, 잘마가 미친 듯이 기뻐하며 짖어대는 소리가 들려왔다. 이미 잠에서 깨어난 아버지가 총을 쏜 것이었다. 나는 즉시 모든 생각들을 잊어버리고, 들새 냄새와 화약 냄새가 달콤하게 풍기고 피투성이가 되어 죽은, 아직도 따스한 티티새들을 줍기 위해 아버지를 향해 쏜살같이 달려갔다.

2권
인식, 삶과 죽음

1

　내가 영원히 떠나는 줄도 모르고 카멘카를 떠났던 그 날, 낯선 체르나프스크 도로를 따라 사람들이 날 중학교로 데려갔던 그 날, 나는 잊어버린 대로(大路)의 시정(詩情), 즉 신화가 된 옛 러시아를 처음으로 느꼈다. 대로는 폐물이 되어가고 있었다. 체르나프스크 도로도 폐물이 되어가고 있었다. 체르나프스크 도로에 난 이전의 바퀴자국들은 풀로 덮여 있었다. 넓고 황량한 대로의 좌우에 여기저기 서 있는 오래된 은버들은 외롭고 슬퍼 보였다. 나는 지금도 은버들 하나를 특별히 기억하고 있다. 구멍이 숭숭 뚫린 이 은버들은 비바람에 시달린 몰골을 하고 있었다. 까만 깜부기처럼 검고 커다란 까마귀가 이 은버들 위에 앉아있었다. 까마귀들은 몇백 년을 사는데, 아마도 이 까마귀는 타타르시대 때부터 산 것 같다고 아버지가 말했다. 나는 아버지의 이 말에 깊은 인상을 받았다…. 아버지가 한 말과 당시 내가 느꼈던 것의 매력은 어디에 있었을까? 러시아에 대한 느낌과 러시아가 나의 조국이라는 느낌 속에 있었을까? 항상 우리의 영혼, 우리의 개인적 존재를 넓혀주면서 이 보편적인 것에 우리가 연결되어 있음을 상기시켜주는 과거의 것, 멀리 떨어진 것, 보편적인 것과 연결되어 있다는 느낌 속에 있었을까?
　아버지는 옛날에 마마이[1]가 이 지역을 통해 강 아래쪽에서 모스크

---

[1] 마마이는 14세기 후반의 타타르군의 우두머리였다. 마마이는 1380년 쿨리코보 전투에서 드미트리 돈스코이가 이끄는 러시아 군에 패배를 당했지만

바로 가다가 우리의 도시를 몽땅 파괴해버렸다고 말했다. 또 지금 우리가 스타노바야를 지나고 있는데, 최근까지만 해도 강도들의 유명한 소굴이었던 이 커다란 마을은 미트카라는 무시무시한 살인마 때문에 특히 유명해졌고, 미트카는 체포된 뒤 그냥 처형된 게 아니라 사지가 갈기갈기 찢겨 죽임을 당했다고 말했다.

바로 그때 스타노바야와 대로의 왼쪽에 있던 우리들 사이를 내가 지금껏 한 번도 보지 못했던 기차가 지나갔던 걸 나는 지금도 기억하고 있다. 우리들 뒤에서 서쪽으로 지는 해가 우리들을 잽싸게 앞질러서 도시 쪽으로 달려가는, 마치 태엽장치가 된 장난감 같은 것과 — 머리통이 큰 굴뚝에서 긴 꼬리의 연기를 뒤로 내뿜는 작지만 의기양양한 기관차 — 빠르게 돌아가는 바퀴들 위의 노랑, 파랑, 녹색의 작은 객차들을 똑바로 비추고 있었다. 기관차, 그 안에서 살고 싶은 생각을 불러일으키는 작은 객차들, 태양빛에 반짝이는 객차의 작은 유리창들, 빠르고 죽은 듯이 돌아가는 바퀴들 — 이 모든 것들이 매우 이상하고 흥미로웠다. 그러나 신비하고 무시무시한 스타노바야의 버드나무들이 보이는 철길 너머 저편에 있는 것들, 즉 내 상상 속에 떠오르는 것들이 훨씬 더 내 마음을 끌었음을 지금도 잘 기억하고 있다. 타타르인들, 마마이, 미트카…. 바로 이 날 저녁에 처음으로 나는 내가 러시아인이고 단지 무슨 군, 무슨 읍이 아니라 러시아에서 살고 있다는 걸 분명하게 깨달았다. 나는 러시아의 과거와 현재, 거칠고 무시무시하지만 무언가 매혹적인 러시아의 특성을 느꼈고, 러시아와 나와의 혈연적인 관계를 느꼈던 것이다….

러시아의 중요 도시들에 막대한 피해를 입혔다.

2

나의 소년시절을 보낸 모든 곳은 매우 러시아적이었다.

가령 이 스타노바야만 해도 그렇다. 이후에 나는 자주 스타노바야에 갔었는데, 그곳엔 이미 어떤 강도도 없다는 걸 확신하게 되었다. 그러나 나는 한 번도 스타노바야를 단순하게 생각하지 않았다. 여전히 스타노바야에 사는 사람들이 진짜 악한으로서의 명성을 갖고 있는 것은 다 이유가 있는 것처럼 보였다. 그리고 악명 높은 스타노블랸스키 언덕이 있다. 스타노바야 부근의 대로는 아주 깊은 골짜기로 내려갔는데, 우리가 볼 때 이 골짜기는 언덕이었다. 이곳은 사시사철 언제나 여기를 지나가는 길 늦은 행인에게 미신 같은 공포를 불러일으켰다. 나도 젊은 날에 스타노바야 근처를 지나가면서 여러 번 순수하게 러시아적 공포를 경험하곤 했다. 체르나프스크 대로에는 유명한 장소가 많이 있었다. 옛날에 이런 장소에서는 금단의 시간에 멋진 젊은이들이 예민한 청각으로 밤의 정적 속에 멀리서 들려오는 방울소리나 평범한 마차의 덜걱거리는 소리를 듣자마자 가려진 협곡과 도랑에서 길 밑으로 걸어 나왔다고 한다.

그 중에서도 스타노블랸스키 언덕이 가장 유명했다. 밤에 이 부근을 지나노라면 항상 심장이 얼어붙는 듯했다. 바스락거리는 소리를 듣고 말을 전속력으로 달리게 하는 것과 그냥 걷게 하는 것 중, 무엇이 더 나쁠지 아무도 모를 일이다. 모든 것이 눈앞에 떠올랐다. 저기, 그 자들이 손에 손도끼를 들고, 허리 아래쪽을 혁대로 꼭 조이고, 날카로운 눈 위로 모자를 꾹 눌러 쓴 채 천천히 나를 앞질러 가다가, 갑자기 멈춰 서서 나직하고 위압적인 조용한 목소리로 "잠깐 서라, 이 장사치야…"라고 명령한다. 무엇이 더 무서웠을까? 그들의 명령을 고요한 어둠이 깔린 여름밤의 들판, 평화로운 침묵 속에서 듣는 것일까, 아니면 하얀 눈보라로 눈앞을 가리는 겨울바람의 소음 사이로 듣는 것일까, 아니면 가을의 얼음처럼 차갑고 날카로운 별들 아래, 저 멀리 어슴푸레한 별빛들 속에서 거뭇거뭇한 죽은 듯한 땅이 보이고, 당신들의 마차바퀴가 돌처럼 딱딱하게 굳어버린 도로 위에서 덜컹덜컹 요란한 소리를 내는 상황에서 듣는 것일까?

스타노바야를 지나면 포장도로가 대로를 가로질렀다. 여기에 관문이 있었고 횡목(橫木)이 있었다. 니콜라이 시대의 군인이 줄무늬가 있는 애처로운 모습의 초소에서 나와 역시 줄무늬가 있는 횡목을 치울 때까지 멈춰서서 기다려야만 했다. 횡목은 사슬을 쩔그럭거리면서 천천히 위로 올라갔다. (이를 위해서 2코페이카의 세금을 정부에 내야만 했는데, 통행인들은 모두 이것을 날강도 짓이라고 생각했다). 계속해서 실은 베글라야 슬로보다2)를 지나갔고, 그 다음엔 극히 추잡한 이름이 붙은, 바닥이 보이지 않는 더러운 늪을 지나갔으며, 마지막으로 감옥과 오래된 수도원 사이의 자갈길을 지나갔다. 도시 자체는 그 나름의 오래된 역사를 자랑했는데, 충분히 그럴 자격이 있었다. 실제로 이 도시는 러시아에서 가장 오래된 도시들 중의 하나였고, 거대한 흑토(黑土) 평원의 스텝지대 한가운데 운명적인 경계선상에 자리하고 있었다. 옛날엔 이 경계선 너머로 '황량한 미지의 땅'이 뻗어 있었다.

수즈달 공국(公國)과 랴잔 공국 시절에 이 도시는 고대 러시아의 가장 중요한 요새(要塞)들 중 하나였다. 연대기 작가들의 말에 따르면, 이 요새들은 끊임없이 러시아를 덮친 흉악한 아시아의 대군들이 몰고 온 폭풍과 먼지 그리고 추위를 맨 먼저 맞이했고, 적들이 밤낮

---

2) 탈주한 자유농민으로 구성된 큰 마을.

으로 질러대는 무시무시한 불빛을 맨 처음 보았으며, 임박한 재난을 모스크바에 맨 처음 알렸고 모스크바를 위해 맨 처음 뼈를 묻었다. 물론 이 도시는 생각할 수 있는 모든 일을 여러 번 겪었다. 어떤 세기에는 이 도시가 어떤 칸〔汗〕에 의해 완전히 파괴되었고, 어떤 세기에는 다른 칸에 의해 파괴되었으며, 어떤 세기에는 또 다른 칸에 의해 파괴되었다. 어떤 때는 대화재가 이 도시를 황폐하게 했고, 어떤 때는 기근과 페스트와 지진이 이 도시를 황폐하게 했다…. 물론 이런 조건 속에서 이 도시는 유형의 역사적 유물들을 보존할 수 없었다. 그러나 이 도시에서는 예스러움이 강하게 느껴졌다. 상인들과 소시민들의 견고한 생활풍습에도 예스러움이 느껴졌다. 그리고 쵸르나야 슬로보다, 자레치야, 옛날에 타타르의 한 공후가 자기 말과 함께 떨어졌다고 하는 노란 절벽 위의 강 상류에 자리한 아르가마차 주민들의 장난질과 주먹다짐 속에도 예스러움이 나타났다. 그리고 이 도시는 냄새가 얼마나 지독했던가! 멀리 드넓은 저지대(低地帶)에서 반짝이는, 헤아릴 수 없이 많은 도시의 교회들이 희미하게 보이는 관문에 들어서면서부터 이미 냄새가 났다. 처음엔 추잡한 명칭이 붙은 늪 냄새가 났고, 다음엔 가죽공장 냄새가 났고, 그 다음에는 태양열로 달구어진 양철지붕 냄새와 공장 냄새가 났다. 이 광장에 시장이 서는 날에는 물건을 사고팔려는 농부들이 몰려들어 진을 쳤다. 이럴 때 광장에서는 뭔지 알 수 없는 냄새가 났는데, 오래된 러시아 도시 특유의 바로 그런 냄새였다….

중학교 시절에 나는 로스토프체프라는 소시민의 집에서 하숙생으로 살면서 자질구레하고 가난한 환경에서 4년을 보냈다. 나는 다른 환경을 구할 수가 없었다. 부유한 도시민들은 하숙생들을 들일 필요가 없었기 때문이다.

이 생활의 시작은 얼마나 끔찍했던가! 부모님과 헤어진 후 전혀 새롭고 빈궁한 환경에서, 두 개의 비좁은 방에서 처음으로 맞이한 도시의 저녁, 귀족의 자식인 내가 의당 아주 낮은 계층이라고 생각했던 사람들이 갑자기 나에게 어떤 힘을 행사하게 된, 이 이해할 수 없을 정도로 낯설고 생경한 환경에서 맞이한 도시에서의 첫날 저녁은 그 자체만으로도 끔찍했다. 로스토프체프 씨네에는 다른 하숙생이 있었는데, 나와 동갑이고 동급생이었다. 그는 바투리노에 사는 어떤 지주의 사생아로 붉은 머리칼을 한 그레보치카란 소년이었다. 그러나 그날 저녁에 우리들 사이에는 어떤 교제도 없었다. 그는 새장에 갇힌 작은 짐승처럼 구석에 부루퉁하게 앉아서 야수처럼 의심쩍은 눈을 치뜨고 날 살피면서 수줍고 고집스럽게 침묵을 지키고 있었다. 나도 그 애와 친해지려고 서두르지 않았다. 그건 그 애가 전혀 평범한 아이로 보이지 않았기 때문이다. 그런 애와는 좀더 먼 거리를 유지해야만 했다. 나는 우리가 같이 살게 되리라는 걸 벌써 카멘카에서 알았다. 한번은 나의 유모가 그 애가 사생아라는 걸 알고 그 애 이름을 나쁘게 부르는 걸 들은 적도 있다.

바깥은 마치 일부러 그런 것처럼 음울했다. 저녁 무렵에 빗방울이 떨어지기 시작했다. 나는 조그만 창문을 통해 마치 죽은 듯한, 텅 빈 끝없이 이어진 돌길을 바라보았다. 맞은편 집 담장 너머 거의 벌거벗은 나무 위에서 까마귀 한 마리가 불길한 전조를 알리기라도 하듯이 등을 굽히고 있는 힘을 다해 까악까악 울어댔다. 먼지투성이의 양철 지붕 너머 저 멀리 잔뜩 찌푸린 어두운 하늘 속으로 치솟은 높은 종탑 위에서 뭔가가 15분마다 부드럽고 애처롭고 절망적으로 울리고 연주되고 있었다…. 이런 날 저녁에 아버지라면 즉시 등불을 켜고 사모바르를 가져오라고 소리를 지르거나 이른 저녁을 차리라며 이렇게 소리쳤을 것이다―"난 이 지독한 우울을 견딜 수 없어!" 그러나 이 집 사람들은 이 시간에 등불을 켜지 않았고, 아무 때나 식탁에 앉지도 않았다. 여기서는 모든 것에 때가 있었다. 지금도 그랬다.

완전히 어두워진 후 집주인이 시내에서 돌아와야 등불이 켜졌다. 집주인은 검은 얼굴에 균형 잡힌 이목구비를 한 키가 크고 늘씬한 사람이었다. 그의 뻣뻣한 턱수염에는 은빛 털이 여기저기 뒤섞여 있었다. 그는 언제나 아주 말수가 적고 성미가 까다롭고 교훈적인 사람으로 모든 문제에서 자신이나 다른 사람들에 대해 확고한 규칙을 갖고 있었다. 그것은 가정과 사회에서 고상한 생활을 영위하기 위해 '어리석은 우리들이 아닌 우리의 아버지와 할아버지들'에 의해 딱 한 번 만들어진 일종의 법규 같은 것이었다. 그는 곡물과 가축을 매점했다가 다시 되파는 일을 했고, 그 때문에 종종 집에 없었다. 그러나 그가 집에 없을 때조차도 그의 엄격하고 고상한 정신에 의해 만들어진 분위기가―침묵, 질서, 민첩성, 신중한 말과 행동 등―언제나 그의 집과 가정을(아름답고 조용한 아내, 둥근 목에 아무것도 매지 않은 두 소녀와 열여섯 살의 아들로 구성된) 지배했다. 지금, 이 우울한 황혼 속에서 여주인과 소녀들은 자리에 앉아 제각기 수공(手工)을 하면서 저녁식사에 맞춰 올 그를 조심스럽게 기다리고 있었다. 밖에서 작은 문이 소리를 내자마자, 그 순간 그들 모두의 눈썹이 살짝 움직였다.

"마냐, 크슈샤, 식탁을 차려라."

자리에서 일어나면서 여주인이 크지 않은 목소리로 말하고 부엌으로 갔다.

집주인은 안으로 들어와 작은 문간방에서 모자와 긴 외투를 벗고 가벼운 회색 재킷만을 걸쳤다. 이 재킷은 수를 놓은 셔츠와 잘 어울리는 송아지 가죽장화와 함께 러시아인다운 늘씬한 그의 모습을 특히나 강조하고 있었다. 그는 아내에게 절도 있고 상냥하게 무슨 말을 하고는 부엌의 대야 위에 매달린 청동 세면대 밑에서 조심스럽게 손을 씻고 물기를 꼭 짜낸 뒤 손을 털었다. 둘째 딸 크슈샤가 눈을 내리 뜬 채 그에게 깨끗하고 긴 수건을 건넸다. 그는 천천히 손을 닦고 음울한 미소를 띠며 딸의 머리를 향해 수건을 내던졌다. 그녀는 기쁜 듯이 얼굴을 붉혔다. 방안으로 들어가면서 그는 구석에 있는 성상을 향해 여러 번 단정하고 우아하게 성호를 긋고 허리를 굽혔다….

로스토쁘제프 씨네 집에서의 나의 첫 번째 저녁식사도 내 기억에 분명하게 남아있다. 단지 그 음식이 아주 낯설었기 때문만은 아니다. 먼저 수프가 나왔고, 그 다음에 둥근 나무 접시 위에 잿빛의 꺼칠꺼칠한 내장(內臟) 요리가 나왔다. 나는 내장의 모양과 냄새만 맡고도 몸이 떨렸다. 주인은 그냥 두 손으로 내장을 잡고 잘게 썰었다. 내장 요리에 곁들여 소금에 절인 수박껍질이 나왔다. 마지막으로 우유와 함께 메밀 죽이 나왔다. 그러나 문제는 이게 아니다. 내가 수프와 수박껍질만 먹자 주인이 두어 번 날 곁눈질로 흘겨보더니 무뚝뚝하게 말했다.

"도련님, 모든 것에 익숙해져야 합니다. 우리처럼 평범한 러시아인들은 평범한 음식을 먹지요. 우리 집엔 향신료(香辛料)를 넣은 음식이 없어요…."

나는 그가 마지막 말을 거의 오만스럽고 유별나게 힘주어 말한다고 느꼈다. 나는 여기에서 처음으로, 그 후에 이 도시에서 물릴 정도로

들이마셨던 냄새, 즉 오만이라는 냄새를 맡았다.

　로스토프체프의 말에서는 오만함이 종종 풍겨났다. 무엇에서 생기는 오만함일까? 물론 그의 오만함은, 우리들 로스토프체프네 사람들은 러시아인이고 그것도 진짜 러시아인이며, 우리는 아주 특별하고 단순하며 외견상 소박한 생활을 하고 있다는 데에 뿌리하고 있었다. 그에게 진짜 러시아인의 생활보다 더 좋은 생활은 존재할 수 없었다. 그 이유는 얼핏 보기에 러시아인의 생활은 소박하지만 실제로는 그 어느 곳의 생활보다도 풍요롭고, 예로부터 내려오는 러시아 정신의 합법적인 소산이기 때문이다. 또 러시아는 세계의 어떤 나라보다 더 부유하고, 더 강하고, 더 정의롭고, 더 영광스럽기 때문이다. 이러한 오만함이 로스토프체프만의 특징이었을까? 후에 나는 이런 특징이 아주 많은 사람들에게 나타나는 걸 보았고, 지금은 다른 특징도 보고 있다. 당시에 오만함은 시대의 슬로건 같은 것이었는데, 그 시기에 특히나 현저했고, 우리가 사는 도시에서만 그런 것도 아니었다.
　그후 러시아가 멸망했을 때, 그 오만함은 어디로 사라졌는가? 우리가 그렇게도 자랑스럽게 러시아적이라고 불렀던 모든 것들, 아마도 우리가 러시아의 힘이자 진실이라고 확신했던 그 모든 것들을 우리는 왜 지켜내지 못했던가? 어쨌든 나는 위대한 러시아가 힘을 갖고 있던 시대에, 그리고 러시아의 힘을 크게 자각했던 시대에 내가 성장한 것을 정확하게 알고 있다. 소년시절 이후에 나의 관찰범위는 아주 좁았지만, 당시에 내가 보았던 것은, 다시 말하건대, 매우 의미심장한 것이었다. 그렇다, 후에 나는 로스토프체프만 이런 식으로 말하는 게 아니라는 걸 알게 되었다. 나는 겸손을 가장한 이런 말들을 —'우리는 평범한 사람들이고, 심지어 우리나라에선 알렉산드르 알렉산드로비치 황제도 타르를 칠한 장화를 신고 걸어 다닌다'고 사람들은 말했다— 계속해서 들었다. 지금 나는 이런 말들이 우리 도시에서만 돌아다닌 것이 아니라 당시 일반적인 러시아의 정서였음을 의심하지 않는다. 물론 이런 감정의 표출 속에는 허세가 많이 있었다. 예컨대 교차로 어느 곳에서나 긴 외투를 걸친 도시사람들은 거리 빈터에서 교회를 보면 모자를 벗고 성호를 그으며 땅에 몸이 닿을 정도로 허리를 굽혔다. 그들은 끊임없이 습관적으로 그렇게 했고, 종종 말과 생활이 일치하지 않았고, 종종 하나의 감정이 다른 반대되는 감정을 대신했다. 그러나 무엇이 지배적이었는가?

한 번은 자기가 백묵으로 어떤 표시를 해 놓은 문설주를 가리키며 로스토프체프가 말했다.

"왜 우리에게 어음이 필요한 거야! 그건 러시아적이지 않아. 옛날에는 어음 같은 것들이 전혀 없었어. 장사꾼들은 누구에게 얼마를 빌려줬는지 백묵으로 이와 비슷하게 문설주에 적어놓곤 했지. 채무자가 처음으로 기한을 어기면, 장사꾼은 점잖게 그걸 상기시켜 주었고, 두 번째 기한을 어기면 '이봐, 세 번째 기한은 잊지 마. 안 그러면 즉시 이 표시를 지워버릴 거야. 그러면 얼마나 창피하겠나!' 하고 경고했지."

물론 그와 같은 사람들은 소수였다. 직업으로 보면 그는 '부농'(富農)이었다. 그는 당연히 자신을 부농이라고 생각하지 않았고, 부농이라고 생각할 이유도 없었다. 그는 자신을 평범한 장사꾼이라고 공정하게 불렀다. 그는 다른 부농들과 달랐을 뿐만 아니라 대부분의 도시사람들과도 달랐다. 그는 하숙생인 우리들에게 들려서 보일락 말락 희미한 미소를 띠면서 묻곤 했다.

"그런데 오늘 숙제로 외워야 할 시가 있나요?"

"네."

우리가 말했다.

"어떤 거죠?"

"순찰시간에, 달은 빙빙 돌면서, 꽁꽁 언 유리창의 당초무늬 사이에서 빛나네 …."[3]

우리는 이렇게 중얼거렸다.

"글쎄, 뭔가 좀 매끄럽지 않군요. '순찰시간에, 달은 하늘을 빙빙 돌면서'라니 난 이게 이해가 안돼요."

우리도 이게 이해가 안됐다. '빙빙 돌면서'라는 단어 뒤의 콤마에 왠지 우리가 주의를 돌리지 않았기 때문이다. 실제로도 매끄럽지 않았다. 그래서 우리는 뭐라고 말해야 할지 몰랐다. 그가 다시 물었다.

"다음은 뭐죠?"

"그 다음은 이래요. '낭랑한 목소리의 작은 새는 키가 큰 오래된 떡갈나무의 그늘을 좋아했고, 작은 새는 폭풍에 부러진 나뭇가지 위에서 거처와 안정을 찾았네 ….'"

"음, 이건 괜찮네. 훌륭해. 다른 것들도 읽어봐요, 저녁기도에 대한 시 '커다란 텐트 아래서' 같은 거요."

나는 당황하면서 낭독하기 시작했다.

"오라, 그대 고통받는 자여, 오라, 그대 행복한 자여. 저녁기도의 종이 울리니, 거룩한 기도의 종이 울리니."[4]

그는 귀를 기울이며 두 눈을 감았다. 잠시 후 나는 니키틴의 시를

---

[3] 니콜라이 플라토노비치 오가료프(1813~1877)의 시 〈농가〉의 한 구절.

[4] 슬라브주의인 이반 세르게예비치 악사코프(1823~1886)의 시 〈방랑자〉의 한 구절.

낭독했다.

"거대한 텐트 같은 푸르른 하늘 아래에서, 나는 멀리 펼쳐진 초원을 본다…."[5]

이 시는 러시아의 광활한 공간, 러시아의 위대하고 다양한 풍요로움, 러시아의 힘과 사업에 대한 폭넓고 환희에 찬 묘사였다. 내가 당당하고 즐거운 끝부분, 즉 이 묘사의 끝부분에 — 너, 나의 강력한 러시아여! 나의 정교의 조국이여! — 이르렀을 때, 로스토프체프는 이를 악물고 창백해졌다.

"그래, 바로 이게 시야!" 눈을 뜨고 마음을 진정시키려고 노력하면서, 그리고 자리에서 일어나 물러나면서 그가 말했다.

"바로 이런 시를 더 열심히 배워야만 해! 그런데 이 시를 누가 썼는지 알아요? 우리의 형제이자 소시민, 우리 고향 사람이 썼지요!"

다시 말하건대, 우리 도시의 '장사꾼들'은 — 큰 장사꾼도 작은 장사꾼도 — 로스토프체프 씨네 사람들과는 달랐다. 종종 그들은 말만 번지르르 했고, 사업 면에선 '산사람과 죽은 사람을 우려먹으려고 기회를 노리는' 강도에 지나지 않았다. 그들은 요새 사기꾼들처럼 수치를 재고 무게를 달면서 사람들을 속였고, 수치심이나 양심의 가책을 전혀 느끼지 않고 거짓말하고 거짓 맹세를 했으며, 지저분하고 거칠게 살았다. 또 그들은 서로를 중상모략하고 우쭐댔으며, 시내를 하릴없이 돌아다니는 바보들, 불구자들, 행자(行者)들에 대해 악의와 질투심을 쏟아내며, 아주 무정하고 비정하게 즐거워했다. 또 그들은 농민들을 아주 노골적으로 경멸하면서 쳐다보았고, 악마 같이 용감하고 능숙하고 유쾌하게 농민들을 속여먹었다. 로스토프체프의 다른 동료 시민들도 그다지 순결하지 않았다. 러시아의 관리, 러시아의 고

---

[5] 이반 사비치 니키틴의 시 〈러시아〉의 한 구절.

급관리, 러시아의 주민, 러시아의 농사꾼, 러시아의 노동자들이 어떤 자들인지는 모두가 알고 있다. 그러나 그들도 그 나름의 장점을 갖고 있었다. 러시아에 대한 긍지에 관해 말하자면, 다시 말하건대, 러시아인 모두가 러시아에 대한 긍지를 넘치도록 갖고 있었다.

그 당시에 니키틴의 감격스런 외침을—"너, 나의 강력한 러시아여!"— 되풀이하고, 스코벨레프,[6] 체르냐예프,[7] 해방자 짜르에 대해 말하면서, 또 성당에서 황금빛 머리칼에 황금빛 제복(祭服)을 입은 부제(副祭)가 '더할 나위 없이 경건하고, 더할 나위 없이 강력한 위대한 군주인 알렉산드르 알렉산드로비치'[8]에 대해 우렁찬 목소리로 추도하는 것을 들으면서, 여러 나라와 여러 종족과 민족들의 광활한 왕국 위로, 무진장한 지상의 부(富)와 평화롭고 행복한 생활의 힘 위로 러시아의 왕관이 우뚝 솟아있음을 거의 공포를 느끼고 불현듯 깨달으면서 얼굴빛이 창백해지는 것은 로스토프체프 한 사람만이 아니었다.

---

[6] M. D. 스코벨레프(1843~1882) : 1877~1878년 터키와의 전쟁에 참전했던 장군.
[7] M. G. 체르냐예프(1828~1898) : 크림전쟁과 카프카즈 전쟁에 참전했던 장군.
[8] 1881년에 아버지 알렉산드르 2세가 암살당한 후, 알렉산드르 3세로 왕위에 올라 1894년까지 러시아를 통치했음.

5

 나의 중학교 생활의 시작은 내가 예상했던 것보다 훨씬 더 끔찍했다. 도시에서 맞이한 나의 첫저녁은 '모든 게 끝났다!'는 생각이 들 정도였다. 그러나 그후, 내가 운명에 금방 순종했다는 게 더욱더 끔찍했는지도 모른다. 전혀 평범하지 않은 나의 예민한 감수성 말고는, 나의 삶은 아주 평범한 중학교 생활이 되었다.
 나와 글레보치카가 처음으로 학교에 간 아침은 맑았다. 이것만으로도 우리는 기분이 유쾌했다. 게다가 우리는 얼마나 멋지게 차려입었던가! 새로 맞춘 모든 것이 튼튼하고 편안했으며, 우리를 즐겁게 했다. 잘 닦은 장화, 밝은 회색빛 나사(羅紗) 바지, 은빛 단추가 달린 푸른 교복, 단정하게 깎은 머리에 쓴 화려한 푸른 모자, 바로 어제 산 교과서, 필통, 연필, 공책이 들어있는, 가죽냄새가 나며 삐걱거리는 책가방… 그리고 강렬하고 떠들썩한 학교의 새로움. 돌이 깔린 깨끗한 마당, 햇볕에 빛나는 유리창과 출입문의 청동 손잡이, 여름에 새 페인트를 칠한, 깨끗하고 널찍하며 낭랑하게 울리는 복도, 밝은 교실, 강당, 계단, 무수히 많은 소년들이 여름의 짧은 휴식을 끝마치고 아주 흥분한 채 학교로 들어오면서 왁자지껄 떠들고 외치는 소리, 대강당에서 수업하기 전에 올리는 첫 번째 기도의 단정함과 장중함, 우리들 맨 앞에서 힘차게 행진하고 지휘하는 진짜 군인인 퇴역 육군대위의 지시에 따라 '두 사람씩 짝을 지어' 각각 배정된 교실로 걸어 들어가기, 걸상이 달린 책상에 자리를 잡으면서 벌이는 첫 번째 싸움, 마침내 처음으로 교실에 등장하는 선생님, 제비꼬리가 달린 선생님의 연미복, 반짝이는 선생님의 안경, 마치 깜짝 놀란 듯한 선생님의 두 눈, 위로 치켜 올려진 턱수염, 겨드랑이 밑에 낀 서류가방…. 며칠이 지나자 이 모든 것들은 마치 다른 생활이 전혀 존재하지 않았던 것처럼 아주 일상적인 것이 되었다. 하루하루가, 한 주일 한 주일이, 한 달 한 달이 쏜살같이 지나갔다⋯.

  공부는 쉬웠다. 나는 얼마간 마음에 드는 과목만을 잘했다. 다른 과목들의 경우, 아오리스트[9] 같은 특히 싫어하는 것을 제외하고, 모든 것을 쉽게 이해할 수 있는 내 능력 덕분에 그럭저럭 해냈다. 우리가 배운 것의 사분의 삼이 우리에게 아무 필요도 없는 것이었고, 우리에게 아무것도 남기지 않았다. 우리는 그저 무의미하게 형식적으로 배웠을 뿐이다. 우리들을 가르친 대부분의 교사들은 평범하고 그저 그런 사람들이었다. 그들 중에는 교실에서 늘 웃음거리가 된 몇몇 괴짜들이 있었는데, 두세 명은 진짜 광인들이었다. 그들 중 한 선생님은 정말 남달랐다. 이 선생님은 거의 말이 없었는데, 결벽증으로 고통스러워했고 사람들의 호흡과 접촉을 두려워했다. 그는 항상 거리의 한가운데로 걸어 다니곤 했다. 학교에서는 문의 손잡이와 책상 앞의 의자를 직접 만지지 않고 그 위에 손수건을 놓고 만지려고 장갑을 벗은 후에 즉시 손수건을 꺼냈다. 그는 멋진 밤색 곱슬머리를 뒤로 빗어 넘기고 멋진 흰 이마에 놀랍도록 갸름한 하얀 얼굴, 그리고 허공 어딘가를 슬프고 조용히 응시하는 움직이지 않는 검은 눈을 가진, 키가 작고 마른 사람이었다⋯.

  내 학생시절에 대해 더 무엇을 말할 수 있을까? 이 시절에 나는 아이에서 소년으로 변했다. 그러나 이 변화가 어떻게 이루어졌는지는 하느님만이 아신다. 겉보기에 나의 생활은 매우 단조롭고 평범하게 흘러갔다. 매일 똑같이 등교하고, 저녁마다 항상 서글픈 마음으로 마지못해 다음날 수업을 공부하고, 다가오는 방학에 대해 항상 똑같은

---

9) 그리스어와 고대 슬라브어 등에서 완료된 행동을 나타내기 위한 동사 시칭의 하나.

꿈을 꾸고, 크리스마스와 여름방학까지 며칠이 남았는지 항상 헤아려보곤 했다. 아, 이 모든 나날들이 더 빨리 지나가버렸으면!

6

지금은 9월 저녁이다. 나는 시내를 배회한다. 사람들은 감히 나에게 복습을 시키거나 글레보치카에게 하듯이 내 귀를 잡아당기지는 못한다. 글레보치카는 더욱더 화를 내고, 그래서 더욱더 게을러지고 고집이 세졌다. 내 마음은 영원할 것 같고, 수많은 멋진 계획들의 실행을 약속했던 지난 여름에 대한 슬픔으로 가득하다. 그것은 거리를 걷고 탈것을 타고 다니며, 시장에서 물건을 사고팔면서 가판대 주변에 줄지어 서 있는 모든 사람들과 내가 동떨어져 있다는 느낌에서 오는 슬픔이다…. 모든 사람들은 자신의 일과 자신의 이야기를 갖고 있고, 어른들의 익숙한 삶을 살아간다. 그런 생활에 아직 한 번도 참여해보지 못한 외롭고 슬픈 중학생과는 다르다. 도시에는 부(富)와 사람들이 넘친다. 도시는 아주 부유하고, 일 년 내내 모스크바, 볼가, 리가, 레벨과 무역을 하는데, 지금은 더 부유하다. 아침부터 저녁까지 시골사람들이 도시로 수확물을 가져오고, 아침부터 저녁까지 도시 전체가 곡물로 넘쳐나고 시장과 광장에는 땅에서 나는 온갖 과일들이 산더미같이 쌓인다. 거리의 한가운데를 따라 큰소리로 말하면서 급히 걸어가는 농부들을 계속해서 만나게 된다. 그들은 마침내 도시에서 볼일을 끝내고 기분이 좋아서 이미 술 한 잔을 걸친 후, 딱딱한 과자를 먹으면서 자기 마차로 걸어가는 중이다. 하루 종일 이 농부들과 거래를 잘 한 사람들 — 햇볕에 타고 먼지를 뒤집어 쓴, 항상 생기 넘치는 거간꾼들도 활기차게 대화하며 인도를 따라 걸어가고 있다. 이들은 아침부터 농부들을 만나러 도시로 나가서, 높은 값을 불러 다른 거간꾼에게서 농부들을 가로채어 시장이나 곡물가게로 데리고 간다. 이들도 지금은 쉬면서 차를 마시러 선술집으로 가고 있다. 도시에서 감옥과 수도원으로 통하는, 마치 화살처럼 곧게 뻗어있는 돌가야 울리차10) 가 먼지와 거리의 저 먼 끝에서 막 넘어가는 태양의 눈부신 햇빛 속에 잠겨있다. 걸어가는 사람들, 말을 타고 가는 사람들, 경마장에서 돌아오는 사람들이 먼지에 휩싸인 황금빛 속으로 빠져 들어간다. 이 도시는 경마장으로도 유명하다. 경마장에는 멋쟁이 서기들과 점원들, 마치 극락조처럼 잘 차려입은 아가씨들, 화려한 무개마차를 타고 젊은 아내 옆에 앉아서 속보로 걷는 말의 속도를 늦추며 농민들 앞에서 잘난 체하는 엉덩이가 큰 상인들이 우글댄다! 그리고 대사원에서는 저녁기도를 알리는 종이 울린다. 그러면 턱수염을 기른 단정한 마부들이 살찐 말들이 끄는 무겁고 편안한 대형마차에 늙은 상인의 아내들을 실어 나른다. 두 손에 양초를 들고 있는, 이 늙은 상인의 아내들은 누렇게 뜬 얼굴과 많은 보석들로 혹은 죽은 사람처럼 창백한 안색과 수척함으로 우리를 놀라게 한다….

축제일에는 대사원에서 장엄한 예배가 있다. 우리 학교의 육군대위는 학교 운동장에 모인 우리들을 대사원으로 이끌고 가기 전에 우리들의 단추를 하나하나 검사한다. 선생님들은 훈장을 단 제복에 삼각모를 쓰고 있다. 우리는 거리를 따라 걸으면서, 행인들이 이 날을 기념하기 위해 모든 퍼레이드에 직접 참여하는 국가의 예비병들을 바라보듯이 우리들을 바라보는 걸 기분 좋게 느낀다. 다른 '관청'의 사람들, 즉 제복들, 훈장들, 삼각모들, 견장들이 도처에서 대사원으

---

10) '긴 거리'라는 뜻의 거리 이름.

로 모여든다. 대사원이 가까워질수록 사원의 종소리는 더 낭랑하고 더 무겁고 더 크고 더 장엄하게 들린다. 대사원으로 올라가는 입구에서 '모자 벗어!'라는 구령이 떨어진다. 우리는 서로 밀치고 줄을 흩뜨리면서 활짝 열린 서늘하고 웅장한 정문 현관으로 들어간다. 우리들 머리 바로 위에서 16톤이 넘는 종이 시끄럽게 윙윙대다가 넉넉하고 자비롭지만 엄격하게 우리들을 맞이하며 감싸 안는다. 성당 안에는 참으로 많은 사람들이 있었다. 아래에서 위까지 도금된 성상으로 장식된 휘장, 촛불에 반짝이며 빛나는 성직자들의 금으로 장식된 제복(祭服), 붉은 천이 깔린 설교단 주변에 몰려있는 온갖 계급의 관료들은 너무나 장중하고 근사했다! 소년의 마음에는 이 모든 것이 편안하지 않았다. 길게 늘어지는 화려한 예배, 독경, 분향, 들락거리는 성직자들, 때론 힘차게 때론 부드럽고 세련되게 멋을 내는 성가대의 낭랑하고 웅상한 베이스 음성과 달콤하게 짖아드는 알토 음성, 사방에서 압박해오는 후덕지근하고 기분 나쁜 거대한 몸집들, 멧돼지 같이 비대한 몸통을 짧은 제복과 은빛 벨트로 무섭게 꽉 조이고 머리 바로 위로 우뚝 솟아있는 경찰서장 모습 때문에 머리가 지끈지끈 아팠다⋯.

  이런 날 저녁이면 도시는 인도에 깔아놓은 등화용 접시의 촛불로 붉게 타올랐고 연기가 자욱하고 역한 냄새가 났다. 깃발로 장식된 집들은 불빛에 비친 모노그램과 코로나처럼 어둠 속에서 빛났다. 이것은 내가 도시에서 받은 최초의 인상 가운데 하나인데, 가장 기억에 남는 것들 중의 하나이다. 당시 도시에서는 대규모의 걷기행사가 종종 있었다. 한 번은 로스토프체프의 아들이—그 역시 중학생으로 6학년이었다—도시의 공원에서 열린 대규모 걷기행사에 나와 그레보치카를 데리고 갔다. 나는 헤아릴 수 없을 만큼 많은 사람들이 빽빽이 운집하여 중앙 오솔길을 따라 천천히 움직이는 것을 보고 깜짝 놀랐다. 사람들에게서 먼지와 싸구려 향수냄새가 났다. 한편 오솔길이 끝나는 곳에서는 형형색색의 불꽃으로 반짝이는 연주대 위에서 군대 오케스트라가 청동 트럼펫과 케틀드럼으로 나른한 왈츠곡을 쿵쾅쿵쾅 연주하고 있었다. 이 오솔길에서 로스토프체프는 여자친구와 함께 우리를 향해 걸어오는 예쁜 아가씨와 정면으로 마주치자 갑자기 걸음을 멈추었다. 그는 얼굴을 붉히고 장난치듯이 발뒤꿈치를 찰싹 부딪쳐 그녀에게 경의를 표했다. 그녀는 우스꽝스러운 모자 밑에서 솔직하고 유쾌하게 얼굴 가득히 웃음을 지었다. 광장의 연주대 앞, 넓은 꽃밭 한가운데서 여러 갈래로 물을 내뿜는 분수가 차가운 물보라로 꽃밭을 적시고 있었다. 나는 그 분수의 신선함과 물보라로 적셔진 꽃들의 매혹적인 냄새를 영원히 기억하게 되었다. 나는 이 꽃들이 그저 '담배'라고 불린다는 걸 나중에야 알았다. 내가 이 냄새를 기억하게 된 까닭은 그 후 며칠 동안 내가 난생 처음으로 달콤하게 앓았던 사랑의 냄새가 이 냄새와 연결되었기 때문이다. 이것은 그녀, 바로 이 군(郡)에 사는 아가씨 덕분이다. 나는 지금까지도 '담배' 냄새를 맡으면 항상 흥분하다. 그런데 그녀는 나에 대해 전혀 알지 못했고, 내가 평생 담배냄새를 맡기만 하면 그 즉시 그녀를, 분수의 신선함을, 군악대의 연주를 이따금 떠올리곤 한다는 것을 알지 못했다 ···.

7

 이제 첫 추위가 닥쳐온다. 가난하고 납덩이처럼 무겁고 고요한 늦가을의 날들이다. 도시에서는 창문에 겨울 창틀을 끼우고, 페치카를 피우고, 사람들은 따스하게 옷을 입고 겨울을 나기 위해 필요한 것들을 준비한다. 그리고 이미 겨울의 아늑함과 수백 년 동안 지속된 전통적인 옛 생활방식을, 그리고 계절과 관습이 되풀이되는 것을 기분 좋게 느낀다.
 "거위들이 날아가고 있어."
 따스한 외투에 따스한 모자를 쓴 로스토프체프가 차가운 겨울공기를 집안으로 가지고 들어오면서 유쾌하게 말한다.
 "금방 거위 떼를 보았시…. 농부에게서 양배추 두 수레를 샀어. 받아서 들여놔, 류보피 안드레예브나. 곧 가져올 거야. 아주 좋은 양배추야. 배추통이 하나같이 좋고…."
 내 마음은 편안하지만 너무나 슬프고 슬프다. 나는 학교 도서관에서 읽으려고 빌려온 월터 스코트의 책을 옆으로 제쳐놓고 깊은 생각에 잠긴다. 나는 내 마음속에서 일어나고 있는 뭔가를 이해하고 쓰고 싶은 것이다. 나는 마음속으로 도시를 떠올려 찬찬히 관찰한다. 도시 어귀에는 오래된 남자수도원이 있다…. 그곳의 수도사들은 각자 자기 방 성상 뒤에 항상 보드카와 소시지를 숨겨놓고 있다고 사람들은 말한다. 그레보치카는 수도사들이 가사(袈裟) 밑에 바지를 입는지 안 입는지 몹시 궁금해 한다. 나는 수도원을 생각하면서 병적으로 열광했던 시절을 떠올린다. 그때 나는 금식하고 기도하면서 성인이 되고자 했다. 게다가 나는 왠지 모르게 수도원의 과거에 대한 생각으로 괴로워했다. 또 타타르인들이 여러 번 수도원을 포위하고 공격하여 불태웠고 약탈한 것들에 대한 생각으로 괴로워했다. 나는 여기에서 뭔가 아름다운 것을 느꼈고, 시나 시적 상상으로 이 아름다움을 이해하고 표현하고 싶었다 ….

그 다음에, 수도원에서 돌가야 울리차11)를 따라 도시로 돌아오면 왼쪽에 골짜기와 악취를 풍기는 강의 지류 쪽으로 내려가는 가난하고 더러운 거리가 나온다. 물에 젖은 가죽이 썩어가는 그 강의 지류는 얕고, 밑바닥은 켜켜이 쌓인 검은 가죽으로 덮여 있다. 강둑에는 코를 찌르는 악취를 풍기면서 갈색의 뭔가가 산더미처럼 쌓여 있고, 바람이 통하도록 엮어놓은 시커먼 통나무들이 죽 늘어서 있다. 여기에서 가죽이 건조되고 가공된다. 무시무시한 부류의 사람들 ― 힘이 세고 믿을 수 없을 만큼 기름에 전 거친 사람들이 떼를 지어서 일하고 소리지르고 욕설을 해댄다 …. 여기도 매우 오래된 장소로 삼사백년이나 되었다. 나는 이 더러운 장소에 대해 뭔가 말하고 싶고, 뭔가 멋진 것을 만들어내고 싶은 갈망으로 고통스러워한다 ….

더 멀리 강의 지류 너머엔 쵸르나야 슬로보다인 아르가마차와 아르가마차가 자리한 바위가 많은 절벽이 있다. 강은 계곡 아래 먼 남쪽, 돈강 하류지방을 향해 천년 동안 흐르고 있다. 옛날에 한 젊은 타타르 공후가 이 강에서 죽었다. 나는 이 타타르 공후에 대해서도 뭔가를 생각해내어 시로 쓰고 싶다. 지금까지도 우리 도시의 가장 오래된 교회들 중의 하나에 안치된 기적의 성모상이 이 타타르 공후를 벌했다고 전해진다. 이 교회는 바로 아르가마차의 맞은 편 강 위에 있다. 이 오래된 성상 앞에 꺼지지 않는 현수등(懸垂燈)이 타고 있다. 검은 숄을 두른 어떤 여자가 무릎을 꿇고 항상 기도하고 있다. 그녀는 세 손가락을 이마에 꼭 대고 따스한 현수등의 불빛 속에

---

11) '긴 거리'라는 의미의 거리 이름.

희미하게 빛나는 거무스름한 황금 액자 테를 슬픈 눈빛으로 뚫어져라 바라본다. 성상을 넣은 액자 테의 구멍 사이로 가슴을 꼭 누르고 있는 진한 갈색의 작은 나뭇조각 같은 오른손이 보이고, 조금 더 위쪽에는 똑같이 검고 자그마한 중세적 분위기의 얼굴이 보인다. 그 얼굴은 섬세하고 다양하게 빛나는 다이아몬드, 진주, 루비로 만든 은제 레이스가 달린 가시 면류관 아래 왼쪽 어깨 쪽으로 겸손하고 슬프게 기울어져 있다….

강 건너 도시 너머에는 저지대에 넓게 펼쳐진 자레치예[12]가 있다. 이것은 그 자체로 완전한 도시이자 완전한 철도 왕국이다. 여기에서 기관차들은, 음울하고 차가운 하늘을 무리 지어 날아가는 거위들처럼, 어딘가 저 멀리 떠나고 싶은 동경을 불러일으키면서 낮이나 밤이나 차갑고 쟁쟁한 대기 속에서 명령하고 호소하듯이, 슬프고 자유롭게 메아리치고 있다. 여기에는 뭐긴 만두, 사모바르, 커피냄새가 석탄연기 냄새와 뒤섞여 사람들을 흥분시키는 기차역이 있다. 석탄연기를 내뿜는 기관차들은 밤낮으로 이 기차역에서 러시아 사방으로 뿔뿔이 흩어진다….

나는 집의 아늑함을 그리워하고, 때론 도시의 과거나 때론 도시에서 보이는 자유로운 가을의 탁 트인 공간을 꿈꾸면서 달콤하고 슬프게 애태웠던, 가난하고 짧았던 나날들을 기억한다. 이런 나날들은 재미없는 학교수업을 받는 중에 끝없이 흘러갔다. 나는 학교에서 마치 내가 알아야만 했던 모든 것들을 강제로 배워야 했다. 그리고 따뜻한 소시민의 두 방의 고요함 속에서 털실로 짠 테이블보가 덮인 류보피 안드레예브나의 서랍장 위에 놓인 자명종의 졸린 듯한 똑딱거리는 소리와 하루 종일 앉아서 레이스를 뜨고 있는 마냐와 크슈샤의 손 안에

---

[12] '강변 너머 마을'이라는 의미의 지역 이름.

서 나는 가느다란 뜨개바늘 소리에 그 고요함은 더 깊어졌다. 이런 날들이 천천히 단조롭게 흘러가다가 갑자기 중단되었다.

　유난히 슬프고 어스름한 어느 날 저녁에 바깥 쪽문이 갑자기 쾅 소리를 냈고, 이어서 현관문과 문간방문 여는 소리가 났다. 그리고 귀마개가 달린 털모자를 쓰고 활짝 풀어헤친 너구리 모피외투를 입은 아버지가 갑자기 문턱에 나타났다. 나는 전속력으로 달려가 아버지의 목을 잡고, 바깥 냉기로 차갑고 축축해진 콧수염 아래 사랑스럽고 따스한 입술에 입맞춤을 해대면서, 아버지는 이 도시전체에서 그 어떤 사람과도 다르고, 다른 모든 사람들과도 완전히, 완전히 다르다는 것을 황홀하게 느꼈다!

　우리 거리는 도시 전체를 관통하고 있었다. 우리가 사는 지역에서 거리는 텅 비고 인적이 드물고, 사람이 살지 않는 듯한, 돌로 지은 상인들의 집밖에 없었다. 그러나 거리의 중심부는 아주 활기에 넘쳤다. 이 거리의 중심부에는 시장이 인접하고, 상상할 수 있는 모든 것들이 ― 선술집, 아케이드, 최고급 가게들, 최고급 호텔들 ― 있었다. 그 중에는 돌가야 울리차 모퉁이에 드보랸스카야 호텔13)도 있었다. 드보랸스카야 호텔이라고 불리는 데는 이유가 있다. 이 호텔에는 지주들만 투숙했다. 행인들은 이 호텔의 지하층 유리창을 통해 레스토랑과 주방에서 풍겨 나오는 달콤한 냄새를 맡았고 하얀 캡을 쓴 요리사들을 보았으며, 현관 유리문을 통해 붉은 나사(羅紗)가 깔린 넓은

---

13) '귀족 호텔'이라는 의미의 호텔 이름.

계단을 보았다.

　내가 중학교에 다니던 시절, 아버지는 마지막으로 화려한 인생을 보내고 있었다. 아버지는 바투리노로 이사한 후에 바투리노를 저당 잡히고 카멘카를 팔았다. 아버지는 마치 분별 있는 경영계획을 갖고 이 모든 일을 하는 것처럼 보였다. 아버지는 다시 자신을 부유한 지주라고 생각했고, 도시에 오면 드보랸스카야 호텔에만 묵고 항상 최고의 객실을 잡았다. 아버지가 도시에 오면 나는 로스토프체프의 집에서 나와 이삼일 동안 전혀 다른 세계로 곧장 옮겨갔으며, 잠시 다시 도련님이 되었다. 현관 앞의 '날쌘' 마부들도, 현관 수위도, 복도를 담당하는 급사들도, 호텔 청소부들도, 커다란 연미복에 하얀 넥타이를 매고 말끔히 면도한 미헤이치도 내게 미소를 띠고 허리 굽혀 인사했다. 셰레메티예프 공작14)의 농노였던 미헤이치는 평생 모든 것을 맛보았고, 파리, 로마, 페테르부르크, 모스크바도 돌아다녔으며, 지금은 외딴 도시의 드보랸스카야 호텔이라는 곳에서 호텔 보이로 위엄 있고 슬픈 여생을 보내고 있었다. 이 호텔에서는 진짜 훌륭한 귀족들조차도 지금은 귀족 흉내만 냈고, 다른 사람들은, 미헤이치의 말대로, '군(郡) 나리'에 지나지 않았다. 그들은 귀족의 버릇에 따라 과장되게 행동하고 어이가 없을 만큼 무례한 요구를 해댔으며, 귀족이라는 혈통 때문이 아니라 보드카에 절어서 낮은 목소리로 말했다.
　"안녕하슈, 알렉산드르 세르게이치!"
　드보랸스카야 호텔의 입구에서 '날쌘' 마부들이 앞을 다투어 아버지에게 소리쳤다.
　"나리를 기다릴까유? 혹시 저녁에 서커스 장에 가실 건지유?"

---

14) 드미트리 니콜라예비치 셰레메티예프 공작(1803~1871). 19세기 러시아의 가장 부유한 귀족들 중 하나로 모스크바와 페테르부르크에 많은 영지와 저택들을 가지고 있었다.

아버지는 마치 이전에 부자였을 때처럼 행세하는 것이 부자연스러웠지만 마부들의 외침소리를 즐겼으며, 드보랸스카야 호텔 주변에는 항상 마부들이 얼마든지 있어서 기다리는 삯을 지불할 필요가 전혀 없었지만 그들더러 기다리라고 지시했다.

현관 유리문 안쪽은 따스했고, 작열하는 램프불로 자극적일 정도로 밝았다. 귀족들과 귀족회의나 모임을 위한 오래된 시골호텔 특유의 멋지고 귀족적인 전체 분위기가 즉시 모든 사람들의 마음을 사로잡았다. 레스토랑으로 통하는 1층 복도에서 사람들의 시끄러운 목소리와 웃음소리가 들려왔고, 누군가가 소리쳤다.

"미헤이치, 백작에게 말해줘. 제기랄! 우리가 기다리고 있다고!"

2층으로 올라가는 계단에서 안팎으로 털을 댄 겨울외투를 입은 한 거인이 나타나서 갑자기 우리의 걸음을 멈추게 한 뒤, 놀라운 탄성을 지르고 짐짓 기쁜 체하면서 매같이 차가운 눈을 굴리며 엄마의 손에 정중하고 상냥하게 입맞춤했다. 그는 농사꾼과 고대 러시아의 공후와 비슷했다. 아버지도 즉시 우아한 몸가짐을 하며 그의 손을 꼭 쥐었다.

"공작님, 우리에게 꼭 들려주세요! 우리는 진심으로 기쁠 겁니다."

재킷과 얇고 반투명한 삼베 셔츠를 입은, 짧은 다리에 아주 건장한 젊은이가 복도를 빠르게 걸어오고 있었다. 이 젊은이는 매끈하게 빗어 넘긴 희끗희끗한 머리칼에 늘 술 취한 듯한, 툭 튀어나온 밝은 하늘색 눈을 하고 있었다. 젊은이는 커다란 쉰 목소리로, 다급하고 이상할 정도로 유쾌하게(그는 우리와 전혀 친척관계가 아니었지만) 멀리서 소리쳤다.

"아저씨, 이게 얼마 만이에요! '아르세니예프, 아르세니예프'라고 사람들이 말하는 소릴 들었지만 그게 아저씨인 줄은 몰랐어요…. 안녕하세요, 아주머니."

그는 엄마의 손에 입을 맞추면서 쉴 새 없이 말했다. 그가 너무나 다정하게 손에 입을 맞추어서 엄마는 그의 관자놀이에 입을 맞추지 않을 수 없었다.

"안녕, 알렉산드르."

그는 늘 그렇듯이 내 이름을 잘못 부르면서 활기차게 바라보았다.

"너 아주 좋아졌구나! 아저씨, 보다시피 전 여기 앉아서 망할 놈의 크리체프스키를 기다리고 있어요. 벌써 닷새째예요. 그자가 은행에 낼 돈을 빌려주기로 약속했거든요. 그런데 그자가 왜 바르샤바로 날랐는지 아무도 몰라요. 언제 돌아올지는 모르다하이만 알아요…. 그런데 식사는 하셨어요? 아래층으로 가시죠, 거기에 모두들 모여 있어요…."

아버지는 즐겁게 그에게 입맞춤하고 밑도 끝도 없이, 갑자기 자신도 모르게 그를 식사에 초대하여 우리 방으로 끌고 왔다. 그리고 활기에 넘쳐서 엄청나게 많은 안주, 요리, 보드카, 포도주를 미헤이치에게 주문했다…. 이 미심쩍은 우리의 친척은 엄청나게 많은 양을 게걸스럽게 먹고 마셔댔다! 그는 끊임없이 시끄럽게 얘기하고 감탄하고 큰소리로 웃어대고 탄성을 질러댔다! 지금까지도 나는 그가 쉰 목소리로 외쳐대는 소리와 흥분하면서 끝없이 쏟아내는 말을 듣고 있는 듯하다.

"그러나 아저씨, 정말로 내가 그런 비열한 짓을 할 수 있다고 생각하세요?"

저녁에 우리는 트루치 형제[15]의 넓고 얼음같이 차가운 천막 안에 앉아있었다. 천막 안에는 보통 서커스 장에서 나는 온갖 냄새가 기분 좋게 코를 찔렀다. 얼굴에 밀가루를 바르고 불타는 듯한 오렌지 머리

---

[15] 1880년에 이탈리아에서 러시아에 온 서커스 배우들.

칼에 넓은 바지를 입은 어릿광대들이 관객들의 환호를 받으며 앵무새처럼 날카롭게 소리치고, 맹렬한 기세로 부자연스럽고 어색하게 배를 모래바닥에 철썩 부딪히면서 무대로 날아 들어왔다. 그 뒤를 따라 늙은 백마가 쿵쿵 뛰어갔고, 번쩍이는 금박으로 온몸을 치장한 짧은 다리의 여자가 오목하게 들어간 백마의 넓은 등 위에 선 채 말을 달렸다. 이 여자는 툭 비어져 나온 발레 치마 아래 단단한 분홍 허벅지에 분홍 타이츠를 신고 있었다. 밴드가 "버드나무야, 나의 푸르른 버드나무야"를 멋대로 씩씩하게 연주하면서 분위기를 달구었다. 연미복에 긴 부츠를 신고 실크해트를 쓴, 까만 턱수염을 기른 멋쟁이 곡마단장이 무대 한가운데 서서 빙글빙글 돌면서 리듬에 맞춰 긴 채찍을 멋지게 쏘아댔다. 고집스럽게 목을 앞으로 구부린 말은 온몸을 옆으로 비스듬히 기울이고 원 가장자리를 빠른 걸음으로 내달렸다. 여자는 기다리고 있다가 말 위로 펄쩍 뛰어올랐고, 갑자기 애교 넘치는 짧은 비명을 지르면서 조끼 모양의 재킷을 입은 말 관리인이 위로 펼쳐 든 종이방패를 요란스런 소리를 내며 뚫고 지나갔다. 깃털보다 더 가볍게 보이려고 애쓰면서 마침내 그녀가 무대의 마구 파 헤쳐진 모래 위로 말에서 날렵하게 뛰어내려 더할 나위 없이 우아하게 무릎을 굽혀 인사하고, 손을 흔들며 손끝을 특이하게 비틀자 우레와 같은 박수가 쏟아졌다. 그녀가 과장되게 어린아이 같은 몸짓을 하면서 무대 뒤로 사라지자 갑자기(비록 어릿광대가 의지할 데 없는 바보의 표정을 짓고 비틀비틀 무대 위를 돌아다니다가 '다시 한 번 카마린스키![16)'하고 혀 짧은 소리긴 했지만) 음악소리가 멈추었고, 서커스 장은 달콤한 공포 속으로 빠져 들어갔다. 말 관리인들이 쇠로 만든 커다란 우리를 끌고 급히 서두르면서 무대로 뛰어나왔다. 갑자기 무대 뒤에서 으르

---

16) 러시아의 민간 무용곡.

렁거리는 짐승의 포효가 들렸는데, 마치 누군가가 고통스럽게 욕지기를 하고 토하는 것 같았다. 이어서 트루치 형제의 천막을 송두리째 뒤흔들 정도로 강하고 위풍당당한 날숨소리가 들려왔다….

어머니와 아버지가 떠난 후, 도시에서는 마치 사순절이 시작된 듯했다. 왠지 부모님은 종종 토요일에 도시를 떠나곤 했는데, 그래서 그 날 저녁에 나는 중학교 근처의 외진 골목에 있는 성(聖)십자가 교회의 저녁기도회에 가야만 했다.

이, 나는 음울하고 낮은 가을 하늘 아래, 그 고요하고 서글펐던 늦가을 저녁을 잘 기억하고 있다. 보통 우리는 예배가 시작되기 훨씬 전에 교회에 가서 긴장된 고요와 어둠 속에서 예배를 기다린다. 몇몇 노파들만이 구석에서 무릎 꿇고 있을 뿐, 우리들 말고는 아무도 없다. 노파들의 속삭이는 듯한 기도소리, 제단 앞 현수등과 드문드문 꽂혀 있는 촛불이 타닥타닥 타들어가는 소리 외에는 아무 소리도 들리지 않는다. 어둠은 점점 더 짙어지고, 좁은 유리창 너머로는 저물어가는 저녁이 점점 더 슬프게 푸르러지며 연보랏빛으로 변한다…. 마침내 따스한 제의(祭衣)와 긴 덧신을 신고 제단으로 걸어가는 신부들의 부드러운 발자국 소리가 들린다. 잠시 후, 다시 한번 정적과 기다림의 순간이 오랫동안 지속된다. 붉은 비단으로 덮인 '황제의 문'17) 뒤의 제단에서 어떤 비밀스러운 준비가 진행되고 있다. 항상

---

17) 러시아 정교회에서 제단은 성상이 그려진 휘장 너머에 위치해있다. 신부들은 제단 주변의 보이지 않는 장소에서 '황제의 문'(tsarskie vrata)으로 불리

무섭고 다소 갑작스럽게 '황제의 문'이 열리면, 마침내 부제(副祭)가 절제되고 위엄 있는 목소리로 '일어나시오!'라고 말하면서 설교대로 걸어 나오고, 이 소리에 응답하여 제단 깊숙한 곳에서 시작을 알리는 순종적이고 슬픈 목소리가 "거룩하신 창조주이시며 온전한 하나이신 성부, 성자, 성신에게 영광을 돌릴지어다" 하고 대답할 때까지, 그리고 이 목소리가 은은하고 조화로운 '아멘⋯.'하는 조용하고 조화로운 합창소리에 잠길 때까지 제단 가운데 높은 테이블에서는 긴 침묵의 분향이 계속된다.

이 모든 것이 날 얼마나 흥분시켰던가! 난 아직 아이이고 소년이었지만, 이 모든 것을 느낄 수 있는 감각을 갖고 태어났던 것이다. 나는 최근 몇 년 동안에 이런 기다림과 예배 전의 긴장된 고요를 여러 번 경험했고, 이 외침소리에 반드시 이어져서 그 소리를 덮어버리는 '아멘'을 아주 많이 들었다. 이 모든 것은 마치 내 영혼의 일부가 된 것 같았다. 이제 내 영혼은 예배의 말 하나하나를 미리 짐작하고, 더욱 진실하게 마음 준비를 하면서 모든 것에 대해 더욱 민감하게 반응한다. "거룩하시고 온전하신 분께 영광을"—나는 제단에서 희미하게 들려오는 이 친숙하고 사랑스런 목소리를 듣고, 이미 마법에 걸린 듯이 자리에서 일어나 예배를 드린다.

작은 등불을 든 부제를 뒤따라 신부가 교회를 조용히 걸어 다니면서 성상마다 절하고 향로의 향기로 교회를 가득 채우는 동안, 나는 "와서 주님께 경배합시다, 와서 주님께 경배합니다⋯. 오, 내 영혼이여, 주님을 찬양하라"는 소리를 듣는다. 그러면 내 눈은 눈물로 흐려진다. 그건 이보다 아름답고 고귀한 것은 지상에 존재하지 않고, 존재할 수 없다는 것을 내가 이미 확실히 알기 때문이다. 엉성하게

는 문을 통해 성상이 그려진 휘장 앞의 신도들에게로 걸어 나온다.

면도한 몇몇 상급생들의 말을 듣고 '신은 존재하지 않는다'고 확신하는 그레보치카가 비록 맞는다고 해도, 이런 낭송과 찬송을 듣고, 때론 오래된 성상화가 그려진 희미한 금빛 벽 앞의 붉은 불빛, 때론 하느님의 성스러운 용사이자 신실한 공후인 알렉산드르 넵스키[18]를 바라보면서 지금 이 순간 내가 느끼는 것보다 더 아름다운 것은 이 세상에 존재하지 않는다. 신을 향한 두려움과 찬양의 표시로 한 손을 가슴에 얹고 무섭고 경건한 두 눈을 위로 향한 채, 갑옷으로 완전무장한 실물 크기의 공후의 모습이 내 옆에 있는 금도금을 한 기둥에 그려져 있었다….

성스럽고 신비한 의식(儀式)은 계속 된다. '황제의 문'은 때론 우리가 잃어버린 낙원으로부터의 추방을, 때론 낙원으로의 새로운 진입을 상징하면서 닫혔다 열렸다 한다. 지상에 사는 우리들의 나약함과 무력함에 대한 슬픈 인식과 신의 길을 쫓아 살게 해달라는 우리들의 간청을 표현하는 놀라운 불빛 기도가 낭송되고, 교회의 천장은 구세주의 강림에 대한 인간의 기대와 인간의 가슴을 희망으로 밝힌다는 표시로 켜진 수많은 촛불들로 더 밝고 따스하게 비친다. 그리고 신의 인자하심에 대한 확고한 믿음과 이 지상의 간청이 담긴 거룩한 기도문이 낭랑히 울려퍼진다. "위로부터의 평화와 우리 영혼의 구원을 위해…. 전 세계의 평화와 성스러운 교회의 복지를 위해…." 그리고 다시 모든 것을 평화롭게 해결하는 약하고 겸손한 목소리가 들린다. "모든 영광과 명예와 경배가 성부, 성자, 성신께 지금처럼 영원히 돌려질지어다…."

아니다, 내가 고딕식의 대사원과 오르간에 대해서 말했던 것은 사실이 아니다. 나는 성 십자가 교회의 그 어둡고 쓸쓸한 저녁만큼 대

---

18) 알렉산드르 넵스키 공후(1220~1263) : 스웨덴의 침략과 타타르의 약탈 행위로부터 러시아를 지킨 노력을 인정받아 시성(諡聖)되었다.

사원에서는 결코 그렇게 울지 않았다. 엄마와 아버지를 전송하고 나서 나는 진짜 고향집으로 들어가는 것처럼 성 십자가 교회의 나지막한 천장 아래로, 교회의 정적과 온기와 어둠 속으로 들어가서 긴 외투를 입고 나지막한 천장 밑에 서서 피로를 느끼며 "내 기도가 이루어지리다" 같은 슬프고 겸손한 기도, 혹은 "오, 평화로운 빛이시여, 하늘에 계신 영원한 아버지의 성스러운 영광이여, 성스럽고 은혜로우신 예수 그리스도여 …." 같은 달콤하고 긴 기도를 들었던 것이다. 나는 "석양에 오시는, 저녁 빛을 바라보시는 … "을 낭송하면서 내 마음에 떠오르는 신비한 석양의 환상에 마음속으로 푹 빠져들었다. 또는 교회 전체에 다시 깊은 어둠이 깃들고, 촛불이 꺼져 교회가 깜깜한 구약의 밤 속에 파묻히는 신비하고 슬픈 순간에 무릎 꿇기도 했다. 잠시 후, 마치 아득한 곳에서 울려퍼지고 여명을 알리는 듯한, 잘 들리지 않는 기도가 길게 천천히 조심스럽게 시작된다. "지상의 평화와 인간의 행복을 위해 저 높은 곳에 계신 주님께 영광을 …." 이 기도 중에 열정적이고 슬프지만 행복한 흐느낌이 세 번 반복된다. "오, 은혜로우신 주여, 주님의 법을 저에게 가르쳐주소서!"

10

그리고 나는 잿빛의 혹독했던 겨울날들과 칙칙하고 지저분했던 눈석임을 숱하게 기억한다. 이 시기에 러시아의 시골생활은 특히나 고통스럽다. 모든 사람들의 얼굴은 우울해지고 악의를 띠게 된다. 러시아인은 자연의 영향에 원시적으로 복종한다! 세상의 모든 것이 자신의 존재와 마찬가지로 불필요한 것으로 여겨져 괴로워지곤 했다 ….

이따금 한치 앞도 보이지 않는 아시아의 눈보라가 몇 주일씩 휘몰아친 것을 기억한다. 이런 눈보라 속에서는 도시의 종탑도 아득하게 아물거렸다. 나는 주현절(主顯節)19) 전후의 혹한을 기억하는데, 이런 혹한은 아주 먼 고대 러시아와 "땅을 1사젠20)이나 갈라지게 했다"는 지독한 추위를 생각나게 했다. 이런 혹한의 시기에는 밤마다 까마귀처럼 까만 하늘에서 하얀 오리온성좌(星座)가 눈더미 속에 완전히 파묻힌 눈처럼 하얀 도시 위에서 무섭게 불타올랐다. 아침에는 두 개의 희미한 태양이 투명하고 불길하게 빛났고, 팽팽하고 쟁쟁한, 움직임이 없는 타는 듯한 대기 속에서 도시 전체가 굴뚝에서 천천히 거칠게 내뿜는 붉은 연기로 뒤덮였다. 그리고 행인들의 빠드득거리는 발자국 소리와 썰매의 미끄럼 나무들이 내는 요란한 소리가 도시 전체에 울려퍼졌다…. 이렇게 지독하게 추운 어느 날 반세기 동안 도시를 떠돌아다녔던 거지이자 바보인 두냐기 대사원외 입구에서 얼어 죽었다. 항상 엄청 무자비하게 그녀를 조롱했던 도시는 갑자기 그녀를 위해 거의 황제의 장례식과 다름없는 성대한 장례식을 올려 주었다….

이상하게 보일지 모르지만, 이 사건 바로 뒤에 있었던 여자중학교의 무도회가 생각난다. 이것은 내가 갔던 최초의 무도회이다. 지독한 추위가 며칠 동안 계속 되었다. 방과 후에 집으로 돌아오면서 나와 그레보치카는 일부러 여자중학교가 있는 거리를 따라 걸어갔다. 여자중학교 안마당에는 정문 현관으로 이어지는 통로 양쪽으로 눈더미가 평평하게 쌓여 있었고, 그 통로 양쪽에는 이상하게 무성하고 싱싱

---

19) 세 동방 박사가 베들레헴을 찾아와 예수가 메시아임을 드러내고 예수의 공현을 기리는 날로 예수 탄생일(12월 25일) 이후 12일이 되는 1월 6일. 예수 공현축일이라고도 한다.
20) 약 2.134미터에 해당하는 러시아의 길이 단위.

한 전나무가 두 줄로 심겨져 있었다. 태양이 지고 있었다. 모든 것이 깨끗하고 싱싱했으며 분홍빛을 띠고 있었다. 눈 덮인 거리, 눈이 두껍게 쌓인 지붕과 담장, 금빛 운모(雲母)로 반짝이는 유리창, 역시 싱싱하고 강하고 상쾌한 에테르처럼 가슴에 파고드는 공기. 짧고 가벼운 모피 외투에 목이 높은 방수용 덧신을 신고 예쁜 모자와 겨울용 모자를 쓴 여학생들이 여학교에서 우리를 향해 걸어왔다. 그들의 눈은 빛났고 긴 눈썹에는 서리가 하얗게 앉아있었다. 그들 중 몇 명이 걸어가면서 "무도회에 오세요!"라고 낭랑하고 유쾌하게 말했다. 나는 이 낭랑한 목소리를 듣고 마음이 들떴다. 이 짧고 가벼운 모피외투, 목이 높은 방수용 덧신, 겨울용 모자, 상냥하고 상기된 얼굴, 얼어붙은 긴 속눈썹, 뜨겁고 민첩한 눈길 속의 뭔가 특별한 것에 대한 감정이 처음으로 내 마음 속에 일어났다. 후에 그것은 그토록 강하게 날 사로잡게 된 감정이었다….

무도회 이후에 나는 무도회와 나 자신에 대한 기억으로 오랫동안 취해 있었다. 그건 푸른 새 교복에 하얀 장갑을 낀, 옷을 잘 차려입고 아름다우며 날렵하고 민첩한 중학생에 대한 추억이었다. 그는 마음속에 즐겁고 씩씩한, 청량한 기분을 느끼면서 옷을 잘 차려입은 여학생들과 뒤섞여 복도와 계단을 뛰어다니고, 뷔페에서 청량음료를 줄곧 마셔댔으며, 발코니에서 연주하는 군대 밴드의 우렁차고 장중한 음악이 울려퍼지고 샹들리에의 진주 빛으로 가득한 넓은 무도회장에서 반들거리는 가루가 흩뿌려진 마루를 따라 춤을 추는 사람들 사이로 미끄러지듯이 돌아다녔다. 그는 무도회에 처음 참석한 사람들의 기분을 몽롱하게 만드는 향기로운 열기를 맘껏 들이마셨고, 눈에 띄는 가벼운 무용화들, 하얀 망토들, 목에 맨 까만 벨벳 리본들, 머리채에 꽂은 나비 모양의 실크 댕기들, 그리고 왈츠를 추고 나서 기분 좋은 어지럼증으로 높이 부풀어 오르는 모든 어린 가슴에 매혹되었다….

11

 3학년 때 한 번은 교장에게 불손한 말을 해서 하마터면 퇴학당할 뻔한 적이 있었다. 그리스어 수업시간에 선생님이 뭔가를 우리에게 설명하면서 칠판에 분명하고 능숙하게 판서하고 있었다. 선생님은 분필을 칠판에 부딪치면서 능숙한 판서에 커다란 즐거움을 느끼고 있었다. 나는 선생님의 설명을 듣는 대신에 《오디세이아》에서 내가 좋아하는 부분을 백 번째 읽고 있었다. 나우시카가 피륙짜는 실을 씻기 위해 하녀를 데리고 해변가로 가는 대목이었다. 그때 복도를 따라 걸어 다니면서 유리창 문을 통해 교실 안을 슬쩍 들여다보곤 하던 교장이 갑자기 교실로 들어와 곧장 내게로 걸어오더니 내 손에서 책을 빼앗고 미친 듯이 소리쳤다.
 "너, 수업이 끝날 때까지 구석에 가 있어!"
 나는 자리에서 일어나 얼굴빛이 하얗게 변하면서 대답했다.
 "저에게 소리치지 마시고, '너'라고 말하지 마세요. 전 아이가 아닙니다…."
 실제로 나는 더 이상 아이가 아니었다. 나는 정신적으로나 육체적으로 빠르게 성장했다. 나는 더 이상 감정으로만 살지 않았고, 어느 정도 감정을 다스릴 수도 있었다. 나는 내가 보고 인식한 것을 분석하기 시작했고, 내 주변과 내가 경험한 것을 어느 정도 거만하게 바라보기 시작했다. 나는 유년기에서 소년기로 넘어갈 때 이와 유사한 어떤 것을 이미 경험했다. 지금 나는 더욱 강하게 이 과정을 경험하고 있다. 휴일에 그레보치카와 함께 도시를 떠돌아다니면서 나는 내 키가 중간키의 행인과 거의 비슷하다는 것을 알았고, 나의 소년다운 마른 몸과 늘씬함, 턱수염이 없는 섬세하고 신선한 얼굴만이 다른 행인들과 다르다는 걸 알아챘다.

　내가 4학년이 된 그해 9월 초에 내 동급생들 중 한 명인 바딤 로푸힌이라는 애가 갑자기 나와 사귀고 싶어했다. 어느 날 긴 휴식시간에 그가 내게 다가와 팔꿈치 위쪽을 붙잡고 내 눈을 똑바로 바라보면서 말했다.

　"이봐, 우리 클럽에 들어오고 싶지 않니? 우리는 아르히포프들과 자우사일로프들과[21] 뒤섞이지 않도록 귀족 학생클럽을 만들었어. 알겠니?"

　그는 모든 점에서 나보다 훨씬 나이가 많았다. 매 학년을 어김없이 2년 동안 다녔기 때문이다. 눈빛이 맑고 금발인 그는 이미 청년처럼 키가 크고 골격이 튼튼했으며 막 나기 시작한 금빛 콧수염을 하고 있었다. 그는 이미 모든 것을 알고, 모든 것을 경험한 것처럼 보였다. 또 그의 비도덕성도 느껴졌다. 그는 멋진 태도와 성인다움의 표시인 자신의 비도덕성을 매우 자랑스러워하는 듯했다. 휴식시간에 그는 부주위하고 뻔뻔스럽게 몸을 앞으로 숙인 채 넓고 가벼운 바지 호주머니에 손을 쑥 쑤셔 넣고, 발을 질질 끌며 귀족답고 다소 가볍고 경쾌한 걸음걸이로 많은 학생들 사이를 산만하게 재빨리 헤집고 다녔다. 그는 항상 휘파람을 불며 다녔고, 차갑고 약간 비웃는 듯한 호기심 어린 표정으로 주변을 둘러보면서 잠시 수다를 떨려고 '자기 멤버'에게만 다가갔으며, 감독관을 만나면 마치 아는 사람에게 하듯이 고개를 끄덕이곤 했다…. 그때 나는 이미 사람들을 눈여겨보고 자세히 관찰하기 시작했으며, 사람들을 몇몇 부류로 나누어 좋아하는 사람과 싫어하는 사람으로 구별하기 시작했다. 이런 부류 중의 몇몇은 내

---

[21] 아르히포프와 자우사일로프는 귀족의 성(姓)이 아니다.

가 항상 혐오하는 타입이 되었다. 로푸힌은 확실히 내가 혐오하는 타입에 속했다. 그러나 나는 우쭐해져서 클럽에 대해 전적으로 공감을 표했다. 그러자 그는 나더러 오늘 저녁에 도시의 공원으로 나오라고 말했다.

그는 여느 때처럼 내 눈을 바라보고 뭔가 다른 것을 생각하면서, 혹은 뭔가 다른 것을 생각하는 체 하면서 말했다.

"첫째, 넌 우리 멤버들 중의 몇몇과는 더 가까이 지내야만 해. 둘째, 널 날랴에게 소개할거야. 그 애는 아직 여학생이지만 아주 오만한 부모의 딸이야. 그러나 벌써 산전수전 다 겪었고, 악마처럼 영리하고 프랑스 여자처럼 유쾌하지. 주변사람 도움 없이도 샴페인 한 병을 거뜬히 마실 수 있어. 키는 아주 작지만 다리는 요정의 다리처럼 미끈하지…. 알겠어?"

이런 얘기를 나눈 직후에 내게 뭔가 아주 이상한 일이 일어났다. 나는 로푸힌의 말을 듣고 난생 처음으로 상상 속의 날랴와 사랑에 — 이 사랑은 언젠가 사쉬카를 보았을 때, 그후 짜르 축제일에 산책하다가 로스토프체프의 아들과 한 아가씨를 만났을 때 내가 느꼈던 순간적이고 가볍고 신비하고 아름다운 사랑과는 전혀 다른 것이다 — 빠졌다고 느꼈을 뿐만 아니라 이미 남성적이고 육체적인 뭔가를 느꼈다. 나는 얼마나 초조하게 그날 저녁을 기다렸던가! 마침내 내가 상상했던 것이 찾아온 것이다! 마침내 찾아온 그것은 무엇인가? 그것은 운명적인 경계선이자 이미 오랫동안 갈망해온 듯한 경계선으로, 마침내 나는 그 선을 넘어야만 하고, 죄 많은 낙원의 무서운 문지방을 넘어야만 하는 것이다….

나는 이 모든 일이 일어날 것이고, 적어도 오늘 저녁에 시작될 거라고 느꼈다. 나는 이발소에 갔다 왔는데, 이발사는 내 머리를 '상고머리'로 깎았다. 이발사는 내 머리에 향수를 뿌린 후 기름과 향료 냄새가 지독하게 나는 둥근 브러시로 내 상고머리를 빗질했다. 나는 집에서 몸을 씻고, 옷을 입고, 단장을 하는 데 거의 한 시간을 보냈다. 공원으로 갔을 때 나는 손이 얼어붙고 귀가 불꽃처럼 타오르는 걸 느꼈다. 공원에는 다시 음악이 흘렀고 사방으로 가지가 뻗은 높은 분수가 차가운 물안개를 내뿜고 있었다. 진홍빛 가을 석양의 상쾌하고 차가운 대기 속에서 여인의 화사함이 깃든 꽃 냄새가 풍겼다. 그러나 사람들은 많지 않았다. 그 때문에 모든 사람들 앞에서, 선발된 '귀족학생클럽'의 일원으로 다른 사람들과 떨어져서 걷고, 회원들과 함께 어떤 특별한 귀족다운 대화를 나눈다는 것이 더욱더 부끄러워졌다. 그때 갑자기 뭔가가 날 친 것 같았다. 매우 균형 잡힌 몸매에 아주 우아하고 단순하게 옷을 차려입은 조그만 여자애가 손에 작은 스틱을 들고 가로수 길을 따라 우리를 향해 종종 걸음으로 바삐 걸어오고 있었다. 여자애는 재빨리 우리에게 다가와서 까만 눈을 상냥하게 굴리며 꼭 맞는 검은 장갑을 낀 작은 손으로 우리의 손을 자연스럽게 꼭 잡았다. 그녀는 빠르게 말을 하고 웃으면서 두어 번 슬쩍, 그러나 호기심에 찬 눈길로 날 바라보았다. 나는 난생 처음으로 여자의 웃는 입술, 여자의 어린아이 같은 목소리, 둥그스름한 여자의 어깨, 여자의 가는 허리, 심지어 여자의 복사뼈 속에서, 형용할 수 없는 그 무언가 속에서 특이하고 무서운 것을 아주 생생히 그리고 감각적으로 느꼈고, 한 마디 말도 할 수 없었다.

"날랴, 이 애를 좀 교육시켜."

날 향해 조용하고 거만하게 고개를 끄덕이고 뻔뻔스럽고 의미심장하게 뭔가를 암시하면서 로푸힌이 말했다. 나는 오싹 소름이 끼쳤고, 하마터면 이빨을 부딪칠 뻔했다.

다행히도 날랴는 며칠 뒤에 현청 소재지로 떠났다. 우리 현의 부지사인 그녀의 삼촌이 갑자기 죽었기 때문이다. 다행히 클럽에서도 아무 일이 일어나지 않았다. 게다가 곧 우리 가족에게 엄청난 사건이 일어났다. 형 게오르기가 체포되었던 것이다.[22]

12

심지어 아버지조차도 이 사건으로 큰 충격을 받았다. 옛날에 감히 '짜르에 대항하는' 자들을 평범한 러시아인이 어떻게 대했을지 지금은 상상조차 할 수 없다. 알렉산드르 2세를 끝없이 추격하여 결국 그를 암살했지만, 짜르의 형상은 여전히 '지상의 신'으로 남아있었고 사람들의 이성과 마음속에 신비한 존경심을 불러일으켰다. '사회주의자'란 말도 신비하게 언급되었다. 이 말은 온갖 악의 개념을 내포하고 있었기 때문에 이 말 속에는 커다란 치욕과 공포가 함축되어 있었다. 로가체프 형제나 수보틴 자매들 같은 '사회주의자들'이 우리가 사는 지역에 나타났다는 소식이 퍼졌을 때, 우리 가족은 마치 우리가 사는 군에 전염병이나 성경에 나오는 나병(癩病)이 나타난 것처럼 깜짝 놀랐다. 그 후 더욱더 무서운 일이 일어났다. 우리의 가장 가까운 이웃인 알페로프의 아들이 페테르부르크의 군의(軍醫) 아카데미에 다니다 갑자기 사라졌다가 엘레츠의 물레방앗간에 평범한 짐꾼이 되어 나타난 것이다. 짚신에 삼베셔츠를 입고 온통 턱수염을 기른 그는 '프로파간다'의 임무를 띠고 있는 것으로 밝혀져 — 이 '프로파간다'란 말도 아주 무시무시하게 들렸다 — 페테로파블로프스크 요새에 감금되었다.[23] 우리 아버지는 전혀 무지하거나 우둔한 사람이 아니었고, 모

---

22) 실제로 부닌의 형 유리 알렉세이비치 부닌은 1884년 9월에 체포되었고, 헌병들에 의해 오제르키에서 엘레츠로 이송되었다.

든 점에서 전혀 겁쟁이가 아니었다. 어렸을 때 나는 아버지가 이따금 무례하게 니콜라이 1세를 '몽둥이질하는 니콜라이', '벼락출세한 니콜라이'라고 부르는 걸 여러 번 들었다. 그러나 나는 다음날 아버지가 매우 엄숙하고 진실하게 전혀 다른 말을 하는 걸 들었다.

"하느님 안에서 쉬고 계시는 황제, 니콜라이 파블로비치 …."

아버지에게 모든 것은 귀족적인 기분에 달려있었다. 그러나 무엇이 지배적이었을까? 그러므로 턱수염을 기른 이 젊은 짐꾼이 '붙잡혔을' 때 아버지는 망연자실하여 그저 두 팔을 벌렸을 뿐이다.

"불행한 표도르 미하일리치!"

아버지는 놀라면서 이 젊은이의 아버지에 대해 말했다.

"아마도 이 젊은이는 사형당할 거야. 아니, 반드시 사형당할 거야."

아버지는 항상 그렇듯이 충격적인 상황에 대해 호기심을 내보이며 말했다.

"그래. 자업자득이야, 자업자득이지! 노인만 불쌍해. 그러나 그자들을 고분고분하게 대해서는 안 돼. 안 그러면 우리도 프랑스 혁명 같은 상황에 빠질 거야! 그 고집 세고 음울한 바보는 죄수가 될 것이고, 가족에게는 치욕이 될 거라고 한 내 말을 기억해라! 내 말이 꼭 맞았지!"

그런데 지금 똑같은 수치와 공포가 갑자기 우리 가족에게 덮친 것이었다. 어떻게, 왜 이런 일이 일어났을까? 내 형을 고집이 세고 음울한 바보라고는 결코 부를 수 없었다. 형의 "범죄행위"는 부유하고 좋은 귀족가문 태생이었지만 여자의 어리석음 때문에 로가체프들 같

---

23) 페트로파블로프스크 요새는 1703년 성 페테르부르크가 건설된 후에 최초로 지어진 건축물이다. 처음엔 외적의 침입으로부터 페테르부르크를 방어하는 요새였는데, 19세기에 정치범 감옥으로 변했다.

은 사람들에 의해 잘못 인도된 수호틴 자매의 범죄행위보다 더 어리석고 더 믿을 수 없는 것처럼 보였다.

형의 '행위'가 무엇이었는지, 형이 대학생활을 어떻게 보냈는지 나는 정확히 모른다. 단지 내가 아는 것은 이 행위가 벌써 중학교 시절에 '뛰어난 인물'인 도브로호토프라는 신학교 학생의 지도로 시작되었다는 것이다. 그러나 형과 도브로호토프 사이에 무슨 공통점이 있었을까? 후에 형은 내게 도브로호토프에 대해 얘기하면서 더욱더 그에게 매혹되었고, 그의 '엄격주의, 강철 같은 의지, 전제주의에 대한 가차 없는 증오와 민중에 대한 헌신적인 사랑'에 대해 말했다. 그러나 형이 이런 특징들 중 하나라도 가지고 있었던가? 왜 형은 그에게 매혹되었을까? 귀족 특유의 변치 않는 경박함과 감격하기 쉬운 성격 때문이었음이 분명하다. 라디시체프들, 차츠키들,[24] 루진들,[25] 오가료프들, 게르첸들은 심지어 늙어서도 이런 기질을 버리지 못했다. 그러므로 도브로호토프의 특징들은 고귀하고 영웅적인 것으로 간주되었다. 결국 이런 단순한 이유 때문에 형은 도브로호토프를 회상하면서 청년시절의 그 행복하고 즐거웠던 나날들을 떠올렸던 것이다. 청년시절에 대한 즐거운 느낌, 온갖 비밀서클에 대한 '범죄적'이고 그리하여 달콤하고 무서운 관심, 모임과 노래와 '선동적인 연설'과 위험한 계획과 기도(企圖)에 대한 즐거운 느낌 ….

아, 이 축제적인 것에 대한 러시아인의 영원한 요구여! 우리는 참으로 감각적이고 삶에 도취되기를 열렬히 갈망한다. 말하자면 삶을 단순히 즐길 뿐만 아니라 진실로 삶에 도취되고자 한다. 우리는 끊임없이 술에 취하거나 발작적인 음주벽에 빠지고 싶어하고, 일상과 계

---

24) 그리보예도프의 희곡 〈지혜의 슬픔〉에 나오는 잉여인간 타입의 주인공.
25) 이반 투르게네프의 소설 《루진》에 등장하는 잉여인간 타입의 자유주의적 이상주의자.

획에 따른 노동을 정말로 따분해 한다! 내가 살던 시대의 러시아는 이상하게 풍부하고 적극적인 삶을 살았다. 러시아에는 건강하고 굳센 노동자들의 수가 계속해서 증가하고 있었다. 그러나 정말로 우유가 흐르는 강, 억압이 없는 자유, 축제에 대한 예로부터의 꿈이 러시아 혁명의 가장 주요한 이유들 중의 하나였을까? 일반적으로 러시아의 이단아, 폭도(暴徒), 혁명가는 도대체 누구인가? 그들은 항상 현실을 경멸하면서 어리석을 정도로 현실과 단절되어 있고, 이성적인 판단이나 여러 상황을 고려하지 않았으며, 시급하지 않고 눈에 띠지 않는 평범한 활동은 전혀 하고 싶어 하지 않았다. 그럼 무엇을 했는가! 현지사의 사무실에서 근무하고, 사회사업에 하찮은 공헌을 했던 것이다! 그들은 아무 이유도 없이 "마차를, 내게 마차를 줘!"[26] 하고 말했을 뿐이다.

　중고등학교와 대학교 시절에 형에게는 빛나는 학문적 미래가 기대되었다. 그러나 당시에 형은 학문에 관심이 있었을까! 보다시피 형은 "개인 생활을 완전히 포기하고, 고통당하는 민중에게 자신의 모든 것을 바쳐야만 했다." 형은 착하고 고상하며 생기에 넘치는 진실한 청년이었다. 그러나 형은 이 점에서 자신에게 거짓말을 했다. 아니 더 정확하게 말하면 형은 다른 수많은 사람들처럼 거짓 감정을 갖고 살고자 노력했고, 또 그렇게 살았다. 귀족 자녀들의 '민중 속으로'와 자기가 속한 계급에 대한 봉기, 그들의 집회와 논쟁, 지하활동, 피의 맹세와 행동의 원인은 대체로 무엇이었는가? 실제로 그 귀족의 자녀들은 온갖 방탕한 생활을 했던 아버지들의 피와 살을 이어받은 자들

---

[26] "마차를, 내게 마차를 줘!"는 그리보예도프의 희극 〈지혜의 슬픔〉에 등장하는 주인공 차츠키의 마지막 말이다. 차츠키의 이 말은 러시아의 기존 질서(농노제도, 전제제도, 관료제도)에 대한 혐오와 이런 러시아로부터 떠나고 싶은 욕망을 표현하는 것으로 해석된다.

이었다. 이념은 진짜 훌륭했다. 그러나 다시 말하건대, 이 젊은 혁명가들은 왕성한 활동이라는 명분 아래 유쾌한 게으름을 열렬히 갈망했고, 서류, 소음, 노래, 지하활동에 따른 온갖 위험 — 아름다운 수보틴 자매들과 손에 손을 맞잡고 — 에 스스로 도취되었으며 수색과 감옥, 요란한 재판 그리고 시베리아와 강제노동과 북극권 너머로의 동지들과의 여행에 대한 꿈으로 흠뻑 도취되어 있었다! 아주 뛰어난 능력으로 중고등학교와 대학교를 우수한 성적으로 졸업한 형이 청춘의 열정을 '지하활동'에 바친 이유는 무엇이었을까? 필랴와 스이소이카[27]의 비참한 운명 때문이었을까? 분명히, 이들의 비참한 운명에 대해 읽으면서 형은 여러 번 눈물을 흘렸다. 그러나 형은 자신의 동료들처럼 실제생활에서, 노보셀키나 바투리노에서도 필랴와 스이소이카에 대해 한 번도 언급하지 않았다. 왜 그랬을까? 많은 점에서 형은, 두서너 잔의 보드카를 마신 후에 "참 좋다! 난 마시는 게 좋아! 도로 젊어지거든!"하고 그럴듯하게 말하곤 했던 아버지의 아들이었던 것이다.

'도로 젊어지다'란 말은 한때 양조장에서 사용되었다. 술에 취한 사람은 젊고 유쾌한 뭔가가 자기 안으로 들어와 자기 내부에서 달콤한 발효가 일어나고 이성으로부터의 해방, 일상의 얽매임과 규율로부터의 해방이 일어난다고 말하고 싶어했다. 농부들도 보드카에 대해 이렇게 말한다.

"될수록 마셔야지! 보드카를 마시면 사람 마음이 풀어지거든!"

"러시아의 즐거움은 술 마시는 데 있다"란 그 유명한 말은 겉보기와는 달리 전혀 단순하지 않다. 백치로 가장한 행자(行者)들의 어리

---

[27] 표도르 미하일로비치 레셰트니코프(1841~1871)의 소설 《포드리프노예의 사람들》에 나오는 등장인물들. 이들처럼 학대받고 짓밟힌 농민들의 비참한 운명은 인민주의자들의 연민과 눈물을 자아냈다.

석은 언행도, 방랑생활도, 광적인 의식(儀式)도, 분신(焚身)도, 온갖 반란도, 심지어 러시아문학을 유명하게 만든 그 놀라운 묘사와 언어적 감수성도 이러한 '유쾌함'과 유사한 것이 아닐까?

13

형은 거주지를 옮겨 다니며 다른 사람의 이름으로 오랫동안 숨어살았다. 위험이 지나갔다고 판단했을 때, 형은 바투리노로 왔다. 그러나 형은 다음날 바투리노에서 체포되었다. 우리 이웃에 사는 사람의 영지관리인이 형의 도착을 밀고했던 것이다.

헌병이 바투리노에 나타난 그날 아침에 이 영지관리인이 자신의 지시로 정원에서 베어지던 나무에 깔려 죽었음은 놀라운 일이다. 당시 내가 상상했던 그림은 내 마음 속에 이렇게 영원히 남아있다. 가을비와 폭풍우와 첫서리로 그림처럼 볼품없고 썩은 잎들이 떨어진, 이미 가을이 되어 성기어진 오래된 넓은 정원, 노랗고 빨간 옷차림으로 알록달록하고 거뭇해진 나무줄기와 가지들, 신선하고 밝은 아침, 풀밭에 반짝이며, 멀리 보이는 나무줄기 사이로 축축한 응달과 그늘진 저지대(低地帶)와 아직 완전히 증발하지 않은 아침 안개의 푸른 연기처럼 빛나는 엷은 연기 속으로 따스한 황금빛 기둥처럼 떨어지는 눈부신 햇빛, 두 개의 가로수길이 만나는 교차로, 이 교차로에 서 있는 백년 된 웅장한 단풍나무, 맑고 촉촉한 아침 하늘 속에 보이는 단풍나무의 늘어진 가지와 활짝 펼쳐진 거대한 우죽, 여기저기 톱니모양의 커다란 레몬 색 잎이 달린 검은 무늬의 나뭇가지들, 셔츠 하나만 달랑 입고 뒤통수에 모자를 걸친 농부들의 빛나는 도끼에 찍혀 쩍쩍

소리를 내며 더 깊이깊이 파이는, 나이가 들어 돌처럼 굳어진 단단한 줄기, 호주머니에 두 손을 푹 찔러 넣고 하늘에서 부들부들 떠는 나무 우죽을 바라보고 있는 영지관리인…. 아마도 그는 사회주의자를 교묘히 속이는 방법을 궁리하고 있었을까? 그때 갑자기 나무가 우지직 소리를 냈고, 나무 우죽이 앞으로 기울어졌다. 그리고 요란한 소리를 내면서 옆에 있는 나뭇가지들 사이로 점점 더 빠르고 무겁고 무섭게 그를 덮쳐버렸다….

그 후 나는 여러 번 이 영지에 들렀다. 이 영지는 한때 우리 엄마의 소유지였다. 지칠 줄 모르는 열정으로 모든 것을 팔아치웠던 아버지는 오래전에 이 영지를 팔아서 그 돈으로 살고 있었다. 이 영지의 새 주인이 죽은 후, 이곳은 모스크바에 사는 성(聖) 예카테리나 훈장을 받은 어떤 부인에게 넘어갔다가 그냥 내버려져 있었다. 땅은 농부늘에게 임대뇌었고, 내저택은 신의 뜻에 맡겨졌다. 종종 이 대저택에서 약 1킬로쯤 떨어진 대로를 따라 가다가, 나는 방향을 돌려 대저택으로 이어지는 커다란 참나무 길을 따라 넓은 마당으로 들어서서 마구간 주변에 말을 놓아두고 집으로 걸어가곤 했다…. 러시아문학에는 방치된 영지와 황폐한 정원이 얼마나 많이 나오는가! 또 그것들은 항상 얼마나 사랑스럽게 묘사되었는가! 이 때문에 러시아인은 황량함, 벽지(僻地), 몰락을 그렇게 좋아하고 사랑하는 것일까? 나는 집으로 걸어가서 집 뒤에 솟아있는 정원을 지나갔다…. 마구간, 하인들이 사는 농가, 창고, 황량한 마당 주변에 여기저기 늘어선 농가의 부속 건물들 — 거대하고 잿빛을 띤 이 모든 것들은 무너졌고, 말 그대로 황폐해졌으며 잡초와 관목으로 뒤덮여 있었다. 채소밭과 곡식 창고가 그 뒤로 죽 이어져 들판과 만나고 있었다. 얇은 회색 널빤지로 덮인 나무집 역시 썩고 낡아서 해가 갈수록 더욱더 매혹적으로 변했다. 나는 가느다란 창살을 단 창틀을 통해 그 안을 들여다보는 것을 특히 좋아했다…. 오래된 텅 빈 집, 이미 오래전에 사라진 신비하고 말없는 생명의 성소를 마치 도둑처럼 불경스럽게 들여다보는 그 순간에 느낀 감정을 어떻게 전달할 수 있겠는가!

집 뒤에는 정원이 있었다. 정원에는 오래된 피나무, 단풍나무, 이탈리아 은사시나무, 자작나무, 참나무들이 이 잊혀진 정원에서 자신의 긴 생애와 언제나 젊은 노년을 고독하고 말 없이 보내면서 여전히 자태를 뽐내고 있었지만, 나무들의 절반가량이 이미 베어져 있었다. 늙은 나무들의 아름다움은 이 고독과 침묵 속에서, 신이 축복한 무용함 속에서 더욱더 경이로워보였다. 하늘과 늙은 나무들은 각각 그 나름의 표정, 그 나름의 형태, 그 나름의 영혼과 생각을 갖고 있다. 이것들은 아무리 바라봐도 싫증이 나지 않는다. 나는 정말로 다양한 나무들의 우죽과 가지와 잎에서 눈을 떼지 않고, 그것들의 형상을 이해하고 통찰하여 마음속에 그 형상을 영원히 각인시키려고 그 아래를 오랫동안 돌아다녔다. 나는 정원 아래 넓은 비탈에 앉아서, 그리고 키 큰 풀과 꽃들 속에서, 협곡의 비탈 아래 물이 가득 차 있는, 빛나는 연못 위에서 거칠고 거뭇한 모습을 드러낸 커다란 참나무의 그루터기들 사이에 앉아서 그 형상들에 관해 생각했다…. 당시 내 영혼은 삶과 완전히 단절되어 있었다. 내 영혼은 참으로 슬프고 선한 지혜를 가지고, 마치 천상의 먼 곳에서 바라보듯이 삶을 바라보았고, 인간적인 '사물과 행위'를 숙고했다!

나는 항상 여기에서 늙은 단풍나무에 깔려 죽은 그 불행한 사람과 그와 함께 사라진 늙은 단풍나무, 그 사람에 의해 무의식적으로 망가진 형의 불행한 운명을 떠올리곤 했다. 그리고 턱수염을 기른 두 명의 헌병이 형을 읍내에 있는 감옥으로 데리고 간 그 아득히 먼 가을날을 떠올렸다. 언젠가 나는 철창살 문 너머에서 지는 해를 바라보고 있던 음울한 죄수를 보고 깜짝 놀랐는데, 그곳은 바로 그 죄수가 살

앉던 감옥이었다 ….

　그날 아버지와 어머니는 형을 태운 관용 삼두마차를 뒤쫓아 읍내로 갔다. 두 분은 완전히 제 정신이 아니었다. 어머니는 심지어 울지도 못했다. 어머니의 검은 눈은 메마르고 무섭게 불타올랐다. 아버지는 나와 어머니를 바라보지 않으려고 애쓰면서 연방 담배를 피우면서 이렇게 되뇌었다.

　"말도 안 돼, 별일 아니야! 날 믿어라. 며칠이 지나면 이 황당한 일이 모두 밝혀질 거야 …."

　그날 형은 더 멀리, 지하활동 단체가 있던 하리코프로 이송되었다. 이 지하활동 단체에 참여했다는 이유로 형은 체포되었던 것이다. 우리는 형을 전송하기 위해 기차역으로 갔다. 무엇보다도 나는 기차역에 도착해서 곧장 3등 대합실로 가야만 했던 것에 놀랐던 것 같다. 형은 3등 대합실에서 헌병의 감시를 받으며 열차의 출발을 기다리고 있었다. 형은 이미 점잖고 자유로운 사람들과 앉아있을 수 없었고, 스스로 선택할 수 있는 자유를 박탈당했으며, 사람들과 차를 마시고 만두를 먹을 수 있는 자유가 없었다. 우리가 더럽고 무질서한, 사람들로 북적대는 시끄러운 대합실로 들어서자마자 나는 권리를 박탈당하고 체포당해 격리된 형의 모습을 보고 심한 충격을 받았다. 형 자신도 자신의 처지와 굴욕스런 상황을 잘 이해하고 어색하게 웃음을 지었다. 젊은이답게 매력적이고 애처로울 정도로 수척해진 형은 연한 회색 옷 위에 아버지의 너구리 털외투를 걸쳐 입은 채 플랫폼으로 나가는 문가의 외진 구석에 혼자 앉아있었다. 형 주변에는 아무도 없었다. 헌병들은 다행스럽게도 이미 철창에 갇힌 살아있는 사회주의자를 호기심과 공포심을 갖고 바라보면서 형 주변에 몰려드는 아낙들, 농부들, 소상인들을 계속 옆으로 쫓아내고 있었다. 해리(海狸) 모피로 만든 높은 모자에 목이 긴 먼지투성이의 덧신을 신은 어떤 시골 신부(神父)가 별난 호기심을 보이며 크게 벌린 눈을 형에게서 떼지 않고 헌병들에게 질문을 퍼부었다. 헌병들은 신부의 질문에 대답하지 않았다. 헌병들은 나쁜 짓을 한 소년을 쳐다보듯이 형을 바라보고 있었다. 헌병들은 어쩔 수 없이 형을 감시하고 명령받은 곳으로 이송해야만 했다. 헌병들 중의 하나가 짐짓 관대한 미소를 띠고 어머니에게 말했다.

"걱정하지 마슈, 부인. 하느님의 뜻에 따라 모든 것이 잘 될 겁니다. 자, 여기로 와서 아들 옆에 앉아 계슈. 기차가 출발하려면 아직 20분이 남았으니 …. 지금 내 조수가 끓인 물을 가지러 가는데, 도중에 아드님이 먹을 수 있도록 간식거리를 사주고 싶으면 말씀하슈 …. 아드님에게 털외투를 준건 잘 하신 게유. 밤에 객실 안이 추울 테니. … "

마침내 이 순간에 어머니가 울음을 터뜨린 걸 나는 기억한다. 어머니는 형 옆에 있는 벤치에 앉아 손수건으로 입을 막고 갑자기 흐느껴 울기 시작했다. 아버지도 고통스럽게 얼굴을 찡그린 후, 한 손을 휙 내젓고는 재빨리 저쪽으로 가버렸다. 아버지는 고통과 불쾌함을 견디지 못했고, 항상 본능적인 자기방어의 방법으로 고통과 불쾌함으로부터 서둘러 벗어났다. 심지어 아버지는 이별이 조금이라도 고통스러우면 갑자기 이별의 순간을 마무리했고, 서둘러 눈살을 찌푸리고 긴 전송은 쓸데없는 눈물이라고 중얼거리면서 그 이별을 회피했다. 아버지는 간이식당으로 가서 보드카 몇 잔을 마시고, 형이 1등칸을 타고 갈 수 있도록 부탁하려고 역에 근무하는 헌병 대령을 찾으러 갔다….

14

 이 날 저녁에 나는 당혹스러움과 얼떨떨함 외에 아무것도 느끼지 못했다. 이렇게 내 형은 이송되었고 어머니와 아버지도 떠났다…. 이 일이 있은 후, 나는 새로운 마음의 병을 견뎌내는 데 적잖은 시간이 필요했다.
 아버지와 어머니는 왠지 다음날 아침에 떠났다. 10월에 종종 그렇듯이 맑은 날이었다. 그러나 심지어 읍내에서도 날카로운 북풍이 뼛속까지 스며들었다. 모든 것이 이상하리만치 깨끗하고 맑고 휑뎅그렁했다. 읍내의 횡단도로도, 마치 공기가 전혀 없는 듯한 텅 빈 저 먼 주변도, 빠르게 떠다니는 칙칙한 흰 구름 사이로 여기저기 푸르스름한 예리한 빛으로 빛나는 밝은 하늘도 그랬다…. 나는 부모님을 수도원과 감옥까지만 배웅했다. 수도원과 감옥 사이에 난, 이미 얼어붙고 돌처럼 딱딱해진 대로가 태양과 구름 그림자로 얼룩진 차갑고 벌거벗은 들판으로 뻗어 있었다. 여기에서 유개(有蓋) 여행마차가 멈추었다. 우리가 채비를 해서 떠나는 동안 약간 더 높이 떠오른 태양은 계속해서 구름 사이로 얼굴을 내밀었다. 그러나 빛나는 햇살은 뜨겁지 않았다. 우리가 들판으로 나가자마자 북풍이 너무나 세차게 불어서 마부석의 마부가 고개를 숙일 정도였다. 털외투에 겨울 모자를 쓰고 앉아있는 아버지의 콧수염이 바람에 흩날렸고, 바람 때문에 아물거리는 두 눈에는 눈물이 고였다.
 나는 마차에서 내렸다. 어머니는 따스한 회색 모자를 내 얼굴에 꼭 대고 다시 서럽게 울었다. 아버지는 단지 급하게 나에게 성호를 그었고, 내 입술에 언 손을 대고는 마부의 등에 대고 냅다 소리쳤다.
 "가자!"

덮개를 반쯤 올린 유개 여행마차는 그 즉시 요란한 소리를 내기 시작했다. 갈색의 힘센 가운데 말이 머리를 치켜들고 멍에 밑에 달린 방울을 흔들어댔다. 밤색의 곁말들은 엉덩이를 들어 올리고 일제히 자유롭게 뛰기 시작했다. 나는 마차의 덮개를 눈으로 전송하고 굴러가는 마차 뒷바퀴, 마차의 차대(車臺) 밑에서 빠르게 움직이는 가운데 말의 털북숭이 말발굽, 그리고 마차의 측면을 따라 높고 가볍게 솟아오르는 곁말들의 말굽을 바라보면서 오랫동안 대로에 서 있었다. 나는 오랫동안 고통스럽게 멀어져가는 방울소리를 들었다. 나는 어깨로 바람을 막아내면서 바람이 스며드는 가벼운 외투를 입고 선 채로, 엊저녁에 드보랸스카야호텔에서 저녁을 먹으면서 아버지가 한 말을 떠올렸다.

"말도 안 돼, 아무 일도 아니야!"

아버지는 분명하게 말했다.

"별일 아니야! 그래, 그자들이 그 애를 체포해서 데려갔어. 아마도 시베리아로 유형을 보내겠지. 분명 그리로 보낼 거야. 요즈음 적잖은 사람들이 유형을 가고 있어. 그런데 물어보자고. 토볼스크 같은 도시가 옐레츠나 보로네슈보다 뭐가 더 나쁜가? 모든 게 말이 안 되고, 아무 일도 아니야! 나쁜 일도 지나가고, 좋은 일도 지나가는 거야. 티혼 자돈스키[28]가 말한 대로, 모든 것은 다 지나가는 거야!"

나는 아버지의 이 말을 떠올렸지만, 마음이 가벼워지기는커녕 더 고통스러워지는 걸 느꼈다. 아마도 모든 것이 진짜 무의미하고, 내 인생도 정말 무의미한지 모른다. 그런데 왜 나는 내 인생이 절대로 무의미를 위해서 주어진 것이 아니며, 모든 것이 흔적도 없이 지나가고 사라지기 위해 주어진 것은 아니라고 느끼는가? 모든 것은 쓸데없

---

28) 성자 티혼 자돈스키(1724~1783)를 말함.

는 것이지만, 형이 끌려갔기 때문에 나에게 온 세상은 텅 비고 거대하고 무의미한 것이 된 것 같았다. 나는 마치 세상 밖에 있는 것처럼 이 세상에서 너무 슬프고 너무 고독했다. 그러나 나는 세상과 함께 있어야 하고, 세상 속에서 사랑하고 기뻐해야만 한다! 어제 회색 양복에 너구리 털외투를 어깨에 걸치고 체포된 채로 기차역에 앉아있던 매력적이고 불쌍한 '사회주의자'를 내가 사랑하고 있고, 그것도 분명히 늘 사랑했었는데, 그리고 자유와 행복을 박탈당한 채 우리와는 물론 모든 일상과 헤어진 형이 분명 어딘가로 끌려갔는데, 어찌 이것이 무의미하단 말인가? 세상의 모든 것은 항상 그렇듯이 예전과 다름없어 보이고, 모두가 자유롭고 행복한데 형만이 자유롭지 못하고 불행하다. 저기, 왠지 걱정스런 모습의 평범한 갈색 개 한 마리가 차가운 돌풍에 쫓겨 읍내로 가는 대로를 따라 뛰어가다가 몸을 비스듬히 기울이고 종종걸음으로 설어산다. 형은 이미 이곳에 없다. 형은 지금 끝이 없고 텅 빈, 태양이 빛나는 남부의 저 먼 곳 어딘가에 있다. 형은 무장한 두 헌병의 감시를 받으며 밝은 객차의 잠긴 쿠페에 앉아서 가고 있다. 그들은 형을 하리코프라는 곳으로 데려간다. 하리코프에서 형을 기다리고 있는 것만큼이나 무섭고, 다른 모든 것과는 달리 특이한 노란 감옥이 태양을 마주보고 조용히 서서, 창살을 통해 대로 건너편의 수도원을 바라보고 있다. 어제 형도 이 감옥에서 몇 시간 동안 앉아있었지만, 오늘 형은 이미 거기에 없다. 거기에 있었던 형의 슬픈 흔적만이 느껴질 뿐이다. 톱니 모양의 높은 수도원담장 너머에서 아름답게 빛나는 대사원의 흐릿한 금빛 원형지붕이 희미하게 보이고, 오래된 공동묘지에 서있는 나무들의 줄기가 거뭇거뭇하다. 형은 이미 이런 아름다움을 보지 못하고, 그것들을 바라보는 기쁨도 나와 나누지 못한다….

굳게 잠긴 거대한 수도원문의 문짝 위에는 땅에 닿을 만큼 긴 양피지를 두 손에 들고 큰 키에 견대(肩帶)를 찬, 죽은 사람처럼 초췌하고 푸르스름한 얼굴을 한 두 성자의 전신상이 그려져 있었다. 저 성자들은 몇 년 동안 저렇게 서 있었고, 몇 세기 동안 이 세상에 존재하지 않았을까? 모든 것이 지나갈 거고, 지나가고 있다. 우리가 이 세상에 존재하지 않을 때, 나도 아버지도 어머니도 형도 존재하지 않을 때, 그때도 시간은 존재할 것이다. 이 고대러시아의 성자들은 손에 성스러운 지혜의 문서를 들고 무정하고 슬픈 모습으로 여전히 문 위에 서 있을 것이다…. 모자를 벗고 두 눈에 눈물을 흘리면서 나는 매 순간 나 자신과 형이 더욱더 불쌍해지고, 나 자신과 형과 아버지와 어머니를 더욱더 사랑하고 있음을 더욱 생생히 느끼면서 수도원 문을 향해 성호를 그었다. 그리고 나는 우리들을 도와달라고 성자들에게 간절히 간청했다. 이 이해할 수 없는 세상이 아무리 고통스럽고 슬프더라도, 세상은 여전히 아름답고, 우리들은 여전히 행복해지고 서로 사랑하기를 갈망하기 때문이다….

  나는 자주 걸음을 멈추고 뒤를 돌아보면서 돌아왔다. 바람은 더욱 세차고 차갑게 부는 것 같았다. 그러나 태양은 높이 솟아올라 빛나고 있었다. 하루는 유쾌해져서 모든 것 위에서, 즉 읍내 위에서, 텅 빈 시체프나 광장 위에서, 높은 담장과 공동묘지 숲과 대사원의 황금빛 원형지붕이 있는 수도원의 조용한 보호구역 위에서, 그리고 끝없이 펼쳐진 초원의 평야 위에서 생명과 기쁨을 요구하고 있었다. 대로는 초원의 평야 너머 투명하고 푸르른 지평선을 향해 달려가고 있었다. 커다랗고 아름다운 연보랏빛 구름이 물기 머금은 맑고 희푸른 가을 하늘에 떠다녔다. 모든 것이 밝고 다채로우면서 그림처럼 아름답고 편안했다. 가벼운 연기 같은 그림자는 계속 태양과 숨바꼭질하면서 흘러가고 있었다. 나는 그 자리에 서서 바라보다가 더 멀리 걸어갔다…. 그날 내 발길이 닿지 않은 곳이 어디 있었던가!

나는 읍내를 한 바퀴 빙 돌아다녔다. 나는 시체프나 광장에서 가죽 공장 쪽으로 내려가는 쵸르나야 슬로보다를 걷다가, 썩은 갈색 가죽이 쌓여있고 지독한 냄새가 나는 강의 지류를 가로지르는, 오래되어 곱사등처럼 휘어진 돌다리를 건너서 여자수도원 쪽의 반대편 언덕으로 걸어 올라갔다. 백묵처럼 하얀 여자수도원 벽이 태양을 마주하고 눈부시게 빛났다. 수도원의 작은 문에서 조잡한 부츠에 거친 검은 옷을 입은 젊은 여자 수도사가 걸어 나왔다. 나는 고대러시아 성상(聖像) 같이 섬세하고 순결한 아름다움에 깜짝 놀라 그 자리에 멈춰 섰다…. 나는 읍내의 대사원 너머 절벽 위에 서서, 강변의 작은 언덕에 옹기종기 붙어있는 읍내 소시민들이 사는 오두막의 썩은 판자지붕과 더럽고 초라한 마당 안쪽을 바라보았다. 나는 계속해서 인간생활에 대해 이러저런 생각을 했고, 모든 것은 지나가고 반복되며, 삼백 년 전에노 여기에 있었을 검은 판자지붕과 황야의 진흙 언덕에서 자라는 온갖 잡풀들에 대해 생각했다. 잠시 후에 나는 밝고 황량한 들판을 따라 트로이카를 타고 달리는 아버지와 어머니를, 너무나 평화롭고 친숙한, 물론 지금은 너무너무 슬프겠지만 여전히 말할 수 없이 아름답고 즐거운 바투리노를, 니콜라이 형을, 열 살 난 검은 눈의 올랴를, 현관 창문 앞의 나와 올랴의 소중한 전나무를, 황량하고 벌거벗은 가을의 슬픈 정원을, 사나운 바람과 그 바람 속에서 뉘엿뉘엿 지고 있는 태양을 마음속에 그려보았다. 나는 온 마음을 다해 바투리노를 갈망했다. 그러나 나는 이 모든 생각과 감정과 함께 끊임없이 형을 느꼈다. 나는 잿빛 잔물결을 고르게 일으키며 노란 절벽 쪽으로 흐르다가, 그 절벽 아래에서 남쪽으로 방향을 틀어 멀리 사라지는 강을 바라보았다. 나는 다시 페체네그족들[29] 이 남러시아를 침범한 시

---

[29] 9~11세기에 남러시아를 침범한 터키 민족.

절에도 이 강이 똑같이 흘렀을 거라고 생각하면서, 자레치예와 그 끝자락에 붉은 모습을 띠고 있는 기차역을 바라보지 않으려고 애썼다. 어제 바로 어둠이 깔린 이 기차역에서 헌병들이 형을 데려갔다. 또 나는 얼어붙은 저녁 공기 속에서 바람결에 실려 오는 슬프고 위압적인 기관차의 기적소리를 듣지 않으려고 애썼다…. 이 이상한 날에 내가 보고 경험한 모든 것들이 너무나 고통스럽게 형의 모습과 뒤엉켰다. 무엇보다도 나는 달콤한 황홀함을 느끼며 수도원의 작은 문에서 걸어 나온 여자 수도사를 떠올렸던 것 같다!

이 시기에 어머니는 형의 구원을 위해 늘 절식하며 정진하겠다고 하느님에게 서약했고, 어머니는 평생 죽는 날까지 아주 엄격하게 이 서약을 지켰다. 하느님은 용서해 주었을 뿐만 아니라 어머니에게 상을 내렸다. 형은 1년 후에 풀려났고, 무엇보다 어머니를 기쁘게 한 것은, 형이 3년 동안 '경찰의 감시 아래' 바투리노에서 살 수 있게 된 것이었다.

15

1년 후에 나도 자유를 얻었다. 나는 중학교를 그만 두었고, 내가 살아온 모든 날들 중에서 분명 가장 멋진 나날을 맞이하기 위해 부모님 집으로 돌아왔던 것이다.

모든 사람에게 경이로운 시기인 청년시절이 이미 시작된 것이었다. 내게도 청년시절은 나의 몇 가지 독특한 성격 때문에 유난히 경이로운 것이 되었다. 예컨대 나는 북두칠성의 일곱 개의 별 모두를 볼 수 있는 시력을 갖고 있었고, 1킬로 이상 떨어진 저녁 들판에서 마멋이 사각거리는 소리를 들을 수 있었으며, 은방울꽃이나 오래된 책의 냄새를 맡으면서 그 냄새에 취할 수가 있었다….

이 시기에 내 생활은 외적으로 다시 급격히 변했을 뿐만 아니라, 내 모든 존재 안에서 일어난 어떤 갑작스럽고 은혜로운 변화, 개화로 특징지어졌다.

봄 나무에 피는 꽃은 경이롭다! 그 봄이 다정하고 행복하다면 그 개화는 얼마나 경이로운가! 그때 나무의 내부에서 보이지 않는 무언가가 지칠 줄 모르게 진행되다가 나타나서, 정말로 기적처럼 눈에 보이게 되는 것이다. 어느 날 아침에 나무를 힐끗 쳐다보다가 밤새 나무를 온통 뒤덮은 많은 꽃봉오리들을 보고 깜짝 놀라게 된다. 며칠 더 지나면 꽃봉오리들이 갑자기 터져버린다. 그러면 나뭇가지들의 까만 무늬는 갑자기 헤아릴 수 없이 많은 연녹색 반점으로 뒤덮인다. 최초의 구름이 그 위로 나아오고, 첫 번째 천둥이 치고, 첫 번째 따스한 폭우가 내리면 다시 한번 기적이 일어난다. 나무는 이미 어제의 벌거벗은 모습과 비교해서 아주 짙어지고 화려해졌으며, 크고 빛나는 초록빛을 아주 짙고 넓게 펼쳐서 아름답고 힘차고 단단한 어린잎의 모습을 보여준다. 이 아름다운 모습을 보고 우리는 우리의 눈을 의심하지 않을 수 없다…. 그 당시에 내게도 그와 비슷한 뭔가가 일어났다. 내게도 매혹적인 나날들이 시작된 것이다.

> 신비한 계곡에서,
> 봄날, 고요히 빛나는 물가에서,
> 백조들이 울 때,
> 뮤즈가 내게 나타나기 시작했네…. 30)

---

30) A. S. 푸쉬킨의 《예브게니 오네긴》 8장 1절이 다소 부정확하게 인용되고 있다.

'파산한 아버지'의 자손인 나는 리쩨이[31]의 정원도, 황제마을의 호수와 백조도, 아무것도 물려받지 못했다. 그러나 위대하고 성스러운 새로움, '존재의 모든 인상'의 신선함과 기쁨, 젊은 가슴에 항상 어디서나 신비로운 계곡들, 고요 속에 빛나는 물, 초라하고 서투르지만 뮤즈와의 잊을 수 없는 첫 만남—이 모든 것들이 내게 있었다. 푸쉬킨의 말을 빌면, 내가 "활짝 피어났던" 배경은 황제마을의 공원과는 전혀 달랐다. 그러나 황제마을의 공원을 노래한 푸쉬킨의 시구는 당시 내 마음속에 얼마나 매혹적이고 친근하게 울렸던가! 푸쉬킨의 시구는 내 영혼을 가득 채웠던 것들—이따금 호소하듯이 뜨겁게 내 영혼을 울렸던 백조들의 신비한 울음—의 본질을 너무나 생생하게 묘사하고 있었다! 실제로 내 마음을 가득 채웠던 것들을 바로 불러내는 것이 뭐가 중요하단 말인가? 내가 한 단어로 그것들을 전달하고 표현할 수 없다고 해서 그게 무슨 대수란 말인가!

16

인간의 모든 운명은 그를 둘러싼 운명에 따라 우연히 정해진다. 나의 모든 운명을 확정한 내 청춘의 운명도 그렇게 정해졌다….
마치 이 옛날 시에서처럼.

나는 부모의 집으로 되돌아와서,
외진 초원의 평화를 선물 받았네,

---

[31] 알렉산드르 1세가 귀족 자제들을 위해 페테르부르크 근교의 황제마을에 건립한 기숙학교. 푸쉬킨도 이 학교에 다녔다.

낯익은 생활과 사랑스러운 주변도,
그리고 황홀한 영혼의 열기도 ….

왜 나는 부모의 집으로 돌아왔고, 왜 학교를 그만두었는가? 얼핏 하찮아 보이는 이 사건이 일어나지 않았다면, 내 청춘은 어땠을까, 그리고 나의 모든 인생은 어떻게 되었을까?

돌발적인 행동과 어리석음 속에서 전혀 용납할 수 없는 이유로, 아버지가 즐겨 쓰던 표현처럼, 단지 '귀족의 방종 때문에' 내가 학교를 그만두었다고 아버지는 이따금 말하곤 했고, 날 제멋대로 행동하는 철부지라고 꾸짖었으며, 나의 방자함을 그냥 내버려둔 자기 자신을 책망했다. 그러나 아버지는 다른 말도 했는데, 즉 내가 아주 '논리적으로' — 아버지는 '논리적으로'라는 말을 아주 정확하고 우아하게 발음했다 — 행동했고, 나의 본성이 명하는 대로 행동했다는 것이다. 이렇게 아버지의 판단은 항상 극히 모순적이었다. 아버지는 말하곤 했다.

"아니다. 알렉세이의 사명은 공무원도, 제복도, 경영도 아니고 영혼과 삶의 시를 쓰는 것이야. 다행히 경영해야 할 게 아무것도 없어. 누가 알아? 알렉세이가 제2의 푸쉬킨이나 레르몬토프가 될지 …."

실제로 많은 것들이 나의 형식적인 교육을 반대하는 쪽으로 이루어졌다. 이전 시기의 러시아에 아주 특유했던 '방종'은 귀족에게만 있었던 것이 아니라 나의 피 속에도 적지 않게 있었다. 아버지에게서 물려받은 특징도, 당시에 이미 분명하게 나타났던 '영혼과 삶의 시'에 대한 나의 재능도, 그리고 마지막으로 형이 시베리아가 아니라 바투리노로 추방된 우연한 상황도 나의 형식적인 교육을 방해했던 것이다.

중학교에 다니던 마지막 1년 동안에 나는 어쩐지 순식간에 건장해졌고 성숙해졌다. 이때까지는 어머니의 특징이 내 안에 지배적이었던 것 같다. 그러나 이제 아버지의 특징들, 즉 활기찬 생명력, 주변 환경과의 대립, 아버지의 내면에 존재했지만 항상 무의식적으로 강하게 억제했던 감상성, 원하는 것을 얻어내는 무의식적인 집요함, 변덕스러움 등이 빠르게 발전하기 시작했다. 형에게 일어난 일과 당시 우리 가족 모두에게 끔찍하게 여겨졌던 그 일은 실제로 그다지 중요한 것은 아니었고, 나는 그 일을 단번에 견뎌내지는 못했다. 그러나 어쨌든 나는 그 일을 견뎌냈고, 그 일은 나의 성숙과 내 힘을 불러일으키는 데 도움이 되기까지 했다. 나는 아버지가 옳다고 느꼈다. 아버지는 이따금 술기운이 돌면, '슬피 우는 버들처럼 살 수는 없다', '그럼에도 불구하고 삶은 위대한 것이다'라고 말하곤 했다. 삶 속에는 물리칠 수 없는 아름다운 뭔가가, 즉 문학이라는 것이 있음을 나는 이미 의식적으로 알고 있었다. 나는 무슨 일이 있어도 5학년으로 진급하고, 그 다음에 영원히 학교로부터 자유로워져서 바투리노로 돌아가 '제 2의 푸쉬킨이나 레르몬토프', 주코프스키, 바라트인스키[32]가 되리라 마음속으로 굳게 결심했다. 이 시인들을 알게 된 순간부터 나는 그들과의 혈연적 동질감을 생생하게 느꼈던 것 같다. 나는 가족의 초상화를 바라보듯이 이 시인들의 초상화를 바라보았다.

나는 그 겨울 내내 근면하고 활기찬 생활을 하려고 애썼지만, 봄이 되자 이미 노력할 필요가 없었다. 갑자기 뺨에 솜털이 자라기 시작하고 손과 다리가 거칠어지는 등 모든 소년들에게 갑작스런 변화가 일어나듯이, 그 겨울에 내게도 뭔가가 — 무엇보다 육체적 성숙이라는 의미에서 — 일어난 것이 틀림없었다. 다행스럽게도 나의 거칠음은 그때까지만 해도 어디에도 나타나지 않았다. 그러나 솜털은 이미 황

---

[32] 바실리 안드레예비치 주코프스키(1783~1852)와 예브게니 로마노비치 바라트인스키(1800~1844)는 러시아 낭만주의를 대표하는 서정 시인이다.

금색이 되었고, 눈은 더 맑고 더 짙은 푸른색이 되었다. 얼굴의 윤곽도 더 또렷해졌고 햇볕에 그을린 것처럼 건강하고 연한 구릿빛을 띠었다. 그러므로 나는 이전과는 전혀 다른 방식으로 시험에 통과했다. 나는 지칠 줄 모르는 지구력과 긴장감을 스스로 즐기면서 며칠 동안 무조건 암기했고, 시험을 그리스도의 고난주간, 정진(精進), 고해와 성찬식의 준비와 비슷한 것으로 만드는 젊고 건강하고 순결한 모든 것을 나는 기쁘게 느꼈다. 나는 서너 시간씩 잠을 잤지만 아침에는 가뿐하고 재빨리 일어나서 세수하고 특별히 신경을 써서 옷을 입었다. 그리고 나는 고대 슬라브어 동사시제 시험에서도 하느님이 반드시 날 도와줄 거라고 확신하면서 하느님께 기도하고 아주 편안한 마음으로 집에서 나왔다. 나는 어제 정복한 모든 것을 머리와 가슴에 단단히 담아서 이제 가지고 가서 그곳에서 확실하고 완전하게 전달하기만 하면 되었다. 이 모든 시험이 잘 끝났을 때 또 하나의 기쁨이 날 기다리고 있었다. 이번에는 날 바투리노로 데려가기 위해 아버지도 어머니도 오지 않았고, 마치 어른에게 하듯이 날 데리러 두 마리의 말이 끄는 타란타스만을 보냈던 것이다. 젊고 잘 웃는 일꾼이 이 타란타스를 끌고 왔는데, 길을 가는 동안 이 젊은이는 금세 나의 소중한 친구가 되었다. 바투리노는 정원 속에 파묻힌 세 개의 지주 저택, 몇 개의 연못과 넓은 목장이 있는 크고 아주 부유한 마을이었다. 바투리노에는 벌써 꽃이 피고 온통 푸르렀다. 나는 이미 아주 감상적이고 힘이 넘치는 청년이 되어서 이 행복한 아름다움, 이 화려하고 선명한 녹음(綠陰), 물이 가득 찬 연못, 꾀꼬리와 개구리들의 장난을 불현듯 느끼고 이해했다 ….

여름에 니콜라이 형이 결혼했다. 우리들 중에서 가장 건실했던 형은 할 일이 없어 심심하던 차에 바실리옙스코예의 국유지를 관리하는 독일인의 딸과 결혼했다. 내 생각에 이 결혼은 우리의 온 여름을 축제일로 바꾸어 놓았다. 젊은 여자가 집에 있게 되어 나의 성숙도 빨라졌다. 이 결혼 직후에 예기치 않게 게오르기 형이 바투리노에 나타났다. 6월의 어느 날 저녁이었는데, 뜰에서는 벌써 차가운 풀 냄새가 풍겼다. 회색 나무 기둥에 지붕이 높은 오래된 우리 집이 옛날 전원 그림에서처럼 생각에 잠긴 저녁의 아름다움 속에 있었다. 모두가 정원의 발코니에 앉아서 차를 마시고 있었다. 나는 내 말에 안장을 얹고 큰길에서 말을 타려고 마당을 따라 마구간 쪽으로 조용히 걸어가고 있었다. 그때 갑자기 아주 이상한 것이 우리 시골집 대문 앞에 나타났다. 도시풍의 마차였다! 날 깜짝 놀라게 한 낯익으면서도 동시에 뭔가 전혀 새로운, 형의 낯선 얼굴에 깃든 죄수 특유의 창백함을 나는 지금까지도 기억한다….

그날 저녁은 우리 가족의 생활에서 가장 행복한 시간이었고, 평화와 행복의 시작이었다. 이 평화와 행복은 그것이 끝나고 사라지기 전까지 꼬박 3년 동안 마지막으로 우리 가족의 삶 속에 깃들어 있었다….

17

그해 봄에 나는 청년다운 기분을 느끼며 바투리노에 도착했다. 니콜라이 형이 바실리옙스코예에 있는 약혼녀의 집으로 찾아갈 때, 나는 이미 형과 다정하게 동행하면서 여행의 아름다움을 만끽했다. 저녁 직전의 시간에 삼두마차는 점점 짙어져가는 호밀밭 사이로 난 시골길을 따라 자유롭게 달렸다. 아직 풀과 꽃들이 가득한 먼 자작나무 숲에서 뻐꾸기들이 뻐꾹뻐꾹 울어댔다. 황금빛 서쪽 하늘에는 기묘한 구름이 떠 있었다. 시골, 시골농가, 정원, 강, 포도주 양조공장의 저녁 냄새와 관리인 집에서 저녁을 준비하는 음식냄새가 뒤섞여 있었다. 관리인의 어린 딸들이 우리를 위해 연주하는 오르골의 소리는 날카롭고 상쾌했다. 벽에는 웨스트팔리의 풍경화가 걸려 있고, 식탁에는 검붉고 커다란 작약(芍藥) 꽃다발이 놓여 있었다. 이 모든 유쾌한 독일식 손님접대가 이 집에서 우리를 에워싸고 있었다. 키가 크고 여윈, 그다지 아름답진 않지만 어쩐지 아주 사랑스런 아가씨가 점점 더 혈육적인 친근함을 우리에게 보였다. 이 아가씨는 이렇게 우리 가족의 일원이 된 듯했고, 벌써 나를 '너'라고 친근하게 불렀다.

나는 아직 신랑 들러리가 될 수 없었지만, 자청해서 떠맡은 화동 역할도 이미 내게 어울리지 않았다. 그러나 빛나는 새 제복에 하얀 장갑을 끼고 머리칼에 포마드를 바른 나는 눈을 반짝거리며 매끄러운 실크 스타킹을 신은 그녀의 발에 하얀 공난구두를 신겨주었다. 그리고 나서 나는 한 쌍의 힘센 회색 말이 끄는 마차를 타고 그녀와 함께 즈나메니예로 갔다. 매일 비가 내렸다. 말들은 검푸른 진흙 덩어리를 튀기면서 앞으로 달렸다. 알이 잘 들고 습기를 가득 머금은 호밀은 희푸른 축축한 이삭을 길가로 늘어뜨리고 있었다. 낮게 걸린 태양은 세찬 황금빛 소나기 사이로 계속 빛나고 있었다. 사람들은 이런 날씨가 행복한 결혼의 징표라고 말했다. 빗방울로 다이아몬드처럼 빛나는 마차의 유리창은 위로 올려져 있었다. 마차 안은 비좁았다. 나는 신부의 향수와 그녀를 휘감은 백설의 화려한 모든 것에서 풍기는 냄새로 황홀해져서 숨이 막힐 지경이었다. 나는 눈물이 채 마르지 않은 그녀의 눈을 바라보았고, 그녀를 축복해준 황금으로 장식된 성상을 두 손으로 어색하게 들고 있었다···. 결혼식이 치러지는 동안 나는 처음으로 이 기쁜 예식 속에 내재된 구약성서적인 신비한 요소를 느꼈다. 빈약하지만 장엄하게 밝힌 시골교회의 샹들리에 아래에서, 고르지 않은 큰 목소리로 환호하는 시골합창단의 노래 속에서, 녹색으로 변하는 저녁 하늘을 향해 활짝 열린 교회 문으로 밀려드는 기쁨에 찬 아낙네들과 처녀들이 지켜보는 가운데 치러진 이 예식은 특히나 아름다웠다…. 젊은 부부와 함께 우리 집으로 들어온 이 새롭고 마치 행복 같은 뭔가가 게오르기 형의 갑작스런 도착으로 완성되었다. 우리 가족은 모두 다 모였고 너무나 행복했다. 중학교로 돌아간다는 생각은 내겐 전혀 터무니없어 보였다.

가을에 나는 읍내로 돌아가서 다시 학교에 다니기 시작했다. 그러나 나는 거의 수업을 듣지 않았고 선생님들의 질문에 점점 더 대답하지 않았다. 그들은 머리가 아프다는 내 말을 악의에 차서 정중하고 조용하게 듣고 나서, 기꺼이 내게 1점을 주었다. 나는 시간을 허비하며 읍내와 교외를 싸돌아다녔다. 도착하는 사람들과 떠나는 사람들로 북적대고 소란스러운 자레치예 역에서 기차를 맞이하고 전송하기도 했다. 나는 많은 짐을 들고 흥분하고 서두르면서 '장거리 행' 객차에 타는 사람들을 부러워했다. 긴 제복을 입은 거대한 몸집의 수위가 대합실 중앙으로 걸어 나오면서 낭랑하고 장엄한 베이스로 말을 했고, 위협적이고 엄숙하며 애수가 깃든, 길게 늘어지는 어투로 어떤 기차가 어디로 떠난다고 외칠 때면 나는 심장이 멎는 것만 같았다….

나는 크리스마스 주간까지 이렇게 살았다. 방학이 되자마자 나는 쏜살같이 집으로 달려와서 5분 안에 떠날 채비를 끝마쳤고 로스토프체프 씨네 식구들과 글레보치카와 — 그는 시골에서 마차가 오기를 기다려야만 했고, 나는 철길을 따라 바실리옙스코예를 지나갔다 — 작별인사를 나눌 겨를도 없이 조그만 여행가방을 들고 거리로 뛰쳐나와 첫 번째로 만난 마부의 꽁꽁 언 썰매에 뛰어올랐다. 이 순간 나는 '학교여, 영원히 안녕!'하고 정신나간 생각을 했다. 꺼칠꺼칠하고 비쩍 마른 말이 전속력으로 달렸다. 썰매는 경사면을 따라 사방으로 요란한 소리를 내면서 미끄러져 갔다. 몹시 추운 바람이 내 얼굴에 날카로운 눈을 흩뿌리며 추켜올린 외투 깃을 잡아챘다. 읍내는 눈보라치는 어스름한 황혼 속에 잠겨 있었다. 나는 기뻐서 숨이 막혔다. 눈더미 때문에 나는 기차역에서 꼬박 두 시간 동안이나 앉아서 기다렸다. 마침내 기차가 왔다….

오! 이 눈더미들, 러시아, 밤, 눈보라 그리고 철길! 눈 먼지로 온통 하얘진 기차, 후덥지근한 객실 난방, 아늑함, 달구어진 화실(火室)에서 나는 작은 망치질 소리 — 이 모든 것들이 더없이 행복하다! 밖에서는 매서운 추위가 기승을 부리고 앞을 볼 수 없을 정도로 눈보라가 몰아친다. 잠시 후, 밑에서 휘몰아치는 눈과 지붕에서 피어오르는 눈 연기 때문에 거의 보이지 않는 어느 역에서 벨소리와 사람 목소리가 들리고 불빛이 보인나. 다시 어둠 속 어딘가로, 저 먼 폭풍우 속으로, 그리고 알 수 없는 곳으로 떠나는 기관차의 절망적인 외침소리가 들린다. 다시 움직이는 열차의 첫 덜컹 소리, 다이아몬드처럼 얼어붙어 반짝이는 차창 밖으로 멀어져가는 플랫폼의 불빛들. 그리고 다시 밤, 황량함, 눈보라, 환기구멍에서 스며드는 바람의 울부짖음. 그대 주변에는 평온, 따스함, 푸른 커튼 너머 등불의 어스름한 불빛이 깔린다. 기차는 점점 더 속도를 내고 흔들거리며, 용수철이 달린 벨벳소파에 앉아있는 그대에게 잠을 권하면서 질주한다. 졸린 눈앞에서 옷걸이에 걸린 모피외투가 점점 더 큰 폭으로 흔들거린다!

우리 역에서 바실리옙스코예까지는 10킬로가 넘었다. 내가 정거장에 도착했을 땐 이미 밤이었다. 바깥바람이 너무 사나워서 나는 희미한 석유램프 냄새가 나는 추운 기차역에서 밤을 보내야만 했다. 눈을 잔뜩 뒤집어 쓴 화물열차의 차장이 그을음이 나는 붉은 등불을 두 손에 들고 들락날락 했고, 그때마다 기차역 문들이 밤의 공허 속에서 유난히 크게 쾅쾅 소리를 냈다. 그러나 이것 역시 매혹적이었다. 나는 여자대합실의 작은 소파 위에서 몸을 웅크리고 깊은 잠을 잤다. 그러나 아침을 기다리는 초조한 마음, 성난 눈보라, 부글부글 끓는 기관차의 소음 사이로 어딘가 멀리에서 들려오는 거친 목소리 때문에 자주 잠에서 깨곤 했다. 기관차는 불을 뿜어대는 구멍을 열어 놓은 채 창문 아래 서 있었다. 나는 잠에서 깨어나 조용하고 추운 아침의 장밋빛 햇살 속에서 정말로 야수 같은 활력을 느끼며 벌떡 일어났다….

한 시간 후에 나는 이미 바실리옙스코예에 있었고, 행복하고 당황스러워서 눈길을 어디에 둬야 할지 모르면서 우리의 새로운 친척인 비간드의 따스한 집에서 커피를 마시며 앉아있었다. 레발에서 온 그의 젊은 조카딸 안헨이 커피를 따라주었다….

18

바투리노의 영지는 ― 특히 그 겨울에 ― 아름다웠다. 마당으로 들어가는 입구의 돌기둥, 설탕 같은 흰 눈으로 뒤덮인 마당, 썰매의 미끄럼판에 의해 잘려진 눈더미, 고요함, 태양, 차갑고 날카로운 대기 속에 부엌에서 나는 달콤한 탄내, 부엌에서 집으로, 하인의 방에서 뒷간, 마구간, 주변의 다른 부속 건물들로 이어지는 발자국들 속에서 느껴지는 뭔가 아늑하고 가정적인 것…. 고요와 반짝임, 눈으로 두꺼워진 백색의 지붕, 집 너머 양 옆으로 보이는 눈 속에 파묻힌 낮은 겨울정원, 벌거벗은 나뭇가지들로 불그스레하게 검어져가는 정원, 설악의 꼭대기 같은 지붕의 가파른 경사면 너머에서, 하늘 높이 연기를 내뿜는 고즈넉한 두 개의 굴뚝 사이로 맑고 푸른 하늘 속으로 뾰족하고 검푸른 우듬을 추켜올리고 있는, 우리들의 소중한 백년 된 전나무 한 그루…. 보통 수다스럽지만 지금은 아주 조용한, 수녀 같은 갈가마귀들이 정면 출입구 계단 위에 앉아서 즐겁게 바짝 달라붙어 있다. 작은 사각형의 틀 속에 끼워진 오래된 창들이 눈부신 밝은 햇살과 눈 위에서 천연보석처럼 빛나는 차가운 햇빛 때문에 눈을 가늘게 뜨고 다정하게 바라보고 있다…. 계단 위에 굳어버린 눈을 따라 얼어붙은 펠트 장화를 삐거덕거리면서, 오른쪽 현관계단으로 올라가 처마 밑을 지나서, 오래돼서 까매진 무거운 참나무 문을 열고 어둡고 긴 현관을 지난다…. 창가에 투박한 큰 궤가 놓인 하인방은 아직도 서늘하고 푸르스름하다. 이 방에는 햇빛이 비치지 않고, 창은 북쪽으로 나 있다. 그러나 난로의 청동 아궁이 뚜껑이 탁탁거리는 둔탁한 소리를 내면서 떨고 있다. 오른쪽에는 방으로 이어지는 어두운 복도가 있고, 바로 맞은편에는 커다란 홀로 통하는 높은 참나무 문이 달려있는데, 역시 까맣다. 널찍한 홀 안은 난방이 되지 않아서 춥다. 시커먼 얼굴에 무표정하고 곱슬머리 가발을 쓴 할아버지의 초상화와 붉은 옷깃이 접힌 제복을 입고 들창코를 한 파벨 황제의 벽에 걸린 초상화가 썰렁해 보인다. 오랫동안 사용하지 않은 작은 식기실에 쌓아둔 다른 오래된 초상화들과 묵직한 촛대들도 꽁꽁 얼어붙어 있다. 절반이 유리인 문을 통해 식기실 안을 들여다보는 일은 어린 시절의 비밀한 기쁨이었다. 그러나 홀 안은 온통 햇빛으로 가득했다. 위쪽 색유리들이 햇빛에 반사되어 생긴 연보랏빛 반점과 진홍빛 반점이 아주 넓고 매끈한 마루청 위에서 불처럼 타오르며 일렁이고 있다. 왼쪽 옆으로 난 창문도 북향인데, 이 창문 안으로 거대한 피나무 가지들이 기어들고 있다. 문 맞은편 밝은 창문들을 통해 눈더미에 덮인 정원이 보인다. 집의 굴뚝 사이로 보이는 가장 키가 큰 전나무가 중간 창문을 완전히 덮고 있고, 이 창문 너머에 눈 덮인 전나무 가지가 여러 줄로 화려하게 매달려 있다···.

　얼어붙은 달밤에 전나무는 형용할 수 없을 만큼 아름답다! 안으로 들어가면, 홀 안에는 불이 켜져 있지 않고, 밝은 달만 창문 너머에 높이 떠 있다. 텅 빈 홀은 웅장하고 미세한 연기 같은 것으로 가득 차 있다. 눈 때문에, 바늘 같은 잎이 달린 상복(喪服)을 입은 것 같은 무성한 전나무가 창문 너머에 위풍당당하게 솟아있고, 전나무의 뾰족한 끝은 깨끗하고 투명하고 한없이 깊은 둥근 지붕 모양의 푸른 빛 속으로 사라진다. 그 푸르름 속에 넓게 흩어진 오리온성좌(星座)가 흰빛과 은빛을 발하고 있다. 더 아래쪽, 지평선의 밝은 공간에서 어머니가 좋아하는 별인 웅장한 시리우스가 날카롭게 반짝이며 푸른 다이아몬드처럼 떨고 있다···. 나는 마루에 어린 창문의 긴 격자(格子) 그림자를 따라 이 달빛 연기 속을 얼마나 자주 떠돌아 다녔으며, 젊은이다운 생각을 얼마나 많이 했던가, 나는 제르좌빈의 당당하고 자신만만한 이 시구를 얼마나 자주 암송했던가!

　　검푸른 대기 속에
　　황금빛 달이 떠다니며 ···
　　창문을 통해 우리 집을 비추었고,
　　옻칠한 방바닥 위에
　　담황색 달빛으로
　　황금빛 창유리를 그렸네···. 33)

　내가 이 집에서 첫 겨울을 보내며 가지고 있던 새로운 느낌도 아주 아름다웠다. 나를 아주 빠르게 성장시킨 게오르기 형과 산책하며 끝

---

33) 가브릴라 로마노비치 제르좌빈(1743~1816)의 시 〈무르자의 환영〉의 첫 부분.

없이 대화하고, 바실리옙스코예로 여행을 하고, 제르좌빈과 푸쉬킨 시대의 시인들을 읽으면서 그 겨울을 보냈다. 바투리노의 집에는 책이 거의 없었다. 그러나 이즈음에 나는 바실리옙스코예에 있는 사촌 누이의 집에 다니기 시작했다. 그녀의 집은 비간드가 관리했던 양조장이 있는 국유지 맞은편 산 위에 있었다. 사촌 누이는 피사레프와 결혼했고, 그 후 우리는 몇 년 동안 그녀의 집과 왕래가 없었다. 그녀의 시아버지인 늙은 피사레프는 자기 아들과는 정반대였다. 이상할 정도로 진지했던 이 노인은, 당연히, 우리 아버지와 금방 언쟁을 벌였다. 그 해에 노인이 사망하자 우리 두 집 사이의 관계가 좋아졌다. 나는 이 노인이 오랜 세월 동안 모은 서가의 모든 책들을 자유롭게 이용할 수 있게 되었다.

서가에는 검은 금빛 가죽 장정에 책등에 별표를 한 작고 아름다운 책들이 많이 있었다. 수마로고프, 안나 부니나, 제르좌빈, 바튜쉬코프, 주코프스키, 베네비티노프, 야즈이코프, 코즐로프, 바라트인스키[34]의 시집이었다…. 이 시집들의 낭만적인 장식무늬들은—수금(竪琴), 물병, 투구, 화환—얼마나 매혹적이었던가! 이 시집들의 활자, 꺼칠꺼칠하고 대개 푸르스름한 종이, 깨끗하고 균형 잡힌 아름다움, 고급스러움, 종이 위에 인쇄된 모든 활자의 고급스런 스타일! 나는 이 작은 책들과 함께 나의 최초의 젊은이다운 꿈, 스스로 글을 쓰고자 한 최초의 강렬한 열망, 그 열망을 충족시키기 위한 최초의 시도, 달콤한 상상을 체험했다. 이 상상은 정말로 놀라운 것이었다.

---

34) 알렉산드르 페트로비치 수마로코프(1718~1777), 안나 부니나(1774~1829), 콘스탄틴 니콜라예비치 바튜쉬코프(1787~1855), 드미트리 블라디미로비치 베네비티노프(1805~1827), 니콜라이 미하일로비치 야즈이코프(1803~1847), 이반 이바노비치 코즐로프(1779~1840). 이들은 모두 18세기~19세기 초, 러시아의 유명한 낭만주의 시인들이다.

내가 〈젊은 시인이 전장으로 날아가네〉,[35] 〈잿빛 급류여, 잠자코 있지 말고 가파른 정상에서 포효하라, 포효하라〉,[36] 〈타우리데에게 입맞춤하는 푸른 파도 사이, 아침놀 속에서 나는 네레이드를 보았네〉를 읽을 때, 이 젊은 시인을, 급류를, 푸른 파도를, 바다의 아침을, 벌거벗은 네레이드를[37] 생생하게 보고 느꼈다. 그 느낌이 너무나 강렬해서 나는 노래하고, 큰소리로 외치고, 웃고, 울고 싶어졌다…. 나는, 바로 이 시기에 나의 펜대에서 나온 유치하고 하찮은 시를 보고 깜짝 놀란다!

겨울 내내 즐겁게 이어졌던 나의 첫 연정도 아름다웠다. 안헨은 다소 평범한 젊은 처녀였다. 그게 전부였다. 그러나 그녀에게 어떤 문제가 있었던 것일까? 이 외에 그녀는 항상 명랑하고, 상냥하고, 아주 착했으며 진실하고 정직하게 내게 말했다.

"알료셴카, 난 네가 아주 맘에 들어. 넌 뜨겁고 순수한 감정을 갖고 있어!"

이 감정들은 물론 순간적으로 타올랐다. 독일인다운 정결함과 신선함, 소녀다운 귀여움을 지니고 기묘한 분홍빛 드레스를 입은 그녀가 역에서 오는 도중 꽁꽁 얼어붙은 날 향해 걸어 나왔고, 겨울아침의 분홍빛 햇살로 물든 비간드 씨네의 식당에서 내게 커피를 따라주었다. 그 순간, 나는 그녀를 처음 보고 마음이 확 달아올랐다. 물이 묻어서 아직도 차가운 그녀의 손을 잡은 순간, 내 가슴은 떨렸고 '바로 이것이다!'라고 결정했다. 나는 더없는 행복에 젖어 바투리노를 향해 떠났다. 크리스마스 주간 다음 날에 비간드 씨네 사람들이 우리 집으로 오기로 했다. 우리 집에 오자마자, 그들은 즉시 우리 집을 독

---

[35] 코즐로프의 시 〈젊은 시인〉의 첫줄.
[36] 바튜쉬코프의 시 〈무제〉의 첫줄.
[37] 푸쉬킨의 시 〈네레이드〉에서 인용. 타우리데는 크림의 옛 명칭임.

일인의 시끌벅적한 유쾌함, 이유 없는 웃음, 농담, 겨울에 시골서 사는 손님들이 가지고 온 유난히 쾌활한 기분으로 가득 채웠다. 추운 밖에서 들어오면서 그들은 현관에서 향긋하고 차가운 털외투, 구두, 펠트 장화를 벗었다. 저녁에 다른 손님들도 왔다. 노인들을 제외하고 모두가 자연스럽게 가장(假裝)한 채 이웃집으로 가기로 했다. 우리들은 되는 대로, 주로 농부와 아낙들로 소란스럽게 변장했다. 나는 머리칼을 심하게 파마했고, 얼굴에 분을 바르고 연지를 발랐다. 그리고 예의 불에 탄 코르크로 움직이지 않는 작고 검은 콧수염을 그렸다. 우리는 무리를 지어 바깥 현관으로 나갔다. 현관 앞 어둠 속에는 벌써 몇 대의 썰매와 좌석이 없는 농민용 썰매가 서 있었다. 우리는 방울소리에 맞춰 자리에 앉아 웃고 소리치면서 마당에 갓 쌓인 눈더미 위를 빠르게 미끄러져 갔다. 당연히 나는 안헨과 함께 농민용 썰매에 타게 되었다…. 그 겨울밤의 방울소리, 그 눈 덮인 텅 빈 벌판의 황량한 밤, 그 이상하고 겨울답던 잿빛의 부드러움을—그날 밤 이 부드러움 속에 눈과 낮은 하늘이 하나로 합쳐졌다—어찌 잊을 수 있으랴! 앞에서 어떤 작은 불빛이 아른거렸는데, 마치 겨울밤의 어떤 신비한 동물의 눈 같았다. 눈 덮인 들판의 밤공기, 고슴도치 털외투와 얇은 부츠를 통해 스며드는 한기(寒氣), 모피장갑에서 빼낸 아가씨의 따스한 두 손을 난생 처음 내 젊고 뜨거운 손으로 잡아본 느낌, 이에 화답이라도 하듯이 어둠 속에서 사랑스럽게 반짝이던 처녀의 두 눈을 어찌 잊을 수 있으랴!

19

그리고 얼마 후, 내 전 생애에서 가장 특별했던 봄이 찾아왔다.

나는 마치 오늘 일어난 일처럼 생생하게 기억하고 있다. 나는 마당 쪽으로 창문이 난 올랴의 방에서 그녀와 함께 앉아있었다. 맑은 3월의 어느 날 저녁 다섯 시경이었다. 갑자기 털가죽 반외투의 단추를 채우면서 아버지가 평상시처럼 활달하게 방으로 들어왔다. 아버지의 콧수염은 벌써 회색으로 변했지만 여전히 멋졌다. 아버지가 말했다.

"바실리옙스코예에서 급사가 왔다. 피사레프에게 뇌졸중 같은 게 일어났나 보다. 거기로 갈 건데 같이 갈래?"

나는 예기치 않게 바실리옙스코예로 가서 안헨을 볼 수 있게 된 행운에 깜짝 놀라 자리에서 일어났다. 우리는 즉시 출발했다. 놀랍게도 피사레프는 건강하고 쾌활했다. 그는 자신에게 무슨 일이 일어났는지 이해하지 못하고 의아해했다.

"아직은 좀 적게 마시게."

다음날 현관에서 작별인사를 하면서 아버지가 그에게 말했다.

"쓸데없는 소리!"

집시 같은 눈으로 웃음을 짓고, 아버지가 털가죽 반외투를 입는 걸 도와주면서 피사레프가 대답했다. 앞가슴이 비스듬히 트인 비단셔츠에 가볍고 헐렁한 승마바지를 입고 은실로 수를 놓은 굽 없는 붉은 슬리퍼를 신은, 가무잡잡한 얼굴에 까만 턱수염을 기른 균형잡힌 몸매의 그를 나는 지금도 생생히 기억하고 있다. 우리는 조용히 집으로 돌아왔다. 곧 눈과 얼음이 녹아 물이 범람했고, 그 물살이 너무나 빠르고 심해서 바실리옙스코예와의 연락이 약 2주 동안 완전히 단절되었다. 부활절 주간 첫날이 되어서야 사방이 완전히 마르기 시작했고,

버드나무 숲과 목장이 녹색으로 변하기 시작했다. 우리는 모두 바실리옙스코예로 떠날 채비를 하고 여행용 포장마차에 앉아서 막 떠나려는 순간이었다. 바로 그때 대문 앞에 말 한 필이 나타났고, 그 뒤로 경주용 마차가 보였다. 우리의 사촌 형인 표트르 페트로비치 아르세니예프가 그 마차에 타고 있었다.

"그리스도가 부활하셨도다."

그는 마차를 타고 다가오면서 아주 조용하게 말했다.

"바실리옙스코예에 가시려고요? 정말 때를 잘 잡았습니다. 피사레프가 돌아가셨어요. 오늘 아침에 일어나서 누님 방으로 들어가더니 갑자기 안락의자에 앉아서 그만 숨을 거두었어요…."

우리가 피사레프의 집안으로 들어갔을 때, 사람들이 방금 그의 몸을 씻어서 자리에 눕혀놓은 상태였다. 방금 테이블 위로 옮겨진 그는 죽은 자의 평범한 모습을 하고 누워 있었다. 나는 그 이상한 모습을 보고 깜짝 놀랐다. 2주 전에 그는 바로 이 홀의 문지방에 서서 저녁 햇살과 자기가 내뿜은 담배연기로 눈이 부신 나머지 눈을 가늘게 뜨고 웃고 있었다. 나는 지금도 그의 부풀어 오른 진보랏빛 두 눈이 눈에 선하다. 그러나 여전히 촉촉하고 까만, 빗질이 잘 된 머리칼과 턱수염을 기르고, 새 연미복에 풀 먹인 셔츠를 입고, 검은 넥타이를 멋있게 매고, 허리까지 하얀 시트로 덮여있는 그는 완전히 살아있는 사람 같았다. 하얀 시트 아래로 그의 묶인 발이 곧게 뻗어 있었다. 나는 말없이 멍청하게 그를 바라보았고, 심지어 그의 이마와 손을 만져보기까지 했다. 그의 이마와 손에서 온기가 느껴지는 듯했다….

그러나 저녁 무렵에 모든 것이 완전히 변했다. 나는 이미 무슨 일이 일어났는지 이해했다. 첫 번째 추도식에 오라는 부름을 받고 나는 당황하며 홀 안으로 들어갔다. 어두운 봄날의 석양은 홀의 창문 너머 멀리 보이는 들판 위에서 여전히 붉게 보였다. 그러나 어두운 강의 계곡과 어두운 잿빛 들판, 그리고 어둡고 차가운 모든 대지에서 솟아오르는 어스름이 봄날의 석양을 밑에서부터 점점 짙게 물들이고 있었다. 어두운 홀 안은 사람들로 가득했고, 분향으로 눈앞이 흐려졌다. 모두가 손에 들고 있는 작은 양초들이 이 어둠과 흐릿함 속에서 금빛으로 타오르고 있었다. 죽은 이의 침상 주변에서 연기를 내며 붉게 타오르고 있는 교회의 긴 양초들 너머로 추도식을 집행하는 신부들의 외침소리가 불길하게 울렸다. 신부들은 때론 즐겁게 때론 태평스럽게 '그리스도가 죽은 자들 가운데 부활하셨도다'라고 이상하리만치 집요하게 외쳐댔다. 나는 앞을 뚫어져라 바라보았다. 내 앞쪽, 자욱한 연기 사이로 비치는 불빛과 어스름 속에서 어쩐지 슬프게 고개를 푹 떨어뜨리고 하루 사이에 까맣게 변한, 죽은 사람의 얼굴이 희미하고 무섭게 가물거렸다. 나는 따스한 정겨움을 느끼고 유일한 구원의 피난처라고 생각하면서 많은 사람들 가운데 말없이 얌전하게 서 있는 안헨의 조그만 얼굴을 찾아냈다. 양초의 불빛이 그녀의 작은 얼굴을 밑에서 따스하고 순박하게 비추고 있었다⋯.

  밤에 나는 하나 같이 부자연스럽게 선명하고 무질서한, 어떤 분주한 무리들의 환영에 둘러싸여 불안하고 슬프게 잠을 잤다. 그 무리들은 이미 일어난 일과 무시무시하고 신비하게 연결되어 있었다. 모두들 이 방 저 방을 부산하게 걸어 다니고 있었는데, 마치 사자(死者)의 말없는 지시에 따라 움직이는 것 같았다. 이것이 무엇보다 무서웠다. 그리고 모두가 서로에게 급하게 조언을 해대며 책상, 안락의자, 침대, 장롱을 옮겼다⋯.

  아침에 나는 술 취한 사람처럼 현관 계단으로 걸어 나왔다. 고요하고 따스한, 맑은 아침이었다. 태양은 마른 현관과 밝고 사랑스럽게 녹색으로 변하는 마당, 그리고 아직은 낮고 휑하지만 벌써 부드러운 빛 속에서 봄처럼 잿빛을 띠어가는 정원을 따스하게 비추고 있었다.

그러나 나는 불현듯 주변을 힐끗 둘러보았고, 바로 내 옆에 있는 벽에 기대어 똑바로 세워놓은 새로운 진보랏빛 긴 관 뚜껑을 공포를 느끼며 바라보았다. 나는 현관 계단 아래로 뛰어 내려가 정원으로 가서 정원의 헐벗고 밝고 따스한 오솔길을 오랫동안 걷다가 아카시아 오솔길에 있는 나무 벤치 위에 앉았다…. 꽃참새들이 노래했고, 부드럽고 기분 좋게 솜털로 덮인 아카시아가 노랗게 변하고 있었다. 흙냄새와 어린 풀냄새가 달콤하고 고통스럽게 내 마음을 움직였고, 저 멀리 저지대의 오래된 자작나무들 위에서 갈가마귀들이 정원의 짧은 고요를 깨지 않으면서 단조롭고 위엄 있게, 그리고 의기양양하게 까악까악 울어댔다. 자작나무숲에서는 아직 벌거벗은 버드나무의 싹이 올리브 색깔의 봄 아지랑이 속으로 스며들어갔다…. 모든 것 속에 영원하고 사랑스럽고 목적 없는 삶과 뒤섞인 죽음, 죽음이 내재해 있었다! 이전에 나는 늘 실러[38]를 읽었는데, 왠지 모르게 갑자기 《빌헬름 텔》의 첫 부분이 생각났다.

'산, 호수, 한 어부가 떠다니며 노래를 한다….'

갑자기 내 마음 속에 말할 수 없이 행복하고 머나먼 어느 나라의 형용할 수 없이 달콤하고 즐겁고 자유로운 노래가 울려퍼졌다.

나는 온종일 술에 취한 듯했고, 줄곧 끝없는 긴장 속에 있었다. 다시 추도식이 행해졌다. 많은 사람들, 왔다가는 이웃들, 사방의 문을 걸어 잠근 햇볕이 잘 드는 어린이 방, 그 방에서 아무것도 모르고 태평하게 노는 아이들, 슬픔에 젖어 상냥하고 부주의하게 아이들을 돌보면서 자주 눈물을 흘리는 유모들….

다시 어둠이 깔렸고, 다시 사람들이 홀에 모여들어 새로운 추도식

---

[38] 프레드리히 실러(1759~1805)의 희곡은 19세기 러시아서 가장 인기가 있었다. 《빌헬름 텔》(1804)은 스위스의 해방에 대한 드라마인데, 1829년에 로시니의 오페라로 상연되어 더 유명하게 되었다.

을 기다리며 이야기를 나누기 시작했다…. 추도식을 집행하는 신부들이 도착하고, 이어서 고요가 깔리고, 이 고요 속에서 촛불이 켜지고 신부들이 법복을 입었다. 이 모든 것은 미사를 집전하기 위한 교회의 신비한 준비절차였다. 잠시 후 첫 분향과 첫 기도가 시작되었다. 죽은 사람에게는 마지막 밤이 되었을, 이 밤에 일어난 이 모든 것들은 내게 너무나 의미심장해 보였다. 그래서 나는 내 앞에 있는 것들, 벨벳에 덮여 조립된 테이블 위에 올려놓은 화려한 관, 금빛 뚜껑과 가슴에 얹은 작은 금빛 성상과 딱딱하고 하얀 새 베개의 불길한 화려함에 휩싸인 관 속에 비스듬히 솟아오른, 무섭고 화려한 교회의 장례용품들을 눈을 들어 바라볼 수가 없었다. 푹 꺼진 까만 눈꺼풀에 검은 턱수염을 하고, 따스하고 답답한 연기와 뜨겁고 가물거리는 불빛 사이로 반들거리는 얼굴을 한 사자(死者)가 음울한 어둠 속에서 영면(永眠)하고 있었다….

이 날 밤, 사자의 서재였던 곳에 나와 게오르기 형을 위한 잠자리가 마련되었다. 아직도 향냄새가 가득한 텅 빈 홀로 통하는 문은 사방에서 잠겨 있었다. 텅 빈 홀에서 견습사제가 다 타버린 촛불 아래에서 작은 목소리로 단조롭게 성경을 읽고 있었다. 집안은 조용하고 평온해졌다. 형은 촛불을 끄더니 잠이 들었다. 나는 옷조차 벗을 수 없었고, 옷을 입은 채로 자리에 누웠다. 나 역시 입김을 불어 촛불을 끄자마자 선잠이 들었고, 금방 홀에 있는 자신을 보았다. 나는 심한 공포에 사로잡힌 채 정신을 차렸다. 나는 자리에서 일어나 앉아서 두근거리는 가슴을 쓸어안고 어둠 속을 바라보며 미세한 소리에 귀를 기울였다. 모든 것이 이상하리만치 무시무시하고 조용했다. 홀에서 성경 읽는 소리만이 아득하고 흐릿하게 들려왔다…. 나는 안간힘을 다해 마음을 추스르고 소파에서 내려와 서재의 문을 활짝 열어 젖혔다. 그리고 까치발로 어두운 복도를 가로질러 가서 홀의 문에 귀를 바싹 갖다 댔다. 문틈 사이로 홀의 불빛이 새어나왔다.
"주님이 지배하시고, 주님은 위대하시고 강력하시니."
문 뒤에서 견습사제가 낮고 딱딱한 음성으로 빠르게 말하고 있었다.
"주여, 강들이 솟아오르고, 강들이 제 목소리를 높이고, 강들이 제 물결을 들어올립니다…. 태초에 당신은 땅을 만드셨고, 하늘도 당신의 손으로 만든 작품이옵니다…. 그것들은 사라질 것이나 당신은 영원하십니다. 그 모든 것들은 법복처럼 낡겠지만, 당신은 옷을 갈아입듯이 그 모든 것들을 바꾸실 것입니다…. 주님께 영원히 영광이 함께 하시고, 당신이 만드신 모든 것들을 보시고 기뻐하시옵소서!"

감격의 눈물을 흘리고 몸을 떨면서 나는 캄캄한 복도를 따라 어두운 뒤쪽 현관과 뒤쪽 현관 계단으로 급히 걸어갔다. 나는 집 주위를 거닐다가 마당 한가운데에 멈춰 섰다. 사방이 깜깜했고, 마치 이른 봄처럼, 왠지 유난히 깨끗하고 신선하고 고요했다. 땅은 얼어붙어서 단단했다. 어떤 미세하고 순수한 숨결이 땅과 맑은 별이 뜬 하늘 사이에서 보일락 말락 은빛으로 빛났다. 저 멀리 정적 속에서, 계곡의 봄물이 소리를 내며 규칙적이고 분명치 않게 흐르고 있었다. 나는 계곡 너머 어둠 속에서 맞은 편 언덕을 바라보았다. 그곳에 있는 비간드의 집에서 때늦은 불빛이 외롭고 붉게 빛나고 있었다.

'이건 그녀가 안 자고 있다는 거야'하고 나는 생각했다. '강들이 제 목소리를 높이고, 강들이 제 물결을 들어올린다'. 나는 이 말을 생각했다. 새 눈물이 고인 내 눈 속에서 불빛이 반짝이며 떨리기 시작했다. 그것은 행복, 사랑, 희망의 눈물이고, 극도로 흥분되고 기쁨으로 가득 찬 부드러움의 눈물이었다.

3권
뮤즈, 환희와 절망

1

나는 바실리옙스코예에서의 그 무서운 봄밤이 기억난다. 게다가 그날은 장례식 전날 밤이었다.

나는 이날 밤, 아침 무렵에야 잠이 들었다. 나는 곧장 집으로 돌아올 수가 없었다. 별빛 속에서 관의 윤곽이 아주 불길하게 거뭇거뭇했고, 관 뚜껑이 현관 계단 주변에서 검은 모습을 하고 있었다…. 나는 들판으로 나가서 눈길 가는 대로 어둠 속을 오랫동안 걸었다…. 내가 돌아왔을 때는 동쪽 하늘이 이미 하얗게 변했고, 마을에서 수탉이 울어댔다. 나는 뒷문을 통해 몰래 집으로 들어와 즉시 잠이 들었다. 그러나 잠을 자면서도 어떤 중요한 순간이 임박했다는 생각이 금방 나를 불안하게 했다. 갑자기 나는 미처 세 시간도 자지 못하고 다시 벌떡 일어났다. 집은 여전히 전혀 다른 두 세계로 나뉘어져 있었다. 한 세계에는 죽음과 관이 있는 홀이 있었다. 잠긴 문들로 사방에서 이 세계와 격리된 다른 세계, 즉 다른 모든 방안에는 우리들의 무질서한 생활이 그 운명적인 결말을 초조하게 기다리며 되는대로 펼쳐지고 있었다. 나는 마침내 그 결말이 시작되었음을 날카롭게 느끼면서 잠에서 깨어났다. 나는 고인의 서재에서 나와 함께 잠을 잔 형이 속옷만 입고 소파 위에 앉아서 무심하게 담배를 피우고 있는 걸 보고 적잖게 놀랐다. 구겨진 시트가 방바닥까지 흘러내려 있었다. 이러는 사이에 문 뒤의 복도에서는 사람들이 벌써 급히 걸어 다니고 있었다. 짧게 묻고 역시 짧게 대답하는 목소리가 들려왔다. 하녀장인 마리야 페트로브나가 쟁반에 차를 담아 가지고 방안으로 들어왔다. 그녀는 우리를 쳐다보지 않고 말없이 허리 굽혀 인사했다. 그리고 책상 위에 쟁반을 올려놓고 근심스런 표정을 지으며 나갔다.

좀 낡은 금빛 벽지가 발라진 서재는 모든 것이 단순하고 평범하고 유쾌하기까지 했다. 우리 남자들의 아침 생활을 말하듯이 향긋한 담배연기가 떠다니고 있었다. 형은 담배를 피우면서 피사레프의 카프카스 슬리퍼를 망연히 바라보고 있었다. 나는 피사레프가 이 슬리퍼를 신고 있는 걸 보았는데, 2주 전에 그는 집시 같이 활달하고 멋진 모습을 하고 있었다. 그런데 지금 이 슬리퍼는 책상 밑에 조용히 놓여있었다. 나도 이 슬리퍼를 힐끗 쳐다보았다. 그렇다, 그는 이미 존재하지 않지만, 이 슬리퍼는 여전히 이 자리에 있고, 앞으로 백 년이 지나도 여기에 있을 수 있다! 그는 지금 어디에 있고, 세기가 끝날 때까지 어디에 있게 될까? 그는 아주 오래전에 세상을 떠난, 신화적인 우리 할아버지들과 할머니들을 거기 어디선가 이미 만나지 않았을까? 그는 지금 무엇이 되었을까? 홀의 테이블 위에 있는 비스듬히 기울어진 관의 끝머리 사이에 누워있는 무서운 것이 정말로 그 사람일까? 짧은 토막이 될 때까지 다 타버린 희미한 촛불이 밝은 대낮에 부자연스럽게 관을 비추고 있었다. 톱니 모양으로 베어낸 종이가 긴 은촛대에 꽂힌 양초들을 에워싸고 있었는데, 진한 촛농이 거기에 떨어져 톱니 모양의 종이가 더럽혀져 있었다.

겨우 그저께, 바로 그저께 아침에 그는 세수한 뒤 여전히 깨끗한 검은 턱수염을 즉시 빗으로 잘 빗고서 옆방의 아내에게로 갔다. 그후 반시간이 지나서 사람들은 아내의 방바닥 위에서 그의 벌거벗은, 아직 살아있는 듯한 몸뚱이를, 아무데로나 힘없이 픽 쓰러지는 몸뚱이를 벌써 물로 씻어내고 있었다. 그러나 나는 이게 바로 그 사람이라고 생각했다. 오늘, 바로 지금, 생전에 그와 전혀 관계없던 교회의 마지막 의식(儀式)이, 세상에서 가장 놀라운 일이 일어날 것이다. 나는 젊은 날에 처음으로 이 의식에 참여할 것이고, 중학교에서 내가 왠지 암송해야만 했던 그 이상한 말들의 ("기독교인이 숨을 거둔 지 사흘이 지나서 사람들은 사자의 주검을 교회로 가져가야만 한다 …. 고인의 가족들, 친구들, 친지들이 모인 자리에서 고인의 주변에 분향을 열심히 하고, 주님의 최후심판이 있고 모든 죽은 자들이 무덤에서 부활할 때까지 고인의 평온에 대한 성가를 부르는데, 이것이 이 의식을 준비하는 것이다 ….") 실현을 경험하게 될 것이다. 나는 깜작 놀라서 이 기독교인이 이 순간에는 바로 피사레프라고 갑자기 생각했다. 나는 그가 부활하기 위해 앞으로 기다려야 하는 끝없는 기한을 생각하고 공포를 느꼈다. 이 부활 후에야 의미도, 목적도, 어떤 기한도 없는 전혀 상상할 수 없는 뭔가가 시작되어 영원히 지속될 것 같았다 ….

2

나는 출관(出棺)을 열심히 초조하게 지켜보았다. 즐거운 마음으로 배불리 먹은 깨끗한 일꾼들은 힘이 세고 젊었다. 그러나 그들은 다소 어색하고 소심한 긴장감을 느끼며 고개를 돌린 채 테이블에서 무거운 짐을 옮겨 하얀 천 조각 위에 그것을 일으켜 세웠다. 마침내 피사레프가 고향집과 모든 세계와 마지막으로 이별하는 시간이 시작되었다! 그때 내게는, 아주 기분 나쁜 은빛의 작은 앞발이 달린 이 거대한 벨벳 보랏빛 상자 안에 성스럽지만, 동시에 비천하고 쓸모없는 지상의 뭔가가 누워있는 것처럼 느껴졌다. 검은 연미복의 소맷부리에서 삐져나온 돌처럼 딱딱한 두 손을 유순하게 십자로 포개고, 생명이 없는 머리를 무감각하게 흔드는 뭔가가 방바닥 위를, 비좁은 공간과 군중과 화려한 법복 사이를, 향과 화음이 맞지 않는 성가 사이를 떠돌아다녔다. 그리고 두 다리는 활짝 열린 문 쪽을 향한 채 타인의 뜻에 따라 처음에는 현관으로, 그 다음에는 현관 계단과 봄이 깃든 마당의 밝은 빛과 녹음 속으로 ─ 그렇다, 그것은 다시는 문지방을 넘지 못할 것이다! ─ 낮고 비스듬히 떠돌아다녔다. 마당에서 군중들의 머리 위로 십자가에 못 박힌 예수상이 높이 들어 올려졌고, 농부 두 사람이 그들의 머리 위로 관 뚜껑을 잡고 있었다. 일꾼들은 새빨개진 목을 천 조각으로 꽉 조이면서 그 자리에 멈추어 섰다. 사람들이 '신의 옥좌를 에워싸고 신을 찬양하는 성가를 끊임없이 부르는, 육체가 없는 영혼들이 사는 왕국으로 고인이 건너가는 표시로' 더 크게 노래하기 시작했다. 현관 계단 맞은편의 부속 건물 너머로 보이는 종루의 꼭대기에서 지금까지 여리고 애처롭게 울리던 종소리가 점점 더 크게 울렸다. 갑자기 일부러 그런 듯이 무의미하고 비극적인 짧은 불협화음이 날카롭게 터져 나왔다. 마당을 가득 메우고 있던 보르조이 개들과 사냥개들이 깜짝 놀라 일제히 상스럽게 짖어대고 울부짖으며 이 불협화음에 화답했다. 개 짖는 소리가 얼마나 흉측했던지 긴 상복을 입고 있던 누이가 비틀거리며 흐느끼기 시작했고, 군중 속의 아낙네들은 통곡하기 시작했고, 어색하게 관을 잡고 있던 아버지도 불쾌감과 고통으로 얼굴을 잔뜩 찡그렸다.

 나는 교회에서 무표정한 회청색 구름이 그려진 둥그렇고 꽉 막힌 둥근 지붕 아래 황제의 문 바로 맞은편에 누워있는 고인의 창백한 얼굴을 줄곧 바라보았다. 이 회청색 구름 속에서 조야하고 푸르른 삼각형에서 모든 것을 내려다보는 눈이 길쭉하고 잔혹하고 신비하게 바라보고 있었다. 장례식은 이미 진행되고 있었다. 뾰족한 코에 속이 비쳐 보이는 검은 턱수염과 검은 콧수염 아래로 평평하고 착 달라붙은 입술이 빛나는 얼굴에는 이미 알록달록한 종이 화관이 음산하게 씌워져있었다. '지금 그의 모습은 옛날 대공후와 비슷하군. 이제 그는 영원히 성인들의 반열에 오른 것 같고, 우리의 선조들과 고조부모의 아버지들에 속하게 되었어 ….' 이렇게 생각하며 나는 고인을 바라보았다. 사람들이 고인을 굽어보며 노래를 불렀다. '주님의 법을 따라 길을 가는 순결한 자들은 축복받을 지어다.' 나는 고인에 대한 괴로움과 고통으로 가득 차서, 그리고 스스로에 대한 감동으로 가득 차서 이렇게 생각했다.

'이제 사람들은 검은 손톱에 굳은 손가락 사이로 사죄문(謝罪文)을 끼워 넣고, 그에게 성유(聖油)를 바르고, 십자 모양을 그리며 흙을 뿌리고, 옥양목으로 그를 덮고 관 뚜껑을 닫은 후에 밖으로 가지고 나가 땅에 파묻고 돌아서서 잊어버리겠지. 그리고 세월이 흘러가겠지. 나의 길고 행복한 생활은 거기 어딘가에서, 미지의 밝은 미래 속에서 계속될 거야. 그는, 더 정확히 말해 그의 두개골과 뼈들은 이 교회 너머 땅속에, 사람들이 오늘 그의 무덤 앞에 심을 자작나무 아래 키 큰 풀 사이에 내내 누워있을 거야. 이 어린 자작나무는 언젠가 커다랗고 아름다운 하얀 줄기의 나무로 자라서 긴 여름날에 회청색의 우죽을 나지막이 물결치며 행복하게 나부끼겠지 ….'

그에게 '마지막 키스'를 하면서, 나는 종이 화관에 입술을 댔다. 아, 그 순간 너무나 차가운 냉기와 심한 악취가 풍겨났다. 나는 이 종이 화관 아래 짙은 레몬 색 이마 뼈의 냉기와 단단함에 커다란 충격을 받았다. 이와는 정반대로 신선하고 따스한 봄기운이 교회 창문의 창살에 아주 달콤하고 소박하게 스며들었다!

잠시 후에 나는 교회 뒤쪽, 온갖 준장들과 소령들의 오래된 묘석들과 묘비들 사이에 서서 단단하고 고르게 파인 사방의 면이 희미하고 음울하게 빛나는 깊고 좁은 구덩이를 빤히 바라보았다. 태초의 축축한 흙이 거칠고 무자비하게 구덩이로 날아가 보랏빛 옥양목과 흰 장식 끈으로 만들어진 십자가 위로 빠르게 떨어져 흩어졌다. 나는 불경스럽게도 스스로를 모질게 만들고 싶었다. 나는 교회의 둥근 지붕에 그려진 무표정한 구름 낀 하늘에서 모든 것을 내려다보는 차가운 눈을 떠올렸고, 일주일 후에 이 관 속에서 일어날 말로 표현할 수 없는 것에 대해 생각했다. 심지어 나는 일정한 기한이 지나면 내게도 똑같은 일이 일어나리라는 것을 믿고자 애썼다…. 그러나 나는 이런 일을 전혀 믿을 수 없었다. 사람들은 이미 흙을 파헤쳐 평평하게 골라 무덤을 만들었다. 안헨은 얇고 반쯤 투명한 베로 만든 새 옷을 입고 있었다…. 마지막 성가가 모든 것을 해결하고 모든 것을 위로하면서 부드럽고 헌신적으로 울렸고, 다시 찬양의 노래가, 다시 부활의 노래가 맑고 따스한 대기 속으로 울려퍼졌다…. 누군가가 이 세상에서 영원히 떠난 후에, 세상은 마지 너 젊어지고, 더 자유로워지고, 더 넓어지고, 더 아름다워진 것만 같았다….

3

묘지에서 돌아오면서 나의 사촌누이는 손수건을 눈에 꼭 대고 눈앞의 아무것도 보지 않으면서 비틀거리며 걸었다. 그러나 아버지는 누이의 팔꿈치를 꼭 부여잡고 그녀와 보조를 맞추면서, 이런 경우에 예부터 하는 다정한 온갖 빈말을 끈질기게 해댔다.

"애야, 널 위로한다는 게 소용없겠지만 한 가지만 말하마. 절망은 치명적인 죄이고, 너는 이 세상에 혼자가 아니라는 걸 기억해라. 또 네게는 널 한없이 사랑하는 사람들이 있고, 네 삶에 고상한 목표를 부여하는 애들이 있다는 것도 기억해라. 중요한 건 네가 아직 젊고, 네 앞에 모든 것이 열려있다는 거야…."

　아버지 옆에서는 테 없는 귀족 모자를 두 손에 들고 아버지의 오랜 친구가 걷고 있었다. 그는 뚱뚱하고 건장한 지주로 얼굴이 햇볕에 타서 까무잡잡했다. 그의 갈색 눈의 노르스름한 흰자위에는 황갈색의 반점이 있었는데, 나는 어린 시절부터 그의 눈에 상당한 관심이 있었다. 그는 익숙지 않은 프록코트와 풀 먹인 셔츠, 그리고 건장하고 뚱뚱한 몸집과 흥분된 감정으로 몹시 답답해했다. 그는 빠른 걸음과 호흡곤란으로 가볍게 한숨을 내쉬며 아버지와 똑같은 말을 했다.

　"베라 페트로브나, 나도 한마디 할 게요. 고인의 아버지가 돌아가신 후, 고인에게 난 두 번째 아버지 같은 존재였어요. 내가 그에게 영세를 주었고, 그를 길렀다오. 그가 당신과 결혼했을 때 축복도 해주었지요. 당신도 지금 내 감정을 이해할 거요…. 당신이 알다시피 나도 일찍 홀아비가 되었지…. 그러나 알렉산드르 말이 천 번은 옳아요. '죽음은 태양 같아서 죽음을 직접 바라볼 수 없다'고 농부들이 하는 말 알지요? 바라볼 수도 없고, 바라봐서도 안돼요. 안 그러면 살 수가 없어…. 그가 존재하지 않는데, 나는 여전히 걸어 다니며 목쉰 소리를 내는 게 부끄럽다오. 그러나 이게 우리 맘대로 되는 게 아니잖소?"

　나는 짧게 친 그의 회청색 은발과 널찍한 목덜미, 그리고 검고 작은 손에 낀 낡고 닳은 결혼반지를 쳐다보았다…. 나는 우리 모두가 어느 정도 부끄러워하고 거북해 한다는 걸 보고 느꼈다. 그러나 사흘 동안 꼬박 우리를 짓눌렀던 무서운 짐을 내려놓고 생활로 돌아간다고 생각하니 한없이 유쾌해졌다. 부드러운 봄의 대지를 밟으면서 모자를 쓰지 않은 머리에 따스한 햇살을 받으며 걷는 것이, 주변의 모든 정원에서 괴롭고 행복하고 강렬한 기쁨을 느끼며 분주하게 날아다니고 외쳐대는 갈가마귀들의 끝없는 불협화음의 울음소리를 듣는 것이, 거의 사랑에 빠진 듯한 새로운 눈으로 사촌누이를 바라보고 그녀의 상복(喪服)과 그녀의 젊음과 슬픔에 깃든 아름다움을 바라보는 것이, 그리고 오늘 정원의 아래쪽에서 안헨과 만나기로 한 약속을 가슴 조이며 생각하는 것이 얼마나 즐거운 일인지를 생각하고 있었다….

주인으로부터 자유로워진 집은 더 산뜻해진 것 같았다. 집안의 모든 바닥과 유리창이 깨끗이 닦였고, 사방이 깔끔하게 정돈되었다. 창문은 태양과 창공을 향해 활짝 열렸다. 추도식 뒤의 연회를 위해 테이블을 배치하고 깨끗이 치워놓은 홀의 문지방을 넘어서자마자, 나는 다시금 세상냄새와는 전혀 다른 지독한 냄새를 맡았다. 그 냄새는 아침 내내 관 주변에서 내 정신을 빼앗아버렸던 그 냄새였다. 그러나 이 냄새는 물이 묻어서 아직도 시커먼 바닥의 습기와 집안 가득히 풍기는 봄의 신선함과 유난히 자극적으로 뒤섞여 있었다. 그리고 테이블 위에는 죽음의 향연이 아닌 인생의 향연을 위해 식탁보, 식기 세트, 유리 술잔, 목이 긴 물병들이 빛나고 있었다…. 오랫동안 계속되고 조잡하리만치 풍성한 만찬은 얼마나 끔찍했던가! 성가대원들은 화음이 맞지 않고 술 취한 목소리로 시도 때도 없이 만찬을 끊어놓았다. 그들은 방금 교회 뒤편에 땅을 파서 묻은 이해할 수 없는 존재를 영원히 기억하면서 일어선 채 감동적으로 노래를 불렀다! 식사 중에 아버지가 내게 한 말은 옳았다.

"애야, 네가 지금 어떤 기분인지 안다, 잘 알아! 우리 모두는 이미 총상을 입었어. 그러나 넌 지금 인생의 문턱에 서 있다. 게다가 우린 너처럼 현대적인 마음도 갖고 있지 않고…. 난 네가 뭘 느끼는지 상상할 수 있어!"

4

　장례식 이후에 나는 보름이나 더 바실리옙스코예에 머물렀다. 나는 방금 전에 내 눈으로 보았던 삶의 불가해하고 무서운 종말과 삶 그 자체를 예민하고 모순적으로 느끼고 있었다.
　그 즈음에 나는 또 하나의 시련을 견뎌야만 했는데, 이 때문에 더 고통스러웠다. 그것은 집으로 돌아가는 안헨과의 이별이었다. (그러나 나는 이 이별 속에서 얼얼하고 쓰라린 위안을 발견했다.)
　아버지와 표트르 페트로비치는 사촌누이를 위해 바실리옙스코예에 얼마간 더 머무르기로 했다. 나도 남기로 했는데, 안헨을 위한 것만은 아니었다. 안헨을 향한 나의 열정은 매일 더 커져갔다. 나는 왠지 날 사로잡고 《파우스트》를 손에서 놓지 않게 했던 그 모순된 감정을 연장시키고 싶었다. 당시 피사레프의 책들 가운데 우연히 집어든 이 책은 완전히 나를 사로잡았다.

　　흘러가는 인생에서, 한창 일하는 중에,
　　보이지는 않지만, 아마도 어디에나 존재하는
　　나는 기쁨이고 슬픔이며,
　　나는 죽음이고 탄생이며,
　　나는 삶이라는 바다의
　　지칠 줄 모르고 일렁이는 물결이라네 —
　　나는 세상의 시끄러운 작업대에서
　　개벽 이래 끝없이
　　생물과 인간의 내부에서
　　창조자의 살아있는 옷을 짜고 있다네 … 1)

---

1) 《파우스트》는 볼프강 폰 괴테(1749~1832)가 쓴 2권으로 구성된 장시이다.

바실리옙스코예에서의 생활 역시 모순적이었다. 생활은 여전히 슬픔으로 가득했지만 놀랍도록 빠르게 다시 질서를 되찾았고, 봄의 아름다움이 활짝 피고 짙어지는 중에 일어난 변화, 그리고 일어나고 있는 변화 때문에 뭔가 기분 좋은 모습을 띠었다. 이제는 새롭고 심지어 배가된 힘을 가지고 생활로 돌아가야 할 때가 되었다고 모두가 느꼈다. 많은 것들이 변한 집안에서는 유난히 청결을 유지하려고 애썼다. 사람들은 아주 오래된 가구를 다락으로 치웠고, 몇몇 가구들을 이 방에서 다른 방으로 옮겨놓았다. 사촌누이를 위해 어린이방 옆에 새 침실을 마련했다. 작은 객실 뒤에 있던 예전 부부 침실은 완전히 없애버리고, 그 자리에 널찍한 거실을 만들었다…. 그리고 고인의 물건들을 거의 다 어딘가로 치워버렸다. 어느 날 나는 사람들이 뒤쪽 현관 계단에서 고인의 귀족 예복과 붉은 테를 두른 모자와 깃털이 달린 삼각모를 손질해서 낡고 커나란 트렁크에 집어넣는 것을 보았다…. 영지관리에도 새로운 방법이 도입되었다. 이제 아버지와 표트르 페트로비치가 집안일을 처리했다. 주인들과 일꾼들 사이가 처음엔 항상 그렇듯이, 하인들도 모두 열심히 따르고자 했고, 이 새로운 방식으로 모든 일이 이제 약간 다르게, 그리고 진짜로 잘 되기를 바랐다. 지금 기억하건데, 나는 이런 일에 매우 감동했다. 무엇보다도 나는 사촌누이가 점점 생활로 돌아온 것에 감동했다. 그녀는 조금씩 제 정신을 차리고 더 차분하고 더 단순해졌으며, 식사 중에 아이들이 던지는 어리석고 귀여운 질문에 이따금 희미한 웃음을 지어보이기도 했다. 표트르 이바노비치와 아버지는 신중하지만 변함없이 그녀에게 관심을 기울이며 상냥하게 대했다….

나에게 이 슬프고도 행복한 나날은 놀랍도록 빠르게 지나갔다. 저

1권은 1808년에, 2권은 1832년에 발표되었다.

녘 늦게 안헨과 헤어지면서 그녀와의 긴 작별인사로 달콤한 고통을 느낀 나는 집에 오자마자 서재로 가서 내일의 만남을 생각하며 정신 없이 잠에 떨어졌다. 아침에 나는, 안헨을 데리고 어디로든 산책하러 다시 강너머로 달려갈 수 있는 순간을 기다리면서 책을 들고 양지바른 정원에 초조하게 앉아있었다. 이 시간에 비간드의 더 어린 딸들이 항상 우리와 함께 산책했다. 그러나 그 애들은 항상 우리를 앞질러 달려갔고, 우리를 방해하지 않았다…. 정오에 나는 점심을 먹으러 집으로 돌아왔다. 점심을 먹은 후에 나는 항상《파우스트》를 다시 읽으면서 저녁의 만남을 기다렸다…. 저녁마다 정원 아래쪽에서 초승달이 빛났고, 꾀꼬리들이 신비하고 조심스럽게 울어댔다. 안헨은 내 무릎 위에 앉아서 날 껴안았다. 나는 그녀의 심장이 콩콩 뛰는 소리를 들었다. 난생 처음으로 나는 여성의 몸에서 지극히 행복한 무게감을 느꼈다….

마침내 안헨은 떠났다. 나는 그날처럼 격하게 울어본 적이 없다. 그녀 자신은 알지 못했지만, 그녀가 나에게 열어보여 주었던, 세상과 인생에 대한, 그리고 인간의 육체적인 아름다움과 정신적인 아름다움에 대한 달콤한 사랑의 지극한 부드러움과 고통을 느끼면서 나는 울었던 것이다! 저녁이 되어 너무 울어서 멍청해지고 마음이 진정되었을 때, 나는 왠지 모르게 다시 강가를 배회하고 있었다. 안헨을 역으로 데려갔던 타란타스가 날 앞질렀다. 마부가 잠시 마차를 멈추고 내게 페테르부르크 잡지 한 권을 건넸다. 한 달 전에 나는 그 잡지에 처음으로 시 몇 편을 보냈다. 나는 걸어가면서 잡지를 펼쳤다. 내 이름의 매혹적인 철자가 마치 번갯불처럼 내 눈을 때렸다….

다음날 아침 일찍 나는 걸어서 바투리노로 갔다. 처음에 나는 아침 안개 속에서 반짝이는 경작지 사이로 난, 마차가 다녀서 반들반들해진 메마른 시골길을 걸었다. 그 다음에 햇볕이 잘 들고 연녹색으로 물든 피사레프 씨네 숲을 따라 걸었다. 피사레프 씨네 숲은 봄의 노래와 새들의 노래, 작년에 떨어진 썩은 잎사귀들, 처음으로 모습을 드러낸 은방울꽃들로 가득했다…. 내가 바투리노에 나타나자 엄마는 삐쩍 마른 내 모습과 칼로 베어낸 듯한 또렷한 두 눈의 표정을 보고 두 손을 찰싹 부딪쳤다. 나는 엄마에게 입맞춤하고 잡지를 건넸다. 그리고 피곤한 나머지 몸을 휘청거리면서, 내 집이 이렇게 작고 낡은 것에 놀라고 낯익은 집도 잘 알아보지 못하면서 내 방으로 들어갔다….

5

그 해 봄에 나는 겨우 열여섯 살이었다. 그러나 바투리노로 돌아오면서, 나는 자신이 완전히 성년의 삶으로 들어섰다고 이미 확신하고 있었다.

나는 그해 겨울에 벌써 어른이면 누구나 알아야만 하는 많은 것들을 이미 알고 있는 것처럼 느꼈다. 예컨대 나는 우주의 구조, 빙하시대, 석기시대의 미개인, 고대인들의 생활, 야만인들의 로마 침입, 키예프 러시아, 아메리카의 발견, 프랑스 혁명, 바이런주의, 낭만주의, 1840년대인들, 젤랴보프,[2] 포베도노스체프[3] 등을 알고 있었다. 내

---

[2] 안드레이 이바노비치 젤랴보프(1850~1881) : 러시아의 나로드니키 혁명가. '인민의 의지' 당의 리더로 알렉산드르2세 암살 사건에 연루되었다는 이유로 처형당함.

[3] 콘스탄틴 페트로비치 포베도노스체프(1827~1907) : 1880년 이후로 종무원 원장을 지낸 보수적이고 반동적인 인물. 알렉산드르3세와 니콜라이2세의 고문 역할을 했음.

마음 속에 영원히 파고든, 그 나름의 운명과 감정을 지닌 소설속의 많은 인물들과 — 마치 누구나 알아야만 되는 것 같은 인물들, 즉 햄릿들, 돈 카를로스들, 차일드 해롤드들, 오네긴들, 페초린들, 루진들, 바자로프들4) — 그들의 삶도 당연히 알고 있었다. 이제 나의 인생경험은 거대한 것처럼 보였다. 나는 기진맥진해서 집으로 돌아왔지만, 이제부터는 완전히 '충만한' 삶을 살아갈 준비가 확고히 되어 있었다. 이 삶은 무엇이어야만 하는가? 나는 삶의 모든 인상들과 내가 좋아하는 것들 가운데 가능하면 고상한 시적 기쁨을 많이 체험해야만 한다고 생각했다. 나는 내가 시적 기쁨을 누릴 어떤 특권을 갖고 있다고 생각했다.

'우리는 멋진 희망을 안고 인생길로 접어들었네….'

나도 멋진 희망을 안고 인생길로 접어들었다…. 그러나 나는 그 희망에 대해 어떤 근거를 가지고 있었던가?

'내게는 모든 것이 앞에 있다'고 나는 느꼈다. 즉, 청춘의 힘, 육체적이고 정신적인 건강, 아름다운 얼굴, 커다란 장점을 지닌 체격, 자유롭고 확신에 찬 움직임, 가볍고 경쾌한 발걸음, 과감성, 민첩성에 대해 나는 느끼고 있었다. 일례로 나는 어떻게 말을 타고 다녔던가! 나는 청춘의 순수함, 고결한 충동, 진실함을 인식했고, 모든 비열한 것들에 대해 경멸적인 느낌을 지니고 있었다. 또 나는 선천적으로 타고난 고양된 정신상태와 시인의 고상한 임무에 대해 끊임없이 언급한 시인들을 읽으면서 길러진 고양된 정신상태를 유지하고 있었다. 그

---

4) 돈 카를로스는 실러의 희곡 〈돈 카를로스〉(1787)에 등장하는 주인공, 차일드 해롤드는 바이런(1788~1824)의 장시 〈차일드 해롤드의 순례〉(1810~1809)의 주인공, 오네긴은 푸쉬킨의 운문소설 〈예브게니 오네긴〉(1824~1830)의 주인공, 페초린은 레르몬토프의 〈우리 시대의 영웅〉(1840)의 주인공, 루진과 바자로프는 투르게네프의 〈루진〉(1856)과 〈아버지와 아들〉(1862)의 주인공.

시인들은 '시는 지상의 숭고한 꿈속에 자리한 신이다',5) '예술은 최상의 세계로 나아가는 계단이다'라고 말했다. 심지어 쓰라린 열정 속에도 영혼을 고양시키는 기쁨이 있었다. 어떤 순간엔 그 쓰라린 열정을 느끼며 나는 전혀 다른 뭔가를 암송하곤 했다. 예컨대 나는 레르몬토프와 하이네의 신랄한 시행을, 죽기 전에 모든 것에 절망한 시선을 고딕식 창문 너머 달에게 보내는 파우스트의 불평을, 혹은 메피스토펠레스의 유쾌하고 뻔뻔스런 말들을 암송했다…. 그러나 그때 나는, 날기 위해선 날개만 갖고는 부족하고, 날개에는 대기도 필요하고 그 날개의 진화도 필요하다는 것을 왜 가끔씩이라도 깨닫지 못했을까?

　나는 신문과 잡지에서 자기 이름을 본 젊은 작가들이 경험한 아주 특이한 감정을 경험하지 않을 수 없었다. 그러나 나는 제비 한 마리가 봄을 만들지 못한다는 것도 알지 않으면 안 되었다. 아버지는 화가 나면 날 '칠부지 귀족'이리고 불렀다. 나는 나만 '이것저것 조금씩 되는 대로'6) 배우는 게 아니라고 자위했다. 그러나 나는 이런 위안이 얼마나 의심스러운지 잘 알고 있었다. 독서와 게오르기 형 덕분에 자유주의적 견해에 많이 물들었지만, 나는 여전히 우리가 아르세니예프 자손들이라는 사실에 남몰래 커다란 자부심을 느꼈다. 그러나 나는 당시에 우리 집이 점점 더 가난해졌고, 이상할 정도로 우리가 이에 대해 별로 신경을 쓰지 않았다는 것을 상기하지 않을 수 없었다. 내 형들, 특히 게오르기 형은 많은 장점을 가지고 있었지만, 누구보다도 내가 아버지의 훌륭한 점을 이어받았다는 이상한 확신 속에서 나는 자랐다. 내가 볼 때, 아버지는 많은 단점에도 불구하고 내가 아는 사람들 중에서 아주 예외적으로 훌륭한 점을 많이 갖고 있었다. 그러나 아버지는 이미 이전과는 달랐다. 아버지는 모든 걸 단념한 듯

---

5) V. A. 주코프스키의 시 〈여기엔 행복도 영광도 없네 … 〉의 한 구절.
6) 푸쉬킨의 운문소설 〈예브게니 오네긴〉 1장 5절의 한 구절.

했고, 자주 술에 취해 있는 것 같았다. 항상 불그스레한 아버지의 얼굴과 면도하지 않은 잿빛 턱, 위엄 있게 헝클어진 머리칼, 닳아빠진 슬리퍼, 세바스토폴리 시절의 찢어진 실내복을 보면서 나는 무엇을 느껴야만 했던가? 어머니가 늙어가고, 올랴가 조금씩 성장하고 있다는 생각은 이따금 내게 커다란 고통을 안겨주었다!

나는 종종 나 자신에게도 강한 연민을 느꼈다. 예컨대 크바스에 잘게 썬 야채와 고기 등을 넣은 수프만을 먹고서, 내 책과 나의 유일한 재산인 할아버지의 귀중품 함이 있는 내 방으로 돌아오면서 나는 자신에 대한 연민을 느끼곤 했다. 나는 카렐리아산 자작나무[7]로 만들어진 이 귀중품 함 속에 나의 가장 귀중한 물건들 ─ '비가'와 '4행 시구'들이 가득히 씌어진, 박하담배 냄새가 나는 회색 종이 ─ 을 보관했다. 나는 이 회색 종이를 우리가 사는 시골 가게에서 샀다….

나는 이따금 아버지의 청춘에 대해 생각했다. 아버지의 청춘과 나의 청춘은 너무나 달랐다! 아버지는 아버지가 속한 환경, 신분, 자격을 갖춘 행복한 젊은이에게 합당한 것들을 거의 모두 갖고 있었다. 아버지는 대지주 귀족에게는 아주 자연스러운 무사태평 속에서 성장하고 살아왔는데, 그 무사태평을 아주 자유스럽고 편안하게 즐겼다. 아버지는 청춘의 변덕과 욕망에 장애물이 있다는 것을 전혀 알지 못했고, 어디서나 완전한 권리와 즐거운 자부심을 가지고 자신이 아르세니예프의 가문임을 느꼈다.

나는 카렐리아산 자작나무로 만들어진 귀중품 함, 오래된 쌍발총(雙發銃), 비쩍 마른 카바르딘카,[8] 닳아빠진 안장을 갖고 있었다…. 이따금 나는 옷을 아주 잘 차려입고 번쩍번쩍 광을 내고 싶었다! 그러

---

[7] 카렐리아는 핀란드 동부에 있는데, 여기에서 나는 자작나무는 질이 좋기로 유명하다.
[8] 북카프카스의 카바르다에서 나는 승마용의 우량종 말.

나 손님으로 갈 차비를 하면서 나는 언젠가 게오르기 형이 하리코프의 감옥으로 갈 때 입었던 그 푸르스름한 양복을 입어야만 했다. 나는 손님으로 가서 이 양복 때문에 심한 수치심을 느꼈고 남몰래 고통을 당했다. 나는 소유에 대한 감각이 없었지만 이따금 부유함, 멋진 사치, 온갖 자유, 그리고 이것들과 결부된 육체적이고 정신적인 모든 즐거움을 간절히 꿈꾸었다! 나는 먼 곳으로의 여행, 평범하지 않은 여성의 아름다움, 내 마음의 열정과 취향을 가진 멋진 청년들, 동갑나기들 그리고 동료들과의 우정을 꿈꾸었다…. 나는 내가 사는 지역의 도시를 아직 한 번도 벗어나지 못했고, 내게 세상은 아직도 오랫동안 친숙한 들판과 언덕뿐이고, 나는 농부들과 아낙네들만을 보고, 우리가 알고 있는 것은 고작 두세 개의 조그만 영지와 바실리옙스코예뿐이고, 들어 올리는 썩은 창틀에 색유리 겉창이 끼워져 있고, 정원을 향한 두 개의 창문이 달린 나의 낡은 모퉁이 방이 내 모든 꿈의 안식처라는 것을 내가 왜 가끔씩 깨닫지 못했던 것일까?

❊ 6 ❊

꽃이 다 진 정원은 옷을 갈아입었다. 정원에서는 온종일 꾀꼬리가 울어댔고, 내 방 창문의 아래 창틀은 온종일 위로 올려져 있었다. 작은 사각형의 오래된 창문들, 어두운 참나무를 댄 천장, 참나무로 만든 안락의자, 측면이 매끈하고 비스듬한 침대가 있는 내 방은 전보다 더 마음에 들었다…. 처음에 나는 멍하니 책을 읽거나, 꾀꼬리가 지저귀는 소리를 듣거나, 지금부터 내가 살아야만 하는 '충만한' 삶에 대해 생각하면서 손에 책을 들고 그냥 누워만 있었다. 이따금 나는 갑자기 깊은 잠에 깜빡 떨어졌다가 잠에서 깨어나 아주 새로운 기분에 젖어서 주변의 새로움과 아름다움에 깜짝 놀라곤 했다. 그리고 뭔가가 몹시 먹고 싶어져서 자리에서 벌떡 일어나 잼을 가지러 식료품저장실로, 다시 말해 홀 쪽으로 유리문이 나 있는 방치된 광으로 가거나 흑빵을 가지러 하인방에 가곤 했다. 낮에 하인방은 항상 비어 있었다. 하인방의 컴컴한 구석에 놓여 있는 뜨겁고 먼지가 뽀얀 페치카 위에는 키가 크고 믿을 수 없을 정도로 깡마른 레온티이 혼자 누워 있었다. 할머니의 요리사였던 그는 노랗고 뻣뻣한 털이 무성하게 났고, 늙어서 피부가 벗겨져 있었다. 그는 수년 동안 피할 수 없는 죽음에 대항하면서 전혀 이해할 수 없는 동굴 속의 인간처럼 살고 있었다…. 행복에 대한 희망, 이제 막 시작되어야만 하는 행복한 삶에 대한 희망! 그러나 갑자기 깜빡 잠을 잔 후, 잠에서 깨어나 딱딱한 흑빵껍질을 가지러 달려가거나 차를 마시러 발코니로 나오라는 소리를 듣거나, 차를 마시면서 이제 말에 안장을 얹고 어둠이 깃드는 대로를 아무데나 말을 타고 달려야겠다는 생각을 하는 것만으로도 종종 아주 행복해지곤 했다….

달밤이었다. 나는 이따금 한밤중 가장 야심한 시간에 깨어나곤 했다. 꾀꼬리조차 울지 않는 시각이었다. 너무나 고요해서, 내가 이 극도의 고요함 때문에 잠에서 깨어났다는 느낌이 들 정도였다. 순간적으로 나는 공포에 휩싸였다. 갑자기 피사레프가 떠올랐고, 객실 문가에 그의 긴 그림자가 보이는 듯했다…. 그러나 금방 이 그림자는 보이지 않았다. 방에 깃든 옅은 어스름 사이로 거뭇거뭇해지는 구석만이 보였다. 활짝 열린 창문 너머에 달빛어린 정원이 그 밝고 고요한 왕국으로 들어오라고 부르면서 빛나고 있었다.

나는 일어나서 조심스럽게 객실로 통하는 문을 열었다. 그리고 어둠 속의 벽에서 날 쳐다보는, 부인모를 쓴 할머니의 초상화를 보았다. 나는 달이 뜬 겨울밤에 아주 많은 아름다운 시간들을 보냈던 홀을 바라보았다…. 집 오른쪽으로 빠르게 지나가는 달이 홀을 비추지 않아서 홀은 지금 더 신비하고 더 낮아 보였다. 그리고 홀 자체도 더 어두워졌다. 홀 북쪽 창문 너머의 피나무는 무성한 이파리로 덮여 있었고, 피나무의 이파리는 검고 거대한 천막처럼 창문들을 완전히 덮고 있었다…. 발코니로 나오면서 나는 매번 당혹스럽고, 심지어 약간 고통까지 느끼면서 밤의 아름다움에 깜짝 놀라곤 했다. 도대체 밤의 아름다움은 무엇이며, 밤의 아름다움을 어떻게 해야만 하나!

나는 지금도 그 달밤에 느꼈던 것과 비슷한 뭔가를 느낀다. 이 모든 것들이 새롭던 그때, 축축한 풀 냄새와 이슬 맺힌 우엉 냄새를 구별할 수 있는 후각을 갖고 있던 그때 과연 무엇이 있었던가! 한쪽으로만 달빛을 받고 있는, 이상하게 키가 큰 삼각형 모양의 전나무는 자신의 톱니 모양의 날카로운 끝부분을 두넝한 밤하늘을 향해 여전히 높이 들어올리고 있었다. 밤하늘에는 몇몇 성긴 별들이 희미하게 빛나고 있었다. 작고 평화로운 이 별들은 한없이 먼 곳에 떠 있었고, 너무나 경이롭고 너무나 신성해서 무릎을 꿇고 그 별들을 향해 성호를 긋고 싶었다. 집 앞의 텅 빈 풀밭은 강하고 이상한 빛으로 가득했다. 정원 위쪽의 우측에서, 안으로부터 밝고 빛나는 흰빛이 넘쳐나고, 죽은 사람처럼 창백한 얼굴에 살짝 검은 빛이 도는 보름달이 맑고 텅 빈 지평선 위에서 빛나고 있었다. 나와 저 달은 이제 오래전부터 서로 아는 사이가 되었고, 말없이 끈기 있게 서로에게 뭔가를 기대하면서 오랫동안 서로를 바라보았다…. 서로에게 무엇을 기대했을까? 나는 우리 둘이 뭔가를 몹시 그리워한다는 것만을 알고 있었다….

잠시 후, 나는 내 그림자와 함께 이슬 맺힌 무지갯빛 풀밭을 따라 걷다가, 연못으로 이어지는 작은 길의 알록달록한 어스름 속으로 걸어 들어갔다. 달은 유순하게 내 뒤를 따라왔다. 나는 주위를 둘러보면서 걸었다. 달은 거울처럼 빛나고 가늘게 부서지면서 거무스름하고 군데군데 밝게 빛나는 나뭇가지들과 잎사귀 무늬 사이를 떠가고 있었다. 나는 오른쪽 둑 주변에 금빛 수면이 넓게 빛나는, 물이 가득한 연못 쪽으로 내려가는 이슬 내린 비탈길에 섰다. 내가 그 자리에 서서 바라보고 있자, 달도 멈춰 서서 바라보았다. 내 발아래 강변에는 물속에 잠긴 하늘이 검고 거울 같은 심연 속에서 흔들리고 있었다. 오리들이 날개 밑에 머리를 묻고 제 모습을 물속에 깊숙이 비추면서 물속에 잠긴 하늘에 매달려 선잠을 자고 있었다. 연못 너머 왼편에 지주인 우바로프의 저택이 거뭇한 모습을 띠고 있었다. 글레보치카는 바로 이 우바로프의 사생아였다. 연못 너머 맞은편에는 달빛을 똑바로 받은 점토질 언덕이 있었다. 더 멀리에는 밤에도 환한 시골의 목장이 있고, 그 너머에 어스름한 농가들이 죽 늘어서 있다….

참으로 놀랍고 멋진 침묵이다! 살아있는 것만이 이처럼 침묵할 수 있다! 갑자기 잠에서 깨어난 오리들의 기이하고 불안한 외침소리가 물속에 흔들거리는 거울 같은 하늘을 뒤흔들며 마치 우렛소리처럼 주변의 정원으로 울려퍼졌다. 내가 연못을 따라 오른쪽으로 더 멀리 걸어 나가자, 밤의 아름다움 속에 얼어붙은 나무들의 검은 우죽 위로 달도 다시 내 옆에서 조용히 움직이기 시작했다….

이렇게 우리는 온 정원을 한 바퀴 빙 걸어 다녔다. 우리는 생각하는 것이 비슷했는데, 계속 한 가지만을 생각했다. 즉, 신비하고 고통스럽고 사랑스러운 인생의 행복에 대해, 꼭 행복해야만 하는 수수께끼 같은 나의 미래에 대해 생각했다. 그리고 줄곧 안헨에 대해서도 생각했다. 살아있는 피사레프와 죽은 피사레프의 모습은 점점 잊혀져갔다. 객실 벽에 걸린 할머니의 초상화 외에 할머니의 무엇이 남았는가? 피사레프도 그랬다. 피사레프에 대해 생각하면, 바실리옙스코예에 있는 집 거실에 걸린 그의 커다란 초상화만이 마음속에 떠오르곤 했다. 그것은 그가 막 결혼했을 무렵의(아마도 그는 영원히 살 거라고 기대했을 것이다!) 초상화였다. 물론 이전에 했던 생각도—지금 이 사람은 어디에 있을까, 그에게 무슨 일이 일어났을까, 지금 아마도 그가 살고 있을 영원한 삶이란 무엇일까?—머릿속에 떠올랐다. 그러나 이 대답 없는 의문들은 더 이상 날 불안하게 하거나 당혹스럽게 하지 않았다. 이 의문들 속에는 심지어 위안 같은 뭔가가 있었다. 그가 어디에 있는지는 내가 알지 못하는 신만이 알고 있다. 그러나 나는 살면서 행복해지기 위해 신을 믿어야만 하고 또 믿고 있다.

안헨은 오랫동안 날 고통스럽게 했다. 심지어 낮에도, 내가 무엇을 보고, 무엇을 느끼고, 무엇을 읽고, 무엇을 생각하든지 간에 모든 것 뒤에 그녀가 있었다. 그리고 그녀에 대한 사랑, 그녀와 관련된 추억이 있었고, 내가 그녀를 얼마나 사랑하고 있고, 이 세상의 많은 아름다움을 우리가 함께 즐길 수도 있었음을 이미 아무에게도 말할 수 없는 고통이 있었다. 밤에는 말할 필요도 없다. 밤에 그녀는 날 완전히 사로잡았다. 그러나 시간이 흘러갔고, 이제 안헨은 점점 전설로 변하기 시작했고, 생생한 자신의 모습을 잃어갔다. 이전에 그녀가 나와 함께 했고, 지금도 어디선가 존재한다는 것이 어쩐지 믿어지지 않았다. 나는 대체로 사랑을 그리워하고, 어떤 일반적인 아름다운 여성의 모습을 그리워하면서, 이미 그녀에 대해서는 시적으로만 생각하고 느끼기 시작했다….

7

초여름 어느 날, 나는 그해에 내가 구독했던 잡지 〈주간〉에서 나드손[9]의 시 선집 출간에 대한 기사를 읽었다. 당시 이 시골 벽지에서도 그의 이름은 커다란 흥분을 불러일으켰다! 나는 이미 나드손의 시를 몇 편 읽었지만, 아무리 애를 써도 감동을 느낄 수가 없었다.

"무정한 의심의 독을 괴로움에 지친 가슴속에서 사라지게 하라."

내게 이 시행은 단지 졸렬한 허튼소리 같아 보였다. 늪의 부들개지가 연못 위에 자라고, '녹색 가지'를 연못 위로 드리우고 있다고 노래하는 시에 대해 나는 특별한 존경심을 느낄 수 없었다. 그러나 그럼에도 불구하고 나드손은 '요절한 시인'이었다. 그는 아름답고 슬픈 눈빛을 지닌 청년이고, '푸르른 남쪽 바다 해변의 장미와 삼나무 사이에서 숨을 거둔' 시인이었다. 나는 겨울에 그의 죽음에 대해 읽었고, 성대한 장례식을 치르기 위해 '꽃 속에 빠진' 그의 금속제(金屬制) 관이 안개 낀 혹한의 페테르부르크로 운구(運柩)되었다는 기사를 읽었다. 그때 내가 너무나 흥분하고 창백한 얼굴을 한 채 저녁을 먹으러 나와서 아버지는 불안하게 날 바라보기까지 했다. 내가 슬퍼하는 이유를 설명하니까 그제야 아버지는 안도했다.

"어휴, 그게 전부냐?"

내가 슬퍼하는 이유가 나드손의 죽음이라는 걸 알고 아버지가 놀라면서 물었다. 아버지는 안심하면서 화를 내며 덧붙였다.

---

9) 세몬 야코블레비치 나드손(1862~1887)은 결핵으로 사망하기 전 몇 년 동안 러시아에서 가장 인기 있는 시인이었다. 그의 이상하고 몽환적인 시는 20세기 초에 특히 인기가 있었다. 나드손이 사망한 해에 열여섯 살이던 부닌은 〈나드손의 무덤 위에서〉란 시를 썼다.

"정말로 어리석은 생각이 네 머릿속에 들어있구나!"

지금 나는 〈주간〉에 실린 기사를 보고 다시금 몹시 흥분했다. 겨울에 나드손의 명성은 더욱더 높아졌다. 나는 이 명성에 대한 생각으로 갑자기 정신이 아찔해졌고, 불현듯 나 자신의 명성을 열렬히 갈망하게 되었다. 한순간도 지체하지 말고 지금 당장 나의 명성을 쌓기 시작해야만 했다. 나는 나드손이 도대체 어떤 사람이고, 그의 시적인 죽음 외에 무엇이 전 러시아를 흥분 속으로 빠트렸는지 잘 알아보기 위해 나드손의 시집을 구하러 다음날 읍내에 나가리라 결심했다. 하지만 타고 갈 것이 없었다. 카바르딘카는 발을 절었고, 역마(役馬)는 너무 마르고 볼품이 없었다. 나는 걸어서 가야만 했다. 읍내까지는 족히 30킬로가 넘었지만 나는 걸어갔다. 나는 아침 일찍 길을 떠나 쉬지도 않고 무덥고 텅 빈 대로를 따라 걸었다. 이미 오후 세 시경에 나는 상가거리에 있는 도서관으로 들어갔다. 이미에 곱슬머리 몇 올을 내려트린 한 아가씨가 온통 낡은 장정의 책들로 가득 찬 비좁은 방에서 혼자 심심해하고 있다가 걷기와 햇빛에 지친 나를 왠지 아주 호기심어린 눈빛으로 힐끗 쳐다보았다.

"나드손의 시집을 빌리려면 기다려야 해요."

그녀는 심드렁하게 말했다.

"적어도 한 달은 기다려야만 해요…."

나는 어리둥절해져서 당황했다. 내가 30킬로미터가 넘는 길을 괜스레 단숨에 달려왔단 말인가! 그러나 그녀가 그저 날 조금 괴롭히려 한다는 것을 알게 되었다.

"당신도 시인인가요?"

그녀는 웃으면서 금방 덧붙여 말했다.

"난 당신을 알아요. 당신이 아직 중학생일 때 당신을 보았어요. 내가 갖고 있는 시집을 줄게요…."

나는 감사의 말을 늘어놓았다. 나는 당혹감과 자부심으로 얼굴이 새빨개졌고, 너무나 기쁜 마음으로 값비싼 시집을 들고 거리로 뛰어나왔다. 그 바람에 하마터면 잿빛의 삼베 드레스를 걸친 열다섯 살가량의 소녀를 넘어트릴 뻔했다. 그 소녀는 인도(人道) 옆에 서 있는 포장여행마차에서 막 걸어 나오던 참이었다. 이 여행마차에는 세 마리의 이상한 말들이 매어져 있었다. 모두 얼룩말이었고 털색깔이나 체격이 비슷했다. 마부석에 구부정하게 앉아있는 마부는 더욱 이상했다. 마부는 몹시 쇠약하고 깡마른 카프카스인으로 누더기 옷을 걸치고 있었지만 아주 세련된 붉은 머리칼을 하고 있었다. 그는 카프카스의 높은 털모자를 비스듬히 뒤로 눌러쓰고 있었다. 여행마차 안에는 뚱뚱하고 위엄 있는 부인이 명주코트를 입은 채 앉아있었다. 부인은 놀란 듯이 아주 엄하게 날 힐끗 쳐다보았다. 소녀도 정말로 깜짝 놀라서 옆으로 피했다. 소녀의 놀라움이 폐병기가 있는 검은 눈과 약간 푸른빛이 도는 가냘프고 깨끗한 얼굴에 멋지게 나타났다가 금방 사라졌다. 소녀의 입술은 어쩐지 감동적일 정도로 병색이 짙었다. 나는 더욱더 당황해서 지나치게 흥분하고 세련된 말씨로 소리쳤다.

"오, 제발 용서해줘요!"

나는 가능하면 빨리 대충이라도 이 시집을 훑어보고 선술집에서 차 한 잔을 마실 생각만 하고 뒤도 돌아보지 않고 시장이 있는 거리 쪽으로 내달렸다. 그러나 이 소녀와의 만남은 이렇게 간단히 끝날 운명이 아니었다.

이 날 나는 운이 아주 좋았다. 선술집에는 바투리노에서 온 농부들이 앉아있었다. 한 동네 사람들이 읍내에서 만나면 늘 그렇듯이, 이 농부들은 날 보자마자 놀라고 기뻐하면서 한 목소리로 소리쳤다.

"이거 우리 도련님 아닌가유? 도련님! 어서 이리로 와유! 사양하지 말구 같이 앉아유!"

나는 농부들과 합석했고, 그들과 함께 집으로 갈 수 있다는 희망으로 몹시 기뻤다. 실제로 그들은 즉시 날 데려다주겠다고 제안했다. 그들은 벽돌을 가지러 읍내에 왔고, 그들의 달구지는 교외의 베글라야 슬로보다 옆에 있는 벽돌공장에 있으며, 그들은 저녁에 마을로 돌아갈 거라는 것을 나는 알게 되었다. 그러나 그들은 저녁 내내 벽돌을 달구지에 실었다. 나는 벽돌공장에 앉아서 한 시간, 두 시간, 세 시간을 보냈고, 내 앞에 있는 한길 너머로 펼쳐진 텅 빈 저녁 들판을 한없이 바라보았다. 농부들은 계속해서 벽돌을 실었다. 이미 저녁 예배를 알리는 종소리가 읍내에 울려퍼졌다. 태양은 붉게 물든 들판 위로 아주 낮게 내려앉았다. 농부들은 여전히 벽돌을 싣고 있었다. 나는 따분하고 피로해서 완전히 지쳐버렸다. 바로 그때 한 농부가 갓 구운 장밋빛 벽돌 한 부대를 달구지로 간신히 끌고 오면서, 한길 옆의 길을 따라 먼지를 일으키며 달려오는 삼두마차를 향해 머리를 흔들고 웃으며 말했다.

"저기 비비코프 마님이 마차를 타고 가네유. 저 마님은 우리 마을에 사는 우바로프 씨 집으로 가유. 우바로프 씨는 벌써 사흘 전에 손님으로 올 마님을 기다린다고 말하면서 도축용의 작은 숫양 값을 흥정했지유…."

다른 농부가 이어서 말했다.

"분명히 그 마님여. 저기 마부석에 잔인한 놈이 앉아 있구먼…."

나는 더 정신을 집중하여 쳐다보았고, 즉시 조금 전에 도서관 주변에 서 있던 이 얼룩말들을 알아보았다. 나는 도서관에서 뛰어나온 순간부터 은근히 날 불안케 한 것이 실제로 무엇이었는지 알게 되었다. 바로 그 호리호리한 소녀가 날 불안케 했던 것이다. 그 소녀가 지금 우리가 사는 바투리노로 간다는 말을 듣고서 나는 자리에서 벌떡 일어나 농부들에게 빠르게 질문을 퍼부어댔다. 나는 금방 아주 많은 것을 알아냈다. 비비코프 부인은 이 소녀의 엄마이자 과부라는 것, 그리고 소녀는 보로네슈의 전문학교 — 농부들은 이 전문학교를 '귀족 교육기관'이라고 불렀다 — 에서 공부하고 있다는 것, 그들은 자돈스크 부근의 '작은 영지'에서 가난하게 산다는 것, 그들은 우바로프의 친척이고, 자돈스크의 이웃에서 사는 그들의 또 다른 친척인 마르코프라는 사람이 그들에게 말을 주었다는 것, 마르코프의 말들은 잔인한 카프카스인만큼이나 현(縣) 전체에서 유명했다는 것, 이 카프카스인은, 흔히 그렇듯이 처음엔 마르코프의 집에서 조마사(調馬師)로 있다가 마르코프와 함께 끔찍한 일을 벌인 후에 마르코프의 막역한 친구가 되었다는 것, 한 번은 이 카프카스인이 마르코프의 말들 중에서 가장 좋은 암말을 훔치려던 집시를 회초리로 때려 죽였다는 사실을 나는 알게 되었다….

어스름이 깔렸을 때 우리는 비로소 출발했고, 별로 힘이 없는 말들은 160킬로그램이 넘는 짐을 감당할 수 있을 정도로 밤새 한 걸음 한 걸음 느릿느릿 걸어갔다. 얼마나 아름다운 밤이었던가! 우리가 대로로 접어들자마자 어스름 속에서 바람이 불기 시작했다. 동쪽에서 밀려오는 비구름 때문에 어쩐지 믿을 수 없고 불안하리만큼 빠르게 어두워졌고, 천둥이 하늘 전체를 뒤흔들고 더욱 위협적으로 붉은 번개를 번쩍이면서 심하게 우르릉거리기 시작했다. 반시간이 지나자 칠흑 같은 어둠이 깔렸다. 이 어둠 속에서 때론 뜨거운 바람이, 때론 신선한 바람이 사방에서 불어댔고, 어두운 들판을 따라 미친 듯이 날뛰는 희고 발그레한 번개가 눈이 멀 정도로 눈부신 빛을 사방으로 쏘아댔다. 그리고 바로 우리 머리 위에서 믿을 수 없이 커다란 우렛소리와 괴물같이 으르렁거리며 벼락치는 소리가 쉬쉬거리는 마른 파열음을 내면서 귀를 먹먹하게 했다. 잠시 후 진짜 태풍이 미친 듯이 휘몰아쳤고, 번개가 비구름 속에서 하얗게 달구어진 톱니모양의 뱀처럼 구름 맨 꼭대기까지 격렬하게 떨고 무섭게 번쩍이기 시작했다. 우리의 머리 위에서는 계시록에 나오는 광채와 불꽃 속에서 지옥 같은 하늘의 어둠이 자신의 심연을 활짝 열어젖히고 천둥을 내리쳤고, 그 천둥소리에 맞추어 폭우가 맹렬한 소리를 내면서 우리를 후려치며 쏟아지기 시작했다. 하늘의 심연에서 구리처럼 빛나는 구름 산이 초자연적인 태고의 히말라야산처럼 번쩍거렸다….

농부들이 유일하게 내게 건네준, 막베로 만든 부대와 농민용 외투를 덮고 차가운 벽돌 위에 누워있던 나는 5분도 지나지 않아 온몸이 비로 흠뻑 젖어버렸다. 그러나 나에게 이 지옥과 대홍수가 무슨 문제였겠는가! 나는 이미 새로운 사랑에 완전히 사로잡혀 있었다….

당시에 푸쉬킨은 내 인생의 진실한 일부분이었다. [10]

언제 푸쉬킨이 내 안으로 들어왔던가? 나는 유년시절부터 그에 대한 이야기를 들었다. 우리 집에서 그의 이름은 우리가 그와 함께 공동의 특별한 그룹에 속해 있었기에 온전히 '우리들 중의 한 사람'의 이름처럼 거의 혈연적인 친근함을 가지고 항상 언급되었다. 그는 '우리들의 것'만을, 우리들을 위해, 우리와 같은 감정을 가지고 글을 쓰는 것 같았다. 그의 시에서 "눈보라를 말아 올리며" 짙은 안개로 하늘을 휩싸는 폭풍은 카멘카 마을 주변의 겨울밤에 사납게 날뛰는 바로

---

[10] 이 장은 푸쉬킨(1799~1837)의 시(〈눈물〉, 〈꽃잎〉, 〈겨울 아침〉, 〈가수〉, 〈밤〉, 〈10월 19일〉)와 레르몬토프(1814~1841)의 시(〈오도예프스키를 기억하며〉 1839)에서 부분적으로 인용된 시행으로 주로 구성되어 있다.

그것이었다. 엄마는 이따금 사랑스럽고 괴로운 미소를 띠며 옛날식으로 노래하고 꿈을 꾸듯이 나에게 시를 읽어주곤 했다.

어제 나는 펀치 한 잔을 마시며 경기병과 앉아있었네.

그럼 나는 이렇게 묻곤 했다.
"엄마, 어떤 경기병과요? 돌아가신 삼촌과요?"
엄마는 이런 시도 읽어주었다.

나는 책 속에서 시들고 향기 없는 잊힌 꽃을 본다.

그럼 나는 어머니의 처녀시절 앨범 속에서 이 꽃을 보았다…. 나의 청년시절에 관해 말하자면, 그 시절은 내내 푸쉬킨과 함께 지나갔다.
레르몬토프도 나의 청년시절과 결코 분리될 수 없다.

말없는 초원은 푸르다, 카프카스는
은가락지처럼 초원을 에워싸고 있다.
카프카스는 눈살을 찌푸리고 바다 위에서 조용히 잠을 잔다,
마치 방패 위로 몸을 숙인 거인처럼.
떠돌아다니는 파도의 이야기에 귀 기울이며,
흑해는 쉼 없이 웅성거린다….

내 넋을 일깨우고 형성시킨 이 시행들은 먼 곳으로의 방랑에 대한 젊은이의 놀라운 갈망을, 멀고 아름다운 것에 대한 열정적인 꿈을, 신비한 넋의 음향을 잘 표현하고 있었다! 그러나 나는 그 누구보다 푸쉬킨과 함께 했다. 푸쉬킨은 내 마음 속에 얼마나 많은 감정을 불

러일으켰던가! 나는 얼마나 자주 나 자신의 감정을 그와 공유했고, 내가 살면서 의지했던 모든 것들을 그와 나누었던가!

나는 쌀쌀한 맑은 아침에 잠에서 깨어나 "추위, 태양, 기적 같은 날"이라고 그와 함께 외칠 수 있어서 두 배로 즐거웠다. 그는 이런 아침에 대해 이렇게 멋지게 말했을 뿐만 아니라 어떤 놀라운 이미지를 내게 주었다.

너는 아직도 자고 있구나, 사랑하는 친구여 ….

눈보라 속에서 깨어나면, 나는 오늘 우리가 사냥개들과 함께 사냥에 나설 거라는 것을 떠올리고, 이런 질문을 하면서 다시 그처럼 하루를 시작한다.

날씨는 따뜻할까? 눈보라는 잦아들까?
방금 내린 눈은 있을까, 없을까? 말을 타기 위해
침대를 떠날 수 있을까, 혹은 점심 때까지
이웃사람의 낡은 잡지를 뒤적거리는 것이 더 나을까?

지금은 봄날의 황혼, 황금빛 비너스가 정원 위에 있고, 정원을 향한 창문이 활짝 열려져 있다. 다시 그가 나와 함께 하면서 내 비밀한 꿈을 표현한다.

서둘러, 나의 아름다운 사람아,
사랑의 황금별이
하늘에 떠올랐어!

이제 완전히 어두워졌고, 정원에서 꾀꼬리가 애태우며 괴로워한다.

그대는 숲 너머에서 밤의 목소리를 들었는가,
사랑을 노래하고 슬픔을 노래하는 가수의 목소리를?

이제 나는 침대에 누워 있고, "슬픔에 젖은 양초가 내 침대 옆에서 타오르고 있다." 전기램프가 아니라 정말로 슬픔에 젖은 수지(樹脂) 양초다. 누가 청춘의 사랑을, 더 정확히 말해 사랑의 갈망을 쏟아내고 있는가? 나인가 그인가?

모르페우스여,[11] 아침까지
내 고통스러운 사랑에 위안을 다오!

그리고 다시 "숲이 진홍빛 옷을 떨어뜨리고, 가을 파종 작물들이 광적인 놀이로 고통스러워한다." 나도 똑같은 열정을 가지고 그 놀이에 탐닉한다.

새로 편자를 박은 내 말은,
갑자기 탁 트인 벌판을 쏜살같이 달린다.
말발굽 아래 얼어붙은 땅은
얼마나 낭랑하게 울리는가!

밤에는 어스름한 붉은 달이 우리의 죽은 듯한 검은 정원 위로 조용히 떠오른다. 그러면 다시 내 마음속에 놀라운 말들이 낭랑하게 울린다.

마치 환영(幻影)처럼, 소나무 숲 너머에서
어렴풋한 달이 솟아올랐다.

---

11) 그리스 신화에 나오는 잠의 신 히프노스의 아들로 꿈의 신이다.

그리고 내 영혼은 그가 창조한 미지의 여인, 나를 영원히 사로잡은 이 여인에 대한 형언할 수 없는 꿈으로 가득 찬다. 그녀는 거기 어디선가, 다른 먼 나라에서 이 고요한 시간 속으로 걸어오고 있다.

철썩이는 파도에 씻긴 해변을 향해 ….

리자 비비코바[12]를 향한 나의 감정은 나의 유치함의 소산일 뿐만 아니라 우리의 삶에 대한 사랑의 결과였다. 한때 러시아의 모든 시는 우리의 삶과 긴밀히 관련되어 있었다. 나는 우리의 환경에 완전히 속한 존재를 사랑하는 것처럼 시적인 옛날 방식으로 리자를 사랑했다.

나의 상상력으로 이상화되었던 우리가 속한 환경의 정신은 내 눈앞에서 영원히 사라지고 있었기 때문에 내겐 더욱 아름다워 보였다.

나는 우리의 삶이 어떻게 빈곤해지는지 보았다. 그러나 이 때문에 우리의 삶은 내게 더욱 소중해졌다. 심지어 나는 왠지 이상하게 이 가난함을 즐기기까지 했다…. 아마 여기에서도 내가 푸쉬킨과의 유사성을 발견했기 때문인지 모른다. 야즈이코프의 묘사에 따르면, 푸쉬킨의 집도 전혀 넉넉한 모습은 아니었다.

여지저기 나쁜 벽지를
바른 벽,

---

[12] 리자의 원형은 이웃에 살던 지주 르이쉬코프의 친척인 사샤 레즈바야이다. 몇 년 후, 사샤가 죽었다는 소식을 듣고 부닌은 〈시편〉이란 시를 썼다.

수리되지 않은 바닥, 두 개의 창문,
두 개의 창문 사이에 있는 유리문,
구석의 성상 앞에 놓인 소파,
그리고 한 쌍의 의자 …. 13)

   그러나 리자가 바투리노에 살던 때에 우리의 가난한 생활은 6월의 무더운 나날들, 그늘이 많은 정원의 짙은 녹음, 꽃이 진 재스민과 꽃이 핀 장미의 향기, 연못에서의 수영으로 다채로웠다. 정원 때문에 그늘이 지고, 무성하고 차가운 풀로 뒤덮인 우리의 강변 쪽에서 보면 연못에는 키 큰 버드나무, 반짝이는 어린 버들잎, 윤기가 흐르고 하늘하늘한 나뭇가지의 그림자가 아름답게 드리워져 있었다 …. 내 마음 속에 리자는 처음 며칠 동안의 수영, 6월의 풍경 그리고 다양한 향기와 영원히 연결되었다. 그것은 재스민, 장미, 식탁의 딸기, 향기가 진하고 쓴맛이 나는 긴 이파리가 달린 강가의 버들, 햇빛으로 데워진 연못의 따스한 물과 진흙의 향기였다 ….

   나는 그 해 여름에 우바로프 씨 집에 가지 않았다. 글레보치카는 농업학교에서 여름을 보냈다. 그는 중학교 성적이 좋지 않아서 농업학교로 갔던 것이다. 우바로프 씨네 사람들도 우리 집에 오지 않았다. 우리 집과 우바로프 씨네와는 긴장관계에 있었다. 시골의 자잘한 싸움은 늘 그렇고 그런 이야기이다. 그럼에도 불구하고 우바로프 부인은 우리 쪽의 연못에서 수영할 수 있게 해달라고 아버지에게 부탁했다. 그녀는 거의 매일 비비코프 모녀와 함께 수영하러 오곤 했다. 종종 나는 마치 우연인 것처럼 강변에서 그들을 만나서 아주 공손하게 허리 굽혀 인사했다. 그래서 헐렁한 옷에 보풀이 인 수건을 어깨에 걸치고, 어쩐지 항상 상냥한 체하며 거만하게 머리를 곧추 세우고

---

13) N. M. 야즈이코프의 시 〈푸쉬킨의 유모의 죽음에 부쳐〉에서 인용됨.

걸어 다니던 비비코프 부인이 꽤 친절하게 날 대했다. 심지어 그녀는 내가 읍내 도서관에서 뛰어나왔던 것을 분명히 기억하면서 웃기까지 했다. 리자도 처음엔 수줍게, 그 다음엔 더 다정하고 더 활달하게 대답했다.

리자는 이미 살짝 햇볕에 그을었고, 커다란 두 눈에 약간 광채가 돌았다. 이제 리자는 푸른 깃이 달린 하얀 수병복(水兵服)에 꽤 짧은 푸른 스커트를 입고 걸어 다녔다. 그녀는 머리채를 땋아 커다란 흰 댕기로 묶어 매고, 살짝 볶은 검은 머리에 아무것도 쓰지 않고 그냥 태양에 노출시켰다. 그녀는 수영을 하지 않았고, 유난히 무성하게 자란 버드나무 아래 어디에선가 그녀의 엄마와 우바로프 부인이 수영하는 동안 강둑에 앉아있었다. 그러나 그녀는 풀 위를 걸으면서 풀의 부드러운 상큼함을 즐기기 위해 이따금 구두를 벗곤 했다. 나는 그녀의 맨발을 여러 번 보았다. 녹색 풀 속의 그녀의 희고 작은 발은 형언할 수 없이 매혹적이었다….

다시 달밤이 되었다. 나는 이미 밤마다 잠잘 생각을 하지 않았다. 나는 해가 뜰 무렵에야 잠자리에 들었다. 밤에는 내 방에 촛불을 켜고 앉아서 시를 읽거나 썼으며, 잠시 후 정원을 배회하다가 연못의 둑 쪽에서 우바로프 씨네 저택을 바라보았다….

낮에는 아낙네들과 농부의 딸들이 이 둑 위에 서서 강변의 물속에 있는 크고 평평한 조약돌을 몸을 굽혀 바라보았다. 그들은 굵고 붉지만 여전히 부드럽고 여성다운 무릎 위로 스커트를 접어서 허리띠에 끼우고, 빠르고 활달한 목소리로 얘기하면서 빨래 방망이로 물에 젖은 회색셔츠를 멋지게 그리고 세게 두드렸다. 이따금 그들은 허리를 펴고 걷어올린 옷소매로 이마의 땀을 훔쳤고, 내가 그 옆을 지날 때는 장난스런 야한 말로 뭔가를 암시하면서 말하곤 했다.

"도련님, 뭘 잃어버렸우?"

그들은 다시 몸을 굽혀 더욱 힘차게 철썩철썩 방망이질을 했고, 서로 얘기를 나누다가 무엇 때문인지 웃어대기도 했다. 나는 서둘러 그 자리를 떴다. 나는 몸을 굽히고 있는 그들의 모습을, 그들의 맨 무릎을 쳐다보기가 이미 어려워졌다⋯.

우리 집이 있는 거리 건너편의 저택에 알페로프라는 노인이 살고 있었는데, 그의 아들은 유형살이를 하고 있었다. 그의 먼 친척인, 페테르부르크 아가씨들이 그를 방문했다. 이 아가씨들 중에 가장 젊은 아샤는 미인으로 민첩하고 키가 컸는데, 명랑하고 활동적이며 태도가 자유분방했다. 그녀는 크로케14)를 좋아했고, 닥치는 대로 사진기를 눌러대며 말 타는 것을 좋아했다. 어느새 나는 노인의 집을 꽤 자주 방문하게 되었고, 아샤와 우정 비슷한 관계를 맺게 되었다. 그녀는 소년을 데리고 놀듯이 날 데리고 놀았고, 동시에 나와의 교제에서 분명한 만족을 내보이곤 했다. 그녀는 계속 사진기로 날 찍었다. 우리들은 몇 시간씩 크로케 타구 봉으로 공을 쳤는데, 항상 뭔가 실수를 하곤 했다. 그녀는 그럴 때마다 멈춰 서서 유난히 귀엽게 '오'자를 '어'자로 발음하면서 완전히 실망한 채 나에게 소리쳤다.

"어, 맙소사! 넌 정말로 바버여, 정말 바버여!"

무엇보다도 그녀는 저녁 무렵에 말을 타고 대로를 달리는 걸 좋아했다. 나는 말을 타고 질주하면서 그녀가 외치는 환성을 이미 편안히 들을 수 없었고, 붉게 물든 그녀의 얼굴과 흩날리는 머리칼을 편안히 바라볼 수 없었다. 그리고 들판에 있는 우리들의 고독을 편안한 마음으로 느낄 수가 없었다. 이러는 동안에 리라〔竪琴〕처럼 우아한 그녀는 안장에 멋진 자세로 앉아있었고, 등자(鐙子)에 꼭 댄 왼발의 팽팽한 종아리가 이 아마존카의 펄럭이는 옷자락 밑에서 내내 아른거렸

---

14) 잔디 위에서 하는 공놀이.

다….
 낮과 저녁은 그렇게 보냈다. 그러나 나는 나의 밤을 시에 바쳤다.
 이제 들판은 완전히 어두워지고 따스한 어스름이 짙어진다. 나와 아샤는 여름 저녁의 냄새가 풍기는 마을을 지나 천천히 집으로 돌아온다. 아샤를 집까지 데려다주고 나서 나는 우리 집 마당으로 들어서서 땀이 흥건한 카바르딘카의 고삐를 하인에게 던져주고 저녁을 먹으러 집안으로 달려간다. 집에서는 형들과 형수가 유쾌하게 웃으며 날 맞이한다. 저녁을 먹은 후에 나는 그들과 함께 연못 뒤편의 목장이나 다시 대로로 산책하러 나가서, 차분하고 부드러운 온기가 피어오르는 어두운 들판 너머에서 떠오르는 흐릿한 붉은 달을 바라본다. 산책 후에 마침내 나는 혼자 남게 된다. 집도, 영지도, 마을도, 달빛 어린 들판도 ─ 모든 것이 잠잠해졌다. 나는 내 방 열린 창가에 앉아서 읽고 쓴다. 살짝 찬 기운이 느껴시는 밤바람이 여기저기 불이 켜진 정원에서 가끔씩 불어오고, 촛농이 흘러내리는 양초의 불꽃이 흔들거린다. 부나비들이 양초 주위를 떼 지어 날아다니다가, 탁탁 소리를 내고 기분 좋은 냄새를 풍기며 불에 타 떨어져서 조금씩 책상 위로 흩어진다. 견딜 수 없는 졸음에 나는 고개를 떨어뜨리고 눈을 감는다. 그러나 나는 필사적으로 졸음을 이겨내고 물리친다…. 보통 자정까지는 졸음을 쫓아낼 수 있었다.
 나는 자리에서 일어나 정원으로 나가곤 했다. 6월인 지금, 달은 여름처럼 더 낮게 떠다닌다. 달은 집 모퉁이 뒤에 떠 있고, 집의 넓은 그림자가 멀리 풀밭 위에 드리워져 있다. 이 그림자에서 정원과 마을과 여름 들판 너머 멀리 동쪽 하늘에서 조용히 반짝이는 일곱 색깔의 별을 바라보는 일은 특히나 즐겁다. 멀리 여름 들판에서 가끔씩 들려오는 메추라기의 울음소리는 잘 들리지 않아서 더욱 매혹적이다. 집 주변의 백 년된 피나무는 만개하여 달콤한 냄새를 풍겼고, 달은 따스하고 황금빛이었다. 동이 트기 전에 항상 그렇듯이 다시 온기가 피어올랐다. 저기, 동쪽 지평선에서 새벽이 가까이 오고 있는 게 이미 느껴졌고, 동쪽 지평선은 이미 살짝 은빛으로 물들어 있었다. 저기, 연못 너머에서도 온기가 피어올랐다. 나는 이 온기를 맞이하러 조용히 정원을 지나 둑으로 갔다…. 우바로프 씨의 저택 마당은 마을의 목장과 이어졌고, 집 뒤의 정원은 들판과 이어졌다. 둑에서 그 집을 바라보면서 나는 그곳에서 누가 자고 있는지 정확하게 떠올렸다. 나는 리자가 글레보치카의 방에서 잔다는 걸 알았다. 그 방의 창문들은 따스하고 초목이 무성한, 창문 쪽에 가까이 붙어있는 정원을 향해 있었다…. 열린 창문 밖에서 조용히 흐르는 빗물처럼 살랑대는 나뭇잎 소리를 들으며, 저기 저 방에서 자고 있는 리자를 상상하면서 창문을 바라볼 때의 내 감정을 어떻게 전달할 수 있단 말인가! 들판에서 불어오는 따스한 바람이 반(半)어린아이 같은 그녀의 잠을 보듬으면서 열려진 창문 안으로 계속 스며들었다. 그녀의 잠보다 더 아름답고 더 순수한 것은 이 지상에 존재하지 않을 것 같았다!

10

이 이상한 생활방식은 거의 여름 내내 계속되었다. 그런데 이 생활방식이 갑자기 급격하게 변했다. 어느 화창한 아침에 나는 비비코프 모녀가 더 이상 바투리노에 없다는 걸 알게 되었다. 그들은 어제 떠났던 것이다. 나는 하루를 이럭저럭 보내고, 저녁 무렵에 아샤에게 갔다. 그런데 나는 아샤에게서 무슨 얘기를 들었던가?

"우린 내일 크림으로 떠나."

날 보자마자 마치 날 즐겁게 해주려고 하는 것처럼 그녀는 아주 명랑하게 말했다.

이 일이 있은 후, 세상이 너무 공허하고 따분해서 나는 말을 타고 들판으로 갔다. 들판에서는 사람들이 우리 집 호밀을 이미 베고 있었다. 나는 죽 늘어선 그루터기 위에 몇 시간씩 앉아서 하릴없이 호밀 베는 사람들을 바라보았다. 나는 자리에 앉아서 주변의 가뭄과 움직이지 않는 폭염을 바라보고, 호밀을 베는 리드미컬한 소리를 들었다. 폭염으로 희푸르러진 구름 한 점 없는 하늘을 배경으로 공손히 몸을 숙이고 완전히 팬 이삭이 달린 바싹 마르고 노란 모래 같은 호밀 바다가 단단하고 높은 벽처럼 펼쳐져 있다. 허리띠를 매지 않은 농부들이 그 바다를 향해 서로 앞서거니 뒤서거니 안짱다리로 걸어가면서 천천히 그리고 정연하게 앞으로 나아가고 있다. 농부들이 휘두르는 낫은 사각사각 소리를 내며 태양에 반짝인다. 농부들은 낫으로 왼쪽에 있는 호밀을 한 줄씩 잇따라 베어가면서 그 뒤로 따끔따끔한 솔 같은 노란 그루터기와 넓고 텅 빈 선을 남긴다. 농부들은 들판을 조금씩 벗겨내어 전혀 새롭게 만들어 놓고 새로운 모습과 먼 평원을 열어놓는다 ….

"도련님, 왜 이렇게 쓸데없이 앉아있슈?"

호밀 베는 사람들 중에 키가 크고 머리칼이 검은 멋진 농부가 다소 거칠지만 다정하게 말했다.

"내게 낫이 하나 더 있는데 그걸 들고 우리랑 같이 베어 봐유…."

나는 자리에서 일어나 아무 말도 하지 않고 그의 짐마차로 갔다. 이때부터 호밀 베는 일이 시작되었다 …. 처음엔 아주 고통스러웠다. 모든 면에서 서투르고 서두르는 바람에 나는 너무나 지쳐서 저녁마다 간신히 집으로 왔다. 구부러진 등이 욱신거리고, 어깨가 쑤시고, 물집에서 피가 나서 손이 화끈거리고, 얼굴에는 화상을 입고, 머리칼은 땀에 절어 말라붙고, 입안이 몹시 쓰디썼다. 그러나 그 후 나는 이 자발적인 고역에 아주 익숙해져서 "내일 다시 호밀을 벤다!"는 행복한 생각을 하면서 잠자리에 들곤 했다.

호밀 베기 다음에 호밀을 운반하는 일이 시작되었다. 이 일은 더 힘들었고, 더 어려웠다. 두껍고 탱탱한 마른 호밀 단에 쇠스랑을 찔러 넣고 미끄러운 쇠스랑 손잡이를 배에 통증을 느낄 정도로 단번에 무릎으로 들어올려서, 사각거리는 이 웅장하고 무거운 짐을 점점 공간이 줄어드는 짐마차 위로 집어던져야 한다. 호밀 단에서 뾰족한 낟알이 떨어진다. 호밀 단은 더 높이 거대하게 쌓이면서 사방에서 짐마차 밖으로 튀어나온다…. 그 다음에 사방에서 찔러대고, 호밀의 온기 냄새가 나는, 산처럼 높이 쌓인 무겁고 불안정한 호밀 단들을 단단한 밧줄로 빙 둘러서 묶고, 있는 힘을 다해 밧줄을 잡아당겨 짐마차의 횡목(橫木)에 단단히 얽어매야만 한다…. 그런 다음에 흔들거리는 거대한 짐을 뒤쫓아 바퀴자국이 난 울퉁불퉁한 시골길을 따라, 뜨거운 먼지 속의 마차 바퀴자국을 따라 천천히 걸어가야 한다. 그리고 무거운 짐 밑에서 아주 기진맥진해 보이는 말을 줄곧 바라보고, 말과 함께 마음속으로 계속 긴장하면서, 엄청나게 무거운 짐 밑에서 다양하게 삐걱대는 짐마차가 길모퉁이 어딘가에서 무게를 견디지 못하고 아주 빠르게 도는 바퀴에 걸려서 이 모든 짐을 흉물스럽게 옆으로 쏟아버릴까 봐 내내 걱정해야 한다. 특히 머리가 햇볕에 드러나고, 호밀 먼지와 티끌이 가슴에 묻어 화끈거리며 욱신욱신 쑤시고, 너무나 지친 발이 벌벌 떨리고 입속에서 쓴 내가 날 때, 이 모든 일은 장난이 아니다!

9월에 나는 늘 탈곡장에 앉아있었다. 우중충하고 단조로운 날들이 계속되었다. 곡물창고에서는 아침부터 늦은 저녁까지 탈곡기가 윙윙 울부짖으며 지푸라기를 흩뿌렸고, 뽀얗게 먼지를 내뿜었다. 아낙네들과 농부의 딸들은 모두 먼지투성이의 수건을 눈 밑으로 끌어내리고 탈곡기 아래에서 갈퀴를 들고 열심히 일했다. 다른 사람들은 어두운 구석에서 고르게 윙윙 풍구소리를 냈고, 풍구의 손잡이를 잡고 풍구 안쪽의 바람날개를 돌리면서 계속 단조롭고 구슬프고 달콤하게 노래를 불렀다. 나는 계속 그들의 노래를 들으면서, 때론 그들 중의 한 사람 곁에 앉아 풍구의 손잡이를 돌리고, 때론 풍구 밑에서 아주 깨끗해진 알곡을 적당히 긁어 담는 걸 도와주기도 했다. 그런 다음, 나는 기쁜 마음으로 이 깨끗한 알곡을 옆에 세워놓은 활짝 열린 부대에 쏟아 부었다. 나는 이 아낙네들과 농부의 딸들과 점점 더 가까워지고 친해졌다. 이 모든 것이 어떻게 끝났을지는 아무도 모른다.

팔이 길고 머리칼이 붉은 한 농부의 딸이 있었는데, 그녀는 누구보다 더 대담하고 능란하게 노래를 불렀다. 그녀는 눈에 띄게 활달하고 거칠었지만 특이할 정도로 슬픈 친밀감을 보이면서, 예컨대 세 가위를 얻을 수만 있다면 어떤 것도 거절하지 않겠다는 것을 내게 아주 노골적으로 암시하곤 했다. 내 인생에서 새로운 사건이 일어나지 않았다면 나와 그녀 사이에 무슨 일이 벌어졌을 것이다. 나의 글이 예기치 않게 페테르부르크의 가장 주요한 월간지들 가운데 한 잡지에 실렸고, 나는 당시 가장 유명한 작가들의 그룹에 속하게 되었다. 나는 원고료로 15루블짜리 우편환을 받았다. 이 두 가지 사건으로 몹시 흥분된 나는 나 자신에게 말했다.

"아니야, 탈곡장 일은 이제 충분히 했어. 다시 책을 읽고 글을 써야 해."

나는 즉시 안장을 얹으러 카바르딘카에게로 갔다.

'읍내로 가서 돈을 받고 글을 써야 해 ….'

이미 날이 저물었지만 나는 말에 안장을 얹고 시골길을 따라, 대로를 따라 말을 달렸다 …. 들판은 슬프고 황량하고 춥고 음울했다. 그러나 내 청춘의 고독한 영혼은 얼마나 활기찼으며, 인생에 대한 준비와 믿음으로 얼마나 충만해 있었던가!

11

들판은 음산하게 어두워졌고 스산한 바람이 불었지만, 나는 늦가을 바람의 신선한 기운을 가슴 깊숙이 들이마셨고, 젊은이의 닳아 오른 얼굴을 때리는 건강한 냉기를 즐겁게 느끼면서 카바르딘카를 계속해서 몰았다. 나는 항상 말을 타고 빠르게 달리는 걸 좋아했고, 내가 타고 있는 말에 대해 늘 강한 애착을 느꼈지만 항상 말을 몹시 무자비하게 대했다. 그런데 지금 나는 유난히 빠르게 말을 몰았다. 나는 특히 무엇을 생각하고 꿈을 꾸었던가? 사람의 생활에서 어떤 중요한 일, 최소한 의미 있는 일이 일어난 경우에, 그리고 이 일에서 어떤 결론을 이끌어내고 어떤 결정을 내려야만 할 경우에, 사람은 생각을 덜하고 오히려 영혼의 신비한 일에 몰두하게 된다. 나는 지금도 잘 기억하는데, 읍내까지 가는 동안 줄곧, 나의 용감하고 흥분된 영혼은 무언가에 대해 끊임없이 생각하고 있었다. 무엇이었을까? 나는 아직 그것이 무엇인지 알지 못했고, 그저 삶의 어떤 변화와 무언가로부터 해방을 열망하고, 어딘가로 떠나고 싶은 갈망을 느꼈을 뿐이다….

나는 잠시 스타노바야 근처에서 멈추었던 것을 기억한다. 밤이 되었고, 들판은 더 음울하고 더 슬퍼 보였다. 모든 사람들에게 잊혀진 이 황량한 길에는 물론 주변의 수백 킬로 내에도 사람 하나 없는 것처럼 보였다. 쓸쓸함, 광활함, 황량함…. 말고삐를 늦추면서 '아, 좋다'하고 나는 생각했다. 카바르딘카는 멈춰 서서 심하게 옆구리를 들썩이며 그 자리에서 미동조차 하지 않았다. 무릎이 꽁꽁 얼어붙은 걸 느끼면서 나는 따스하고 미끄러운 안장에서 내렸다. 나는 주의 깊고 조심스럽게 사방을 둘러보고 스타노바야의 옛 강도들의 전설을 떠올리며 누군가와의 무서운 만남과 무시무시한 격투를 원하기까지 했다. 나는 말의 복대(腹帶)와 내 반외투의 가죽벨트를 졸라매고 가죽벨트에 매달린 단검을 바로잡았다…. 마치 찬물을 끼얹듯이 바람이 갑자기 내 옆구리로 불어 들어왔다. 바람이 귀를 때리자 귀에서 윙윙소리가 났다. 바람이 어스름한 들판의 마른 잡초와 그루터기 사이에서 도둑처럼 조심스럽게 사각사각 소리를 냈다. 안장 머리가 툭 튀어나온 등자를 양 옆구리에 맨 카바르딘카는 두 귀를 쫑긋 세운 채 멋지고 날렵한 몸매를 하고 서 있었다. 이 장소의 악명을 모두 알고 있는 듯한 카바르딘카는 길 저쪽 어딘가를 주의 깊고 엄숙하게 쳐다보았다. 카바르딘카는 벌써 뜨거운 땀으로 거뭇해졌고, 갈비뼈와 사타구니가 더 말라보였다. 그러나 나는 카바르딘카의 인내력을 알았고, 카바르딘카가 이미 젊진 않지만 있는 힘을 다해 다시 길을 가기 위해서는 단 한 번 심호흡만 하면 충분하다는 걸 알고 있었다. 그리고 카바르딘카의 변함없는 온순함과 날 향한 사랑을 알고 있었다. 나는 특별한 애정을 가지고 카바르딘카의 가는 목을 껴안고 예민한 코에 키스한 다음, 다시 안장으로 뛰어올라 전보다 더 빠르게 앞으로 내달렸다….

잠시 후 어둡고 까만 밤이, 진짜 가을밤이 찾아왔다. 마치 꿈속에서처럼 이 어둠과 맞은편에서 불어오는 바람, 발아래 짙은 어둠 속에서 들리는 균형잡힌 말굽소리가 끝이 없을 것 같았다…. 잠시 후, 멀리 도시와 교외의 불빛이 보였고, 그 불빛은 가을밤 특유의 날카로움과 선명함을 지닌 채 마치 한 장소에 오랫동안 서 있는 듯했다…. 마침내 불빛이 더 가까워지고 더 커졌다. 교외에 있는 집들의 얇은 판자 지붕이 어두운 길을 따라 거무칙칙하게 보였다. 그 지붕 아래로 밝고 작은 유리창이 아늑하고 매혹적으로 모습을 드러냈고, 농가의 밝은 내부와 안에서 화목하게 저녁을 먹고 있는 사람들이 보였다…. 그리고 저쪽에서는 많은 사람들이 사는 아주 복잡한 도시냄새가 분명히 났고, 수많은 불빛과 불 켜진 창문들이 깜빡이기 시작했다. 카바르딘카의 편자가 포장된 거리를 따라 경쾌하고 자극적으로 울려퍼지기 시작했다…. 읍내는 더 조용해지고 더 따스해졌다. 들판에는 이미 오래전에 칠흑 같은 밤이 깃들었지만, 여기는 아직 저녁이었다. 나는 저녁을 먹으러 곧장 나자로프의 주막집으로 갔다….

그날 저녁에 내 영혼은 얼마나 충만했던가! 내 시가 유명한 잡지에 실렸고, 내가 유명한 작가들 그룹에 속하게 되어서 너무 흥분했고 행복했다고 말할 수는 없다. 지금도 기억하는데, 나는 이것을 거의 당연한 것으로 받아들였다. 나는 왠지 강렬하고 기분 좋게 흥분했을 뿐, 모든 능력과 정신적이고 육체적인 감수성을 완전하게 통제하고 있었다. 모든 것이 — 가을 저녁의 도시도, 속보로 말을 달려 나자로프의 주막집 문 앞에 도착하자마자 문기둥의 구멍에 매달린, 녹슨 철사로 만든 고리를 잡아당겨 마당 전체에 커다랗게 종소리를 울린 것도, 내게 문을 열어주기 위해 절름발이 문지기가 문 뒤의 돌길을 따라 쿵쿵거리며 걷는 발자국 소리도, 시커먼 처마와 그 처마들 사이로 열린 하늘 아래 한 무리의 짐마차와 쩝쩝 소리를 내며 새김질하는 말들이 서 있는, 똥오줌이 깔린 마구간도, 작은 현관의 칠흑 같은 어둠 속 뒷간에서 나는 지방 특유의 오래된 악취도(나는 매서운 추위로 마비된 발을 끌고 나무로 만들어진 바깥 현관의 썩은 계단을 따라 이 작은 현관으로 들어갔고, 여기에서 오랫동안 집 문의 걸쇠를 더듬어서 찾아냈다), 이때 갑자기 문이 열린, 밝고 따스하고 사람들로 북적대는 취사장도(취사장에서는 기름기 많은 뜨거운 콘비프 냄새와 저녁을 먹고 있는 농부들의 냄새가 지독하게 났다) — 내게 놀라운 기쁨을 가져다주었다. 취사장 뒤에 깨끗한 장소가 있었는데, 거기에는 매달아 놓은 등불로 환해진 커다란 둥근 식탁이 있었다. 길쭉한 윗입술에 마마자국이 있는 뚱뚱한 여주인, 늙은 집주인, 엄격하고 음울한 소시민, 갈색의 직모와 수즈달 사람 같은 코로 보아 구교도(舊敎徒)와 비슷한, 몸집이 크고 뼈마디가 굵은 남자를 중심으로 얼굴이 햇볕에 그을리고 바람에 튼 사람들이 이 식탁에 앉아 저녁을 먹고 있었다. 이 사람들은 조끼와 그 밑으로 드러난 셔츠를 입고 있었다…. 집주인을 제외한 모든 사람들이 보드카를 마셨고, 고기와 월계수 잎을 넣고 기름이 둥둥 뜬 수프를 커다란 공동 대접에서 떠먹었다….

'아, 좋다, 모든 게 정말 좋다'고 나는 느꼈다. 거칠고 음울한 들판의 밤도, 도시의 다정한 저녁생활도, 술을 마시고 음식을 먹는 농부들과 소시민들도, 온통 거칠고 복잡하고 힘차고 가정적인 오래된 지방의 러시아도, 신기한 페테르부르크와 모스크바와 유명한 작가들에 대한 나의 어렴풋한 꿈도, 나 역시 이제 기분 좋게 마시고, 왕성한 식욕을 느끼며 수프와 부드럽고 하얀 도시의 빵을 먹으려고 하는 것도 — 이 모든 것이 정말 좋다고 나는 느꼈다.

실제로 나는 상당히 많이 먹고 마시고 나서(모두들 자기 자리로 흩어져서 마당에서, 부엌에서, 살림방에서 되는 대로 자리를 잡고 불을 끈 다음, 빈대와 바퀴벌레의 처분에 몸을 맡긴 채 깊은 잠에 떨어졌다), 바깥 현관계단으로 나와 모자를 벗은 채 약간 어지러운 머리를 10월의 밤공기로 맑게 하면서 오랫동안 앉아있었다. 나는 밤의 정적 속에서 때론 저 멀리 어디선가 황량한 거리를 걸으며 춤곡에 맞춰 뭔가를 능숙하게 수행하고 있는 야경꾼의 딱따기 소리, 때론 처마 밑에서 말들이 평화롭게 뭔가를 바삭바삭 씹고 있는 소리에 귀를 기울였다. 이따금 말들이 잠시 싸움질을 하고 악의에 찬 쳇소리를 내지를 때마다 바삭바삭 씹는 소리가 끊기곤 했다. 나는 기분 좋게 술에 취한 정신으로 줄곧 뭔가를 생각하고 뭔가를 결정하고 있었다….

이 날 저녁에 나는 처음으로 조만간에, 그러나 반드시 바투리노를 떠나야겠다는 생각을 했다.

12

집주인들만 침실에서 따로 잠을 잤는데, 침실은 성상갑(聖像匣) 속에 든, 금과 은으로 만든 많은 성상들로 마치 작은 예배당 같았다. 성상갑은 커다란 진홍빛 현수등(懸垂燈) 뒤의 앞쪽 구석에 마치 검은 묘지처럼 우뚝 솟아있었다. 우리 모두는, 즉 나와 다섯 명의 숙박인들은 어제 저녁을 먹었던 그 살림방에 있었다. 우리들 중 세 사람은 방바닥에 카자크인의 두꺼운 펠트 천을 깔고 그 위에서 밤을 보냈다. 불행하게도 날 포함한 다른 세 사람은 수직의 나무 등받이가 있는, 돌처럼 딱딱한 소파 위에서 밤을 보냈다. 물론, 내가 성냥을 켜자마자 빈대들이(특히 독이 있는 작은 빈대들이 비열하게 베개를 타고 쏜살같이 돌아다녔다) 밤새 날 물어뜯었다. 따스하고 악취 나는 어둠 속 언저리에서 코고는 소리가 크게 들렸다. 코고는 소리 때문에 이 밤이 절망적이고 날이 밝지 않을 것처럼 보였다. 야경꾼의 딱따기 소리가 창문 바로 밑에서 이따금 아주 크게, 때론 도발적일 정도로 대담하게, 때론 낭랑하고 공허하게 들려왔다. 집주인들이 자는 침실 문이 반쯤만 닫혀 있어서 침실 쪽에서 비쳐 나오는 현수등의 붉은 불빛이 곧장 내 눈에 들어왔다. 현수등의 검은 십자가 모양의 부표(浮漂), 흐릿하게 반짝이는 불빛, 그 불빛에 흔들리는 그림자는 마치 거대한 거미줄 한가운데에 걸린, 옛이야기에 나오는 거미 같았다…. 그러나 나는 아무 일도 없었던 것처럼 일어났다. 그때 마침 집주인 부부가 잠을 깼고, 방바닥에서 잠을 자던 사람들이 하품을 하고 일어나서 장화를 신기 시작하는 소리가 들렸다. 여자 요리사가 뛰어 들어와 방바닥에서 잠을 자던 사람들의 발과 두꺼운 펠트 천을 밟으면서 부글부글 끓고 탄내가 강하고 맛있게 나는 한 통의 사모바르를 식탁에 쾅하고 세차게 부딪히며 내려놓았다. 사모바르의 짙은 수증기로 유리창과 거울이 금방 뿌옇게 변해버렸다.

그 후 한 시간이 지나서 나는 이미 우체국에 있었다. 우체국에서 나는 마침내 첫 인세와 이 세상의 다른 어떤 책과도 다른 멋지고 두꺼운 책을 받았다. 노른자위 색깔의 책표지는 처녀처럼 신선했다. 이 책에 나의 시들이 실려 있었다. 처음에는 그 시들이 마치 내가 쓴 시가 아닌 것 같았다. 그 시들은 어떤 진짜 시인이 쓴 진실하고 아름다운 시와 너무나 매혹적으로 비슷했다. 그 후에 나는 해야 할 일이 있었다. 나는 아버지의 위임을 받아서 우리 집에서 탈곡한 곡물의 견본을 보여주고 그 가격을 알아보기 위해, 그리고 가능하면 판매계약을 맺기 위해 곡물 수매인인 이반 안드레예비치 발라빈이라는 사람을 방문해야만 했다. 나는 우체국에서 곧장 그의 집으로 향했다. 내가 얼마나 이상하게 걸었던지, 옆에서 걸어가던 농부들과 소시민들이 장화를 신고 푸른 모자에 푸른 반외투를 걸친 젊은이를 놀란 눈으로 바라보았다. 나는 걸어가면서 줄곧 걸음을 늦추었고, 이따금 길 가운데에 완전히 멈춰 서서 눈앞에 펼쳐진 책의 한 지점을 뚫어져라 들여다보았다.

처음에 발라빈은 이유 없는 반감을 내보이며 날 무뚝뚝하게 대했다. 이런 이유 없는 반감은 종종 러시아의 장사꾼들에게서 나타난다. 곡물 상가에 있는 그의 창고 문은 포장도로 쪽을 똑바로 향해 있었다. 점원이 창고를 따라 깊숙한 곳으로, 안에서 빨간 무명천을 쳐놓은 작은 유리문까지 날 데리고 갔다. 점원이 주저하면서 날 툭 쳤다.

"들어와!"

문 뒤에서 누군가가 기분 나쁘게 소리쳤다. 나는 안으로 들어갔다. 나이를 알 수 없는 한 남자가 커다란 책상에서 날 향해 엉거주춤 일어섰다. 유럽식으로 옷을 입은 그는 단정하게 빗질하고 한가운데서 가르마탄 머리를 하고 있었다. 그는 아주 깨끗하고 마치 속이 보일 듯한 노르스름한 얼굴에 노랗고 가는 콧수염을 길렀고 재빠른 눈초리의 밝은 초록색 눈을 가지고 있었다.

"무슨 일이오?"

그는 무뚝뚝하고 빠르게 물었다. 나는 내 이름을 대고, 반외투의 호주머니에서 알곡을 담은 두 개의 작은 자루를 급히 어색하게 끄집어내어 그 앞의 책상에 놓았다.

"앉아요."

그는 책상에 앉으면서 날 쳐다보지 않고 어쩐지 지나치듯이 말하고는 자루를 풀기 시작했다. 자루를 펼친 다음, 그는 한 종류의 곡물을 한 줌 꺼내 손바닥 위로 던져서 손가락으로 비벼서 냄새를 맡았다. 그는 다른 종류의 곡물을 가지고 똑같은 짓을 되풀이했다.

"모두 얼마나 되죠?"

그가 건성으로 말했다.

"그러니까 몇 가마니냔 말인가요?"

내가 물었다.

"몇 차분은 아닌 것 같은데요."

그가 비웃으며 말했다. 내 얼굴이 확 달아올랐다. 그러나 그는 내게 대답할 짬을 주지 않았다.

"그러나 이건 중요한 게 아니오. 지금 값이 약하다는 걸 당신 자신도 알고 있을 겁니다⋯."

 자기가 정한 값을 말하고 나서, 그는 내일이라도 곡물을 가져오라고 제안했다. 나는 얼굴을 붉히며 말했다.

 "그 가격을 받아들입니다. 선금을 받을 수 있나요?"

 그는 말없이 옆 주머니에서 지갑을 꺼내어 100루블짜리 지폐를 내게 주었다. 그리고 익숙하고 아주 정확한 동작으로 지갑을 다시 주머니에 넣었다.

 "영수증을 드릴까요?"

 나는 어른스럽고 사무적인 내 행동에 어색한 만족감을 느끼면서 더욱 얼굴을 붉히며 물었다. 그는 가볍게 웃었고, 다행히 알렉산드르 세르게예비치 아르세니예프는 모두가 다 잘 알고 있다고 대답했다. 그리고 마치 실무적인 대화가 끝났다는 걸 내게 알려주고 싶어 하듯이 책상 위에 놓인 은제 담배케이스를 열어서 내게 내밀었다.

 "고맙습니다만 난 담배를 피우지 않습니다."

 그는 담배를 피우면서 어쩐지 다시 지나가는 말로 물었다.

 "시를 쓴다는 사람이 바로 당신인가요?"

 나는 아주 깜짝 놀라서 그를 힐끗 쳐다보았다. 그러나 그는 다시 내게 대답할 짬을 주지 않았다. 그가 웃으면서 말했다.

 "내가 그런 일에 흥미를 보인다고 놀라지 말아요. 점잖지 못한 말을 써서 죄송하지만 나도 시인입니다. 전에 조그만 책을 하나 내기도 했어요. 지금은 당연히 시작(詩作)을 포기했지요. 시를 쓸 여유도 없지만 재능이 부족했거든요. 아마 당신이 들어봤을지도 모릅니다만, 지금은 통신기사만 쓰고 있죠. 그러나 여전히 문학에 관심이 있어서 많은 신문과 잡지를 구독하고 있지요⋯. 내가 실수하지 않았다면, 이것이 두꺼운 잡지에 실린 당신의 첫 번째 데뷔작이죠? 진심으로 당신이 성공하길 바라면서 게을러지지 말라고 충고하고 싶습니다."

"무슨 말씀이죠?"

우리의 사업적인 만남이 갑자기 돌변한 것에 깜짝 놀라면서 내가 물었다.

"자신의 미래에 대해 아주 진지하게 생각해야만 한다는 말입니다. 실례의 말이지만, 문학활동을 하려면 생활수단도, 많은 배움도 필요합니다. 그런데 당신은 갖고 있는 게 뭔가요? 나는 가끔 스스로를 회상해보곤 합니다. 전혀 겸손 떨지 않고 말하는데, 나는 어리석지 않았어요. 소년시절에 나는 모든 여행자가 보았으면 하는 많은 것들을 보았지요. 그런데 내가 뭘 썼는지 알아요? 기억하기도 부끄러워요! 이런 겁니다.

> 나는 궁벽한 초원의
> 보잘것없고 답답한 농가에서 태어났네,
> 그곳엔 조각을 새긴 가구 대신에
> 페치카의 침상이 흔들리고 있었네 ….

내가 얼마나 멍청한 것을 썼는지 아세요? 첫째로, 나는 거짓말을 썼어요. 나는 초원의 농가가 아니라 도시에서 태어났어요. 둘째, 페치카의 침상과 조각을 새긴 가구를 비교하는 건 정말 어리석은 겁니다. 셋째, 페치카의 침상은 절대로 흔들리지 않아요. 내가 이 모든 걸 정말로 몰랐을까요? 아주 잘 알았지만, 이런 헛소리를 말하지 않을 수 없었어요. 그건 내가 미성숙했고, 교양이 없었고, 가난해서 교육을 받을 수가 없었기 때문이었죠…. 자, 안녕히 가세요."

그는 갑자기 일어서면서 내게 한 손을 내밀어 내 손을 꼭 쥐고 내 눈을 빤히 바라보면서 말했다.

"내 말이 당신 스스로를 진지하게 생각해 볼 수 있는 계기가 되길 바랍니다. 시골에 죽치고 앉아서 되는 대로 쓰고 되는 대로 읽는 것은 좋은 길이 아니죠. 당신에게는 훌륭한 재능이 엿보입니다. 당신은 아주 좋은 인상을 주었어요. 솔직하게 말한 것을 용서해 주세요."

갑자기 그는 다시 무뚝뚝하고 진지해졌다.

"잘 가세요."

그는 고개를 끄덕이면서 날 놓아주고 다시 책상에 앉으면서 어쩐지 건성으로 말했다.

"당신의 아버지에게 내 인사를 전해주세요⋯."

이렇게 예기치 않게, 나는 바투리노를 떠나야 한다는 나의 은밀한 생각에 또 하나의 확신을 얻게 되었다.

13

그러나 이 생각은 금방 실현되지는 않았다. 나의 생활은 다시 이전처럼 흘러갔고, 하루하루가 더욱 안일하게 지나갔다. 적어도 외견상으로 나는 평범한 시골청년으로 변해갔다. 나는 시골 저택의 일상생활을 낯설어하지 않으면서, 이미 꽤 익숙하게 시골저택에 앉아있곤 했다. 나는 사냥하러 가고, 이웃을 방문하곤 했다. 바람이 불거나 눈보라가 치는 날에는, 심심해서 마음에 드는 마을의 농가로 가서 가족적인 분위기에서 차를 마시며 시간을 보내거나, 그렇지 않으면 책을 들고 소파에 몇 시간 동안 누워 있곤 했다⋯. 그리고 얼마 후에 조만간 일어나야만 했던 일이 일어나고 말았다.

아주 외롭게 살던 우리의 이웃인 알페로프가 죽었다. 니콜라이 형은 이 텅 빈 영지를 임대하여 그 해 겨울을 우리와 살지 않고 알페로프의 집에서 살았다. 알페로프의 하녀들 중에 톤카라는 하녀가 있었다. 그녀는 결혼하자마자 곧 가난하고 집이 없어서 남편과 헤어져야만 했다. 남편은 마구(馬具) 제조자였는데, 결혼하고 나서 다시 다른 곳으로 품팔이하러 갔던 것이다. 그녀는 형이 사는 집에서 일했다.

그녀는 스무 살가량 되어 보였다. 마을에서는 그녀를 갈가마귀나 원시인이라고 불렀고, (말이 없다는 이유로) 아주 어리석은 여자로 생각했다. 그녀는 키가 크지 않고, 가무잡잡한 피부에 빈틈없고 다부진 체격, 작고 강한 손과 발, 좁게 째진 진한 호두 색 눈을 하고 있었다. 그녀는 인도 여자와 비슷했다. 그녀의 검은 얼굴은 무표정하고 약간 투박했으며, 칠흑같이 까만 머리칼은 거칠고 뻣뻣했다. 그러나 나는 그녀의 용모에서 뭔가 특별한 매력을 발견했다. 나는 거의 매일 형이 사는 집으로 가서 넋을 잃고 그녀를 바라보았다. 사모바르나 수프를 담은 대접을 식탁으로 나를 때의 힘차고 빠른 그녀의 걸음걸이와 아무 생각 없이 바라보는 그녀의 모습을 나는 좋아했다. 이 걸음걸이와 눈길, 거칠고 검은 머리칼, 오렌지색 수건 밑으로 보이는, 곧게 탄 가리마, 약간 길쭉한 입의 푸르스름한 입술, 어깨로 비스듬히 이어지는 가무잡잡하고 싱싱한 목―이 모든 것은 항상 내 마음속에 고통스런 불안감을 불러일으켰다. 문간방이나 현관에서 그녀와 만나면 나는 농담하면서 걸어가는 그녀를 붙잡아 벽에 꼭 누르곤 했다…. 그녀는 말없이 교묘하게 벗어나곤 했다. 일은 이렇게 끝나곤 했다. 우리들은 서로에 대해 어떤 사랑의 감정도 갖고 있지 않았다.

그러나 한 번은 겨울 어스름 속에서 마을을 따라 걷다가, 나는 무심히 알페로프 저택의 마당으로 향했고, 눈더미 사이를 지나 집으로 가서 바깥 현관계단으로 올라섰다. 아주 어두운 현관은 위쪽이 특히 어두웠는데, 깜깜한 동굴 속처럼 어둡고 환상적이었다. 방금 불을 지핀 페치카에서 달구어진 석탄덩이가 빨갛게 타오르고 있었다. 머릿수건을 쓰지 않은 톤카가 불빛에 반사되어 매끈한 피부처럼 빛나는 정강이가 드러난 가무잡잡한 맨다리를 살짝 벌려 뻗은 채 페치카 아궁이 바로 앞에 앉아있었다. 그녀는 타오르는 검은 불빛을 온몸에 받으면서 두 손으로 불갈고리를 잡고 있었고, 번쩍이는 하얀 불갈고리 끝은 석탄 위에 놓여 있었다. 그녀는 불타는 듯한 검은 얼굴을 타오르는 열기를 피해 살짝 옆으로 돌리고, 꿈을 꾸듯이 석탄을, 깨지기 쉽고 투명한 진홍빛의 석탄더미를 바라보고 있었다. 불길은 군데군데 연보랏빛 얇은 층 아래에서 이미 꺼져버렸지만, 여기저기서 아직도 청록색 연기를 내며 타오르고 있었다. 나는 안으로 들어서면서 문을 두드렸지만 그녀는 돌아보지도 않았다.

"여긴 왜 이렇게 어둡지. 집엔 아무도 없나?"

그녀에게 다가가면서 내가 말했다. 그녀는 더욱 얼굴을 뒤로 젖히고는, 날 쳐다보지도 않으면서 어쩐지 어색하고 나른하게 웃음을 지었다. 그녀가 시큰둥하게 말했다.

"당신은 마치 모르는 것 같군요!"

"내가 뭘 모른다는 거지?"

"그만 둬요, 됐어요…."

"뭐가 됐어?"

"그들이 당신 집에 갔는데, 그들이 어디에 있는지 어떻게 모를 수가 있나요…."

"나는 산책하고 있어서 그들을 보지 못했어."

"우린 당신이 산책한 것을 알고 있어요…."

나는 웅크리고 앉아서 그녀의 맨다리와 까만 맨머리를 바라보았다. 속으론 이미 온통 떨고 있었지만, 나는 석탄과 이글거리는 석탄의 붉고 어두운 빛을 넋을 잃고 바라보는 체 했다…. 그러다가 갑자기 나는 그녀 옆에 앉아서 그녀를 껴안고 바닥에 자빠트렸다. 그리고 불꽃으로 뜨거워진, 나를 피하는 그녀의 입술을 낚아챘다…. 불갈고리가 쿵하고 넘어지면서 페치카15)에서 불꽃이 튀었다 ….

　잠시 후에 나는 뜻하지 않게 살인을 저지른 사람의 모습으로 바깥 현관계단으로 뛰어나가 숨을 돌리고 누가 오나 안 오나 재빨리 주변을 둘러보았다. 아무도 보이지 않았고, 모든 것이 평범하고 조용했다. 마을의 일상적인 겨울날의 어둠 속에서 믿을 수 없을 만큼 ― 마치 아무 일도 없었던 것처럼 ― 조용하게 농가의 불빛이 타오르고 있었다…. 나는 전혀 상반된 두 가지 감정으로 발아래 땅을 딛는 느낌도 없이 마당을 빠져 나왔다. 그것은 내 인생에서 갑자기 일어난, 무섭고 돌이킬 수 없는 파국의 느낌이자 미칠 듯이 기쁜 승리감이었다 ….

　밤에 불안스레 잠을 자다가 나는 깊은 우수와 갑자기 나를 망쳐버린, 무섭고 수치스러운 죄의식으로 계속 고통을 당했다.

　'그래, 모든 것이 끝났다!' 나는 잠에서 깨어나 간신히 정신을 차리면서 생각했다. '모든 게, 모든 게 끝났다. 모든 게 망쳐지고 더럽혀졌지만, 분명 그렇게 될 수밖에 없었다. 이제 모든 것을 더 이상 바로 잡을 수가 없어 ….'

　아침에 일어나서 나는 완전히 새로운 눈으로 주변을 바라보았고, 밤중에 내린 신선한 눈으로 고르게 빛나는, 내게 아주 낯익은 방을 바라보았다. 태양은 없었지만 햇빛으로 방안은 아주 밝았다. 내가 눈을 뜨면서 맨 먼저 한 생각은 물론 어제 일어난 일에 대해서였다. 그러나 이 생각은 더 이상 날 놀라게 하지 않았다. 우수도, 절망도, 수치도, 죄의식도 더 이상 마음속에 존재하지 않았다. 그 반대였다.

　'이제 어떻게 차를 마시러 내려가지?' 나는 잠시 생각했다. '대체로 이제 어떻게 처신해야만 하지?'

---

15) 러시아식 난로로 난방과 취사를 겸용하는 장치이다.

그러나 전혀 아무 일도 아니라고 나는 생각했다. 아무도 무슨 일이 일어났는지 모르고, 결코 알 수 없을 것이다. 세상의 모든 것은 예전과 다름없고, 심지어 더 좋기까지 하다. 밖은 내가 좋아하는 조용하고 하얀 눈 쌓인 날이고, 벌거벗은 나뭇가지들마다 수북하게 눈이 쌓여 있는 정원은 온통 하얀 눈더미로 덮여 있다. 내가 잠자고 있는 동안 누군가가 불을 지핀 방안은 따스하고, 페치카는 청동 뚜껑을 벌벌 떨면서 안으로 잡아당기며 고르게 윙윙대고 타닥거리는 소리를 낸다…. 페치카 옆 방바닥에 놓여 있는 얼어붙거나 녹은 사시나무 가지에서 온기 사이로 신선하고 쓰디쓴 냄새가 났다…. 일어나야만 했던 것, 아주 자연스럽고 꼭 필요한 것이 일어났을 뿐이었다…. 나는 벌써 열일곱 살이지 않은가…. 나는 다시 승리감과 남성다운 자부심에 사로잡혔다. 밤에 내 머릿속에 파고든 생각은 모두 얼마나 어리석은 것인가! 어제 일어난 일은 얼마나 놀랍고 무서운 것인가! 이런 일은 다시 일어날 테고, 심지어는 오늘 또 일어날 수도 있다! 아, 나는 얼마나 그녀를 사랑하고 있고, 또 얼마나 그녀를 사랑하게 될 것인가!

14

이 날부터 나에게 끔찍한 시간이 시작되었다. 이것은 나의 온 정신력과 육체의 힘을 삼켜버린 진짜 광기였다. 생활은 단지 욕망이나 욕망에 대한 기대의 연속이었다. 톤카의 남편이 그녀를 만나러 올 때, 그녀는 보통 잠을 자던 집에서 내가 밤마다 남편과 함께 하인방에서 잠을 자야만 했는데, 그런 밤이면 내 마음은 잔인한 질투의 고통으로 갈기갈기 찢어지곤 했다.
 그녀는 날 사랑했던가? 처음에 그녀는 날 사랑했다. 그녀는 남몰래 이 사랑으로 몹시 행복해 했다. 그녀가 아무리 애를 써도 나로 인한 신비한 환희와 내리 뜬 가는 눈의 반짝임을 감출 수 없었다. 심지어 형과 형수 앞에서 날 바라볼 때도, 우리들에게 시중을 들면서도 그랬다. 그 후 그녀는 때론 날 사랑했고, 때론 날 사랑하지 않았다. 그녀는 가끔씩 무심하고 냉정했을 뿐만 아니라 적의를 내보이기도 했다. 항상 변하는 그녀의 감정은 늘 이해할 수 없고 갑작스러운 것으로 완전히 날 지치게 만들었다. 가끔씩 나는 그녀를 증오했지만, 그러면서도 그녀의 은 귀걸이, 그녀의 입술과 계란형의 얼굴 아랫부분 그리고 내리 뜬 가는 눈에 깃든 귀엽고 사랑스럽고 여전히 아주 싱싱한 것에 대해 생각만 해도, 그리고 그녀의 수건냄새와 뒤섞인 그녀의 지독한 머리냄새를 떠올리기만 해도 나는 온몸이 떨렸다. 그 때 나는 — 어떤 탐욕스런 기쁨을 느끼면서까지 — 우리가 은밀히 사랑을 나누었던 처음의 행복했던 나날이 한 순간만이라도 다시 돌아오기만 한다면, 그녀 앞에서 어떤 모욕도 당할 준비가 되어 있었다.
 비록 어느 정도라도 이전처럼 생활하려고 나는 최선을 다했다. 그러나 나의 모든 나날은 이미 오래전에 단지 초라한 모습을 띤 예전 생활로 변해 있었다.
 겨울이 지나고 봄이 왔다…. 나는 아무 것에도 관심을 두지 않고 왠지 영어를 열심히 공부했다….
 신은 예기치 않게 나를 구해주었다.
 참으로 멋진 5월의 어느 날이었다. 나는 영어 교과서를 손에 들고 내 방의, 위로 들어 올려진 창문가에 앉아있었다. 내 방 옆의 발코니에서 형들과 형수와 엄마의 목소리가 들렸다. 나는 무심코 그들의 말을 들으면서, 멍청하게 책을 바라보며 아주 절망적인 생각을 하고 있었다. 나는 잠깐만이라도 알페로프의 집으로 달려가고 싶었다. 더욱이 형과 형수가 우리 집에 있으니까 톤카는 아마 혼자 집에 있을 것이다. 이와 함께 타락할 대로 타락했다는 고통스런 의식이 내 마음을 짓눌렀다. 그 의식이 얼마나 괴롭고 고통스러웠던지 나 자신이 불쌍해졌고, 머리에 떠오른 죽음에 대한 생각이 행복하게 느껴졌다.

정원에는 뜨거운 햇볕이 빛났고 벌들이 붕붕 날아다녔다. 정원은 아주 얇고 푸르른 그늘로 덮여 있었다. 끝없이 높고 아직도 싱그러운 봄의 맑고 짙은 푸른 하늘에서 한없이 높이 뜬 구름이 가끔씩 둥근 모양을 띠면서 태양을 가리고 있었다. 대기는 천천히 검푸르러졌고, 하늘은 더욱 거대해지고 더 높아진 듯했다. 저 높은 곳에서, 행복한 봄의 텅 빈 세상에서 갑자기 천둥소리가 어쩐지 다정하고 장엄하게 울려퍼지기 시작했다. 천둥소리는 점점 더 커지며 낭랑하게 울려퍼졌다…. 나는 연필을 들고 줄곧 죽음에 대해 생각하면서 교과서에 쓰기 시작했다.

> 다시, 또 다시 그대의 머리 위에,
> 구름과 나무들의 푸른 어둠 사이에,
> 행복하고 순결한 천상의 푸름으로,
> 에덴동산의 푸름으로 하늘은 가득 차리라.
> 다시 구름은 원을 그리며 나무 뒤에서
> 천상의 눈처럼 반짝이리라.
> 땅벌은 꽃부리에 매달려 있고,
> 봄의 신은 강력한 천둥을 내치리라.
> 그런데 나는, 나는 어디에 있을 것인가?

"너 거기 있니?"

니콜라이 형이 내 창문 쪽으로 다가오면서 약간 엄하고 이상한 어조로 말했다.

"잠시 내게로 나와 봐라. 너에게 좀 할 얘기가 있다…."

나는 낯빛이 창백해지는 걸 느꼈지만 자리에서 일어나 창문으로 뛰어내렸다. 나는 어색하고 조용히 물었다.

"무슨 얘긴데?"

"잠시 걷자."

내 앞에서 아래쪽으로, 연못을 향해 걸으면서 형은 무뚝뚝하게 말했다.

"제발 내가 하는 말을 이성적으로 받아들여라…."

걸음을 멈추고 형이 날 돌아보았다.

"이봐, 너도 물론 알 거야. 이 모든 일이 벌써 오래전에 그 누구에게도 비밀이 아니라는 걸…."

"무슨 얘긴데?"

나는 간신히 물었다.

"네가 잘 알 텐데…. 그래서 미리 너에게 경고하고 싶다. 오늘 아침에 그녀를 해고했다. 안 그러면 일이 살인으로 끝날지도 몰라. 어제 그 여자 남편이 돌아와 곧장 내게 와서 '니콜라이 알렉산드로비치, 나는 오래전부터 모든 걸 알고 있습니다. 지금 즉시 안토니나를 놓아 주세요. 안 그러면 좋지 않을 겁니다….'라고 말했다. 너도 알겠지만 그의 얼굴은 백지장처럼 창백했고, 입술이 말라붙어서 말도 제대로 못하더라…. 정신차리고 더 이상 그 여자를 만나지 말라고 진심으로 충고한다. 그러나 다 소용없는 일이다. 오늘 그들은 리브니 부근의 어딘가로 떠날 테니까…."

나는 한 마디 대답도 하지 않았고, 형을 피해서 연못 쪽으로 걸어가 강가의 풀밭에 앉았다. 거울 같이 맑은 은빛 물 쪽으로 활처럼 굽어 있는, 반짝반짝 빛나는 어린 버드나무 가지가 풀밭 위에 드리워져 있었다…. 다시 밑 모를 텅 빈 하늘 꼭대기에서 천둥소리가 장엄하게 울리기 시작했다. 내 주변에서 뭔가가 크고 빠르게 바스락거리기 시작했고, 축축한 봄풀의 신선한 냄새가 풍겨났다…. 내 머리 바로 위에서 눈처럼 뭉게뭉게 피어올라 새로 생긴 커다란 구름에서 수직으로 떨어지는 성긴 비가 긴 유리실처럼 빛나기 시작했다. 거울처럼 희고 잔잔한 고른 수면 위에 수많은 못들이 요란한 소리를 내고 검은 점들로 수면을 다채롭게 수놓으며 튀어 오르기 시작했다….

4권
여행, 자유와 만남

1

바투리노에서 보낸 나의 마지막 나날은 우리 가족이 예전처럼 생활한 마지막 나날이기도 했다. 우리 모두는 예전의 생활이 끝나가고 있다는 걸 알았다.

"여보, 우리의 보금자리가 산산이 부서지고 있어!"

아버지는 어머니에게 이렇게 말하곤 했다. 실제로 니콜라이 형은 이 보금자리를 이미 버렸고, 게오르기 형도 완전히 버릴 준비를 하고 있었다. 형의 '감호' 기한이 끝났던 것이다. 나만 혼자 남아있었다. 그러나 이제 내가 보금자리를 버릴 차례였다….

2

다시, 또다시 봄이 찾아왔다. 그리고 다시 이 봄은 예전에 존재하지 않았던 봄처럼 느껴졌고, 나의 모든 과거와는 전혀 다른 무언가의 시작처럼 느껴졌다.

모든 회복에는 뭔가 특별한 아침이 있게 마련이다. 이런 아침에 잠에서 깨어나면 그 즉시 단순성과 일상성을 온전히 느끼게 된다. 이것은, 어떤 새로운 경험과 지혜로 발병 전의 상태와는 다르지만, 건강과 평범한 상태로의 복귀를 의미한다. 나도 조용하고 맑은 5월 어느 날 아침에 내 구석방에서 그렇게 잠에서 깨어났다. 나는 젊어서 창문에 커튼을 칠 필요가 없었다. 나는 자신의 모든 청춘의 힘에 행복한 만족을 느끼고, 밤새 침대와 나 자신을 따스하게 데워놓은 건강한 청춘의 온기를 느끼면서 이불을 걷어 젖혔다. 창문으로 햇살이 비쳐들었고, 겉 색유리를 통해 생긴 푸른 선홍색의 반점이 바닥 위에서 반짝이고 있었다. 나는 아래 창틀을 들어올렸다. 이미 여름날 아침처럼, 부드럽고 깨끗한 공기 그리고 온갖 풀, 꽃, 나비가 노니는 밝은 정원 냄새 특유의 평화로움과 단순함이 가득했다. 나는 세수하고 나서 옷을 입고, 방의 남쪽 구석에 걸린 성상 앞에서 기도하기 시작했다. 성상은 아르세니예프적인 고풍스러움으로 내 마음 속에 희망적인 기분과 항상 끝없이 흘러가는 지상의 나날들에 대한 순종심 같은 것을 불러일으켰다. 발코니에서는 사람들이 차를 마시며 이야기를 나누고 있었다. 다시 니콜라이 형이 와 있었다. 형은 종종 아침마다 우리 집에 오곤 했다. 분명히 형은 나에 내해 밀하고 있었다.

"글쎄, 지금 무슨 생각을 할 수 있겠어요? 물론 일을 해야 하고, 어딘가로 가서 일자리를 잡아야지요…. 게오르기가 어떻게든 자리를 잡으면, 그 애를 위한 자리를 마련할 거라고 생각해요…."

그 날들은 얼마나 멀리 있는가! 그들이 나와 가까운 데도 불구하고, 이제 나는 간신히 그들을 내 가족으로 느낀다. 나는 이 글을 쓰면서 줄곧 친밀감을 느끼며 그들에 대해 생각하면서 왠지 모르게 누군가의 먼, 젊은 날의 형상을 떠올리려고 애쓰고 있다. 이것은 누구의 형상인가? 그 형상은 마치 나의 상상 속의 작은 형과 비슷하다. 작은 형은 끝없이 먼 시간과 함께 세상에서 이미 오래전에 사라져버렸다.

어떤 낯선 집에서 오래된 사진첩을 집어든 적이 있었다. 사진첩의 빛바랜 사진들 가운데 날 바라보는 사람들의 얼굴은 이상하고 복잡한 감정을 불러일으켰다! 무엇보다도 이 얼굴들에서 이상한 낯설음을 느끼는데, 어떤 순간에 사람은 다른 어떤 사람에게 아주 낯설어지기 때문이다. 그리고 이런 감정 때문에 이 사람들과 이 사람들이 살던 시대를 아주 강하고 날카롭게 느끼게 된다. 이 얼굴들은 도대체 어떤 존재들인가? 모두가 옛날 어딘가에서 살았던 사람들로, 각자 자기 나름대로 다양한 운명과 다양한 시대를 살았던 사람들이다. 모든 시대는 나름의 특징을 갖고 있다. 옷, 풍습, 성격, 사회적 분위기, 사건들…. 여기 엄한 표정의 늙은 고관은 이중 넥타이 아래 훈장을 달고, 크고 높은 깃이 달린 프록코트를 입고 있으며, 깨끗하게 면도한 크고 살찐 얼굴을 하고 있다.

여기 게르첸1) 시대의 사교계의 멋쟁이가 있다. 그는 지진 머리에 구레나룻을 기르고, 손에는 실크해트를 들고 넓은 프록코트에 똑같이 넓은 바지를 입고 있다. 넓은 바지는 그의 발을 작게 보이게 한다. 여기에 슬픈 모습을 한 아름다운 부인의 반신상이 있다. 그녀는 높이 틀어 올린 머리에 진기한 모자를 쓰고, 가슴과 가는 허리를 꼭 조인, 주름 잡힌 끈이 달린 실크 드레스를 입고 있으며 귀에 긴 귀걸이를 달고 있다…. 그리고 여기에 1870년대의 젊은이가 있다. 울대뼈를 가리지 않고, 넓게 열려진 높은 깃이 달린 셔츠를 입은 젊은이는 솜털이 막 나기 시작한 계란형의 얼굴을 하고 있다. 그의 수수께끼 같은 커다란 두 눈에는 젊음의 고뇌가 어려 있고, 그의 긴 머리칼은 물결처럼 일렁인다…. 이 모든 얼굴들, 그들의 생활과 시대는 옛이야기이고 신화인 것이다!

과거의 나의 형상을 복원하면서 지금도 나는 똑같은 것을 느낀다. 나는 실제로 그랬던가? 젊은 윌리엄 2세가 있었고, 블랑제라는 장군2)이 있었고, 광활한 러시아의 주인인 육중한 몸집의 알렉산드르 3

---

1) A. I. 게르첸(1812~1870) : 농제제도 하에서 고통을 당한 러시아 민중의 해방을 위해 국내외에서 투쟁한 작가, 사회정치평론가, 혁명적 활동가.

세가 있었다…. 그리고 이 신화적인 시대에도, 영원히 죽은 러시아에도 봄이 있었고, 뺨에 짙은 홍조와 푸르고 맑은 눈을 한, 왠지 영어로 자신을 괴롭히고 자신의 미래에 대한 우수를 밤낮으로 마음속에 숨겼던 누군가가 있었다. 그에게는 세상의 모든 매력과 기쁨이 자신을 기다리고 있을 것 같았다.

3

초여름 어느 날에 나는 마을에서 톤카의 시누이를 만났다. 그녀는 걸음을 멈추고 말했다.

"어떤 사람이 당신에게 안부를 전해달라고 했는데…."

나는 이 말을 듣고 어쩔 줄 몰라 하면서 집으로 돌아와 카바르딘카의 등에 안장을 얹고 발길 닿는 대로 말을 몰았다. 말리노보예에 들렀다가 리브니의 대로까지 갔던 걸로 나는 기억한다…. 뭔가 특별한 평화로움, 아름다움, 평온함이 들판에 가득한, 초여름의 평화로운 저녁이 시작되었다. 나는 길가에 잠시 멈춰서 '이제 어디로 가지?' 하고 잠시 생각했다. 나는 길을 가로질러 아주 멀리 말을 타고 갔다. 나는 이미 낮게 기울어진 태양의 붉은 빛을 향해 말을 몰아 누군가의 커다란 숲 속으로 들어갔다. 이 숲은 초목이 무성하게 우거진 협곡과 작은 계곡이 있는 긴 저지대(低地帶)로 시작되었다. 말의 배때기까지 무성하게 자란, 작은 계곡의 꽃과 풀들은 이미 서늘해졌고, 저녁 무렵엔 숲과 초원의 신선한 냄새가 났다. 주변의 모든 덤불과 밀림에서는 꾀꼬리들이 달콤한 목소리로 꾀꼴꾀꼴 울어댔다. 어디선가 저

---

2) 블랑제(1837~1891): 프랑스의 왕당파 장군으로 군주제를 지지한 정치인.

멀리 뻐꾸기 한 마리가 꾀꼬리들이 괜히 기뻐하는 가운데 자신의 외롭고 집 없는 서글픔을 확인하려는 듯이 단조롭고 집요하게, 그리고 끊임없이 뻐꾹뻐꾹 울어댔다. 목청을 높여 공허하게 울어대는 뻐꾸기의 목소리가 저녁이 깃든 숲의 아스라이 먼 메아리와 슬프고 아름답게 교호하면서 때론 더 멀리서, 때론 더 가까이에서 들리는 듯했다. 나는 말을 타고 가면서 새들의 울음소리를 들었다. 뻐꾸기는 앞으로 내가 몇 년을 더 살 수 있다고 예언하는 걸까? 인생, 사랑, 이별, 상실, 추억, 희망이라고 불리는 이해할 수 없는 이 모든 것들이 나에게 얼마나 더 남았을까···. 나는 이런 걸 헤아려보기 시작했다. 뻐꾸기는 나에게 뭔가 무한한 것을 예언하면서 계속 뻐꾹뻐꾹 울어댔다. 그러나 이 무한한 것에는 무엇이 포함되었을까? 주변의 모든 것들의 신비함과 무관심 속에는 심지어 무시무시한 뭔가가 있었다.

나는 카바르딘카의 목과 한쪽으로 젖혀진 갈기, 그리고 걸음걸이에 맞추어 리드미컬하게 흔들리는 높이 치켜든 말 머리를 바라보았다. 옛날, 아주 먼 옛날에 말은 이따금 예언적인 목소리로 말했다고 한다. 말의 숙명적인 침묵, 무엇으로도 결코 깰 수 없는 이 침묵, 나와 아주 가까운 존재, 즉 나처럼 살아있고 이성적이고 느끼고 생각하는 존재의 침묵은 무서운 것이다. 그리고 말이 갑자기 자신의 침묵을 깨기도 한다는 믿기지 않는 가능성은 더욱더 무서운 것이다···. 주변에서 꾀꼬리들이 아무 생각 없이 아주 즐겁게 울어댔고, 저 멀리서는 어떤 비밀스런 둥지를 평생 헛되이 찾으면서 뻐꾸기가 마법에 걸린 듯 줄기차게 울고 있었다···.

4

　여름에 나는 읍내의 티흐빈스카야 시장에 갔다가 다시 한 번 발라빈과 우연히 만났다. 그는 어떤 거간꾼과 함께 걸어가고 있었다. 이 거간꾼은 행색이 아주 추레하고 다 해진 옷을 입고 있었다. 반면에 발라빈은 유난히 깨끗하고 옷을 잘 차려입고 있었는데, 새 옷에 새 밀짚모자를 쓰고 반짝이는 지팡이를 들고 있었다. 거간꾼은 발라빈 옆에서 급히 걸어가면서 그에게 뭔가를 열심히 맹세했고, 계속해서 거칠고 의문스런 눈길로 그를 힐끔힐끔 쳐다보았다. 발라빈은 거간꾼의 말을 귀담아 듣지 않고, 연녹색 눈으로 차갑고 몰인정하게 자기 앞을 바라보면서 걸어갔다. '모든 게 헛소리야!' 마침내 그는 불손하게 내뱉었다.

　그리고 우리가 2년 전이 아니라 어제 만난 것처럼 나와 인사를 나눈 후, 내 팔을 잡고 차를 마시며 잠깐 얘기나 하러 가자고 제안했다. 우리는 노점 찻집들 가운데 한 찻집에 잠시 들렸다. 대화중에 그는 웃으면서, "그래, 어떻게 지내오? 하는 일은 잘 되어가나요?"하고 묻기 시작했다. 그리고 우리 가족이 처한 '비참한 상태'에 대해 말하고—그는 어디에서 들었는지 우리들보다 우리의 형편을 더 잘 알고 있었다—다시 내가 어떻게 해야만 하는지를 말하기 시작했다.

　그와 헤어진 후 나는 너무나 기분이 나빠서 곧장 집으로 가야겠다고 결심했다. 벌써 저녁이 되었다. 수도원에서는 저녁 기도를 알리는 종소리가 울렸다. 수도원 부근의 공유지에 위치한 시장이 파하고 있었다. 대로로 빠져나온 짐마차들 뒤로 끌려나간 암소들이 숨을 헐떡거리며 어쩐지 위협하듯이 울부짖었다. 되돌아가는 짐마차들이 여기저기 움푹 파인 먼지투성이의 공유지 길을 따라 위 아래로 흔들리면서 무섭게 달렸다…. 나는 맨 처음 만난 짐마차로 뛰어올라 역까지 갔다. 우리 마을 쪽으로 가는 저녁 기차가 막 출발하려고 했다.
 '그래, 이제 무엇을 할 것인가?' 나는 발라빈의 말을 떠올리고, 그의 말의 의미가 특히 절망적이라고 더욱 확신하면서 생각했다.
 그가 내게 말했다.
 "난 당신이 앞으로 어떻게 해야 할지 상상할 수 없어요. 당신의 조상들은 그런 상황에 처하면 군복무를 위해 카프카스로 가거나 여러 외국 협의회에 가입하곤 했지요. 그런데 당신은 어디로 갈 수 있고 어디에 가입할 수 있나요? 내 생각에 대체로 당신은 어떤 일을 할 수 없어요. 당신은 다른 꿈을 갖고 있으니까. 예언자들이 말하듯이 당신은 너무 멀리 나아가고 있어요. 바투리노에 관한 한 해결책이 하나 있죠. 경매에 붙여지기 전에 가능한 빨리 팔아버리는 겁니다. 이 경우엔 최소한 당신 아버지 호주머니에 한 푼이라도 남게 될 거요. 당신 자신에 관해선 스스로 생각해봐요…."
 그러나 내가 무엇을 생각해낼 수 있는가? 나는 스스로에게 물었다. 그의 창고에 가서 일을 할 수 있을까?
 이 만남은 《햄릿》에 대한 나의 번역작업의 열기를 약간 식히기까지 했다. 나는 《햄릿》을 나 자신을 위해 산문으로 번역하고 있었다. 《햄릿》은 나에게 전혀 친근한 작품이 아니었다. 내가 다시 깨끗하고 근면한 생활을 몹시 원했을 때, 아주 우연히 내 손에 들어왔던 것이다. 그때 나는 즉시 작업에 착수했다. 나는 곧 이 일에 완전히 매혹되어서 기쁨을 느끼고 내가 하는 일로 흥분하기 시작했다. 게다가 당시 내 마음속에 번역가가 되겠다는 생각이 싹텄고, 나 자신의 영원한 예술적 기쁨의 원천은 물론 존재의 원천도 발견한다는 생각이 들었다.
 지금 집으로 돌아오면서, 나는 갑자기 그러한 희망이 모두 미심쩍다는 것을 깨달았다. 나는 하루하루가 흘러가고 있음을 깨달았고, 발라빈 자신은 원하지 않았겠지만, 나의 모든 '꿈'이 그저 꿈으로만 남을 수 있다는 사실이 다시 나를 불안하게 했다. 나는 우리들의 '비참한 상태'에 대해 곧 잊어버렸다. 그러나 '꿈'은 다른 문제였다…. 실제로 그 꿈은 무엇이었는가? 예컨대 발라빈은 우연히 카프카스를 언급했다.

"당신의 조상들은 그런 상황에 처하면 군복무를 하기 위해 카프카스로 갔다."

나는 조상들의 자리에 설 수만 있다면 내 인생의 반을 내줄 수 있을 것만 같았다…. 시장에서 한 젊은 집시여인이 내 손금을 봐주었다. 이 집시들도 전혀 새롭지 않았다! 그러나 그녀가 검고 힘센 손가락으로 내 손을 잡고 있는 동안 나는 이런저런 생각을 했고, 그후 그녀에 대해 얼마나 많은 생각을 하곤 했던가! 노랗고 붉은 다양한 색깔의 누더기를 걸친 그녀는 이상하게 화려한 모습이었고, 작고 검은 머리에서 숄을 벗은 후 내게 뻔한 헛소리를 해대면서 넓적다리를 계속 살살 움직였다. 그녀는 이 넓적다리, 꿈을 꾸는 듯한 달콤한 눈과 입술뿐만 아니라 어떤 먼 곳을 암시하는 모든 예스러움으로 날 고통스럽게 만들었다. 그리고 나의 '조상들'도 여기에 있었다는 사실 — 내 조상들 중 집시여인들이 점을 봐주지 않은 사람이 누가 있겠는가? — 나와 조상들의 비밀스런 관계, 그리고 이 관계를 느끼고 싶다는 열망으로 나는 고통스러웠다. 만약 세계가 우리들에게 완전히 새롭기만 하다면, 우리는 지금 우리가 세계를 사랑하듯이 정말로 세계를 사랑할 수 있을까.

5

 당시에 나는 종종, 멈춰 서서 젊음의 예리한 놀라움을 가지고 자문하곤 했다.

 '나를 에워싸고 있는 영원하고 거대한 이해할 수 없는 세계 속에서, 과거와 미래의 무한함 속에서, 동시에 내게 개인적으로 주어진 제한된 시간과 공간인 바투리노란 곳에서 도대체 나의 삶이란 무엇인가?'

 나는 나의 삶이나 다른 모든 삶이 낮과 밤, 일과 휴식, 만남과 대화, 이따금 사건이라 불리는 기쁨과 불쾌함의 교체라는 걸 깨달았다. 또 삶이란 인상, 그림들, 형상들의 교체이고, 그것들 중에서 가장 하찮은 것들만이 우리 마음속에 남는다는 걸 알았다. (그 이유와 방법은 아무도 모른다.) 또 삶이란 서로 무관한 감정과 생각들의 무질서한 회상이고 과거와 미래에 대한 모호한 예측의 끊임없는, 한 순간도 우리를 멈추게 하지 않는 흐름이라는 걸 알았다. 더욱이 삶이란 삶의 어떤 본질, 어떤 의미와 목적, 결코 이해하거나 표현할 수 없는 뭔가 중요한 것을 내포하고 있는 듯한 그 무엇이며, 그것과 연관된 영원한 기대라는 걸 알았다. 그것은 행복이나 어떤 특별한 충만감에 대한 기대일 뿐만 아니라 이러한 본질과 의미를 마침내 갑자기 드러내는 그 뭔가에 대한 기대였다.

 "예언자들이 말하듯이 당신은 너무 멀리 나아가고 있다…."

 실제로 나는 남몰래 삶 속으로 멀리 나아갔다. 무엇을 위해? 아마도 그 의미를 이해하기 위해서가 아니었을까?

6

게오르기 형은 다시 하리코프로 떠났다. 언젠가 아주 오래전에 형이 감옥으로 끌려갔을 때처럼 다시 10월의 맑고 추운 어느 날이었다. 나는 정거장까지 형을 배웅했다. 우리는 마차를 타고 잘 다져진 반짝이는 길을 따라 빠르게 달렸고, 미래에 대해 희망적인 얘기를 하면서 이별의 슬픔과 살아온 인생에 대한 알 수 없는 아픔을 떨쳐버렸다. 모든 이별은 살아온 세월에 대한 최종결산이고, 이 결산을 통해 그 세월은 영원히 마감된다.

"하느님 덕분에 모든 것이 잘 될 거다!"

형은 자신의 기분과 하리코프 생활에 대한 희망을 망치려고 하지 않으면서 이기석으로 말했다.

"내가 그곳 생활에 조금 익숙해지고 약간의 돈을 모으면 즉시 널 불러들이마. 그러면 거기에서 네가 뭘 어떻게 해야 할지 분명해질 거야…. 담배 필래?"

형은 이렇게 말하고, 난생 처음으로 내가 어색하게 담뱃불을 붙이는 걸 흡족하게 바라보았다.

혼자 집으로 돌아오면서 나는 유난히 슬프고 기분이 이상했다. 우리 모두가 아주 오랫동안 남몰래 두려워했던 일이 일어났고, 이제 형이 여기에 없고, 나 홀로 돌아가서 내일은 바투리노에서 혼자 일어나야 한다는 사실이 믿어지지가 않았다. 집에서는 더 큰 불행이 날 기다리고 있었다. 나는 얼어붙은 진홍빛 어스름 속으로 돌아왔다. 곁말인 카바르딘카는 속보로 달린 가운데 말에게 집에 오는 내내 쉴 틈을 주지 않았다. 집에 도착하자마자 나는 카바르딘카에 대해 생각하지 않았다. 사람들은 흥분한 카바르딘카를 진정시키지 않고 카바르딘카에게 그냥 물을 먹였다. 땀으로 범벅이 된 카바르딘카는 무섭게 떨었고, 말 옷도 걸치지 않고 추운 밤 내내 서 있다가 아침 무렵에 쓰러져 죽었다. 정오에 나는 카바르딘카가 옮겨진 정원 뒤쪽의 목장으로 갔다.

아, 세상의 텅 빈 장소는 얼마나 잔인하고 밝았던가! 또 맑은 침묵은 얼마나 음산했던가! 그리고 텅 빈 들판의 대기, 추위, 눈부신 빛은 얼마나 투명했던가! 목장에 누워있는 카바르딘카의 죽은 몸뚱이는 옆구리가 높이 부풀어 오르고, 가늘고 긴 목에 머리를 멀리 뒤로 젖힌 채 꼴사납게 흙빛으로 변해 있었다. 개들은 이미 카바르딘카의 배때기 위에서 작업을 하고, 음탕하게 뒤치락거리며 배때기를 물어뜯었다. 한 떼의 늙은 까마귀들이 기대에 부풀어 근처로 몰려들었다. 혐오스러운 짓거리를 한참 하다가 불안하게 으르렁거리던 개들이 갑자기 이빨을 드러내고 피범벅이 된 낯짝을 한 채 까마귀들에게 달려들었고, 그 때마다 까마귀들이 맹렬하게 하늘로 날아올랐다….

아침을 먹은 후, 나는 내 방의 소파에 멍청히 누워 있었다. 내 방의 정방형의 작은 유리창 너머에서 가을 하늘이 고르게 빛났고 벌거벗은 나무들이 거뭇거뭇했다. 그 때 복도에서 빠르고 묵직한 발자국 소리가 들려왔고, 갑자기 아버지가 내방으로 들어왔다. 아버지는 당신이 좋아하는 벨기에 쌍발 총을 들고 있었다. 아버지가 갖고 있던 예전의 사치품들 중에서 단 하나 남은 고가품이었다.

아버지는 총을 결연하게 내 옆에 놓으며 말했다.

"여기 있다. 이 총을 네게 주겠다. 집에 있는 것은 맘대로 다 사용해라. 아마, 이 총이 네게 조금은 위안이 될 게다…."

나는 벌떡 일어나 아버지의 손을 붙잡았지만 입을 맞출 수는 없었다. 아버지가 손을 물리치고 재빨리 허리를 굽혀서 내 관자놀이에 어색하게 입을 맞추었기 때문이다.

"언제나 너 자신을 너무 괴롭히지 마라."

평소처럼 활기차게 말하려고 애쓰면서 아버지가 덧붙여 말했다.

"물론 말(馬)을 두고 하는 말이 아니라 대체로 네 상황에 대해서 하는 말이다. 네 생각에 내가 아무것도 모르고 널 생각하지 않는 것 같으냐? 누구보다도 네 생각을 많이 한다! 너희들 모두에 대해 잘못을 느낀다. 너희들 모두를 비렁뱅이로 만들어 놓았어. 그래도 다른 애들은 뭐라도 갖고 있지. 니콜라이는 조금이라도 생활이 보장되어 있고, 게오르기는 교육이라도 받았건만 너는 아름다운 영혼 말고 가진 게 뭐가 있니? 그 애들에게 뭐가 더 필요하겠니? 니콜라이는 아주 평범한 애고, 게오르기는 항상 영원한 대학생으로 남아있을 거야. 그런데 넌 … 가장 나쁜 건 네가 우리와 함께 오래 있지 않을 거라는 거다. 무엇이 널 기다리고 있는지 신만이 아시겠지! 그러나 내 말을 기억해라. 슬픔보다 너 큰 불행은 없단다…."

7

그 해 가을에 우리 집은 휑하고 조용했다. 지금까지 나는 아버지와 어머니에 대해 이렇게 따스한 사랑을 느낀 적이 한 번도 없었던 것 같다. 당시에 누이 동생인 올랴만이 이상하게도 날 강하게 사로잡았던 고독감에서 구원해주었다. 이제 나는 올랴와 함께 산책하고, 대화하고, 미래에 대해 꿈꾸기 시작했다. 나는 내가 생각했던 것보다 올랴가 훨씬 더 어른스러워지고 정신적으로나 지적으로 더 성장했으며, 나와 더 가까워졌다는 것을 놀랍고도 기쁘게 더욱더 확신하게 되었다. 우리들의 새로운 관계 속에는 우리가 친하게 지냈던 아득한 어린 시절로 다시 되돌아가는 놀랄 만한 뭔가가 있었다 ….

아버지는 "무엇이 널 기다리고 있는지 신만이 안다!"고 나에 대해 말했다. 그럼, 바투리노에서 온갖 가난과 고독을 함께 하고 젊음의 매력을 담뿍 지닌 올랴를 기다린 것은 무엇이었을까?

그러나 당시에 나는 무엇보다 나 자신에 대해 주로 생각했다.

나는 번역하는 일을 그만두었다. 나는 많은 시간을 농가를 찾아다니며 마을에서 보냈고, 때론 니콜라이 형과 때론 혼자서 사냥을 자주 했다. 우리 집에는 보르조이 개가 없었고, 두 마리의 평범한 사냥개만이 남아있었다. 아직도 군내(郡內) 여기저기에서 행해지는 대규모의 사냥에서는 늑대와 여우들을 몰아서 잡았다. 이런 사냥은 인가에서 멀리 떨어진 들판으로, 우리가 사는 지역보다 더 많은 사냥감을 잡을 수 있는 지역으로 멀리 나가서 오랫동안 계속되었다. 우리들은 회색 토끼 한 마리만 봐도 즐거워했다. 더 정확히 말하면, 회색 토끼를 쫓아다니면서 가을 벌판을, 가을 대기 속을 쏘다니는 걸 좋아했던 것이다.

11월 말 어느 날, 나는 예프레모프 마을 근처를 이렇게 돌아다니고 있었다. 이른 아침에 하인방에서 뜨거운 감자로 아침을 때운 나는 총을 어깨에 둘러메고 늙고 거세한 농업용 말에 올라타고는 개들을 불러서 출발했다. 형은 곡물을 까부르느라 바빠서 나 혼자 나섰다. 이상하게 맑고 따뜻한 날이었지만 들판은 쓸쓸해 보였다. 사냥에 관한 한 완전히 절망적이었다. 들판이 쓸쓸해 보인 것은 사방이 벌써 고요하고 벌거벗었기 때문이었다. 흔히 늦가을에 그렇듯이, 모든 것들은 가난하고 온화한, 마지막 모습을 띠고 있었다. 사냥이 절망적인 것은 최근에 비가 왔기 때문이다. 사방이 진창인 데다 너무나 질척거려서 — 길뿐만 아니라 겨울보리 싹도, 개간지와 그루터기도 — 나와 개들은 밭 사이의 작은 길과 경계를 따라서 앞으로 나아가야만 했다. 나는 곧 사냥에 대해 생각하지 않았다. 나와 마찬가지로 개들도 이런 들판에서는 추격할 사냥감이 있어도 추격할 수 없다는 걸 깨닫고 앞에서 달리고 있었다. 축축한 썩은 잎 냄새가 진하게 풍기는 작은 숲에 다다랐을 때나, 붉은 참나무 관목 숲, 골짜기, 작은 언덕을 지나갈 때만 개들은 다소 활기를 띠었다. 그러나 여기에도 아무것도 없었다. 사방은 텅 비고 고요했으며, 따스하고 맑지만 약하고 생명이 없는 반짝임만 있었다. 그 빛 속에 밝은 주변의 땅이 가을처럼 낮고 평평하고 노닷하게 펼쳐서 있었다. 그루터기, 겨울보리 싹, 경작지가 들어선 바둑판 모양의 들판, 황갈색의 가죽 같은 관목 숲, 저 멀리 희푸른 자작나무와 사시나무의 섬들….

마침내 나는 로바노보에서 발길을 돌렸다. 나는 쉬포보를 지나서 레르몬토프 씨네 가족 영지가 있던 크로프토프카로 들어섰다. 여기에서 나는 아는 농부의 집에서 휴식을 취했고, 이 농부와 함께 바깥 현관계단에 잠시 앉아서 크바스를 마셨다. 우리 앞에는 방목장이 있었고, 방목장 뒤에는 오랫동안 사람이 살지 않은 작은 저택이 있었다. 낡고 작은 집 너머, 희푸른 지평선 속에 곧바로 솟은 검은 우죽들이 보이는 정원만이 이 작은 저택을 살짝 장식하고 있었다. 크로프토프카에 오면 언제나 그랬듯이, 나는 자리에 앉아서 이 집을 바라보며 생각했다.

'레르몬토프[3]가 바로 이 집에서 어린 시절을 보냈다는 게 정말 사실일까? 그의 친아버지가 이 집에서 거의 한평생을 보냈다는 게 사실

일까?'

"집을 팔려고 내놨대유."

농부가 저택을 바라보다가 눈을 찡그리며 말했다.

"예프레모프 출신의 카메녜프가 값을 흥정하고 있다는데유…."

날 힐끗 쳐다보고 나서 농부는 다시 한 번 눈살을 찌푸렸다.

"도련님 집은 어때유? 아직 안 팔았슈?"

"그건 아버지의 일이지."

나는 대답을 얼버무렸다.

농부는 자기 나름대로 무슨 생각을 하면서 말했다.

"물론 그렇지유. 내가 말하려는 건 지금은 모두가 팔려고 한다는 거쥬. 나리들에게 나쁜 때가 왔슈. 사람들이 버릇이 나빠졌구유. 지주들의 일은 말할 것도 없구, 자기 일도 막 되는 대로 해유. 한창 바쁠 때는 노임이 엄청나지유. 지주는 품삯을 제때에 줄 수가 없슈. 지주 자신도 어렵고 가난하니깐유…."

나는 빙 둘러서 계속 길을 갔다. 나는 재미삼아 바실리옙스코예를 지나서 피사레프 씨네 집에서 밤을 보내기로 작정했다. 길을 가면서 우리가 사는 지역의 전반적인 빈곤에 대해 아주 집중적으로 생각했다. 주변의 모든 것이 빈곤하고 불행하고 황량했다. 나는 대로를 따라 말을 타고 가면서 길 주변의 황폐함과 황량함에 놀랐다. 나는 시골 길을 따라 갔고, 작은 마을과 영지를 지나갔다. 들판은 물론 진창길에도, 똑같이 질퍽질퍽한 마을의 거리에도, 텅 빈 저택의 마당에도 사람 그림자 하나 보이지 않았다. 사람들이 도대체 어디에 있는지 모

---

3) M. Yu. 레르몬토프(1814~1841): 러시아 낭만주의 시인. 푸쉬킨의 죽음을 궁정 귀족들의 살인이라고 고발한 〈시인의 죽음〉(1837)으로 일약 유명해졌다. 〈악마〉, 〈견습수도사〉 같은 작은 서사시와 소설 《우리 시대의 영웅》을 썼다.

를 일이었다. 또 농가와 저택에 틀어박혀서 가을날의 심심함과 무료함을 어떻게 달래고 있는지 모를 일이었다. 잠시 후, 나는 다시 한번 이 모든 것들 가운데 내 자신의 삶의 무의미함을 떠올렸고, 동시에 갑자기 레르몬토프를 기억하고 나서 나의 삶에 대해 심한 공포를 느꼈다. 여기가 바로 크로프토프카이고, 그 잊혀진 집이다. 나는 이 집을 바라보면서 언제나 한없는 슬픔과 형언할 수 없는 감정을 느끼곤 했다…. 여기가 그의 초라한 요람이고, 우리들의 공동의 요람이다. 한때 내가 그랬듯이, 그의 어린 영혼도 혼란스럽게 "이상한 갈망으로 가득 차서" 괴로워했다. 그는 바로 여기에서 어린 시절을 보낸 것이다. 그가 처음 쓴 몇 편의 시는 나의 시만큼이나 아주 졸렬하다…. 그런데 그 다음은 어땠는가? 그 다음에 갑자기 〈악마〉, 〈견습수도사〉, 〈타만〉, 〈돛〉, 〈참나무 잎 하나가 어머니 가지에서 떨어졌네 …〉가 쓰여졌다. 이 크로프토프카와 레르몬토프기 의미하는 모든 것을 어떻게 연결시킬 수 있을까?

'도대체 레르몬토프는 누구인가?' 하고 나는 잠시 생각했다. 나는 맨 처음 두 권짜리 그의 선집을 보았고, 그의 초상화를 보았다. 움직이지 않는 검은 눈을 한 이상한 젊은이의 얼굴이었다. 그 다음에 나는 시를 한 편 한 편 보기 시작했고, 시의 외적 형식뿐만 아니라 이 시와 관련된 그림을 보았다. 나에게 그 그림들은 레르몬토프의 지상의 나날처럼 보였다. 그것은 카즈벡의 눈 덮인 봉우리였고, 다리얄의 협곡이었고, 내가 모르는 그루지야의 밝은 계곡이었다. 이 그루지야의 계곡에서 "아라그바와 쿠라의 물줄기가 마치 두 자매처럼 껴안고" 졸졸 흐르고 있다. 또 타만의 구름 낀 밤과 오막살이집, 멀리 하얀 돛이 겨우 보이는 안개 자욱한 푸르른 바다, 아주 환상적인 흑해 해안가의 어린 연초록 플라타너스 그림도 있었다…. 얼마나 멋진 삶이고 얼마나 멋진 운명인가! 겨우 27년, 그러나 생애의 마지막 날까지,

마슈크 산기슭의 황량한 도로 위에 어스름한 저녁이 깃들 때가지 얼마나 풍요롭고 아름다운 세월을 살았는가! 바로 그날 저녁에 마치 대포가 발사되듯이, 마르트이노프라는 사람의 총 한발이 크고 오래된 권총에서 발사되었다. "레르몬토프는 마치 총알에 맞아 쓰러지듯이 넘어졌다…." 나는 이 모든 것을 아주 생생하게 느끼고 상상하면서 생각했다. 갑자기 내 마음은 환희와 질투로 가득 찼다. 그래서 나는 '이제 바투리노는 질렸다!'고 큰 소리로 스스로에게 말했다.

집으로 돌아온 후, 다음 날에도 나는 똑같은 생각을 하고 있었다.
밤에 나는 내 방에 앉아서 생각에 잠긴 채 책을 읽고 있었다. 나는 《전쟁과 평화》를 다시 읽었다. 날씨는 하룻밤 사이에 급격히 변했다. 폭풍이 치는 추운 밤이었다. 이미 늦은 시간이었다. 집안은 온통 고요하고 어두웠다. 내 방에는 페치카가 피워져 있었다. 페치카가 활활 타오르면 타오를수록 바람은 더 사납고 음울하게 정원과 집을 덮쳤고, 창문을 뒤흔들었다. 나는 앉아서 책을 읽으며 나 자신에 대해 생각했다. 나는 이 늦은 시간, 밤, 페치카, 폭풍을 슬프고도 즐겁게 느꼈다. 잠시 후, 나는 일어나서 옷을 입고 거실을 통해 밖으로 걸어 나와 집 앞의 풀밭을 따라, 이미 성기고 얼어붙을 풀 위를 이리저리 거닐었다. 소란스런 정원은 완전히 깜깜해졌고, 창백한 빛이 풀밭 위에 걸려 있었다. 달밤이었지만 어쩐지 괴롭고 오시안적이었다.[4] 차가운 북풍이 휘몰아쳤고, 오래된 나무들의 우죽이

---

4) 오시안은 스코틀랜드 시인 제임스 맥퍼슨이(1736~1796) 창조한 인물이다.

일제히 음울하게 울부짖었다. 관목들이 날카롭고 매정한 소리를 내며 마치 내 앞에서 달려가는 것 같았다. 뭔가 희끗희끗한 것이 칠해진 하늘을 따라, 거대한 무지갯빛 고리 속의 작은 달빛 반점을 따라 무시무시한 먹구름이 유난히 사납고 음울해 보이는 북쪽에서 빠르게 몰려오고 있었다. 이 먹구름은 우리 지역에서 볼 수 있는 구름이 아니라 밤의 조난(遭難)을 그렸던 옛 화가들이 그리곤 했던 구름과 비슷했다. 나는 바람을 정면으로 맞으며 차가운 냉기를 이겨내기도 하고, 바람을 등 뒤로 맞으면서 앞으로 떠밀리기도 하면서 이리저리 거닐며 다시 무질서하고 순진한 생각을 하기 시작했다. 젊은 날에는 가장 내밀한 생각을 할 때 언제나 무질서하고 순진한 법이다. 나는 대략 이런 생각을 했다.

'아니다, 나는 아직 이것보다 더 좋은 것을 읽어본 적이 없다! 그러나 《카자크 사람들》, 예로쉬키, 미리얀카5)는 어떤가? 혹은 푸쉬킨의 〈아르즈룸으로의 여행〉6)은 어떤가? 그래, 푸쉬킨, 톨스토이, 레르몬토프는 얼마나 행복했을까!'

어제 사냥에 나선 톨스토이 아들들과 함께 어떤 사냥꾼들이 마을에서 멀리 떨어진 들판으로 나가는 대로를 따라 우리 동네를 지나갔다고 한다. 내가 '그의' 동시대인이고 '그의' 이웃이라니 얼마나 놀라운 일인가!7) 이것은 동시에 푸쉬킨 옆에서 살았으면 하는 것과 똑같은

맥퍼슨은 오시안이 쓴 고대 게일인의 서사시를 발견했다고 주장했다. 맥퍼슨이 이 서사시의 저자임이 밝혀진 이후에도, 이 서사시의 낭만적 이미지는 전 유럽을 사로잡았다.
5) 에로쉬카와 마리얀카는 《카자크 사람들》(1863)에 나오는 카자크 출신의 등장인물들로 건강, 자유, 자연 등을 상징한다. 유럽화되고 인위적인 올레닌과 대비된다.
6) 푸쉬킨은 1829년의 원정에 러시아군과 함께 카프카스를 여행했다. 《아르줌으로의 여행》(1836)은 이때의 여행 경험을 기록한 것이다.

것이다. 이 모든 것은—로스토프 씨네 사람들, 피에르, 아우스테를리츠 벌판, 죽어가는 안드레이 공작—'그가' 창조해낸 것들이다.

"내가 이해하는 것의 무가치함, 그리고 내가 이해하지는 못하지만 가장 중요한 것의 위대함 이외에 인생에는 아무것도 존재하지 않는다…."

누군가가 계속 피에르에게 말했다.

"삶은 사랑이다…. 삶을 사랑한다는 건 신을 사랑한다는 것이다…."

누군가가 나에게도 계속 이렇게 말하고 있다. 나는 모든 것을 얼마나 사랑하는가! 심지어 이 거친 밤까지도 얼마나 사랑하고 있는가! 나는 온 세상을, 모든 땅을, 모든 나타샤들과 마리야카들을 보고 싶고 사랑하고 싶다. 나는 어떻게 해서든지 여기를 떠야만 한다!

안개 자욱한 뿌연 달무리에는 어떤 불길한 천상의 징조 같은 것이 있었다. 불행하고 살짝 옆으로 기운 달의 얼굴이 희끗희끗하고 흐릿한 하늘에서 더욱더 슬퍼 보이고 뿌옇게 보였다. 연기가 자욱하고 납덩어리 같은, 아주 시커먼 구름이 달의 얼굴을 가끔씩 괴괴하게 덮으면서 하늘 높이 치달으며 뒤엉키곤 했다…. 북쪽의 울부짖는 정원 너머에서 먹구름이 솟아올랐고, 기이한 눈 냄새가 바람에 실려 왔다. 나는 거닐면서 생각했다.

'그렇다, 더 이상 이렇게 살 수는 없다. 저당 잡히지 않은 바투리노가 열 개가 있다고 해도 나는 이렇게 살 수가 없다. 젊은 날에 톨스토이 자신도 무엇보다 결혼, 가정, 영지관리를 꿈꾸었다니 얼마나 끔찍한가! 그런데 지금은 모두가 '민중을 위한 사업', '민중에게 진 부채의 상환'에 대해 되뇌고 있다.[8] 그러나 나는 민중에 대한 어떤

---

7) 레프 톨스토이의 영지인 야스나야 폴랴나는 부닌 가족의 영지인 오제르키에서 아주 가까운 거리에 있었다.
8) 1890년대에 부닌은 이른바 톨스토이주의자가 되었지만 그 후 톨스토이주의와 결별하였다. 불교에 대한 부닌의 관심은 톨스토이 가르침에 나타난 불교

부채도 느끼지 못했고, 지금도 느끼지 못한다. 나는 민중을 위해 나 자신을 희생할 수도 없고, '민중'에게 봉사할 수도 없고, 아버지 말대로 지방의회 모임에서 활동할 수도 없다. 그리고 그렇게 하고 싶지도 않다…. 그렇다 마침내 무언가를 결정해야만 한다!'

나는 무엇을 결정해야만 하는 것인지 헛되이 찾다가 생각만 뒤죽박죽이 되어 아무 성과도 없이 집으로 돌아왔다. 페치카는 꺼졌고, 램프불이 다 타버려서 석유냄새가 났다. 이미 꺼져가는 램프 빛으로 방안에는 이 창백하고 불안한 밤의 희미한 빛이 느껴질 정도였다. 나는 책상에 앉아서 펜을 들었다. 그리고 며칠 안으로 오룔의 〈목소리〉9) 에 일자리를 구하러 가겠노라고 갑자기 게오르기 형에게 편지를 쓰기 시작했다….

10

이 편지가 내 운명을 결정했다. 물론 나는 '며칠 안으로' 떠나지 않았다. 우선 길을 떠나기 위해 약간의 돈이라도 모아야만 했다. 그러나 마침내 나는 출발했다.

나는 집에서의 마지막 아침식사를 기억한다. 아침식사를 끝내자마자 우리는 창문 밑에서 작은 방울이 둔탁하게 울리는 소리를 들었다. 창문 뒤, 바로 그 옆에서 겨울처럼 썰렁한 털북숭이 시골 말 한 쌍이

적 특성의 영향을 받은 것일 수도 있다. 1937년에 부닌은 톨스토이에 대한 비관적인 에세이를(〈톨스토이의 해방〉) 쓰기도 했다.

9) 부닌은 1889~1890년에 〈오룔 통보〉의 직원으로 일했다. 당시 오룔은 오룔현의 수도로 인구는 약 7만이었다.

나타났다. 말들이 털북숭이가 된 것은 이날 우윳빛 함박눈이 눈앞이 보이지 않을 정도로 쏟아졌기 때문이었다…. 아아, 이 모든 것들과 이런 출발들은 아주 오래된 것이었지만 내겐 너무나 고통스럽고 새로웠다! 이 날 내린 눈조차도 내겐 어쩐지 아주 특별하게 보였다. 그래서 아버지의 너구리 털외투를 걸쳐 몸이 무거워진 나는 집안사람들 모두의 배웅을 받으며 썰매를 타러 밖으로 나온 순간, 그 하얗고 신선한 눈을 보고 깜짝 놀랐다.

 그 다음에 일어난 일은 마치 꿈과 같았다. 침묵의 긴 여정, 끝없이 펼쳐지는 하얀 눈송이 왕국에서 규칙적으로 흔들리는 썰매. 이 왕국에는 땅도 하늘도 없었고, 단지 끝없이 밑으로 흐르는 하얀 그 무엇, 그리고 매혹적인 겨울 길 냄새만이 있었다. 지독한 말 냄새, 축축해진 너구리 외투 깃 냄새, 담뱃불을 붙일 때 나는 유황성냥과 매콤한 싸구려 담배냄새 … 그리고 첫 번째 전신주가 이 백색의 왕국에서 가물거렸고, 도로 옆의 눈더미에서 튀어나온 눈 덮인 도로 표지판이 나타났다. 이 표지판은 이제 초원의 생활이 아니라 어떤 다른 생활의 시작을 의미했다. 이른바 철도는 러시아인을 항상 특별하고 설레게 만드는 것이다….

 기차가 도착했을 때, 나는 하인과 작별인사를 하면서 털외투를 건네고 바투리노의 모든 사람들에게 안부를 전해달라고 부탁했다. 나는 마치 끝없는 길을 떠나는 것 같은 기분을 느끼며 3등실 객실 안으로 들어갔다. 나는 오랫동안 승객들의 무관심에 깜짝 놀랐다. 어떤 승객들은 차를 마시며 간식을 먹었고, 다른 승객들은 잠을 잤고, 또 다른 승객들은 할 일이 없어서 줄곧 철제 페치카에 장작을 집어던지고 있었다. 안 그래도 페치카는 객실 전체에 열기를 내뿜으면서 빨갛게 달구어져 있었다. 나는 자리에 앉아서 이 건조한 금속의 열기, 자작나무 냄새와 주철 냄새를 즐기기까지 했다. 창문 너머에서 희푸른 눈이 계속 떨어지고 있었고, 계속 어둠이 다가오고 있는 듯했다….

내가 객실로 들어서면서 가졌던 느낌은 정확했다. 정말로 평범하지 않은 긴 여정, 정처 없는 수년 동안의 편력, 때론 한없이 행복하고 때론 한없이 불행한, 무모하고 무질서한 생활이 날 기다리고 있었다. 한 마디로 말해 그것은 분명히 내게 맞는 생활이었는데, 얼핏 전혀 무익하고 무의미해 보이는 생활이었다.

11

당시 내가 출발할 때 가졌던 그 모호한 생각은 깊은 슬픔으로 가득 찼고, 내가 막 헤어졌던 모든 것들, 그리고 비투리노의 고요와 고독에 내버려두고 온 모든 것들에 대한 사랑으로 가득 찼다. 나는 거기에서 나 자신의 부재(不在)를 보고 느꼈으며, 거의 경건에 가까운 침묵 속에서 이미 영원히 완성된 것, 즉 이전의 나를 간직하는 듯한 나의 텅 빈 방을 보았다. 그러나 이 슬픔 속에도 크고 비밀스러운 기쁨이 있었고, 마침내 실현된 꿈, 어떤 자유와 의지, 활동, 움직임(아직 완전히 결정되지 않아서 더욱 유혹적인 어떤 것을 향한)의 행복이 있었다. 이 모든 느낌은 새로운 역을 지날 때마다 더욱 커졌다. 그래서 마침내 과거의 모든 것, 내가 버리고 온 모든 것들이 어딘가 저 먼 곳으로, 소중하지만 거의 낯선 먼 곳으로 떠나가면서 이전의 느낌들은 계속 희미해졌고, 오직 점점 더 흥미롭고 분명해지는 현재만이 남게 되었다. 나는 이미 내 주변의 낯설고 거친 수많은 생활과 얼굴들에 어느 정도 익숙해졌고, 그들을 어느 정도 파악했다. 나는 나 자신의 개인적인 감정과 더불어 그들에 대한 느낌을 가지게 되었고, 그들에 대해 온갖 추측을 하기 시작했다. 그리고 매콤한 싸구려 당담배와 아스몰로프 담배를 구별했고, 아낙네의 무릎 위에 놓인 보따리와 내 맞은편에 앉아있는 신병의 팔꿈치 아래 놓인 화려하게 장식된 참나무 상자를 구별할 수 있었다. 나는 객차가 아주 새것이고 깨끗하다는 걸 알아챘다. 주철 난로로 덥혀진 객차의 벽에 댄, 홈이 파인 금속판들이 노랗게 변해 있었다. 객차 안은 온갖 담배연기로 답답했다. 담배연기는 어쩐지 창밖의 눈과는 단절된 듯한 다정한 인간생활을 느끼게 했지만 대체로 아주 독했다. 창밖에는 전신선(電信線)이 올라갔다 내려갔다 떠다니면서 끝없이 이어졌다. 나는 밖으로 나가 눈과 바람을 맞고 싶어져서 비틀거리며 창문 쪽으로 걸어갔다…. 들판을 뒤덮은 눈의 냉기가 객차의 승강구로 불어왔고, 이미 전혀 낯선 새하얀 들판이 주변에 펼쳐졌다. 마침내 눈발이 가늘어지자 주변이 더 밝고 더 희어졌다.

  한편 기차는 어딘가로 다가가다가 몇 분 동안 멈춰 섰다. 황량한 간이역, 정적―앞에서 기관차가 뜨거운 수증기를 씩씩거리며 내뿜고 있다―그리고 모든 것에는 알 수 없는 매혹이 깃들어 있었다. 이 일시적인 망연함과 정적도, 씩씩거리며 대기하고 있는 기관차도, 첫 번째 선로의 눈 녹은 레일 위에 서 있는 화차(貨車) 붉은 벽 너머의 보이지 않는 기차역도 아름다웠다. 왠지 바로 이 간이역에서 평생을 평화롭게 살도록 운명지어진 암탉 한 마리가 눈 녹은 레일 사이를 조용하고 편안하게 걸어 다니며 먹이를 쪼아먹고 있었다. 이 암탉은 그대가 어떤 꿈과 느낌을 갖고 어디로, 왜 가고 있는지에 대해 전혀 관심이 없다. 그대의 꿈과 느낌의 영원하고 고상한 기쁨은 겉으로는 매우 무가치하고 평범한 사물들과 연관되어 있는 것이다….

  잠시 후 저녁이 다가왔을 때, 모든 것이 단 하나, 즉 최초의 큰 기차역에 대한 기대로 모아졌다. 큰 기차역에 도착하기 전에, 나는 오랫동안 승강구에서 온몸이 꽁꽁 얼어붙어 있었다. 마침내 나는 앞쪽의 음울한 어둠 속에서 형형색색의 불빛들, 사방으로 갈라지는 선로들, 신호소들, 전철기(轉轍機)들, 예비 기관차들, 그리고 사람들로 북적이는 기차역의 어두운 플랫폼을 보았다…. 내가 맛있는 냄새가 풍기는 밝은 간이식당으로 잽싸게 뛰어 들어가 세상에서 가장 맛있는 양배추 국으로 입안을 데었으리라는 걸 쉽게 상상할 수 있으리라!

이 모든 것의 결과는 아주 예기치 않은 것이었다. 식사한 후에, 나는 다시 덜컹거리는 객차의 검은 유리창 가에 앉아서 담배를 피우고 있었다. 구석의 각등(角燈)에서 타고 있는, 국가가 지급한 두꺼운 양초의 연기 자욱한 희미한 불빛 속에서 나는 아무리 이상하게 보일지라도 이제 내 행선지인 오룔이 멀지 않았다고 생각했다. 나는 지금까지 오룔에 대해 거의 한 번도 상상해보지 않았다. 그러나 오룔의 기차역을 따라서 러시아 선노(全圖)를 관통하는 거대한 간선도로기 지나간다는 한 가지 사실만으로도 놀라웠다. 북쪽은 모스크바, 페테르부르크로 가는 길이고, 남쪽은 쿠르스크와 하리코프, 게다가 아버지의 젊은 날의 인생이 영원히 남아있을 것 같은 세바스토폴리로 가는 길이었다…. 갑자기 나는 '내가 지금 일자리를 구하러 〈목소리〉란 어떤 신문사로 가고 있는 게 정말 사실일까?' 하고 스스로에게 말했다. 거기에도 물론 아주 매력적인 것, 편집국이라는 것과 인쇄소란 것이 있었다. 그러나 쿠르스크, 하리코프, 세바스토폴리….

"아니야, 이 모든 것이 난센스야."

나는 나 자신에게 말했다.

"오룔에는 잠시 들러서 사람들을 만나보고 내게 제안하는 것을 알아보기만 할 거야. 그리고 잠시 생각해보고 형을 만나야 한다고 말해야지…. 잠시 들렀다가 더 멀리 하리코프로 갈 거야!"

그러나 나는 오룔에 잠시 들릴 필요조차 없게 되었다. 모든 일이 내가 예상했던 것보다 더 잘 되었다. 일부러 그런 것처럼 나는 오룔에 늦게 도착했고, 그때 마침 하리코프로 가는 기차가 위쪽에서 도착했던 것이다. 뜻밖에도 그것은 내가 지금껏 한 번도 보지 못했던 멋진 기차였는데, 미국제의 무서운 기관차가 달린 급행열차였다. 육중하고 커다란 객차는 모두 일등실과 이등실이었고, 창문에는 푸른 비단 아래로 빛이 희미하게 비치는 모직 커튼이 쳐 있었다. 모든 것이 풍요로운 세계의 따스함과 아늑함을 지니고 있었다. 이런 객차 안에서 밤을 보낸다는 건 (게다가 남쪽으로 가는 여정에서) 내겐 이미 절대로 물리치기 어려운 행복처럼 보였다….

12

하리코프에서 나는 즉시, 내게는 전혀 새로운 세계와 맞닥뜨렸다. 나의 특성들 중 하나는 빛과 공기에 대한, 그것들의 미세한 차이에 대한 예민한 감수성이었다. 하리코프에서 맨 처음 나를 놀라게 한 것은 공기의 부드러움이었는데, 하리코프의 공기에는 내 고향의 공기보다 더 많은 빛이 있었다. 나는 기차역 밖으로 걸어 나와 마부가 모는 썰매에 올라탔다. 여기에서 마부들은 두 사람이 한 조가 되어 커다란 방울을 단 썰매를 몰았고, 서로 '당신'으로 호칭하면서 얘기했다. 나는 주변을 둘러보고, 즉시 모든 것이 고향과는 전혀 다르다는 걸 느꼈다. 모든 것이 더 부드럽고 밝았으며, 심지어 봄 같았다. 여기에서도 눈이 쌓여 있어 백색이었지만, 그 흰색은 약간 다르고 기분 좋게 눈이 부셨다. 태양은 없었지만 12월에 기대할 수 있는 어떤 경우보다도 더 빛이 많았다. 구름 너머의 따스한 태양이 아주 좋은 뭔가를 약속하고 있었다. 모든 것이 이 빛과 공기 속에서 더 부드러워졌다. 기차역 너머에서 나는 석탄냄새, 마부들의 얼굴과 대화, 두 마리의 말에 매단 커다란 방울소리, 기차역 앞 광장에서 두꺼운 가락지 빵과 해바라기 씨, 잿빛 빵과 비계 덩어리를 파는 아낙네들의 상냥한 호객소리도 부드러웠다. 광장 너머에는 아주 키가 큰 포플러들이 죽 늘어서 있었다. 포플러들은 벌거벗었지만 진짜 남쪽 우크라이나의 포플러였다. 시내의 거리에선 눈이 녹고 있었다….

그러나 이 모든 것은 그날 계속해서 날 기다리고 있던 것과 비교하면 아무것도 아니었다. 나는 지금껏 이처럼 많은 새로운 감정을 경험하지 못했고, 평생 이렇게 많은 사람과 사귄 적이 없었다. 이따금 어딘가에 도착하면, 첫날에는 아주 많은 인상을 받고 많은 만남을 경험하게 된다. 그날, 내게도 그런 일이 일어났다.

슬겁게 놀라면서 날 맞이한 형에게도 뭔가 새로운 것이 있었다. 여기 하리코프에서의 형은 바투리노에 있을 때와는 어쩐지 다른 사람처럼 보였다. 우리가 만났을 때 느낀 모든 기쁨에도 불구하고, 형은 예전에 비해 내게 덜 친근한 것 같았다. 하리코프에서 형의 생활은 너무나 이상했다! 아버지의 말대로 형이 '영원한 대학생'이란 걸 인정한다고 해도 형은 아르세니예프였다.

그런데 나는 형을 어디에서 발견했는가? 나는 산 밑으로 난 비좁은 어떤 거리에서, 석탄냄새와 유태인의 음식냄새가 지독하게 나는 더러운 돌 마당에서, 대가족이 모여 사는 부륨킨이라는 재단사의 비좁은 아파트에서 형을 발견했다…. 사실은 이것도 그 새로움 때문에 아주 좋았지만, 나는 여전히 큰 충격을 받았다.

"네가 일요일에 와서 날 여기서 찾다니 정말 멋진 일이다!"

내게 키스를 하고 나서 형이 말했다.

"그런데, 정말로, 네가 온 이유가 뭐냐?"

우리 집에서 항상 사용하는 농담조로 말하려고 애쓰면서 형이 즉시 덧붙여 말했다.

나는 나 자신도 그 이유를 모르겠다고 말했다…. 그리고 나서 정말로 내가 무엇을 해야 할지 형과 진지하게 상의하러 왔다고 대답했다. 그러나 형은 더 이상 내 말을 듣지 않았다.

"어떻든 생각해보자!"

형은 확신에 차서 말했고, 나더러 어서 세수하고 옷을 입고서 리소프스키라는 '폴란드인 지주'가 운영하는 작은 식당으로 식사하러 같이 가자고 재촉했다. 이 식당은 지방자치회 통계국에서 일하는 형의 동료들이 항상 식사하는 곳이었다. 우리는 밖으로 나와서, 이런 경우에 흔히 그렇듯이, 이것저것 되는 대로 계속 이야기하면서 이 거리에서 저 거리를 따라 걸었다. 형과 함께 걸으면서 나는—나는 이미 이곳 시민처럼 옷을 입고 있었고, 이걸 잘 느끼고 있었다—아주 화려하게 보이는 거리와 내 주변의 것들을 죽 훑어보았다. 오후에는 완전히 날이 맑아져서 사방이 빛났고 눈이 녹았다. 숨스카야 거리의 포플러들이 마치 살짝 연기가 나는 듯한, 축축하고 푸른 하늘을 따라 흘러가는 하얀 솜털 구름을 향해 우죽을 뻗어 올리고 있었다.…

리소프스키의 식당에는 이상하고 흥미로운 지하실이 있었다. 그곳에는 아주 훌륭하고 놀랄 만큼 값싼 안주를 파는 판매대가 있었다. 불처럼 뜨겁고 후추를 무지하게 많이 친 부침개를 붙여 만든 작은 파이가 특히 맛있었는데, 한 개에 2코페이카였다. 우리가 커다란 테이블에 앉자마자, 내가 보기엔 아주 이상한 사람들이 우리에게 다가와 합석하기 시작했다. 나는 이 사람들을 아주 열심히 바라보았다. 아직 바투리노에 있을 때, 형은 나에게 이 사람들에 대해 아주 물릴 정도로 많은 이야기를 해주었다. 이 사람들은 마치 다른 사람들과는 아주 다르고 특별해 보였다. 형은 즐겁게 서두르면서, 심지어는 자랑스럽게 나를 이 모든 사람들에게 소개했다. 내게 전혀 낯선 아주 뛰어난 사람들과 사람들로 북적대는 지하실 때문에 나는 곧 머리가 어지러웠다. 반지하의 창문을 통해 위에서 들어오는 햇빛이 봄처럼 즐겁게 빛났고, 거리를 따라 여기저기로 걸어 다니는 사람들의 온갖 종류의 다리가 보였다. 나는 뜨거운 붉은 보르쉬[10]와 우리 식탁에서 계속 진행된, 뭔가 아주 낯선 것에 대한 활기찬 대화 때문에도 머리가 어지러웠다. 유명한 통계학자인 안넨스키에 대한 대화였는데, 아주 흥미로워 보였다. 사람들은 그의 이름을 항상 감탄을 하면서 입에 올렸다. 굶주림에 대한 소문을 퍼트리지 못하도록 굶어죽는 농부들을 매질한 볼가 지방의 어떤 현(縣)지사에 대한 얘기도 있었고, 모스크바에서 열릴 피로고프[11] 학술대회 얘기도 있었다. 이 학술대회는 항상 그랬듯이 진짜 사건이 되어야만 했다 ….

식사하는 중에 젊음, 생기, 시골에서 햇볕에 탄 피부, 건강, 단순함, 보고 듣는 것에 아마 어리석고 우둔하게 보일 정도로 강렬하고 긴장된 집중력으로 내가 얼마나 튀었을지 쉽게 상상할 수 있다. 형도 아주 튀었다. 형은 다른 사람들과 친밀한 관계를 유지하고 있었지만, 그들과는 전혀 다른 세계에 속한 사람 같았다. 형은 더 젊고 누구보다도 순수하게 보였으며, 어쩐지 더 섬세한 표정과 심지어 다른 사람들과는 다른 언어습관을 갖고 있는 듯했다.

이 모임의 많은 사람들은, 그 후 내가 깨달은 것처럼, 외모나 다른 모든 점에서 아주 전형적이었다. 나는 이미 여러 가지 점에서 몇몇 사람들을 은근히 인정하지 않았다. 아주 키가 크고 가슴이 좁은 어떤 사람은 심한 근시에 늘 허리를 구부리고 바지 호주머니에 늘 손을 집

---

10) 고기와 야채를 넣은 수프.
11) 니콜라이 피로고프(1810~1881)는 유명한 물리학자였다. 피로고프가 사망한 후에, 진보적인 학자들이 그의 이름을 붙인 학술대회를 조직했다.

어넣고 있었다. 이 사람은 항상 한쪽 다리를 미세하게 떨었고, 그 다리 위에 얹어놓은 다른 한쪽 다리를 정말로 신기하게 나사처럼 꼬고 있었다. 노란 머리칼에 투명할 정도로 노랗고 깡마른 얼굴을 한 다른 사람은 내가 보기에 열렬하고 영감에 차서 너무 말을 많이 하는 것 같았다. 이 사람은 담배는 쳐다보지도 않고, 담배를 잡은 뼈만 앙상한 집게손가락을 쭉 펴서 담뱃재를 털어냈다. 그 옆에 앉은 사람은 항상 무언가에 대해 빈정대며 싱글거렸고, 유난히 내 마음에 들지 않는 짓을 했다. 이 사람은 이미 오래전에 더러워진 식탁보 위에 두 손가락으로 흰 빵 조각을 동그랗게 만들어 데굴데굴 굴리곤 했다….

그러나 다른 몇몇 사람들은 아주 멋졌다. 마른 입술에 그윽하고 슬픔에 찬 눈을 한 폴란드인 한스키는 담배연기를 깊이 빨아들이면서 계속 담배를 피워댔고, 안 그래도 잘 타고 있는 담배에 떨리는 손으로 계속해서 불을 붙였다. 커다란 키에 그림처럼 아름다운 헝클어진 머리칼을 한 크라스노폴스키는 세례자 요한과 비슷했다. 턱수염을 기른 레온토비치는 나이가 더 들었고, 통계학자로서 다른 누구보다도 유명했다. 나는 즉시 그의 다정스러운 편안함과 선량한 신중함, 무엇보다 이상하게 기분 좋고 순수하게 소러시아적인 낮고 깊은 그의 목소리에 매혹되었다. 작고 뾰족한 코에 안경을 낀 어떤 사람은 극히 정신이 없고 미쳐 날뛰듯이 격정적이었는데, 항상 뭔가에 열렬히 분개했다. 동시에 이 사람은 아주 어린아이처럼 순수하고 진실해서 나는 곧 레온토비치보다도 그를 더 좋아하게 되었다. 나는 바긴이라는 통계학자가 정말로 마음에 들었다. 후에 알게 되었지만, 이 바긴이라는 사람은 통계학에 너무나 열중한 나머지 이 세상에 통계학 말고는 아무것도 존재하지 않는다고 생각하는 사람이었다. 큰 키에 건장하고 이빨이 하얀 바긴은 농부처럼 멋지고 명랑했다. 실제로 그는 농부 출신이었는데, 껄껄 웃어대면서 남도 웃게 만들었으며, 강세 없는

'오'를 그냥 '오'로 강하게 발음했다…. 두 사람이 내 마음속에 심한 반감을 불러일으켰다. 이전에 노동자였던 브이코프는 다부진 체격의 젊은이로 블라우스를 입고 있었다. 그의 곱슬머리, 굵은 목, 부릅뜬 두 눈에는 정말로 뭔가 황소 같은 특질이 있었다. 다른 한 사람은 성이 멜리니크였다. 어쩐지 허약하고 파리한 이 사람은 모래처럼 불그스레한 피부에 눈이 흐릿한 근시로 콧소리로 말을 했다. 그러나 판단을 내릴 때는 이상할 정도로 단호하고 자신을 과신했다. 몇 년이 지난 후, 아주 놀랍게도, 그는 볼셰비키 치하에서 중요한 인물, 즉 '빵 독재자' 같은 사람이 되었다….

13

이런 사람들 사이에서 나는 하리코프의 첫 겨울을 보냈고, 그 후 몇 년을 더 보냈다. 이런 부류의 사람들이 어떻고, 이들이 어떻게 살았으며 무엇을 믿었는지는 잘 알려져 있다. 무엇보다 놀라운 것은, 이 부류에 속한 사람들은 이미 학교에서 처음부터 그들이 해야만 한다고 생각되는 특별한 모든 것을 경험한다. 이를테면, 그들은 어떤 서클활동을 하고, 온갖 종류의 학생 '운동'과 이런저런 '과업'에 참여한 후에, 추방당하고 옥살이나 유형에 처해진다. 그리고 계속해서 이런저런 방식으로 '과업'을 수행한다. 그 후, 그들은 대체로 다른 러시아인들로부터 완전히 고립되어 살아간다. 심지어 그들은 온갖 실제적인 활동가들, 가령 상인들, 농민들, 의사들, 정치를 모르는 교사들, 관료들, 성직자들, 군인들, 특히 경찰들과 헌병들을 사람이라고 생각하지 않았고, 조금이라도 이런 사람들과 교제를 하면

수치스러울 뿐만 아니라 죄를 짓는 행동이라고 생각했다. 또 그들은 자신의 모든 것을, 특별하고 확고한 모든 것을 갖고 있었다. 즉 자신의 일, 자신의 관심, 자신의 사건, 자신의 명성, 자신의 도덕, 연애와 가정생활과 우정관계에서 자신의 관례, 러시아에 대한 자신의 태도를 갖고 있었다. 그들은 러시아의 과거와 현재를 부정했고, 러시아의 미래에 대한 꿈을 갖고 있었다. 그들은 러시아의 미래에 대한 신념을 갖고 있는데, 그들은 바로 이 미래를 위해 '투쟁'해야만 했다. 물론 이 부류의 사람들도 혁명성과 민중에 대한 사랑의 정도, 민중의 '적들'에 대한 증오의 정도에 따라서, 그리고 안팎의 모든 특징에 따라서 아주 다양했다. 그러나 대체로 모두가 편협하고, 직선적이고, 인내심이 강했으며 아주 단순한 뭔가를 믿었다. 예컨대 사람들은, 즉 우리들 모두는 단지 온갖 종류의 '박해받고 굴욕당한' 사람들일 뿐이며, 모든 악은 우익에 있고, 모든 선은 좌익에 있으며, 모든 밝은 것은 민중 속에, 민중의 '원칙과 열망' 속에 있고, 모든 악은 통치와 사악한 지배자들에게(이 지배자들은 어떤 특수한 종족으로 간주되었다) 있으며, 모든 구원은 변혁 속에, 헌법이나 공화국 속에 있다는 신념이었다….

하리코프에서 나는 이런 부류의 집단에 속해 있었는데, 나와는 맞지 않는 집단이었다! 그러나 내가 어떤 다른 집단에 속할 수 있었겠는가? 나는 다른 서클과는 어떤 관계도 맺지 않았고, 다른 서클을 찾아보지도 않았다. 내가 가입한 새 서클에 나와 맞지 않는 많은 것들이 있다면, 다른 서클들에는 나와 맞지 않는 것들이 훨씬 더 많이 있을 거라는 느낌과 의식이 다른 서클들을 샅샅이 알고자 하는 나의 바램을 눌러버렸다. 예컨대, 나에게는 상인들과 관료들과의 공통점이 전혀 없었기 때문인지도 모른다. 이 서클의 많은 것들을 나는 그냥 받아들였다. 서클에서 나의 교제의 폭은 빠르게 넓어졌다. 나는 편안하게 사람들과 사귈 수 있었는데, 나는 이 편안함이 좋았다. 대학생활처럼 소박한 서클생활, 관례와 상호관계의 단순함도 내 마음에 들었다. 이 밖에도 서클생활은 아주 즐거웠다. 아침의 사무실 모임에서는 많은 차를 마시고, 담배를 피우며 논쟁을 했다. 그리고 나서 활기가 넘치는 식사가 있었는데, 거의 모든 사람들이 무리를 지어 작은 식당에서 식사했기 때문이다. 저녁에는 어떤 회의에서, 어떤 야회(夜會)나 누군가의 집에서 새로운 모임이 있었다…. 그 해 겨울에 우리는 꽤 잘 사는 한스키의 집에서 종종 모였고, 그 다음에 부유하고 아름다운 과부인 쉬클랴레비치 부인의 집에서 모이곤 했다. 소러시아의 유명한 배우들이 이 과부의 집에 종종 들러서 '자유로운 카자크'에 대한 노래를 불렀고, 심지어 우리 자신의 마르세이예즈인[12] '도 즈브로이, 그로마다!'를 부르기도 했다.

이 서클에는 내 마음에 들지 않는 것들도 많았다. 내가 서클에 익숙해지고, 서클을 잘 관찰하면서부터 나는 더욱더 자주 서클의 이런 저런 일에 화를 냈고, 심지어 나의 분노를 숨기지 않았으며, 이런 저런 문제에 대한 격렬하고, 두말할 것 없이 쓸데없는 논쟁을 벌이기도 했다. 다행히 대부분의 사람들이 날 사랑했고 나의 분노를 용서해주었다. 나는 다른 모든 부류의 사람들에 대해 점점 더 피상적인 선입관에 빠져드는 것을 느꼈다.

그런데 나는 내가 속한 서클에서 무엇을 발견했던가? 여기에서는 소년과 소녀들에게 정치경제학에 관한 책을 읽도록 했다. 그러나 그들 자신은 '정치적 무관심'이라는 이유로 체호프를 경멸하면서 코롤렌코[13]와 즐라토브라트스키[14]를 읽었다. 그들은 '아주 수치하고 유해

---

12) 프랑스의 국가(國歌).
13) 블라디미르 코롤렌코(1853~1921)는 러시아 진보 진영의 작가로 인간영혼과 하층민들의 승리를 그린 일련의 단편을 썼다. 마카르는 〈마카르의 꿈〉에

한 무위(無爲)를 설교했다'는 이유로, 신에 대해 떠들어댔다는 이유로, 잠시 농부와 제화공의 역할을 하다가 '호화로운' 테이블에 앉았다는 이유로, 톨스토이가 매우 사랑했던 야스나야 폴랴나의 농민이 '굶주림으로 몸이 퉁퉁 부었다'는 등의 온갖 이유를 들어 톨스토이를 비방했다. 그들은 문학에 대해서도 대체로 이런 식으로 말해서 나는, 개인적인 분노에도 불구하고, 매일 점점 더 은밀한 공포에 빠져들었다. '정말로 이것은 이렇게 써서는 안 되는 것인가? 이것은 아무에게도 필요치 않은 것인가? 이것이야말로(불쌍한 마카르나 유형수들의 생활에 대한 것) 유일하게 꼭 필요한 것인가?' — 나는 이런 생각을 하곤 했다. 그들은 항상 러시아의 이익을 위해서 모든 것을 할 준비가 되어 있었지만, 가장 무지하고 가난한 계층을 제외한 러시아의 모든 계층들을 아주 심하게 의심했다. 그들은 〈조국의 기록〉15) 시기를 황금세기로 간주했고, 이 잡지의 폐간을 전체 러시아 현실에서 가장 거대하고 끔찍한 사건들 중 하나로 간주했다. 그들은 자신들이 살고 있는 시대를 침체기라고 불렀고, '더 나쁜 시대는 있었지만, 더 비열한 시대는 없었다'16)고 생각했다. 그들은 전 러시아가 이 침체기 때문에 '질식하고 있다'고 단언했고, 자신들이 법제화한 것을 조금이라도 의심하는 사람들을 모두 '변절자'로 낙인찍었으며 누군가의 '중용과 정확성'을 끊임없이 조소했다. 예컨대 그들은 바긴의 아내가 환등기를

등장하는 주인공이다.
14) 니콜라이 즐라토브라트스키(1845~1911)는 인민주의자 소설가로 주로 농민의 생활에 대한 소설을 썼다.
15) 〈조국의 기록〉(1818~1884)은 러시아의 주요한 '두꺼운' 잡지들 중 하나이다. 특히 혁명적 민주주의를 지향한 니콜라이 네크라소프(1821~1878)와 풍자작가 미하일 살트이코프-셰드린(1826~1889)이 주도적으로 편집에 참여한 1868~1884년의 시기는 이 잡지의 전성기였다.
16) 니콜라이 네크라소프의 시 〈동시대〉의 한 구절.

갖추어 일요 독회를 조직했다거나 '화산에 대하여' 같은 독회를 준비한 것을 아주 진지하게 칭찬했다. 야회에서는 심지어 턱수염을 기른 사람들도 '적의에 찬 회오리바람이 우리 머리 위에서 분다'[17] 와 같은 노래를 불렀다. 나는 이 '회오리바람'의 거짓과 평생 동안 생각해 낸 감정과 사상의 불성실함을 너무나 짜릿하게 느껴서 눈을 어디에 둬야 할지 몰랐다. 사람들이 내게 묻곤 했다.

"이봐요, 알료샤, 또 시인의 입술을 삐죽거리시나?"

내가 전혀 이해할 수 없는 방법으로 다리를 나사처럼 꼴 수 있는 바로 그 통계학자인 보그다노프의 아내가 이렇게 물었다. 보그다노프 씨네 집에서 대규모의 저녁모임이 있었다. 그들의 작은 아파트는 사람과 담배연기로 가득 찼고, 사모바르는 테이블에서 치워지지 않았고, 구석은 빈 병으로 가득했다. 사람들은 비밀리에 하리코프에 도착한 나이 든 유명한 '투사'를 환영하기 위해 모였다. 광범위하고 완강한 활동으로 유명한 이 투사는 셀 수 없을 만큼 자주 요새에 감금되었고, 여러 번 극권(極圈) 밖으로 추방되었지만 어디에서든지 탈출하곤 했다. 겉보기에 완전히 동굴에 사는 사람 같은 이 투사는 턱수염이 짙고 동작이 굼떴으며 콧구멍과 귀에도 많은 털이 나 있었다. 그러나 그의 작은 눈은 아주 영리하고 예리해 보였다. 그의 말은 정말이지 청산유수 같았다. 보그다노프 자신은 별로 내세울 게 없었지만, 그의 아내는 당연히 오래전부터 명성이 자자했다. 그녀는 평생 온갖 사람들을 만났고, 온갖 사업에 참여했다! 한때 그녀는 아름다웠고 많은 숭배자들을 거느렸다. 그녀는 지금까지도 명랑하고 활달했으며, 날카롭고 재치 있게 말했다. 또 범상치 않은 논리로 누구라도 타박할 수 있었다. 그녀는 늘씬하고 젊었으며, 야회를 위해 옷을 잘

---

[17] G. M. 크르쥐자노프스키(1872~1959)가 쓴 유명한 혁명시이자 노래인 〈바르샤바의 여인〉(1897)의 한 구절.

차려입었고 이마에 흘러내린 곱슬머리를 살짝 지졌다. 그녀는 날 좋아했지만 매번 날 질책하곤 했다. 지금도 나는 '입술을 삐죽거렸다.' 그 이유는 사람들이 구석에서 저명인사의 말을 실컷 듣고, 실컷 말하고 나서 술을 꽤 마신 후, "우리는 모든 악한들에게 저주를 보내고, 투쟁을 위해 모든 투사들을 부르리라!"[18] 란 노래를 불렀기 때문이다. 나는 괴롭고 마음이 불편했다. 내 옆의 소파에 가는 담배를 손에 들고 앉아있던 여주인이 내 모습을 보고 화를 냈던 것이다. 나는 그녀에게 뭐라고 대답해야 할지 몰랐다. 나는 나 자신을 표현할 수가 없었다. 그녀는 내 대답을 기다리지 않고 낭랑한 목소리로 말했다.

"미칠 듯이 기뻐하고, 즐겁게 지껄이고, 손을 피로 물들인 사람들로부터 …."[19]

내게 이것은 정말로 심해 보였다. 누가 미칠 듯이 기뻐하고, 누가 지껄이고, 누가 손을 피로 물들였는가! 하고 나는 생각했다. 잠시 후에 대학생다운 대담함 때문에 내가 더욱더 혐오하는 어떤 노래가 시작되었다.

"멀고 먼 지방으로부터, 넓은 어머니 볼가로부터, 영광스런 노동을 위해, 즐거운 자유를 위해 우리는 여기에 모였네 …."[20]

심지어 나는 어머니 볼가와 영광스런 노동에도 고개를 돌렸다. 나는 조용하고 열정적이고 매력적인 소녀인 브라일로프스카야가 열렬하고 탐색하는 듯한 대천사의 눈으로 도전적이고 직선적인 증오감을 갖고 한쪽 구석에서 날 쳐다보는 것을 보았다 ….

나는 경박한 혁명성과 선하고 인간적이고 정의로운 것을 향한 성실한 열망에 관한 한 대체로 그들보다 더 우경화하지는 않았다. 사람들

---

18) 인민주의자 P. L. 라브로프가 쓴 〈노동자들의 마르세이예즈〉의 한 구절.
19) N. A. 네크라소프의 시 〈한 시간 동안의 기사〉의 한 구절.
20) N. M. 야즈이코프의 시 〈노래〉의 첫 행.

이 심지어 농담을 하면서(그러나 물론 교훈적으로) "너는 시인이 될 수 없고, 시민이 되어야만 한다!"21)고 내게 상기시킬 때, 그들의 말을 듣고 있을 수가 없었다. 그리고 사람들이 이런 책무를 내게 주입시키고, 인생의 모든 의미가 '사회를 위한 일', 즉 농민과 노동자를 위한 일에 있다고 설교할 때 나는 견딜 수가 없었다. 나는 불끈 화를 내면선 냉정함을 잃곤 했다. 왜 내가 늘 술에 취해있는 어떤 철공이나 말(馬)이 없는 클림을 위해 희생해야만 하는가? 클림은 살아있는 개인이 아니라 하나의 집합체다. 현실에서 사람들은 거리를 오가는 마부같이 보잘것없는 사람으로 클림을 생각한다. 그러나 나는 바투리노의 몇몇 클림들을 정말 진심으로 사랑했고, 지금도 사랑하고 있다. 자루와 톱을 어깨에 메고 시내를 소심하고 어색하게 떠돌아다니다가 가난한 젊은이인 나에게 "도련님, 뭐 할 일이 없을까요?"하고 순진하고 감동적이고 어리석은 말을 던지는 어떤 떠돌이 제재공(製材工)에게 나는 마지막 1코페이카를 기꺼이 내줄 수가 있다. 나는 이우두쉬카, 글루포프라는 도시,22) 하얀 말을 타고 이 도시로 들어오는 도지사를 그린 시체드린의 책에서 늘 인용되는 구절을 읽으면서 진실로 고통을 느꼈다. 그리고 나는, 내가 알고 있는 거의 모든 아파트 벽에서 체르느이셰프스키나 죽은 사람처럼 깡마르고, 크고 무서운 눈을 하고서 서재의 문가에 나타난 헌병을 맞이하기 위해 어정쩡하게 몸을 일으키고 있는 벨린스키23)의 그림을 보면서 이를 갈았다.

---

21) N. A. 네크라소프의 시 〈시인과 시민〉의 한 구절.
22) 이우두쉬카('작은 유다'란 의미)는 셰드린의 풍자소설 《골로블료프 씨네 사람들》(1872~1876)에 등장하는 이기적이고 탐욕적인 인물이고, 글루포프('어리석다'란 의미)는 셰드린의 소설 《한 도시의 역사》(1869~1870)에서 러시아를 상징하는 도시의 이름이다.
23) 비사리온 그리고리예비치 벨린스키(1811~1848) : 러시아의 대표적인 서구주의자이자 문학비평가. 당시 진보적인 지식인들은 최초의 러시아 인텔리겐

이 밖에도 이 서클에는 브이코프들과 멜리니크들이 있었다…. 그들의 얼굴을 바라보면서, 그들이 어떤 아름다운 미래를 위한 노동자들이고 인류의 안녕을 위한 주요한 숙련자이자 조직자들이라는 생각에 동의하기가 어려웠다.

막스라는 별명으로 불리는 유명한 또 한 사람이 있었다. 그는 어딘가에서 이따금 하리코프에 나타났다. 키가 크고, 참나무 뿌리처럼 굽고 단단한 다리에 징을 박은 두꺼운 스위스제 구두를 신은 그는 매우 조용하고 실무적이며 말이 아주 정확했다. 그의 얼굴은 햇볕에 타서 거칠었으며, 항아리 같이 커다란 두개골이 둥글고 가파르게 얼굴 위에 넓게 퍼져 있었다. 그는 이상하게 적게 먹고 적게 잤으며, 전혀도 피곤해하지 않으면서 늘 어딘가로 돌아다녔다….

14

이렇게 겨울은 지나갔다.

형이 근무하는 동안, 나는 아침마다 공공도서관에 앉아있었다. 그러고 나서 나는 이리저리 쏘다니면서 내가 읽은 책에 대해, 걷거나 뭘 타고 다니는 사람들에 대해, 그들 모두는 아마도 나름대로 행복하고 평온할지에 대해 생각했다. 그들은 제각각 자기 일로 바쁘고, 어느 정도 생활이 안정되어 있다. 그런데 나만이 스스로도 이해할 수 없는 뭔가를 쓰고 싶다는 헛되고 막연한 열망으로 고통을 당하면서,

---

차로 그를 존경했고, 사실주의를 옹호하는 그의 비평을 지지했다. 체르느이셰프스키, 도브롤류보프, 피사레프 등 이른바 혁명적 민주주의 비평가들의 선조로 간주된다.

그 뭔가를 해결할 용기도, 착수할 능력도 없이 그저 모든 것을 미래로 미루어 놓고 있다. 나는 너무나 가난해서 좋은 메모장을 사고 싶다는 가련하고 은밀한 꿈을 이룰 수가 없다. 이 메모장에 아주 많은 것들이 달려있을 것 같아서 더욱 괴로웠다. 그 메모장에 적지 않은 것들을 적어 놓을 수 있어서 나의 전 생애가 약간 다르게, 즉 보다 활기차고 적극적으로 전개되었을 것만 같았다!

이미 봄이 시작되었다. 나는 방금 드라고마노프의 소러시아《노래》선집을 읽었고, 《이고리 군기》[24)]에 완전히 매료되었다. 나는 《이고리 군기》를 다시 읽은 후에 이 작품의 형언할 수 없는 아름다움을 갑자기 깨달았다. 이미 내 마음은 다시 하리코프로부터 더 먼 곳으로, 이고리의 음유시인이 노래한 도네츠로 향했다. 그 곳에는 공후의 젊은 아내인 예프로시니야가 똑같은 고대의 이른 아침놀이 비치는 도시의 성벽 위에 아직도 서 있을 것 같았다. 그리고 내 마음은 어떤 멋진 송골매가 하얀 돌 위에 앉아있는 카자크 시대의 흑해로, 다시 아버지의 젊은 날로, 세바스토폴리로 향했다 ….

이렇게 아침을 하릴 없이 보내고, 나는 리소프스키의 작은 식당으로 가곤 했다. 즉 나는 현실로, 이미 내게 익숙해진 테이블 대화와 논쟁으로 되돌아갔다. 그 다음에 나와 형은 쉬면서 작은 우리 방의 침대 위에서 뒹굴며 쓸데없는 말을 지껄였다. 저녁을 먹은 후에 우리 방의 문틈 사이로 유대인 음식냄새가, 따스하고 향기로운 알칼리성 냄새가 유난히 진하게 스며들었다. 잠시 후에 우리는 일을 조금 했다. 나도 이따금 사무실에서 계산하거나 보고서 작성 등의 일감을 받

---

24) 1185년 노브고로드-세베르스크의 공후 이고리는 폴로베츠인들을 토벌하기 위해 원정길에 오른다. 《이고리 군기》는 이고리의 실패한 원정을 그린 이야기로 고대 러시아문학의 걸작으로 평가된다. 12세기 후반에 씌어진 것으로 추정되는 이 작품은 18세기 후반에 발견되었다.

곤 했다. 그러고 나서 우리는 다시 사람들을 만나러 어딘가로 갔다.

나는 한스키의 집에 가는 걸 좋아했다. 그는 훌륭한 음악가였는데, 가끔 우리들을 위해 저녁 내내 연주하곤 했다. 그는 지금까지 내가 몰랐던 이상한 세계, 달콤하고 고통스럽게 고양된 세계를 내게 열어 보여 주었다. 나는 처음 몇 개의 건반소리를 듣고 환희와 무서운 기쁨을 느끼면서, 그 즉시 음악과 몇몇 순간의 시적 영감만이 줄 수 있는 환상들(지극히 행복하고 전지전능해질 수 있는 가상의 성스런 가능성) 중에서 가장 위대한 환상을 얻기 위하여 그 세계로 들어갔다! 아주 극단적인 혁명적 견해를 갖고 있는 한스키가 — 비록 그가 누구보다도 드물고 절도 있게 혁명적 견해를 피력했지만 — 피아노에 앉아 있는 모습을 보면 기분이 이상했다. 그의 입술은 이미 타오르는 긴장된 열정으로 딱딱하게 굳어지고 까맣게 변했다. 그는 항상 이런 열정을 가지고 피아노를 연주했다. 피아노 소리는 어딘가로 흘러갔고, 한 소절 한 소절씩 끈기 있게, 세련되고 경쾌하게, 미칠 듯이 기쁘게 연주되었다. 그의 연주는 너무 무의미하고 신성하고 유쾌해서 거의 무서움을 느낄 정도였고, 비극적인 멋진 형상이 내 마음속에 떠올랐다. 나는 언젠가 한스키가 반드시 미칠 거라고 생각했다. 그때 그는 창문에 격자창살이 달린 좁은 감방에서, 회색 실내복을 입고 타는 듯한 입술과 황홀한 눈빛을 한 채, 여전히 무의미하고 즐거운, 환상적인 고양된 세계에서 음악도 없이 계속 살아갈 것이다….

한 번은 한스키가 자기가 아직 젊었을 때 잘츠부르크에 있는 모차르트의 집에 가서 모차르트의 폭이 좁고 오래된 클라비코드와, 그 옆에 모차르트의 두개골이 놓여있는 유리 진열장을 보았다고 내게 말했다. 나는 잠시 생각했다.

'아직 젊었을 때라고! 그럼 나는?'

나는 너무나 쓸쓸하고 심한 모욕을 느껴서 자리에 앉아있을 수가 없었다. 나는 갑자기, 한 순간도 허비하지 않고 어떤 시나 이야기를 쓰기 위해, 평범하지 않은 뭔가를 쓰기 위해, 금방 유명해지고 이름을 날리기 위해 집으로 달려가고 싶다는 뜨거운 욕망에 사로잡혔다. 또한 나는 내 눈으로 직접 이 클라비코드와 두개골을 보러 잘츠부르크로 가고 싶다는 욕망에 사로잡혔다….

몇 년 후에 나는 다른 은밀한 많은 꿈들과 함께 항상 내 마음속에 품고 있던 이 꿈을 실현했다. 나는 잘츠부르크도, 두개골도, 클라비코드도 보았다. 클라비코드의 건반들은 두개골과 완전히 같은 색깔이었다. 나는 내내 그것들 위로 몸을 숙여 키스하고, 정중하게 입맞추고 싶었다. 두개골 자체는 믿을 수 없을 만큼 작았는데, 완전히 어린아이의 두개골 같았다….

15

이른 봄에 나는 크림으로 갔다.

나는 공짜 티켓을 얻었고, 자신을 철도원으로 사칭한 채 다른 사람의 이름으로 여행해야만 했다…. 나의 청춘은 심한 궁핍 속에서 지나가고 있었다!

나는 길이가 엄청나게 긴 야간 우편열차의 매우 비좁고 더러운 칸에 몸을 싣고 출발했다. 나는 아직까지 한 번도 이런 경험을 해본 적이 없었다. 이 열차는 이미 사람들을 가득 싣고 도착했는데, 하리코프의 플랫폼에서 일자리를 구하러 남쪽으로 가는 수많은 사람들이 다시 이 열차에 올라탔다. 사람들은 자루와 배낭, 배낭에 묶은 짚신과 각반을 들거나 메고 있었고, 주전자와 냄새나는 먹을거리를 ― 불그레한 잉어, 구운 계란—들고 있었다…. 게다가 이미 잠 잘 시간이 지나서 나는 즉시 잠을 이룰 수가 없었다. 그리고 긴 하루, 또 새로이 맞이한 밤에도 잠을 자지 못했다…. 그러나 나는 모든 것을 향해 가고 있었다. 저 멀리 어디선가 아버지의 청춘이 날 기다리고 있었다.

이 청춘의 비전은 어린 시절부터 내 마음 속에 깃들어 있었다. 한없이 멀고 맑은 어떤 가을날이었다. 그 날에는 아주 슬프지만 한없이 행복한 뭔가가 있었다. 그것은 크림전쟁의 나날들에 대한 나의 모호한 생각과 연관된 것이었다. 어떤 요새들, 어떤 습격, '농노제' 시대로 불리는 특이한 시대의 어떤 군인들, 말라호프 언덕에서 사망한 멋진 거인이자 대령인 삼촌 니콜라이…. 우리 가족들에게 부유하고 훌륭한 삼촌에 대한 기억은 일종의 신화와도 같았다. 무엇보다도 그날에 어떤 황량하고 맑은 해변의 언덕이 있었고, 언덕 위의 돌들 사이에 아네모네 비슷한 어떤 흰 꽃들이 있었다. 이 흰 꽃들이 해변의 언덕에서 자라고 있었던 유일한 이유는 아버지가 들려준 말 때문이었다. 내가 아직 어렸을 때, 아버지는 어떤 겨울날에 이렇게 말했다.

"우린 이때쯤 크림에 가서 꽃을 따서 군복 속에 넣곤 했지!"

그러나 현실에서 내가 발견한 것은 무엇이었던가?

첫 밤을 지내고 맞이한 새벽에 나는 이미 하리코프에서 멀리 떨어진 어떤 초원의 간이역 비좁은 구석에서 깨어났던 걸 지금도 기억한다. 구석에서 촛불이 타들어 가고 있었다. 태양은 아직 보이지 않았지만, 사방은 이미 완전히 밝았고 장밋빛을 띠고 있었다. 나는 이 장밋빛 속에서 난잡하게 잠자고 있는 사람들의 고통스럽고 추한 모습을 깜짝 놀라서 힐끗 쳐다보았다. 그리고 즉시 창문을 열었다.

오, 정말로 아름다운 새벽놀이었다! 멀리 동쪽에서 장밋빛 불꽃이 타올랐고, 대기는 이른 봄, 초원의 새벽에만 느낄 수 있는 놀라운 신선함과 맑음으로 가득 차 있었다. 이 고요함 속에서, 하늘에서 보이지 않는 종달새들이 신선하고 달콤한 봄노래를 불러댔고, 우리가 타고 온 기차는 움직이지 않는 벽처럼 좌우로 길게 뻗어 있었다. 우리가 탄 기차에서 두 걸음 떨어진 곳에 물의 흐름처럼 매끄러운 끝없이 펼쳐진 초원이 있었는데, 그 초원에서 커다란 분묘가 날 쳐다보았다…. 지금까지도 나는 무엇이 날 그토록 놀라게 했는지 이해할 수 없다. 아주 분명하고 부드러운 윤곽으로 보아, 무엇보다 그 속에 숨겨진 것으로 보아 그 분묘는 다른 그 무엇과도 달랐다. 분묘의 단순함에도 불구하고 전혀 평범하지 않고 아주 오래된 뭔가가 있었다. 그것은 모든 살아있는 것과 현재적인 것과는 한없이 낯설어 보였다. 동시에 그것은 왠지 아주 낯익고 가깝고 친근하게 느껴졌다.

"이봐, 옛날에 사람들을 어떻게 묻었는지 보게."

멀리 떨어진 구석에서 어떤 노인이 내게 말했다. 이 노인 혼자만이 잠을 자지 않고 등을 굽히고 앉아서 갈기갈기 찢어진 송아지 가죽모자 밑으로 퉁퉁 부은 눈물어린 눈을 빛내며 파이프를 열심히 빨아대고 있었다. 노인의 얼굴은 온통 붉고 주름투성이였으며 무성하게 자란 잿빛의 뭔가로 지저분하게 뒤덮여 있었다.

"옛날에는 사람들을 기억하기 위해 땅속에 묻었지!"

노인은 확실히 말했다.

"그들은 부유했어."

그리고 잠시 침묵한 뒤에 노인이 덧붙여 말했다.

"아마도 타타르인들이 우리를 그렇게 묻었을 거야. 세상에는 온갖 일들이 일어나지. 나쁜 일도 일어나고, 좋은 일도 일어나고…."

둘째 날 새벽은 정겹고 더욱 놀라웠다. 다시금 나는 갑자기 어떤 역에서 잠을 깼다. 나는 천국의 뭔가를 보았다. 하얀 여름 아침이었다. 여기는 벌써 완연한 여름이었다. 뭔가 아주 촘촘하게 꽃을 피우고, 이슬이 맺히고 향기로웠다. 온통 장미로 뒤덮인 희고 자그마한 역이었다. 역 위쪽에는 수목으로 덮인, 깎아지른 듯이 솟아있는 절벽이 있고, 반대편 절벽에도 꽃이 핀 수목들이 무성했다…. 기관차가 출발하면서 어쩐지 전혀 다르게, 즐겁고 마치 깜짝 놀란 듯이 낭랑하게 경적을 울렸다. 기차가 다시 탁 트인 공간으로 빠져 나왔다. 그때 저 앞에 보이는, 나무들이 빽빽한 인적 없는 언덕 너머에서 뭔가 짙푸르고 거무칙칙한 것이, 축축하고 까만 밤의 심연에서 방금 빠져 나왔지만 여전히 어둡고 축축하고 흐릿한 것이 지평선에 떠오르는 어둡고 거대한 황야처럼 갑자기 날 바라보았다. 나는 공포와 기쁨을 느끼며 그것을 알아보았다. 정말로 나는 그것을 기억했고 알아보았다!

세바스토폴리는 내게 거의 열대지방처럼 보였다. 부드러운 공기가 흠뻑 젖어들어 따뜻하게 데워진 참으로 화려한 기차역이었다! 기차역 앞의 레일은 얼마나 뜨겁고 얼마나 눈부시게 빛났던가! 하늘은 찌는 듯한 무더위로 창백한 잿빛으로 보였다. 그러나 그 속에는 화려함, 행복, 남방의 기운이 스며 있었다. 우리들이 가져온 거대하고 거친 모든 것들이 길 위에서 녹아버렸다. 여기에서 나는, 거의 나 혼자서 다시 내 진짜 이름을 가지고 기차에서 걸어 나와 피로와 배고픔으로 비틀거리며 일등실 대합실로 갔다. 정오였다. 사방이 텅 비었고, 거대한 간이식당 홀은(특급열차를 타고 여기에 도착한 부유하고 자유롭고 저명한 사람들의 세계!) 깨끗하고 조용했으며 하얀 식탁과 그 위에 놓인 꽃병과 가지 달린 촛대가 빛나고 있었다…. 나는 기차를 타고 오는 내내 거지처럼 절약했지만 더 이상 참을 수가 없었다. 나는 커피와 흰 빵을 주문했다. 사람들이 나를 흘금흘금 쳐다보면서 주문한 것을 가져다주었다. 내 행색은 정말로 의심을 살 만했다. 그러나 어쨌든 나는 다시 나였다. 나는 고요함과 깨끗함을 만끽했다. 뜨거운 공기가 창문과 문을 통하여 불어왔다. 그때 갑자기 나는 밝은 플랫폼

쪽으로 열린 문을 통해 뜻하지 않게, 그러나 아주 태연하게 대합실로 걸어 들어오는, 작은 색시 닭 같은 알록달록한 뭔가를 보았다…. 이 때부터 남쪽의 기차역에 대한 나의 개념은 항상 이 알록달록한 것과 연결되었다.

그러나 내가 찾아 나섰던 것은 대체 어디에 있었던가? 세바스토폴리에는 대포로 파괴된 집도, 정적도, 폐허도 없었다. 졸병, 여행용 작은 가방, 군인 숙사 등 아버지와 니콜라이 세르게예비치의 시대의 것은 아무것도 없었다. 도시의 생활은 오래전부터 이런 것들 없이 지속되고 있었다. 새로 건설된 도시는 하얗고 화려하고 우아하고 무더웠다. 남방 아카시아의 밝은 녹음으로 뒤덮인 거리에는 하얀 차양이 달린 반(半) 포장마차와 카라임들과25) 그리스인들이 무리지어 돌아다녔고, 웅장한 담뱃가게도 있었다. 그라프스카야 부두와 그 부두의 녹색 바닷물에 정박해있는 전함 쪽으로 이어지는 계단 옆의 광장에는 구부정한 나히모프26)의 동상이 서 있었다. 단지 이 녹색 바닷물 너머에 아버지를 생각나게 하는 뭔가가 있었다. 그것은 북방이라고, 즉 동포 전사(戰士) 형제의 묘라고 불리는 것이었다. 단지 거기에서만 아주 먼 과거의, 지금은 이미 평화스럽고 영원한 것의 슬픔과 매혹이 풍겨났다. 그것은 마치 나 자신에 속했던 뭔가의, 또한 우리 모두가 오래전에 잊었던 뭔가의 슬픔과 매혹과도 같은 것이었다….

나는 더 멀리 길을 떠났다. 교외에 있는 싸구려 여관에서 밤을 보내고, 아침 일찍 세바스토폴리를 떠났다. 정오에 이미 발라클라바를 통과했다. 이 민둥산의 세계는 너무나 이상했다! 하얀 대로는 끝이

---

25) 언제부터인지는 모르지만, 크림 반도에서 살았던 유대인 근본주의자들의 소집단.

26) P. C. 나히모프(1802~1855) : 러시아의 해군 제독으로, 크림 전쟁 당시 시노프 만(灣) 전투에서 막강한 터키해군을 격파하여 유명해짐.

없고, 앞쪽에는 벌거벗은 잿빛 계곡과 벌거벗은 잿빛의, 크고 둥근 빵 덩어리 같은 멀고 가까운 산봉우리들이 있었다. 연보랏빛 회색 더미 같은 이 산봉우리들이 연이어 사라지면서, 연보랏빛 회색 덩어리처럼, 무겁고 신비한 잠처럼 어딘가로 가자고 날 끈덕지게 부르고 있었다….

　나는 돌이 많은 어떤 거대한 계곡 사이에 앉아서 쉬었다. 손에 긴 갈고리를 든 타타르 소년 양치기가 저 멀리, 촘촘히 흩어진 조약돌과 비슷한 잿빛 양떼 주변에 서 있었다. 양치기는 뭔가를 씹고 있었다. 나는 양치기에게 다가갔다. 그는 양젖으로 만든 치즈와 빵을 먹고 있었다. 나는 20코페이카짜리 은화를 꺼냈다. 양치기는 내게서 눈길을 떼지 않고 계속 씹으면서 머리를 흔들었다. 양치기는 어깨 너머로 매달린 자루를 몽땅 내게 건넸다. 나는 자루를 받아들었다. 양치기는 부드럽고 즐겁게 이빨을 드러냈고, 검은 눈이 박힌 그의 얼굴이 환하게 빛났다. 양치기의 둥근 모자 밑으로 삐죽이 나온 귀가 뒤로 움직였다…. 삼두마차가 말굽소리를 내고 방울소리를 울리며 우리 옆의 하얀 대로를 따라 굴러가고 있었다. 마부석에는 타타르인 마부가 앉아있었고, 마차에는 삼베모자를 쓴 검은 눈썹의 노인이 타고 있었다. 노인 옆에는 온몸을 옷으로 감싸고 아주 창백하고 노란 얼굴에 어둡고 무서운 눈을 한 소녀가 앉아있었다…. 아마도 나는 몇 년 뒤에, 그녀가 매고 있던 대리석 십자가를 얄타 위쪽에 있는 산 위에서, 삼나무와 장미 아래에서, 맑은 남쪽 지방의 가볍고 신선한 해풍 속에서 여러 번 보았던 것 같다….

　나는 바이다르 문 옆에 있는 역참의 현관계단에서 밤을 보냈다. 역참지기는 내가 말을 사용하지 않으리라는 걸 알고서 날 방안으로 들이지 않았다. 이 문 너머에서, 끝 모를 어둠의 심연 속에서 바다는 이상하고 위협적인 위엄을 갖추고 영원히 졸린 듯이 밤새 철썩거렸다. 나는 이따금 문 아래로 걸어 나가곤 했다. 땅 끝과 칠흑 같은 어둠, 향긋한 안개냄새와 차가운 파도냄새가 진하게 풍겼다. 철썩거리는 파도 소리가 잦아들었다 커졌다 하면서 야생 침엽수가 내는 소음처럼 솟구쳐 올랐다…. 심연과 밤, 뭔가 맹목적이고 불안한 것, 어쩐지 태내에서 고통스럽게 살고 있는 적대적이고 무의미한 것….

16

사람들은 항상 어딘가에 갔다가 돌아오면서 자기가 없는 동안에 무슨 일이 일어났을 거고, 어떤 특별한 편지와 소식이 와 있을 거라고 생각한다. 그러나 대개 아무 일도 일어나지 않고, 아무것도 와 있지 않다. 그러나 이번에 나의 경우는 그렇지 않았다. 형은 아주 당황하면서 날 맞이했다. 첫째로, 아버지가 바투리노를 팔아서 우리들에게 약간의 돈을 보냈고, 매우 슬퍼하고 후회하면서 편지를 써 보냈던 것이다…. 잠시 나는 기쁨에 젖었다. 이것은 다시 어딘가로 떠날 수 있다는 걸 의미했다. 그러나 이 느낌은 즉시 고통으로 바뀌었다. 즉, 이것은 우리들의 이전 생활이 완전히 끝났음을 의미했다. 그리고 아버지, 엄마, 올랴에 대한 쓰라린 연민이 생겨났다. 여기에서 우리는 즐겁고 근심이 없으며, 우리에게는 봄, 사람들, 도시가 있다. 그런데 그들은 인적이 드문 그곳에서 외롭게 살면서 우리들만을 생각하고 있고, 지금은 머지않아 자신들의 거처를 잃을 것에 대해 생각하고 있다…. 나는 슬픔에 잠긴 아버지를 결코 편안한 마음으로 볼 수 없었고, '우리들을 거지로 만들었다'는 아버지의 변명을 들을 수가 없었다. 그 순간에 나는 언제라도 아버지에게 달려가서 바로 이 점에 대해 뜨겁게 감사하며 아버지의 손에 키스할 준비가 되어 있었다. 세바스토폴리에 갔다 온 지금도, 나는 간신히 눈물을 참고 있었다…. 다행히 아버지는 저택을 제외한 땅만 팔게 되었다.

두 번째 소식은 더욱 뜻밖이었다. 형은 이 소식을 전하면서 아주 당황했다.

"이걸 숨긴 걸 용서해다오. 난 우리 식구들이 이걸 알기를 원하지 않았고, 지금도 원하지 않아…. 중요한 건 내가 결혼했다는 거야…. 물론 교회에서 식을 올리진 않았어. 심지어 그녀는 아이를 위해 계속 남편과 함께 살고 있다. 그러나 넌 날 이해할 거야…. 지금 그녀는 하리코프에 있지만, 내일 떠날 거야…. 옷을 갈아입고 지금 그녀에게 가자. 그녀는 널 알고 있고, 이미 널 좋아하고 있어…."

형은 급하게 자신의 이야기를 했다. 그녀는 부유한 귀족가문 출신이었지만 열렬히 자유를 사랑하는 인민주의적인 열망 속에서 자랐다. 그녀는 오직 민중을 위해, 민중을 위한 투쟁 속에서 '사랑하는 사람과 손을 맞잡고' 살기 위해 일찍 결혼했다…. '사랑하는 사람'은 그녀 덕분에 부자가 된 후, 이전의 열망에 대해 곧 무관심해졌다. 한편, 그녀에게 이러한 열망은 아주 성스럽고 소중한 것으로 어렸을 적부터 행복한 그녀를 고통스럽게 만들었다. 민중들이 모두 불행한데 자신이 행복한 것에 대해 그녀는 너무나 고통스럽고, 자신의 아름다움이 너무나 수치스러워서 한 번은 스스로 불구자가 되려고 황산으로 손을 태우기도 했다. 모두가 이 행위를 몹시 칭찬했다…. 그녀는 형과 남쪽지방에서 만났다. 그때 형은 남의 이름으로 숨어살고 있었다…. 형을 향한 사랑을 깨달은 그녀는 절망감에 휩싸여 바다로 뛰어들었는데, 정말로 우연히 어부들에 의해 구조되었다….

나는 조용히 옷을 갈아입으면서, 너무나 흥분하여 시선을 옆으로 돌린 채 이 모든 얘기를 아주 놀라면서 들었다. 나는 왠지 형이 불편하고 기분이 좋지 않았다. 내 마음속에서 형의 여주인공에 대한 적의가 일어났다. 이 모든 것은 너무나 낭만적이었다. 그러나 나는 그녀가 묵고 있는 화려한 호텔 방 문지방을 넘자마자 더욱더 놀랐다. 그녀는 날 향해 재빨리 일어나서 아주 부드럽고 친근하게 날 포옹했다! 그녀는 상냥하고 멋지게 미소지었고, 아주 훌륭하고 편안하게 말했다! 그녀의 부드럽고 단순한 모든 태도는 혈통과 교육과 아름다운 마음의 섬세함을 보여주었다. 그녀는 수줍어하고 여성적이면서 동시에 놀랍도록 자유분방한 매력을 지니고 있었다. 그녀의 움직임은 부드럽고 정확했다. 묵직하고 살짝 노래하는 듯한, 조화롭고 세련된 목소리에는 약간 슬프게 미소 짓는 까만 속눈썹의 눈처럼 형언할 수 없는 매력이 깃들어 있었다….

그러나 이 예기치 않은 만남으로, 형에게 우리 모두가 모르는 그 자신만의 내밀한 인생이 있고, 형이 우리들 말고 다른 사람도 사랑하고 있다는 사실을 갑자기 알게 된 나는 큰 상처를 입었다. 나는 젊었지만 날 에워싸고 있는 봄의 분위기 속에서 다시 외로움을 느꼈고, 어떤 쓰라린 감정과 실망을 맛보았다. 그러나 나는 자신에게 이렇게 말했던 것 같다.

'그래, 내게는 더 잘된 일이야. 이제 나는 내게 막 열린 이 멋진 지방에서 완전히 자유다….'

나는 이 지방을 모든 남부 러시아의 끝없이 펼쳐진 봄의 광대한 공간으로 꿈꾸었다. 이 지방은 고대의 모습과 현대적인 모습으로 더욱더 날 사로잡았다. 아름다운 들과 초원, 크고 작은 마을, 드네프르강과 키예프, 강하고 부드러운 사람들이 살고 있는 광대하고 부유한 이 지역은 현대적 면모를 보여주었다. 생활의 작은 부분 하나하나가 아름답고 깨끗했고, 사람들은 다뉴브 강과 카르파티아 산맥에 살았던 진짜 슬라브인들의 후예였다. 슬라브 민족의 요람, 스뱌토폴크들과

이고리들, 페체네그인들과 폴로베츠인들은 고대적인 특징을 보여주는 것들이었다. 심지어 나는 이런 단어들만으로도 매혹되었다. 그리고 터키인들과 폴란드인들에 대항한 카자크들의 전투, 포로기와 호르티차, 헤르손[27]의 모래섬과 지류…. 《이고리 군기》는 완전히 나의 넋을 빼앗아갔다.

"나는 당신들, 러시아인들과 함께 폴로베츠의 땅 끝에 나의 창을 부러뜨리고 싶다…. 폭풍도 매들을 넓은 들판으로 몰아내지 못했다. 갈가마귀 떼는 위대한 돈강 쪽으로 달아났다…. 말들은 술라 너머에서 힝힝 울어댄다. 영광이 키예프에서 울려퍼진다. 노브고로드에서 나팔이 울리고, 푸티발에는 군기(軍旗)가 솟아있다…. 그때 이고리 공이 황금 등자(橙子)에 올라타 탁 트인 들판을 달렸다. 태양이 어둠으로 그의 길을 가렸다. 밤이 천둥처럼 신음하며 새들을 깨웠다…. 디브가 나무꼭대기에서 외쳐대며 미지의 땅들에게, 볼가와 해변에게, 술라와 수로지에게 말을 들으라고 명령했다…."[28]

"한밤중에 마차들이 풀어놓은 백조 떼처럼 삐걱거린다. 이고리는 군대를 돈강 쪽으로 이끌고 간다…. 독수리들이 날카로운 소리를 지르며 뼈의 향연에 짐승들을 부른다. 여우들이 진홍빛 방패를 향해 캥캥 울어댄다…. 오, 러시아 땅이여! 너는 이미 언덕 너머에 있구나…."

"다음날 아침 아주 이른 시각에 피로 물든 놀이 하루를 알린다. 먹구름이 바다에서 피어오르고, 그 사이로 푸른 번개가 몸을 떤다. 강력한 천둥이 칠 테고, 화살이 비처럼 떨어지리라…."

그리고 잠시,

"놀이 뜨기 훨씬 전에 소란스럽고 윙윙 울어대는 이것은 무엇일

---

[27] 드네프르강 하구 근처의 도시.
[28] 이하의 내용은 《이고리 군기》에서 인용된 것이다.

까?"

"스뱌토슬라브는 혼란스런 꿈을 꾸었다. '키예프의 언덕에서, 사람들이 간밤에 주목(朱木)으로 만든 침대 위에서 내게 검은 옷을 입혔어. 사람들은 슬픔이 섞인 포도주를 내게 들이부었지…'"

"한밤에 바다가 분출했다…. 신은 이고리 공에게 폴로베츠 땅에서 벗어나 러시아 땅으로, 아버지의 황금 옥좌로 가는 길을 보여주었다. 저녁놀이 사라졌다. 이고리가 잠을 자다가 깨어난다. 이고리는 마음속으로 위대한 돈강에서 작은 도네츠까지의 들판을 가늠해본다…."

곧 나는 다시 방랑길에 나섰다. 나는 도네츠의 강변으로 갔다. 이고리 공은 옛날에 여기에서 "갈대숲으로 뛰어드는 담비처럼, 물 위의 오리처럼 포로상태에서 도망쳐 나왔다." 그 다음에 나는 드네프르강으로 갔다. "이고리가 폴로베츠 땅을 가로질러 돌산을 빠져나갔던" 바로 그곳이다. 나는 끝없이 푸르른 드네프르 강변의 평원 한가운데 있는, 봄기운이 완연한 하얀 마을을 지나 위쪽으로 거슬러 올라가 키예프 쪽으로 향했다. 당시 내 마음속에 이 봄과 이고리에 대한 노래와 함께 어떤 노래가 울려퍼졌는지 어떻게 말할 수 있겠는가?

"태양은 하늘에서 빛나고, 이고리 공은 러시아 땅에 도착했다! 처녀들이 두나이 강변에서 노래를 부르고, 처녀들의 목소리가 바다 건너 키예프까지 뻗어나간다…."

나는 키예프에서 쿠르스크로, 푸티발로 갔다.

"형제여, 그대의 빠른 말에 안장을 얹어라. 나의 말들은 그대를 위해 쿠르스크에서 미리 안장을 얹었다…."

코스트로마, 수즈달, 우글리치, 위대한 로스토프에 대한 느낌이 내 마음속에 싹튼 것은 몇 년이 지나서였다. 당시에 나는 다른 것에 매혹되어 살았다. 쿠르스크는 가장 따분한 현(縣)의 수도였고, 먼지가 자욱한 푸티발은 사실 이보다 더 따분했다! 그때 당시, 초원의 이른 아침놀 속에서 말뚝이 박힌 흙벽 위에서 "야로슬라브나의 목소리가 들렸던 그때는 과연 이런 황량함과 먼지가 없었단 말인가?"

"이른 아침에 야로슬라브나는 푸티발 도시를 애도한다. '나는 날아갈 거야, 다뉴브 강을 따라 뻐꾸기처럼. 나는 카얄라 강에 비버모피로 만든 소맷자락을 적셔서 공후의 피 묻은 상처를 닦아줄 거야….'"

17

이 길을 따라 나는 이미 집으로 돌아가고 있었다. 이제 나는 집으로 가는 데 서두르기까지 했다. 유랑에 대한 나의 열정이 잠시 다소 약해졌던 것이다. 나는 휴식과 일을 원했다. 바투리노에서 날 기다리고 있는 여름도 매혹적일 거라는 생각이 들었다. 그래서 내 마음은 최고의 희망과 계획, 그리고 운명에 대한 믿음으로 가득 차 있었다. 그러나 다 알다시피, 운명에 대한 지나친 믿음보다 더 위험한 것은 없다….

간단히 말해, 나는 집으로 돌아가던 중에 오룔에 잠시 들렀다. 여기에서 나는 나의 방랑이 거의 끝났음을 느꼈다. 몇 시간 후에 나는 바투리노에 도착하는 것이다. 그래서 레스코프와 투르게네프의 도시인 오룔을 잠시 둘러보고, 편집국과 인쇄소가 도대체 어떤 곳인지 마지막으로 알아보는 일만 남았다.

나는 이상한 활기를 느꼈다. 그러나 시장 다섯 군데를 돌아다닌 후에 나는 집시처럼 얼굴이 까매졌고 해쓱해졌다. 나는 많이 걸어 다녔고, 드네프르강에서 마음껏 배를 탔고, 줄곧 갑판 위 태양의 즐거운 열기 속에, 물과 기선의 뜨거운 연통의 광채 속에 있었다. 기선의 연통 위에서 아주 가늘고 유리 같은 것이 답답한 공기와 사람들과 엔진과 부엌에서 나는 짙은 열기 속에서 온종일 떨면서 녹아내렸다. 그래서 나는 비록 조금이라도 보상을 받아야만 했다. 나는 오룔에서 내려서 가장 좋은 호텔로 데려다 달라고 마부에게 일렀다…. 먼지가 뽀얀 연보랏빛 어스름이 깔렸고, 사방에 저녁 불빛이 켜져 있었다. 강 건너 도시의 공원에서 취주악이 연주되고 있었다…. 낯선 대도시의 저녁에, 완전한 고독 속에서 경험하는 그 모호하고 달콤하며 흥분된 감정은 누구나 다 알고 있다. 나는 이러한 기분을 느끼면서 마부가 날 데려간, 오래되고 훌륭한 현(縣) 호텔의 텅 빈 식당에서 식사를 했다. 잠시 후, 나는 호텔방의 철제 발코니에 앉아있었다. 어떤 나무 아래에서 가로등이 빛났고, 속이 훤히 비쳐 보이는 초록빛 나뭇잎들이 이 가로등 불빛으로 금속과 비슷하게 보였다. 아래쪽에서는 사람들이 얘기하고 웃으면서, 담뱃불에 불을 붙인 채 앞뒤로 걸어 다니고 있었다. 맞은편에 있는 커다란 집의 창문은 열려 있었다. 창문 너머로 불 켜진 방과 차 테이블에 앉아있는 사람들 혹은 뭔가를 하고 있는 사람들이 보였다. 사람들은 이런 시간에 유난히 예리한 관찰력으로 누군가의 낯설고 매력적인 생활을 바라보게 된다…. 이후에 나는 끝없이 세상을 떠돌아다니면서, 이처럼 외롭고 고요한 시간을, 그리고 관찰의 시간을 많이 보냈다. 아주 쓰라린 경험에서 걷어 올린 나의 지혜는 이런 시간들에 많이 빚지고 있다. 그러나 오룔에서의 그 따스한 밤에 나는 지혜에 대해 생각할 겨를이 전혀 없었다. 그날 밤에 연대의 악대가 연주하는, 때론 낭랑하고 나른한 멜로디가, 때론 슬프고 환희에 찬 시끄러운 멜로디가 강 저편 너머에서 내게 들려왔다….

나는 사람답게 잠을 자는 것에 아주 익숙지 않게 되었다. 그날 밤에 안락하고 깨끗한 커다란 침대, 내 방의 어둠과 고요와 널찍한 공간이 심지어 이상하게 보이기까지 했다. 나는 여행길에서처럼 잠에서 깨어났다. 막 동이 트고 있었다. 내가 아주 부적절한 시간에 〈목소리〉의 편집국 사무실에 도착한 것은 이 때문이다.

　무더운 아침이었다. 희고 벌거벗은 중심거리는 아직 텅 비어 있었다. 전혀 예의에 벗어나지 않고 편집국에 찾아갈 수 있는 시간에 가능한 한 맞추기 위해, 나는 우선 거리를 따라 아래쪽으로 걸어가서 어떤 다리를 건넜고, 온갖 오래된 창고와 저장소, 금속장식 상점, 철물점, 화학제품 상점, 식민지에서 들어온 상품을 파는 상점, 대체로 아주 묵직한 부(富)가 넘쳐나는 다른 커다란 상업거리로 걸어 나왔다. 당시에 러시아 도시들은 이런 부유함으로 가득 차 있었다. 이런 풍요로움과 짙은 아침 햇살에 걸맞게 오를리크 강변의 육중하고 높은 교회에서 아침 예배를 알리는 종소리가 굵고 묵직하게, 장엄하고 다정하게 울려퍼졌다. 뎅그렁뎅그렁 울리는 종소리를 들으면서 — 이 종소리는 심지어 내 마음속에서도 울렸다 — 나는 다리 하나를 또 건너서 니콜라이 황제와 알렉산드르 황제 시대의 관청과 집들이 있는 언덕을 향해 올라갔다. 이 건물들 앞에 길고 밝은 광장을 따라 아침처럼 신선하고 투명한 그림자를 드리운 피나무들이 죽 늘어선 가로수길이 뻗어 있었다. 나는 〈목소리〉의 편집국이 위치한 거리를 알고 있었기에, 길에서 만난 사람에게 편집국 건물이 멀리 떨어져 있는지 물어보았다.

　"저기 아주 가까운 곳에 있어요."

　행인이 내게 말했다. 갑자기 나는 가슴이 두근거리는 걸 느꼈다. 이제 곧 편집국에 도착하게 되는 것이다!

　그러나 이 편집국은 수수하고 진짜로 지방의 편집국다웠다. 광장 너머로 정원이 계속 연이어 있었고, 나무 그림자가 짙게 드리워진 조용한 거리는 정원 속에 파묻혀 있었으며 무성한 풀로 뒤덮여 있었다.

이 거리의 넓은 정원에 긴 회색집이 있었는데, 거기에 편집국이 있었다. 나는 그 건물로 다가가서 거리를 향해 반쯤 열려진 문을 보았고, 조그만 종 손잡이를 잡아당겼다…. 저 멀리 어딘가에서 종이 쩔그렁하고 울렸지만, 아무런 반응이 없었다. 건물에는 사람이 살지 않는 것 같았고, 주변의 모든 것도 황량했다. 정적, 정원, 지방 초원도시의 정겹고 맑은 아침…. 나는 다시 한번 종을 울렸고, 잠시 기다렸다가 마침내 안으로 들어가기로 결심했다. 긴 현관이 안쪽 어딘가로 깊숙이 나 있었다. 나는 현관으로 걸어 들어가 나지막하고 아주 지저분하고 커다란 홀을 보았다. 홀에는 온통 기계들로 가득했고, 찢어진 기름종이들이 여기저기 흩어져 짓밟혀 있었다. 기계들은 계속 움직였고, 검은 롤러 아래 검은 납판을 앞뒤로 굴리고 어떤 격자(格子) 같은 것을 규칙적으로 올렸다 내렸다 하면서 커다란 종이를 한 장씩 옆에 쌓아놓으며 규칙적으로 우르릉우르릉 소리를 냈다. 종이의 아래쪽은 아직도 하얗고, 위쪽은 마치 알곡처럼 빛나는 철갑상어 알 같은 것으로 이미 뒤덮여 있었다. 이 기계들에서 나는 시끄러운 우르릉우르릉 소리가 인쇄공들과 식자공들이 서로 외쳐 부르는 소리와 이따금 뒤섞였다. 향기로운 바람냄새, 신선한 물감냄새, 종이와 납냄새, 등유와 기름냄새가 독하고 기분 좋게 풍겨났다. 이 모든 것들은 즉시 내게(그리고 이미 영원히) 아주 특별한 것이 되었다.

"편집국요?"

누군가가 바람소리, 소음, 우르릉우르릉 소리 때문에 화를 내듯이 내게 소리쳤다.

"여긴 인쇄소요! 이봐, 이 사람을 편집국으로 데려가!"

둥근 머리에 납빛 머리칼을 고슴도치처럼 산발한, 행색이 지저분한 소년이 어딘가에서 내게 달려왔다.

"이리로 오세요!"

나는 흥분하면서 서둘러 소년을 뒤쫓아 현관으로 가서, 곧 편집국의 커다란 응접실에 앉았다. 편집자는 아주 귀엽고 작은 젊은 여자였다. 잠시 후, 나는 아주 편안하게 커피를 마시며 식당에 앉아있었다. 그녀는 계속 날 대접하며 꼬치꼬치 캐물었고, 수도에서 발행되는 월간지에 발표된 내 시에 대해 몇 마디 칭찬의 말을 했다. 그리고 나더러 〈목소리〉에도 기고하라고 요청했다…. 나는 얼굴을 붉히고 고마움을 표하고 나서 어색하게 웃었다. 나는 예기치 않은 멋진 사귐으로 거의 환희에 찬 기쁨을 억제하면서 입안에서 금방 사르르 녹는 어떤 구운 과자를 약간 떨리는 손으로 집어들었다…. 이 모든 것은 문 뒤에서 나는 활기찬 목소리를 듣고 여주인이 갑자기 이야기를 중단하면서 끝나버렸다. 그녀는 웃으면서 말했다.

"여기 우리 잠꾸러기 미녀들이 왔네! 이제 당신께 두 명의 매력적인 인물을 소개할게요, 내 종자매 리카와 그녀의 친구 사셴카 오볼렌스카야예요…."

그녀의 말이 끝나자마자 바로, 젊고 둥그런 팔을 팔꿈치까지 드러낸 헐렁한 옷소매에 알록달록한 구슬과 리본이 달린, 화려하게 수(繡)를 놓은 러시아 의상을 입은 처녀 둘이 들어왔다….

18

 아주 우연히 나를 덮쳐서, 처음엔 아주 행복하고 편안하고 쉽게 시작되었지만 그 다음에는 엄청난 고통과 슬픔을 가져다주었고, 내 정신적 힘과 육체적 힘을 모조리 빼앗아 가버린 그 모든 것에 나는 신속하고 무기력하고 몽롱하게 내 자신을 맡겨버렸다. 그 신속함, 무기력함, 몽롱함은 놀라웠다!
 왜 나는 리카[29]를 선택했던가? 오블렌스카야도 리카 못지않게 아름다웠다. 그러나 들어오면서 리카는 오블렌스카야보다 더 다정하고 더 주의 깊게 날 쳐다보았고, 더 수수하고 더 활기차게 말하기 시작했다…. 그런데 내가 누구와 이렇게 빨리 사랑에 빠진 적이 있었던가? 물론 나는 모든 것에 반했다. 내가 갑자기 부닥친 젊고 여성스러운 것, 여주인의 슬리퍼, 온갖 구슬과 리본이 달리고 화려하게 수를 놓은 처녀들의 의상, 그들의 둥그런 팔과 길고 둥그스름한 무릎에 반했던 것이다. 그리고 밝은 정원 쪽으로 난 창문이 있는, 넓찍하고 나지막한 시골풍의 방에도 반했다. 심지어는 유모가 산책길에서 식당으로 데리고 들어온 얼굴이 새빨개진, 약간 땀이 난 소년도 내 마음에 들었다. 엄마가 입맞춤하며 재킷의 단추를 풀어주는 동안에 이 소년은 푸른 두 눈으로 진지하고 유심히 날 바라보았다…. 즉시 식탁을 치우고 점심을 차리기 시작했다. 여주인은 내가 점심을 마다할 이유가 없고, 대체로 오룔을 빨리 떠날 필요가 없다고 생각했던 것이다. 리카는 내 모자를 벗기고 피아노 앞에 앉아 〈강아지 왈츠〉를 치기 시작했다….

---

[29] 리카의 원형은 부닌이 〈오룔 통보〉에서 일하는 동안에 만나 사랑에 빠진 바르바라 블라디미로브나 파셴코이다.

한마디로 말해 나는 세 시가 되어서야 편집국에서 나왔다. 나는 이 모든 일들이 너무나 빨리 지나간 걸 알고 아주 깜짝 놀랐다. 당시 나는 이렇게 빨리 시간이 지나가는 것이 이른바 사랑에 빠지는 것의 첫 징조라는 걸 아직 모르고 있었다. 그 시작은 항상 괜히 즐겁고 에테르에 취한 것과 같은 것이다….

19

내게 또 다른 사랑은 이렇게 시작되었는데, 이 사랑은 내 인생에서 대사건이 되도록 예정되어 있었다. 그 시작은 아주 놀랍게도 우연한 것이었다.

나는 연인들이 처음으로 이별할 때 느끼는 슬픔과 부드러움을 지니고, 곧 다시 만난다는 뜨거운 희망을 품고 이미 내게 소중하고 친근해진 오룔을 떠났다. 그런데 왜 바로 이 날, 아주 중요한 어떤 영구(靈柩)열차가 오룔을 급히 지나야만 했던가! 그 영구열차는 내가 타고 갈 기차가 떠나기 겨우 한 시간 전인 정각 두 시에 지나갈 예정이었다. 그래서 나의 새로운 친구인 〈목소리〉의 여소유주는 그 영구열차를 맞이하는 자리에 참석해야만 했다. 그녀는 기차역에 날 데리고 가서 진기한 구경거리를 보여주겠다고 제안했다. 그래서 오룔에서 늘 그랬듯이 역시 예기치 않게, 나는 플랫폼에 열을 지어 근엄하게 정렬한 군인들 앞에 서 있었다. 많은 사람들이 이미 어딘가에서 출발하여 가까이 다가오고 있는 장엄하고 무시무시한 열차의 도착을 기다리고 있었다. 대규모의 군중이었지만 그들은 아주 선별된 사람들이었다. 나는 시와 현의 저명인사들, 연미복들, 수를 놓은 제복들, 삼각모들, 기름 묻은 군대 견장들, 고위성직자들의 제복(祭服)과 예모(禮帽)들 사이에 서 있었다. 이처럼 장엄하고 긴장된 집단 속에 끼어 있으면 사람은 누구나 즉시 어떤 망연한 상태에 빠지게 된다. 그래서 나는 약 30분 동안 플랫폼에 서 있다가 조기(弔旗)를 단 거대한 기관차가 마치 우리 모두와 역 전체를 덮치려는 듯이 덜컹덜컹 요란한 소리를 내며 갑자기 다가온 그 순간에야 비로소 정신을 차렸다. 잠시 후, 황금 독수리 문장(紋章)에 크고 깨끗한 유리와 비단커튼이 쳐진 암청색의 화려한 뭔가가 눈앞에서 반짝이기 시작했다 ….

이때 마중 나온 군중이 모두 뒤로 물러났다. 그 직후, 부드럽고 정확하게 정차한 기차의 중간 객차에서 붉은 제복에 밝은 아마(亞麻)색 머리칼을 한 거대한 몸집의 젊은 경기병이 모습을 드러냈고, 플랫폼에 미리 깔아놓은 붉은 천 위에 걸음을 내디뎠다. 이 경기병의 얼굴 윤곽은 곧고 날카로웠고, 가는 콧구멍은 힘차지만 약간 거만하게 구부러졌고 턱은 살짝 앞으로 튀어나와 있었다. 나는 이 경기병의 엄청나게 큰 키와 긴 다리, 날카롭고 위풍당당한 시선, 무엇보다도 짧고 곱슬곱슬하고 밝은 아마색 머리칼에 오만하고 가볍게 뒤로 젖힌 머리를 보고 아주 깜짝 놀랐다. 그의 작고 뾰족한 불그스레한 턱수염은 아름답고 튼튼하게 꼬여 있었다 …. 30)

내가 어떻게, 어디에서 다시 한번 그를 만나리라고 그 무더운 봄날에 생각할 수 있었겠는가!

---

30) 이 젊은 경기병은 니콜라이 니콜라예비치 로마노프 공(1856~1929)이다. 1915~1917년에 러시아 군대의 총사령관이었던 그는 볼셰비키 혁명 이후에 프랑스로 망명했다. 지금 그는 자신의 아버지이자 알렉산드르 2세의 동생인 니콜라이 니콜라예비치 로마노프(1831~1891)의 주검을 운반하고 있다.

20

그때 이후로 일생이 지나갔다.

러시아, 오룔, 봄 … 그리고 여기 프랑스, 남부, 지중해의 겨울 나날들.[31]

나와 그는 이미 오랫동안 외국에서 살고 있다. 올 겨울에 그는 나의 가까운 이웃이 되었는데, 중병을 앓고 있다. 어느 날 아침, 나는 프랑스 지방신문을 펼쳤다가 갑자기 그 신문을 떨어트렸다. 그가 죽은 것이다. 나는 오랫동안 긴장된 마음으로 신문에서 그의 근황을 추적했고, 내가 사는 언덕에서 항상 그의 존재가 느껴지는, 불룩 튀어나온 곳을 늘 바라보았다. 이제 이 존재가 종말을 고한 것이다.

맑고 추운 아침이다. 나는 집에서 나와 계단 모양의 한 정원으로, 종려나무 아래 작은 자갈이 깔린 평지로 걸어간다. 여기에서 계곡과 바다가 있는, 태양과 푸른 공기가 빛나는 지역 전체가 보인다. 광대한 숲이 있는 저지(低地), 물결치듯이 점점 높아지는 저지의 언덕과 작은 계곡이 바다에서 내가 사는 알프스의 산기슭 쪽으로 뻗어있다. 내 오른편 아래, 돌이 많은 가파른 능선 위에 프로방스의 가장 오래된 보금자리들 중 하나가 원시적이고 거친 사라센 탑이 있는 옛날 요새의 잔해 주변에 솟아있다. 즉, 아주 조야한 회색 돌계단 같은 뭔가가 하나로 합쳐져 있고, 위에는 마치 녹슬고 거친 비늘 같은 기와가 얹어져 있다. 앞쪽의 지평선에는 먼 바다의 희고 짙은 안개가 밝고 어렴풋한 하늘을 향해 높이 솟아오르고 있다. 약간 왼쪽으로 곱사등 같이 생긴 곶이 그를 희미하게 둘러싸고 있는 아침 바다의 광채 속에

---

[31] 부닌은 《아르세니예프의 생애》의 대부분을 프랑스 남부의 그라세에 있는 별장에서 썼다.

잠겨있다. … 나는 오랫동안 그쪽을 바라본다. 이따금 남부 프랑스의 서북풍이 정원으로 불어와 딱딱하고 긴 종려나무 잎사귀를 흔들면서, 마치 묘지 앞의 화환에서 나는 소리처럼 잎사귀 사이에서 메마르고 뜨겁고 차갑게 사각거린다 …. 저기로 가야만 하나? 인생에서 단 두 번 만났는데, 두 번 다 죽음과 함께 했다는 것이 이해할 수 없을 만큼 이상하다. 정말이지 모든 것이 이해가 되지 않는다. 지금 이렇게 눈부시게 빛나면서 저기 밝고 안개가 자욱한 산들을, 언젠가 이 산들이 보았을 모든 시대와 민족들에 대한 무심하고 행복한 꿈속으로 가라앉히는 이 태양이 언젠가 나와 그를 비추었던 바로 그 태양이란 말인가?

21

온종일 불어대는 서북풍, 종려나무 이파리가 날카롭게 사각거리는 소리, 눈부시게 빛나는 불안한 겨울 빛.

저녁 무렵에야 바람이 잦아드는 듯하다.

네 시에 나는 이미 곳에 도착해서, 더 멀리 걸어간다.

길은 긴 거리를 따라 빽빽한 남쪽 정원 한가운데로 올라간다. 마침내 저기 그 넓고 오래된 영지와 광활하고 드넓은 정원 깊숙한 곳에, 활짝 열려진 대문 너머로 오래되고 침울한 종려나무가 늘어선 긴 오솔길 끝에 커다란 하얀 집이 보인다. 초저녁 태양, 서쪽 하늘의 빛과 광채가 집 너머에 있다.

무엇보다 무서운 것은 죽음으로 모든 사람들에게 자유롭게 활짝 열린 대문과 그 대문 주변에 서 있는 수많은 자동차들이다.

오솔길은 텅 비어 있고, 모든 사람들은 이미 집안에 있다. 나는 재빨리 집 쪽으로 걸어간다. 발 밑에서 자갈들이 사각거린다.

바깥 현관 부근도 텅 비어 있다. '이쪽인가?'

이렇게 말한 건 내가 갑자기 당혹스러움을 느꼈기 때문이다. 문득 나는 바깥 현관에서 꼬박 10년 동안 보지 못했던 것을 보고, 그것은 마치 나의 전 생애가 갑자기 내 앞에 기적적으로 부활한 것처럼 날 깜짝 놀라게 한다. 나는 군복을 입고 견장을 찬 맑은 눈의 러시아 장교를 보고 있다….

바깥 현관의 높은 유리문도 활짝 열려 있다. 문 뒤에는 어스레한 정문 현관과 다른 비슷한 문들이 있다. 그리고 희미하고 커다란 프랑스식 살롱은 이상하고 아름답다. 비단 블라인드가 반원의 높은 유리창에 쳐있고, 블라인드에 가려진 태양빛이 석류처럼 붉게 유리창을 비친다. 아직 매우 이른 시간인데도 이상하게 불이 켜진 샹들리에가 천장 밑에서 담황색의 진주처럼 빛나고 있다.

정문 현관에는 한 무리의 사람들이 조용히 서 있다. 나는 아주 체념한 표정을 짓고 두 번째 문 쪽으로 나아가서 두 눈을 치켜뜬다. 나는 즉시 지나치게 긴 관 속에, 노란 참나무 석관 속에 누워있는 누런 잿빛의 커다란 얼굴, 넓은 로마노프의 이마, 아마 빛이 아니라 이미 잿빛으로 변한, 그러나 여전히 고압적이고 오만한 죽은 노인의 머리를 본다. 이미 잿빛으로 변한 작은 턱수염은 살짝 앞으로 나와 있고, 섬세하게 파인 콧구멍은 마치 남을 살짝 경멸하는 것 같다….

그러고 나서 나는 세부적인 것들을 보고 느낀다. 그렇다, 이상하고 희미한 빛, 초저녁 태양빛으로 붉게 물든 블라인드, 진주처럼 빛나는 샹들리에, 길이가 긴 교회용 촛대에서 가늘고 창백하고 미세하게 떨리는 양초 불빛. 여기에서 사람들은 단지 벽을 따라 죽 늘어서 있고, 살롱의 중앙은 거의 '그'가 차지하고 있다. 벽 왼쪽, 거울이 달린 대리석 벽난로 옆에는 양옆이 넓은 이상한 모양의 노랗게 옻칠을 한 참나무 관 뚜껑이 똑바로 세워져 있다. 관머리 뒤쪽의 구석 깊숙한 곳에 현수등(懸垂燈)이 오래된 은제 성상 앞의 작은 탁자 위에서 마치 어린아이 침실에서처럼 수줍고 부드럽게 타고 있다.

거의 모든 나머지 공간은 석관이 차지하고 있다. 석관도 이상하게 양 측면이 넓고, 길이가 지나치게 길고 깊다. 옻칠한 아름다운 새 관이 반짝인다. 관 안에 부드러운 하얀 우단을 두른 또 하나의 아연 관이 있어서 무시무시해 보인다. 관 주위에는 장교와 카자크 인들로 구성된 의장병(儀仗兵)이 긴장한 채 멋진 군인자세로 얼어붙은 듯이 서 있다. 의장병들이 칼집에서 빼낸 칼을 오른쪽 어깨 쪽으로 올리고, 구부린 왼손에는 모자가 들려 있다. 그들의 두 눈은 절대복종과 준비태세가 되어있음을 아주 날카롭게 표하면서 '그'를 향하고 있다. 그 자신은 평범하지 않은 키를 최대한 쭉 뻗고 삼색 깃발로 몸을 절반만 가린 채 더욱더 움직이지 않고 누워있다. 이전에 그렇게도 밝고 곱게 빗어 넘긴 그의 머리는 지금은 늙은이처럼 평범하고 서민적이다. 허옇게 센 머리칼은 가늘고 부드러우며 이마는 훤히 드러나 있다. 그의 머리는 크게 보이고, 어깨는 어린아이처럼 야위고 좁아졌다. 그는 가슴에 게오르기 훈장만을 달고, 장식이 전혀 없는 낡고 아주 단순한 적회색의 깃 없는 긴 상의를 입고 누워있다. 옷소매가 넓고 아주 짧아서 길고 평평한 손목 위로 어색하고 무겁게 포개진 크고 노리끼리한 팔이 드러나 있다. 두 손은 역시 늙었지만 여전히 강하고 딱딱하다. 두 손 중 한 손으로는 아토스 산에서 나는 삼나무로 만든, 오랜 세월이 지나 까매진 십자가를 마치 칼을 잡고 있듯이 무서울 정도로 강하게 꽉 틀어쥐고 있다…. 나는 관으로 다가가 관의 아래 부분에, 관 쪽으로 기대어 세워놓은 종려나무 가지와 화환 옆에 자리를 잡는다.

곧바로 미사가 시작된다. 안쪽 방에서 그와 가까운 사람들이 걸어 나오고 신부가 제의(祭衣)를 입는다. 우리가 두 손으로 들고 있는 긴 양초가 따스하고 부드럽게 타오른다…. 이 모든 것은 — 화음이 잘 맞는 나지막한 성가, 규칙적으로 짤그랑거리는 향로소리, 이미 지상에서 수백만 번이나 울려퍼진 슬프고 순종적이며, 애처롭고 감동적인 외침소리 — 이미 나에게 너무나 익숙한 것이다! 이런 기도에서는 이름만 바뀌는데, 순서가 되면 모든 사람의 이름이 입에 올려 진다.

"우리 하느님은 늘 자비로우십니다. 언제나 지금처럼 영원히…."

"평화 속에서 주님께 기도합시다…."

나는 언젠가 햇볕이 내리쬐던 무더운 여름날에 오룔 역에 있던 사람을 아직도 늘 생각하고 있다. 그러나 이 선명한 모습은 단지 순간적으로 문득 내 앞에 나타났다 사라진다. '그리스도의 위로를 갈망하는' 모든 대열에 새로 들어서서 이제는 '평화, 고요, 행복한 기억'을 기다리며, '영광스런 주님의 무시무시한 권좌 옆에서 무고하다고 인정받기를' 기대하는 '독실한 황태자'를 위한 기도가 슬프고 소심하게 울려퍼진다…. 우리가 모르는 뭔가를 바라보고 있는 사자(死者)의 얼굴은 아직 표정이 풍부하지만 편안하고 온화하다. 볼록한 눈꺼풀은 닫혀있고, 색이 바랜 꽉 다문 입술은 콧수염 밑에서 재처럼 하얗게 변해간다…. 나는 그의 넓고 노화된 관자놀이 위에 약간 부풀어 오른 정맥을 본다. '내일이면 저 정맥들은 이미 검어지겠지…' 하고 나는 생각한다. 나는 그의 지나간 인생, 그의 길고 복잡한 삶에 대해 생각하면서 나 자신의 삶에 대해서도 생각해 본다….

"다시 한번 당신의 종인 고인의 영혼이 평안하도록 기도합시다. 그리고 그가 알게 모르게 지은 모든 죄를 용서해주십사 기도합시다…."

"하늘나라 왕국의 자비로우신 하느님이시여, 그의 죄를 용서해주시기를 불멸의 왕이신 우리의 주님께 간절히 기도합니다…."

잠시 후, 나의 눈길은 그의 다리를 반쯤 덮고 있는 삼색 깃발과 깃 없는 긴 상의에 다시 머문다. 나는 검은 십자기를 꼭 쥐고 있는 딱딱하게 굳은 그의 손을 본다. 그리고 나는 긴장된 준비태세로 굳어진 의장병의 얼굴, 내가 이미 10년 동안 보지 못했던 그들의 모자와 견장을 바라본다….

"말로 표현할 수 없는 당신의 영광스런 모습이시여, 오, 주여, 당신의 피조물에게 관용을 베풀어주시어 갈망하는 그 고향을 허락하소서…."

우리 모두가 밖으로 나왔을 때는 이미 저녁이었다. 태양은 방금 저 너머, 검은 종려나무들 뒤로 기울었고, 짙은 분홍빛 노을이 하늘을 물들이고 있다. 저 멀리, 우리들 앞에 변함없는 지중해의 드넓은 해변 풍경이 펼쳐져 있다. 드넓은 해변 풍경의 깊숙한 곳에, 흐릿하고 차가운 연보랏빛 동쪽 하늘에 알프스 산맥의 눈 덮인 봉우리들이 모든 것을 죽은 듯이 지배하고 있다. 살아있는 모든 것들에 한없이 낯선, 음울하고 검붉은 산맥은 이미 빛을 잃어버리고, 거친 겨울밤 속으로 사라지면서 밑에서부터 이미 회청색의 짙은 안개 속에 반쯤 잠겨버렸다. 밤이 다가오면서 산맥 아래에서 바다는 황량하고 차갑게 푸른빛으로 변해갔다….

22

    남부 프랑스의 건조하고 차가운 서북풍 때문에, 밤새 내가 사는 언덕의 모든 것들이 윙윙 소리를 내며 포효하고 울부짖으며 날뛴다. 갑자기 나는 잠에서 깨어난다. 나는 죽은 이를 위한 미사가 끝난 후, 고인과 작별하는 동안에 고인의 친척들 가운데 마지막으로 마른 몸에 키가 큰 한 처녀가 고인에게 작별하는 것을 방금 꿈속에서 보았거나 상상을 했다. 그녀는 온몸에 검은 옷을 걸치고 미사용 긴 베일을 쓰고 있었다. 그녀는 아주 편안하게 그에게 다가가 아주 여성스럽고 사랑스럽게 몸을 굽혔다. 순간적으로 그녀가 쓴 베일의 가벼운 끝자락이 석관의 모서리와 늙었지만 아직도 어린아이 같은, 긴 상의를 걸친 그의 어깨에 닿았다…. 건조하고 차가운 서북풍이 맹렬하게 불고, 종려나무 가지들이 사납게 소리를 내고 뒤엉키면서 마치 어딘가로 내달리는 것 같다…. 나는 자리에서 일어나 간신히 발코니 쪽으로 난 문을 연다. 냉기가 내 얼굴을 세차게 때린다. 머리 위로는 희고 푸르고 빨갛게 타오르는 별들이 박힌 칠흑 같은 하늘이 넓게 펼쳐져 있다. 모든 것이 어딘가, 앞으로, 앞으로 내달리고 있다….

    내 머리 위에서 활활 타오르는 무섭고 서러운 모든 것들을 바라보면서 천천히 성호를 긋는다.

5권

리카, 사랑의 심리학

1

나의 첫 방랑의 그 봄날들은 내 젊은 수도승(修道僧) 생활의 마지막 나날들이었다.

오룔에서의 첫째 날에 나는 여행중에 그랬듯이 외롭고 자유롭고 편안하게, 호텔과 도시에 낯설어하며, 그리고 도시에서는 이상한 시간에 깨어났다. 이제 막 동이 트기 시작했다. 그러나 다음 날에는 이미 다른 모든 사람들처럼 더 늦게 일어났다. 나는 정성스레 옷을 차려입고 거울을 들여다보았다…. 어제 편집국에서 나는 집시처럼 햇볕에 탄 피부, 바람에 튼 초췌한 얼굴, 헝클어진 머리칼에 이미 당혹감을 느꼈다. 단정하게 보일 필요가 있었고, 내 형편도 어제 갑자기 좋아졌다. 나는 함께 일하자는 제안은 물론 선불도 제안받았다. 얼굴이 뜨겁게 달아올랐지만 선불을 받았던 것이다. 나는 중심가로 나가 담뱃가게에 들러서 비싼 담배 한 갑을 사고는 이발소로 갔고, 멋지게 다듬어진 향기나는 머리를 하고 항상 이발소에서 나올 때마다 느끼는 색다른 남성의 활력을 느끼며 이발소 밖으로 나왔다. 나는 곧장 다시 편집국으로 가고 싶었고, 한시라도 빨리 어제 운명이 내게 후하게 선물해준 새롭고 유쾌한 모든 인상을 지속시키고 싶었다. 그러나 지금 곧장 갈 수는 없는 노릇이었다. '왜, 그가 다시 왔어? 다시 아침부터?!'라고 사람들은 말할 것이다.

나는 시내를 돌아다녔다. 처음에는 어제처럼 볼호프 거리를 따라 아래로 내려갔고, 그 다음에는 기차역으로 통하는 긴 상가거리인 모스크바 거리를 따라 걸었다. 나는 먼지 쌓인 어떤 개선문을 지나 상가거리가 황량하고 초라해질 때까지 걸었다. 나는 모스크바 거리를 벗어나 더욱 초라한 푸쉬카리 마을[1]로 갔다가 다시 모스크바 거리로 돌아왔다. 그리고 모스크바 거리에서 오를리크 강 쪽으로 내려갔다가 마차가 지날 때마다 흔들거리고 삐걱대는 오래된 나무다리를 건너서 관청이 있는 쪽으로 올라갔다. 그때 모든 교회에서 종이 울렸고, 한 쌍의 커다란 검은 말이 끄는 포장마차가 가로수 길을 따라 내 쪽을 향해 달려왔다. 힘차지만 고른 속도로 걸어가는 말의 걸음걸이가 계속 시끄럽게 울려대는 교회 종소리와 잘 대비되었다. 포장마차에 탄 대주교는 마주치는 모든 사람들에게 자비로운 손짓으로 좌우로 성호를 긋고 있었다.

편집국은 다시 사람들로 붐볐고, 자그마한 아빌로바는 자신의 큰 책상에 앉아 활기차게 일하고 있었다. 그녀는 날 향해 그저 상냥하게 웃음을 짓고는 곧바로 다시 책상으로 머리를 숙였다. 아침식사는 다시 길고도 즐거웠다. 아침식사 후에 나는 리카의 열정적인 피아노 연주를 듣고 나서 리카와 오볼렌스카야와 함께 정원으로 나가서 그네를 탔다. 차를 마신 후에 아빌로바는 내게 집을 보여주면서 방마다 날 데리고 다녔다. 나는 그녀의 침실 벽 위에 걸린 초상화를 보았다. 액자 속에서 뼈가 앙상한 넓은 어깨에 안경을 쓰고 머리털이 많은 누군가가 불만스럽게 바라보고 있었다. "내 죽은 남편이에요" 하고 아빌로바가 덤덤하게 말했다. 나는 약간 망연해졌다. 이 폐병환자와 갑자기 이 사람을 자기 남편이라고 부르는 활기차고 멋진 여자를 뭔가 하나로 결합시키는 불합리성에 깜짝 놀랐기 때문이다. 잠시 후에 그녀는 다시 책상에 앉아 일하기 시작했다. 리카는 옷을 화려하게 차려입고

---

[1] 포수(砲手)들이 주로 모여 살았던 오룔시의 근교 마을.

서 "자, 여러분, 난 사라집니다!"하고 특이한 어투로 우리에게 말하고 어딘가로 가버렸다. 나는 이미 그녀에 대해 거북함을 느끼며 그 어투의 몇몇 특징을 알아챘다.

나는 오볼렌스카야와 함께 그녀의 일을 보러 나왔다. 카라체프 거리의 여자재봉사에게 들러야 한다고 말하면서 거기에 같이 가자고 내게 제안했던 것이다. 그녀의 이런 허물없는 제안으로 갑자기 우리 사이에 친밀감이 형성되었는데, 그것이 내 마음에 들었다. 나는 친밀감을 느끼며 그녀와 나란히 시내를 걸으면서 그녀의 또렷한 목소리에 귀를 기울였다. 여자재봉사의 집에서 나는 초조함 속에서 특별한 기쁨을 느끼면서 그들의 대화와 의논이 끝날 때까지 서서 기다렸다. 우리가 다시 카라체프 거리로 나왔을 때는 이미 날이 저물었다.

"투르게네프 좋아하세요?"하고 그녀가 물었다. 나는 머뭇거렸다. 내가 시골에서 태어나 시골에서 자랐으므로, 사람들은 내가 투르게네프를 반드시 좋아할 거라고 생각하면서 내게 늘 이런 질문을 하곤 했기 때문이다.

"음, 상관없어요. 어쨌든 이건 당신에게 흥미 있을 거예요. 이 근방에 마치 《귀족의 보금자리》2)에서 묘사된 듯한 저택3)이 있거든요. 보고 싶죠?"

---

2) 이반 세르게예비치 투르게네프(1818~1883)가 1858년에 써서 1859년 〈동시대인〉에 발표한 소설. 투르게네프는 슬라브주의적 이상주의자인 라브레츠키와 고결한 귀족처녀인 리자와의 사랑과 좌절을 통해 1840년대 슬라브주의적 이상주의자들의 사회-역사적 활동과 그 의미를 캐묻고 있다. 투르게네프는 오룔에서 가까운 스파스코예의 영지에서 때어나 그곳에서 성장했다. 일반적으로 부닌의 문체는 19세기 러시아 작가들 중에서 투르게네프와 가장 비슷하다고 평가되는데, 여기에서는 아르세니예프가 투르게네프에게 무관심한 태도를 보이는 것이 흥미롭다.
3) 후에 부닌은 아내 베라 니콜라예브나와 함께 이 저택을 여러 번 둘러보았다고 한다.

우리는 교외 어딘가로, 정원 속에 파묻힌 쓸쓸한 거리로 갔다. 오를리크 강 위쪽 낭떠러지 위에 자리한 오래된 정원은 4월의 푸릇푸릇한 어린 초목으로 덮여 있었고, 오래전부터 사람이 살지 않고 굴뚝이 반쯤 무너진 집이 허옇게 보였다. 반쯤 무너진 굴뚝에는 갈가마귀들이 이미 둥지를 틀고 있었다. 우리는 잠시 걸음을 멈추고 낮은 울타리 너머, 아직 초목이 드물고 맑은 하늘에 선명하게 새겨진 정원 사이로 집을 바라보았다…. 리자, 라브레츠키, 렘므[4] … 나는 열정적으로 사랑하고 싶어졌다.

저녁에 우리는 시내 공원의 여름극장에 갔다. 나는 어스름 속에서 리카와 나란히 앉아서 오케스트라 연주와 무대에서 진행되는 온갖 시끄러운 어리석은 행동을 다정하게 즐겼다. 아래쪽 밝은 광장에서는 멋진 도회지 여자들과 황제의 기병들이 요란한 댄스음악에 맞추어 발을 구르며 빈 주석(朱錫) 술잔을 부딪치고 있었다. 연극이 끝난 후에 우리는 이 공원에서 저녁을 먹었다. 나는 여자들과 함께 얼음 속 포도주 병을 앞에 놓고 사람들로 북적대는 널찍한 테라스에 앉았다. 아는 사람들이 계속 그들에게 다가왔고, 그들은 날 자기 친구들에게 소개했다. 날 향해 가볍게 인사하고 나서 더 이상 내게 아무런 관심을 보이지 않은 한 남자를 빼고 그들의 친구들은 모두 날 다정하게 대했다. 후에 이 남자는 내게 상당히 많은 정신적 고통을 안겨 준—그는 내게 전혀 관심도 기울이지 않았다—사람인데, 길쭉하고 윤기 없는 거무스름한 얼굴에 움직이지 않는 검은 눈, 검고 짧은 볼수염을 한 매우 키가 큰 장교였다. 그는 무릎 아래까지 내려오는 몸에 꼭 맞는 프록코트와 바짓단을 매는 끈이 달린 좁은 바지를 입고 있었다. 리카

---

[4] 《귀족의 보금자리》에서 리자에게 피아노를 가르치는 독일 출신의 낭만주의적이고 고집이 센 늙은 음악가. 리자를 향한 따스한 사랑을 마음속에 간직하고 있다.

는 아주 아름다운 이를 드러내 보이며 말을 많이 하고 많이 웃었다. 그녀는 모두가 황홀한 마음으로 자기를 바라보고 있다는 걸 알았다. 나는 더 이상 그들을 편안한 마음으로 바라볼 수 없었고, 그 장교가 우리의 식탁에서 물러나면서 커다란 손으로 잠시 리카의 손을 붙잡았을 때는 소름이 끼쳤다.

내가 떠나는 날에 처음으로 천둥이 쳤다. 나는 이 천둥과 나와 아빌로바를 역으로 데려다준 가벼운 사륜마차, 이 사륜마차와 동반자에 대한 자부심, 그리고 나와 그녀와의 첫 이별에서 비롯된 이상한 감정을 기억한다. 나는 이미 그녀에 대한 나의 사랑을 만들어냈고 그 사랑을 완전히 믿고 있었다. 다른 모든 것들을 압도하는 이 감정은 마치 내가 오륜에서 아주 운 좋게 얻은 것만 같았다. 기차역 플랫폼에 화려하게 차려 입은 선택된 수많은 사람들이 기차가 오기를 기다리며 무리지어 있었다. 십자가와 향로를 손에 들고 화려한 교회의상을 입은 성직자들이 모든 사람들 앞에 서 있었다. 나는 그들의 모습이 대중의 모습과 비슷해서 깜짝 놀랐다. 마침내 대공(大公)5)을 실은 기차가 육중하게 기차역에 굴러 들어왔다. 그 순간 기차에서 펄쩍 뛰어내린 선홍빛 머리칼을 한 거인의 붉은 경기병(輕騎兵) 제복이 모든 사람들의 눈을 부시게 했다. 어쩐지 모든 것이 뒤범벅이 되고 뒤얽힌 것 같았다. 나는 추도의식의 음울하고 위협적인 장엄함 외에는 더 이상 아무것도 기억하지 못한다. 잠시 후 검은 깃발을 단 기름투성이의 거대한 강철 기관차가 다시 굴뚝에서 수증기를 내뿜고 힘차고 거대한 굉음을 내며 덜컹거리기 시작했고, 연접봉(連接棒)6)이 하얀 강철의 반짝임 속에서 천천히 유연하게 뒤로 움직였다. 황금 독수리

---

5) 니콜라이 1세의 아들인 니콜라이 니콜라이비치(1831~1891) 대공을 말한다.
6) 기관차의 피스톤에 작용하는 증기력을 바퀴의 회전운동으로 바꾸어 주는 작용을 하는 대.

문장(紋章)에 두꺼운 판유리를 댄 푸른 기차가 빠르게 앞으로 지나갔다…. 나는 점점 더 빨리 돌아가는, 쇠붙이로 주조(鑄造)한 바퀴와 브레이크와 용수철을 바라보았다. 나는 남쪽의 크림에서 시작된 긴 여정에서 이 모든 것들이 매혹적인 하얀 먼지로 온통 두껍게 덮여 있는 것만을 보았다. 기차는 러시아를 가로질러 수도를 향해 장엄한 애도의 질주를 계속하면서 덜컹거리며 사라졌다. 나는 이 동화 같은 크림에, 전설적인 푸쉬킨의 그 황홀한 구르주프7)의 나날들에 한껏 도취되어 있었다.

내가 타고 갈 수수한 지방열차는 멀리 떨어진 옆 승강장에서 날 기다리고 있었다. 나는 벌써부터 그 기차에서 내가 누리게 될 고독과 휴식이 반가웠다. 아빌로바는 줄곧 즐겁게 재잘거리고 곧 오룔에서 다시 날 보길 바란다고 말하면서 기차가 출발할 때까지 나와 함께 있었다. 그리고 그녀는 미소를 지으며 내게 일어난 유쾌한 슬픔을 잘 알고 있다고 암시했다. 세 번째 벨 소리가 울렸을 때 나는 그녀의 손에 뜨겁게 입맞춤했고, 그녀는 내 뺨에 입술을 댔다. 내가 기차로 펄쩍 뛰어오르자 기차가 덜컹거리며 움직이기 시작했다. 나는 창밖으로 몸을 쑥 내밀고 승강장에 서서 날 향해 가볍게 손을 흔들고 있는 그녀가 점점 멀어져 가는 것을 바라보았다….

내게는 이후의 여정이 모두 감동적으로 느껴졌다. 겨우 움직이더니 갑자기 속력을 내고 심하게 흔들리며 요란하게 기적을 울리는 이 짧은 기차도, 왠지 기차가 한없이 서 있는 인적이 드문 역과 간이역도, 그리고 다시 나를 둘러싼 나의 친숙한 모든 것들 — 비스듬한 언덕처럼 창가를 스쳐 지나가는 들판, 아직 헐벗어서 유난히 볼품이 없

---

7) 푸쉬킨은 남부 유배중(1820~1826)에 크림의 해변 휴양지인 구르주프를 방문했었다. 구르주프는 리바디야의 로마노프 궁전에서 약 20마일 떨어져 있었다.

지만, 조용히 봄을 기다리고 있는 벌거벗은 작은 자작나무숲, 메마른 지평선 ― 도 감동적이었다…. 창백하고 나지막한 하늘이 깔린 저녁 역시 쓸쓸하고 봄답게 서늘했다.

2

나는 오룔에서 꿈 하나를 가지고 왔다. 그 꿈은 가능하면 빨리 오룔에서 시작한 일을 계속하는 것이었다. 그러나 차창을 통해 들판과 느릿느릿한 4월의 일몰을 바라보면서, 오룔에서 더 멀어지면 멀어질수록 그 꿈에 대해 더 자주 잊곤 했다. 이제 객실은 완전히 어두워지고, 창밖에도, 기차의 왼편으로 지나가는 성긴 떡갈나무 숲 속에도 어스름이 깔린다. 옹이투성이의 벌거벗은 떡갈나무는 겨울눈 속에서 방금 모습을 드러낸 지난해의 적갈색 잎들로 덮여있다. 나는 이미 자리에서 일어나 가방을 손에 들고 더욱 흥분한다. 여기가 벌써 수보틴 숲이고, 다음 역이 피사레보였기 때문이다. 기차는 어딘가 허공을 향해 슬프게 경적을 울린다. 나는 서둘러 승강구로 나간다. 대기는 어쩐지 손길이 닿지 않은 것처럼 축축하고 신선하며, 빗방울이 조금씩 떨어지기 시작한다. 역 앞에는 화차(貨車)가 외롭게 서 있다. 기차가 화차 주변을 지나간다. 나는 아직도 천천히 움직이고 있는 기차에서 펄쩍 뛰어내린다. 나는 플랫폼을 따라서 달려서, 희미하게 불이 켜져 있고 많은 농부들이 밟아서 더러워진 너무나 쓸쓸한 역을 지나 어두운 현관으로 빠져나왔다. 역 앞의 둥근 마당에 있는 꽃밭은 겨울에 쌓였던 눈이 녹아서 초라하고 지저분하다. 농부인 마부의 둔한 말이 어둠 속에서 겨우 보인다. 몇 주마다 가끔씩 공연히 손님을 기다리는 이 마부가 날 향해 전속력으로 달려와 내가 하는 모든 말에 흔쾌히 동의한다. 그리고 얼마를 주든지 —"아마 손해 보시지는 않을 겁니다!"— 나와 함께 세상 끝까지라도 갈 태세다. 잠시 후에 나는 벌써 그 마부의 조그만 짐마차를 타고 흔들거리며 얌전히 가고 있다. 처음엔 황량하고 어두운 마을을 지나가고, 그 다음엔 —더욱더 천천히— 모든 세계와 단절된 깜깜하고 고요한 들녘을 지나간다. 그리고 시커먼 바다 같은 땅을 지나간다. 시커먼 바다 같은 땅 저 너머 북서쪽의 먹구름 아래 끝없이 먼 곳에서 푸르스름한 뭔가가 희미하게 반짝인다. 밤의 들녘에서 불어오는 비를 품은 4월의 부드러운 실바람이 얼굴에 부딪힌다. 멀리 어디선가 메추라기 한 마리가 바람 속에서 계속 위치를 바꾸면서 탁탁 소리를 낸다. 나지막한 러시아의 하늘 아래 먹구름 속에서 드문드문 뜬 별들이 깜박이고 있다…. 다시 메추라기, 봄, 대지 그리고 이전과 다름없는 쓸쓸하고 가난한 내 청춘! 길은 고통스러울 정도로 길다. 러시아 농부와 10킬로가 넘는 들판을 간다는 건 짧은 여정이 아니다. 농부는 말이 없고 수수께끼 같다. 농부에게서 농가의 눅눅한 냄새와 다 해진 양가죽 반(半) 외투의 마른 가죽냄새가 난다. 빨리 가자는 재촉에도 농부는 말이 없다. 경사가 완만한 언덕에 이르렀을 때 농부는 앞자리에서 펄쩍 뛰어내려 비틀거리며 간신히 움직이는 암말 옆에서 밧줄 고삐를 손에 쥐고 고른 걸음으로 걸어간다. 농부는 얼굴을 옆으로 돌리고 있다….

우리가 바실리옙스코예에 도착했을 때는 이미 한밤중인 듯했다. 불빛이라고는 어디에도 없고 모든 것이 죽어있는 듯하다. 눈이 어둠에 익숙해져서야 나는 넓은 거리에 늘어선 농가들과 농가 앞의 벌거벗은 버드나무 가지를 잘 볼 수 있었다. 우리는 넓은 거리를 따라 마을로 들어갔다. 잠시 후 우리는 저지대에 쌓인 4월의 습기 속으로 내려가고 있었다. 왼쪽엔 강 위에 다리가 있고, 오른쪽엔 음울하고 검은 빛을 띤 저택으로 올라가는 길이 있다. 감각이 다시 아주 예민해진다. 모든 것들이 너무나 익숙하고, 동시에 시골 봄의 어둠과 황량함과 차가움으로 모든 것들이 너무나 새롭다! 농부는 언덕으로 짐마차를 끌고 올라가면서 완전히 사색이 되었다. 갑자기 집 앞에 있는 작은 정원의 소나무 너머 유리창에서 불빛이 빛났다. 다행히 아직 잠을 자고 있지 않다! 마침내 짐마차가 현관 계단 부근에 멈춰 섰을 때, 나는 기쁨, 초조함, 아이 같은 부끄러움에 휩싸였다. 나는 짐마차에서 내려 현관문을 열고 안으로 들어가서, 사람들이 미소를 지으며 날 바라보는 것을 봐야만 한다⋯.

다음날 나는 바실리옙스코예에서 말을 타고, 그쳤다 내렸다 하는 조용하고 맑은 아침 가랑비를 맞으며 경작지와 휴한지(休閑地)를 지나갔다. 농부들이 밭을 갈고 씨를 뿌리고 있었다. 한 농부가 발가락이 안으로 굽은 하얀 발로 부드러운 밭고랑을 헛디디며 맨발로 쟁기질을 하고 있었고, 말은 등을 구부리고 있는 힘을 다해 밭고랑을 무너뜨리고 있었다. 쟁기 뒤에서 푸르스름한 갈가마귀 한 마리가 밭고랑에서 검붉은 벌레를 계속 잡다가 배슬배슬 날아올랐다. 갈가마귀 뒤에서 모자를 쓰지 않은 노인이 파종용 바구니를 어깨에 메고 규칙적인 큰 걸음으로 걸으면서 오른손을 점잖게 내젓고 정확하게 반원을 그리며 땅에 씨앗을 뿌리고 있었다.

바투리노에서는 너무나 따스한 사랑과 기쁨으로 날 맞이해 주어서 마음이 아프기까지 했다. 나는 무엇보다도 어머니보다 내 여동생이 더 기뻐하는 모습을 보고 깜짝 놀랐다. 나는 이처럼 매혹적인 기쁨과 사랑의 표현을 기대하지는 않았다. 여동생은 창문을 통해 날 보자마자 너무나 기쁜 나머지 날 향해 현관 계단으로 달려 나왔다. 순수하고 젊음에 넘치는 여동생은 모든 것이 너무나 매혹적이었다. 이 날 나를 위해 처음으로 입은 새 원피스조차도 너무나 순결하고 신선해 보였다. 아름답고 투박한 오래된 집도 날 황홀하게 했다. 내 방의 모든 것은 마치 내가 금방 방에서 나온 것처럼 그대로였다. 모든 것들이 그 자리에 그대로 있었다. 심지어 철 촛대에 꽂힌 반쯤 타들어간 수지(獸脂) 양초도 내가 떠나던 그 겨울날 책상 위에 있던 그 자리에 그대로 있었다. 나는 안으로 들어가 주변을 둘러보았다. 구석에 검은 성상(聖像)이 있고, 상단을 보라색과 진홍색 색유리로 낀 고풍의 유리창 너머로 나무들과 하늘이 보인다. 군데군데 하늘색으로 빛나는 하늘은 푸르러지는 나뭇가지에 가랑비를 뿌리고 있다. 방안의 모든 것들은 약간 침침하고 널찍하고 깊다…. 어둡고 매끈한 나무로 만든 천장, 마찬가지로 어둡고 매끈한 통나무로 만든 벽…. 참나무 침대의 둥근 판(板)도 매끄럽고 육중하다.

3

내가 다시 오룔에 가게 된 것은 사무적인 일 때문이었다. 우리는 은행에 이자를 갚아야만 했다. 나는 돈을 가지고 갔지만 이자의 일부만 내고 나머지는 다 써버렸다. 이건 장난스런 행동이 아니라, 나에게 무슨 일이 있었던 것이다. 나는 이 일에 특별한 의미를 부여하지는 않았다. 나는 줄곧 어떤 무의미하고 행복한 결단력을 가지고 행동하곤 했다. 나는 오룔 행 여객열차에 늦어서 재빨리 화차(貨車)에 자리를 잡았다. 높다란 쇠발판을 밟고 거칠고 더러운 장소로 기어 들어가 선 채로 주변을 바라보았던 것을 나는 지금도 기억한다. 기관사들은 형용할 수 없을 만큼 기름때가 덕지덕지 묻고 양철처럼 반짝이는 뭔가를 걸치고 있다. 그들의 얼굴은 기름때가 묻어 반짝반짝 빛나고,

눈자위는 흑인처럼 놀랍도록 선명하며, 눈꺼풀은 배우들처럼 일부러 까맣게 분장이라도 한 것 같다. 젊은 기관사는 쇠 삽을 휘둘러 구석에 쌓여있는 석탄더미를 재빨리 퍼내어 요란하게 화실(火室) 아궁이로 내던진다. 화실 아궁이에서는 시뻘건 불길이 무섭게 솟구치고 있다. 젊은 기관사는 시커먼 석탄을 삽으로 떠서 이 지옥의 불길을 잠재운다. 늙은 기관사는 기름때가 덕지덕지 묻은 끔찍한 걸레로 손가락을 닦고서 그 걸레를 휙 내던지고는 뭔가를 잡아당기고 돌린다…. 귀청을 찢는 듯한 기적이 울리고, 기적소리가 나는 쪽에서 눈을 뜰 수 없을 만큼 스팀이 뜨겁게 피어올라 사방을 휩싸고, 갑자기 뭔가 엄청나게 요란한 소리로 귀가 멍멍해진다. 화차는 천천히 앞으로 나아간다…. 잠시 후 이 굉음이 사방으로 울려퍼지면서 화차의 힘과 속력은 점점 더 증가하고 주변의 모든 것들이 흔들리고 진동하며 튀어 오른다! 시간은 정지되고 긴장되어 돌처럼 굳어진다. 불을 내뿜는 괴물의 질주는 양쪽으로 고르게 흔들리며 언덕으로 올라간다. 역과 역 사이의 매 구간은 너무나 빨리 끝난다! 한 구간의 질주가 끝나고 기차가 멈춘 후 짧은 휴식시간인 밤의 평화로운 정적 속에서 밤의 숲 냄새가 풍겨나고 행복하고 장엄한 꾀꼬리 노래가 주변의 모든 숲에서 울려퍼진다….

 오룔에서 나는 아주 야하게 옷을 입었다. 나는 부드럽고 화려한 장화, 얇은 검정색 반외투, 앞가슴이 비스듬히 트인 붉은 비단셔츠, 붉은 테를 두른 검정색 귀족모자로 치장했다. 나는 값비싼 기병대 안장을 샀다. 뽀드득거리고 향기나는 가죽으로 만들어진 이 안장이 너무나 멋져서, 밤에 집으로 돌아오면 내 옆에 이 안장이 있는 것이 너무 기뻐서 잠을 잘 수가 없었다. 나는 말 한 필을 더 사기 위해 다시 피사레보에 갔다. 그때 피사레보 마을에서는 말 시장이 열리고 있었다. 말 시장에서 나는 나처럼 반외투에다 귀족모자를 쓴 내 또

래의 몇몇 사람들과 사귀었다. 그들은 말 시장의 오래된 단골고객들이었다. 집시가 "나리, 이 미샤를 사세요. 이 미샤 때문에 평생 날 사랑하게 될 겁니다"라고 말하면서 기진맥진한 돈강 지방산(産) 거세 말을 팔려고 내게 필사적으로 달라붙었지만, 나는 그들의 도움으로 어린 순종 암말을 샀다.

그 후 여름은 내게 긴 축제가 되었다. 나는 바투리노에서 내리 사흘 이상을 보내지 않았고 항상 새로 사귄 친구들 집을 방문하곤 했다. 리카가 오룔에서 돌아왔을 때 나는 시내에 눌러앉게 되었다. '돌아와서 만남을 갈망하고 있어'라는 그녀의 짧은 메모를 받자마자 나는, 메모에 적힌 어리석은 농담이 불쾌했고, 벌써 저녁이 되어 먹구름이 몰려오고 있었지만 그 즉시 역으로 달려갔다. 객차 안에서 나는 기차의 빠른 움직임을 술 취한 사람처럼 기뻐했다. 기차의 움직임은 벌써 사나워진 뇌우 때문에, 그리고 덜컹대는 기차바퀴 소리와 우렛소리, 지붕에 요란하게 떨어지는 빗방울 소리가 합쳐져서 더욱 빠르게 느껴졌다. 이 모든 것은 끊임없이 검은 유리를 가득 비추는 파란 불꽃 속에서 일어났다. 거품을 내며 검은 유리를 세차게 때리는 빗물에서 신선한 냄새가 풍겨났다.

즐거운 만남의 기쁨 외에는 마치 아무 일도 없는 것 같았다. 여름이 끝나갈 무렵에 누이와 늙은 아버지와 함께 시내에서 멀지 않은 이스타 강의 가파른 강변 위에 있는 영지에서 살고 있던 친구들 중 하나가 자기의 명명일8) 오찬에 아주 많은 사람들을 초대했다. 그 친구는 리카에게 이따금 들르곤 했다. 그 친구가 직접 그녀를 데리러 왔고, 그녀는 그와 함께 말 한 마리가 끄는 이륜마차를 타고 갔다. 나는 말을 타고 뒤따라갔다. 밝고 메마른 활짝 트인 넓은 벌판이 내 맘

---

8) 자신의 세례명 이름과 같은 성자의 생일.

에 들었다. 마치 모래사장 같은, 탁 트인 벌판은 낟가리로 끝없이 덮여 있었다. 내 마음 속의 모든 것들이 뭔가 지극히 대담한 것을 요구하고 있었다. 나는 뻔뻔스럽게 말을 흥분시켰다가 멈춰 세운 후, 앞으로 내달려 전속력으로 낟가리를 뛰어넘게 했다. 날카로운 편자에 베인 말의 발목에서 피가 흘렀다. 다 썩은 나무 발코니에서의 명명일 오찬은 저녁때까지 계속되었고, 저녁은 어느덧 밤, 램프, 포도주, 노래와 기타로 이어졌다. 나는 그녀와 나란히 앉아서 전혀 부끄럼 없이 그녀의 한 손을 잡았다. 그녀는 손을 빼지 않았다. 밤늦게 우리는 마치 약속이라도 했던 것처럼 테이블에서 일어나 테라스에서 정원의 어둠 속으로 걸어 나왔다. 그녀는 정원의 따스한 어둠 속에서 걸음을 멈추고 나무에 등을 기대며 내게 두 손을 뻗었다. 어둠 속에서 볼 수는 없었지만 나는 그 순간 두 손의 움직임을 짐작할 수 있었다…. 정원이 빠르게 잿빛으로 변했고, 저택에서 어린 수탉들이 잠긴 목소리로 왠지 난감하고 행복하게 울어대기 시작했다. 곧 강의 낮은 지대 너머 노란 들판 위로 떠오르는 거대한 황금빛 새벽빛으로 정원 전체가 밝아지기 시작했다. 잠시 후 우리는 낮은 지대 위의 절벽에 서 있었다…. 그녀는 태양 빛으로 활활 타오르는 지평선을 바라보며 더 이상 내게 주의를 기울이지 않고 차이코프스키[9]의 〈아침〉을 불렀다. 음이 너무 높아서 부를 수 없는 부분에서 노래를 그만두고, 그녀는 메추라기 색깔의 목면포(木棉布) 스커트의 화려한 주름장식을 들어올리고 집으로 달려갔다. 당황한 나는 걸음을 멈추었다. 나는 아무런 생각도 할 수 없었다.

　나는 그저 그 자리에 서 있다가 절벽 끝에 있는 늙은 자작나무 아래로 가서 마른 풀밭 위에 드러누웠다. 벌써 날이 밝았다. 태양이 높

---

[9] 표트르 일리치 차이코프스키(1840~1893)는 50곡 이상의 로망스를 작곡했지만 '아침'이라는 제목의 노래는 보이지 않는다.

이 떠올랐고, 여름 끝 무렵의 날씨가 늘 그렇듯이 청명했다. 곧 햇볕이 내리쬐는 아침이 되었다. 나는 자작나무 뿌리를 베고 금방 잠이 들었다. 그러나 태양은 점점 더 뜨겁게 타올랐고, 나는 곧 폭염과 뜨거운 햇볕을 받으며 잠에서 깨어났다. 나는 자리에서 일어나 비틀거리며 그늘을 찾아 걸어갔다. 눈이 멀 정도로 강하고 건조한 빛 속에 잠긴 집은 아직도 잠들어 있었다. 늙은 주인만이 자지 않고 있었다. 그의 서재의 열린 창문에서 기침소리가 들렸다. 서재 창문 아래에는 야생화처럼 거친 라일락이 무성하게 자라고 있었다. 그 기침소리에서 아침에 첫 파이프담배와 진한 밀크커피 한 잔을 즐기는 노인의 기분을 느낄 수 있었다. 내 발자국 소리에 깜짝 놀란 참새들이 햇빛에 빛나는 라일락 숲에서 후드득 날아올랐다. 그 소리를 듣고 노인은 무늬가 있는 터키 실크로 만든 낡은 실내복의 옷깃을 가슴 위로 여미며 창밖을 내다보았다. 노인은 퉁퉁 부어오른 두 눈과 커다란 잿빛 턱수염으로 무섭게 보이는 얼굴을 내밀고 아주 선량한 미소를 지었다. 나는 죄 지은 사람처럼 인사하고 발코니를 지나 열린 응접실 문으로 들어섰다. 아침의 고요와 텅 빈 공간, 안으로 날아드는 나비들, 오래된 푸른 벽지, 안락의자와 소파가 있는 응접실은 너무나 매혹적이었다. 나는 조그만 소파들 가운데 휘어져서 매우 불편해 보이는 소파에 누워 다시 깊은 잠에 떨어졌다. 그러나 그때 ― 사실 나는 오랫동안 잠을 잤지만 방금 전에 잠든 것만 같았다 ― 누군가가 내게로 다가와 웃으면서 뭐라고 말하며 내 머리칼을 헝클어뜨리기 시작했다. 잠에서 깨어보니 내 앞에 젊은 주인들인 남매가 서 있었다. 남매의 검고 불타는 듯한 두 눈은 타타르인의 눈처럼 아름다웠다. 남자는 앞가슴이 비스듬히 트인 실크셔츠를 입고 있었고, 여자도 똑같이 실크재킷을 입고 있었다. 나는 벌떡 일어나 앉았다. 그들은 이제 일어나 아침식사를 해야 할 때고, 리카는 이미 쿠지민과 함께 떠났다고 아주 상냥하게 말하며 내게 쪽지를 건넸다. 나는 즉시 쿠지민의 기민하고 대담하며 꿀벌처럼 얼룩덜룩한 두 눈을 떠올리며 쪽지를 들고 오래된 '하녀 방'으로 갔다. 거기에서 온통 검은 옷을 걸친 어떤 노파가 메밀처럼 점점이 착색된 여윈 손으로 물 단지를 들고 쇠 대야가 놓인 걸상 옆에서 조용히 날 기다리고 있었다. 나는 걸으면서 쪽지를 읽었다.
"다시 날 보려고 애쓰지 마."

나는 얼굴을 씻기 시작했다. 물은 얼음같이 차갑고 얼얼했다. "우리 집 샘물입지요"하고 노파가 말하고 나서 아주 긴 아마포(亞麻布) 수건을 내게 건넸다. 나는 재빨리 현관을 지나 모자와 가죽채찍을 집어 들고 뜨거운 마당을 가로질러 마구간으로 달려갔다…. 말은 어둠 속에서 조용하고 슬프게 날 향해 울부짖었다. 안장이 얹힌 말은 훌쭉 들어간 배를 하고 빈 여물통 옆에 서 있었다. 나는 고삐를 잡고 안장에 펄쩍 뛰어올랐다. 나는 왠지 모르게 몹시 흥분해 있었지만, 더욱 더 자제하면서 빠른 속도로 마당을 벗어났다. 저택을 벗어난 후, 나는 들판에서 날쌔게 방향을 틀어 눈길 가는 대로 바스락거리는 그루터기를 뛰어넘어 질주했다. 나는 맨 먼저 마주친 낟가리 옆에 고삐를 죄어 말을 세우고 안장에서 뛰어내려 그 옆에 앉았다. 말은 유리알 같은 낟알들이 떨어지는 이삭이 달린 곡물 단을 이빨로 잡아 자기 쪽으로 끌어당기며 히-히힝 소리를 냈다. 귀뚜라미들이 수천 개의 작은 시계처럼 그루터기와 곡물 단 속에서 아주 바쁘게 움직이고 있었다. 주변엔 밝은 들판이 마치 모래사막처럼 펼쳐져 있었다. 나는 아무것도 듣지 못하고 보지 못했으며, 단 한 가지만을 마음속으로 되뇌었다. 그녀는 자신을, 오늘 아침을, 마른 풀밭에서 아른거린 그녀의 다리가 움직일 때마다 사각이던 얇은 목면포의 주름장식을 내게 되돌려 줄 것이고, 그렇지 않으면 우리 둘이는 살아서는 안 된다!

이런 정신 나간 감정을 가지고, 이런 감정을 터무니없이 확신하면서 나는 시내를 향해 말을 타고 질주했다.

 이후에도 나는 오랫동안 시내에 머무르면서 그녀의 홀아버지가 사는 집 마당 깊은 곳에 있는 먼지투성이의 작은 정원에서 그녀와 며칠씩 앉아있곤 했다. 무사태평하고 자유주의적인 의사인 그녀의 아버지는 무슨 일에서든지 그녀를 억압하지 않았다. 내가 이스타 강에서 그녀에게 말을 타고 달려간 후로 그녀는 내 얼굴을 보기만 하면 자신의 두 손을 가슴에 꼭 갖다 대었다. 누구의 사랑이 — 나의 사랑인지 그녀의 사랑인지 — 더 강하고, 더 행복하고, 더 분별이 없는지 이미 알 수 없었다. (왜냐하면 그녀의 사랑도 갑자기 예기치 않게 나타나곤 했기 때문이다.) 마침내 우리는 서로가 잠시라도 쉴 수 있도록 잠깐 헤어져 있기로 결정했다. 게다가 나는 나중에 돈을 지불하기로 하고 '드보랸스카야 호텔'에 묵었는데, 그 빚이 갚을 수 없을 정도로 커져서 그녀와 헤어지지 않을 수 없었던 것이다. 더욱이 우기(雨期)가 시작되었다. 나는 이별을 연기하려고 온갖 노력을 다 했지만 결국 소나기를 맞으며 집으로 향했다.
 집에 돌아온 후 처음 며칠 동안 나는 줄곧 잠만 잤고, 아무것도 하지 않고 아무 생각도 하지 않으면서 이 방 저 방을 조용히 돌아다녔다. 그리고 나서 나는 '도대체 내게 무슨 일이 일어나고 있고, 이 모든 일은 어떻게 끝날까?'에 대해 골똘히 생각하기 시작했다. 하루는 니콜라이 형이 와서 내 방안으로 들어와 앉더니 모자도 벗지 않고 말했다.

"이봐, 네 낭만적 생활은 다행히도 여전하구나. 모든 게 전과 똑같아. '암 여우가 어두운 숲 너머로, 높은 산 너머로 날 데려간다'로군. 도대체 그 숲과 산 너머에 뭐가 있는지는 아무도 모르지. 알다시피 난 모든 걸 알고 있어. 많은 걸 들었고, 나머지는 짐작할 수 있지. 이런 이야기는 모두 엇비슷한 거야. 난 네가 지금 건전한 판단을 할 수 없다는 걸 알아. 글쎄, 그건 그렇다 치고 넌 앞으로 어떤 계획을 갖고 있니?"

나는 반(半) 농담조로 대답했다.

"어떤 사람이든 암 여우가 데려가는 거야. 물론 어디로, 왜 데려가는지는 아무도 몰라. 이건 성경에도 씌어있어. '젊은이여, 젊은 날엔 네 마음이 널 끌고 가는 곳으로, 네 눈길이 닿는 곳으로 가라!'고."

형은 방바닥을 바라보며, 마치 가을의 황량한 정원에 내리는 빗소리에 귀를 기울이고 있는 것처럼 잠자코 있다가 잠시 후 슬프게 말했다.

"그래, 가라, 가…."

나는 내내 '무엇을 할 것인가'를 자문했다. 내가 해야만 하는 것은 분명했다. 그러나 내일 결정적인 이별의 편지를 써야만 한다고 단단히 벼르면 벼를수록—우리 둘 사이에 아직 최종적인 친밀한 관계가 없었으므로 아직은 이별의 편지를 쓸 수 있었다—그녀에 대한 사랑과 매혹, 날 향한 그녀의 사랑에 대해 고마워하며 느끼는 감동, 그녀의 두 눈과 얼굴과 웃음과 목소리의 매력에 더욱더 사로잡혔다…. 며칠 후 어둠이 깃든 시간에 머리에서 발끝까지 흠뻑 젖은, 말을 탄 배달원이 우리 집 마당에 갑자기 나타나서 내게 젖은 전보를 건네주었다. 그 전보에는 '더 이상 견딜 수 없어, 기다리고 있어'라고 씌어있었다. 몇 시간 후면 그녀를 보고, 그녀의 말을 들을 수 있다는 짜릿한 생각으로 나는 새벽까지 잠을 이루지 못했다….

가을 내내 나는 이렇게 집이나 시내에서 시간을 보냈다. 안장과 말을 팔았고, 시내에서도 '드보랸스카야 호텔'에서 묵지 않고 시체프나 광장에 있는 니쿨리나의 숙사(宿舍)에서 묵었다. 지금은 시내가 완전히 달라졌고, 내가 소년시절을 보냈던 그 시내가 아니었다. 모든 것이 평범하고 단조로웠다. 단지 이따금씩 우스펜스키 거리를 따라 중학교 건물과 운동장을 걸을 때, 나는 마치 내 마음에 친근한 듯한 뭔가를, 예전에 경험했던 어떤 감정을 되찾을 수 있었다. 나는 이미 오래전부터 습관적으로 담배를 피웠고, 이발소에서 습관적으로 면도를 했다. 한 번은 이발소에서 끊임없이 짤각거리는 가위 밑에서 내 비단결 같은 머리칼이 바닥으로 떨어지는 걸 곁눈질로 훔쳐보면서 어린아이처럼 얌전하게 앉아있기도 했다. 우리는 아침부터 저녁까지 식당에 있는 터키 소파에 거의 항상 호젓하게 앉아있었다. 그녀의 아버지인 의사는 아침에 외출했고, 그녀의 동생인 중학생은 학교에 갔기 때문이다. 점심식사 후에 의사는 잠을 자고 나서 다시 어딘가로 나갔다. 중학생은 붉은 털의 개 볼초크와 요란스럽게 뛰어다니며 격렬한 놀이에 열중했다. 볼초크는 짐짓 성난 체 짖어대고 숨이 막힌 듯 할딱거리면서 2층으로 통하는 나무계단을 위아래로 뛰어다녔다. 한때 그녀는 내가 단조롭게 앉아있는 모습과 아마도 언제나 변함없는 나의 지나친 감상성에 싫증을 내기도 했다. 그녀는 외출할 구실들을 찾기 시작했고, 여자 친구들과 알음알이들을 방문하기 시작했다. 나는 중학생의 외침소리, 깔깔대는 소리, 발 구르는 소리와 계단에서 미칠 듯이 화가 난 볼초크가 부자연스럽게 짖어대는 소리를 들으면서 소파에 홀로 앉아있었다. 나는 눈물을 흘리고 줄담배를 피면서 커튼이 반쯤 쳐진 유리창과 고른 잿빛 하늘을 바라보았다….

그 후 그녀에게 다시 무슨 일이 일어났다. 그녀는 다시 집에 있으면서 너무나 상냥하고 친절하게 날 대했다. 나는 그녀가 도대체 어떤 여자인지 전혀 알 수가 없었다. 한 번은 그녀가 "그런데, 자기야, 그건 그렇게 할 수밖에 없는 것 같아"라고 내게 말했다. 그리고선 유쾌하게 얼굴을 찌푸리고 울음을 터뜨렸다. 이 일은 의사의 휴식을 방해하지 않으려고 집안의 모든 사람들이 발끝으로 걸어 다니는 점심식사 후에 일어났다.

"난 아빠가 정말 불쌍할 뿐이야. 내게는 이 세상에서 아빠가 제일로 소중해!"

그녀는 아버지에 대한 지나친 사랑으로 여느 때처럼 날 놀라게 하면서 내게 말했다. 그런데 일부러 그런 것처럼 그 순간에 중학생이 달려와서 의사가 날 보기를 원한다고 건성으로 중얼거렸다. 그녀는 얼굴이 창백해졌다. 나는 그녀의 팔에 입을 맞추고 단호하게 의사에게 갔다.

의사는 단잠을 자다가 방금 잠에서 깨어나 세수한 사람처럼 노래를 부르고 담배를 피우면서 상냥하고 유쾌하게 날 맞이했다.

"젊은 친구, 난 오래전부터 당신과 얘기하고 싶었소. 당신이 뭘 알고 있는지 말이오. 내가 선입관이 없다는 건 당신도 잘 알 거요. 그러나 내겐 딸의 행복이 소중하오. 솔직히 남자 대 남자로 말하자면 진심으로 당신이 불쌍하오. 이상하게 들릴지 모르지만 난 당신을 전혀 몰라요. 당신이 누군지 말해주구려."

그는 웃음을 띠며 이렇게 말했다.

얼굴을 붉으락푸르락 하면서 나는 몹시 우물쭈물 댔다. 나는 도대체 누구인가? 괴테처럼 자랑스럽게 '나 자신도 나를 모릅니다. 신이여 자신을 아는 것에서 나를 벗어나게 하소서!'라고 대답하고 싶었다. (그때 나는 막 에케르만10)을 독파했다.) 그러나 겸손하게 말했다.

---

10) I. P. 에케르만(1792~1854)은 괴테의 친구이자 비서로 《생애 마지막 순간의 괴테와의 대화》(1837~1848)를 썼다. 이 책의 최초의 러시아어 축약 번역

"아시다시피 전 글을 씁니다…. 계속해서 글을 쓰고 자신을 연마해 나갈 겁니다…."

그리고 뜻밖에도 이렇게 덧붙여 말했다.

"아마도 준비해서 대학에 갈 겁니다…."

"대학에 들어간다, 물론 멋진 일이오. 그러나 대학입시 준비를 하는 건 장난이 아니지. 그리고 당신은 정확히 어떤 일을 하고 싶은 거요? 단지 문학활동만을 할 계획인가 아니면 사회활동이나 공무원 생활도 할 계획인가?"

다시 터무니없는 생각이, 괴테의 이런 말이 떠올랐다. '난 지상의 모든 것들에 대해 참을 수 없는 불안정을 느끼며 평생을 살고 있다…. 정치는 결코 시인의 일이 될 수 없으리….'

"사회활동은 시인의 일이 아닙니다."

의사는 살짝 놀라면서 힐끗 쳐다보았다.

"그렇다면 당신이 보기에, 예컨대, 네크라소프[11]는 시인이 아닌가요? 그러나 당신은 최소한 현재의 사회생활을 따라가고 있어요. 현재 정직하고 교양 있는 러시아인들 모두가 어떻게 살고, 무엇에 관심이 있는지는 알고 있지요?"

나는 잠시 생각하며 내가 뭘 알고 있는지 떠올렸다. 모든 사람들이 반동정치에 대해, 젬스트보의 지도자들에 대해, 위대한 개혁의 온갖 행복한 시작이 무너진 것에 대해 … 톨스토이가 '전나무 아래 승방'으로 부르는 것에 대해 … 정말로 우리가 체호프의 '황혼' 속에서 살고 있다는 것에 대해 … 말하고 있었다. 나는 톨스토이주의자들이 널리

은 1891년에, 완역은 1934년에 나왔다.
[11] 니콜라이 알렉세예비치 네크라소프(1821~1877) : 시인, 평론가, 사회활동가. 〈러시아에선 누가 살기 좋은가?〉 등의 서사시를 쓰면서도 당시 권위 있는 문예잡지인 〈동시대인〉의 편집장을 역임했음.

퍼트린 마르쿠스 아우렐리우스[12]의 금언집을 떠올렸다.

'박공(博栱)은 귀족이라는 명성을 가진 사람들의 영혼이 얼마나 무감각하고 냉담한지를 내게 가르쳐 주었다….'

나는 봄날에 드네프르강에서 같이 배를 탔던 슬픔에 잠긴 늙은 우크라이나인을 떠올렸다. 분리파교도였던 그는 계속해서 사도 바울의 말을 자기 식으로 되풀이해서 내게 말해주었다.

'하느님은 하늘나라에서 모든 지도부, 권력, 힘, 패권 그리고 이 세기뿐만 아니라 다음 세기의 모든 이름보다 더 높이 그리스도를 자기 오른편에 앉히셨습니다. 그런데 우리는 피와 살에 대항하는 것이 아니라 지도부와 이 세기의 어둠의 지배자들에 대항해야 합니다….'

나는 모든 사회적 의무에서 벗어나고 동시에 내가 증오하는 '이 세기의 어둠의 지배자들'에 대항해 싸우는 톨스토이주의에 이미 오래전부터 이끌리고 있음을 느꼈다. 그래서 나는 톨스토이주의의 가르침에 대해 말하기 시작했다.

"그러니까 당신은 모든 악과 불행에서 벗어나는 유일한 방법이 그 악명 높은 무위와 무저항에 있다고 생각하는 거요?"

의사는 지나치게 무관심한 태도로 물었다.

나는 '단지 아주 특별한' 행동과 저항을 찬성한다고 서둘러 대답했다. 나의 톨스토이주의는 아주 상반된 감정으로 형성되었다. 피에르 베주호프와 아나톨리 쿠라긴,[13] 〈홀스트메르〉의 세르푸호프스코이 공작과 이반 일리치, 〈그러면 우리는 무엇을 할 것인가?〉와 〈사람에겐 많은 땅이 필요한가?〉가 내 마음 속에 그런 감정을 불러일으켰다. 또 모스크바의 통계조사에 관한 논문에서 묘사된 도시의 더러움과 빈

---

12) 마르쿠스 아우렐리우스(121~180)는 로마의 황제로《명상록》을 썼다. 톨스토이주의자들은 이 금욕적인 황제이자 철학자가 쓴 금언집을 좋아했다.

13) 톨스토이의《전쟁과 평화》에 나오는 등장인물들.

곤의 무서운 장면들, 《카자크 사람들》이 내 마음속에 심어준 자연과 민중 속에서의 생활에 대한 시적인 생각, 우크라이나에 대한 나 자신의 인상이 그런 감정을 불러일으켰다. 우리 모두의 죄 많은 생활의 먼지를 발끝에서부터 털어 버리고, 그 대신 초원의 조그만 마을에서, 드네프르강 언덕의 하얀 흙벽 오두막집 어딘가에서 순진무구한 노동 생활을 하는 것은 얼마나 행복한 일인가! 나는 흙벽 오두막집은 빼고 이러한 몇몇 생각에 대해 의사에게 말했다. 그는 주의 깊게 내 말을 듣는 것 같았지만 어쩐지 너무 관대해 보였다. 한순간 그의 졸린 듯한 두 눈이 흐려졌고, 하품이 나와서 꽉 다문 턱이 떨렸다. 그러나 그는 하품을 참고 단지 콧구멍을 한 번 벌름거리고 나서 이렇게 말했다.

"그래요, 알겠소이다…. 그러니까 당신은, 말하자면, '이 세상'의 어떤 평범한 행복도 개인적으로 추구하지 않겠다는 거군요? 그러나 알다시피 개인적인 행복만 있는 건 아니지요. 예컨대, 나는 민중을 전혀 찬미하지 않아요. 유감스럽게도 나는 민중을 잘 알지만, 민중이 모든 지혜의 보고(寶庫)이고 샘물이라는 소리를 전혀 믿지 않소. 또 민중과 함께 땅을 세 기둥 위에 튼튼히 세워야만 한다고 믿지도 않아요. 그러나 정말로 우리는 민중에 대해 아무런 책임이 없고 아무런 빚도 없는 것인가? 이 점에 대해 감히 당신에게 가르칠 수는 없소. 어쨌든 우리가 이런 대화를 하게 되어 매우 기쁩니다. 이제 내가 처음 꺼냈던 얘기로 돌아가지요. 실례지만, 간단하고 아주 분명하게 말하리다. 당신과 내 딸 사이의 감정이 어떻든 간에, 그리고 그 감정이 어떤 상태에 있든 간에 미리 말해두지요. 물론 내 딸은 완전히 자유요. 그러나 예컨대 그 애가 어떤 단단한 끈으로 당신과 맺어지길 원하고, 말하자면, 내게 어떤 축복을 요청한다면 난 그 애의 청을 단호히 거부할 거요. 당신은 매우 좋은 사람입니다. 온갖 행운이 당신과 함께 하길 빌겠소. 그러나 그건 그거요. 당신이 왜냐고 물으면 난 아주 속물적으로 대답하리다. 난 두 사람이 가난과 불안정한 생활 속에서 불행하게 사는 것을 보고 싶지 않아요. 아주 솔직히 말하겠는데, 당신들에게 공통점이 있소? 내 딸은 귀여운 애요. 하지만, 숨길 것도 없지요, 아주 변덕스런 애요. 오늘은 이것에 마음이 끌리다가도 내일엔 다른 것에 마음을 줄 수도 있지요. 물론 그 애가 꿈꾸는 건 전나무 아래에 있는 톨스토이의 승방이 아니오. 우리가 이 조그만 도시에서 살고 있지만 그 애가 옷을 어떻게 입고 있나 보시오. 난 그 애가 절대 나쁘다고 말하고 싶지는 않지만, 그 애는, 말하자면, 전혀 당신의 짝이 아니라고 생각할 뿐이오 …."

그녀는 계단 아래에 서서 날 기다리고 있다가 궁금하고 깜짝 놀랄 준비가 된 눈으로 날 맞이했다. 나는 서둘러 의사의 마지막 말을 그녀에게 전했다. 그녀가 고개를 숙였다.

"맞아, 난 아버지의 뜻을 결코 거스르지 않을 거야."

니쿨리나의 숙사에서 살면서 나는 이따금 외출했고 아무 목적도 없이 시체프나 광장을 걸어다녔고, 그 다음에는 낡은 벽으로 둘러싸인 커다란 공동묘지가 있는 수도원 뒤쪽 텅 빈 들판을 따라 걸었다. 거기엔 바람만 휑하니 불었고, 슬픔과 황량함, 모두에게 잊히고 버려진 십자가와 묘석(墓石)의 영원한 안식, 뭔가에 대한 외롭고 어렴풋한 생각과 비슷한 공허함 같은 것이 있었다. 묘지의 문 위에는 비스듬한 간격으로 묘지가 온통 점점이 박힌, 끝없이 펼쳐진 회청색의 뿌연 평원이 그려져 있었다. 그 묘지 밑에서 이빨과 뼈가 툭 튀어나온 해골과 희푸른 수의(壽衣)를 걸친 아주 먼 옛날의 노인과 노파가 솟아오르고 있었다. 나팔을 입가에 댄 커다란 천사가 평원의 상공을 날면서 처녀처럼 순결한 맨다리를 무릎까지 구부리고, 길고 하얀 뒤꿈치를 위로 들어올린 채 자신의 희푸른 옷을 휘날리며 나팔을 불고 있었다…. 숙사에는 시골 가을의 평화로움이 가득했지만 역시 텅 비어 있었다. 시골에서 도착하는 마차도 거의 없었다. 숙사로 돌아와 마당 안으로 들어섰을 때, 처마 밑에서 남자 장화를 신은 여자 요리사가 수탉을 들고 날 향해 걸어왔다.

"집안으로 데려가요."

왠지 모르게 웃으면서 그녀가 말했다.

"요놈이 늙어서 완전히 멍청해졌어요. 이제 내가 데리고 살려고요."

나는 커다란 돌 현관계단으로 올라가서 컴컴한 현관을 지났다. 그리고 판자침대가 있는 따뜻한 부엌을 지나 여주인의 살림방으로 들어갔다. 살림방에는 여주인의 침실과 커다란 소파 두 개가 있는 방 하나가 있었다. 이따금 들르는 장사꾼들과 성직자들이 그 소파에서 잠을 잤는데, 대개는 나 혼자 그 소파에서 잠을 잤다. 정적. 이 정적 속에서 여주인의 침실에 있는 자명종이 고르게 째깍거리는 소리가 들린다….

"산책했어요?"

침실에서 나오면서 여주인이 애교 있고 관대한 미소를 띠며 상냥하게 물었다. 참으로 매력적이고 조화로운 목소리였다! 그녀는 통통하고 얼굴이 동그랬다. 때때로 나는 그녀를 편안히 바라볼 수가 없었다. 목욕탕에서 돌아와 만면에 홍조를 띠고 오랫동안 차를 마시며 아직도 검고 축축한 머리칼에 조용하고 나른한 눈빛을 하고 하얀 밤 재킷을 걸친 채 안락의자에 앉아서 깨끗한 몸의 피로를 느슨하고 편안하게 풀고 있을 때는 특히나 그랬다. 그럴 때면 그녀가 사랑하는 비단결 같은 하얀 털에 핑크빛 눈을 한 고양이가 통통하고 살짝 벌어진 그녀의 무릎 위에서 가르릉거렸다. 밖에서 톡톡 문 두드리는 소리가 들렸다. 여자 요리사가 바깥에서 단단하고 무거운 덧문을 닫고, L자 레버의 강철 이음볼트를 방 안으로, 창문 양쪽에 난 둥근 구멍 속으로 끼우면서 내는 소리였다. L자 레버의 강철 이음볼트는 옛날의 위험한 시절을 생각나게 했다. 니쿨리나는 자리에서 일어나 레버의 끝에 난 작은 구멍에 조그만 강철 쐐기를 밀어 넣고 다시 앉아서 차를 마셨다. 방안은 더욱 아늑해졌다…. 그런 때면 망측한 감정과 생각이 내 마음속에 일어났다. 모든 것을 팽개치고 여기, 이 숙사에 영원히 눌러앉아 고르게 째깍거리는 자명종 소리를 들으며 그녀의 따스한 침실에서 잠자고 싶다는 생각이 드는 것이다! 한 소파 위에는 그림 하나가 걸려 있었는데, 꽉 들어찬 담벼락처럼 서 있는 놀랍도록 푸르른 숲, 그 숲 아래 통나무로 지은 오두막집, 그 옆에 겸손하게 허리를 숙인 노인이 역시 얌전하고 온순하며 부드러운 앞발을 한 갈색 곰의 머리에 한 손을 올려놓고 있었다. 다른 소파 위에는 이 소파에 앉거나 누워야만 했던 사람들이 전혀 이해할 수 없는 뭔가가 걸려 있었는데, 관속에 누워있는 노인의 사진이었다. 니쿨리나의 죽은 남편인 노인은 근엄한 하얀 얼굴에 검은 프록코트를 입고 있었다. 부엌에서는 긴 가을 저녁에 어울리는 느린 노래와 가볍게 탁탁 두드리는 소리가 들려왔다.

"교회 앞에는 사륜포장마차가 서 있고, 화려한 결혼식이 있었네…."

일급을 받고 일하는 교외의 처녀들이 겨울에 먹을 배추를 소금에 절이려고 신선하고 속이 꽉 찬 양배추 통을 날카로운 식칼로 자르면서 이 노래를 부르고 있었다. 이 모든 것들 속에는—소시민적인 노래, 일을 하면서 규칙적으로 탁탁 두드리는 소리, 값싸고 대중적인 오래된 그림 속에, 심지어는 이 숙사의 터무니없이 행복한 세계에 여전히 살아있는 듯한 고인의 사진 속에 ― 뭐라 형용할 수 없는 달콤하고 쓰디쓴 슬픔이 깃들어 있었다….

6

　11월에 나는 집으로 떠났다. 헤어지면서 우리는 오룔에서 만나기로 약속했다. 그녀는 12월 1일에 거기로 갈 것이고, 나는 예의상 일주일이라도 늦게 갈 것이다. 그러나 12월 1일, 몹시 추운 달밤에 나는 그녀가 시내에서 타고 올 그 밤기차를 타기 위해 피사레보로 쏜살같이 말을 달렸다. 나는 지금도 이 환상적인 오래전의 밤을 생생히 보고 느낄 수 있다!
　나는 바투리노와 바실리엡스코예 사이의 길 위에 있는 자신을, 눈 덮인 평평한 벌판에 있는 자신을 본다. 마차를 끄는 세 마리의 말들 중 양쪽 두 마리는 날듯이 달리고, 가운데 말은 정확하게 한자리에서 멍에를 흔들며 성큼성큼 속보로 나아간다. 곁말은 엉덩이를 리드미컬하게 올리며 하얗게 빛나는 뒷다리의 편자 밑에서 눈덩이를 위로 내던지고 있다…. 이따금 갑자기 길을 벗어나 깊은 눈 속에 빠지고, 서둘러 빠져 나오려다 눈 속에서 떨어진 끈과 줄에 뒤엉켰다가 다시 길 위로 뛰어올라 마차의 끌채를 세게 잡아당기며 다시 달린다. 비늘 같은 눈의 빙층(氷層)이 저 멀리 달빛 아래 고요히 은빛으로 빛나고, 추위로 흐려진 낮게 뜬 달이 무지갯빛 뿌연 달그림자에 슬프고 신비하게 둘러싸인 채 조용히 하얀빛을 띠고 있다. 말의 질주와 정적 속에서 꽁꽁 얼어붙은 나는 무엇보다 더 조용히 말의 질주에 잠시 몸을 맡기고 기대감으로 망연해지면서 조용히 어떤 기억을 응시한다. 바실리옙스코예로 가던 게 바로 이런 밤이고 이런 길이었다. 단지 지금은 바투리노에서의 첫 겨울이다. 내 젊음의 초기에 느낀 기쁨으로, 그리고 바실리옙스코예에서 가져온 오래된 책들의 세계를 향한 최초의 시적 도취로 나는 아직도 순수하고 순결하고 기뻤다. 그 조그만 책들 속에는 스탠자,14) 서한, 비가, 발라드가 들어 있었다.

말들이 질주한다. 주변의 모든 것은 텅 비어 있다.
스베틀라나의 눈 속의 초원….15)

'지금 이 모든 것들은 어디에 있는가!'
나는 한 순간도 자신의 중요한 상태, 즉 망연한 기다림의 상태를 잊지 않고 생각한다.
'말들이 질주한다. 주변의 모든 것은 텅 비어있다.'
나는 말들의 질주에 맞추어 (항상 나에게 마법의 주문처럼 강력한 영향을 미치는 움직임의 리듬에 맞추어) 혼잣말을 하고, 높은 군모(軍帽)에 곰 가죽 외투를 걸치고 어딘가로 질주하는 옛날의 용감한 누군가를 자신 속에서 느낀다. 털가죽 반(半) 외투 위에 두꺼운 나사(羅紗)로 만든 농민용 외투를 입고 짐마차의 앞부분에 서서 눈을 뒤집어 쓴 마부만이 현실을 생각나게 한다. 눈 먼지에 흩날리는 향기로운 언 귀리 밀짚과 짐마차의 앞부분에 밀어 넣은 꽁꽁 얼어붙은 내 두 다리…. 바실리옙스코예 너머 비탈길에서 가운데 말이 움푹 팬 구멍에 빠져 쿵하고 넘어지면서 마차의 채를 부러트렸다. 마부가

---

14) 보통 일정한 운율을 지닌 4행 이상으로 된 시, 혹은 그 자체로 완성된 의미를 지닌 시의 한 절을 뜻한다.
15) V. A. 주코프스키의 시 〈스베틀라나〉를 약간 고친 것임.

채를 연결하는 동안 나는 기차를 놓칠지도 모른다는 두려움으로 사색이 되었다. 역에 도착하자마자 나는 돈을 통틀어 1등석 — 그녀는 1등석을 타고 다녔다 — 표를 사서 승강장으로 내달렸다. 지금까지도 나는 차가운 수증기로 흐려진 달빛을 기억한다. 그 뿌연 달빛 속에 승강장 램프와 불 켜진 전신국 창문의 노란 불빛이 사라졌다. 기차는 벌써 다가오고 있었다. 나는 추위와 얼음처럼 차가운 마음속 전율 때문에 마치 자신을 얼음 인간이라고 느끼면서 눈 내리는 희미한 먼 곳을 바라보았다. 갑자기 둔탁하게 종이 울리기 시작했다. 문이 쾅 소리를 내며 날카롭게 쇳소리를 냈고, 사람들이 날카롭고 분명하게 빠드득빠드득 발자국 소리를 내면서 역에서 빠른 걸음으로 걸어나왔다. 그때 어쩐지 허름하고 거뭇거뭇한 기관차가 멀리서 보였고, 기관차의 무거운 숨소리 아래로 천천히 다가오는 흐릿하고 붉은 불빛의 무시무시한 삼각형이 나타났다…. 온통 눈에 덮인 얼어붙은 기차가 삐걱거리고 빽빽 불평을 해대면서 힘들게 승강장으로 다가왔다…. 나는 기차의 발판으로 펄쩍 뛰어올라 문을 활짝 열어 젖혔다. 객차 안에는 그녀 혼자만 있었다. 그녀는 모피외투를 어깨에 걸치고 버찌색 커튼으로 가려진 전등 아래 어스레한 어둠 속에 앉아서 날 똑바로 바라보고 있었다….

객차는 낡고 천장이 높았으며, 바퀴는 세 개의 굴대 위에 놓여 있었다. 혹한 속을 질주하면서 객차 전체가 덜컹거렸고, 모든 것이 떨어지고 어딘가로 무너져 내렸다. 객차의 문과 벽이 삐거덕거렸고, 꽁꽁 얼어붙은 창문은 잿빛 다이아몬드처럼 반짝였다…. 우리는 벌써 어딘가 멀리에 있었고, 늦은 밤이었다…. 모든 것이 어쩐지 우리의 의지와 의식에 상관없이 저절로 일어났다…. 그녀는 아무것도 보려고 하지 않는 듯 달아오른 얼굴로 일어나더니 머리를 매만졌다. 그리고 두 눈을 감고 접근할 수 없게 구석에 앉았다….

7

  우리는 겨울을 오룔에서 보냈다.

  그 날 아침, 객차에서 나와 신문사 편집국으로 들어가면서 느꼈던 감정, 우리 사이에 형성된 새롭고도 놀라운 친밀감으로 우리를 비밀스럽게 연결해준 그 감정을 어떻게 표현할 수 있을까!

  나는 조그만 호텔에서 묵었고, 그녀는 이전처럼 아빌로바의 집에서 머물렀다. 우리는 아빌로바의 집에서 대부분의 낮 시간을 보냈고, 우리의 소중한 시간은 내가 묵고 있던 호텔에서 보냈다.

  우리의 행복은 그다지 편하지 않았고, 육체적으로나 정신적으로 피곤했다. 나는 어느 날 저녁을 지금도 기억하고 있다. 그녀는 스케이트장에 갔고, 나는 편집국에서 일하고 있었다. 이미 편집국에서는 일거리를 조금씩 내게 주었고, 나는 약간의 급여도 받게 되었다. 집 안은 텅 비고 조용했다. 아빌로바는 어떤 모임에 갔다. 저녁은 한없이 길어 보였다. 창문 너머의 불이 켜진 길가의 가로등은 쓸쓸하고 전혀 불필요해 보였다. 행인들이 오가는 발걸음과 뽀드득뽀드득 눈 위를 걷는 소리가 마치 뭔가를 내게서 가져가고 빼앗아 가는 것 같았다. 우수와 모욕과 질투가 내 마음을 고통스럽게 했다. 나는 그녀를 위해 몸을 낮추고, 내게 전혀 맞지 않는 어리석은 일을 하면서 혼자 앉아있었다. 그런데 그녀는 눈 덮인 하얀 강둑과 검은 전나무로 둘러싸인 얼어붙은 연못 어딘가에서, 군악단의 음악이 귀가 멍하도록 울려퍼지고 연보랏빛 가스등이 쏟아져 내리며 날아다니는 듯한 검은 모습들이 여기저기 흩어져있는 그곳에서 즐거운 시간을 보내고 있었다…. 갑자기 벨 소리가 울렸고, 그녀가 재빨리 들어왔다. 그녀는 회색 다람쥐 모자에 회색 슈트를 입고, 두 손으로 반짝이는 스케이트를 들고 있었다. 방안의 모든 것이 즉시 그녀의 젊고 차가운 신선함과 추위와 운동으로 새빨개진 얼굴의 아름다움으로 기쁘게 가득 찼다.

"아, 피곤해."

이렇게 말하고 그녀는 자기 방으로 갔다. 나는 그녀 뒤를 따라갔고, 그녀는 소파에 몸을 던지고 여전히 두 손으로 스케이트를 쥔 채 기진맥진한 웃음을 띠며 몸을 뒤로 젖혔다. 나는 이미 익숙한 고통스런 느낌으로 구두끈으로 졸라 맨 그녀의 높은 신발등과 짧은 회색 스커트 아래로 드러난, 회색 양말을 신은 그녀의 다리를 바라보았다. 촘촘하게 짠 이 목양말을 바라보기만 해도 나는 욕망으로 고통스러워졌다. 서로가 온종일 얼굴도 보지 못했다고 나는 그녀를 비난하기 시작했다! 그러다가 갑자기 가슴이 터질 듯한 사랑과 연민의 감정을 느끼며 그녀가 자고 있는 것을 보았다…. 잠에서 깨어나자마자 그녀는 부드럽지만 슬픈 목소리로 말했다.

"자기가 한 말 거의 다 들었어. 화내지마. 난 너무 피곤했어. 이 한 해 동안 나는 너무 많은 일들을 겪었잖아!"

오룔에서 살 구실을 찾기 위해 그녀는 음악공부를 시작했다. 나도 〈목소리〉의 직원으로 일한다는 구실을 찾았다. 실제로 처음 얼마 동안 나는 이 일을 즐겼다. 말하자면 내 생활 속의 어떤 규칙성을 즐겼고, 그 어떤 의무감도 없던 내 생활 속에 들어온 어떤 책임감에 마음의 안정을 느꼈던 것이다. 그러나 '이것이 내가 꿈꾸었던 생활인가!'라는 생각이 점점 자주 마음속에 떠오르기 시작했다. 온 세상을 소유해야만 했던 인생의 절정기에 나는 덧신 한 켤레도 갖고 있지 않았던 것이다! 이 모든 것은 현재 일시적 현상일 뿐일까? 그렇다면 앞으로 무슨 일이 일어날까? 우리의 감정, 생각, 취향의 비슷함과 일치, 그리고 그녀의 충실성에서 모든 것이 결코 순조로울 것 같지 않았다. 그해 겨울에 나는, '꿈과 현실 사이의 영원한 부조화'와 완전하고 온전한 사랑은 영원히 실현될 수 없음을 아주 강하고 새롭게 경험하고 있었다. 이것은 내게 너무나 불공평한 것처럼 보였다.

그녀와 함께 무도회에 가거나 손님으로 초대받았을 때 나는 무엇보다 괴로웠다. 멋지고 재치 있는 누군가와 춤을 출 때, 즐거워하고 생기 넘치는 그녀의 모습과 치마와 발이 빠르게 움직이는 것을 바라볼 때, 활기찬 리듬의 음악은 내 가슴을 아프게 때렸고 왈츠 멜로디를 들으면 울고 싶어졌다. 부자연스러울 정도로 키가 크고, 검고 짧은 구레나룻과 길쭉하고 거뭇한 얼굴에 움직이지 않는 검은 눈을 한 장교인 투르차니노프와 그녀가 춤출 때는 모두가 넋을 잃고 바라보았다. 그녀도 상당히 키가 컸지만, 그는 그녀보다 머리 두 개만큼 더 컸다. 그는 그녀를 꼭 안고 오랫동안 우아하게 빙글빙글 돌리면서 어쩐지 집요하게 그녀를 위에서 내려다보았다. 그를 올려다보는 그녀의 얼굴에는 뭔가 행복하고도 불행한 것이 어려 있었는데, 나에게 그 것은 아름다우면서도 동시에 혐오스러운 것이었다. 그때 나는 뭔가 있을 수 없는 일이 일어나게 해달라고, 그가 갑자기 몸을 굽혀 그녀에게 키스하고, 그리하여 내 쓰라린 기대와 조마조마한 마음을 즉시 해결하고 확인시켜 달라고 얼마나 고통스럽게 신에게 기도했던가!

한 번은 그녀가 내게 말했다.

"자기는 오직 자신만 생각하고, 모든 게 자기 뜻대로 되기를 바라지. 아마 자기는 즐거운 마음으로 나의 모든 사생활과 모임을 내게서 빼앗아버리고, 스스로를 고립시키듯이 나를 모두로부터 떼어버리려고 할 거야…."

맞는 말이다. 모든 사랑, 특히 여자에 대한 사랑에는 연민의 감정과 동정하는 부드러운 마음이 포함되기를 요구하는 어떤 신비한 법칙에 따라, 나는 그녀가 즐거워하고 생기를 띠는 순간과 다른 사람의 호감을 사고 자신을 분명히 드러내고 싶어하는—특히 사람들 앞에서—것을 몹시 싫어했다. 반대로 그녀의 소박함, 조용함, 온유함, 무력함, 그리고 즉시 그녀의 입술을 어린아이의 입술처럼 통통 부어오르게 하는 눈물을 열렬히 사랑했다. 실제로 사교모임에서 나는 종종 혼자 떨어져 나와 모든 사람들의 결점에 대한 통찰력을 아주 날카롭게 만드는 자신의 고립감, 반감을 은밀히 즐기면서 악의적인 관찰자로 남아있었다. 그 대신에 나는 그녀와의 친밀한 관계를 몹시 원했지만, 그러지 못해 얼마나 고통스러웠던가!

나는 종종 그녀에게 시를 읽어주곤 했다.

"들어봐, 정말 놀라운 시야!"

나는 감탄하며 소리쳤다.

"내 영혼을 가져가 다오, 구슬프게 울리는 저 먼 곳으로, 숲 위에 뜬 달처럼 슬픔이 깃든 그곳으로!"16)

　그러나 그녀는 감동하지 않았다.
　"그래, 아주 훌륭해."
　그녀는 편하게 소파에 누워 두 손으로 턱을 괴고 비스듬히 바라보며 조용하고 무관심하게 말했다.
　"그러나 왜 '숲 위에 뜬 달처럼'이지? 그 시인이 페트17)던가? 페트의 시에는 대체로 자연에 대한 묘사가 지나치게 많아."
　나는 화를 냈다. 묘사라니! 우리는 자연과 결코 분리될 수 없고, 아주 작은 공기의 움직임 하나하나는 바로 우리 자신의 생명의 움직임이라고 나는 열심히 증명하기 시작했다. 그녀는 웃었다.
　"자기야, 그렇게 사는 건 거미들뿐이야!"
　나는 읽었다.

　　얼마나 슬픈가! 가로수 길 끝은
　　다시 아침부터 눈가루 속으로 사라졌고,
　　다시 은빛 뱀들이
　　눈더미를 타고 기어갔다 ….

　그녀가 물었다.
　"뱀이라니?"
　그것은 눈보라, 낮게 땅 위를 휩쓰는 눈보라라고 나는 설명해야만 했다.

---

16) 이 장에서는 페트의 시(〈가수〉, 〈너무 슬퍼라! 작은 길 끝이 … 〉 등)와 Ya. P. 폴론스키의 시(〈겨울 길〉)가 인용되고 있다.
17) A. A. 페트(1820~1892): 자연을 아름답고 서정적으로 묘사하고 인간 존재의 덧없음을 노래한 러시아의 서정시인.

얼굴이 창백해지면서 나는 읽었다.

 얼어붙은 밤이 몽롱하게 바라본다.
 내 포장마차의 멍석 아래를….
 산과 숲 너머 자욱한 구름 사이로
 달의 음울한 환영이 빛난다….

"자기야"하고 그녀가 말했다.
"난 이런 걸 결코 본 적이 없어!"
나는 이미 마음속으로 그녀를 비난하면서 읽었다.

 먹구름 사이의 태양빛은 뜨겁고 높다,
 벤치 앞에서 그대는 반짝이는 모래 위에 그림을 그렸다….

그녀는 수긍하는 것처럼 듣고 있었지만, 아마도 그녀 자신이 정원에 앉아 예쁜 우산으로 모래 위에 그림을 그리고 있다고 상상했기 때문이었을 것이다.
"이건 정말로 멋져. 그러나 이제 시는 됐어. 내게로 와…. 자기는 항상 내가 못마땅하지!"
나는 종종 그녀에게 나의 어린 시절, 초기 청년시절, 우리 집의 시적인 아름다움, 부모님과 누이에 대해 얘기해 주었다. 그녀는 무정할 정도로 무관심하게 내 얘기를 들었다. 나는 우리 가족이 이따금 겪었던 불행에 대해 말할 때 그녀가 슬퍼하고 감동하기를 바랐다. 예컨대 우리가 우리 집의 모든 성상(聖像)에서 오래된 금속제 장식을 모두 떼어내어 시내에 사는 외로운 노파인 메셰리노바에게 가져가 저당잡힌 얘기를 할 때, 그녀가 슬퍼하고 감동하길 바랐다. 무서운 동양인처럼 보이는 이 노파는 눈을 휘둥그레 뜨고 매부리코에 다람쥐처럼 콧수염이 있고, 비단옷과 숄을 걸치고 보석반지를 끼고 있었다. 이 노파의 텅 빈 집에는 온갖 종류의 박물관 수집품들이 쌓여 있었고, 앵무새가 하루 종일 괴상하고 생명이 없는 목소리로 외쳐댔다. 슬픔과 감동 대신에 내가 무엇을 보았는가?

"그래, 그건 끔찍한 일이야."

그녀는 건성으로 말했다.

나는 시내에서 살면 살수록 내가 시내에서 전혀 어울리지 않는다고 느꼈다. 심지어 아빌로바조차도 왠지 날 대하는 태도가 변했다. 그녀는 냉담하고 냉소적으로 날 대했다. 시내 생활이 따분하고 지루해질수록 나는 더욱 자주 리카하고만 같이 있고 싶었고, 그녀에게 뭔가를 읽어주고 얘기해주고 내 마음을 고백하고 싶었다. 내 호텔 방은 좁고 칙칙했다. 나는 나의 초라한 여행용 가방, 나의 전 재산인 몇 권의 책, 외로운 밤들이 너무나 슬펐다. 나는 이 외로운 밤들이 너무나 가련하고 추워서 잠을 잤다기보다는 꿈을 꾸는 듯한 기분으로 새벽을 기다렸고, 부근의 종각에서 추운 겨울 새벽의 첫 타종 소리를 기다리며 오히려 그런 밤들을 이겨냈다. 그녀의 방도 비좁았다. 그녀의 방은 다락방으로 통하는 계단 옆 복도 끝에 있었지만, 방의 창문은 정원을 향해 있었다. 방은 조용하고 따뜻했으며 잘 정돈되어 있었다. 어두워지면 방안의 페치카가 타올랐다. 그녀는 소파의 쿠션에 기대어 온몸을 웅크리고, 너무나 예쁜 슬리퍼를 치켜 올리고 나서 아주 멋지게 눕는 재주가 있었다. 나는 그녀에게 시를 낭송하곤 했다.

한밤의 눈보라가 울부짖었다.
울창한 숲 속에서.
나와 그녀는 마주보며 앉아있었고,
작은 나뭇가지는 불 속에서 타닥타닥 타고 있었다….

그러나 눈보라, 숲, 벌판, 시적이고 원시적인 안락한 기쁨, 집, 불―이 모든 것들은 그녀에게 특히 낯선 것들이었다.

오랫동안 나는 그녀의 감동을 자아내기 위해선 이렇게 말하면 충분할 줄 알았다.

"마차가 많이 다녀 단단하게 다져진, 연보랏빛 고무 같은 가을 길을 알아? 말발굽 자국이 찍히고 나지막한 태양 아래 황금 띠처럼 빛나는 눈부신 가을 길 말이야?"

한 번은 늦가을에 나와 게오르기 형이 자작나무 목재를 사러 간 얘기를 그녀에게 해주었다. 우리 집 식당 천장이 갑자기 무너져서 이전에 요리사로 일했던 노인이 하마터면 죽을 뻔한 적이 있다. 이 노인은 항상 식당의 페치카 위에 누워 있었다. 그래서 우리는 대들보로 쓸 자작나무를 사러 숲으로 갔던 것이다. 비가 쉬지 않고 계속 내렸다. (햇빛 사이로 빠르게 방울방울 떨어지는 가랑비였다.) 우리는 일꾼들과 함께 짐마차를 타고 처음엔 큰길을 따라, 그 다음엔 숲길을 따라 빠른 속도로 갔다. 아직 초록빛이었지만 이미 생기가 없고 물에 잠긴, 놀랍도록 자유롭고 화려하며 부드러운 빈터에 자리한 숲은 가랑비가 내리는 햇빛 속에서 빛나고 있었다…. 나는 위에서 아래까지 작은 적갈색 잎으로 뒤덮인, 가지가 쭉쭉 뻗은 자작나무가 너무나 안쓰러웠다고 그녀에게 말했다. 농부들은 거칠고 난폭하게 어슬렁거리며 숲 주변을 둘러보고 나서 흠집투성이의 짐승 같은 손바닥에 침을 퉤퉤 뱉고 도끼를 집어 들었다. 그리고 흰색과 검은색으로 알록달록한 나무줄기를 일제히 내리쳤다….

"모든 것이 얼마나 촉촉했고, 얼마나 아름답게 반짝이고 갖가지 빛을 쏟아냈는지 상상할 수 없을 거야!"

나는 이렇게 말하고 이에 대해 단편을 쓰고 싶다는 말로 내 얘기를 끝냈다. 그녀는 어깨를 으쓱했다.

"그런데 자기야, 여기에서 뭘 쓸 건데? 왜 계속 자연을 묘사하는 거야!"

내게 음악은 가장 복잡하고 고통스러운 즐거움 중의 하나였다. 그녀가 아름다운 곡을 연주할 때 나는 그녀를 얼마나 사랑했던가! 그녀를 향한 감격적이고 자기희생적인 사랑으로 내 마음은 얼마나 지쳐버렸던가! 나는 정말로 오래 오래 살고 싶었다! 나는 그녀의 연주를 들으면서 종종 이런 생각을 했다.

'만약 우리가 언젠가 헤어진다면 그녀 없이 이런 연주를 어떻게 들을 수 있을까? 이런 사랑과 기쁨을 그녀와 나누지 않고 어떻게 뭔가를 사랑하고 즐길 수 있을까!'

그러나 내 마음에 들지 않는 것을 너무 심하게 비판하자 그녀는 미칠 듯이 화를 냈다.

"나쟈!" 그녀가 건반을 내팽개치고 날쌔게 옆방으로 몸을 돌리며 아빌로바에게 소리쳤다.

"나쟈, 이 사람이 지금 말하는 것 좀 들어 봐!"

"계속 말할게!" 나는 소리쳤다.

"이 소나타의 사분의 삼은 진부하고 시끄러운 혼돈 그 자체야! 오, 여기서는 무덤파는 사람들의 삽질하는 소리가 들려! 여기서는 초원의 요정들이 빙글빙글 춤을 추고, 저기서는 폭포가 요란스럽게 떨어지고! 이 요정들은 내가 가장 싫어하는 단어들 중의 하나야! 이건 신문의 '초래하는'이라는 단어보다도 훨씬 더 나빠!"

그녀는 자신이 연극을 열렬히 좋아한다고 확신하고 있었지만 나는 연극을 싫어했다. 대부분의 남녀 배우들의 재능은 다른 사람들과 비교해서 천박해질 수 있는 최상의 능력에 불과하며, 가장 저속한 기준에 따라 누구보다도 더 그럴듯하게 창작자이고 예술가인 체 하는 능력이라고 나는 점점 더 확신하게 되었다. 그들은, 변함없는 오만한 신념을 가지고 몸을 뒤로 젖히고 활짝 벌린 왼손을 반드시 가슴과 옷자락이 긴 프록코트의 옆 주머니에 대는 티트 티트이치들[18] 앞에서 양파껍질 색깔의 실크 머릿수건에 터키 숄을 걸치고 아첨하는 듯한 얼굴표정을 지으며 달콤하게 말하는 영원한 중매쟁이들일 뿐이다. 그들은, 돼지 같은 시장들과 경박한 흘레스타코프들,[19] 음울하게 배에서 목쉰 소리를 내는 오시프들,[20] 추악한 레페틸로프들, 점잔빼며 분개하는 차츠키들,[21] 손가락으로 장난을 치고 마치 자두 같이 살진 배우 같은 입술을 불룩하게 내민 파무소프들, 장례행진에서 횃불을 든 사람이 입는 비옷을 입고 꼬불꼬불한 깃털이 달린 모자에 방탕에 지친 듯한 화장한 두 눈, 검은 비로드처럼 부드러운 넓적다리 그리고 평민의 평발을 한 햄릿들일 뿐이다. 이 모든 것들은 오로지 나를 몸서리치게 만들었다. 그리고 오페라는 또 어떤가! 등이 몹시 구부러진 리골레토[22]는 자연의 모든 법칙에도 불구하고 단 한 번 따로 벌린 다리는 무릎에 묶여 있다. 수사닌[23]은 하늘을 향해 두 눈을 생기 없이 행복하게 치켜뜨고 천둥 같은 목소리로 외쳤다.

"너는 솟아오르리라, 나의 태양이여."

〈루살카〉의 방앗간 주인은 나뭇가지처럼 앙상한 손을 — 그의 손에는 아직도 결혼반지가 끼어져 있다 — 이상하게 벌리고 무섭게 부들

---

[18] A. N. 오스트로프스키(1823~1886)의 희극 〈괜한 일로 골치 썩기〉(1856)에 나오는 등장인물.

[19] N. V. 고골(1809~1852)의 희극 〈검찰관〉에 나오는 경박하고 속물적인 주인공.

[20] 오시프는 흘레스타코프의 하인임.

[21] A. 그리보예도프(1795~1829)의 희극 〈지혜의 슬픔〉에 등장하는 주인공. 레페틸로프, 파무소프도 이 희극에 등장하는 인물들이다.

[22] 4분의 3박자의 이탈리아 무곡(舞曲), 또는 이 무곡에 맞추어 추는 춤.

[23] 이반 수사닌(?~1613): 글린카의 오페라에 나오는 주인공. 폴란드에 대항하여 러시아 민중의 해방을 위해 싸운 농민.

부들 떤다. 그는 미친개가 온통 찢어발긴 것 같은 누더기와 다 닳은 너덜너덜한 바지를 입고 있다! 연극에 대해 논쟁하면서 우리는 어떤 합의점에도 도달하지 못했다. 우리는 어떤 양보도 하지 않았고 서로를 전혀 이해하지 않았다. 예컨대 유명한 지방의 남자배우가 오룔에서 순회공연을 하면서 〈광인 일기〉에 출연했다. 모두가 이 배우를 주시했고, 실내복을 입고 병원 침대에 누워있는 이 배우에 열광했다. 아낙네의 얼굴을 하고 전혀 면도를 하지 않은 이 배우는 오랫동안, 고통스러울 정도로 오랫동안 아무 말도 하지 않았고, 어쩐지 바보 같은 기쁨과 점점 커지는 놀라움 속에서 우뚝 서 있다가 조용히 한 손가락을 들어 올리고 믿을 수 없을 정도로 천천히, 그리고 참을 수 없는 표정으로 짐승처럼 턱을 비틀며 한 음절 한 음절씩 발음하기 시작한다.

"오-오-느-으-을…."

다음날에 그 배우는 더욱더 멋지게 류빔 토르초프의 역할을 하고, 그 다음 날에는 회청색 코에 기름때가 묻은 마르멜라도프[24]의 역할을 하며 이렇게 말한다.

"존경하는 신사 양반, 감히 당신과 점잖은 대화를 나눌 수 있을까요?"

유명한 여자배우가 무대 위에서 편지를 쓴다. 갑자기 그녀는 책상에 앉아 숙명적인 뭔가를 써서 붙이기로 결심하고 나서 마른 잉크병에 마른 펜을 적셔 순식간에 세 줄의 긴 편지를 써서 봉투에 넣고 벨을 울린 후, 하얀 작은 앞치마를 걸치고 나타난 예쁜 하녀에게 짧고 차갑게 지시한다.

"즉시 이걸 심부름꾼을 통해 보내라!"

---

[24] 도스토예프스키의 소설 《죄와 벌》에 나오는 소냐의 아버지로 알코올 중독자.

극장에서 이런 연극을 보고 돌아오면 우리는 언제나 서로에게 큰소리를 지르며 새벽 세 시까지 아빌로바를 잠들지 못하게 했다. 나는 이미 고골의 광인, 토르초프, 마르멜라도프뿐만 아니라 고골, 오스트로프스키, 도스토예프스키를 저주하게 되었다.

"그래, 자기가 옳다고 해."

두 눈이 까매서 더욱 매혹적인 그녀는 벌써 얼굴이 창백해져서 소리쳤다.

"그런데 왜 그렇게 무섭게 화를 내는 거야? 냐쟈, 그에게 물어 봐!"

"왜냐면," 하고 나는 큰소리로 대답했다.

"그 남자배우가 '향기'란 단어를 '햐-앙-기'로 발음한 것만으로도 그자를 목 졸라 죽이고 싶기 때문이야!"

이런 고함은 오룔의 온갖 사교계의 사람들을 만나고 난 뒤마다 일어나곤 했다. 나는 그녀와 함께 내 관찰력의 기쁨과 예리함을 몹시 나누고 싶었고, 주변에 대한 가차 없는 비판으로 그녀를 감염시키고 싶었다. 나는 그녀가 나의 생각과 감정에 공감하기를 바랐지만 정반대의 일이 일어났다. 나는 이것을 절망적인 심정으로 바라보고 있었다. 한 번은 내가 그녀에게 이렇게 말했다.

"내게 얼마나 많은 적들이 있는지 자기가 알았으면 좋겠어!"

"어떤 적들이 어디에 있는데?"

"온갖 적들이 사방에 있지. 호텔에, 가게에, 길거리에, 기차역에…."

"그 적들이 도대체 누구야?"

"모두가, 모두가 적이라니까! 추악한 얼굴들과 몸뚱이들이 얼마나 많은데! 심지어 사도 바울조차도 이렇게 말했어. '육체라고 다 똑같은 게 아니다. 사람의 육체가 있고 짐승의 육체가 있다….' 어떤 육체는 정말로 끔찍해! 몸을 비스듬히 하며 걸음을 내딛는 사람이 있어. 마치 어제서야 네 발로 일어난 것 같아. 어제 나는 어깨가 넓고 뚱뚱한 몸집을 한 경찰서장을 뒤따라 외투를 입은 그의 살찐 등과 반짝반짝 빛나고 몹시 불룩한 장화 목 속의 장딴지에서 눈을 떼지 않고 볼호프 거리를 오랫동안 걸었지. 오, 나는 그의 장화 목, 장화 냄새, 그 좋은 회색 외투의 천, 외투의 허리띠에 달린 단추, 그리고 모든 군용장비로 무장한 마흔 살의 힘센 동물을 너무나 열심히 바라보았어!"

"자기는 정말 부끄럽지도 않아!"

그녀가 혐오스럽고 유감 어린 어조로 말했다.

"자기는 정말로 그렇게 악하고 고약한 사람이야? 난 자기를 전혀 이해 못하겠어. 자긴 온통 놀라운 모순덩어리야!"

9

그러나 아침마다 편집국에 도착해서 나는 옷걸이에 걸린 그녀의 회색 털외투를 더욱 기쁘고 친근하게 맞이하곤 했다. 그 털외투를 입었을 때 그녀는 진정 그녀다워 보였고, 어쩐지 매우 여성스런 그녀의 일부분 같았다. 옷걸이 아래에는 그녀의 가장 감동적인 부분인 사랑스런 회색 구두가 놓여 있었다. 그녀를 좀더 빨리 보고 싶다는 초조함으로 나는 가장 먼저 사무실에 도착하여 자리에 앉아 일하곤 했다. 나는 지방통신 기사를 훑어보고 수정했고, 중앙신문들을 읽으면서 그 내용에 따라 '서명 기사'를 작성했으며, 지방 문사들의 몇몇 단편을 거의 다시 쓰다시피 했다. 그리고 나는 귀를 기울이며 그녀를 기다렸다. 마침내 빠른 발걸음과 치마의 사각거리는 소리! 뛰어 들어온 그녀는 차갑고 향긋한 손과 단잠을 잔 후에 싱그럽고 특히 빛나는 눈빛으로 마치 전혀 새로운 사람 같았다. 그녀는 서둘러 주변을 둘러보며 내게 키스했다. 그녀는 온몸에서 털외투 가죽냄새와 차가운 겨울 냄새를 풍기며 이따금 이렇게 날 보러 호텔에 뛰어 들어오곤 했다. 나는 그녀의 사과 같은 차가운 얼굴에 입맞춤하고 털외투 속의 따스하고 부드러운 모든 것을 — 그녀의 몸과 원피스 — 껴안았다. 그녀는 웃으면서 몸을 빼고 "냐, 난 일 때문에 왔어!"하고 말했다. 그리고 그녀는 복도 담당 급사에게 종을 울려서 자기가 있을 때 방을 청소하라고 지시하고, 직접 청소하는 것을 도와주기도 했다….

어느 날 나는 그녀가 아빌로바와 대화하는 것을 우연히 듣게 되었다. 그들은 어느 날 저녁, 식당에 앉아서 내가 인쇄소에 있다고 생각하고 나에 대해 솔직하게 이야기하고 있었다. 아빌로바가 물었다.

"리카, 앞으로 어떻게 할 거야? 넌 내가 그를 어떻게 생각하는지 알고 있어. 물론 그는 아주 좋은 사람이야. 네가 그에게 반했다는 것도 알아…. 하지만 앞으로 어쩔 거야?"

나는 마치 심연 속으로 떨어지는 것 같았다. 나는 '아주 좋은 사람'이고 그 이상은 아닌 것이다! 그녀는 기껏 '반했을' 뿐이다!

리카의 대답은 더 끔찍했다.

"내가 어쩌겠어? 어떤 해결책도 없어…."

이 말을 듣고 나는 너무나 격분해서 식당으로 뛰어 들어가서, 출구가 있으며 한 시간 후에 더 이상 오룔에 발을 딛지 않겠노라고 막 소리치려 했다. 그 순간 갑자기 그녀가 다시 말하기 시작했다.

"나쟈, 내가 그를 정말로 사랑한다는 걸 왜 모르지? 그리고 넌 그를 잘 몰라. 그 사람은 보이는 것보다 천 배는 더 좋은 사람이야…."

그렇다, 나는 진짜 나보다 훨씬 더 나빠 보일 수 있었다. 나는 긴장해서 불안하게 살았고 종종 사람들을 거칠고 거만하게 대했으며 쉽게 우수와 절망에 빠지곤 했다. 그러나 그 어떤 것도 나와 그녀와의 좋은 관계를 위협하지 않고, 그 누구도 그녀를 뒤쫓아 다니지 않는다는 것을 알게 되면 그 즉시 나는 쉽게 변했다. 그러면 친절하고 소박하고 유쾌한 내 본래의 성격이 금방 되살아났다. 만약 그녀와 함께 참석하는 어떤 저녁파티가 나에게 모욕과 고통을 안겨주지 않으리라는 것을 알았다면, 나는 아주 즐거운 마음으로 파티에 갈 채비를 했을 것이고, 거울을 바라보며 내 두 눈과 싱싱한 홍안의 검은 반점, 그리고 풀을 먹여 주름을 세운 눈처럼 하얀 셔츠가 탁탁 금이 가는 멋진 소리에 반해서 스스로 아주 흡족해 했을 것이다! 내가 무도회에서 질투로 괴로워하지 않았다면, 그 무도회는 얼마나 행복했을 것인가! 무도회에 갈 준비를 할 때마다 나는 고통스런 순간을 겪곤 했다. 나는 아빌로바의 죽은 남편의 연미복을 입어야만 했다. 그것은 사실 한 번도 입지 않은 것 같은 새 연미복이었지만, 항상 나를 쏘아보는 것만 같았다. 그러나 집 밖으로 나와 찬 공기를 마시고 형형색색의 별이 빛나는 하늘을 바라보며 재빨리 마차용 썰매에 올라타면, 그 즉시 나는 이 모든 것을 잊어버렸다….

 왜 밝게 빛나는 무도회장의 입구를 붉은 띠의 천막으로 장식했는지, 왜 그 천막 앞에서 오고 가는 마차와 썰매를 통제하는 경찰들이 그렇게 멋지고 거칠게 행동했는지 아무도 모른다! 그러나 이런 이상한 입구를 한 무도회장이 문제될 것은 없다. 밝고 하얗게 달구어진 전등이 사람들이 밟아 뭉갠, 입구 앞의 설탕 같은 눈을 비추었다. 경찰들의 분명한 외침, 악기의 현(絃) 모양처럼 얼어붙은 경찰들의 콧수염, 눈을 짓밟고 있는 반짝반짝 빛나는 장화, 하얀 니트 장갑을 끼고 약간 특이하게 비틀어서 호주머니에 넣은 두 손—이 모든 유희는 활기차고 조화로웠다. 말을 타고 오는 거의 모든 남자 손님들은 제복을—한때 러시아에는 많은 제복이 있었다—입고 있었다. 모두가 자신의 직급과 제복으로 오만함을 과시하면서 흥분되어 있었다. 평생 온갖 최고의 직책과 직함을 지녔던 사람조차도 그 직책과 직함에 결코 평생 익숙해질 수 없다는 걸 나는 그때 알았다. 말을 타고 도착하는 이 손님들은 항상 날 흥분시켰고, 즉시 날카롭고 적의어린 나의 관찰대상이 되었다. 그러나 대부분의 여자들은 모두가 사랑스럽고 매력적이었다. 정문 현관에서 털외투와 모자를 벗은 그들의 모습은 매혹적이었다. 그들은 거울에 비쳐 마술처럼 확대된 무리가 되어 즉시 붉은 융단이 깔린 넓은 계단을 빠르게 걸어가야만 했다. 잠시 후 무도회를 앞둔 넓고 텅 빈 무도회장이 나타난다.

무도회장의 신선한 냉기, 다이아몬드 불빛이 반짝이는 육중한 샹들리에, 커튼을 치지 않은 커다란 창문들, 번쩍번쩍 빛나고 아직은 텅 비어있는 쪽마루를 붙여 깐 넓은 마루, 신선한 꽃향기, 분(粉) 냄새, 향수냄새, 새끼염소 가죽으로 만든 하얀 무도회용 장갑 냄새, 그리고 계속해서 도착하는 무도회 손님들을 보며 느끼는 흥분, 오케스트라가 요란스럽게 내는 최초의 사운드에 대한 기다림, 아직 깨끗한 무도회장의 넓은 공간으로 갑자기 뛰어드는 첫 번째 커플—이 커플은 항상 춤에 가장 자신 있는 남녀였다.

나는 항상 다른 손님들보다 먼저 무도회장으로 출발했다. 내가 도착했을 때 손님들은 계속 오는 중이었다. 아래층에는 향기 나는 모피외투, 짧고 가벼운 털외투, 제복을 손에 든 하인들이 여전히 몰려 있었다. 얇은 연미복을 입기엔 사방 공기가 차가웠다. 남의 연미복을 입고 매끈하게 머리를 손질한 늘씬한 나는 진짜 나보다 더 마르고 가벼워 보였다. 모든 사람들에게 낯설고 외로운 나는—편집국에서 뭔가 이상한 일을 하고, 어쩐지 이상할 정도로 오만한 젊은이—처음엔 너무 정신이 맑고 명료할 뿐만 아니라 다른 모든 사람들과 너무나 달라서 마치 얼음거울이라도 된 듯한 느낌이었다. 사람들이 점점 더 많아지자 시끄러워졌고, 음악이 더욱 친근하게 울려퍼졌다. 무도회장의 문가는 사람들로 북적였고, 여자들이 계속해서 몰려들었다. 공기는 더욱 답답해지고 따스해졌다. 나는 마치 술에 취한 사람처럼 더욱더 대담하게 여자들을 바라보고 더욱더 불손하게 남자들을 쳐다보았다. 나는 점점 더 부드러운 걸음으로 사람들 사이를 비집고 다니다가 연미복이나 제복에 걸리면 더욱더 정중하고 오만하게 사과를 했다⋯.

그러다가 나는 갑자기 그들을 보았다. 그들은 엷은 미소를 띠고 조심스럽게 사람들 사이를 지나다니고 있었다. 내 가슴은 친숙하지만 어쩐지 거북하고 이상한 기분으로 얼어붙었다. 그들은 똑같아 보였지만 달랐다. 특히 그녀는 완전히 다른 사람 같았다! 이런 순간에 나는 항상 그녀의 젊음과 날씬한 모습에 깜짝 놀라곤 했다. 코르셋으로 꽉 조인 그녀의 허리, 가볍고 아주 깨끗한 무도회복, 장갑의 상단에서부터 어깨까지 훤히 드러나 얼어붙은, 소녀처럼 연보랏빛을 띤 두 팔, 여전히 동요하는 표정⋯. 높이 틀어 올린 머리 모양만이 사교계 미녀의 그것과 같았다. 이 머리 모양에는 특별히 매력적인 뭔가가 있었지만, 이미 내게서 벗어나서 날 배신할 준비가 되어있는 것 같은, 심지어 곧 순결함을 잃을 것 같은 뭔가가 있었다. 곧 누군가가 그녀에게 달려와 무도회장에서 흔히 볼 수 있는 빠른 동작으로 허리를 깊이 숙여 인사했다. 그녀는 아빌로바에게 부채를 건네고, 마치 무심한 척하며 우아하게 남자의 어깨에 한 손을 얹었다. 그녀는 빙글빙글 돌고 발끝을 가볍게 디디며 미끄러지듯 나아가면서 빙글빙글 돌며 춤추는 무리 속으로, 소음과 음악 속으로 사라졌다. 나는 작별이라도 하듯이 이미 싸늘한 적의를 품고 그녀를 뒤따라 바라보았다.

작고, 생기발랄하고, 항상 건장하고 명랑한 성격의 아빌로바도 무도회에서 자신의 젊음과 빛나는 아름다움으로 날 깜짝 놀라게 했다.

어느 날 무도회에서 나는 그녀의 나이가 겨우 스물여섯이라는 것을 불현듯 깨달았다. 그리고 처음으로 나 자신을 믿지 못하면서, 이 겨울에 나에 대한 아빌로바의 태도가 이상하게 변한 까닭을 짐작했고, 그녀가 날 사랑하고 질투할 수도 있다고 추측했다.

10

그 후, 우리는 오랫동안 떨어져 있었다.
이 모든 일은 의사가 갑자기 도착하면서 시작되었다.
어느 날 햇살이 비치는 추운 아침에 편집국의 현관으로 들어오다가 나는 갑자기 독하고 어쩐지 아주 낯익은 담배냄새를 맡았고, 식당에서 들려오는 활기 찬 목소리와 웃음소리를 들었다. '도대체 이게 무슨 소릴까?'하고 생각하며 나는 걸음을 멈추었다. 온 집안을 담배연기로 자욱하게 만든 것은 바로 의사였다. 의사는 일정한 나이에 이르러 수년 동안 아무런 변화도 없이 그 나이에 머물러서 색다른 기분과 줄담배와 끊임없는 수다를 즐기는 사람들 특유의 활기를 띠고 큰소리로 말하고 있었다. 나는 의사의 이 갑작스런 방문이 뭘 의미하는지 몰라 멍해졌다. 의사가 그녀에게 요구하는 게 뭘까? 어떻게 안으로 들어가서 어떻게 처신해야만 하나? 그러나 처음 몇 분 동안에 별다른 일은 일어나지 않았다. 나는 재빨리 마음을 수습하고 안으로 들어가서 반갑게 놀라워했다….
선량한 의사는 심지어 약간 당황하면서도 마치 미안한 듯 웃음을 지으면서 "시골을 떠나 일주일 동안 쉬러" 왔다고 말했다. 나는 즉시 그녀가 흥분되어 있음을 알아챘다. 왠지 아빌로바도 흥분해 있었다.

그러나 아직은 이 모든 것이 갑작스런 의사의 방문 때문이라고 생각할 수 있었다. 즉, 시골에서 도시로 방금 도착한 사람이 객차에서 밤을 지샌 후 유달리 활기를 띠며 남의 식당에서 뜨거운 차를 마시고 있기 때문이라고 기대할 수 있었다. 나는 이미 마음이 편안해지기 시작했다. 그러나 그때 충격적인 일이 날 기다리고 있었다. 의사가 말하는 것으로 보아 나는 갑자기 그가 혼자 온 게 아니라 우리 시에서 유명한 피혁(皮革) 상인인 젊은 보고몰로프와 함께 왔음을 알아챘다. 보고몰로프는 이미 오래전부터 그녀를 마음에 두고 있었다. 잠시 후 나는 의사의 웃음소리를 들었다.

"리카야, 그는 미친 듯이 널 사랑한다는 구나! 아주 작심을 하고 여기로 왔다고 한다! 이 불행한 사람의 운명은 완전히 네게 달렸다. 네가 그를 원하면 그에게 자비를 베푸는 것이고, 그렇지 않으면 영원히 그를 죽이는 것이다…."

보고몰로프는 부유한 것만이 아니었다. 그는 영리했고, 성격이 활달하고 명랑했으며 대학을 졸업하고 외국에서 살았으며 두 개의 외국어를 구사했다. 처음엔 그의 용모를 보고 깜짝 놀랄 수도 있다. 그는 매끈하게 뒤로 곧장 빗어 넘긴 적황색의 머리칼에 부드럽고 둥근 얼굴을 하고 있었지만 인간이 아닌 괴물처럼 뚱뚱했다. 그는 부자연스러울 정도로 비대하게 자라서 동화에 나오는 영양과다의 어린아이처럼 보였고, 혹은 지방과 피가 훤히 내비치는 거대한 어린 요크셔 돼지처럼 보였다. 그러나 이 요크셔 돼지의 모든 것이 너무나 훌륭하고 깨끗하고 건강해서 그 옆에 있으면 심지어 기쁨을 느낄 정도였다. 그의 푸른 눈은 하늘처럼 맑았고 안색은 믿을 수 없을 정도로 깨끗했다. 그리고 그의 모든 태도, 웃음, 목소리, 눈과 입술의 놀림 속에는 수줍고 사랑스러운 뭔가가 있었다. 그의 손과 발도 애처로울 정도로 작았다. 옷은 영국 원단으로 만들어졌고, 양말과 셔츠와 넥타이는 모두 실크 제품이었다.

 나는 재빨리 그녀를 힐끔 쳐다보았다. 그녀는 어색한 미소를 짓고 있었다…. 갑자기 모든 것이 내게 낯설고 멀게 느껴졌다. 갑자기 나 자신이 이 집 전체에서 부끄러울 정도로 쓸모없고 불필요한 사람이라고 여겨졌다. 내 마음은 그녀에 대한 증오심으로 가득 찼다….

 그 후로 우리는 하루에 단 한 시간도 둘이서 보낼 수 없었다. 그녀는 항상 아버지나 보고몰로프와 함께 있었다. 아빌로바는 늘 비밀스럽고 즐거운 웃음을 띠면서 아주 상냥하고 친절하게 보고몰로프를 대했다. 그래서 보고몰로프는 도착한 첫날부터 완전히 집안사람처럼 굴었다. 그는 아침에 집에 나타나서 늦은 저녁까지 있다가 잠만 호텔에서 잤다. 게다가 리카가 회원으로 참가하고 있는 아마추어 연극클럽의 리허설이 시작되었다. 이 클럽은 마슬레니차[25]에 대비해서 연극을 준비하고 있었는데, 리카를 통해 보고몰로프와 의사를 끌어들여 작은 역할을 맡게 했다. 그녀는 단지 아버지를 위해, 즉 보고몰로프를 거칠게 대하면 아버지가 노여워하실까 봐 보고몰로프의 구애를 받아들이고 있다고 말했다.

 나는 모든 면에서 꾹 참고 그녀를 믿는 체했고, 억지로 리허설에 참석하기까지 했다. 그렇게 해서라도 나의 극심한 질투심과 그들 때문에 겪은 다른 고통을 감추려고 했던 것이다. 나는 그녀에 대한, 즉 '연기'하려고 하는 그녀의 가련한 시도에 대한 창피함으로 눈을 어디에 둬야 할지를 몰랐다. 대체로 인간의 무능을 바라보는 건 너무나 끔찍스러운 일이다! 스스로 재능이 많다고 생각하며 너절한 무대경험에 도취된, 일없는 직업배우가 리허설을 지도하고 있었다. 아교 색

---

[25] 긴 겨울을 보내고 봄을 맞이하는 고대 슬라브인들의 오랜 전통의 축제. 부활절 전에 7주간의 대재(大齋)가 있는데, 대재의 전주(前週)에 이 축제가 열린다.

깔의 얼굴을 한, 나이를 알 수 없는 그 남자의 주름살은 너무 깊어서 일부러 만들어 놓은 것처럼 보였다. 이 남자는 끊임없이 자제력을 잃고 이런저런 역할을 어떻게 해야 할지 지시를 해댔고, 아주 거칠고 미친 듯이 욕설을 해대는 바람에 경화증에 걸린 핏줄이 그의 관자놀이에 밧줄처럼 툭툭 튀어나오곤 했다. 그는 남자 역할도 하고 여자 역할도 했다. 모두가 그를 흉내 내느라 힘이 다 빠져있었다. 나는 그들의 목소리와 몸동작 하나하나에 고통을 느꼈다.

  그 남자 배우도 참을 수 없었지만 그를 흉내내는 사람들을 더욱 참을 수 없었다. 그들은 왜, 무엇 때문에 연기를 했을까? 그들 중에는 깡마르고 자신만만하며 대담한, 지방도시 어디에서나 볼 수 있는 연대장의 부인도 있었고, 아주 화려하게 옷을 차려입고 늘 불안해하며 항상 뭔가를 기다리면서 입술을 깨무는 습관이 있는 처녀도 있었고, 서로 너무나 닮고 늘 붙어 다녀서 온 도시가 다 아는 자매도 있었다. 자매는 키가 크고 거칠고 검은 머리칼에 지나치게 자란 검은 눈썹을 하고 있었는데, 엄격하고 말이 없는 모습이 진짜 수레 채에 비끄러맨 한 쌍의 검은 말 같았다. 주지사의 촉탁 관리도 있었다. 매우 키가 큰 이 관리는 아주 젊었지만 벌써 금발 머리가 빠지면서 대머리가 되어 가고 있었고, 붉은 눈꺼풀과 희번덕거리는 푸른 눈에 셔츠 칼라를 빳빳이 세우고 있었는데, 짜증날 정도로 예의바르고 정중했다. 지방의 유명한 변호사도 있었는데, 그는 몸집이 건장하고 뚱뚱했으며 넓은 가슴과 튼튼한 어깨와 커다란 발을 가지고 있었다. 나는 무도회에서 연미복을 입고 있는 그를 늘 집사로 착각하곤 했다. 검은 벨벳 블라우스와 긴 인디언 머리칼을 한 젊은 예술가도 있었다. 그는 염소수염을 기른 염소 같은 옆모습에 바라보기가 거북할 정도로 반쯤 감긴 눈과 연붉은 입술을 한 부정한 여자 같은 모습을 하고 있었고 골반도 여자 같았다 ….

얼마 후에 공연이 시작되었다. 막이 오르기 전에 나는 무대 뒤로 가보고 싶었다. 무대 뒤에서는 사람들이 옷을 입고, 분장하고, 소리 지르고, 말싸움하고, 의상실을 드나들면서 서로 부딪히고, 서로를 알아보지 못하면서 넋들이 나가 있었다. 모두들 너무 이상하게 옷을 입고 있었고(어떤 사람은 보라색 바지에 갈색 연미복을 입고 있었다), 가발과 턱수염도 실감이 나지 않았다. 이마와 코를 분홍색 회반죽으로 덧칠하고 덕지덕지 페인트칠을 한 그들의 얼굴에는 표정이 없고, 화장한 눈은 반짝반짝 빛났으며, 마네킹처럼 까맣고 커다란 눈썹은 무거운 듯이 깜작거리고 있었다. 나는 우연히 리카와 부딪혔지만 그녀를 알아보지도 못했다. 나는 그녀의 인형 같은 모습에 깜짝 놀랐다. 그녀는 구식의 우아한 분홍색 드레스에 숱이 많은 금발가발을 쓰고 있었고, 저속한 아름다움에 달콤하면서도 역겨운 어린아이의 얼굴을 하고 있었다…. 보고몰로프는 노란 머리의 마당쇠 역할을 했는데, '일상적인 타입'의 성격 창조에 아주 걸맞게 치장을 하고 있었다. 의사는 늙은 아저씨이자 퇴역장군의 역할을 맡았다. 연극은 그가 주말농장에서 맨 바닥 위에 판자를 붙여 만든 푸른 나무 아래의 등나무 안락의자에 앉아있는 장면으로 시작되었다. 그는 명주로 만든 신식 양복을 입고 있었고, 커다란 흰색 콧수염에 그 밑에 솜털을 달고 역시 온통 분홍색으로 덧칠하고 있었다. 그는 안락의자에 몸을 뒤로 젖히고 앉아서 불쾌한 표정을 짓고 활짝 펼친 신문을 바라보고 있었다. 무대가 화창한 여름날 아침인데도 무대의 각광이 그를 밑에서 밝게 비치고 있어서, 비록 그의 머리칼이 백발이었지만 놀라울 정도로 젊어 보였다. 그는 신문을 읽고 나서 우울하게 뭐라고 불평해야만 했다. 프롬프터 박스에서 필사적으로 쉬쉬 소리를 냈지만 그는 아무 말도 하지 않고 내내 신문만 바라보고 있었다. 마침내 리카가 무대 뒤에서 펄쩍 뛰어나와 (어린아이 같이 장난기 있고 매혹적일 정도로 발랄하게 웃으며) 뒤쪽에서 그에게 달려가 두 손으로 눈을 가리면서 "누구게?"하고 소리치자 그때서야 그도 한 단어씩 딱딱 잘라 말하면서 이렇게 소리쳤다.

"놔라, 놔, 요 나쁜 녀석. 네가 누군지 다 알아!"

홀 안은 어둑했지만 무대는 밝고 환했다. 나는 첫째 줄에 앉아서 무대를 힐끗 쳐다보고 나서 내 주변을 바라보았다. 첫째 줄에는 살이 쪄서 숨이 가쁜 부유한 사람들과 직급이 높고 당당한 경찰 및 군인들이 앉아있었다. 그들은 모두 무대에서 일어나고 있는 것에 홀려있는 듯했다. 그들의 자세는 긴장되어 있었고, 얼굴에는 미소가 끊이지 않았다···. 나는 1막이 끝날 때까지 앉아있을 수가 없었다. 무대 위에서 뭔가 쿵하고 부딪히는 소리가 ― 커튼이 곧 내려진다는 신호 ― 나자마자 나는 서둘러 홀에서 나왔다. 무대에서는 배우들의 연기가 한창이었다. 밝고 자연스런 분위기의 복도에서 모든 것에 익숙한 한 노인이 내가 옷 입는 것을 도와주었다. 그때 지나치게 활기찬 배우들의 외침소리가 유달리 부자연스럽게 들려왔다.

마침내 나는 거리로 뛰쳐나왔다. 나는 치명적인 고독감 같은 것을 느끼며 환희에 잠겼다. 거리엔 사람들이 없고 깨끗했으며 가로등만이 고요히 빛나고 있었다. 비좁은 호텔 방은 이미 너무나 지겨워서 나는 집으로 가지 않고 편집국으로 갔다. 나는 사무실 건물을 지나 텅 빈 광장 쪽으로 발걸음을 돌렸다. 광장 한가운데에 대성당이 솟아 있었고, 희미하게 빛나는 대성당의 황금빛 둥근 지붕이 별이 빛나는 하늘 속으로 사라지고 있었다···. 심지어 뿌드득뿌드득 눈 위를 걷는 내 발자국 소리에도 뭔가 고상하고 무서운 것이 깃들어 있었다···. 집안은 따스하고 조용했으며, 불 켜진 식당에서 시계가 평화롭고 느릿느릿하게 째깍거리고 있었다. 아빌로바의 작은 아들은 자고 있었고, 나에게 문을 열어준 유모가 졸린 눈으로 날 힐끔 쳐다보더니 가버렸다. 나는 이미 내게 친숙하고 특별한 의미가 있는 계단 아래 방으로 들어가 어둠 속에서 낯익은, 지금은 어쩐지 운명적으로 보이는 소파에 앉았다…. 나는 갑자기 사람들이 도착해서 소란스럽게 방안으로 들어와 서로 앞을 다투어 말하고, 웃고, 앉아서 차를 마시고, 서로의 인상을 나누기 시작하는 그 순간을 기다렸고, 또 그 순간을 두려워하고 있었다. 그러나 무엇보다 그녀의 웃음소리와 목소리가 울려퍼지는 그 순간을 두려워했다…. 방안은 그녀로 가득 차 있었다. 즉 그녀의 부재와 존재, 그녀의 모든 냄새로—그녀 자신의 냄새, 그녀의 옷과 향수냄새, 내 옆에 있는 소파의 쿠션 위에 놓여있는 그녀의 실내복 냄새—가득 차 있었다…. 창밖의 겨울밤이 무섭도록 푸르렀고, 정원의 시커먼 나뭇가지들 너머로 별들이 반짝이고 있었다….

사순절(四旬節) 첫 주에 그녀는 아버지와 보고몰로프와 함께 떠났다. 그녀는 보고몰로프의 청혼을 거절했지만, 나는 오래 전부터 그녀와 말도 하지 않았다. 그녀는 줄곧 울면서, 내가 갑자기 자기를 붙잡고 놓아주지 않기를 매순간 기대하면서 떠날 채비를 하고 있었다.

11

지방도시의 사순절이 시작되었다. 일 없는 마부들은 몸이 꽁꽁 얼어붙은 채 골목에 서서 이따금 필사적으로 두 손을 열십자로 흔들어대며 지나가는 장교를 향해 소심하게 소리쳤다.

"나리! 빠른 마차를 타고 가시쥬."

갈가마귀들은 곧 봄이 오리라는 걸 느끼면서 활기차고 신경질적으로 울어댔지만, 까마귀들은 여전히 괴롭고 단호하게 까악까악 울어댔다.

이별은 밤마다 유난히 무섭게 느껴졌다. 한밤중에 깨어나서 나는 이런 생각을 하며 깜짝 놀라곤 했다.

'이제 나는 어떻게 살아야 하나, 왜 살아야만 하나? 수천 명의 낯선 사람들이 살고 있는 이 이상한 지방도시에서, 밤새 키가 크고 말없는 이상한 악마처럼 희끗희끗한 좁은 창이 달린 호텔 방의 무의미한 밤의 어둠 속에서 이유도 모른 채 누워있는 이 사람이 정말로 나란 말인가!'

도시를 통틀어 나와 유일하게 가까운 사람은 아빌로바뿐이었다. 그러나 그녀는 정말로 가까운 사람인가? 우리 사이의 친근함은 모호하고 거북했다⋯.

이제 나는 편집국에 늦게 나가곤 했다. 응접실에 있던 아빌로바는 현관에 들어서는 날 보고 즐겁게 미소 지었다. 그녀는 다시 다정하고 부드러워졌고 더 이상 날 비웃지 않았다. 나는 그녀에게서 언제나 한결같은 나에 대한 사랑과 관심과 배려를 보았고, 종종 저녁 내내 그녀와 둘이서 보내곤 했다. 그녀는 오랫동안 날 위해 피아노를 쳤고, 나는 소파에 비스듬히 누워서 음악이 주는 행복감과 늘 폐부를 찌르는 듯한 사랑의 아픔, 그리고 모든 걸 용서하는 부드러움을 느끼며 솟아나는 눈물로 내내 두 눈을 감고 있었다. 응접실로 들어서면서 나는 그녀의 작지만 단단한 손에 입맞춤하고 상근 직원들이 일하는 사무실로 들어갔다.

그곳에서 바보 같고 생각에 잠긴 논설위원이 담배를 피우고 있었다. 그는 오룔로 추방당해 경찰의 감시를 받고 있었는데, 언뜻 보기에도 형색이 아주 이상했다. 그는 농민들이 기르는 턱수염에 염색하지 않은 거친 갈색 나사(羅紗)로 만든 반외투를 입고 지독하지만 기분 좋은 냄새가 나는 기름칠을 한 장화를 신고 있었다. 게다가 그는 왼손잡이였다. 그는 오른 팔의 반이 없었고, 옷소매에 감춰진 나머지 반팔로 종이를 책상에 꼭 누른 다음에 왼손으로 글을 썼다. 그는 오랫동안 앉아서 생각에 잠긴 채 줄곧 담배를 피우다가 갑자기 반팔로 종이를 더 세게 누르고 마치 원숭이처럼 민첩하고 힘차게 글을 써 내려갔다.

잠시 후 다리가 짧고 아주 이상한 안경을 쓴 노인이 들어왔다. 그는 국제문제를 다루는 평론가였다. 그는 현관에서 토끼털로 안을 댄 짧은 윗도리와 귀마개가 달린 핀란드식 모자를 벗었다. 바지와 플란넬 셔츠에 장화를 신고 가죽벨트를 맨 그의 모습은 흡사 열 살짜리 소년처럼 아주 작고 말라 보였다. 그의 짙은 잿빛 머리칼은 아주 거칠게 위로 솟구쳐 사방으로 뻗쳐 있었고, 그래서 그의 모습은 고슴도치와 비슷했다. 그가 쓰고 있는 이상한 안경도 무섭게 보였다. 그는 항상 두 개의 통을 두 손에 들고 편집실로 들어왔다. 하나는 권련지를 넣은 통이고 다른 하나는 연초를 넣은 통이었다. 그는 일을 하면서 늘 담배를 만들었다. 그는 습관적으로 중앙지를 훑어보면서 조그만 기계장치인 쌍바라지 동관(銅管)에 섬유질의 연한 연초를 이겨 넣고 느긋하게 연초지를 더듬어 찾아서, 동관의 손잡이를 부드러운 블라우스를 걸친 가슴에 꼭 대고 그 관을 연초지에 밀어 넣어서 능란하게 책상 위로 담배를 쏟아대곤 했다.

잠시 후 정판공과 교정원이 들어왔다. 정판공은 조용히 자유롭게 안으로 들어왔다. 그는 몹시 예의가 바르고 말이 없고 속내를 알 수 없는 사람이었다. 황록색의 안색에 집시처럼 까만 머리칼을 하고 검은 콧수염에 죽은 사람처럼 잿빛 입술을 한 그는 삐쩍 마르고 차가운 사람인데 항상 극도로 단정하고 깨끗하게 옷을 입고 다녔다. 검정색 바지, 푸른 블라우스, 빳빳하게 풀을 먹인 접어 젖힌 커다란 칼라— 이 모든 것들이 깨끗하고 신선하게 반짝였다. 나는 이따금 그와 인쇄소에서 얘기를 나누곤 했다. 그럴 때면 그는 과묵함을 깨고 검은 두 눈으로 날 빤히 바라보면서 마치 태엽이 감긴 축음기처럼 항상 똑같은 주제들에 대해 언성을 높이지 않고 말을 했다. 그것은 언제 어디서나 세상의 모든 것에서 나타나는 불공정함에 관한 것이었다.

교정원은 계속해서 들락날락했다. 그는 자신이 교정을 보는 기사에서 항상 이해할 수 없는 뭔가를 찾아내어 그걸 못마땅해 했고, 기사를 쓴 사람에게 설명이나 수정을 요구했다.

"실례지만 여기는 뭔가 표현이 매끄럽지 못해요."

그는 뚱뚱하고 동작이 굼뜬 사람으로 약간 젖은 듯한 보드라운 곱슬머리를 하고 있었는데, 신경증과 자신이 몹시 술에 취해있다는 걸 사람들이 혹시 알게 될지 모른다는 두려움으로 등을 구부리고 다녔다. 그는 이러저런 설명을 요구할 때, 알코올 냄새가 나는 숨을 죽이면서 상대방을 향해 몸을 굽히고, 자신이 이해할 수 없거나 자기 생각에 부자연스런 부분을 반들거리는 통통 부은 떨리는 손으로 멀찍이 서 가리켰다. 나는 이 방에 앉아서 느긋하게 다른 사람이 쓴 여러 원고들을 교정했지만, 무엇보다 그냥 창밖을 쳐다보며, 나 자신은 무엇을 어떻게 써야 할지를 생각했다.

요즈음 내게는 또 하나의 은밀한 고민이 있는데, 그것은 고통스러운 '실현될 수 없는 꿈'이었다. 나는 다시 뭔가를 쓰기 시작했는데, 대부분이 산문이다. 그리고 다시 쓴 것을 발표하기 시작했다. 그러나 나는 내가 쓰고 발표했던 것들에 대해서는 생각하지 않았다. 나는 전혀 다른 것, 내가 쓸 수 있었고 써왔던 것과는 전혀 다른 것, 즉 내가 쓸 수 없었던 것을 간절히 쓰고 싶다는 생각으로 괴로웠다. 주어진 삶에서 뭔가 쓸 만한 가치가 있는 것을 자기 마음속에 만들어내는 것은 얼마나 드문 행복이고 얼마나 진지한 정신적인 노동인가! 이제 내 생활은 점점 더 '실현될 수 없는 꿈'과의 새로운 투쟁이 되었고, 역시 이해할 수 없는 새로운 행복을 추구하고 포착하며 그 행복을 추구하고 끊임없이 그 행복에 대해 생각하는 것이 되었다.

정오쯤에 우편물이 왔다. 나는 응접실로 들어가서 아름답고 조심스럽게 다듬어진 아빌로바의 머리칼을 다시 보았다. 그녀는 꼭 머리를 숙인 채 일을 했다. 책상 밑에서 부드럽게 반짝이는 그녀의 새그린 가죽 슬리퍼도, 겨울 창문을 통해 흐린 겨울날의 반사광으로 빛나는 어깨에 걸친 모피 망토도 모두 사랑스러웠다. 창문 너머엔 까마귀들이 눈 내리는 잿빛 하늘을 점점이 수놓고 있었다. 나는 우편물 가운데 수도에서 발간된 새 잡지를 골라 들고 서둘러 개봉했다. 체호프의 새 단편이 실려 있었다! 체호프라는 이름 속에는 그 단편을 그저 보게 만드는 무언가가 있었다. 처음 몇 줄을 읽고서도 이야기가 주는 기쁨 때문에 질투어린 고통을 느끼지 않을 수 없었다.

이러는 사이에 점점 더 많은 사람들이 응접실을 들락거렸다. 광고주들과 글을 쓰고 싶은 욕망에 사로잡힌 아주 다양한 사람들이 드나들었다. 부드러운 털목도리에 털실로 짠 벙어리장갑을 낀 단아한 노인도 있었는데, 그는 커다란 규격의 값싼 종이묶음을 가져왔다. 그 종이 묶음 위에는 〈노래와 사상〉이라는 표제가 깃촉 펜을 사용하던 시대의 사무적인 필치로 멋들어지게 씌어 있었다. 당황해서 얼굴이

빨개진 젊은 장교도 있었다. 그는 원고를 검토해서 원고가 발표될 경우 절대로 자기 진짜 이름을 밝히지 말고 '편집규정이 허락한다면 자기 이름의 이니셜만' 밝혀달라고 짧고 정중하게 부탁하면서 원고를 건넸다. 장교가 나가자 'spectator'(구경꾼)라는 영어 필명으로 〈시골풍경〉이란 작품을 발표하길 원하는 중년의 성직자가 들어왔다. 이 성직자는 두꺼운 모피외투를 입고 흥분해서 땀을 흘리고 있었다. 성직자 뒤로 군(郡)의 변호사가 들어왔다⋯. 이 변호사는 아주 단정한 사람이었다. 그는 현관에서 이상하리만큼 천천히 새 덧신과 안에 모피를 댄 새 장갑과 족제비 모피로 만든 코트와 대귀족의 털모자를 벗었다. 그는 몹시 마르고 키가 컸으며 뻬드렁니에 깨끗한 모습을 하고 있었다. 그는 거의 반시간 동안 눈처럼 흰 손수건으로 콧수염을 문질러댔다. 그러는 동안에 나는 작가의 통찰력을 발휘하여 그의 동작 하나하나를 열심히 살펴보았다.

'그래, 그래, 이빨 간격이 많이 벌어지고 짙은 콧수염을 기른 것을 보면⋯ 그리고 사과처럼 툭 튀어나온 빛나는 이마와 반짝이는 두 눈, 타는 듯한 광대뼈의 붉은 반점, 크고 평평한 발바닥, 크고 둥근 손톱이 달린 크고 평평한 손을 보면 저 사람은 틀림없이 깨끗하고 단정하고 느긋하고 자신에 대해 꼼꼼할 거야!'

아침을 먹을 무렵에 유모가 산책을 끝내고 사내아이를 데리고 왔다. 아빌로바는 현관으로 뛰어나가 민첩하게 무릎을 꿇고 앉아서 사내아이의 하얀 양가죽 모자를 벗기고, 안에 하얀 양가죽을 덧댄 푸른색 반외투의 단추를 풀면서 차갑고 빨갛게 닳아 오른 아이의 뺨에 입을 맞추었다. 사내아이는 멍하니 옆을 바라보며 뭔가 아득한 자신만의 생각을 하면서 태연하게 자기 옷을 벗기고 입을 맞추도록 했다. 나는 이 모든 것을 보고 질투심에 사로잡혔다. 아이의 행복한 무사태평함에도, 엄마로서 느끼는 아빌로바의 행복에도, 유모의 노인다운 침묵에도 질투가 났다. 나는 사람의 모든 일 중에서 가장 이상한, '글쓰기'라고 불리는 일을 위해 뭔가를 기대하고 생각해내는 것이 아니라 예정된 일과 걱정거리로 가득 찬 인생을 살고 있는 사람들을 오래전부터 부러워했다. 또 인생에서 단순하고 정확하며 일정한 일을 갖고 있는 모든 사람들, 그리고 그 일을 오늘 끝내고 내일까지 아주 편안하고 자유롭게 쉴 수 있는 사람들을 부러워했다.

아침을 먹고 나서 나는 밖으로 나왔다. 사순절에 펑펑 내리는 함박눈이 나른한 솜처럼 도시를 뒤덮고 있었다. 항상 우리는 부드럽고 유난히 하얀 이 함박눈을 보고 마치 봄이 아주 가까이 온 것처럼 착각하곤 한다. 아마도 방금 급하게 한 잔 걸친 후, 뭔가 즐겁고 좋은 일을 기대하는 태평스런 마부가 눈길을 따라 내 옆을 소리 없이 지나갔다…. 이보다 무엇이 더 평범할 수 있을까? 그러나 지금은 모든 것이, 거의 모든 순간적인 인상들이 내 마음을 아프게 했으며, 이런 인상을 그냥 흔적도 없이 사라지게 해서는 안 된다는 충동, 이 인상을 즉시 나 자신을 위해 포착하여 이 인상으로부터 뭔가를 만들어 내야 한다는 타산적인 열망을 계속해서 불러일으켰다. 바로 이렇게 이 마부가 순간적으로 나타났다 사라졌고, 순간적으로 나타났다 사라진 마부의 모든 것이 내 마음속에 어쩐지 이상하게 순간의 인상을 남겼고, 이 순간의 인상은 괜히 아주 오랫동안 내 마음을 괴롭게 했다! 이윽고 나는 훌륭한 집의 입구에 다다랐다. 그 집 앞의 길 근처에서 왁스칠을 한 마차가 하얀 함박눈 사이에서 거뭇거뭇 빛났고, 새눈이 살짝 덮은 오래된 눈 속에 파묻힌 커다란 뒷바퀴의 더러워진 타이어 같은 것들이 보였다. 나는 걸어가면서 마부석에 올라앉아 겨드랑이 밑에 어린아이처럼 허리띠를 매고 베개처럼 두꺼운 벨벳 모자를 쓴 어깨에 살이 찐 마부의 등을 힐끗 쳐다보았다. 나는 불현듯 마차의 작은 유리 창문 뒤 공단으로 만든 봉봉 케이스 안에 앉아있는 귀여운 강아지를 보았다. 꼭 나비 댕기를 잡아맨 듯한 귀를 가진 강아지가 벌벌 떨면서 마치 막 무슨 말을 하려는 듯이 빤히 쳐다보았다. 다시 한번 환희가 마치 번개처럼 내 마음을 뚫고 지나갔다. 아, 나는 절대 잊을 수 없다, 진짜 나비 댕기 같은 귀를!

　나는 도서관에 잠시 들렀다. 보기 드물게 장서가 많고 오래된 도서관이었다. 그러나 이 도서관은 너무나 음울하고 아무에게도 쓸모가 없었다! 그냥 방치된 오래된 건물, 벌거벗은 거대한 벽, 이층으로 올라가는 차가운 계단, 두꺼운 펠트 천에 찢어진 방수포를 덧씌운 문. 밑에서 위까지 누더기처럼 너덜거리는 책들로 가득 찬 방이 세 개 있었다. 긴 의자, 사무용 책상, 키가 작고 가슴이 납작하며 무뚝뚝하고 말없는, 사순절에 입는 검은 옷을 걸친 수석 여자 사서. 그녀의 손은 마르고 희었으며, 셋째 손가락에는 잉크 얼룩이 묻어 있었다. 회색 블라우스를 입고 오랫동안 자르지 않은 부드러운 쥐색 머리칼을 한 덥수룩한 젊은이가 그녀의 지시를 따르고 있었다…. 나는 중앙에 둥근 테이블이 있고 탄내가 나는 원형의 '열람실'로 들어갔다. 둥근 테이블 위에는 〈지역 교회 소식〉과 〈러시아의 순례자〉가 놓여 있었다…. 나는 테이블에 앉았다. 정기 독자인 초췌한 젊은이가 테이블에 앉아서 몸을 숙이고 어쩐지 비밀스럽게 두꺼운 책을 한 장 한 장 넘기고 있었다. 다 해진 짧은 외투를 입은 이 중학생은 작은 공처럼 돌돌 말은 손수건으로 계속 조심스럽게 코를 닦았다…. 온 도시를 통틀어 고독함으로 보나 책을 읽고 있는 것으로 보나 똑같이 이상한 우리 두 사람을 제외하면 여기에 앉아있을 사람이 또 누가 있겠는가? 중학생은 자신에게 맞지 않는 아주 이상한 《고대 러시아의 농민세》[26]를 읽고 있었다. 수석 사서는 〈북방의 벌〉, 〈모스크바 뉴스〉, 〈북극성〉, 〈북

---

26) 15~17세기 모스크바 공국시절에 세금을 걷기 위해 만들어진 토지소유에 대한 설명서이다.

방의 꽃〉, 푸쉬킨의 〈동시대인〉을 요청하자 이해할 수 없다는 표정으로 여러 번 날 쳐다보았다…. 나는 새 책들을 읽었고, 〈유명 인사들의 전기〉를 모두 읽었다. 나는 그들에게서 나의 지주(支柱)를 찾고자 했고, 시샘을 느끼며 그들과 나를 비교하곤 했다.

'유명 인사'라! 이 세상에는 헤아릴 수 없이 많은 시인들, 소설가들, 이야기꾼들이 있었지만 소수의 사람들만이 살아남았다. 그들의 이름은 모두 하나 같이 영원하다! 호머, 호라티우스, 버질, 단테, 페트라르크… 셰익스피어, 바이런, 셸리, 괴테… 라신느, 몰리에르… 그리고 《돈 키호테》도 《마농 레스코》도… 이 방에서 나는 처음으로 커다란 환희를 느끼며 라디시체프를 읽었던 걸 기억한다….

'나는 주위를 둘러보았고, 내 영혼은 인류의 고통으로 아프기 시작했다!'27)

저녁 무렵에 도서관에서 나와 나는 어두워져 가는 거리를 따라 조용히 걸었다. 느린 교회 종소리가 여기저기에 떨어졌다. 나 자신과 그녀와 먼 고향집에 대한 슬픔으로 괴로워하면서 나는 잠시 교회로 들어갔다. 그 누구에게도 필요 없는 뭔가가 교회 안에도 있었다. 텅 빔, 어스레함, 깜박이는 몇 자루의 초, 몇 명의 노파와 노인들. 양초 판매대 뒤에는 농부처럼 회색 머리칼을 한가운데서 가르마를 탄 신앙심이 깊은 장로가 꼼짝 않고 서서 상인처럼 엄격하게 사방을 둘러보고 있었다. 교회의 관리인이 지친 다리를 간신히 끌면서 옆으로 기울어진 채 너무 빨리 타고 있는 양초를 바르게 세워놓거나 그을음과 밀랍냄새를 퍼트리면서 다 탄 초를 불어서 껐다. 그러고 나서 그는 늙은 손바닥으로 다 탄 양초 토막과 다른 양초 토막들을 찍어눌러서 밀랍덩어리를 만들었다. 그는 이해할 수 없는 우리들의 지상의 존재와

---

27) A. N. 라디시체프(1749~1802)의 《페테르부르크에서 모스크바로의 여행》(1790)의 첫 페이지에 나오는 문장.

존재의 모든 비밀들 — 세례, 성찬식, 결혼, 장례, 매년 끊임없이 번갈아 가며 찾아오는 모든 축일과 모든 단식일 — 에 싫증나 있는 것이 분명했다. 제의(祭衣)는 입지 않고 가사(袈裟)만 걸친 이상하게 마르고 여자처럼 검소하게 머리를 늘어뜨린 맨머리의 신부가 제단의 닫힌 문을 바라보며 서 있었다. 견대(肩帶)가 늘어져 가슴에서 분리될 정도로 신부는 제단의 닫힌 문을 향해 몸을 잔뜩 구부리고 한숨을 내쉬며 목소리를 높였다.

"내 생명의 주인이신 주여 ….''

 신부의 목소리가 우울한 참회의 어스름 속에서, 슬픈 허공 속에서 울려퍼졌다. 나는 교회에서 조용히 걸어 나오면서 다시 봄기운이 서린 겨울 공기를 들이마시고 회청색의 어둠을 바라보았다. 거지가 내 앞에서 짐짓 겸손한 태도를 보이며 짙은 회색 머리를 깊이 숙였고, 손바닥을 찻종 모양으로 펴서 5코페이카를 받아 꽉 잡을 준비를 했다. 거지가 날 바라보는 순간 나는 그의 모습을 보고 깜짝 놀랐다. 거지는 만성 알코올중독자의 물기어린 하늘색 눈에 세 개의 커다랗고 잔구멍이 많은 작은 덩어리 투성이의 딸기로 이루어진 삼중의 커다란 딸기코를 하고 있었다…. 아, 나는 다시 고통스런 기쁨을 느꼈다. 정말이지 삼중의 딸기코라니!

 나는 어두워지는 하늘을 바라보며 볼호프 거리를 따라 걸어 내려갔다. 오래된 집들의 지붕 윤곽들이 하늘에서 괴로워하고 있었다. 이 윤곽에는 이해할 수 없는 매력이 있었다. 오래된 인간의 지붕, 누가 이것에 대해 썼는가? 가로등이 켜졌고, 가게의 유리창이 따스하게 빛났다. 인도를 따라 걸어가는 사람들의 모습이 거뭇거뭇해지고, 저녁이 청색 안료처럼 파래졌으며, 도시는 점점 더 달콤해지고 아늑해졌다…. 나는 마치 탐정처럼 걸어가는 사람의 등과 덧신을 관찰하고, 뭔가를 이해하고 포착하여 그 사람 속으로 들어가려고 애쓰면서 한 사람 또 한 사람을 뒤쫓았다…. 써야만 한다! '전횡과 강압과 싸우기 위하여, 억압당하고 불행한 사람들을 보호하기 위하여, 선명한 전형을 창조하기 위하여, 사회성과 동시대성과 동시대의 분위기와 흐름을 묘사하기 위하여'가 아니라 바로 저 지붕과 덧신과 등에 대해 써야만 한다!

나는 걸음을 재촉하여 오를리크 강 쪽으로 내려갔다. 저녁은 이미 밤으로 변하고 있었고, 가스 가로등이 다리 위에서 밝게 타오르고 있었다. 가로등 아래에서 사라사 무명으로 만든 찢어진 셔츠와 짧은 분홍색 속바지만을 입은 떠돌이 한 사람이 붉은 맨발로 눈 위에 똑바로 서서 허리를 구부리고 겨드랑이 밑에 두 손을 푹 찔러 넣은 채 개처럼 날 쳐다보고 온몸을 부들부들 떨면서 "나리!"하고 무뚝뚝하게 웅얼거렸다. 떠돌이는 부풀어 오른 여드름투성이의 얼굴에 흐릿하고 얼음같이 차가운 눈을 하고 있었다. 나는 마치 도둑처럼 재빨리 그를 붙잡아 내 마음속에 받아들이고 5코페이카 대신에 10코페이카를 그에게 쥐어주었다…. 삶은 참으로 끔찍한 것이다! 그러나 정말로 무서운 것일까? 아마도 삶은 '무서운 것'과는 전혀 다른 것이 아닐까? 나는 며칠 전에도 5코페이카를 부랑자에게 찔러주며 "당신이 이렇게 사는 건 정말로 무서운 일이오!"라고 순진하게 외쳤다. 부랑자가 뜻하지 않게 아주 무례하고 단호하며 악의에 찬 쉰 목소리로 내 어리석은 말에 "젊은이! 무서운 건 아무것도 없어!"라고 소리치는 것을 보아야만 했다. 다리를 지나 커다란 집의 아래층에서 소시지 가게의 유리 진열창이 눈부시게 빛났다. 진열창에는 온갖 종류의 소시지와 햄이 주렁주렁 걸려있었는데, 소시지와 햄이 밑에서 위까지 빽빽이 매달려 있는 소시지 가게의 희고 밝은 내부는 거의 보이지 않았다. '사회적 대비!'—나는 진열창의 불빛과 조명 속을 지나치면서 누군가를 괴롭히려고 하듯이 신랄하게 생각했다….

나는 모스크바 거리에 있는 마부들의 찻집에 잠시 들러서 찻집의 왁자지껄한 소음과 비좁고 김이 자욱한 온기 속에 앉아서 살찐 뻘건 얼굴들과 불그스레한 턱수염과 칠이 베껴지고 녹슨 쟁반을 바라보았다. 이 녹슨 쟁반에 받쳐서 내 온, 작은 뚜껑과 손잡이에 축축한 가는 끈이 매어진 두 개의 하얀 찻잔이 내 앞에 놓여 있었다. 민중생활에 대한 관찰이라고? 그렇지 않다. 이건 단지 이 녹슨 쟁반과 축축한 가는 끈에 대한 관찰일 뿐이다.

12

나는 이따금 기차역에 걸어가곤 했다. 승리문 너머에서 어둠이, 시골 밤의 적막함이 시작되고 있었다. 그때 나는 보이지도 않고 존재하지도 않지만, 마치 내 평생을 보낸 듯한 내 상상 속의 조그만 지방도시를 마음속으로 그려보았다. 나는 눈 덮인 넓은 거리, 눈 위의 거뭇거뭇한 초가집들, 그중 한 초가집에 켜진 붉은 불빛을 보았다…. 나는 환희에 차서 스스로에게 되뇌었다.

'그래, 그래, 바로 이렇게 써야만 해. 눈, 초가집, 초가집의 등불 ― 이 세 단어로 충분해. 더 이상 필요 없어!'

들판에서 불어오는 겨울바람에 기관차들의 비명소리와 쉭쉭거리는 소리, 그리고 먼 곳과 탁 트인 공간의 느낌으로 마음속 깊이 설레게 하는 달콤한 석탄냄새가 실려 왔다. 손님들을 태운 거뭇거뭇한 마차들이 날 향해 빠른 속도로 다가왔다. 모스크바의 우편열차가 벌써 도착한 것일까? 뷔페식당의 홀은 사람들, 불빛, 식당냄새, 사모바르로 후끈 달아오르고, 구부정한 다리에 검은 얼굴, 말처럼 우묵한 눈, 넓적한 광대뼈에 대포알처럼 둥글고 빡빡 민 푸른 머리를 한 타타르인 웨이터들이 연미복 옷자락을 펄럭이며 분주히 오가고 있다. 공용 테이블에서는 한 무리의 상인들이 양고추냉이를 곁들인 찬 용철갑상어를 먹고 있다. 모두가 크고 딱딱한, 여자 같이 샛노란 얼굴에 작은 눈을 하고 있고, 여우털 외투를 걸치고 있다…. 역전의 책 판매대는 항상 내게 큰 기쁨을 주었다. 나는 마치 굶주린 늑대처럼 수보린[28] 이 펴낸 책들의 노란색과 회색의 책(冊) 등을 천천히 살펴보면서 책 판매대를 돌아다닌다. 이 모든 것은 길과 기차를 향한 나의 영원한 갈망을 불러일으키고, 형용할 수 없는 행복을 느끼며 어딘가로 같이 여행할 수 있는 그녀에 대한 강한 그리움으로 변한다.

그래서 나는 서둘러 마차로 달려가서 시내에 있는 편집국으로 내달린다. 마음의 고통과 속도감의 이 결합은 언제나 기분이 좋다! 썰매를 타고가면서 움푹 패인 곳에서 몸을 털썩거리다가 머리를 쳐들어 달이 떠 있는 밤하늘을 본다. 흐릿하게 떠도는 겨울 먹구름 너머에서 창백한 얼굴이 명멸하며 하얗게 빛난다. 하늘 높이 떠있는 창백한 하얀 달은 모든 것에 무관심하다! 지나가는 먹구름이 창백한 달을 살짝 보여주더니 다시 창백한 달을 가린다. 창백한 달에겐 이러나저러나 상관없는 일이고, 달은 먹구름에게 전혀 관심이 없다! 나는 아픔을 느낄 정도로 머리를 뒤로 젖혀서 창백한 달에서 눈을 떼지 않고, 달이 언제 먹구름 속에서 갑자기 빠져 나와 하얗게 빛나고 달이 무엇과 비슷한지 알아내려고 계속 애를 쓴다. 죽은 사람의 하얀 마스크 같을까? 안에서부터 온통 빛을 발하고 있는데, 어떤 모습일까? 스테아린[29] 같은 것일까? 맞아, 맞아. 스테아린 같은 것이야! 나는 어딘가

---

[28] 알렉세이 세르게예비치 수보린(1834~1912)은 19세기 후반 러시아의 주요 한 출판업자이다.
[29] 양초 제조용의 경지(硬脂) 스테아린산(酸).

에서 이렇게 말해야지!

나는 현관에서 깜짝 놀란 표정의 아빌로바를 우연히 만났다.

"때마침 잘 만났네! 같이 콘서트에 가요!"

그녀는 검고 레이스를 단 뭔가를 입고 있었다. 어깨, 팔, 봉긋 솟아오른 부드러운 가슴을 드러낸 그 옷은 그녀를 더 작고 날씬하게 보이게 했다. 그녀는 미장원에서 머리를 하고 살짝 분을 발랐다. 그래서 그런지 눈이 더 빛나고 더 검게 보였다. 나는 그녀에게 털외투를 걸쳐주며 바로 눈앞에 있는 그녀의 맨살과 파마한 향긋한 머리칼에 갑작스레 입맞춤하고 싶은 것을 간신히 참았다. 온통 샹들리에로 빛나는 귀족 클럽의 홀에 있는 무대에는 수도에서 온 유명인사들이 모여 있다. 아름다운 여가수와 몸집이 큰 갈색 머리칼의 남자가수도 있다. 이 남자가수는 모든 가수들처럼 놀랍도록 넘쳐흐르는 건강미와 젊은 종마처럼 거칠고 엄청난 힘으로 관객을 놀라게 한다. 그는 커다란 발에 반짝이는 에나멜 구두를 신고, 멋지게 바느질된 프록코트와 하얀 셔츠를 입고 하얀 넥타이를 매고 있다. 그는 도전적이고 영웅적으로 용기와 용맹과 위협적인 요구를 외쳐댄다. 여가수는 때론 혼자서, 때론 그와 함께 재빨리 응답하면서 부드러운 비난, 불평, 정열적 슬픔, 황홀한 기쁨, 그리고 행복한 웃음소리 같은 장식음(裝飾音)으로 급하게 그의 노래를 가로막곤 한다….

13

종종 나는 동틀 무렵에 벌떡 일어나곤 했다. 시계를 힐끗 쳐다보고 나서 나는 아직 일곱 시가 안 된 것을 알았다. 다시 이불 속으로 들어가 온기 속에 조금 더 누워있고 싶은 마음이 간절했다. 방안의 불빛은 차갑게 잿빛을 띠고 있었고, 아직 잠들어 있는 호텔의 정적 속에서 뭔가 아주 때 이른 소리만이 들려왔다. 복도 끝 어딘가에서 복도를 담당하는 급사가 옷솔 질을 하며 단추에 옷솔을 부딪치며 내는 소리였다. 나는 오늘 하루를 또 헛되이 보낼지 모른다는 두려움에 사로잡혔고, 가능하면 빨리 책상에 앉아서 ― 오늘은 충분히 글을 써야만 한다! ― 글을 써야 한다는 초조함에 휩싸였다. 그래서 나는 그 소리가 나는 쪽으로 달려가 복도를 따라 그 쟁그랑거리는 소리를 끈질기게 쫓아갔다. 이 호텔도, 어딘가에서 옷솔 질을 하고 있는 더러운 용모의 복도 담당 급사도, 차가운 물을 얼굴로 퉁기는 빈약한 양철 세면대도 ― 이 모든 것들이 너무나 낯설고 역겨웠다! 얇은 잠옷 속의 내 젊은 야윈 몸뚱이가 너무도 애처로웠고, 바깥 창턱에 쌓인 싸락눈 위에 비둘기 한 마리가 조그만 공처럼 몸을 움츠린 채 얼어붙어 있었다!

'그래, 오늘은 바투리노로, 내 그리운 고향집으로 돌아가자!' ― 이런 즐겁고 대담한 결심으로 내 마음은 갑자기 불타오르기 시작했다. 그러나 급히 차를 마시고 옆방 ― 이 방에는 창백하고 슬픈 표정의 아름다운 여자가 여덟 살 된 아이와 함께 살고 있었다 ― 문 쪽을 향해 세면대 근처에 밀어놓은 초라한 작은 책상 위에 널려있는 몇 권의 책을 이럭저럭 정돈하고 나서, 나는 아침의 일상에 푹 빠져들었다. 나는 글을 쓸 준비를 했고, 내 안에 있는 것을 집중적으로 분석했으며,

이제 막 분명해져서 뭔가로 형성되어가는 것을 내 안에서 찾아내려고 했다…. 나는 이 순간을 기다렸지만 다시, 또 다시 일이 기다림으로만 끝나고, 흥분은 점점 커지고 손은 차갑게 굳어져서, 결국은 완전히 절망하여 시내 어딘가로, 편집국으로 도망칠 거라는 두려움을 느꼈다. 머릿속은 다시 뒤죽박죽이 되었고, 고통스럽고 아주 다양한 생각과 느낌과 표상들이 자기 멋대로 무질서하게 떠올랐다….

중요한 것은 언제나 나 자신의 개인적인 문제였다. 내가 아무리 다른 사람들에 대해 열심히 연구했다고 해도, 실제로 당시에 나는 다른 사람들에게 별로 관심이 없었던 것이다. 그때 나는 아마도 나 자신에 관한 이야기를 써야만 한다고 생각했던 것 같다. 그러나 어떻게 써야 하는가?《어린 시절》,《소년시절》[30] 같은 것을 써야 하나? 아니면 더 단순하게 써야만 하나?

"나는 언제, 어디에서 태어났다…."

그러나, 맙소사, 이건 얼마나 건조하고 너절하고 잘못된 것인가! 난 결코 이건 아니라고 느낀다! 말하기가 부끄럽고 거북하지만 내가 생각하는 건 이런 식이다.

"나는 우주에서, 무한한 시간과 공간 속에서 태어났다. 태양계라고 하는 것이 마치 언젠가 이 무한한 시공 속에서 형성되었고, 그 다음에 태양이라고 불리는 무언가가 형성되었고, 그 다음에 지구가…."

그러나 도대체 이게 무슨 의미가 있단 말인가? 공허한 단어 몇 개를 제외하고 내가 이것들에 대해 알고 있는 것이 무엇인가? 처음에 지구는 빛나는 가스 덩어리였다…. 그 후 백만 년이 지나서 이 가스 덩어리가 액체가 되었고, 그 후 이 액체가 굳어졌다. 그 후 이백만

---

[30] 톨스토이의 삼부작(《어린 시절》,《소년시절》,《청년시절》)은 러시아 최초의 반(半) 자전적 소설로 어느 정도 부닌의 《아르세니예프의 생애》의 모델이 되었다.

년이 더 지나서 지구에 해조류(海藻類)와 적충류(滴蟲類) 같은 단세포 생물들이 나타났다…. 그리고 지구상에 벌레와 연체동물 같은 무척추동물들이 나타났다…. 그리고 양서류가 나타났다…. 양서류 다음에 거대한 파충류가 나타났다…. 그 후 지구상에 혈거인(穴居人)이 나타났고, 이 혈거인이 불을 발견했다. 그 다음에 가르데야인, 앗시리아인, 피라미드를 세우고 미라를 만든 것으로 보이는 이집트인이 나타났다. 그 후 헬레스폰트[31]를 응징하라고 명령을 내린 아르탁세르크스인이 나타났다…. 페르클레스와 아스파시아, 페르모필라의 전투, 마라톤[32]의 전투…. 그러나 이 모든 일이 일어나기 오래전에 신화의 시대가 있었다. 그때 아브라함이 자기 종족들과 함께 일어나서 약속의 땅으로 갔다….

"믿음으로 아브라함은 자신에게 유산으로 남겨진 약속된 땅으로 가라는 명령을 따랐다. 그는 어디로 가는지도 모르고 갔다…."

그렇다, 어디로 가는지도 모르고! 바로 지금의 나처럼!

"믿음으로 아브라함은 명령을 따랐다…."

무엇에 대한 믿음인가? 신의 명령에 깃든 사랑스러운 자비에 대한 믿음인가?

"그는 어디로 가는지도 모르고 갔다…."

아니다, 그는 어디로 가는지 알고 갔다. 그는 어떤 행복을 향해, 즉 친절하고 좋은 것, 기쁨을 줄 수 있는 것, 달리 말해 사랑과 생명을 향해 간 것이다…. 나도 늘 이렇게, 사랑과 기쁨을 불러일으키는 것에 의지하여 살아왔다….

탁자 옆 문 너머에서 벌써 아이와 여자의 목소리가 들렸다. 세면대의 페달 삐거덕거리는 소리, 차 끓는 소리, 물 통기는 소리, "코스텐

---

31) 다르다넬레스 해협의 옛 그리스 명칭.
32) 아테네 동북방의 옛 싸움터.

카, 빵 먹으렴!"하고 아이에게 타이르는 소리도 들렸다. 나는 자리에서 일어나 방안을 서성대기 시작했다. 바로 이 코스텐카가 다시 … 코스텐카에게 차를 마시게 하고 나서 엄마는 정오까지 밖에 나가 있었다. 집에 돌아온 엄마는 석유곤로 위에서 뭔가를 만들어 아이에게 먹이고 다시 외출했다. 대체로 호텔에서 사는 아이 같이 되어버린 코스텐카를 바라보는 일은 참으로 고통 아닌 고통이었다. 코스텐카는 하루 종일 이 방 저 방을 돌아다니며 때론 이 사람, 때론 저 사람의 방을 기웃거렸다. 방안에 사람이 있으면, 코스텐카는 뭔가 조심스럽게 말을 하고 아첨하고 아양 떠는 말을 하려고 하지만 아무도 그의 말에 귀를 기울이지 않는다. 어떤 사람들은 "얘, 가라, 가. 제발 방해하지 마"라고 재빨리 말하면서 그를 쫓아낸다. 어떤 방에서 자그마한 늙은 부인이 살고 있었는데, 그녀는 매우 엄격하고 점잖았으며 다른 어떤 투숙객들보다 자신을 더 고상하다고 생각했다. 그녀는 만나는 사람이 누구건 쳐다보지도 않고 항상 복도를 걸어 다녔고, 심지어 너무 자주 화장실 문을 잠그고 화장실의 물을 '쏴' 하고 내려버렸다. 이 부인은 크고 등이 넓은 애완견을 갖고 있었다. 구즈베리 색깔의 흐리멍덩한 퉁방울눈에 추하게 틀어진 코를 한 이 애완견은 너무 먹어서 목덜미에 주름이 잡힐 정도로 살이 피둥피둥 쪘다. 또 아래턱은 남을 멸시하듯이 건방지게 앞으로 툭 튀어나왔고 두 송곳니 사이로 두꺼비 혀 같은 혀를 베어 물고 있었다. 애완견은 보통 신중하고 파렴치한 표정 말고는 언제나 무표정한 낯짝을 하고 있었지만 극도로 신경질적이었다. 누군가에 의해 방에서 쫓겨난 코스텐카가 복도에서 우연히 이 애완견과 부딪히면, 그 즉시 이 개는 목구멍에 뭐가 걸리기라도 한 것처럼 캑캑대고 목쉰 소리로 그르렁거리다가 분노에 차서 미친 듯이 악을 쓰며 짖어댔고, 코스텐카는 이 악다구니에 병적으로 흥분하여 비명을 질러댔다.

다시 책상에 앉아서 나는 삶의 진부함에도 불구하고 그 고통스러운 복잡성과 초라함 때문에 고통을 느꼈다. 이제 나는 코스텐카나 이런 종류의 것들에 대해 뭔가 말하고 싶었다. 예컨대 니쿨리나의 여인숙에서 일주일쯤 살면서 일했던 중년의 여자 재봉사에 관해 말하고 싶었다. 그녀는 헝겊조각들을 잔뜩 쌓아놓은 책상 위에서 뭔가를 재단하고 시침질한 것을 재봉틀로 드르륵드르륵 박기 시작했다…. 그녀는 재단할 때, 가위질을 하면서 항상 커다란 마른 입을 비틀었고, 니쿨리나에게 뭔가 계속 재미있는 소리를 하려고 애쓰면서 사모바르의 차를 마시는 걸 매우 즐겼다. 또 짐짓 활기찬 수다로 니쿨리나를 지치게 하면서 마치 무의식중에 그런 것처럼 흰 빵 조각이 담긴 바구니에 작업하는 커다란 손을 뻗었고, 잼이 든 유리통을 힐끔힐끔 곁눈질하곤 했다! 그런 그녀의 모습은 지켜볼 만했다.

며칠 전 카라체프 거리에서 만났던 목발을 잡은 절름발이 여자는 어떨까? 절름발이와 꼽추는 모두 불손하고 거만하게 걸어 다닌다. 그런데 이 절름발이 여자는 두 손으로 검은 목발을 잡고 날 향해 수줍게 걸어왔다. 그녀는 목발에 의지하여 어깨를 들썩이며 일정한 걸음걸이로 절룩거리면서 날 빤히 쳐다보았다. 겨드랑 밑으로 검은 목발 손잡이가 불룩 튀어나와 있었다. 그녀의 털외투는 소녀의 털외투처럼 짧았고, 검은 갈색 눈 역시 소녀의 눈처럼 영리하고 맑고 순수했다. 그녀의 눈은 이미 인생의 모든 것을 알고 있고, 인생의 슬픔과 비밀을 다 알고 있는 듯했다…. 어떤 불행한 사람들, 그들의 얼굴과 눈은 얼마나 아름다운가! 그들의 얼굴과 눈 속엔 그들의 영혼이 고스란히 반영되어 있다!

잠시 후 나는 다시 내 인생을 어떻게 쓰기 시작할 것인지 생각을 집중하려고 애를 썼다. 정말로 어떻게 시작할 것인가! 우선 어느 순간에 내가 태어난 이 우주에 대해서, 그게 아니면 최소한 러시아에 대해서 써야만 한다. 다시 말해 내가 어떤 나라에 속하고, 어떤 인생의 결과로 이 세상에 태어났는지 독자들이 이해하도록 해야만 한다. 그러나 이것에 대해 난 무엇을 알고 있나? 예부터 내려오는 슬라브인들의 생활, 슬라브 종족들의 반목…. 키가 크고 머리칼이 붉은 슬라브인들은 용감하고 손님접대가 유별나고 태양과 천둥과 번개를 숭배했으며 숲귀신, 루살카, 물귀신, '대체로 자연의 힘과 현상'을 존경했다…. 그리고 더 무엇을 알고 있나? 공후들의 호소, 블라지미르 공후에게 보내 온 콘스탄티노플의 대사들, 전민족의 애도 속에 천둥의 신 페룬을 드네프르강으로 몰아낸 것…. 현자 야로슬라브, 그의 아들들과 손자들 사이의 불화, 커다란 둥지 프세볼로드…. 뿐만 아니라 나는 오늘날의 러시아에 대해서도 알지 못한다! 분명히 지주들이 해체되고 있고, 농민들은 굶주리고 있다. 젬스트보의 관리들, 헌병들, 경찰들, 작가들의 말에 따르면 대가족을 부양하느라 언제나 힘들어하는 시골의 성직자들도 있다…. 또 무엇이 있나? 여기 러시아의 가장 오래된 도시들 중의 하나인 오룔도 있다. 하다못해 오룔의 생활이나 오룔에 사는 사람들에 대해 배웠으면 좋았으련만. 내가 알고 있는 게 무엇인가? 거리들, 마부들, 바퀴자국이 난 눈길, 가게들, 간판들, 온통 간판들… 대주교, 현지사… 거대한 몸집에 미남이자 짐승 같은 경찰서장인 라셰프스키… 오룔의 자랑이자 오룔의 거장들 중 하나이며 예로부터 러시아에서 유명한 완고한 괴짜들 중의 하나인 팔리친도 있다. 그는 늙었고 오래된 가문 출신으로 악사코프[33]와 레스코프[34]의 친구이고, 통나무로 만든 벽을 희귀한 성상화로 장식한 고

---

33) 이반 세르게예비치 악사코프(1823~1886) : 우파 지방의 나제뉘노에서 태어난 슬라브주의자, 저널리스트, 작가.
34) 니콜라이 세묘노비치 레스코프(1831~1895) : 오룔 부근의 고로호보 마을에서 태어난 러시아의 작가.

대러시아의 궁전 같은 곳에서 살고 있다. 그는 다채로운 색깔의 염소 가죽으로 꿰맨 헐렁한 카프탄을 입고 머리를 짧게 친 채 걸어 다닌다. 투박한 얼굴에 가는 눈을 한 그는 빈틈없고 소문에 의하면 아주 박식하다…. 나는 이 팔리친이라는 사람에 대해 무엇을 더 알고 있는가? 전혀 없다!

그러나 나는 다시 분노에 사로잡혔다. 왜 나는 뭔가를 그리고 누군가를 완전하게 알아야만 하는가? 왜 내가 아는 대로 그리고 느끼는 대로 써서는 안 된단 말인가! 나는 다시 벌떡 일어나 자신의 분노를 즐기면서, 마치 구원이라도 받은 것처럼 분노를 부여안고 이리저리 걷기 시작했다…. 나는 불현듯 지난봄에 갔던 스뱌토고르스키 수도원과 도네츠 강둑에 우뚝 선 수도원 담벼락 주위를 거닐던 다민족 출신의 순례자 집단과 새내기 수사(修士)를 눈앞에 그려보았다. 나는 그날 밤을 수도원 어딘가에서 지내게 해달라고 공연히 조르면서 수도원 마당에서 이 새내기 수사 뒤를 쫓아다녔다. 새내기 수사는 어깨를 움찔하면서 두 손과 두 발과 머리칼과 법의 밑에 입는 긴 옷자락을 휘날리며 내게서 달아났다. 아주 가늘고 유연한 허리를 가진 그는 젊음이 넘쳤다. 그는 온통 주근깨투성이의 얼굴에 깜짝 놀란 녹색 눈, 몹시 더부룩하고 부드러운 연한 황금빛 곱슬머리를 하고 있었다…. 그리고 나서 나는 드네프르강을 따라 끝없이 항해했던 것 같은 봄날을 떠올렸다…. 그리고 초원 어딘가에서의 새벽…. 딱딱한 좌석과 아침의 한기로 온몸이 꽁꽁 얼어붙은 채 기차의 딱딱한 좌석에서 깨어나 수증기 때문에 하얗게 언 유리창 너머로 아무것도 볼 수 없었던 일을 떠올렸다. 그때 기차가 어디쯤 가고 있는지 전혀 알 수 없었다! 나는 이 불명확성이 참으로 매혹적이라고 느꼈다…. 아침의 예민한 감정을 느끼며 나는 자리에서 벌떡 일어나 창문을 열고 창밖으로 몸을 내밀었다. 하얀 아침, 짙은 하얀 안개가 자욱했고, 봄날 아침과 안개냄새가 풍겼다. 기차가 빠른 속도로 달렸기 때문에 하얀 안개가 마치 축축한 세탁물로 내 얼굴과 손을 때리는 듯했다.

14

어느 날 나는 웬일로 평소에 일어나는 시간을 지나서까지 늦잠을 잤다. 잠에서 깨어나서도 나는 계속 누운 채로 평상시와는 다른 평화롭고 맑은 마음과 정신 그리고 주변에 있는 모든 것들의 사소함과 단순함을 느끼면서 맞은 편 창문을, 겨울날의 고르고 하얀 빛을 바라보았다. 나는 방이 몹시 가볍고 나보다 훨씬 더 작으며, 나와는 전혀 아무런 상관이 없다고 느끼면서 오랫동안 그렇게 누워 있었다. 잠시 후 나는 자리에서 일어나 몸을 씻고 옷을 입었다. 그리고 나의 싸구려 철침대 머리맡에 걸려있는 작은 성상에 습관적으로 성호를 그었다.

지금 그 성상은 아주 놀랍게도 내 침실에 걸려 있다. 검은 황록색의 매끄러운 이 성상은 오래되어 딱딱하게 굳어진 나무 판때기로 거친 은테 속에 들어 있었다. 불룩 튀어나온 은테는 아브라함의 식탁에 앉아 있는 세 천사들을 의미했다. 동양인처럼 거칠고 꺼칠꺼칠한 세 천사들의 얼굴이 은테의 둥근 구멍을 통해 검붉게 빛나고 있었다. 이 성상은 어머니 쪽 가계에서 대대로 전해 내려온 것으로, 수도승 생활과 비슷한 내 어린 시절, 소년시절, 청년시절의 첫 시기를 벗어나 세계로 나올 무렵에 내 인생길을 축복하기 위해 어머니가 내게 주신 것이었다. 내 세속적인 존재의 쓸쓸하고 소중했던 이 모든 시절이 지금은 내게 아주 특별하고 신비하며 환상적인 시기로 생각되고, 오랜 시간이 지나면서 마치 나로부터 멀리 떨어져 있는 그 무엇, 심지어 나와는 전혀 무관한 생활로 변해버린 것 같았다⋯.

성상에 성호를 긋고 나서, 나는 누워서 생각해 둔 물건을 사러나갔다. 길을 가면서 나는 전날 밤에 꾸었던 꿈을 떠올렸다. 사육제 기간이었다. 나는 다시 로스토프체프에서 아버지와 살면서 아버지와 함께 서커스를 보러 가서 여섯 마리의 작고 검은 조랑말들이 뛰어다니고 있는 무대를 바라보고 있었다⋯. 조랑말들은 모두 조그만 구리 안장에 작은 방울을 화려하게 달고 있었고, 아주 단단히 입에 재갈이 물려 있었다. 붉은 벨벳 말고삐가 안장에 너무 팽팽하게 매어져 있어서 말고삐가 조랑말의 살찐 짧은 목을 압박했는데, 목 주변에는 짧게 깎은 갈기가 검은 솔처럼 삐죽 솟아나 있었다. 이마 갈기에는 붉은 깃털이 삐죽 나 있었다⋯. 조랑말들은 검은 머리를 화난 듯이 고집스럽게 숙이고 작은 방울을 쟁강쟁강 울리면서 속보로 나란히 사이좋게 달렸다. 조랑말들은 털색과 크기도 완벽하게 조화를 이루었고, 하나같이 등짝이 넓고 다리가 짧았다. 조랑말들은 실컷 뛰어 돌아다니다가 갑자기 멈추어서 재갈을 물어뜯고 이마의 깃털을 흔들어댔다⋯. 프록코트를 입은 조련사는 조랑말들이 결국 무릎을 꿇고 관중들에게 인사할 때까지 오랫동안 소리치고 채찍질을 해댔다. 조랑말들이 허리 굽혀 관중들에게 인사한 후, 마치 신나는 질주처럼 갑자기 터져 나온 음악이 마치 조랑말들을 추적하듯이 무대 주변으로 말들을 일렬로 내몰았다⋯. 나는 문방구점으로 들어가 검은 방수포로 장정한 두꺼운 노트를 사고 집으로 돌아와 차를 마시며 생각했다.

'그래, 충분하다. 앞으로 어떤 선입견이나 주장 없이 그냥 책을 읽고 이따금 이것저것을 짧게 적어 둘 것이다. 온갖 생각과 느낌과 관찰들을⋯.'

나는 펜촉에 잉크를 찍어서 '알렉세이 아르세니예프. 기록'이라고 공을 들여 분명하게 적어 놓았다.

  그러고 나서 나는 무엇을 쓸지 생각하면서 오랫동안 앉아서 방안을 담배연기로 가득 채웠다. 그러나 고통을 느끼진 않았고 그저 슬프고 평온했다. 마침내 나는 쓰기 시작했다.

"유명한 톨스토이주의자인 N공작이 편집국에 들러서 툴라의 굶주리는 사람들을 위한 모금과 경비에 대한 자신의 보고서를 실어달라고 요청했다. 그는 자그마하고 아주 뚱뚱한 사람이다. 카프카스 장화와 비슷한 부드러운 장화, 카라쿨 양털로 만든 모자, 카라쿨 양털 칼라를 단 코트 — 모든 것들이 오래되고 닳았지만 비싸고 깨끗했다 — 작은 가죽 띠로 잡아 맨 부드러운 회색 블라우스, 가죽 띠 아래 둥글게 튀어나온 배 그리고 금으로 만든 코안경. 그는 매우 겸손한 태도를 취했지만 나는 그의 단정하고 매끈한 젖빛 얼굴과 차가운 눈이 아주 마음에 들지 않았다. 물론 나는 톨스토이주의자가 아니다. 그러나 나는 모든 사람들이 생각하는 그런 사람은 절대 아니다. 나는 삶과 사람들이 아름다워지고 사랑과 기쁨을 불러일으키길 원한다. 나는 이것을 방해하는 것을 증오한다."

"최근에 나는 볼호프 거리를 따라 걸었다. 해가 지고 얼어붙은 서쪽 하늘이 맑게 개어 있고, 투명하고 차가운 녹색 하늘에서 비치는 밝은 저녁빛이 도시 전체를 비추고 있었다. 이 저녁빛에 감도는 이해할 수 없는 우수를 표현하기는 불가능했다. 누더기를 걸치고 추위에 얼굴이 파래진 늙은 샤르만카 연주자가 낡은 샤르만카의 피리 같은 속삭임으로, 다양한 변주로, 목쉰 소리로 그리고 이 속삭임과 목쉰 소리에서 터져 나오는 낭만적인 멜로디로 얼어붙은 저녁을 가득 채우고 있었다. 그것은 꿈같은 것 그리고 무언가에 대한 후회로 영혼을 고통스럽게 만드는 멀고 먼 낯선 땅의 오래된 멜로디였다 ….”

"나는 어디서나 우수와 공포를 느낀다. 내가 2주 전에 본 것이 지금까지도 눈앞에 선하다. 그때도 저녁이었는데 어둡고 음산했다. 나는 우연히 자그마한 교회에 들러 설교대 옆 어둠 속, 바닥 가까이에서 타고 있는 양초를 보았다. 나는 양초에 다가가 그 자리에서 얼어붙었다. 어린아이의 관(棺) 머리에 붙인 양초 세 개가 종이 레이스로 가장자리를 장식한 작은 장밋빛 관과 그 관 속에 누워있는 거무스름한 얼굴에 이마가 넓은 아이를 슬프고 희미하게 비추고 있었다. 만약 아이의 작은 얼굴이 사기(砂器)처럼 반들거리지 않고, 부어오른 감긴 눈꺼풀과 세모난 작은 입에 연보랏빛 색조가 없었다면, 만약 누워있는 아이의 모습에 어린 고독, 이 세상의 모든 것과 무관한 평온하고 영원한 고독이 없었다면, 아이가 그저 잠자고 있다고 생각했을 것이다!"

"나는 두 편의 단편을 써서 발표했지만, 이야기의 모든 것이 위선적이고 불쾌하다. 하나는 내가 만난 적도 없고 실제로 불쌍히 여기지도 않는 굶어 죽는 농부에 대한 이야기이고, 다른 하나는 지주의 파산에 관한 평범한 테마로 역시 지어낸 이야기이다. 그러나 나는 가난한 지주 R의 집 앞에서 자라는 커다란 은색 포플러와 지주의 서재에 있는 책장 위에 놓인 움직이지 않는 박제된 매에 관해 쓰고 싶다. 박제된 매는 얼룩덜룩한 갈색 날개를 활짝 편 채 노란 유리로 만든 반짝이는 눈으로 항상 아래를 내려다보고 있다. 만일 내가 파산에 관해 쓴다면 나는 파산의 시적 요소만을 묘사하고 싶다. 척박한 대지, 어떤 저택의 황폐한 잔재, 정원, 하인들, 말들, 사냥개, 노인과 노파, 즉 '늙은 지주들'을 그리고 싶다. 그들은 젊은 지주들에게 앞방을 넘겨주고 뒷방에서 살고 있다. 이 모든 것이 슬프고 애처롭다. 나는 이 '젊은 지주들'이 어떤 사람들인가에 대해 말하고 싶다. 그들은 아직도 자신들이 진짜 귀족이고 고결하고 유일한 최상의 계급이라고 생각하고 있는 일자무식의 게으름뱅이들이고 거지들이다. 챙 달린 귀족 모자, 앞가슴이 비스듬히 터진 남자의 루바쉬카, 폭 넓은 바지, 부츠…. 젊은 지주들은 모이기만 하면 곧 술을 마시고 담배를 피우고 자랑을 늘어놓는다. 그들은 오래된 샴페인 잔으로 보드카를 마시고 큰소리로 웃어대면서 총에 공포탄을 장전한 후 타고 있는 초를 향해 발사하여 촛불을 끈다. 젊은 지주들 중 하나인 P라는 지주는 다 무너진 저택을 버리고 오랫동안 방치된 물방앗간으로 아예 이사를 가서 코가 완전히 주저앉은 정부(情婦)인 한 아낙과 살고 있다. 이 지주는 두꺼운 판자나 짚더미 위에서 아낙과 잠을 자거나 '정원에서', 즉 오두막 근처의 사과나무 아래에서 잠을 잔다. 깨진 거울 조각이 하얀 구름을 비추면서 사과나무 가지 위에 걸려있다. 지주는 앉아있다가 그냥 심심해서 물방앗간 근처의 웅덩이에서 놀고 있는 농부의 오리에게 돌을 던진다. 돌을 던질 때마다 오리들은 갑자기 꽥꽥 무서운 소리를 내지르며 떼를 지어서 물 위로 쏜살같이 달아난다."

"우리 집의 옛날 농노로 늙고 눈이 먼 게라심이 있었다. 그는 모든 소경들처럼 마치 무슨 소리에 귀를 기울이고 있듯이 얼굴을 들고, 지팡이로 직감에 따라 길을 더듬거리면서 걸어 다녔다. 게라심은 마을 끝에 있는 작은 오두막에서 메추라기 한 마리와 홀로 외롭게 살고 있었다. 메추라기는 나무 내피로 만든 새장 안에서 항상 버둥대면서 아마포를 댄 새장 윗부분으로 튀어 올랐고, 매일 윗부분에 머리를 부딪쳐 대머리가 되었다. 게라심은 아무것도 볼 수 없었지만 여름날 새벽에 늘 메추라기를 잡으러 들판을 돌아다니며 그의 얼굴을 스치는 훈

풍을 타고 들판에 퍼지는 메추라기들의 점호(点呼)를 즐겼다. 메추라기가 그물을 향해 점점 더 가까이 다가오고 일정한 시간이 지난 후 더 세고 더 크게, 새잡이가 볼 때 더 무섭게 날갯짓을 할 때 심장이 멎는 듯한 그 순간보다 더 달콤한 것은 이 세상에 아무것도 없다고 게라심은 말하곤 했다. 바로 그가 사심 없는 진짜 시인이었다!"

15

나는 아침을 먹으러 편집국으로 가고 싶지 않았다. 나는 모스크바 거리에 있는 선술집으로 가서 청어를 안주삼아 보드카 몇 잔을 마셨다. 접시에 놓인 쪼개진 청어 대가리를 보면서 나는 생각했다.
'이것도 적어놓아야지. 청어는 파란 조개의 뺨을 갖고 있다.'
그러고 나서 나는 작은 프라이팬에 담긴 셀랸카[35]를 먹었다. 사람들은 많지 않지만 부침개와 튀긴 빙어 냄새가 났고 아래층 홀에는 탄내로 가득했다. 하얀 상의를 걸친 웨이터들이 허리를 구부리고 머리를 뒤로 젖힌 채 춤을 추듯이 뛰어다녔다. 모든 점에서 러시아 정신의 모범처럼 보이는 주인은 카운터 뒤에서 멋진 자세를 취하고 오래전부터 몸에 밴 엄격하고 경건한 자신의 역할을 하면서 웨이터들을 한 사람씩 곁눈질로 유심히 쳐다보고 있었다. 작은 까마귀를 닮은, 검은 옷을 입은 작달막한 수도사들이 고리가 달린 무거운 구두를 신고 소상인들이 앉아있는 테이블 사이를 조용히 걸어 다니며 몸을 굽혀 인사하면서 표지에 은색 십자가를 두른 검정 색깔의 작은 책을 내밀었다. 소상인들은 눈살을 찌푸리며 지갑에서 가장 더럽고 찌그러

---

[35] 양배추, 생선, 소시지 등을 넣어 끓여 만든 향긋한 음식.

진 코페이카 몇 닢을 꺼냈다…. 이 모든 것들이 내 꿈의 연장 같아 보였다. 나는 보드카, 셀랸카 그리고 어린 시절의 추억을 홀짝홀짝 마시면서 막 울고 싶은 기분을 느꼈다….

집으로 돌아오자마자 나는 자리에 누워 잠이 들었다. 나는 슬픔을 느끼고 무언가에 대해 후회하면서 어스름한 저녁에 잠에서 깨어나 머리칼을 빗으며 거울을 들여다보았다. 나는 불필요하게 길고 부자연스런 머리칼을 언짢게 느끼고 이발소로 갔다. 이발소에는 두개골이 앙상하고 귀가 튀어나온 작달막한 어떤 사람이 흰 가운을 입고 박쥐처럼 앉아있었다. 이발사는 그 사람의 윗입술과 뺨에 비누거품을 아주 두껍고 넉넉하게 발랐다. 이발사는 비누거품이 묻은 부분을 면도기로 능숙하게 밀어낸 후, 다시 비누거품을 약간 바르고 면도를 했다. 이번에는 면도날을 아래쪽에서부터 대충 짧게 휙휙 움직이면서 밀어댔다. 이 박쥐 같은 남자는 안짱다리로 엉거주춤 일어나서 가운을 잡아당기고 허리를 굽히며 빨갛게 얼굴을 붉혔다. 그는 한 손으론 가운을 가슴에 갖다 대고, 다른 한 손으론 빨개진 얼굴을 씻기 시작했다.

"향수를 뿌려드릴까요?"

이발사가 물었다.

"그래요."

박쥐 같은 남자가 말했다.

이발사는 향수 스프레이를 칙칙 뿌리고 박쥐 같은 남자의 축축한 뺨을 작은 수건으로 가볍게 두드렸다.

"다 됐습니다."

이발사는 하얀 가운을 벗기면서 절도 있게 말했다. 자리에서 일어난 박쥐 같은 남자의 큰 귀가 달린 커다란 머리에 넓고 갸름한 붉은 가죽 빛 얼굴, 면도한 후 젊은이의 눈처럼 빛나는 두 눈, 시커먼 구멍 같은 입 등이 아주 무시무시해 보였다. 그는 작달막한 키에 널찍한 어깨, 거미 같이 짧은 몸통, 타타르인처럼 굽고 가는 다리를 가지고 있었다. 이발사에게 팁을 찔러 준 후, 그는 멋진 검은 코트에 중산모자를 쓰고 시가에 불을 붙이며 밖으로 나갔다. 이발사는 날 바라보며 말했다.

"저 사람이 누군지 아세요? 최고의 부자인 상인 예르마코프예요. 저 사람이 항상 팁을 얼마나 주는지 아세요? 자, 보세요."

그는 즐겁게 웃으면서 손바닥을 펴 보였다.

"정확히 2코페이카죠!"

잠시 후에 나는 습관대로 거리를 따라 이리저리 걸어 다녔다. 나는 우연히 교회를 발견하고 그 안으로 들어갔다. 나는 외롭고 슬프면 교회로 들어가는 습관이 있었다. 교회 안은 밝게 타오르는 촛불로 따뜻했고, 슬픈 듯하면서도 즐거운 분위기였다. 한 묶음의 초들이 성서 낭독대 부근의 긴 촛대 위에서 활활 타오르고 있었다. 성서 낭독대 위에는 가짜 루비를 박은 구리 십자가가 놓여 있었고, 구리 십자가 앞에 신부들이 서 있었다. 신부들은 "주님의 십자가를 경배합니다, 주여 …" 하며 슬프고 감동어린 목소리로 읊조렸다. 교회 입구 옆 어스름 속에 긴 농민 외투를 입고 가죽 덧신을 신은 커다란 몸집의 노인이 서 있었다. 늙은 말처럼 거칠고 튼튼한 이 노인은 누군가에게 설교하는 듯한 딱딱한 음성으로 신부의 노래를 낮고 둔탁하게 되뇌었다. 성찬대 부근에 모여 있는 사람들 가운데 맨 앞에서 황금빛 촛불의 따스한 빛을 받고 있는 순례자 한 사람이 서 있었다. 그는 퀭하게 마른 모습이었다. 성상화의 인물처럼 이목구비가 뚜렷하고 어둡고 한쪽으로 기울어진 얼굴은 길고 검은 머리채에 가려서 거의 보이지 않았다. 그의 머리채는 여자나 수도승의 그것처럼 뺨에 원시적으로 드리워져 있었다. 그는 오랫동안 닳아서 반짝반짝 빛나는 긴 나무 지팡이를 왼손으로 꼭 잡고 있었고, 가죽으로 만든 검은 자루를 어깨에 메고 있었다. 그는 모든 사람들로부터 떨어져서 혼자 꼼짝하지 않고 서 있었다. 나는 그를 바라보았다. 조국 러시아, 러시아의 모든 어두운 옛날에 대해 견딜 수 없이 가슴 벅차오르는 달콤하고 슬픈 감정 때문에 다시금 내 눈에 눈물이 고였다. 누군가 뒤에서 양초로 내 어깨를 밑에서부터 가볍게 두드렸다. 나는 뒤돌아보았다. 내 뒤에서 낡은 외투를 입고 커다란 숄을 두른 노파가 허리를 굽히고 있었는데, 성한 이빨 하나가 노파의 잇몸에 붙어 있었다. "도련님, 십자가에!" 나는 즐겁고 겸손한 마음으로 손톱이 푸르스름한, 노파의 차갑고 생기 없는 손에서 양초를 받아들고 눈부신 촛대 쪽으로 걸음을 옮겼다. 나는 서투른 동작을 부끄러워하면서 다른 초들 사이에 그 초를 간신히 세워놓고 갑자기 '떠나가야겠다!'고 생각했다. 나는 뒤로 물러나 십자가에 절을 한 후, 교회의 사랑스럽고 포근한 빛과 온기를 뒤로 한 채 빠르고 조심스럽게 출입구의 어둠 속으로 걸어 나왔다. 교회 입구에서 음울한 어둠과 위쪽 어디선가 윙윙대는 바람이 날 맞이했다…. '가리라!' 나는 모자를 쓰면서 스몰렌스크로 가리라 결심한 후, 혼잣말로 다짐했다.

왜 스몰렌스크로 가는가? 나는 오랫동안 부랸스크, 부르인스크의 숲, 부르인스크의 강도들에 대해 꿈꾸어 왔다…. 나는 어느 골목에 있는 술집으로 들어갔다. 어떤 고약한 젊은이가 술집의 한 테이블에 앉아서 고개를 떨어뜨리고 술 취한 체하면서 러시아인들이 좋아하는 역할 ― 자신의 파멸을 한탄하기 ― 을 하며 소리치고 있었다.

"난 치명적인 실수를 해서 감옥에 들어갔다!"

다른 테이블에서 검은 콧수염이 듬성듬성 난 누군가가 머리를 뒤로 젖히고 혐오스럽게 젊은이를 쳐다보았다. 긴 목, 목의 얇은 피부 밑에서 움직이는 뾰족하고 커다란 목젖으로 보아 그는 도둑이었다. 카운터 옆에는 비쩍 마른 다리에 착 달라붙은 초라한 드레스를 입은 술취한 키 큰 여자가 비틀거리고 있었는데, 세탁부 같았다. 그녀는 바텐더에게 누군가의 비겁한 행위를 증명하려고 애쓰면서 유리처럼 반짝이고, 가늘고 닳아빠진 손가락으로 카운터를 두드렸다. 보드카가 담긴 작은 커트 글라스가 그녀 앞에 놓여 있었다. 그녀는 이따금 보드카 잔을 집어 들었지만 마시진 않고 다시 그 잔을 내려놓았다. 그리고 다시 손가락으로 카운터를 두드리며 계속 말했다. 나는 맥주를 마시고 싶었지만 술집의 부패한 공기냄새가 너무 지독하고 램프가 너무 희미하게 타고 있었다. 얼어붙은 작은 창문턱에서, 거기에 놓여있는 썩은 걸레에서 물이 흐르고 있었다….

유감스럽게도 아빌로바의 집 식당에는 손님들이 있었다.
"아! 우리 친애하는 시인! 서로들 모르시나요?"
아빌로바가 말했다. 나는 아빌로바와 인사를 나누고 손님들에게 인사했다. 아빌로바 옆에는 주름투성이의 늙은 신사가 앉아있었다. 그는 갈색으로 물들인 잘 다듬어진 콧수염을 기르고, 정수리에 갈색 가발을 쓰고 있었다. 그리고 하얀 비단조끼에 검은 모닝코트를 입고 있었다. 그는 재빨리 일어나서 아주 정중하고 나이에 비해 놀라울 정도로 유연한 몸짓으로 내게 인사했다. 모닝코트의 앞섶은 검은 끈으로 둘러져 있었는데, 나는 늘 이것이 매우 마음에 들었다. 그래서 나는 모닝코트를 입은 사람들을 부러워했고 모닝코트를 몹시 입고 싶어 했다. 식탁 한가운데에는 아주 능숙하게 쉬지 않고 말을 해대는 부인이 앉아있었다. 그녀는 마치 바다표범의 앞발 같은 단단하고 통통한 손을 내게 내밀었다. 그녀가 한 손을 올려놓은 반들반들한 쿠션 위에 장갑의 솔기가 남긴 톱니모양의 흔적이 보였다. 그녀는 재치 있고 빠르게 약간 숨을 헐떡이며 말했다. 그녀는 전혀 목이 없었고, 특히 뒤쪽, 겨드랑이 부근이 상당히 뚱뚱했다. 코르셋으로 조인 허리는 돌처럼 둥글고 딱딱했다. 그녀는 연기같이 뿌연 잿빛 모피를 어깨에 걸치고 있었다. 모피냄새와 그녀가 사용하는 달콤한 향수냄새, 그녀의 모직 드레스와 따스한 몸에서 나는 냄새가 뒤섞여서 매우 답답했다.

손님들은 열 시에 자리에서 일어나 듣기 좋은 말을 잔뜩 늘어놓고 가버렸다. 아빌로바가 웃음을 터트리며 말했다.

"오, 마침내 갔네! 잠시 내 방에 가서 앉아있어요. 여긴 창문을 열어놔야 하니까⋯. 그런데 무슨 일이 있어요?"

그녀는 날 부드럽게 책망하면서 내게 두 손을 뻗었다. 나는 그녀의 손을 쥐고 대답했다.

"난 내일 떠날 겁니다⋯."

그녀는 깜짝 놀라며 날 힐끗 쳐다보았다.

"어디로?"

"스몰렌스크.36)"

"왜죠?"

"난 더 이상 이렇게 살 수 없어요⋯."

"근데 왜 스몰렌스크죠? 자, 앉아요⋯. 난 전혀 이해할 수 없네요."

우리는 줄무늬 무명천으로 만든 여름용 커버를 씌운 소파에 앉았다.

"여기 이 무명천 보이죠? 기차의 객실 의자에 씌운 무명천. 나는 이 무명천조차도 편안한 마음으로 볼 수 없어요. 떠나고 싶은 생각이 들게 하거든요."

그녀는 소파에 더 깊숙이 앉았고 그녀의 다리가 내 앞에 놓였다.

"그런데 왜 스몰렌스크죠?"

이해할 수 없다는 눈으로 날 바라보면서 그녀가 물었다.

---

36) 서부 러시아에 있는 스몰렌스크 주의 수도. 이 유서 깊은 도시는 모스크바에서 350마일 정도 떨어져 있고, 당시엔 인구가 약 4만 명 정도였다.

"그 다음에 비텝스크37) … 그리고 폴로츠크38) …."

"왜요?"

"모르겠어요. 무엇보다 스몰렌스크, 비텝스크, 폴로츠크란 단어들이 아주 맘에 들어서 …."

"아니, 농담하지 말고요."

"농담이 아닙니다. 어떤 단어들은 울림이 좋다는 걸 정말 모르나요? 옛날에 스몰렌스크는 항상 불타고 있었고, 늘 포위되어 있었어요…. 심지어 난 스몰렌스크가 고향처럼 느껴져요. 한 번은 스몰렌스크에 무시무시한 화재가 일어나서 우리 가문의 문서들이 불타버렸어요. 그래서 우린 엄청난 유산권과 가문의 특권을 상실했지요…."

"오, 갈수록 태산이네! 당신은 그녀가 아주 그리운 거죠? 그녀가 편지하지 않나요?"

"아뇨. 문제는 그게 아니에요. 오룔에서의 생활 전부가 내 맘에 안 들어요. '떠도는 사슴은 자신의 방목지를 안다 ….' 글을 쓰는 것도 아주 절망적이에요. 아침 내내 앉아있지만 머릿속에는 잡생각만 들고 마치 미친놈 같아요. 난 뭘 위해 살고 있을까? 내 고향 바투리노에는 가게 주인의 딸이 있는데, 이미 시집가는 걸 포기하고 날카롭고 악의에 찬 관찰력으로 살고 있답니다. 나도 그렇게 살고 있어요."

"당신은 정말 아직도 어린애군요!"

그녀는 부드럽게 말하고 내 머리칼을 쓰다듬었다.

"단지 하급생물들만 빠르게 발달해요. 그리고 어린애 아닌 사람이

---

37) 비텝스크 주의 수도로 모스크바에서 500마일 정도 떨어져 있다. 11세기에 건립된 오래된 도시이다. 19세기 후반에는 약 6만 명의 인구 중 절반이 유태인이었다.

38) 폴로츠크 공국의 이전 수도로 11~13세기에 주요한 도시였다. 19세기 말엽에는 자주 곤경에 처했는데, 당시 인구는 약 2만 명 정도였다.

누가 있어요? 한 번은 옐레츠크 지역재판소 위원과 오룔로 기차를 타고 갔는데, 스페이드의 왕처럼 존경스럽고 진지한 사람이었죠. 그 사람은 〈새 시대〉를 읽으면서 오랫동안 앉아있다가 자리에서 일어나 나가더니 사라져버렸어요. 난 걱정이 되어서 밖으로 나가 객차 끝에 있는 플랫폼으로 나가는 문을 열었지요. 덜컹대는 기차 소리 때문에 그는 내가 오는 소릴 듣지 못했고 날 보지도 못했어요. 그런데 내가 뭘 봤는지 알아요? 그는 기차바퀴 소리에 맞추어 다리를 무모하게 휘저어대며 용감하게 춤을 추고 있었어요."

그녀는 눈을 들어 날 바라보더니 갑자기 의미심장하게 나직이 물었다. "같이 모스크바에 가고 싶지 않아요?"

내 마음속에서 뭔가가 무섭게 전율했다…. 나는 얼굴을 붉혔고, 그녀의 제안을 거절하면서 고맙다고 웅얼댔다…. 지금까지도 나는 커다란 상실의 아픔을 느끼며 그 순간을 떠올리곤 한다.

16

다음 날 밤을 나는 이미 텅 빈 3등실 객차에서 보내고 있었다. 나는 완전히 혼자였고, 다소 무섭기까지 했다. 흐린 등불 빛이 나무의자 위에서 흔들거리며 슬프게 떨었다. 나는 검은 창문 앞에 섰다. 보이지 않는 창문 구멍을 통해 차갑고 매서운 바람이 들어왔다. 나는 얼굴로 내리쬐는 불빛을 두 손으로 가리고 밤의 어둠과 숲을 긴장해서 바라보았다. 수천 마리의 붉은 벌들이 떼를 지어 몰려왔다가 이따금 겨울의 찬 기운과 함께 사라지곤 했다. 향냄새와 기관차에서 타는 장작냄새가 났다…. 아, 숲속의 밤은 너무나 환상적으로 어둡고 준

엄하고 위엄이 있었다! 끝이 없는 숲속의 길은 좁고 깊었으며, 그 길을 따라 일렬로 빽빽이 늘어선 수백 년된 소나무들은 거대한 검은 유령 같았다. 사각형의 밝은 창문이 숲 가장자리에 쌓인 눈더미를 따라 비스듬히 달렸고, 이따금 전신주가 휙휙 스쳐 지나갔다. 모든 것들이 더 높고 더 멀리 어둠과 비밀 속으로 가라앉았다.

아침에 나는 갑자기 활기차게 깨어났다. 모든 것이 밝고 고요했다. 기차는 이미 스몰렌스크역에 정차해 있었다. 나는 객차에서 펄쩍 뛰어내려 신선한 공기를 게걸스럽게 들이마셨다…. 기차역 문가에 사람들이 무언가를 빙 둘러싸고 몰려 있었다. 나는 그쪽으로 달려갔다. 사냥에서 잡은 야생 멧돼지가 누워 있었다. 더럽고 거대하고 힘세고 뻣뻣하게 얼어붙은 멧돼지였다. 얼핏 보아도 잔혹하고 끔찍했다. 긴 잿빛 바늘 같은 뻣뻣한 털이 온몸에 빽빽이 솟아있고, 마른 눈이 여기저기에 묻어 있었다. 멧돼지는 돼지의 눈과 강하게 씹을 수 있는, 두 개의 커다란 하얀 어금니를 갖고 있었다.

'여기에 머무를까?'

나는 잠시 생각했다.

'아니다, 더 멀리 비텝스크로 가자!'

나는 저녁 무렵에 비텝스크에 도착했다. 아주 춥고 맑은 저녁이었다. 사방이 많은 눈으로 덮여 있어서 괴괴하고 깨끗하고 순결했다. 비텝스크는 아주 오래된 도시처럼 보였는데, 러시아의 도시 같지가 않았다. 하나의 견고한 통일체처럼 보이는, 지붕이 가파른 높다란 집들에는 작은 창문과 아래층에 깊고 투박한 반원형의 대문이 달려있었다. 나는 긴 상의에 하얀 양말과 반(半)부츠를 신은 늙은 유대인들을 계속해서 만났다. 그들은 관 모양의 뒤틀린 양뿔과 비슷한 구레나룻에 핏기 없는 얼굴 그리고 슬프고 의문에 가득한 검은 눈을 하고 있었다. 중앙로에는 사람들의 행렬이 있었다. 연보라색, 비둘기색, 석류색의 두꺼운 벨벳코트 등 지방 유태인의 화려한 스타일로 한껏 멋을 낸 통통한 처녀들이 인도를 따라 천천히 움직이고 있었다. 젊은 남자들이 처녀들 뒤에서 조용히, 일정한 거리를 두고 걸어갔다. 젊은 남자들은 모두 중산모자를 쓰고 역시 구레나룻을 길렀고, 처녀처럼 부드럽고 사탕같이 둥근 동양인의 얼굴에 잔털이 잘 다듬어진 비단처럼 부드럽고 젊은이다운 뺨과 나른한 산양의 눈빛을 하고 있었다…. 나는 내가 상상한 대로 아주 오래된 이 도시에서 놀랍고 새로운 모든 것을 느끼면서 마치 매혹당한 사람처럼 이 젊은 무리들 사이를 걸어갔다.

날이 어두워졌다. 나는 어떤 광장에 이르렀다. 광장에는 두 개의 종탑이 있는 노란 가톨릭 성당이 솟아있었다. 그 안으로 들어가면서 나는 어스름한 불빛 속에 여러 줄로 늘어선 벤치들을 보았다. 앞쪽 성찬대에는 작은 불꽃들이 반원의 형태로 놓여 있었다. 갑자기 내 머리 위쪽 어디선가에서 오르간이 천천히 생각에 잠긴 듯이 울려퍼졌다. 오르간 소리는 점점 커지더니 날카로운 금속성의 소리로 변했다…. 그 소리는 마치 오르간 소리를 억누르는 뭔가로부터 떨어지는 것처럼 심하게 떨리고 이를 갈기 시작하더니, 갑자기 뭔가로부터 떨어져 나와서 하늘을 찬미하는 노래가 되어 낭랑하게 울려퍼졌다…. 앞쪽에, 촛불들 사이에서 중얼거리는 목소리가 높아졌다 낮아졌다 했고, 콧소리가 섞인 라틴어 찬양이 크게 울려퍼졌다. 앞쪽을 향해 양옆으로 죽 늘어선 커다란 돌기둥들이 위쪽 어둠 속에 파묻혀 있었고, 그 어둠 속에 철갑병들의 형상이 검은 유령들처럼 대좌(臺座) 위에 서 있었다. 제단 위쪽에서 커다란 색유리 창이 희미하게 사라져가고 있었다….

17

그날 밤 나는 페테르부르크로 떠났다. 나는 가톨릭 성당에서 나와서 폴로츠크로 가는 기차를 타기 위해 기차역으로 되돌아갔다. 나는 폴로츠크의 어떤 오래된 호텔에 묵으면서, 왠지 당분간은 완전한 고독 속에서 살고 싶었다. 폴로츠크로 가는 기차는 늦게 출발했다. 역은 텅 비었고 어두웠다. 카운터 위에 졸린 듯한 램프 하나가 간이식당을 비추고 있었고, 벽시계는 너무나 느리게 똑딱거려 곧 멈춰 설 것만 같았다. 나는 아주 오랫동안 죽음 같은 정적 속에 앉아있었다. 마침내 어디선가 사모바르 끓는 냄새가 나고, 역이 활기를 띠면서 환하게 밝아지기 시작했다, 그때 나는 내가 무엇을 하고 있는지 모르면서 서둘러 페테르부르크로 가는 기차표를 끊었다.

그곳, 비텝스크 역에서 폴로츠크로 가는 기차를 하염없이 기다리면서 나는 주변의 모든 것들로부터 무서운 소외감을 경험했고 놀라움과 당혹스러움을 느꼈다. 내 앞에 있는 이 모든 것들은 도대체 무엇이고, 왜, 무엇 때문에 나는 이 모든 것들 사이에 있는 걸까? 카운터와 카운터 위에서 졸린 듯 타오르는 램프가 있는 적막하고 어두침침한 간이식당, 역사 대합실의 넓고 높은 어스레한 공간, 그 한가운데를 차지하고 있는 테이블과 테이블 위에 놓인, 모든 역에 으레 갖추어진 공공 기물들, 뒤쪽 소맷자락이 늘어진 프록코트를 입고 있는 등이 구부정한 졸린 듯한 늙은 웨이터. 밤의 역사에서 끓는 사모바르 냄새가 간이식당에 싸하게 풍기는 시각에 이 웨이터는 비실거리며 카운터 뒤쪽으로 발을 질질 끌며 걸어갔다. 웨이터는 노인 특유의 불만족스럽고 어색한 동작으로 벽 가의 의자로 기어올라가 떨리는 손으로 반투명 유리가 씌워진 벽 램프의 불을 켰다…. 잠시 후 키가 큰 헌병이 거만하게 박차를 쩔렁거리면서 간이식당을 지나 플랫폼으로 걸어갔다. 헌병이 입고 있는 아주 긴 외투와 외투 뒤쪽의 갈라진 틈은 값비싼 종마의 꼬리를 떠올리게 했다. 도대체 이것은 무언가? 왜? 무엇 때문에? 헌병이 플랫폼으로 걸어 나가면서 문밖에서 묻혀 들여온 겨울밤과 눈의 신선함을 그 무엇과 비교할 수 있겠는가! 바로 이 순간에 나는 망연한 상태에서 깨어났고, 왠지 갑자기 페테르부르크로 가리라 결심했던 것이다.

폴로츠크에는 겨울비가 내리고 있었다. 거리는 비에 젖어서 초라했다. 나는 기차들 사이로 폴로츠크를 그냥 힐끗 쳐다보았고, 나의 실망스러움이 오히려 기뻤다. 여행을 계속하면서 나는 이렇게 적어 놓았다.

"끝없는 하루. 끝없이 펼쳐지는 눈 덮인 숲의 광활함. 창문 너머로 보이는 항상 시들고 창백한 하늘과 눈. 기차는 컴컴한 밀림 속으로 들어갔다가 다시 황량하고 탁 트인 눈 덮인 평원으로 나온다. 저 멀리 평원의 지평선을 따라, 먹같이 시커먼 숲 위로 뭔가 흐릿하고 납덩어리 같은 하늘이 걸려있다. 역들은 모두 나무로 지어져있다…. 북쪽, 북쪽 지방이다!"

나에게 페테르부르크는 북쪽 맨 끝의 도시처럼 보였다. 마부가 어스름한 눈보라 속에서 나를 태우고 리고프카와 니콜라이역 쪽으로 난 거리를 따라 잽싸게 달렸다. 나에게 그 거리들은 이상할 정도로 정연하고 높고 하나같이 똑같아 보였다. 겨우 두 시가 조금 넘었는데, 역의 공공구조물 위에 걸린 둥근 시계가 눈보라 속에서 빛나고 있었다. 나는 역에서 두어 걸음 떨어진 곳, 운하를 끼고 있는 리고프카 쪽에 멈춰 섰다. 여기는 끔찍한 곳이었다. 장작창고, 마부들의 숙박소, 찻집, 선술집, 맥줏집이 있었다. 나는 마부가 추천한 호텔로 들어가 옷도 벗지 않은 채 앉아서, 6층 호텔 방의 한없이 슬픈 창문을 통해 오랫동안 오후의 흐릿한 눈을 내다보았다. 여행 후의 피로감과 기차의 흔들림 때문에 머리가 어질어질했다….

페테르부르크! 나는 페테르부르크를 강렬하게 느꼈다. 나는 페테르부르크에 있고, 페테르부르크의 어둡고 복잡하고 불길한 장엄함에 둘러싸여 있다. 방안은 너무 더웠고, 낡은 모직 커튼과 똑같은 모직천을 씌운 등받이 없는 의자 냄새, 그리고 싸구려 호텔 방바닥에 바른 불그스레한 물질에서 나는 지독한 악취로 덥고 숨이 막힐 것 같았다. 나는 밖으로 나와 가파른 계단을 따라 밑으로 뛰어 내려갔다. 거리로 나오자 한치 앞도 보이지 않는 차가운 눈보라가 얼굴을 때렸다. 나는 눈보라 속에서 어른거리는 마차를 잡아타고 이국적인 것을 느끼러 핀란드역으로 내달렸다. 그곳에서 나는 빠르게 술에 취했고, 갑자기 그녀에게 전보를 보냈다.

'내일 모레 갈 거야.'

거대하고 사람들로 붐비는 오래된 모스크바는 햇빛에 녹아 반짝이는 눈빛, 막 녹아내리는 눈더미, 진창과 물웅덩이, 종소리를 울리고 쿵쾅거리며 달리는 마차들, 행인들과 말 탄 사람들이 뒤엉켜 내는 이해할 수 없는 소음들, 짐을 잔뜩 실은, 엄청나게 많은 농민용 썰매들, 더럽고 좁은 거리, 싸구려 목판화처럼 화려하고 아름다운 크레믈린 벽과 궁전과 건물들, 그 사이에서 한데 모여 반짝이는 황금빛 교회의 원형지붕들로 날 맞이했다. 나는 성 바실리 교회를 보고 깜작 놀랐고, 크레믈린 대성당 안을 이리저리 거닐다가 오호트느이 랴드에 있는 유명한 예고로프 선술집에서 점심을 먹었다. 그곳은 참으로 멋졌다. 아래층은 다소 우중충하고 장사꾼들로 시끄러웠지만, 두 개의 나직한 홀이 있는 위층은 깨끗하고 조용하고 잘 꾸며져 있었는데, 그곳에서는 담배도 필 수 없었다. 또한 바깥마당 쪽으로 난 작고 따스한 창문을 통해 들어오는 햇빛과 새장 속에서 지저귀는 카나리아의 노랫소리로 아주 아늑했다. 구석에는 램프가 하얗게 타오르고 있었고, 한쪽 벽 위쪽 절반을 차지하고 있는, 거무스름한 옻칠을 한 검은 그림이 빛나고 있었다. 위쪽으로 구부러진 비늘 모양의 지붕, 긴 테라스, 테라스에서 차를 마시고 있는, 어울리지 않게 덩치가 큰 중국인들. 노란 얼굴을 한 중국인들은 황금색 옷에 싸구려 램프와 비슷한 녹색 모자를 쓰고 있었다. 그날 저녁에 나는 모스크바를 떠났다….

우리 도시에서 사람들은 이미 마차를 타고 다녔고, 역에는 아조프 해에서 불어오는 거친 바람이 몰아치고 있었다. 이미 눈이 치워져 마르고 산뜻한 플랫폼에서 그녀가 날 기다리고 있었다. 봄 모자가 바람에 흔들려 그녀는 날 볼 수 없었다. 나는 멀리서 그녀를 보았다. 그녀는 바람 때문에 눈살을 찌푸리고 당황하면서 움직이는 객차를 바라보며 날 찾고 있었다. 가까운 사람과 헤어진 후에 다시 그 사람을 볼 때 항상 우리를 놀라게 하는 감동적이고 애처로운 무언가가 그녀에게 있었다. 그녀는 말랐고 수수하게 옷을 입고 있었다. 내가 기차에서 펄쩍 뛰어내렸을 때, 그녀는 입술에서 베일을 걷어 올리려고 했지만 걷어 올리지 못하고, 베일을 쓴 채로 죽은 사람처럼 창백해지며 내게 어색하게 입맞춤했다.

마차를 타고가면서 그녀는 말없이 바람 부는 쪽으로 머리를 수그렸고, 괴롭고 메마른 목소리로 단지 몇 번 이렇게 되뇔 뿐이었다.

"내게 무슨 짓을 한 거야, 내게 무슨 짓을 한 거야! 내게 이럴 수 있어!"

잠시 후에 그녀는 여전히 심각하게 말했다.

"드보랸스카야 호텔로 갈 거지? 나도 자기와 같이 갈 거야."

현관이 있는 커다란 2층짜리 호텔로 들어가자마자 그녀는 소파에 앉아서 복도 담당 급사가 멍청하게 내 여행가방을 방 한가운데 양탄자 위에 내려놓는 것을 바라보았다. 여행가방을 내려놓고 나서 급사는 시킬 일이 있느냐고 물었다.

"없어요." 그녀가 나를 대신해서 말했다. "가 봐요…."

그녀는 모자를 벗기 시작했다.

"왜 아무 말도 안 하는 거야. 내게 할 말 없어?"

그녀는 떨리는 입술을 깨물며 덤덤하게 말했다.

나는 무릎을 꿇고 그녀의 다리를 껴안고는 스커트 위로 다리에 입을 맞추며 눈물을 흘렸다. 그녀는 내 머리를 들어올렸다. 나는 형용할 수 없이 달콤하고 익숙한 그녀의 입술과 우리의 심장이 얼어붙는 것 같은 엄청난 행복을 다시 알아보고 느꼈다. 나는 벌떡 일어나서 문의 열쇠를 돌리고 차가운 손으로 하얀 물방울 커튼을 창문에 쳤다. 창문 밖에서 검은 봄 나무가 바람에 흔들리고 있었고, 그 나무 위에서 갈가마귀 한 마리가 마치 술 취한 사람처럼 건들거리며 불안하게 큰 목소리로 울고 있었다….

"아버지는 한 가지만 요구하셔."

잠시 후 그녀는 망연한 상태로 누워 쉬면서 조용히 말했다.

"6개월만이라도 결혼식을 미루라는 거야. 기다려. 어쨌거나 이제 내 인생은 오로지 자기 거야. 내게 하고 싶은 대로 해."

켜지 않은 초가 경대 위에 있었고, 창문에 걸린 움직이지 않는 커튼이 윤기 없이 하얗게 보였다. 백묵같이 하얀 천장에서 이상하고 다양한 형상들의 조형장식이 우리를 내려다보고 있었다.

18

　우리는 게오르기 형이 하리코프를 떠나 옮겨 간 소러시아의 도시로 떠났다. 우리 두 사람은 게오르기 형이 책임자로 있는 지방 자치회 통계국에서 일하기로 되어 있었다.[39] 우리는 수난주간과 부활절을 바투리노에서 보냈다. 어머니와 누이는 이미 그녀를 몹시 사랑했고, 아버지도 그녀를 사랑스럽게 '너'라고 부르며, 그녀가 아침마다 손에 입맞춤하도록 했다. 니콜라이 형만이 냉정하고 정중하게 그녀를 대했다. 그녀는 우리의 가족, 집, 영지, 내 방, 내 책에 자신이 관련되어 있다는 새로움으로 평온하고 정신없이 행복해 했다. 그녀에게는 내가 젊은 시절을 보낸 방이 아주 멋지고 감동적으로 보였던 것이다. 그녀는 내 방에서 조심스럽게 기쁨을 느끼며 내 책들을 훑어보았다…. 그러고 나서 우리는 떠났다.

　우리는 밤새 오룔까지 갔다. 새벽에는 하리코프행 기차로 갈아탔다. 맑은 아침에 우리는 차량 복도의 뜨거운 창문가에 서 있었다.

　"참 이상도 하지. 난 오룔과 리페츠크 말고는 아무 데도 가본 적이 없어!" 그녀가 말했다. "다음이 쿠르스크지? 내게 쿠르스크는 이미 남쪽지방이야."

　"그래. 내게도 그래."

　"쿠르스크에서 식사할 거야? 자기도 알지, 내가 절대 역전에서 식사를 하지 않는다는 걸…."

　쿠르스크를 지나 더 멀리 가면 갈수록 더 따스해지고 더 즐거워졌

---

[39] 1892년에 부닌은 V. V. 파셴코와 함께 소러시아(우크라이나)에 있는 폴타바로 갔다. 부닌의 형은 부닌에게 통계국의 일자리를 알선해 주었고, 부닌은 이곳에서 향후 2년 동안 즐거운 시간을 보내게 된다.

다. 침목 부근의 비탈에는 이미 풀이 무성하고 꽃이 피고 하얀 나비가 날아다닌다. 나비 속에는 이미 여름이 있다.

"그곳 여름은 무더울 거야!"

그녀가 웃음을 지으며 말했다.

"형이 도시 전체가 정원이라고 썼어."

"아, 소러시아. 난 전혀 생각지도 못 했어…. 저것 봐, 엄청나게 큰 포플러야! 벌써 완연한 녹색이야! 왜 저렇게 물방앗간이 많을까?"

"저건 풍차지 물방앗간이 아니야. 이제 백악산(白堊山)들이 나타나고, 그 다음에 벨고로드가 나타날 거야."

"이제 자기를 이해하겠어. 나도 이렇게 햇빛이 풍부하지 않은 북쪽에서는 살 수 없을 것 같아."

나는 창문을 내린다. 맑은 바람이 따스하게 불고, 기관차의 연기에서 남쪽답게 석탄냄새가 난다. 그녀는 눈을 반쯤 감고 있다. 태양이 뜨거운 선을 그리며 그녀의 얼굴, 이마에서 나풀거리는 까만 머리칼, 그녀의 소박한 무명 드레스를 눈부시게 비추고 따스하게 달구면서 돌아다닌다.

벨고로드 아래 계곡에는 경사스럽게 꽃이 핀 사랑스럽고 소박한 벚나무 동산이 있고, 백악가루를 바른 하얀 농가들이 있다. 벨고로드 역에서는 귀엽고 말을 빨리 하는 소러시아 여자들이 두꺼운 가락지빵을 팔고 있다. 그녀는 가락지 빵을 사면서 가격을 깎고, 자신의 알뜰한 살림솜씨와 소러시아어 단어를 몇 마디 한 것에 만족해한다.

저녁에 하리코프에 도착하여 우리는 다시 기차를 갈아탄다.

새벽녘에 우리는 도착한다.

그녀는 잠을 자고 있다. 객차의 초가 다 타들어 간다. 초원은 아직 밤이고, 깜깜한 어둠속에 묻혀 있다. 깜깜한 어둠 너머 저 멀리 나지막하고 수수께끼처럼 푸르른 동쪽이 있다. 이곳의 땅은 우리가 사는 땅과는 전혀 다르고, 육중한 회청색의 분묘들이 있는 끝없는 벌거숭이 평원이다! 잠자는 듯한 간이역이 깜빡였다. 간이역 주변에는 관목 하나, 나무 한 그루 없다. 헐벗은 석조 간이역은 동이 트는 신비한 순간에 희푸르게 보인다…. 이곳의 역들은 너무도 쓸쓸하다!

마침내 객실 안에도 날이 밝아온다. 아래쪽 바닥은 아직 어둡지만 위쪽은 이미 훤하다. 그녀는 베개에 머리를 파묻고 다리를 웅크린 채 잠을 자고 있다. 나는 어머니가 그녀에게 선물한 오래된 비단 숄로 조심스럽게 그녀를 덮어준다.

19

역은 시내에서 멀리 떨어진 넓은 계곡에 있었다. 역은 작지만 쾌적했다. 역에는 친절한 하인들과 상냥한 짐꾼들이 있었고, 두 마리 말 사이에 수레 채를 맨 수수한 여행마차의 마부석에는 친절한 마부들이 앉아있었다.

시내는 온통 울창한 정원으로 덮여있고, 절벽 위에는 게트만[40] 성당이 서 있었다. 이 성당에서는 동쪽과 남쪽이 내려다 보였다. 동쪽 계곡에는 가파른 언덕이 따로 떨어져 있고, 그 언덕 위에 오래된 수도원이 있었다. 그 너머는 푸르고 황량했으며, 계곡은 점차 경사진 초원으로 이어져 있었다. 남쪽으로는 강과 그 강의 밝은 초원 너머로 눈부신 햇빛이 시야를 가렸다.

시내의 많은 거리들은 정원과 널을 깐 '보도'를 따라 줄지어 늘어선 포플러들로 비좁아 보였다. 보도에서는 허벅지가 꼭 끼는 옷을 입고

---

[40] 우크라이나의 통치자(17~18세기).

튼튼한 어깨에 무거운 물지게를 진, 가슴이 크고 당당한 여자를 종종 만날 수 있었다. 우리는 이상할 정도로 키가 크고 몸통 둘레가 큰 포플러를 보고 황홀했다. 5월인데도 천둥을 수반한 비와 폭우가 자주 쏟아졌다. 포플러는 무성한 초록 이파리들을 반짝이며 신선하고 향긋한 수지(樹脂) 냄새를 풍겼다! 이곳의 봄은 항상 맑고 상쾌했으며, 여름은 무덥고 가을은 길고 청명했다. 습한 바람이 부는 겨울은 온화했다. 썰매들은 작은 방울들을 둔탁하고 매혹적으로 절렁절렁 울리면서 거리를 돌아다녔다.

우리는 이런 거리들 중 한 거리에 있는 코반코라는 늙은 노인의 집에서 살게 되었다. 커다란 몸집에 햇볕에 그을린 가무잡잡한 얼굴, 백발을 둥그렇고 짧게 친 이 노인은 안마당, 곁채, 정원이 딸린 저택을 가지고 있었다. 그는 곁채에서 살았고, 뒤쪽 정원과 앞면의 커다란 유리 갤러리로 그늘이 드리워지고 백악가루가 하얗게 칠해진 집을 우리에게 세를 주었다. 그는 어딘가에서 일했는데, 일터에서 돌아오면 배부르게 먹고 휴식을 취했다. 그러고 나서 그는 옷을 절반쯤 걸치고 활짝 열린 창 밑에 앉아서 '파이프 담배'를 피우며 계속 노래를 불렀다.

'오이, 나 고리 타 쥐츠이 쥐누티 ⋯.'[41]

방들은 천장이 낮고 평범했다. 알록달록한 무늬가 있는 거칠고 두꺼운 아마천을 씌운 오래된 궤가 문간방에 있었다. 젊은 카자크 처녀가 우리의 시중을 들었는데, 이 처녀의 아름다움에는 타타르적인 뭔가가 있었다.

형은 더 상냥하고 친절해졌다. 내 기대는 틀리지 않았다. 형과 그녀 사이에 곧 친근하고 다정한 친밀감이 형성되었다. 내가 그녀나 형

---

[41] 우크라이나어로 '오, 그들은 산에서 풀을 베고 있네'라는 뜻.

과 말다툼을 할 때마다 그들은 항상 서로의 편을 들곤 했다.

우리의 동료들과 알음알이들(의사들, 변호사들, 지방자치회 의원들)로 이루어진 서클은 형의 하리코프 서클과 비슷했다. 나는 그 서클에 쉽게 들어갔고, 하리코프에서 여기로 이사온 레온토비치와 바긴을 반갑게 만났다. 이 서클이 하리코프 서클과 다른 점은 보다 온건한 사람들의 모임이라는 것뿐이었다. 서클 회원들은 도시생활에 잘 적응하여 넉넉하게 살았고, 도시의 다른 단체에 속한 사람들은 물론 경찰서장과도 사이좋게 만났다.

우리는 지방자치회의 한 의원의 집에서 주로 모임을 가졌다. 그는 5천 데샤티나[42]의 땅과 1만 마리의 가축을 소유하고 있었다. 그는 가족을 위해서 집을 넉넉하고 세속적으로 꾸려나갔다. 언젠가 야쿠츠크에서 살았던 그는 몸집이 작고 겸손했으며, 옷을 초라하게 입고 있어서 자기 집에서 불쌍한 손님처럼 보였다.

안마당에는 오래된 돌우물이 있고, 곁채 앞에는 두 그루의 하얀 아카시아가 자라고 있었다. 현관 계단 근처에는 유리 갤러리 오른쪽을 가리고 있는 밤나무의 까만 우죽이 우뚝 솟아있었다. 여름날 아침 일곱 시경에 이 모든 것들은 이미 뜨거워지고 햇빛에 반짝였다. 닭장에서는 암탉들이 미심쩍다는 듯 정신없이 꼬꼬댁거리는 소리가 단조롭게 울려퍼졌다. 그러나 방안은, 특히 창문이 정원 쪽으로 난 뒷방은 아직 서늘했다. 그녀가 작은 타타르 슬리퍼를 신고 한기로 가슴을 웅

---

[42] 미터법 시행 이전의 러시아 지적 단위. 1데샤티나는 1.092헥타르에 해당함.

크리고 서서 물을 철썩거리며 몸을 씻던 침실에서는 물과 향수비누 냄새가 상큼하게 풍겼다. 그녀는 머리칼 아래 뒤쪽 목에 비누칠을 한 채 물 묻은 얼굴을 날 향해 돌리며 부끄러워하면서 발을 굴렀다.

"저리 가!"

잠시 후 갤러리 쪽으로 창문이 난 방에서 차 끓는 냄새가 났다. 제철을 박은 구두를 신은 카자크 처녀가 똑똑 소리를 내며 그 방을 서성거렸다. 그녀는 맨발에 구두를 신었는데, 그대로 드러난 복사뼈가 순종 암말의 복사뼈처럼 가늘었고 치마 밑에서 동양처럼 신비하게 빛나고 있었다. 호박(琥珀) 목걸이를 맨 둥근 목도 빛났다. 그녀의 검은 머리칼은 생기 있게 윤이 났고, 그녀의 사팔눈도 역시 빛났으며, 움직일 때마다 엉덩이가 흔들렸다.

형은 한 손에 담배를 들고 아버지와 똑같은 미소를 짓고 행동하면서 차를 마시러 나왔다. 작은 키에 갈수록 살이 찌는 형은 아버지와 달랐지만, 형에게는 뭔가 지주 귀족의 오만한 특징 같은 것이 있었다. 형은 옷을 잘 입기 시작했고, 자유롭고 세속적으로 다리를 꼬고 앉아서 담배를 꼬나물곤 했다. 이전엔 모두가 형의 빛나는 미래를 확신했다. 형 자신도 자신의 빛나는 미래를 믿었지만, 지금은 소러시아의 벽지에서 자기가 맡고 있는 역할에 아주 만족하고 있었다. 그는 눈을 반짝이며 차를 마시러 나왔다. 그는 스스로를 아주 생기 있고 건강하다고 느꼈다. 우리는 형 가족의 일원이었고 형에게 매우 소중한 존재였다. 우리와 함께 직장에 걸어가는 것이 형에게는 매일 매일의 즐거움이었다. 하리코프에서처럼 형은 담배를 피우고 잡담하면서 일과의 반을 보냈다. 마침내 모든 준비를 끝내고 화려하고 밝은 여름옷을 입은 그녀가 나타나자 형은 그녀의 손에 입을 맞추며 기쁨을 감추지 못했다.

우리는 햇살 아래 기름칠한 듯이 반들거리는 아름다운 포플러 길을 따라, 뜨거운 담장과 달구어진 정원 아래 뜨거운 나무 판때기가 깔린 인도를 따라 걸어갔다. 그녀의 활짝 펼쳐진 밝은 실크 양산이 짙푸른 창공 속에서 볼록하고 동그랗게 보였다. 잠시 후 우리는 무더운 광장을 가로질러 노란 지방자치기관 건물로 들어갔다. 아래층에서 수위들의 장화냄새와 그들이 피워대는 저급 잎담배 냄새가 났다. 반들반들한 검은 신사복을 입은 사무원들과 서기들이 손에 서류를 들고 2층으로 난 계단을 근심스런 표정으로 오르락내리락 거렸고, 소러시아식으로 머리를 숙이고 있었다. 그들은 언뜻 평범하게 보였지만 교활하고 아주 경험이 많은 족속들이다. 우리는 계단 아래를 지나서 1층 안쪽 깊숙이, 우리의 부서가 있는 나지막한 방으로 들어갔다. 활기차고 인텔리겐차답게 꾀죄죄한 얼굴들로 가득 찬 이 방은 매우 유쾌한 분위기였다…. 나는 이 방에서 여러 군으로 보내려고 온갖 설문지들을 봉투에 넣고 있는 그녀를 보는 게 이상했다.

  정오에 수위들이 싸구려 찻잔에 담은 차와 레몬 조각을 담은 싸구려 접시를 우리들에게 가져왔다. 처음엔 관비로 지급되는 이 모든 것들이 왠지 기분 좋게 느껴졌다. 그때 다른 부서에 있는 친구들이 잡담도 하고 담배도 피울 겸 우리에게 모여들었다. 지방자치기관의 서기인 술리마도 우리에게 오곤 했다. 이 사람은 잘 생기고 약간 등이 굽었는데 금테 안경을 쓰고 있었다. 그의 검은 머리칼과 턱수염은 위엄 있게 진홍빛으로 빛났다. 그는 부드럽고 간드러진 걸음걸이와 간드러진 미소 그리고 간드러지게 말하는 습관을 갖고 있었다. 그는 늘 미소를 지었고, 항상 자신의 부드러움과 우아함을 즐겼다. 대단한 탐미주의자였던 그는 계곡 언덕에 서 있는 수도원을 '굳어버린 화음'이라고 불렀다. 그는 종종 우리 사무실로 와서 더욱더 행복하고 신비스럽게 그녀를 바라보곤 했다. 그는 그녀의 책상으로 다가와 그녀의 손 위로 허리를 잔뜩 구부리고 안경을 들어올리며 달콤하고 부드럽게 미소를 지었다.

"지금 뭘 보내고 있어요?"

그녀는 손을 움츠리면서 이 말에 대해 가능한 한 상냥하지만 간단히 대답하려고 애썼다. 내 마음은 아주 평온했다. 이제 나는 그녀에 대한 다른 사람들의 관심을 전혀 질투하지 않았다.

오룔의 〈목소리〉 편집국에서처럼 나는 이 직장에서 우연하게 어떤 특별한 지위를 차지했다. 사람들은 직원인 나에게 상냥했지만 조롱하듯이 바라볼 때도 있었다. 나는 자리에 앉아서 어떤 군의 어떤 읍에 얼마큼의 담배와 사탕무를 심고, 사탕무에 해를 끼치는 딱정벌레들을 퇴치하기 위해 어떤 조치를 취해야 하는지 천천히 계산하고 보고서를 작성했다. 이따금 나는 주변의 대화에 신경 쓰지 않고 그냥 뭔가를 읽었다. 나는 내 책상이 있고 새 펜촉과 연필과 아주 좋은 필기용지를 얼마든지 사무소에 요청할 수 있다는 사실이 마음에 들었다.

두 시에 일이 끝났다. 형이 미소를 지으며 자리에서 일어났다.

"집에 갑시다, 여러분!"

모두들 활기에 가득 차서 테가 없는 가벼운 여름 모자나 테가 있는 여름 모자를 집어들고 떼를 지어 밝은 광장으로 걸어 나갔다. 그들은 서로에게 손을 흔들고 명주옷과 지팡이를 반짝이며 흩어졌다.

21

대략 다섯 시까지 시내는 텅 비었고 공원은 태양 아래 뜨겁게 달아올랐다. 형은 잠을 잤고, 우리는 그녀의 넓은 침대 위에서 그냥 빈둥댔다. 태양은 집 주위를 빙 돌아서 이미 침실 창문을 비추며 정원에서 침실을 들여다보고 있었다. 정원의 연초록 이파리가 세면대 위에 걸린 거울 속에 비쳤다. 고골이 이 도시에서 공부했고, 주변의 모든 지역들은 — 미르고로드, 야노프쉬나, 쉬샤키, 야레시키 — 고골과 관련이 있었다. 우리는 종종 웃으면서 암송하곤 했다.

"소러시아의 여름날은 얼마나 멋지고 화려했던가!"[43]

"어쨌든 너무 무더워!"
즐겁게 숨을 내쉬며 고개를 위로 하고 누우면서 그녀가 말했다.
"여긴 파리가 너무 많아! 그 다음에 뭐더라, 채소밭에 대한 것인가?"
"에메랄드, 토파즈, 사파이어 같은 가벼운 곤충들이 알록달록한 채소밭 위로 떨어지지…."
"그거 어쩐지 마술처럼 멋진데. 난 정말로 미르고로드에 가보고 싶어. 언젠가는 꼭 거기에 갈 거지? 제발 가 보자! 그런데 실제 생활에서 그는 정말 이상하고 불쾌한 사람이었어. 그는 한 번도 사랑에 빠진 적이 없었어. 심지어 젊은 날에도…."

---

43) 니콜라이 바실리예비치 고골(1809~1851)은 1818~1820년에 폴타바에서 살았다. 고골은 폴타바에서 멀지 않은 소로친치에서 태어나서 성장했다. 고골의 초기 작품은 모두 폴타바를 배경으로 하고 있다. 이 구절은 〈소로친치 정기 시장〉의 첫 부분에 나온다.

"그래. 젊은 날을 통틀어 딱 한 번 무의미한 행동을 했지. 그게 뤼 벡으로 여행간 일이야."

"자기가 페테르부르크로 여행갔던 것과 같군…. 자긴 왜 그렇게 여행을 좋아해?"

"그럼 자긴 왜 그렇게 편지받는 걸 좋아해?"

"지금 나한테 편지 쓰는 사람이 누가 있다고!"

"어쨌든 편지받는 거 좋아하잖아. 사람들은 항상 뭔가 행복하고 재미있는 걸 기다리고, 어떤 기쁨이나 사건 같은 것을 꿈꾸지. 이게 바로 여행의 매력이야. 그리고 자유, 탁 트인 공간…. 항상 휴일 같고 인생에 대한 느낌을 고양시켜주는 새로움이 있지. 우리가 원하고 온갖 강렬한 감정 속에서 찾고 있는 바로 이런 거야."

"그래, 맞아. 그건 사실이야."

"자긴 페테르부르크에 대해 말했지. 페테르부르크가 얼마나 무섭고, 내가 영혼 깊숙이 남부사람이라는 걸 거기에서 순간적으로 그리고 영원히 깨달았다는 것을 자기가 알 수 있다면 좋을 텐데. 고골은 이탈리아에서 이렇게 썼어. '페테르부르크, 눈, 불한당들, 관청 — 난 이 모든 것들을 꿈에서 보았다. 내가 잠에서 깨어난 것은 다시 고향에서였다.'44) 나 역시 여기에서 잠에서 깨어났어. 난 치기린, 체르카스이, 호롤, 루브느이, 체르토믈르이크, 지코예 폴레 같은 단어들을 편안한 마음으로 들을 수가 없어. 갈대로 엮은 지붕, 짧게 친 농부들의 머리, 노란 장화와 붉은 장화를 신은 아낙들, 심지어 아낙들이 멜대에 버찌와 살구를 담아 나르는 수피(樹皮)로 만든 바구니를 흥분하지 않고서는 볼 수가 없었어.

'갈매기 한 마리 빙빙 원을 그리며 마치 자식새끼 때문에 울고 있

---

44) 1837년 10월 30일에 고골이 주코프스키에게 보낸 편지.

는 듯 슬피 울고 있네. 태양은 따스하게 빛나고 카자크 초원에 바람이 부네 ….'

셰프첸코45)의 시야. 진짜 천재 시인이지! 세상에서 소러시아보다 더 아름다운 나라는 없어. 그런데 문제는 소러시아에는 더 이상 역사가 없다는 거야. 소러시아의 역사는 오래전에 영원히 끝났어. 단지 과거와 소러시아에 대한 노래와 전설만 있지. 일종의 초시간적인 것이지. 이게 무엇보다도 내 마음을 황홀하게 했어."

"자기 '황홀하게 하다', '황홀'이란 말을 자주 쓰네."

"인생은 황홀해야만 해 …."

해가 기울기 시작했고, 열린 창문을 통해 페인트칠한 방바닥으로 햇살이 듬뿍 쏟아졌다. 거울의 반사광이 천장에 어른거렸다. 창턱이 점점 더 밝고 뜨거워졌고, 창턱 위에서 파리들이 즐겁게 떼를 지어 다니며 윙윙거렸다. 파리들이 그녀의 차가워진 맨 어깨를 물었다. 갑자기 참새 한 마리가 창턱에 앉아서 재빨리 주의 깊게 주변을 둘러보고 푸드덕 날갯짓을 하더니 해가 지기 전에 벌써 투명하게 비쳐 보이는 연초록 정원 속으로 다시 사라졌다.

"자, 뭔가 더 얘기해 줘." 그녀가 말했다. "우리 언제 크림에 갈 거야? 자기가 내 꿈을 안다면 좋을 텐데! 자긴 이야기를 쓸 수도 있을 테고. 내가 보기에 멋진 이야기를 쓸 수 있을 것 같아. 지금이라도 우리가 돈이 있다면 휴가를 낼 수 있을 텐데 …. 왜 쓰는 걸 포기했어? 정말이지 자기는 재능을 낭비하고 있어!"

"'방랑자'라고 불리는 카자크인들이 있어. '방랑하다'라는 단어에서 나온 말이지. 아마도 난 방랑자인가 봐. '신은 어떤 사람에겐 편안한 잠자리를 주고, 다른 사람들에겐 방랑의 의지를 준다' 고골의 수첩에

---

45) 타라스 셰프첸코(1814~1861). 농노 출신으로 우크라이나의 민족 시인이다. 〈오스노뱌엔코에게〉(1840)에서 인용한 것임.

적힌 가장 좋은 것은 이런 거야. '괄호 모양의 관모(冠毛)가 달린 초원의 갈매기가 길에서 솟아오른다…. 모든 길의 경계는 푸르고, 그 경계를 따라 엉겅퀴가 자라고 있다. 그 경계 너머엔 끝없이 펼쳐진 평원 외에 아무것도 없다. 바자울과 도랑 위의 해바라기들, 깨끗하게 칠해진 농가의 밀짚 처마, 붉은 테로 둘레를 두른 아름다운 창문…. 그대는 루시의 오래된 뿌리, 슬라브인의 본성보다 더 진실하고 부드러운 감정이 어디에 있는가!'"46)

그녀는 주의 깊게 귀를 기울였다. 그러고 나서 갑자기 물었다.

"왜 내게 괴테의 이 구절을 읽어주었지? 괴테가 프리데리키를 떠나면서 금줄을 단 회색 재킷을 입고 어딘가로 말을 타고 가는 어떤 기사(騎士)를 갑자기 상상하는 부분이야. 그 다음 어떻게 되었어?"

'이 기사는 나 자신이었다. 한 번도 입어보지 못했던 금줄을 단 회색 재킷을 나는 입고 있었다.'47)

"그래, 그거 어쩐지 멋지고 무섭네. 그리고 자기가 말했지. 젊은 날엔 누구나 꿈속에서 간절히 원하는 재킷이 있다고…. 왜 그는 그녀를 버렸을까?"

"그는 말했어. 그의 '악마'가 항상 그를 지배했다고."

"그래, 자기도 곧 내게 싫증 낼 거야. 자, 진실을 말해 줘. 자기가 가장 간절히 꿈꾸는 게 뭐야?"

"뭘 꿈꾸냐고? 고대 크림의 칸(汗)이 되어 바흐치사라이 궁전에서 자기와 함께 사는 거…. 바흐치사라이는 몹시 뜨거운 돌 계곡에 있었어. 그러나 궁전 안은 항상 그늘이 져서 서늘했고, 분수가 있었지. 창밖에는 비단 같은 나무들이 자랐고…."48)

---

46) 고골, 《전집》, 7권. 모스크바, 1951년.
47) 괴테의 《시와 진리》에서 인용.
48) 바흐치사라이는 1783년 예카테리나 여제의 군대에 의해 크림 칸국(汗國)이

"농담 마."

"농담이 아니야. 난 항상 아주 무의미하고 쓸데없는 일을 생각하면서 살고 있어. 이 초원의 갈매기만 해도 초원과 바다가 결합되어 있는 거야…. 니콜라이 형은 웃으며 말하곤 했지. 난 태어날 때부터 바보였다고. 난 데카르트가 자신의 정신생활에서 명료하고 이성적인 생각이 항상 가장 보잘 것 없는 자리를 차지했다고 말한 것을 읽었어. 그 이전에는 형의 말 때문에 심한 고통을 받았어."

"그런데, 궁전에 하렘이 있나? 이거 역시 진지하게 묻는 거야. 남자의 사랑에는 다양한 사랑의 감정들이 뒤섞여 있고, 자기도 니쿨리나와 그 뒤에 나샤에게서 이런 감정을 느꼈다고 내게 증명했어…. 기억 나? 이따금 자기가 아주 잔인할 정도로 내게 솔직하다는 거 알아! 자긴 얼마 전에 우리 집에서 일하는 카자크 처녀에 대해서도 이와 비슷한 말을 했었어."

"그녀를 바라볼 때면 어딘가 소금기 있는 초원으로 가서 천막 속에서 살고 싶은 생각이 간절하게 든다고 말했을 뿐이야."

"천막 속에서 그녀와 함께 살고 싶다고 말하고 있잖아…."

"그녀와 함께라고는 하지 않았어."

"그럼, 누구랑? 오, 또 참새야! 참새들이 방안으로 날아와 거울에 부딪히는 게 너무 무서워!"

그녀는 벌떡 일어나서 어색하고 재빠르게 손뼉을 쳤다. 나는 그녀를 붙잡고 그녀의 맨 어깨와 다리에 입을 맞추었다…. 그녀 몸의 뜨거운 부분과 차가운 부분의 차이가 무엇보다도 나를 흥분하게 했다.

멸망할 때까지 크림 칸국의 수도였다. 바흐치사라이 궁전은 16세기 초에 지어졌다. 아르세니예프는 푸쉬킨의 서사시 〈바흐치사라이의 분수〉(1822) 에서 바흐치사라이에 대한 정보를 얻은 것 같다.

22

저녁 무렵 무더위가 한풀 꺾였다. 태양은 이미 집 너머로 기울었고, 우리는 유리 갤러리 안에서 안마당 쪽으로 열린 창가에서 차를 마셨다. 그녀는 요새 많은 것을 읽었고, 이런 시간에 형에게 이것저것 질문하곤 했다. 형은 즐겁게 그녀에게 많은 것을 가르쳐 주었다. 한없이 고요하고 조용한 저녁이었다. 제비들만이 안마당에서 어른거리다가 위로 날아올라 푸르른 하늘 속으로 사라졌다. 그들은 얘기를 했고, 나는 노래에 귀를 기울였다.

"오, 그들은 산에서 풀을 베고 있네…."

농부들이 산에서 농작물을 거둬들이고 있다는 노래였다. 이 노래는 고르고 느린 음조로 이별의 슬픔을 담고 흐르다가, 그 다음에는 자유, 머나먼 곳, 용기를 담아 군가 음조로 강하게 단호하게 울려퍼졌다.

저기 언덕 너머에서,
높은 언덕 너머에서
카자크인들이 오고 있네!

노래는 카자크 군대가 계곡을 따라 움직이는 모습을, 유명한 도로센코가 맨 앞에서 군대를 이끌고 가는 모습을 느리고 슬프게 찬미했다. 노래에 따르면 사가이다치느이가 도로센코의 뒤를 따라갔는데,

그는 아내를

담배와 파이프와 바꾸었네,
이상하고 대담한 카자크인 ···.

노래는 잠시 느리게 이어지면서 이 이상한 남자를 당당하게 찬양했다. 그러나 그 뒤를 이어서 아주 흥겨운 가락으로 팀파니를 치는 소리가 났다.

나는 여자와
시간을 허비할 수 없어!
그러나 담배와 파이프는
행군 중의 카자크인에게
필요한 것!

나는 슬프고 달콤하게 뭔가를 부러워하면서 이 노래를 들었다.
해질녘에 우리는 이따금 시내를 돌아다니거나 성당너머 벼랑에 있는 작은 공원에 가거나 교외의 들판으로 나가곤 했다. 시내에는 유대인들이 몇몇 포장된 거리에서 온갖 물건을 팔았는데, 몇 개인지 알 수 없는 시계가게와 약국과 담뱃가게가 줄지어 서 있었다. 흰 돌이 깔린 이 거리에는 한낮의 열기가 식은 후의 따스한 기운이 감돌고 있었다. 사거리에는 간이매점들이 있었는데, 행인들이 탄산수가 섞인 형형색색의 시럽을 사 마셨다. 이 모든 것들이 여기가 남쪽 지방임을 말해주었고, 남쪽 어딘가로 더 멀리 가고 싶은 마음을 불러일으켰다. 지금도 기억하는데, 당시 나는 왠지 종종 케르치에 대해 생각하곤 했다. 성당에서 계곡을 내려다보면서 나는 크레멘추그나 니콜라예프로 가는 상상을 하곤 했다. 교외의 벌판으로 나가서 우리는 완전히 시골이나 다름없는 서쪽 변두리를 걸었다. 농가들, 벚나무 동산, 참외밭이 마치 화살처럼 곧게 뻗은 미르고로드의 길을 따라 평원 쪽으로 늘어서 있었다. 길 저 먼 곳에 전신주들을 따라 소러시아의 짐마차가 천천히 가고 있었다. 멍에를 쓴 황소 두 마리가 머리를 숙이고 흔들거리며 짐마차를 끌고 있었다. 짐마차는 천천히 움직이다가 마치 바다 속으로 사라지듯이 전신주들과 함께 사라져버렸다. 마지막 전신주들이 평원에서 아물거렸고 작은 막대기처럼 보였다. 이것은 야노프쉬나, 야레시키, 쉬샤키로 가는 길이었다 ….

우리는 종종 시내의 공원에서 저녁을 보냈다. 공원에서는 음악이 연주되었고, 밝게 불이 켜진 레스토랑의 테라스는 마치 극장의 무대처럼 어둠 속에서도 쉽게 식별할 수 있었다. 형은 곧장 레스토랑으로 갔고, 우리는 이따금 벼랑으로 이어지는 길을 따라 거닐었다. 밤은 아주 깜깜하고 따스했다. 어둠 속 아래쪽 어딘가에서 불빛이 빛났고, 찬송가 같은 노래를 가락에 맞추어 부르는 소리가 들리더니 사라져버렸다. 교외의 젊은이들이 부르는 노래였다. 노랫소리가 어둠과 정적 속으로 빨려 들어갔다. 환하게 불이 켜진 기차가 굉음을 내며 질주할 때면, 계곡이 아주 깊고 어둡다는 것을 새삼스럽게 느낄 수 있었다. 기차의 굉음이 점점 잦아들더니 마치 땅 밑으로 꺼진 것처럼 사라져버렸다. 다시 노래가 들려왔다. 이 적막과 어둠에 주문을 걸어 계곡을 한없는 마비상태로 빠져들게 하는 두꺼비의 끊임없는 울음소리가 계곡너머 온 지평선에 울려퍼졌다.

우리는 레스토랑의 테라스로 돌아왔다. 어둠에서 막 빠져나온 뒤라 사람이 북적대는 테라스는 유쾌할 정도로 답답하고 눈부셨다. 이미 술에 취해 감상적이 된 형은 바긴, 레온토비치, 술리마와 함께 앉아있다가 우리를 보고 즉시 테이블에서 손을 흔들었다. 그들은 요란스럽게 우리를 자리에 앉히고 백포도주와 술잔과 얼음을 주문했다. 잠시 후 연주가 끝났다. 테라스너머 공원은 어둡고 텅 비어있었다. 종 모양의 유리그릇 속의 촛불이 이따금 가벼운 바람에 흔들렸고, 나

방들이 종 모양의 유리그릇에 떨어졌다. 그러나 일어서기에는 너무 이르다고 모두가 말했다. 마침내 이제 일어날 시간이라는 걸 인정했다. 그러나 우리는 금방 헤어지지 않았다. 우리는 큰소리로 얘기하고 보도 위에서 쿵쿵 발을 구르며 무리를 지어 집으로 걸어갔다. 공원은 잠들어 있었고 나지막한 늦은 달빛에 따스하게 휩싸여 신비하고 까맣게 보였다. 우리 세 사람만이 안마당에 들어섰을 때, 달이 갤러리의 검은 유리창을 비추며 안마당을 바라보고 있었다. 귀뚜라미가 조용히 울어댔다. 곁채 근처에 서 있는 아카시아의 작은 이파리들과 작은 가지들이 놀랍도록 선명하고 멋지게 자신의 움직이지 않는 그림자를 하얀 벽 위에 그리고 있었다.

잠들기 전 몇 분이 가장 달콤했다. 양초 한 자루가 침대 곁 작은 책상에서 조용히 타오르고 있었다. 신선함과 젊음과 건강의 기쁨인 양 서늘한 기운이 열린 창문을 통해 방안으로 들어왔다. 그녀는 실내복을 입고 침대 끝에 앉아서 까만 눈으로 촛불을 바라보며 부드럽게 빛나는 머리채를 묶었다.

"자기는 항상 내가 변한 걸 보고 놀라워하지." 그녀가 말했다. "그러나 자기가 변한 걸 알기나 할까! 자기는 왠지 점점 나에게 관심을 덜 보이고 있어! 다른 사람들과 같이 있을 땐 특히나 그래. 난 자기에게 마치 공기 같은 것이 될까 봐 걱정이야. 공기 없이는 살 수 없지만 공기에 관심을 갖지는 않아. 사실이잖아? 자기는 이게 가장 위대한 사랑이라고 말하지. 그러나 자기는 이제 나 하나만으론 충분하지 않은 것 같아."

"충분하지 않지, 충분하지 않아." 나는 웃으며 대답했다. "지금 내겐 모든 것이 충분하지 않아."

"그래서 내가 자기는 어딘가로 끌리고 있다고 말한 거야. 게오르기 알렉산드로비치가 이미 자기가 여기저기로 떠나는 통계학자들과 함께 출장을 가게 해 달라고 부탁했다고 내게 말했어. 왜 반(半)포장 사륜마차를 타고 무더위와 먼지 속에서 흔들거리길 원하는 거야? 그리고 왜 무더운 면 사무실에 앉아서 내가 보낸 똑같은 설문지에 따라 소러시아인들에게 끝없이 질문하려는 거야…."

그녀는 머리채를 어깨너머로 넘기고 눈을 들었다.

"무엇이 자기를 끌어당기는 거지?"

"분명한 건 내가 행복하고, 지금 나에게는 정말로 모든 것이 충분하지 않다는 거야."

그녀가 내 손을 잡았다.

"정말로 행복해?"

처음으로 나는 그녀가 나와 함께 몹시 가고싶어 했던 곳으로, 바로 미르고로드 길을 따라 갔다. 무엇 때문인지 쉬샤키로 파견된 바긴이 나를 데리고 갔다.

정해진 시간보다 늦게 일어날까봐 우리가 얼마나 걱정했고 — 더워지기 전에 가능하면 일찍 출발해야만 했다 — 그녀가 얼마나 부드럽게 날 깨웠는지 지금도 기억한다. 그녀는 해가 뜨기 전에 일어나서 슬픔을 가슴 속에 누르면서 날 위해 차를 준비했다. 날씨는 흐리고 선뜩했다. 그녀는 비가 내 여행을 망칠지도 모른다고 걱정하면서 줄곧 창밖을 바라보았다. 우리가 대문 옆에서 마차 종소리를 듣고 자리에서 벌떡 일어나면서 느꼈던 그 부드럽고 불안한 흥분을 나는 지금도 기억한다. 우리는 황급히 작별인사를 나누고 작은 문가에 서 있는 역마차(驛馬車)를 향해 달려나갔다. 바긴은 범포(帆布)로 만든 헐렁한 긴 옷에 회색 여름 모자를 쓰고 역마차에 앉아있었다.

잠시 후 방울소리가 드넓은 창공 속에 묻혀버렸다. 갠 날씨는 맑았지만 건조하고 무더웠다. 마차는 도로의 자욱한 먼지 속을 조용히 굴러갔다. 주변의 모든 것이 너무나 단조로워서 나는 곧 나른하게 빛나는 지평선의 먼 곳을 바라볼 수가 없었다. 나는 그 지평선으로부터 뭔가를 긴장된 마음으로 기다리기 시작했다. 정오에는 이 뜨거운 곡식의 사막에서 유목적인 뭔가가 우리 옆을 지나갔다. 코추베이의 끝없는 양우리였다.

"한낮, 양우리."

나는 마차가 흔들리는 사이사이에 이렇게 적었다.

"폭염으로 인한 잿빛 하늘, 매들, 쥐색의 까마귀들…. 나는 더할 나위 없이 행복하다!"

야노프쉬나에서 나는 선술집에 대해 썼다.

"야노프쉬나, 오래된 선술집, 선술집의 어두운 내부와 서늘한 어스름. 한 유대인이 맥주는 없고 음료수만 있다고 말했다. '무슨 음료수가 있소?', '오, 음료수! 제비꽃 음료수'".

유태인은 비쩍 마르고 긴 코트를 입고 있다. 이상할 정도로 뚱뚱한 그의 아들인 중학생이 뒷방에서 음료수를 가지고 왔다. 페르시아인처럼 붉은 혈색의 중학생은 연회색 코트 위에 새 벨트를 허리 높이 매고 있었다. 쉬샤키를 지난 후에 나는 즉시 고골의 메모를 떠올렸다.

"평탄한 길 중간에 갑자기 경사가 나타난다. 낭떠러지가 깊은 계곡 아래로 나있다. 숲의 심연에도, 숲 너머에도 계속 이어지는 숲. 가까운 푸른 숲 너머에 멀리 보이는 푸른 숲, 그 너머로 펼쳐지는 은빛 짚 색깔의 모래지대…. 급류와 험한 낭떠러지 위에서 삐걱거리는 풍차가 날개를 흔들고 있었다 ….."

 이 절벽 아래 깊은 계곡 속에 프셀 강이 활처럼 휘어 있었고, 커다란 마을이 녹색정원으로 덮여 있었다. 우리는 이 마을에서 바실렌코라는 사람을 오랫동안 찾았다. 바긴이 그 사람에게 볼 일이 있었던 것이다. 그를 찾아냈지만 집에는 없었다. 우리는 초원에 자라는 버드나무의 습기와 개구리 울음소리가 가득한 오두막 주변의 피나무 아래 오랫동안 앉아서 그를 기다렸다. 우리는 바실렌코와 함께 저녁 내내 그 자리에 앉아서 저녁을 먹고 과실주를 마셨다. 앞이 보이지 않는 여름밤의 어둠이 주변에 깔리는 동안에 테이블 위의 램프가 밑에서 푸르른 이파리를 비추고 있었다. 갑자기 어둠 속에서 쪽문을 두드리는 소리가 났다. 납처럼 하얗게 분을 바르고 곱게 차려 입은 여자가 테이블 주변에 서 있었다. 그녀는 바실렌코의 여자친구로 지방자치기관의 의사 여조수였다. 물론 그녀는 그순간 시에서 손님들이 바실렌코를 찾아왔다는 것을 즉시 알아챘다. 처음에 그녀는 당황해서 어쩔 줄 모르고 횡설수설했지만, 잠시 후 그녀는 우리와 함께 한 잔 두 잔 술을 마시기 시작했고, 나의 날카로운 말에 점점 더 언성을 높이기 시작했다. 몹시 신경질적인 그녀는 광대뼈가 넓고 검은 눈이 날카로웠다. 힘줄투성이의 손에서는 석탄산 비누냄새가 심하게 났고, 쇄골(鎖骨)은 뼈가 앙상했다. 얇고 푸른 블라우스 아래 육중한 가슴이 드러났고, 허리는 가늘고 허벅지는 튼실했다. 밤에 나는 그녀를 바래다주었다. 우리는 어떤 골목길의 마른 바퀴 자국을 따라 칠흑 같은 어둠 속을 걸어갔다. 그녀는 울타리 옆 어딘가에서 걸음을 멈추어 서더니 내 가슴에 고개를 묻었다. 나는 간신히 참았다 ….

 나와 바긴은 다음날 늦게 집으로 돌아왔다. 그녀는 벌써 침대에 누워서 책을 읽고 있었다. 그녀는 날 보자마자 기쁨과 놀라움으로 벌떡 일어났다.

"어떻게 벌써 왔어?"

나는 서둘러 여행에서 있었던 모든 일을 얘기하다가 웃으면서 여조수에 대해서도 말하기 시작했다. 그녀가 내 말을 가로 막았다.

"왜 그 얘기를 나한테 하는 거야?"

그녀의 눈에 눈물이 가득 고였다.

"자긴 내게 너무 잔인해!"

베개 밑에서 손수건을 급히 찾으면서 그녀가 말했다.

"나 혼자 내버려둔 것만으론 부족한가 보지…."

나는 인생에서 몇 번이나 이 눈물을 기억했던가! 그날 밤 이후 20여 년이 지난 어느 날 그 눈물을 떠올렸던 기억이 난다. 베사라비아[49]의 해변에 있는 다차[50]에서 있었던 일이다. 나는 수영을 하고 돌아와 서재에 누워 있었다. 무덥고 바람이 부는 한낮이었다. 강하면서도 비단 같이 보드랍고 뜨거우며 때론 잠잠해지고 때론 미친 듯이 커지는 집 주변 정원의 소음, 이리저리 흔들거리는 부드럽게 휘어진 나뭇가지들…. 아주 시끄러운 소리를 내며 강하게 불어대는 바람이 그늘진 서재의 유리창을 뒤덮은 푸른 나무들을 갑자기 옆으로 밀쳐냈다. 그러자 푸른 나무들 사이로 타는 듯한 에메랄드 빛 하늘이 나타났고, 그 순간 하얀 천장에 드리웠던 그늘도 없어졌다. 천장은 점점 밝아지더니 보랏빛이 되었다. 잠시 후 바람이 물러가면서 잠잠해지더니 정원 저 멀리 어딘가로, 해변을 향한 절벽 위쪽으로 사라졌다.

나는 이 모든 걸 바라보며 귀를 기울이다가 갑자기 생각했다. 20년 전 어딘가에서, 오랫동안 잊고 있었던 우크라이나의 벽지에서, 그러

---

[49] 루마니아 서부 지역에 위치해 있다.
[50] 러시아식 주말농장 혹은 별장. 이곳에서 휴식을 취하고 감자, 오이, 무 등을 심어 기르기도 한다.

니까 나와 그녀가 우리 둘의 삶을 막 시작했던 곳에서도 이와 비슷한 한낮이었다. 나는 늦게 잠에서 깨어났고, 그녀는 이미 일하러 나갔다. 정원 쪽으로 난 창문이 역시 열려 있었고, 창밖에서는 바로 이렇게 바람소리가 요란했고, 나무가 흔들거렸고, 햇빛이 알록달록하게 빛나고 있었다. 기분 좋은 바람이 제멋대로 방안 장안을 휘저으며 아침식사가 곧 나올 것임을 알리고 튀긴 양파냄새를 실어온다. 나는 두 눈을 뜨고 그 바람을 깊이 들이마시고, 내 베개에 팔꿈치를 괴고 나란히 누워있는 다른 베개를 바라보기 시작했다. 그 베개에는 그녀의 검은 머리칼과 손수건의 은은한 제비꽃 향기가 아직도 배어 있었다. 그녀는 나와 화해한 후에 그 손수건을 오랫동안 손에 쥐고 있었다. 이 모든 것을 떠올리자, 그때부터 그녀 없이 반평생을 살면서 온 세상을 보아왔던 것이 떠올랐다. 그녀는 이미 이 세상에 영원히 존재하지 않는데, 나는 여전히 살면서 이 세상을 보고 있다. 다소 정신을 차린 나는 소파에서 일어나 밖으로 나왔고, 마치 허공을 걷는 것처럼 시큼한 냄새가 나는 나무들이 늘어선 가로수 길을 따라 절벽 쪽으로 걸어갔다. 나는 가로수에 늘어선 나무들 사이로 황산염처럼 푸르른 한 조각의 바다를 바라보았다. 내게는 그 바다가 갑자기 무시무시하고 놀랍고 새로 창조된 것 같이 보였다.

그날 밤 나는 더 이상 아무 데도 가지 않겠다고 그녀에게 맹세했다. 그러나 며칠 후에 나는 다시 길을 떠났다.

24

우리가 바투리노에 있었을 때 니콜라이 형은 내게 이렇게 말했다.
"난 네가 진심으로 불쌍하다! 넌 스스로 너무 일찍 십자가를 졌어!"

그러나 나는 십자가를 졌다고 생각하지 않았다.

난 다시 내 일을 우연한 것으로 생각했고, 스스로를 결혼한 사람이라고 생각할 수 없었다. 이제 그녀 없는 삶은 생각만 해도 끔찍했지만, 우리가 영원히 헤어지지 않으리라는 가능성도 의심스러웠다. 정말로 우리가 영원히 결합하여 늙을 때까지 살게 될까? 정말로 모든 사람들처럼 집과 아이들을 갖게 될까? 나에게 아이들과 집은 특히나 견딜 수 없을 것 같았다.

"이제 우린 결혼하게 될 거야." 미래를 꿈꾸며 그녀가 말했다. "난 정말로 결혼하고 싶어. 결혼보다 더 아름다운 게 뭐가 있을까! 아마 우리에게 아이도 생기겠지…. 정말로 자기는 원하지 않아?"

뭔가가 달콤하고 신비하게 내 심장을 조였다. 그러나 나는 농담으로 얼버무렸다.

"불멸의 존재들은 창조하고, 죽을 수밖에 없는 존재들은 자기와 비슷한 것들을 만들어 내지."

"난 어때?" 그녀가 물었다. "우리의 사랑과 젊음이 지나가고, 자기에게 내가 더 이상 필요 없게 되면 난 무엇으로 살게 될까?"

이 말은 아주 슬프게 들려서 나는 열렬히 말했다.

"절대 아무것도 지나가지 않을 거고, 자기는 결코 나에게 필요 없는 존재가 되지 않을 거야!"

이제 내가 (전에 오룔에서 그녀가 그랬던 것처럼) 자유로워져서 모든 점에서 우선시되면서 사랑받고 사랑하고 싶었다.

그렇다, 그녀가 머리를 땋으면서 굿 나이트 키스를 하러 내게 다가오는 그 순간이 무엇보다 더 나를 감동케 했다. 하이힐을 신지 않은 그녀는 나보다 키가 훨씬 작아서 밑에서 내 눈을 올려다보는 것을 나는 보았다.

그녀가 내게 완전히 헌신한다고 표현하는 순간에, 자기 자신을 포기하고 어떤 특별한 감정과 행동에 대한 나의 권리를 믿는 순간에 나는 그녀에게 가장 강렬한 사랑을 느꼈다.

우리는 종종 오룔에서 보낸 우리의 겨울을 회상했고, 거기에서 우리가 어떻게 헤어졌고 내가 어떻게 비테프스크로 떠났는지를 회상하곤 했다. 나는 이렇게 말하곤 했다.

"그래, 그곳으로 날 끌어당긴 건 바로 폴로츠크가 아니었을까? 내 마음속에서 이 폴로츠크라는 단어는—옛날에는 폴로치스크—내가 이미 소년시절에 어딘가에서 읽었던 고대 키예프공국의 공후인 프세슬라프에 대한 전설과 오래전부터 연결되어 있었어. 그의 동생이 그를 공후 자리에서 쫓아내 '폴로츠크인들의 어두운 지방'으로 도망가서 죽을 때까지 '가난한 궁핍' 속에서 살았지. '기억의 매혹' 속에서 수도승처럼 기도하고 노동하면서. 그는 '쓰디쓴 달콤한 눈물'을 흘리며 꼭 해뜨기 전에 일어나서, 자기가 다시 키예프에서 '공국의 영광스런 공후 자리'에 앉아있고 자정미사 종소리가 폴로츠크가 아니라 키예프의 성 소피아 성당에서 들려오는 것이라고 거짓 상상을 했다고 해. 이때부터 나에겐 그 당시의 폴로츠크가 항상 예스러움과 조야함을 지닌, 완전히 신비한 것으로 생각되었어. 어떤 어둡고 기이한 겨울 낮, 나무로 지은 교회들과 검은 농가들이 늘어선 통나무로 지어진 어떤 성채, 양가죽 옷에 짚신을 신은 보행자들과 말들에 의해 짓밟힌 눈더미…. 마침내 내가 실제의 폴로츠크에 갔을 때, 거기에는 상상 속의 폴로츠크와 비슷한 것은 아무것도 없었지. 그러나 내 마음속에는 지금까지도 두 개의 폴로츠크, 즉 상상속의 폴로츠크와 실제의 폴로츠크가 있어. 그런데 지금은 나도 실제의 폴로츠크를 시적으로 볼 수 있지. 도시는 따분하고 습하고 춥고 침울하지만 기차역에는 반원형의 커다란 창문들이 달린 따스하고 거대한 홀이 있고, 밖은 이제 막 어두워지기 시작했지만 이미 샹들리에는 환하게 빛나고 있어. 홀 안에는 문관들과 무관들을 비롯하여 많은 사람들이 있고, 그들은 페테르부르크행 기차가 도착하기 전에 서둘러 배를 채우는 거야. 사람들은 사방에서 대화하면서 나이프로 접시를 두드리고, 웨이터들은 냄새나는 소스와 양배춧국을 여기저기 잰걸음으로 돌아다니며 사람들에게 날라다 주지….”

그녀는 이런 순간에 늘 그렇듯이 아주 비상한 관심을 가지고 내 말을 들었고, 내 말을 다 듣고 나면 확신에 차서 공감을 표했다.

“맞아, 맞아, 난 자기를 이해해!”

난 이 기회를 이용해 그녀에게 내 생각을 불어넣어 주었다.

“괴테가 말했지. '우리는 자신이 만들어놓은 것들에 얽매여 있다'고. 우리가 전혀 저항할 수 없는 감정들이 있는 법이야. 이따금 뭔가에 대한 어떤 관념이 뭔가 내 마음속에 떠오른 곳으로 가고 싶다는 고통스러운 갈망을 불러일으키곤 해. 말하자면 이 관념 뒤에 있는 뭔가를 향한 갈망 같은 거지. 이해하겠어? 관념 뒤에 있는 거 말이야! 난 이걸 자기에게 표현할 수 없어!”

언젠가 나는 바긴과 함께 드네프르 계곡에 있는 오래된 마을인 카자크 브로드에 간 적이 있었다. 거기에서 우리는 우수리 지역으로 옮겨가는 이주민들의 행렬을 만났다. 우리는 아침에 기차를 타고 돌아왔다. 내가 기차역에서 집으로 왔을 때 그녀와 형은 이미 지방자치 사무실에 가고 없었다. 남자답게 햇볕에 타서 건장해진 내 모습이 만족스러웠다. 나는 내가 얼마나 보기 드문 광경을 보았는지 그녀와 형에게 조금이라도 빨리 얘기해주고 싶어서 안달이 났다. 내 눈앞에서 일단의 무리들이 카자크 브로드에서 일만 킬로쯤 떨어진 환상적인 지역으로 가고 있었던 것이다. 나는 깨끗이 치워진 텅 빈 방들을 휙 지나쳐서 옷을 갈아입고 세수하러 침실로 들어갔다. 나는 기분 좋은 아픔 같은 것을 느끼며 그녀의 경대에 놓인 온갖 물건들과 침대 베개 위에 놓인 박음질한 쿠션을 힐끗 쳐다보았다. 나에겐 이 모든 것들이 한없이 소중하고 외로워보였다. 그것들은 내 마음속에 그녀에 대한 죄스러운 행복감을 날카롭게 불러일으켰다. 그때 침대 탁자 위에 펼쳐진 책 한 권이 눈에 들어왔다. 나는 순간적으로 멈춰 섰다. 《가정의 행복》이란 톨스토이의 소설이었다. 펼쳐진 페이지에 밑줄이 그어져 있었다.

"그 당시 나의 모든 생각, 그 당시 나의 모든 감정은 내 것이 아니라 그의 생각과 감정이었다. 그것들은 갑자기 나의 생각과 감정이 되었다…."

나는 몇 페이지를 더 넘겼고, 다시 밑줄 친 부분을 보았다.

"그 여름에 나는 자주 내 침실로 가곤 했다. 나는 미래에 대한 희망과 기대를 향한 이전의 우수 대신에 현재의 행복에 대한 불안감에 사로잡히곤 했다…. 여름은 그렇게 지나갔고, 나는 외로움을 느끼기 시작했다. 그는 항상 여행을 했고, 날 혼자 내버려두는 것에 대해 미안해하지도 걱정하지도 않았다…."

나는 몇 분 동안 꼼짝 않고 서 있었다. 그녀에게 내가 모르는 비밀이 있을 수 있고, 또 있다는 생각을 꿈에도 하지 못했다. 그리고 중요한 것은 슬픈 감정과 생각이 이미 과거형인 것이다!

"그 당시 나의 모든 생각, 그 당시 모든 감정…. 그 여름에 나는 자주 가곤 했다…."

가장 놀라웠던 것은 마지막 구절이었다.

"여름은 그렇게 지나갔고, 나는 외로움을 느끼기 시작했다…."

그러니까, 내가 쉬샤키에서 돌아왔던 그날 밤, 그녀의 눈물은 우연한 것이 아니었단 말인가?

나는 유난히 씩씩하게 지방자치회 사무실로 들어가서 그녀와 형에게 즐겁게 입맞춤하고, 끊임없이 말하고 농담을 했다. 남몰래 고통을 느끼며 기다렸다가, 마침내 우리 둘만이 있게 되었을 때 나는 그 즉시 날카롭게 말했다.

"내가 없을 때《가정의 행복》을 읽었더군."

그녀는 얼굴을 붉혔다.

"응. 그런데 왜?"

"거기에 밑줄을 그은 걸 보고 깜짝 놀랐어!"

"왜?"

"밑줄 친 부분을 보고 자기가 나랑 사는 게 고통스럽고 이미 고독과 환멸을 느끼고 있다는 걸 알게 되어서."

"왜 항상 과장하는 거야!" 그녀가 말했다. "환멸이라니? 난 그저 조금 슬펐을 뿐이야. 사실, 좀 비슷한 것도 있고…. 자기가 상상하는 것과는 전혀 다르다는 걸 믿어줘."

그녀는 누구를 믿게 했던가? 나인가 그녀 자신인가? 그러나 나는 그녀가 하는 말을 모두 듣고 매우 기뻤다. 나는 그녀를 몹시 믿고 싶었고, 그렇게 하는 것이 내게도 최선이었다.

"도가머리를 한 초원의 갈매기가 길에서 날아오른다…. 푸른 치마로 허리를 단단히 두른 그녀가 달려가고, 마포로 만든 옷 아래 흥분한 가슴이 흔들린다. 맨발에 무릎까지 훤히 드러난 다리엔 젊은 피와 활력이 넘쳐나고….”

　이런 것들을 '위해' 무엇인들 할 수 없겠는가! 내가 어떻게 이런 것들을 거부할 수 있겠는가! 이 외에도 나는 이것들이 그녀와 완전히 결합되어 있다고 생각했다. 나는 모든 구실을 대어 그녀에게 한 가지만을 주입시키려고 했다—오직 날 위해서 날 보며 살아라. 내게서 내 자유와 고집을 빼앗지 마라. 그러면 난 널 사랑할 것이고, 이로 인해 더욱더 널 사랑할 것이다. 내가 그녀를 너무나 사랑해서 나는 모든 걸 할 수 있고, 모든 걸 용서받을 수 있을 것 같았다.

25

　"자기는 많이 변했어." 그녀가 말했다. "더 씩씩해지고 더 상냥하고 더 멋있어졌어. 자기는 낙천적인 사람이 됐어."

　"그래. 그런데 니콜라이 형과 자기 아버지는 늘 우리가 아주 불행해질 거라고 예언했지."

　"그건 니콜라이가 날 아주 싫어했기 때문이야. 그의 차가운 친절 때문에 내가 바투리노에서 뭘 경험했는지 도저히 상상할 수 없을 걸."

　"반대로 형은 자기에 대해서 아주 호의적으로 말했어. '난 그녀가 몹시 불쌍하다.' 이렇게 형은 말하곤 했지. '아직 그녀는 소녀인데다, 앞으로 너희들에게 무슨 일이 일어날지 생각해 봐. 몇 년 뒤에 네 존재가 지방세무서 관리의 존재와 뭐가 다르겠니?' 기억나? 내가 웃으면서 내 미래를 그리곤 했던 것 말이야. 방 세 개짜리 아파트, 50루블의 월급….”

"형은 자기만을 불쌍히 여겼어."

"형이 날 불쌍하게 여긴 건 잘못한 거야. 형의 유일한 희망은 나의 '방탕한 생활'이 우리를 구하는 거였어. 그리고 내가 이런 직업을 감당할 수 없을 것이며, 우리가 곧 헤어질 거라고 말하곤 했지. 혹은 '네가 그녀를 가차 없이 버리거나, 당분간 이 좋은 통계 일을 하다가 네가 그녀를 위해 어떤 운명을 준비했는가를 알고 나서 그녀가 널 버릴 거야'라고 말하곤 했어."

"그는 괜히 내게 기대를 걸었네. 난 자기를 절대 버리지 않을 거야. 내가 더 이상 자기에게 필요 없고, 내가 자기의 자유와 사명에 방해가 된다는 걸 알게 될 경우에만 자기를 버릴 거야…."

불행한 일이 생길 때, 사람은 고통스럽고 쓸데없는 한 가지 똑같은 생각으로 끊임없이 되돌아간다. 언제, 어떻게 이 불행이 시작되었는가? 이 모든 불행은 무엇에서 생겨났는가? 나는 왜 그때 내게 주어진 경고를 무시했나? ─ 이런 식이다.

'난 이 경우에만 자기를 버릴 거야….'

나는 왜 이 말에 주의를 돌리지 않았는가, 왜 그녀가 날 버릴 수 있는 몇몇 경우가 있다는 것에 주의를 돌리지 않았는가?

나는 자신의 '사명'을 너무 높이 평가했고, 점점 더 방탕하게 나의 자유를 이용했다. 니콜라이 형이 옳았다. 나는 점점 더 집에 있는 시간이 적어졌다. 일이 없는 날에는 즉시 길을 떠났고, 여기저기 돌아다녔다….

"어디에서 그렇게 햇볕에 탔니?" 식사 중에 형이 물었다. "다시 어디 갔다 온 거야?"

"수도원도 가고, 강에도 가고 정거장에도 갔어…."

"늘 혼자지." 그녀가 비난조로 말했다. "자긴 수도원에 같이 가겠다고 여러 번 약속했어. 난 그동안 딱 한 번 수도원에 갔었어. 거긴 참 아름다워. 아주 두꺼운 벽과 제비들이 있고, 수도승들이 있지 ….”

나는 눈을 들어 그녀를 쳐다보기가 부끄럽고 고통스러웠다. 그러나 내 자유를 빼앗길까봐 걱정하면서 나는 단지 어깨를 으쓱했다.

“자기에게 그 수도승들이 어땠어?”

“그럼 자기에겐 어땠는데?”

나는 화제를 바꾸려고 애썼다.

“난 오늘 수도원 공동묘지에서 아주 이상한 걸 보았어. 텅 비었지만 아주 잘 준비된 묘였지. 형제들 중 하나가 미리 자기 묘를 파게 했고, 그 위에 십자가까지 박아놨어. 십자가에는 이미 누가 매장되었고, 언제 태어났고, 심지어 ‘죽었다'란 단어까지 씌어 있었지. 단지 앞으로 죽을 날짜만을 쓸 자리만 비워놨더군. 사방은 깨끗하고 질서정연하고, 오솔길에 꽃도 피었는데. 갑자기 죽을 사람을 기다리는 무덤이 있는 거야.”

“그래, 본 게 그거군.”

“그럼 거기에서 뭘 봐야만 하지?”

“자기는 일부러 날 이해하려고 하지 않아. 맘대로 해. 투르게네프 작품에 있는 말이 맞아 ….”

나는 그녀의 말을 가로막았다.

“이제 자기는 자신과 나에 대해 뭔가를 찾기 위해서만 책을 읽는 것 같아. 하긴 여자들은 모두 그렇게 책을 읽지.”

“그래, 내가 여자라서 그렇다고 해. 하지만 나는 자기처럼 그렇게 이기적이진 않아 ….”

형이 부드럽게 끼어들었다.

“자, 그만들 하지!”

26

여름이 끝나갈 무렵에 지방자치회 사무실에서 내 위치는 더욱더 안정되었다. 전에는 그저 사무실에 잠시 '속해 있었지만', 이제 나는 정식 직원이 되었고 내게 더할 나위 없이 잘 맞는 새로운 일을 맡았다. 나는 지방자치회 도서관의 '관장'이 된 것이다. 지방자치회 사무실 지하에는 지방자치회의 다양한 출판물들이 쌓여 있었다. 술리마가 날 위해 생각해낸 이 일은 출판물들을 검토하고 정리하여, 특별히 지정된 장소에—필요한 수만큼의 책장과 캐비닛이 갖추어진, 반지하의 길고 둥근 천장이 있는 방—이 출판물들을 보관하고 관리하는 것이었다. 그리고 이따금 다른 부서 사람들이 이 출판물들을 필요로 할 때 잠시 이용할 수 있도록 출판물들을 대출해주는 것이었다. 나는 출판물들을 검토하여 책장에 정돈하고, 그 출판물들을 관리하며 대출할 준비를 했다. 그러나 지방자치회 회의가 열리기 전인 가을에야 몇몇 부서에서 자료를 약간 대출해 갔을 뿐, 아무도 대출을 원하지 않았기 때문에 나는 반지하의 방에 그냥 앉아서 출판물을 관리만 했다.

나는 이상하게 요새처럼 벽이 두껍고 천장이 둥글고 아주 조용한 그 방이 마음에 들었다. 밖에서 어떤 소리도 그 안으로 들어오지 못했다. 방바닥에서 높은 곳에 조그만 창문이 하나 있었는데, 이 창문을 통해 위에서 햇빛이 들어왔다. 지방자치회 건물 뒤쪽의 공터에서 자라는 온갖 야생 관목과 풀들의 밑 부분이 보였다. 이때부터 내 생활은 더 자유로워졌다. 나는 매일 온종일 완전한 고독에 휩싸여 이 무덤 같은 지하실 방에 앉아서 글을 쓰고 책을 읽을 수 있었다. 그리고 내가 원하기만 하면 나지막한 참나무 문을 잠그고 일주일 동안 자리를 비울 수 있었고, 마음이 가는 곳으로 훌쩍 떠날 수 있었다.

나는 무슨 일이 있어서 니콜라예프에 갔다 왔고, 종종 교외에 있는 한 농장을 걸어서 다니곤 했다. 경건한 삶을 위해 톨스토이주의자인 형제가 이 농장에서 살고 있었다. 한동안 나는 주일 저녁마다 시내에서 첫 번째 정거장 너머에 있는 커다란 소러시아의 마을에서 시간을 보내다가 늦은 밤기차를 타고 집으로 돌아왔다…. 왜 나는 탈 것을 타고 돌아다니고 여기저기 걸어 다녔을까? 그녀는 다른 건 몰라도 내 방랑의 목적이었던 비밀스러운 뭔가를 느끼고 있었다. 쉬샤키의 의사 보조원에 대한 내 이야기를 듣고 그녀는 내가 생각했던 것보다 훨씬 더 충격을 받았다. 이때부터 그녀의 마음속에 질투가 싹트기 시작했다. 그녀는 이 질투를 감추려고 애썼지만 항상 감추지는 못했다. 쉬샤키에서 있었던 일에 대해 얘기한 지 이주쯤 지나서, 선량하고 고결하며 여전히 처녀 같은 성격과는 정반대로 그녀는 갑자기 평범한 '아줌마'처럼 행동했다. 그녀는 이런저런 구실을 찾아내어 우리를 위해 일하고 있던 카자크 처녀를 아주 단호하게 해고해 버렸다.

"난 이 일로 자기가 몹시 슬퍼하리라는 걸 잘 알아."

그녀는 불쾌하게 내게 말했다.

"물론, 자기가 말한 대로 이 '작은 암말'이 아주 멋지게 '따각따각' 구두소리를 내며 이 방 저 방을 걸어 다니면 좋겠지. 선이 곧은 복사뼈에 반짝이는 사팔눈을 한 그 여자가! 그러나 이 작은 암말이 얼마나 뻔뻔스럽고 방자한지, 내 인내심에도 한계가 있다는 걸 자기는 잊고 있어…."

나는 진심으로, 아주 솔직하게 대답했다.

"어떻게 자기가 날 질투할 수 있어? 난 지금 비교할 수 없이 아름다운 자기 손을 보면서 세상의 모든 미녀를 준다 해도 이 손과 바꾸지 않을 거라고 생각하고 있어! 그러나 나는 시인이고 예술가야. 괴테의 말대로 모든 예술은 감각적인 거야."

27

  8월 어느 날 저녁 무렵에 나는 톨스토이주의자들이 사는 작은 마을에 갔다.[51] 아직도 무더운 이 시간에 시내는 텅 비어 있었고, 게다가 토요일이었다. 나는 문 닫힌 유대인 상점과 죽 늘어선 오래된 노점 옆을 걸어갔다. 저녁기도를 알리는 종소리가 천천히 울려퍼졌고, 거리에는 이미 공원과 집들의 긴 그림자가 드리워져 있었다. 그러나 여전히 늦은 오후의 특별한 무더위가 남아있었다. 이런 무더위는 여름이 끝날 무렵에 남부도시에서 흔히 나타나곤 했다. 이런 때는 매일매일 햇볕에 달구어진 공원과 집 앞의 작은 정원에서도 모든 것들이 말라죽었고, 어디에서나 — 시내나 초원이나 참외밭에서 — 모든 것들이 긴 여름으로 나른하게 지쳐 있었다.

  읍내의 우물가에는 맨발에 제철(蹄鐵)을 박은 부츠를 신은 키가 큰 소러시아 여인이 여신처럼 서 있었다. 그녀는 갈색 눈과 소러시아 여인과 폴란드 여인들 특유의 넓고 훤한 이마를 하고 있었다. 저 멀리 남쪽 지평선에 희미하게 보이는 초원의 언덕들이 산 아래 광장에서 계곡으로 이어지는 거리를 바라보고 있었다. 이 거리를 따라 내려가다가 나는 교외의 중산층 집들 사이에 있는 비좁은 골목을 돌아서 교외 뒤쪽의 산에 오르려고 방목장으로 나갔다가 초원으로 내려왔다.

---

51) 1890년대에 러시아의 많은 청년들이 톨스토이의 가르침을 실천하기 위해 민중 속으로 들어갔다. 그러나 이들은 1870~1880년대의 인민주의자들과는 달리 농민들을 가르치려고 하지 않고 농민들로부터 배우려고 했다. 그들은 시골로 내려가 공동 농장을 건설하고 평화주의와 시민 불복종을 설교했다. 19세기 말~20세기 초에 톨스토이는 세계에서 가장 유명한 사람들 중의 한 사람이었다. 톨스토이 공동체는 시골 여기저기에 세워졌다. 톨스토이주의자들은 '야스나야 폴랴나의 현자'에게 자신들의 활동을 자세하게 보고했다.

희고 푸른 흙벽 오두막집들 사이에 있는 방목장의 탈곡장에서 도리깨들이 공중에서 아른거렸다. 여름밤마다 탈곡장에서는 젊은이들이 아주 거칠고 멋지게 소리를 내면서 찬송가 풍의 노래를 부르며 도리깨질을 하고 있었다. 산꼭대기에서 눈에 들어오는 드넓은 초원은 수확이 끝난 뒤에 남은 빽빽한 그루터기로 온통 황금색으로 보였다. 넓은 도로 위에는 부드러운 먼지가 수북이 쌓여있어서 마치 벨벳 장화를 신고 걸어가는 듯한 느낌이었다. 주변의 모든 것들이 — 넓은 초원과 공기 — 일몰의 태양빛 속에서 눈이 멀 정도로 눈부시게 빛났다. 도로 왼쪽, 계곡 위의 절벽에는 벽에 바른 회반죽이 떨어진 오두막이 서 있었다. 톨스토이주의자들의 농장이었다. 나는 도로를 돌아서 그루터기를 따라 농장을 향해 걸어갔다. 농장의 모든 것이 — 오두막 안과 주변 — 텅 비어있었다. 나는 오두막의 열린 창문을 힐끗 들여다보았다. 무수히 많은 검은 파리들이 벽과 천장과 선반 위의 단지 속에서 떼를 지어 윙윙거렸다. 나는 열린 축사의 문을 들여다보았다. 저녁 태양만이 마른 두엄을 붉게 불들이고 있었다. 나는 참외밭에 갔다가 톨스토이주의자인 동생의 아내를 보았다. 그녀는 참외밭 두렁길 끝에 앉아있었다. 나는 그녀를 향해 걸어갔다. 그녀는 날 보지 못했거나 아니면 날 보지 못한 체 했다. 자그마하고 외로워 보이는 그녀는 몸을 옆으로 하고 조용히 앉아서 맨발을 쭉 뻗고, 한 손으론 땅을 짚고 다른 한 손으론 입 속의 지푸라기를 잡고 있었다. 나는 그녀를 향해 다가서면서 말했다.

"좋은 저녁입니다. 뭘 그렇게 슬퍼하세요?"

"잠시 앉으세요."

그녀가 웃으면서 대답했고, 지푸라기를 내던지며 햇볕에 그을린 손을 내게 내밀었다.

나는 앉아서 그녀를 바라보았다. 그녀는 참외를 지키는 작은 소녀 같았다. 햇볕에 변색된 머리칼에 목이 깊게 파인 농부의 셔츠와 여자답게 잘 발육된 히프에 착 달라붙은 낡고 검은 작업복을 입고 있었다. 작은 맨발은 먼지에 덮여 있었고, 햇볕에 타서 검고 건조해 보였다. 어떻게 이 여자는 맨발로 두엄과 뾰족한 풀 위를 걸어 다닐 수 있을까! 하고 나는 생각했다. 그녀가 맨다리를 드러내지 않는 우리 그룹에 속해 있기 때문에, 그녀의 다리를 보는 것이 늘 거북했지만 그녀의 맨발은 나의 관심을 강하게 끌었다. 내 시선을 느낀 그녀가 맨다리를 끌어 당겼다.

"남자들은 어디 있죠?"

그녀가 다시 웃었다.

"남자들은 제 각기 볼 일 보러 갔어요. 한 형제는 도리깨질하러 탈곡장에 가서 불쌍한 과부를 도와주고 있고, 다른 형제는 위대한 선생님께 보낼 서류들을 가지고 시내에 갔어요. 우리의 모든 죄와 유혹과 육체적 극기에 대한 주간 정례보고서죠. 이 외에 우리는 '시련'에 대해서도 정기적으로 보고해야만 해요. 하리코프에서는 군복무를 반대하는 전단을 배포했다는 이유로 파블로프스키 '형제'가 체포되었어요."[52]

"당신은 왠지 기분이 아주 나빠 보이네요."

"질렸어요."

머리를 흔들더니 머리를 뒤로 젖히며 그녀가 말했다.

"더 이상 할 수 없어요."

그녀는 조용히 덧붙여 말했다.

"뭘 할 수 없다는 거죠?"

---

[52] 당시 톨스토이의 대부분의 종교적 저작들은 엄격한 검열 때문에 러시아에서 출판되지 못했다. 톨스토이주의자들은 외국에서 출판된 이런 저작들을 러시아로 몰래 들여와 배포했다.

"아무것도 할 수 없어요. 담배 한대 주세요."
"담배요?" 53)
"네, 네, 담배요!"

나는 담배를 건네고 성냥을 켰다. 그녀는 빠르고 어색하게 담배를 피우기 시작했다. 그녀는 단속적으로 담배연기를 들이마시고 여자답게 입술 사이로 연기를 내뿜었으며, 말없이 계곡너머 먼 곳을 응시했다. 낮게 깔린 태양이 우리의 어깨와 우리 주변에 널린 무겁고 길쭉한 수박을 여전히 달구고 있었다. 수박들은 마치 뱀처럼 뒤엉킨 뜨거워진 말뚝들 사이로 마른 땅 위에 옆구리를 박고 있었다.

그녀는 갑자기 담배를 내던지더니 내 무릎 위에 머리를 떨어뜨리고 서럽게 흐느끼기 시작했다. 나는 그녀를 달래면서 태양냄새가 나는 그녀의 머리칼에 입을 맞추고 어깨를 부둥켜안고 그녀의 발을 바라보면서, 내가 톨스토이주의자들을 찾아오곤 했던 이유를 나는 아주 잘 이해하게 되었다….

그럼 니콜라예프는? 왜 나는 니콜라예프가 필요했단 말인가? 여행 중에 나는 이렇게 몇 자 적어놓았다.

"방금 크레멘추크를 떠났고, 저녁이다. 크레멘추크의 역, 플랫폼, 작은 레스토랑에는 수많은 사람들과 남부의 무더위와 남부의 혼잡이 있다. 기차 안도 마찬가지이다. 대부분 소러시아 여자들로, 모두가 젊고 햇볕에 타고 활달하다. 그들은 여행과 더위로 흥분해 있었는데 '남부 아래쪽' 어딘가로 일하러 가고 있었다. 그들의 뜨거운 살 냄새와 시골 옷 냄새, 진탕 먹고 마시고 끊임없이 빠르게 조잘대며 아몬드 같은 눈을 굴려대는 바람에 나는 너무나 흥분하여 고통스럽기까지 했

---

53) 톨스토이주의자들의 교의 중에는 금연, 금주, 채식 등의 금욕주의가 있다. 이 때문에 아르세니예프는 담배를 달라는 여자의 요청에 놀란 듯하다.

다…."

"드네프르강을 가로지르는 길고 긴 다리. 오른쪽에서 유리창을 비추는 눈부신 붉은 태양, 아래쪽 저 멀리서 뿌연 노란 물이 넘실댄다. 모래가 깔린 여울에서 아주 자연스럽게 옷을 홀랑 벗고 수영하고 있는 수많은 여인들. 슈미즈를 벗어던지고 여울로 달려가 어색하게 가슴을 먼저 물에 내던지고 두발로 힘차게 물장구를 치는 어떤 여자…."

"드네프르강은 이미 저 멀리에 있다. 잘려진 풀과 그루터기로 뒤덮인 황량한 산 속의 저녁 그림자. 왠지 모르게 나는 스뱌토폴크 오카얀느이에 대해 생각했다.54) 바로 이런 날 저녁에 그는 말을 타고 소규모의 친위대를 이끌며 계곡을 따라 갔다. 그는 어디를 향했고, 무엇을 생각했을까? 이 일은 천 년 전쯤에 일어났는데, 지상의 모든 것은 오늘날에도 똑같이 아름답다. 아니다, 이건 스뱌토폴크가 아니라 산 그림자 사이로 땀투성이의 말을 타고가는 거친 농부다. 그리고 농부 뒤에는 한 여자가 등 뒤로 손이 묶인 채 앉아 있다. 헝클어진 머리에 젊은 무릎을 훤히 드러낸 여자는 이를 갈며 농부의 목덜미를 쳐다보고 있다. 농부는 주의 깊게 앞을 바라보고 있다…."

"촉촉한 달밤. 창문 너머로 고르게 펼쳐진 초원, 시커먼 진흙길.

---

54) 스뱌토폴크 오카얀느이(저주받은 스뱌토폴크)는 기독교로 개종한 첫 번째 러시아 공후인 블라지미르의 아들 중 한 명이다. 아버지가 죽은 후에 스뱌토폴크는 왕위를 탐내어 세 형제(보리스, 글렙, 스뱌토슬라브)를 살해했지만, 왕위는 다른 형제인 현자 야로슬라프에게 넘어갔다. 연대기에 따르면, 스뱌토폴크는 형제들을 살해한 탓으로 평생 고통을 당하고 저주를 받았다.

객실 전체가 잠들어 있다. 어스레한 어두움, 먼지 낀 램프 속의 두툼한 양초 토막. 객실의 눅눅하고 악취 나는 공기와 이상하게 뒤섞인 들판의 습기가 밑으로 내려진 창문으로 불어 들어온다. 몇몇 소리시아 여자들이 사지를 쭉 편 채 나자빠져 자고 있다. 활짝 벌린 입술, 슈미즈 아래 가슴, 드레스와 치마 속 육중한 엉덩이…. 한 여자가 막 잠에서 깨어나 오랫동안 날 빤히 쳐다보았다. 모두가 잠자고 있고, 그녀가 신비한 속삭임으로 날 부르려는 것 같다…."

내가 일요일마다 찾아가곤 했던 마을은 역에서 멀지 않은 넓고 평평한 계곡에 있었다. 하루는 아무런 목적도 없이 이 역까지 가서 기차에서 내린 다음 계곡으로 걸어갔다. 어스레한 어둠이 깔려 있었다. 앞에서는 정원 속의 농가들이 하얗게 보였고, 가까이에 있는 목장에는 오래된 풍차가 시커먼 모습을 하고 있었다. 풍차 밑에 많은 사람들이 서 있었고, 사람들 너머로 바이올린이 자극적으로 삑삑 대고, 춤추는 사람들이 발을 구르고 있었다…. 그 후 나는 여러 번 일요일 저녁을 이 사람들 사이에서 보내면서 한밤중까지 바이올린과 발 구르는 소리를 듣거나 길게 늘어지는 합창에 귀를 기울였다. 나는 도톰한 입술에 이상하게 빛나는 노란 눈을 가진, 가슴이 크고 얼굴이 불그스레한 처녀에게 다가가 멈춰 섰다. 우리는 곧 비좁은 공간을 이용하여 몰래 서로의 손을 잡았다. 우리는 조용히 서로를 바라보지 않으려고 애썼다. 도시의 어떤 도련님이 풍차 밑에 나타나기 시작한 이유를 청년들이 눈치 채면 내게 좋지 않은 일이 생길 거라는 걸 알았던 것이다. 처음에 우리는 우연하게 나란히 섰다. 그 후 내가 다가서면 그녀는 즉시 순간적으로 몸을 돌렸다. 내가 자기 주변에 있다는 걸 느끼면서 그녀는 저녁 내내 내 손가락을 잡고 있었다. 어두워질수록 그녀는 내 손가락을 더 세게 쥐었고, 어깨를 내게 꼭 밀착시켰다. 사람들이 적어지는 밤에 그녀는 아무도 눈치 채지 않게 풍차 뒤로 가서 재빨리 몸을 숨겼다. 나는 조용히 길을 따라 역으로 가서 풍차 밑에 사람이 하나도 없을 때까지 기다렸다가 허리를 굽히고 다시 풍차로 뛰어갔다. 우리는 말없이 그렇게 하기로 합의했고 풍차 밑에 조용히 서 있었다. 그리고 말없이 행복한 고통을 느꼈다.

한 번은 그녀가 걸어서 날 바래다주었다. 기차가 떠나기까지는 아직 삼십 분이 남았다. 역은 캄캄하고 고요했다. 주변에서는 귀뚜라미들만이 평온하게 울어댄다. 저 멀리 마을에서는 시커먼 정원 위로 떠오른 달이 새빨갛게 물들고 있다. 측선(側線)에는 좌우로 문이 열려진 화물 열차가 서 있었다. 나는 본능적으로 내가 하는 짓을 두려워하면서 그녀를 화물열차로 끌고 가 열차에 기어올랐다. 그녀는 내 뒤를 따라 열차로 펄쩍 뛰어오르더니 내 목을 꽉 껴안았다. 그러나 주변을 둘러보려고 성냥을 킨 나는 공포에 질려 옆으로 비켜섰다. 성냥불이 객실 중앙에 있던 긴 싸구려 관을 비추었던 것이다. 그녀는 암염소처럼 잽싸게 빠져나갔고, 나는 그녀의 뒤를 따라갔다…. 그녀는 객차 아래서 계속해서 넘어지며 숨이 막힐 정도로 웃어댔으며, 미칠 듯이 기뻐하면서 내게 키스를 퍼부었다. 나는 어떻게 자리를 떠야 할지 알 수 없었다. 그 이후로 나는 다시는 마을에 나타나지 않았다.

28

가을에 우리는 매년 연말에 시내에서 열리곤 했던 축제에 참여하여 시간을 보냈다. 현(縣) 지방의회 모임을 위해 현 전체의 지방의회 의원들이 모이는 대회였다. 우리는 겨울도 축제기분으로 보냈다. 잔코페츠카야와 사크사간스키가 출연하는 소러시아 극단의 순회공연과 수도에서도 유명한 체르노프, 야코블레프, 므라비나 같은 수도의 유명 인사들의 콘서트가 열렸으며, 적잖은 무도회, 가면무도회, 초대 받은 사람들만 갈 수 있는 저녁파티가 있었다.55) 지방의회 모임 이후에 나는 톨스토이를 방문하러 모스크바로 갔다. 모스크바에서 돌아오자마자 나는 특별한 즐거움을 느끼며 세상의 유혹에 푹 빠졌다.56) 세상의 유혹들은 우리의 바깥 생활을 엄청 바꾸어 놓았다. 우리는 단 하루 저녁도 집에서 보내지 않았던 것 같다. 우리의 관계도 어느새 변했고 악화되어 갔다. 어느 날 그녀가 말했다.

"자기는 다시 다른 사람이 되어가고 있어. 완전한 남자야. 왜 프랑스식 턱수염을 기르기 시작했어?"

"맘에 안 들어?"

"아니, 괜찮아. 단지 모든 것이 너무 많이 변하고 있어!"

"맞아. 자기도 이젠 젊은 여인처럼 보여. 마르고 더 아름다워졌

---

55) M. K. 잔코베츠카야(1860~1934)는 유명한 우크라이나 여배우로 키예프의 우크라이나 극장의 설립자들 중의 한 사람이다. P. K. 사크사간스키(1859~1940)는 배우이자 감독으로 지방공연을 자주 했던 인기 배우이다. L. G. 야코블레프(1858~1919)와 E. K. 므라비나(1864~1914)는 유명한 오페라 가수이고, E. F. 체르노프(1842~1904)는 유명한 배우였다.

56) 부인은 1890년대 초에 톨스토이주의에 관심을 가졌지만 온전한 톨스토이주의자는 아니었다.

어."

"자기도 다시 날 질투하기 시작했어. 난 자기에게 고백하는 게 두려워."

"뭔데?"

"다음 번 가장무도회에 정장을 하고 가고 싶어. 비싸지 않고 아주 단순한 걸로. 검은 마스크에 검고 가볍고 긴 것 …."

"그건 뭘 의미하는 거야?"

"밤."

"그러니까 다시 오를적인 뭔가가 시작되는 건가? 밤이라! 그건 아주 저속한데."

"여기에 오를적이고 저속한 것은 아무것도 없어."

그녀는 차갑고 거리낌 없이 대답했다. 나는 이 차갑고 거리낌 없는 그녀의 어투에서 예전 오를 시절의 뭔가를 느끼고 깜짝 놀랐다.

"자긴 다시 날 질투하기 시작했어."

"내가 왜 질투하기 시작했을까?"

"몰라."

"아니, 자긴 알고 있어. 자기가 다시 나에게서 멀어지기 시작했기 때문이야. 그리고 다시 인정을 받고 남자들의 찬사를 받고 싶어 하기 때문이야."

그녀는 적의를 띠고 웃었다.

"자기가 그렇게 말해선 안 되지. 자기는 겨울 내내 체르카소바 곁을 떠나지 않았어."

나는 얼굴을 붉혔다.

"떠나지 않았다고! 그러나 우리가 있는 자리에 그녀가 나타나는 것이 정말 내 잘못일까? 난 자기가 내게 덜 솔직한 게 무엇보다 고통스러워. 자긴 어떤 비밀을 갖고 있는 것 같아. 솔직히 말해. 어떤 비밀이야? 마음속에 뭘 숨기고 있는 거야?"

"뭘 숨기고 있냐고?" 그녀가 대답했다. "우리의 옛 사랑이 더 이상 존재하지 않는다는 슬픔. 그러나 이런 걸 말해서 뭐하겠어 ···."

그녀는 잠시 잠자코 있다가 덧붙여 말했다.

"가면무도회 말인데, 자기가 원하지 않으면 거기에 기꺼이 가지 않겠어. 문제는 자기가 내게 너무 엄격하다는 거야. 내 꿈을 모두 저속하다고 말하고, 내게서 모든 걸 빼앗아가고 있어. 정작 자기 자신은 아무것도 버리지 않으면서 ···."

봄과 여름에 나는 다시 여행을 많이 하기 시작했다. 가을 초에 나는 다시 체르카소바와 만났고 (그때까지 나와 그녀 사이에는 아무 일도 없었다.) 그녀가 키예프로 이사한다는 걸 알게 되었다.

"난 영원히 당신을 떠날 거예요."

그녀는 매처럼 날카로운 눈으로 날 바라보며 말했다.

"거기에서 남편이 날 기다리고 있어요. 크레멘추크까지 날 바래다주겠어요? 단 절대 비밀이에요. 난 배를 기다리며 거기서 하룻밤을 꼬박 보내야만 해요 ···."

29

　그것은 11월이었다. 나는 지금까지도 쓸쓸한 소러시아의 읍내에서 보냈던 그만그만한 어두운 나날들, 좁은 인도를 따라 나무판자를 깐 황량한 거리들, 담장너머의 시커먼 정원들, 가로수 길에 늘어선 키가 크고 헐벗은 포플러들, 판자로 창문을 두른 여름 레스토랑이 있는 텅 빈 읍내의 공원, 그 당시의 습한 공기, 공동묘지의 썩은 잎사귀 냄새를 생생히 보고 느낀다. 그리고 의미도 목적도 없이 이 거리들과 공원을 따라 방황하던 일, 똑같은 생각과 회상들…. 이 회상들은 너무나 무겁고 무서운 것인데, 그것은 회상들로부터 구원을 간구하는 특별한 기도이기도 했다.

　어떤 운명적인 시간에 그녀가 잠시 암시만 했던 은밀한 고통이 그녀를 광기로 사로잡아 이성을 마비시켰다. 그 날 게오르기 형은 사무실에서 늦게 돌아왔고, 나는 더 늦게 돌아왔다. 지방의회가 연례 현 지방의회 모임을 다시 준비하고 있기 때문에 그녀도 우리가 늦게 오리라는 걸 알고 있었다. 그녀는 혼자 집에 있었고, 매달 늘 그랬듯이 며칠 동안 외출하지 않았다. 그리고 이 시기에 늘 그랬듯이 그녀는 평소와는 너무 달랐다. 아마도 그녀는 우리의 침실에 있는 등받이 없는 긴 의자에 버릇대로 다리를 움츠리고 오랫동안 누워서 줄담배를 피웠을 것이다. 그녀는 얼마 전부터 담배를 피우기 시작했는데, 그녀에게 어울리지 않는 이 습관을 버리라는 나의 부탁과 요구를 무시하고 있었다. 그녀는 자기 앞을 줄곧 응시하다가 갑자기 일어나서 종잇조각 위에 일필휘지로 내게 편지를 쓰고 나서 급히 자기 물건 몇 가지를 꾸렸을 것이다. 형이 집에 돌아와 텅 빈 침실의 화장대 위에서 발견한 것은 이 종잇조각이었다. 나는 그녀가 되는 대로 내팽개치고 간 물건들을 모아서 어디에 숨겨야 할지 오랫동안 결정하지 못했다. 그 날 밤에 그녀는 아버지가 있는 집으로 이미 멀리 가버렸다….

나는 왜 즉시 그녀를 뒤쫓지 않았을까? 아마도 수치심 때문인지도, 그리고 인생의 어떤 순간에 그녀에게 나타나는 완강한 고집을 잘 알았기 때문인지도 모른다. 내가 보낸 전보와 편지에 대해 마침내 답으로 돌아온 것은 단 몇 마디뿐이었다.

"내 딸은 떠났고, 자기의 소재지는 아무에게도 알리지 말라고 했네."

내 곁에 형이 없었더라면 (형은 그저 무기력하고 당혹스러워했지만), 당시 내게 무슨 일이 일어났을지 모른다. 형은 그녀가 급히 달아나면서 쓴 몇 줄의 메모를 내게 곧바로 주지 않았고, 우선 내가 마음의 준비를 하도록 했다. 마침내 형은 결심을 하고나서 아주 어색하게 눈물을 찔끔 흘리더니 내게 메모를 건네주었다. 종잇조각에는 힘찬 필치로 이렇게 씌어 있었다.

"나는 자기가 나로부터 점점 더 멀어지는 걸 더 이상 참을 수 없고, 자기가 나의 사랑에 한없이 그리고 더욱 빈번하게 가하는 모욕을 더 이상 견딜 수 없어. 그리고 나는 내 마음속의 사랑을 죽일 수는 없지만, 내 어리석은 모든 희망과 꿈속에서 모욕과 환멸이 극에 다다랐음을 깨닫지 않을 수 없어. 우리의 이별을 이겨내고 날 잊을 수 있도록 하느님이 자기에게 힘을 주시고, 자기가 새롭고 완전히 자유로운 생활 속에서 행복해질 수 있도록 하느님께 기도할 게…."

나는 단숨에 메모를 읽었다. 발밑의 땅이 꺼지고 얼굴과 머리 살가죽이 얼어붙고 팽팽하게 조여드는 걸 느끼면서도 나는 아주 뻔뻔스럽게 말했다.

"오, 예상해야만 했어. 이 '환멸'이란 건 흔해빠진 이야기지!"

그리고 나서 나는 용감하게 침실로 들어가서 아무렇지도 않은 모습으로 등받이 없는 긴 의자에 누웠다. 어스름 속에서 형이 조심스럽게 잠깐 내게 들렀다. 나는 자는 척 했다. 온갖 불행 속에서 넋을 잃고 우리 아버지처럼 그 불행을 견뎌내지 못했던 형은 내가 진짜로 자고 있다고 서둘러 믿어버렸다. 그날 밤에 형은 지방자치회 회의에 다시 가야만 하는 상황을 핑계삼아 조용히 옷을 입고 나갔다…. 오늘 자살을 하든지 내일 자살을 하든지 마찬가지라고 굳게 믿었기 때문에, 나는 그날 밤에 자살을 하지 않았다고 생각한다. 창문너머 정원에 가득한 우윳빛 달빛으로 방안이 환해지기 시작했을 때, 나는 식당으로 나와 램프에 불을 켜고 찬장 옆에 앉아서 보드카를 찻잔으로 한 잔, 또 한 잔을 마셨다….

  집을 나와서 나는 거리를 따라 걸었다. 거리는 무서웠다. 벌거벗은 정원과 포플러 가로수길 한가운데, 주변의 모든 것이 조용하고 따스하고 눅눅했으며, 달빛과 뒤섞인 하얀 안개가 짙게 깔려 있었다. 그러나 집으로 돌아와서 침실 촛불을 켜고, 그 희미한 불빛 아래서 사방으로 흩어진 스타킹, 구두, 여름 원피스, 알록달록한 예쁜 잠옷을 보는 건 더 무서웠다. 그녀가 이 잠옷을 입고 잠자기 전에 나는 그녀를 껴안고 고개를 들어 날 바라보는 순종적인 얼굴에 키스하고 그녀의 따스한 숨결을 느끼곤 했다. 미친 듯이 눈물이 흘러내리는 공포에서 벗어날 수 있는 유일한 길은 그녀와 함께, 그녀 옆에 있는 것이었다. 그러나 그녀는 없었다. 그리고 다시 밤이 찾아왔다. 침실의 정지된 고요 속에 똑같은 희미한 촛불. 늦가을 밤비가 시커먼 창문너머 어둠 속에서 고르게 떨어진다. 나는 누워서 앞쪽 구석을 바라본다. 구석의 움푹 들어간 곳에 그녀가 잠자기 전에 기도하곤 했던 성상이 걸려있다. 마치 주조(鑄造)된 청동 같은 오래된 나무판, 진사(辰砂)로 칠한 표면, 붉게 칠한 배경 속에 황금빛 옷을 입은 엄격하고 애처로운 성모의 형상, 검은 테두리 속의 크고 검고 비현실적인 눈. 무시무시한 테두리! 그리고 생각 속에서 무시무시하고 성물모독적인 것의 결합. 즉, 성모와 그녀, 이 성상과 그녀가 미친 듯이 서둘러 달아나면서 여기에 내던져버린 여성적인 모든 것.

그 후 한 주가 지나갔고, 또 한 주, 한 달이 흘러갔다. 나는 오랫동안 근무하지 않았고, 사람들이 있는 곳에는 어디에도 나타나지 않았다. 나는 꼬리에 꼬리를 물고 일어나는 추억을, 하루하루를, 한 밤 한 밤을 극복하고 있었다. 왠지 이런 생각이 줄곧 들었다.

"옛날 어디선가 슬라브 농부들은 무거운 짐을 실은 자신의 보트를 숲길을 따라 움푹 파인 구덩이에서 구덩이로 '질질 끌며' 옮기고 있었다."

30

나는 이미 한 달여 동안 집이고 시내고 어디서나 나타나는 그녀의 모습으로 괴로워했다. 마침내 나는 더 이상 이 고통을 참을 힘이 없다고 느끼고 바투리노로 떠나기로 결심했다. 즉, 미래에 대해 생각하지 않고 거기서 한동안 지내기로 결심한 것이다.

마지막으로 형을 급히 포옹하고 나서, 움직이는 기차에 오르니 기분이 매우 이상했다. 기차에 오르면서 나는 스스로에게 말했다.

'자, 이제, 나는 다시 새처럼 자유롭다!'

눈이 내리지 않는 어두운 겨울 저녁이었고, 기차가 건조한 대기 속에서 요란스럽게 덜커덩거렸다. 나는 문가 구석진 곳에 자리를 잡고 조그만 여행가방을 놓았다. 나는 자리에 앉아서 '새가 날기 위해 창조된 것처럼 인간은 행복을 위해 창조되었다'는 폴란드 속담을 그녀

앞에서 되뇌기를 얼마나 좋아했는지 떠올렸다. 그리고 나는 누구도 내 눈물을 볼 수 없게 덜컹거리는 기차의 시커먼 유리창을 뚫어져라 바라보았다. 하리코프까지 가는 밤 여행…. 그리고 2년 전에 하리코프에서 출발한 것도 이런 또 다른 밤이었다. 봄, 새벽, 밝아오는 객실에서 깊은 잠에 빠져 있던 그녀…. 나는 괴롭고 조잡하고 비좁은 객실 램프 아래 어스름 속에 긴장하고 앉아서 한 가지만을 — 아침, 사람들, 사람들의 움직임, 하리코프 역에서의 뜨거운 커피 한 잔을 — 기다렸다….

다음 역은 쿠르스크, 역시 잊지 못할 역이다. 봄날의 한낮, 역에서 그녀와 함께한 아침식사. "내 생애 처음으로 기차역에서 아침을 먹어!"라고 그녀는 즐거워하며 말했었다. 지금은 우중충하고 혹독하게 추운 날의 저녁 무렵. 역 앞에는 터무니없이 길고 이상하게 평범한 우리의 여객열차가 서 있었다. 쿠르스크 - 하리코프 - 아조프를 잇는 이 철도는 육중하고 거대한 3등 객차들의 끝없이 긴 벽이 특징적이었다. 나는 밖으로 나와 기차를 바라보았다. 검게 보이는 기관차는 저 멀리 앞쪽에 있어서 잘 보이지 않는다. 사람들은 손에 찻주전자를 들고 기차 발판에서 펄쩍 뛰어내려 — 모두들 하나같이 역겨웠다 — 뜨거운 물을 가지러 간이식당으로 급히 걸어간다. 나와 같은 칸에 탄 승객들도 — 몸에 해로운 비만으로 피로에 지친 무심한 상인, 이상하게 활기차고 모든 것에 호기심이 많은 젊은이 — 밖으로 나왔다. 이 젊은이의 평범한 메마른 얼굴과 입술은 온종일 내게 혐오감을 불러일으켰다. 젊은이가 내게 미심쩍은 눈길을 던졌다. 나 역시 하루 종일 그의 관심을 끌었던 모양이다.

'줄곧 말없이 앉아있는 이 자는 젊은 귀족 같기도 한데, 도대체 누구일까!'

그러나 젊은이는 다정하게 빠른 말로 내게 미리 일러준다.

"여기에서는 항상 튀긴 거위를 파는데 믿을 수 없을 만큼 싸다는 걸 알아둬요!"

나는 내가 갈 수 없는 간이식당에 대해 생각하면서 서 있다. 언젠가 내가 그녀와 함께 앉았던 테이블이 거기에 있다. 아직 눈은 내리지 않았지만 이미 혹독한 러시아의 겨울냄새가 난다. 거기, 바투리노에서는 어떤 무덤이 날 기다리고 있을까! 늙으신 부모님, 불행하고 병약한 누이, 초라한 영지, 초라한 집, 얼음처럼 찬바람이 부는 헐벗은 낮은 정원, 겨울에 개 짖는 소리. 바로 이런 찬바람이 부는 겨울에 개 짖는 소리는 어쩐지 특별하고 불필요하고 쓸쓸하다…. 기차의 꼬리도 역시 끝이 없다. 맞은편, 플랫폼 울타리 너머로 헐벗은 포플러 가지가 높이 솟아있고, 포플러 뒤쪽 얼어붙은 자갈길 위에서 시골 마부들이 승객들을 기다리고 있다. 이 마부들의 모습은 쿠르스크라는 이 지역의 우수와 권태를 말없이 전해준다. 포플러 아래 플랫폼에는 숄 끝단으로 머리를 감싸고 허리를 졸라맨 아낙들이 추위에 파랗게 질린 얼굴을 하고 아첨하듯이 소리를 지르며 손님을 끌고 있다. 그들은 믿을 수 없을 만큼 싼, 부스럼투성이 껍질에 얼어붙은 커다란 거위를 팔고 있는 것이다. 찻주전자에 뜨거운 물을 가득 채운 사람들이 역에서 따스한 객실로 힘차게 뛰어오다가, 흔쾌히 추위를 감수하고 건달처럼 활달하게 달려가면서 아낙들과 값을 흥정한다…. 마침내 저 멀리서 기관차가 앞으로 남은 여정으로 날 위협하면서 지옥 같은 음울한 소리를 내며 울부짖기 시작한다…. 그녀가 어디로 사라졌는지 내가 모른다는 것이 무엇보다 절망적이었다. 만일 그렇지 않았더라면 나는 어떤 수치심도 견뎌내고 오래전에 어디에서든 그녀를 따라가서 붙잡았을 것이고, 어떤 대가를 치르더라도 그녀를 내게 데려왔을 것이다. 그녀의 거친 행동은 광기의 발작임이 분명했다. 그녀 역시 수치심 때문에 자신의 행동을 반성하지 못하고 있다.

나의 새로운 귀향은 3년 전의 귀향과는 전혀 달랐다. 이제 나는 다른 눈으로 모든 것을 바라보았다. 바투리노의 모든 것은 집에 오면서 상상했던 것보다 훨씬 더 나빴다. 시골의 초라한 농가, 야만적인 털북숭이 개, 쇠같이 단단한 진흙이 덕지덕지 묻어있는 문지방, 그 옆에 있는 조잡하고 얼음이 얼어붙은 물 운반하는 마차, 영지로 이어지는 길 위의 진흙 덩어리, 서글픈 창문과 터무니없이 높고 무거운 지붕과—이 지붕은 할아버지와 증조할아버지 때 만들어진 것이다—처마에 가려서 어두운, 두 개의 현관이 있는 음울한 집 앞의 텅 빈 마당. 오래되어 회청색으로 변한 현관의 나무. 이 모든 것이 낡고 왠지 버려지고 쓸모없어 보였다. 그리고 무의미하게 불어대는 찬바람은 초라하고 헐벗은 겨울 정원에서 지붕보다 더 높이 솟아오른 소중한 전나무의 우죽을 휘어놓는다. 나는 집안 생활에서 지독한 궁핍으로 넘어가는 모습을 보았다. 찰흙으로 때워놓은 페치카의 갈라진 틈, 난방을 위해 말에 입히는 거친 옷〔馬衣〕을 깔아놓은 마루….

아버지만이 마치 이 모든 것에 대항하듯이 행동하려고 노력했다. 더 마르고 더 작아지고 완전히 백발이 된 아버지는 지금은 항상 깨끗이 면도하고 매끈하게 빗질하고, 이전처럼 아무렇게나 옷을 입지 않았다. 노년과 가난의 단정함을 보는 것은 고통스러웠다. 아버지는 분명히 날 위해, 나의 수치와 불행을 위해 누구보다도 활기차고 즐겁게 행동했다. 한번은 아버지가 바싹 마른 떨리는 손으로 담배를 들고 부드럽고 슬픈 눈길로 날 바라보며 말했다.

"그래, 얘야. 모든 것은 정당한 거야. 청춘의 모든 불안, 모든 슬픔과 기쁨도, 그리고 노년의 평화와 평온도…. 그런데 이건 어떠냐?"

아버지는 눈웃음을 지으며 말했다.

"'평온한 즐거움' 말이다. 에이, 망할 놈의 것 같으니."

우리는 이 고독한 벽지에서,
들판의 자유를 들이마시며,
소박한 오막살이에서
평온한 즐거움을 맛본다 ….

아버지를 떠올릴 때면 나는 언제나 후회하게 된다. 항상 아버지를 정당하게 평가하고 사랑하지 못했던 것 같다. 나는 아버지의 인생, 특히 아버지의 젊은 날을 너무 몰랐다는 사실에 매번 죄책감을 느낀다. 아버지의 젊은 날에 대해 알 수 있었을 때도 나는 알려고 별로 애쓰지 않았다. 지금 나는 아버지가 도대체 어떤 사람이었는지 알려고 애쓰고 있지만 완전히 알 수가 없다. 아버지는 아주 특별한 시대와 특별한 세대에 속하는 사람이다. 아버지의 타고난 재능은 왠지 무익했지만, 정말 경이롭고 경쾌하고 다양했다. 아버지는 살아있는 가슴과 민첩한 두뇌를 가지고 있었고, 암시만 해도 모든 것을 이해하고 파악했으며, 보기 드문 솔직한 정신과 정신적 내밀함을 겸비해서 외적으로는 단순하지만 내적으로는 복잡한 사람으로, 신중한 통찰력과 낭만적인 아름다운 마음을 지닌 사람이었다. 그해 겨울에 나는 스무 살이었고, 아버지는 예순이었다. 왠지 믿어지지가 않는다. 언제가 내가 스무 살이었고, 그 모든 것에도 불구하고 내 젊음의 힘이 막 피기 시작했다는 것을! 그런데 아버지의 전 인생은 이미 저 뒤에 있었다. 그러나 그 겨울에 그 누구도 내 마음속에 일어난 일들을 아버지만큼 이해하지 못했고, 아마 그 누구도 내 마음속에 결합된 슬픔과 젊음을 아버지만큼 느끼지 못했을 것이다.

우리는 그날 아버지의 서재에 앉아있었다. 벌써 눈이 쌓였고, 조용하고 평화로운 맑은 날이었다. 햇볕에 빛나는 눈 쌓인 마당이 서재의 낮은 창을 사랑스럽게 바라보았다. 서재는 따스하고 담배연기가 자욱하고 너저분했다. 너저분하고 아늑하고 항상 단순한 가구가 배치된 이 서재는 어린 시절부터 내게 소중한 곳이었다. 이런 서재의 분위기는 아버지의 모든 습관과 취향, 아버지와 나 자신에 대한 나의 오랜 추억들과 분리될 수 없는 것이었다. '평온한 즐거움'에 대해 말하고 나서 아버지는 담배를 옆에 놓고 벽에서 오래된 기타를 내려서 뭔가 좋아하는 민요를 치기 시작했다. 아버지의 눈빛은 강렬하고 유쾌해졌지만 동시에 마음속에 뭔가를 숨기고 있었다. 아버지는 슬픈 웃음을 지으며 부드럽고 즐거운 기타 리듬에 맞춰 소중하고 잃어버린 뭔가에 대해 중얼거렸다. 그리고 인생에서 모든 것은 어쨌거나 흘러가고 울어봐야 소용없다고….

집에 도착한 직후에 나는 견딜 수가 없어서, 하루는 갑자기 자리를 박차고 무턱대고 시내로 달려나갔다. 그리고 그날은 그냥 빈손으로 돌아왔다. 의사의 집안으로 들어갈 수 없었기 때문이다. 절망으로 대담해진 나는 낯익지만 지금은 무시무시한 현관 앞에 다다른 마부의 썰매에서 펄쩍 뛰어내렸고, 공포를 느끼며 반쯤 가려진 식당의 창문을 힐끗 쳐다보았다. 한때 이 식당에서 나와 그녀는 며칠 동안이나 소파에 앉아 있곤 했다. 우리가 함께 보냈던 그 가을의 처음 며칠들! 나는 종을 잡아당겼다…. 문이 열렸고, 나는 그녀의 동생과 마주보고 있었다. 얼굴이 창백해지면서 그가 분명한 목소리로 말했다.

"아버진 당신을 보고 싶어하지 않습니다. 아시다시피 그녀도 없고요."

그 가을에 볼초크와 아주 미친 듯이 계단을 위아래로 뛰어다녔던 바로 그 중학생이었다. 그런데 지금 내 앞에는, 장교복 같은 하얀 셔츠에 높은 부츠를 신은 우울하고 아주 거무스름한 청년이 서 있었다. 그의 검은 콧수염은 막 자라기 시작했고, 작고 검은 눈은 완강하게 적의를 드러냈으며, 거무스름해서 얼굴이 희고 푸르게 보였다.

"돌아가세요."

그는 조용히 덧붙여 말했지만, 셔츠 아래에서 그의 심장이 고동치고 있는 것이 분명했다.

그러나 겨울 내내, 매일매일 나는 끈질기게 그녀의 편지를 기다렸다. 나는 그녀가 그렇게 돌처럼 무정하고 잔인할 수 있다는 것을 믿을 수 없었다.

31

그해 봄에 나는 그녀가 폐렴에 걸려 집으로 돌아왔고, 일주일이 안 되어서 죽었다는 걸 알았다.[57] 그녀의 죽음을 가능한 한 오랫동안 내게 숨기게 한 것도 그녀의 뜻이었다는 걸 알았다.

나는 지금까지 그녀가 첫 월급을 타서 내게 선물로 사 준 갈색 염소가죽 노트를 간직하고 있다. 아마도 그 날은 그녀의 일생에서 가장 감동적인 날이었을 것이다…. 이 노트를 내게 선물하면서 노트의 첫 페이지에 그녀가 쓴 몇 단어를 아직도 읽을 수 있다. 흥분하고 서두르고 부끄러워한 나머지 그녀는 두 군데를 잘못 썼다….

---

[57] 리카의 원형인 바르바라 파셴코는 1894년에 부닌을 떠났다. 그녀는 병으로 죽지 않았고 부닌이 아는 사람과 결혼했다. 후에 부닌의 이전 애인들은 부닌의 친구가 되었다. 부닌은 소설의 주인공(아르세니예프)에 대해 보다 효과적으로 이야기하기 위해 자전적 사실을 하나의 에피소드로 이용하고 있다.

최근에 나는 꿈속에서 그녀를 보았다. 그녀 없이 살아온 나의 긴 생애를 통틀어 단 한 번뿐이었다. 그녀는 우리가 함께 인생과 젊음을 보냈던 그때의 나이 그대로였다. 그러나 그녀의 얼굴에는 이미 시들어가는 아름다움의 매력이 어려 있었다. 그녀는 말랐고 상복 같은 뭔가를 입고 있었다. 나는 그녀를 어렴풋이 보았지만 커다란 사랑과 기쁨을 느꼈고, 그 누구에게서도 결코 느낄 수 없는 육체적이고 정신적인 진한 친근함을 느꼈다.

1927~1929, 1933.
해변의 알프스

— 옮긴이 해제 —

부닌의 삶과 예술
《아르세니예프의 생애》를 중심으로

1

이반 알렉세예비치 부닌(И. А. Бунин: 1870~1953)은 중부 러시아 보로네슈의 오랜 귀족가문에서 태어났다. 그러나 부닌이 태어났을 당시 아버지의 낭비벽으로 가세는 이미 기울어졌다. 1874년 오룔현(縣) 옐레츠크군 부트이르키로 이사하여 가정교사에게 교육을 받았다. 중부 러시아의 끝없이 펼쳐진 평원과 드넓은 숲과 초원은 어린 부닌의 마음에 슬픈 슬라브적 시정과 풍부한 감수성을 심어주었다.

1881년에 부닌은 옐레츠크 김나지움(중학교)에 편입했지만 수학성적이 나빠서 유급당했고, 1886년에는 장기결석과 교육비 미납으로 제적당했다. 그 후 부닌은 나로드니키(인민주의자)였던 율리 형의 지도로 김나지움과 대학 교과과정을 공부했고, 1889년에는 N. A. 세묘노바의 제안으로 〈오룔 통보〉에서 기자로 일하면서 V. V. 파셴코와 사랑에 빠져 오제르키와 하리코프 등을 여행했다. 1892년에 부닌은 파셴코와 폴타바로 가서 율리 형과 함께 지방자치청에서 근무하다가 1895년에 파셴코와 헤어졌다.

그 후 페테르부르크와 모스크바로 가서 체호프, 발리몬트, 솔로구프 등과 교류하였으며 상징주의자들의 잡지에 글을 게재하기도 했다. 한때는 톨스토이주의에 빠지기도 했지만 미학-철학적 및 삶에 대한 관점의 차이로 상징주의자들 및 톨스토이와의 짧은 동거는 곧 끝나게 된다. 1900년에 베를린, 파리, 스위스, 이탈리아 등을 여행했고, 유라시아주의, 불교, 이슬람교에 관심을 갖고 공부했다. 1904~1905년에 잡지 〈프라브다〉의 문예란 편집자로 일하기도 했다.

부닌은 1917년 볼셰비키 혁명을 '인류사회를 폭력으로 재편하려는 피로 얼룩진 광기'로 규정하고 모스크바를 떠나 오데사로 갔다가 1920년에 프랑스로 망명했다. 그 후 프랑스에서 사망할 때까지(1953년 11월 8일) 망명작가로 살면서 집필활동을 계속했다.

부닌은 7~8세 때부터 푸쉬킨과 레르몬토프를 모방하여 시를 쓰기 시작하다가, 1887년 2월, 〈조국〉이란 신문에 〈나드손의 묘 위에서〉를 처음으로 발표했고, 같은 해 같은 신문에 10편의 시와 2편의 단편을 발표하면서 본격적으로 창작활동을 시작했다. 1891년에 〈오룔 통보〉의 부록으로 부닌의 첫 시집 〈1887~1891년의 시들〉이 출간되었다. 훗날 부닌은 이 시집의 시들을 "대부분 순수한 청년시절에 쓴 지나치게 내밀하고 빈약한 시"로 혹평했지만, 동시대의 비평가들은 시에 나타난 "정확하고 생생한 자연의 감촉과 묘사"를 높이 평가했다. 부닌은 롱펠로의 서사시 〈하이어워사의 노래〉의 번역(1896)과 시집 〈낙엽〉(1901)으로 1903년에 러시아 아카데미 푸쉬킨 상을 수상했다.

부닌은 19세기 말~20세기 초에 쓴 일련의 단편들(〈산마루〉, 〈세상 끝에서〉, 〈마을에서〉, 〈늦은 밤에〉)에서 농민들과 소지주들의 삶과 풍습을 사실적으로 그려냈다. 인상주의의 영향이 엿보이는 다른 단편들(〈안토노프 사과〉, 1900) 속에는 대상에 대한 섬세한 감각과 아름다운 시적 묘사가 가득하다. 가부장적인 러시아 시골생활의 파괴와 붕괴과정을 냉혹할 정도로 리얼하게 그린 《마을》(1909~1910)과 《마른 골짜기》(1911)는 이 시기의 걸작으로 손꼽힌다. 이러한 문학적 성과를 인정받아 부닌은 1909년에 다시 푸쉬킨 상을 수상했다. 부닌의 산문세계는 더욱 넓고 깊어지면서, 삶과 죽음의 문제(〈형제〉, 〈인생의 술잔〉, 〈샌프란시스코에서 온 신사〉)와 운명과 사랑의 문제(〈사랑의 문법〉, 〈가벼운 숨결〉)에 대한 존재론적 물음과 철학적 및 종교적 탐구로 이어진다.

볼셰비키 혁명 이후 프랑스로 망명한 부닌의 문학세계에는 조국을 향한 향수, 페시미즘, 형이상학적 및 종교적 요소가 더욱 짙게 나타난다. 부닌의 창작의 열정은 망명지에서도 계속 타올라 〈이에리혼의 장미〉(1924), 〈신의 나무〉(1931) 같은 단편과 반(半)자전적 소설 《미차의 사랑》(1925)과 《아르세니예프의 생애》(1927~1929, 1933), 그리고 사랑에 관한 단편 모음집인 《어두운 가로수길》(1943)을 남겼다. 1933년, 부닌은 평생의 문학적 업적을 인정받아 러시아 출신 작가로는 최초로 노벨 문학상을 수상했다.

부닌은 체호프, 안드레예프, 솔로구프, 쿠프린, 고리키 등과 함께 19세기 말~20세기 초 러시아 문학을 대표하는 주요 작가이다. 고전적 의미에서 러시아 최후의 리얼리스트로 평가되는 부닌은 푸쉬킨, 체호프, 톨스토이를 문학적 스승으로 존경하면서, 선배 작가들의 문학적 전통을 이어받아 19세기 말~20세기 초의 러시아 현실을 사실적으로 그려냈다.

  중부 러시아에서 태어난 부닌의 문학적 시원(始原)은 중부 러시아의 전형적인 풍경(끝없는 지평선, 광활한 벌판, 드넓은 숲과 초원)과 그곳의 전원적인 삶이라고 할 수 있다. 부닌의 작품 어디에서나 고향의 풍경과 삶이 아름답게 추억되고 시적으로 묘사되어 있다. 그러나 부닌은 역사의 전면에서 사라질 수밖에 없는, 막 사라져 가는 시골 소지주들의 한가롭고 전원적인 생활, 가난하고 거친 농민들의 생활과 풍습, 파괴되어 가는 농촌공동체의 실상을 슬프고 안타까운 시선으로 포착하여 서정적인 색채로 암울하게 그리고 있다. 이와 함께 부닌은(특히 망명 이후에) 운명적인 사랑, 삶과 죽음의 문제를 철학적 및 종교적으로 접근하여 비극적이고 염세적인 존재의 세계와 그 비밀을 그려냈다.[1]

2

  부닌이 망명시기에 쓴 가장 중요한 작품인 《아르세니예프의 생애》(Жизнь Арсеньева. Юность)는 복잡한 출판역사를 갖고 있다. 부닌의 아내(V. M. 무롬체바-부니나)의 증언에 따르면 부닌은 쉰 살이

---

1) 부닌의 삶과 창작 일반에 대해서는 〈Русские Писатели. 20век〉(М, 1998) / КЛЭ(М, 1962-1978) / И. П. Карпов. Проза Ивана Бунина(М, 1999) / Julian W. Connoly, Ivan Bunin(Twayne Publisher, 1982)을 참조했다.

된 1920년에 '내 삶에 대한 책'(книга моей жизни)을 집필할 구상을 했다고 한다.2) 이 작품의 제1~4권은 파리에서 발행된 신문(⟨러시아⟩와 ⟨최신 뉴스⟩)과 잡지(⟨현대의 기록⟩)에 1927~1929년 동안 분재되었고, 제5권은 1932~1933년에 파리에서 발행된 신문(⟨최신 뉴스⟩)과 잡지(⟨삽화가 있는 러시아⟩)에 발표되었다.

《아르세니예프의 생애》 제1~4권은 1930년에 파리에서 최초의 단행본으로 출판되었고, 제5권은 ⟨리카⟩라는 제목으로 1939년 브뤼셀에서 단행본으로 따로 출판되었다. 부닌은 1949~1951년에 소설 전체를 많이 고치고 줄여서 1952년 뉴욕의 '체호프' 출판사에서 최초의 완전한 판본(《아르세니예프의 생애. 청년시절》)을 출간했다.

볼셰비키 혁명 이후, 망명작가 부닌의 작품은 러시아에서 거의 출판될 수 없었다. 1928년부터 부닌의 책은 출판금지되고 도서관에서 사라졌으며, 작가의 이름은 언급조차 될 수 없었다. 일례로 1943년에 바를람 샬라모프는 부닌을 위대한 작가라고 불렀다가 강제수용소 10년형을 받기도 했다. 스탈린 사후 부닌은 부활했고, 그의 책은 다시 출판되기 시작하여 독자들에게서 많은 인기를 얻었다. A. T. 트바르도프스키의 개인적인 노력으로 부닌 선집(제1~9권. 모스크바, 1965~1967)이 처음으로 출판되었고, '체호프' 출판사에서 펴낸 ⟨아르세니예프의 생애⟩가 이 선집에 포함되었다.

---

2) В. М. Муромцева Бунина. Жизнь Бунина. Беседы с памятью. М., 1989.

이반 부닌의 《아르세니예프의 생애》는 많은 점에서 문제적이다. 첫째, 장르 규정의 문제다. 이 작품은 소설의 형식을 취했지만 전통적 의미의 소설작법에서 많이 벗어나 있다. 부닌도 이 작품의 초고에 소설이라고 쓰고 따옴표를 붙였다. 실제로 《아르세니예프의 생애》에는 일정한 파블라도 슈제트도 없다. 부닌은 이 작품을 쓰려고 준비할 당시의 일기장(1921년 10월 27~11월 9일)에 "'아무것도 아닌 것에 대한 책'을 쓰고 싶고, 이 책 속에 나의 영혼을 토로하고 나의 삶을 이야기하고, 이 세상에서 보고 느끼고 생각하고 사랑하고 미워한 것을 이야기하고 싶다"고 썼다. 이런 의미에서 《아르세니예프의 생애》는 부닌의 삶과 현실에 대한 '철학-종교적 명상'이자 에세이이고 부닌 자신의 '삶에 대한 회상'이라기보다 보편적인 '삶에 대한 책', 즉 삶에 대한 지각의 재현이자 체험이라고 할 수 있다. 부닌의 연구가인 유리 말체프는 지각과 체험 밖의 삶은 그 자체로 존재하지 않고, 객체와 주체는 하나의 단일한 문맥 속에 긴밀히 융합되어 있다고 보고, 이 작품을 러시아 최초의 '현상학적 소설'이라고 부른다.[3]

《아르세니예프의 생애》는 종종 L. 톨스토이의 자전적 삼부작(《어린 시절》, 《소년시절》, 《청년시절》), S. 악사코프의 《바그로프 손자의 어린 시절》, M. 고리키의 삼부작(《어린 시절》, 《세상 속으로》, 《나의 대학》)과 비교된다. 작품의 제1~4권에는 부닌 자신의 어린 시절과 청년시절의 삶이 비교적 자세하게 재현되어 있다. 제5권에는 리카와 아르세니예프의 사랑을 통해 부닌과 바르바라 파셴코와의 사랑이 그려지

---

[3] Юрий Мальцев, Бунин. М., Посев, 1994. С. 304-305.

고 있지만 세부적인 면에서는 다르다. 예컨대, 리카의 집과 집의 분위기는 파셴코의 그것이라기보다는 첫 번째 아내인 차크니의 그것과 비슷하다. 리카와 아르세니예프의 관계도 처음에는 파셴코와 부닌의 관계와 거의 일치하지만, 후반부로 가면서 리카는 부닌이 파셴코에게서 보기를 원했던 모습으로 바뀐다. 즉, 실제의 파셴코와는 달리 리카는 연약하고 순종적이고 헌신적이 된다.

부닌은 《아르세니예프의 생애》가 자서전으로 불리는 것을 아주 싫어했다. 실제로 부닌의 작품은 많은 점에서 톨스토이, 악사코프, 고리키의 자전적 소설들과 다르다. 부닌의 작품에서는 서술자인 '나'가 등장인물이고, 서사적 과거는 현재와 끊임없이 연결되어 상호작용하고 있다. 서술자인 '나'는 주인공 아르세니예프와 때론 거리를 두고 아르세니예프를 객관화시키고, 때론 주인공 아르세니예프가 되어 직접 사건에 참여하기도 하고, 때론 주인공 주변에서 일어나는 사건 안팎에서 삶의 의미와 존재에 대한 미학적 및 철학적 관점을 표명하기도 한다.[4] 이런 점에서 《아르세니예프의 생애》는 톨스토이, 악사코프, 고리키의 자전적 소설들과는 달리 '예술적 전기'(художественная биография), '준(準) 자전적 소설'(псевдоавтобиографический роман), '거짓 자서전'(вымышленная автобиография)으로 불린다.

실제로 《아르세니예프의 생애》에는 회상과 서정·철학적 요소들이

---

[4] 《아르세니예프의 생애》의 서술자는 '개인화된 서술자', 즉 서술의 주체이자 소설의 주인공으로 등장하는데, 이 서술자의 몇몇 심급에 대해서는 최진희의 논문을 참조할 수 있다("이반 부닌 소설 《아르세니예프의 생애》 연구", 〈러시아학〉 제1호, 충북대학교, 2005년, 93~110쪽).

가득하다. 그만큼 다른 작가들의 자전적 소설보다 시대와 역사, 인생에 대한 보편적 요소가 더 지배적으로 나타난다. 다시 말해 이 소설은 서술자(화자)-주인공인 알렉세이 아르세니예프의 스무 살까지의 개인적 전기이고, 작가 이반 부닌의 인생과 다양한 경험에 대한 간접적 회고이자 고백이며, 소설의 시공간적 배경인 19세기 러시아의 사회·역사, 특히 지방의 소지주들의 생활에 관한 생생한 기록인 것이다.

장르규정의 문제와 함께 《아르세니예프의 생애》에서 '시간'(время)과 '기억'(память)의 문제는 중요한 의미를 지닌다. 이 소설에서 시간은 물리적 개념이라기보다는 정신적이고 의식적인 개념이고, 과거와 현재는 서로 넘나들며 교섭하고 침투하며 종종 한순간에 공존한다. 기억하는 순간은 동시에 기억되는 시간이 된다. 다시 말해 반복되는 기억과 경험 속에서 과거와 현재의 경계는 사라지고 시간의 통제를 벗어나 '영원한 현재'가 획득된다. 《아르세니예프의 생애》의 초고에 붙여진 '나날의 근원'(истоки дней)이란 부제가 말해주듯이 기억되는 시간은 기억하는 시간 속에서 반복되며, 최초의 시적 직관을 다시 재확인해나가는 나선형의 발전구도를 가진다.[5]

보통 망명작가들에게 '기억'은 두고 온 고국과 고향에서의 삶에 대한 향수, 고정된 과거의 시간과 공간에 대한 현재적 복원의 의미를 지닌다. 그러나 부닌에게 기억은 정신적 범주이다. 초시간적 본성이 기억 속에 나타나므로 기억은 항상 초월적이다.[6] 우리의 기억만큼

---

[5] 최진희, 위의 논문, 103쪽.
[6] Юрий Мальцев, 위의 책, 311쪽.

우리의 삶을 규정하는 것은 없다. 이 소설의 구성적 기초인 '기억'은 인간의 무의식 속에 실존하며 시공을 초월하여 존재한다. 마르셀 프루스트의 경우처럼 기억 속의 삶이야말로 진실한 삶이고, 이 진실한 삶은 영원하다. 즉, '기억'에 의해 현재와 과거가 자유롭게 만나고, 이를 통해 물리적이고 객관적인 시간의 흐름과 인과관계 및 호로노토프의 연속성은 파괴된다. 다시 말해 어린 시절의 목가적 생활에 대한 추억과 이상화, 방황하는 청년시절의 생활, 가부장적인 과거의 러시아, 잃어버린 시간과 공간에 대한 쓰디쓴 향수, 이상화된 어머니의 모습과 자기중심적인 아버지, 예민한 성격의 등장인물들, 중앙 러시아의 아름답고 슬픈 풍경들은 단순한 '기억'의 대상이나 '기억'을 통한 대상의 복원이 아니라 '기억'이라는 의식의 프리즘을 통해 잃어버린 시공과 과거의 모든 것들에 대해 그 현재적 의미가 끊임없이 탐구되며 반추되고 있다. 그 결과 주인공의 '기억'과 의식 속에서 현재와 과거가 자연스럽게 만나 대화하면서 물리적 시간은 정지되고 자연스런 서사의 흐름이 종종 파괴된다. 이런 의미에서 이 소설에는 전통적 의미의 플롯이 부재하고, 과거와 현재를 자유롭게 넘나드는 '기억'과 '의식'의 편린만이 다양하게 기록되어 있다고 말할 수 있다.

부닌은 사랑과 죽음을 노래한 가수로 불린다. 《아르세니예프의 생애》에서도 부닌 창작의 주요한 테마인 삶과 사랑과 죽음의 문제가 심도 있게 다루어진다. 보통 부닌의 작품에서 삶과 사랑은 하나이다. 사랑이 없는 삶은 죽음이고, 산다는 것은 사랑한다는 것을 의미한다. 아르세니예프는 안헨, 아빌로바, 리카, 니쿨리나, 나쟈, 소러시아

처녀, 카자크 여인에게 끊임없이 사랑을 느끼고 사랑을 나눈다. 그가 사랑하는 것은 부드럽고 여성적인 것, 여인의 쇄골, 정강이, 복사뼈, 가무잡잡한 피부와 슬픈 눈동자같이 순간적으로 나타났다가 사라지는 것들이다. 그의 사랑은 보통 죽음이나 이별로 끝나고, 그래서 항상 찰나적이고 비극적이고 운명적이고 우연적이다. 그가 저녁놀, 아침이슬, 어스름, 고요, 끝없는 평원과 초원, 눈, 기차역, 푸른 창공, 헐벗은 나무 등을 유난히 사랑하는 것은 우연이 아니다.

소설 속에는 목동인 센카, 누이동생 나쟈, 할머니, 이웃 귀족인 피사레프, 바보 여인, 대공후와 리카의 죽음까지 일곱 번의 죽음이 일어난다. 특히 이 소설의 제5권, 즉 아르세니예프와 리카와의 만남과 이별, 사랑의 환희와 고통, 결국 리카의 죽음으로 끝나는 비극적 사랑은 아르세니예프의 기억 속에서 현실에서보다 더욱 강렬하고 생생하게 잔존하면서 영원성(불멸성)을 획득한다. 여기에서 죽음에 대한 인식은 삶의 가치에 대한 인식으로 이어지고, 삶과 죽음에 대한 자각은 상호 연관되어 있다. 부닌에게 삶과 죽음, 시작과 끝은 둘이 아니고 하나인 것이다. 부닌은 사랑과 '죽음'이라는 문제를 통해 존재의 시작과 끝을 집요하게 탐구하면서, 인간은 죽음을 통해 비로소 존재 혹은 실존의 억압과 피구속성에서 영원히 해방될 수 있다는 사유에 이르고 있는데, 이는 불교의 세계관과도 연결된다.[7]

---

[7] 부닌의 작품에 나타난 죽음과 불교적 세계관에 대한 일반적인 연구는 다음 논문을 참고할 수 있다. 김경태, "부닌의 작품에 나타난 죽음의 문제 연구", 〈러시아어문학연구논집〉, 제16집, 2004. 김경태, "이반 부닌의 불교적 세계관", 〈노어노문학〉, 제13권 제2호, 2001. 이항재, "《아르세니예프의 생

부닌은 중부러시아의 자연과 시골을 노래한 가수로 불린다. 《아르세니예프의 생애》에서 19세기 러시아의 가부장적 세계, 소지주의 목가적 전원생활과 풍습, 농민들의 세계에 대한 생생한 재현과 묘사와 함께 중부러시아의 전형적인 자연에 대한 서정적이고 시적인 묘사는 이 소설의 압권이다. 긴 겨울을 보내고 봄을 맞이하는 생명이 가득한 숲, 가랑비 내리는 이른 봄날 저녁의 황량하고 슬픈 풍경, 끝없이 이어지는 먼지 가득한 시골길, 외로운 교회와 종탑, 별이 가득한 가을 밤 하늘, 퇴락한 시골지주의 쓸쓸한 저택과 정원, 끝없이 펼쳐진 벌판에 쌓인 낟가리들, 어둠에 쌓인 평원을 달리는 밤기차—이 모든 풍경이 부닌의 손끝에서 생생하게 되살아나고 있다. 중부러시아의 전형적인 풍경에 대한 인상주의적인 묘사는 이 소설을 우리말로 옮기는 데 가장 어려운 부분이기도 하다.

3

트바르도프스키의 노력으로 러시아에서 처음으로 아홉 권짜리 선집과(1965~1967년), '문학유산' 시리즈로 이반 부닌에 대한 두 권짜리 자료집이 출간된 이후(1973년) 부닌에 대한 연구는 새로운 전기를 맞게 된다. 그러나 러시아에서 아직도 아카데미판 부닌 정본 전집은

애》에 나타난 불교적 모티브". 〈러시아어문학연구논집〉. 제 27집, 2008. Т. Г. Марулло. "Рассказ Бунина 〈Братья〉: апология Буддизма", И. А. Бунин и русская литература 20 века(М, 1995).

출간되지 않았다. 유리 말체프가 지적하듯이, 소연방 시절의 부닌 연구는 다분히 이념 편향적이었고, 그 결과 적지 않은 부분에서 왜곡되었다. 몇몇 연구자들은(대표적으로 V. 라크신) 부닌을 러시아 고전작가들이 다져놓은 길에서 벗어난 위험한 인물, 혹은 독자들을 그 길에서 벗어나도록 유혹하고 문학의 사회-윤리적 및 교훈적 목적에 복무하지 않는 불온한 작가로 평가했다. 개혁-개방 이후 고리키 세문학연구소가 주최한 부닌 탄생 125주년 기념 국제학술대회(모스크바, 1995년)를 기점으로 부닌 창작에 대한 연구가 활기를 띠면서 부닌의 창작에 나타난 죽음, 사랑, 시간, 기억의 문제, 그리고 화자, 작가, 문체, 자연묘사에 대한 연구가 깊이 있게 연구되고 있다.

서방에서의 부닌 연구는 대체로 미약하다. 1933년 부닌의 노벨 문학상 수상과 함께 부닌에 대한 관심과 연구가 잠시 고조되었지만, 부닌은 곧 서방 독자들과 연구자들의 관심에서 멀어졌다. 1970~1980년대에 다시 부닌에 대한 연구가 제한적으로 시작되었는데, 주로 부닌 작품에 대한 구조분석이 연구의 대부분을 차지했다.

한국에서의 부닌 연구는 1990년대 말에 러시아에서 부닌 연구로 학위를 받은 젊은 학자들에 의해 이루어지고 있고, 최근 몇몇 논문이 발표되었다. 또한 부닌의 〈마을〉, 〈어두운 가로수길〉, 〈사랑의 문법〉을 비롯한 몇몇 단편들이 우리말로 번역 소개되었다.

앞으로 아카데미판 부닌 전집의 출간, 부닌의 창작 시학에 대한 전반적인 연구, 부닌과 불교, 부닌과 러시아 고전작가들(특히 푸쉬킨, 투르게네프, 톨스토이, 체호프, 파스테르나크) 및 외국작가들(마르셀 프루스트)과의 비교연구가 필요하다.

부닌 연보

1870. 11. 11(구력으로 10월 23일) 중부 러시아 돈강 유역 보로네슈 시에서 소지주 귀족인 알렉세이 니콜라예비치 부닌과 류드밀라 알렉산드로브나 추바로바 사이에서 3남으로 출생. 유년시절을 가문의 영지가 있던 오룔현 옐레츠군 부트이르키에서 보냄.

1874 오룔현 옐레츠군으로 이주. 7~8세부터 푸쉬킨과 레르몬토프를 모방하여 시를 쓰기 시작.

1881 옐레츠의 김나지움(중학교)에 입학하여 4년 동안 수학.

1885 옐레츠군 오제르키에서 살면서 유리 형의 지도를 받으며 공부함.

1887 페테르부르크 잡지 〈조국〉(5월호)에 〈시골 거지〉를 발표하며 문단에 데뷔.

1889 유리 형이 있던 하리코프로 여행하여 급진주의자들과 사귐. 〈오룔 통보〉와 〈사회생활〉에서 일하며 기사, 서평, 풍자 칼럼, 드라마 등을 씀. 〈오룔 통보〉의 교정담당자인 바르바라 파셴코와 사귐. 크림 여행.

1891 〈오룔 통보〉 인쇄소에서 《1887~1891년의 시들》 출간.

1892 파셴코와 함께 폴타바로 가서 지방행정기관에서 근무. 톨스토이주의자들과 가깝게 지냄.

1894 드녜프르강 여행. 모스크바에서 레프 톨스토이와 만남. 유리 형과 소러시아(우크라이나) 여행. 단편 〈세상 끝에서〉 발표. 파셴코와 헤어짐.

1895 페테르부르크와 모스크바에 머물면서 체호프, 발리몬트, 부류소프 등과 교류. 1890년대 후반부터 고리키, 쿠프린 등과 함께 문학서클 '수요회'의 멤버로 활동.

1896 롱펠로의 서사시 〈하이어워사의 노래〉 번역.

1898 시집 《열린 하늘 아래에서》 출간. 오데사에서 A. N. 차크니와 만나 결혼.

1900 아들 니콜라이 출생. 차크니와 헤어짐.

1904 시집 《낙엽》과 〈하이어워사의 노래〉 번역으로 푸쉬킨 상 수상.

1905 아들 니콜라이의 죽음. 1905년 혁명을 겪은 페테르부르크에서 모스크바로 옮김.

1906 베라 무롬체바와의 교제와 결혼.

1907 베라 무롬체바와 함께 이집트, 시리아, 팔레스타인 여행.

1909 두 번째 푸쉬킨 상 수상. 아카데미 명예회원으로 선출됨.

1910 〈현대의 세계〉에 중편 〈마을〉 발표. 프랑스, 알제리, 카프리, 이집트, 실론 여행.

1914 볼가 강 여행. 러일전쟁 발발. 단편 〈형제〉 발표.

1915 단편 〈샌프란시스코에서 온 신사〉, 〈사랑의 문법〉 등을 발표, 마르크스 출판사에서 6권짜리 선집 출간.

1918 볼셰비키 혁명에 반대하여 베라와 함께 모스크바를 떠나 오데사, 콘스탄티노플 등에서 1920년까지 그곳에서 생활. 볼로쉰, 카타예프, 올가크니페르-체호바와 만남.

1920 배 '스파르타'호를 타고 오데사를 떠나 터키 불가리아를 거쳐 파리에 도착.

1923 해변의 알프스에서 생활 시작. 처음에는 그라스에서 가까운 '몽 플레리' 별장에서, 다음엔 '벨베데르' 별장에서 살다가 제2차 세계대전중에는 '자네트' 별장에서 생활. 1927~1942년에 젊은 여류작가(1902~1976)인 G. N. 쿠즈네초바와 동거.

1927 작품집 《신의 나무》에 수록된 일련의 단편들(〈이에리혼의 장미〉, 〈미차의 사랑〉, 〈일사병〉 등) 발표. 《아르세니예프의 생애》 집필 시작.

1933 〈현대의 기록〉에 《아르세니예프의 생애》의 마지막 권(5권)을 발표. 이 소설의 영역본이 런던에서 출간. 러시아 작가 중 최초로 스웨덴 아카데미로부터 노벨문학상 수상.

1937 파리에서 회상록 《톨스토이의 해방》 출간. 유고슬라비아와 발틱해 연안지역 여행.

1945 부닌의 귀국을 예상하고 소련에서 부닌의 작품 출간준비 시작. 부닌이 귀국을 거절하여 작품 출간이 무산됨.

1946 단편집《어두운 가로수길》을 파리에서 러시아어로 출판. 이 단편집을 영국에서 출판하기로 계약. 파리에서 콘스탄틴 시모노프와 사귐.

1950 《회상록》 출간. 이 책에서 많은 러시아 작가들을 비판하여 논란을 불러일으킴.

1953. 11. 8 파리에서 새벽 두 시에 운명.

1954. 1. 30 부닌의 유골을 임시 지하납골당에서 많은 러시아 망명객들이 묻힌 생-제네비예브-드-부아 공동묘지로 가져와 안장함.

이반 알렉세예비치 부닌 (Ivan Alekseevich Bunin)

1870년 중부 러시아 보로네슈의 오랜 귀족가문에서 출생. 1887년에 페테르부르크 잡지 〈조국〉에 시 〈시골 거지〉를 발표하여 등단. 시집 《낙엽》(1904)으로 푸쉬킨 상을 받았고, 그 후 〈사랑의 문법〉, 〈마을〉, 〈형제〉, 〈샌프란시스코에서 온 신사〉 같은 중단편을 썼다. 1917년 볼셰비키 혁명을 반대하여 모스크바를 떠나 오데사, 콘스탄티노플을 전전하다가 파리에 정착했다. 망명 이후에 쓴 중단편들을 모아 《신의 나무》, 《어두운 가로수길》을 펴냈고, 필생의 역작인 《아르세니예프의 생애》(1933)를 썼으며, 이 책으로 1933년 러시아 작가 중 최초로 노벨문학상을 받았다.

이항재

고려대학교 노어노문학과와 동 대학원 졸업(문학박사). 고리키 세계문학대학에서 연구교수와 한국러시아문학회장을 역임하고, 현재 단국대학교 러시아어과 교수로 있다.

저서로 《소설의 정치학》, 《투르게네프: 사냥꾼의 눈, 시인의 마음》, 《러시아문화의 이해》(공저) 등이 있고, 역서로 《러시아문학사》, 《러시아문학 비평사》, 《러시아 리얼리즘의 시학》, 《첫사랑》 등이 있다.